三万里河东入海

何常在 著

新世界出版社
NEW WORLD PRESS

图书在版编目（CIP）数据

三万里河东入海 / 何常在著. -- 北京 : 新世界出版社, 2025. 8. -- ISBN 978-7-5104-8066-9

Ⅰ. I247.5

中国国家版本馆CIP数据核字第2025LD7995号

三万里河东入海

作　　者：何常在
责任编辑：楼淑敏
责任校对：宣　慧　张杰楠
责任印制：王宝根
封面设计：贺玉婷
出　　版：新世界出版社
网　　址：http://www.nwp.com.cn
社　　址：北京西城区百万庄大街24号（100037）
发 行 部：（010）6899 5968（电话）　（010）6899 0635（电话）
总 编 室：（010）6899 5424（电话）　（010）6832 6679（传真）
版 权 部：+8610 6899 6306（电话）　nwpcd@sina.com（电邮）
印　　刷：天津中印联印务有限公司
经　　销：新华书店
开　　本：710mm × 1000mm 1/16　尺寸：160mm × 230mm
字　　数：527千字　印张：33.5
版　　次：2025 年8月第1 版　2025 年8月第1次印刷
书　　号：ISBN 978-7-5104-8066-9
定　　价：68.00元

目录

第一章

精致的穷人

据说，一个人一生中改变命运的机会只有三次，关河认为他已经错过了两次半，只剩下最后半次了。

第一次机会是 8 岁时，他差一点就成了一个拆二代——当时老屋所在地赶上了上海市的第一波拆迁潮！

事后估算，老屋的价值少说也可以在静安区换一套不低于 80 平方米的楼房，放到现在，价值千万起。

可惜梦想终究是用来破灭的。

第一波拆迁时，老爸不知道怎么鬼迷心窍，突然卖掉了老屋，换了一个更偏远的房子。正是为了贪图几平方米的宽敞，老爸完美地错过了拆迁，而让购买他家老屋的关河的同学靳里一家捡了个天大的便宜，在买后不到一年时间就撞上拆迁，因此大赚了一笔。

第二次机会是他 15 岁时，老爸又一次卖掉了现居的房子，搬到了更远的郊外，依然是为了多出几平方米的宽敞。

买家还是关河的同学靳里的家人。

时年 15 岁的关河，已经初步产生了对富二代的向往，并且也有了对拆迁致富的认知，竭力反对老爸搬迁。老爸声称他已经打听过了，现在的地方 10 年之内没有拆迁的可能，与其在一个小房子里耗费 10 年的光阴，还不如搬得更远一些享受生活。生活的便利和居住的宽敞二者只能选择其一，人没钱，就得学会取舍。

关河的反对无效，老爸还是卖掉了房子。他和老爸住在郊外的房子中不到两年，原先的房子再次拆迁，靳里一家再次大赚。

有人总能踩对时代的节点，借时代的红利让自己改变阶层实现人生跨越。而有人却能一再地踩错时代的节点，把原来属于自己的时代红利拱手相让给别人。关河的房子是越住越宽敞，未来却越来越远。

直到上了大学，关河才深刻地意识到他错失的两次拆迁，是他一生之中三次改变命运机会中的两次，而且还是最重要的两次！想起当年和他同时住在压抑阴暗的里弄老屋的靳里，现在在静安、青浦和浦东各有几套房子，俨然已经是名正言顺的超级富二代了，家庭资产数亿！

从小到大，关河在学习上都是“别人家的孩子”，优秀而突出，为什么他就没有一个“别人家的老爸”呢？靳里父母和他老爸是同一个时代的人，也是同样的起点，现在人家已经获得财富自由，而他老爸依然蜗居在小房子里面，以给人看病为生，年收入永远在 5 位数的区间徘徊。

关河作为土生土长的上海土著，虽然上的是名牌大学，出入上海高档场所，衣着光鲜而亮丽，衣品精致而绅士，实际上，他却是精致的上海穷人！如果没有奇迹出现，他一辈子都买不起上海的一套房子。

研究生一毕业，关河就直接飞往了美国，连商量的机会都不留给老爸。一个能够接连两次错过时代红利的人，他能有什么见识和眼界？

原本以为凭借自己的生物医学知识可以在国外混得风生水起，结果在美国待了一年半后，关河发现虚假的光环维持不了持久的假象，他的收入不足以维持生活，更主要的是，他在国外的前景一片黯淡。

无奈之下，连房租都付不起的他只好灰溜溜地回国了。

至少上海还为他保留了郊外的老屋。虽然小，但不会收费，也没人赶他走。

在无数同学和朋友中间塑造了“人在美国年薪百万”成功形象的关河，悄然回国后没有通知任何人，他怕丢人。

从浦东机场到家里，遥远得像是要去另外一个世界。在坐了一个半小时的网约车后，关河从司机滔滔不绝的讲述中悲哀地发现，他原本认为他去美国的失败只是丧失了人生之中三次改变命运机会中的半次，现在他才明白，他的三次机会已经用尽了!

司机只用三句话就让关河倍受打击，心灵受到了十万点的伤害。

“刚从美国回来？是不是不认识路了？上海的发展太快了，一天一个样子。你晓得伐？我以前在川沙镇买的房子，才一万多一平方米，今年要建迪士尼，一下涨到了五六万，还有七八万的。我买了两套，你晓得伐？一下子就赚了1000多万。

“我女儿大学毕业后出国读硕士，我想让她留在国外，她非要回来，说国内比国外发展得更好。她回来后，在闸北区买了一套房子，每个月收入2万多，还房贷5000多，很轻松的。这不，马上静安区和闸北区合并为新静安区了，她的房子每平方米涨了1万多……

“我是闲不住，就买了五辆车跑网约车，还雇了四个人，每个月收入10万块，累是累了点，但也充实不是？我吃亏就吃亏在没有上过大学，要不，早就去做投资人了。”

关河感觉胸口一阵发闷，他出国一年半，又错失了多少机会？只要抓住其中的一个，他没准还有最后一次改变命运的可能。而现在，恐怕一个都没有了。

关河在一个高档小区门口下车，拒绝了司机非要送他进去的好意。司机一脸羡慕：“这里可是富人区，一平方米要十几万的……先生，有没有女朋友，要不要和我女儿认识一下？”

又坐了半个小时地铁，远离了上海的繁华地带，来到了一处破旧不堪的平房区，关河拖着重重的行李，穿过只能一人通行两个人相遇还得侧身才能过去的里弄，心想司机师傅如果知道他住在这里，肯定不会介绍女儿和他认识了。

他和父亲加起来的全部资产，还不如司机师傅的一套房子……不对，太高抬自己了，应该是还不如司机师傅的一辆车。

打车到高档小区，再转地铁回到破旧的郊外家里，关河是在司机师傅面前满足了小小的虚荣心，但当他看到自己居住了很多年的小房子依然如一块膏药一样矗立在一群膏药之中，他的心情瞬间低落。

人生没有回头路，只是单行道，关河硬着头皮推开了家门。

小家一共两间房。老爸一间，他一间。厨房是在门前搭了一个棚子，厕所是公共厕所，门前坑坑洼洼不说，还有刷牙水、洗脚水和洗头水混杂在一起，散发出难闻的味道。

低头再看看自己光鲜的皮鞋、价值不菲的行李箱、几万元的西装，关河感觉自己的肉体虽然在此，灵魂却早已飞到了外滩，正在繁华的街头自由自在地飞翔。

“关河回来啦？”一道沙哑并且微有磁性的女中音打断了关河的沉浸式幻想，隔壁的王婶手里提着一堆明显是要扔掉的过期菜，“你爸人呢？我家老刘又拉肚子了，让他拿点药吃一吃。还拿上次的药，便宜，两块钱的……”

关河感觉头快要炸裂了，他现在面临的是跪着苟活还是站着死的选择。如果说眼前的一切就是他的未来的话，他宁愿在外滩露宿街头……

“你肯定是在想，在外滩露宿街头也比住在这样的房子里面有尊严、有明天，对吧？”

关河一惊，谁如此了解他的虚伪，一句话就撕裂了他的伪装？听声音很熟悉，回身一看，更是呆住了——前女友方东笑意盈盈地站在一洼脏水旁，亭亭玉立，犹如出淤泥而不染的莲花。

第二章
细致入微处，皆见真功夫

为什么他嫌弃的地方，连落脚都觉得脏，方东随意一站，就显得很清新出尘呢？

当年他也是第一眼就被方东的出尘之意吸引，然后喜欢上她，花费了不少力气才追到她。大学期间，他和她出双入对，是无数同学羡慕的神仙一般的情侣。

只不过校园爱情终究难敌现实的残酷，研究生还没毕业，他们就分手了。

关河觉得他和方东分手的原因是他原本想和方东结婚，方东不肯。方东有恐婚症，她从小父母离异，幼年时父母争吵打骂的记忆是她挥之不去的童年阴影。

但在方东看来，她和关河分手是实在无法忍受关河刻意的伪装和不接地气的好高骛远，总觉得他从小受到父亲屡次失误的刺激太大，以至于现在不能接受他是一个精致的上海穷人的现实，总以为自己和靳里一样是一个踩对了时代节点享受了时代红利的富二代。

分手时，二人大吵了一架，发誓老死不相往来，用最恶毒的话语诅咒对方一事无成、孤独终老。

毕业后一年多来，二人也确实没有联系过对方，关河只知道他去美国的同时，方东留在了上海。具体在做什么，就不清楚了。他回国时刻意避开了朋友、同学和前女友，却还是没有想到，回到上海后第一个见到的熟人居然是方东。

而且还是他最不想见到的！

“怎么是你？”关河确实没有拉黑方东，保留了她的微信和电话，但从未主动联系过她一次。他知道，方东也没有删除他。

“怎么不能是我？”方东笑了笑，目光一如既往沉静而美丽，“你肯定很疑惑，你没有告诉任何人你回国的消息，却还是被我第一时间逮着了，到底是谁透露的消息呢？不是叔叔，是你自己。”

关河也以为是老爸的原因，恋爱时，他带方东见过老爸，老爸对方东的印象很好，还说如果方东成不了他儿媳，当他的女儿也不错。

老爸喜欢方东的另外一个原因是方东气色好，身为老中医的老爸喜欢一见面就观察别人的气色，了解别人的身体健康状况，只要对方信了一二，他就会没完没了地推广中医，有时被人厌烦了还扬扬得意。

关河想不起他哪里透露了要回国的消息，摇头：“骗人！你肯定是套了我爸的话。”

“真没有！”方东含蓄一笑，“你去美国后，头三个月，几乎天天发朋友圈，新鲜、好奇加炫耀的成分居多。三个月到半年，基本上一周一次，新鲜感消失好奇退潮，最主要的是，美国在你看来已经没什么可炫耀的了。”

关河点了点头，他承认他很虚荣，虚荣是人之天性，又不丢人。赤裸裸的虚荣是显摆，会惹人嫌。但巧妙的虚荣，再加一些自嘲的意味，会让人会心一笑。

“半年后到一年，一个月一次朋友圈，不再是蓝天白云这些不要钱不接地气和生活无关的画面，而是工作场所、吃饭地点等和生活息息相关的场景，说明你在努力工作，试图融入美国圈层。

“但在一年之后，你的朋友圈就差不多一个半月才发一次，每次都是一些无病呻吟的感慨，不是‘独在异乡为异客’，就是‘安能摧眉折腰事权贵’，一看就是在美国事事不顺，才又想起中国的好，说明你的努力没有奏效，你没有被美国社会所接受。

“或者说，你的‘人在美国、谷歌就职、年薪百万、别墅豪车’，只是你刻意营造的假象！你人在美国是不假，谷歌就职也可能是真，但也许是谷歌负责收发文件的行政。年薪百万也有可能，但多半计量单位不是美元，而是韩币。别墅豪车你也在使用，只不过是朋友的产权，你只是代为管理，相当于是管家。”

关河搓了搓手，有些尴尬地一笑：“你还是和以前一样，对我了如指掌，并且犀利。都不知道你怎么就猜得这么准，全中！”又习惯性地摸了摸耳朵，“说吧，怎么就猜到我回国的日期了？”

“也简单。”方东背着手，来到关河面前：“在回国之前，有大概三个月的时间，你没有发一条朋友圈。以我对你的了解，说明你心情烦躁、情绪低迷，再结合你之前的状况，你多半是想回国了。”

关河汗都快下来了，他最佩服也最不喜欢的地方就是方东的聪明，聪明到可以从一点一滴的观察之中察觉到问题所在，细致入微处，皆见真功夫。

如果方东是合作伙伴，她的观察力有助于事业。但如果她是恋人，她的细心则是一把双刃剑，时刻高悬于头顶之上，让人胆战心惊。

方东继续娓娓道来：“三天前，你突然一天就发了三条朋友圈，喜悦之情洋溢在文字之间。是，你是没透露半点要回国的动向，但你的一句话却表明了已经确定要回来了……”

关河想起来了，他在朋友圈发了一句诗——君问归期未有期，巴山夜雨涨秋池。

“对，就是你发的李商隐的诗。我查了一下天气预报，昨天和今天都有雨。昨天我在机场等你，所有从美国回来的航班都落地了也没见到你。今天就过来家里等你，还好，总算等到了。”方东拉过关河的箱子，推开家门，把他拽了进来，“别在外面站着了，金窝银窝，不如自己从小长大的旧窝。再破再小，也是可以安放灵魂的地方。”

关河一进门就被一股霉味熏得皱起了鼻子：“肉体还无处安放，哪里还管得了灵魂？同样是霉味，我还是喜欢上海的老洋房，除了霉味之外，至少还有钱味。而这里的房子，除了霉味，一无所有。”

“不对不对，除了霉味，还有家的味道。只要有家有爱，霉味也可以很好闻。”方东将行李箱放在了墙角，打量了房子一眼，里面一张单人床，外面一张，还有一张桌子摆放在门口，上面有血压计、听诊器和几本中医书籍。

老爸关山不在，应该是出诊了。关河搬了一个板凳坐下，唯恐弄皱自己崭新的西装，又站了起来。

环顾四周，没有几件现代化的电器，连热水都没有，他歉意地笑了笑：

“等下出去吃点东西，家里太小太乱了，没法落脚。”

“或者不吃饭了，随便喝点什么也行……你找我有事吗？”关河很认真地摇头，“如果你是想复合，没有可能。我虽然落魄了，但还是不会让你乘虚而入。”

“和你谈过几年恋爱，我明白了一个道理，你不是一个优秀的男友。你不适合谈情说爱，只适合合作事业。”方东笑了，“你放心，就算你求着和我复合，我也不会答应。一个人不能两次踏进同一条河流，同样的错误也不能犯两次。”

“不是为了复合就可以聊聊。”关河回国既是深思熟虑的结果，也有些仓促和准备不足。回国前，他发了不少简历，结果全部石沉大海，无一有回信。

近年来，国外的水硕渐多，海归留学生也不再是优质好学生的代名词，相反，许多在国内考不上好大学的人才走出国路线，走迂回之路，最终还是为了在国外拿一个好的文凭回国赚钱。

更不用说关河原本是国内毕业后才出国，还不是求学，是工作。他在国外也没有拿得出手的经历，如果真有谷歌、微软的履历，也不至于顶着回国的海归头衔而无人问津。

在国外混不下去了才回来，回来后工作还没有着落。但凡有些积蓄，以他的好面子，宁愿在外面租房子住也不会回到这破旧的伤心之地。

穿过仅能通过一人的里弄，又沿着坑坑洼洼的街道步行了 10 分钟，总算来到了一家名叫“小麦咖啡馆”的小店。

小店不大，布置得倒是温馨雅致。店主是一个留着胡子、系着围裙，脸上始终有和蔼笑意的小伙子，他手脚利索地帮关河和方东冲好咖啡，就退到了一边。

不知何时下起了雨。店里除了店主之外，就只有关河和方东二人。雨不大，淅沥声中更显安静。

“创业？不可能创业，这辈子都不会创业。”关河在安静地听了方东说出她的设想之后摇头笑了，“上海不是一个适合创业的地方，有那么多的国企、跨国集团的总部及高科技公司，都可以轻松地赚到高薪。混得好的，进入了高管序列，年薪百万起也很简单，还有期权，为什么非要去创业？是嫌自己命太长吗？”

第三章

创业初期等同于恋爱之始

“创业都是九死一生的赌博，有可能输掉青春和梦想还不算什么，最可怕的是输掉了雄心和斗志，输掉了人生！”关河连连摇头，“近些年来，有哪家互联网公司是从上海创立然后成功上市的？上海又诞生过哪些制造业巨头？上海已经没有了创业的土壤和气候！”

方东抿嘴一笑：“你还是不改以前的性格，凡事过于追求数据和先例。小某书、拼某某等，都是诞生于上海的互联网公司。至于制造业公司，就更多了。上海的工业总产值虽然已经被苏州超过，位居全国第二，但毫无疑问上海依然是我国重要的制造业中心之一。”

“我不信。”关河轻蔑地笑了，“制造业的话，重工业看京津冀，轻工业看珠三角，长三角还有什么？我小的时候，红灯牌收音机、上海牌手表、蝴蝶牌缝纫机、冠生园大白兔奶糖、美加净护肤霜等，无数上海制造的品牌是国人心目中最高端的品牌，现在呢？现在上海制造还有什么？”

“呵呵！”方东笑了，她最喜欢和关河辩论，每次说服关河之后看到关河垂头丧气却又不得不认输的样子，她的内心就充满了自豪和开心。

“提到上海，大家的第一印象往往是外滩的西式建筑、浦东的东方明珠、上海中心大厦等摩天大楼的高大和纸醉金迷的生活。上海确实是时尚、金融中心，是中国最富裕的城市，GDP 排名第一的现代化都市。但是，在这些星光熠熠的光环背后，上海还是中国制造业最发达的地方，你身为土生土长的上海青年，难道不知道？”

关河很配合地摇了摇头：“不知道就是不知道，跟是不是上海人没关系。”

方东不怪关河作为上海人却不知道上海的制造业有多牛，就连她了解到上海的制造业有多了不起，也是通过她现在所在的生物制药公司。

上海最厉害的是全产业链布局，比如马迹山码头的进口铁矿，在宝钢加工成钢板和型材，然后到振兴港机加工成港口机械，再由上海港发往世界各地。从原料进出口到生产加工，再到深加工，甚至连一头一尾和中间的物流，也全是自己的配套服务。

除了造船业全产业链、汽车及零配件全产业链、石化全产业链、泵阀行业全产业链之外，上海制造目前主要集中在大项目上，比如航空航天、通信卫星、火箭、钢铁、石化等。

三杯咖啡喝完，雨停了。关河转动手中的杯子："请我喝了三杯咖啡，一共花费不超过 100 块，就想说服我加盟你的公司，是不是显得我太廉价了？除了以技术入股，持有 40% 的股份之外，还有什么优裕的条件，都赶紧抛出来，我好考虑考虑。"

创业初期和恋爱之始是一样的，一方故作矜持，另一方有所图谋，大家都心知肚明，却偏偏想要等对方先点破。

谁主动谁就失去了先机。

"我看多了各种创业的鸡汤文，创业比鸡汤难喝多了，失败率近乎 100%，别想画一张大饼就拉我下水。"关河其实已经心动了，方东开出的条件不菲，当然，最主要的是他现在无处可去，没有选择。

方东了解关河，关河的矜持和拿捏在她眼里几近透明，她开出的条件是股份关河 40%、她 40%，留 20% 给投资人，要成立一家关东生物制药公司，她担任 CEO（首席执行官），关河任 CTO——首席技术官，负责技术和研发。

关河是有各种问题，比如虚荣、好面子，并且固执，但也有不少优点，比如在技术上有独到的见解，做事专注而认真，身上有上海人的共性——契约精神。

答应的事情肯定会做到，签字的合同一定会执行，前提是你得说服他。只要他点头了，后面的事情就都好办。

方东毕业后留在上海，进入了一家生物制药公司，现在做到了行政总监，她早就萌发了自己创业成立一家生物制药公司的念头。她自认在技术上不如关河专注和专长，但在公司层面的运营、整合资源方面，她强过关河。

公司本来就是团队作战的团体。

方东也清楚创业成功的概率极低，用九死一生形容绝不是夸张。但她坚信只要能劝说关河加盟，肯定可以成功。关河在技术上有天赋，在研究生期间就被导师盛赞为天才。如果不是他好高骛远的话，毕业后留校或是去生物制药公司工作，也不会是现在的下场。

关河在读研时就和导师夏想一起申请了专利，如果拿来继续研发并且应用，生产出来的药物一定可以在市场上大受欢迎。方东做过市场调研，市面上所有相同的药品，都不如关河的专利效果好。

看起来关河已经大为动心——不动心也没办法，方东要的就是趁关河刚回国还没有稳定下来，连落脚点都没有的时候好说服他。否则等关河适应了上海的氛围，找到了合适的工作，再劝他出来创业就难如登天了。

关河本质上还是属于追求安稳的性格，不逼他一把，他都不知道自己到底该干什么，最擅长做什么，又有多大的潜力。方东很相信一种说法——女人的心理和生理完全成熟的年龄是 31 岁，而男人要晚 11 年。

男人都是孩子，定性下来比女人要晚许多，所以在年轻时需要女人的引领。

在技术上，关河是高手；但在情绪上，他还是孩子。方东就拿出了哄孩子的技巧："股权是远景，眼下的好处是除了有一份有稳定收入保障的工作之外，还可以在外滩办公。"

关河的眼睛都亮了，能在外滩办公，观江景听船声，是他从小到大的梦想："公司应该提供住宿，有利于员工以公司为家，对公司产生归属感。"

想免费住公司提供的房子就明说，非要说得这么清新脱俗，方东开心地笑了："创始人的住宿，公司肯定会负责提供。但你也得真正做到以公司为家，并且为后来的员工做出表率。"

关河掩饰不住内心的欢喜，能够离开里弄，对他来说已经足够惊喜了，他连连点头："只要是我答应的事情，就一定会做到。方东，你捡到宝了，以无比低廉的价格找到了一个可以创造奇迹的合伙人，总有一天，你会为你今天的英明决定而庆幸。”

“希望我的财商超过我的情商，不再犯当年谈恋爱时犯下的错误。”方东伸出了右手，“合作愉快，关河。”

“合作愉快。”关河和方东轻轻一握，“过去的事情就不要再提了，至少在恋爱中，我们都没有伤害对方。”

“每个人的感受都不一样，你觉得你没有伤害别人，也许只是你太自以为是了，只在意自己的感受而忽略了别人的情绪。”方东一脸平静，波澜不惊，“大多数时候，你只是一个技术宅男。”

“是吗？”关河不想被方东看轻，抿着嘴唇嘿嘿一笑，“我在美国期间可是有不少女孩喜欢，甚至还有一个美国女孩非要嫁给我，被我拒绝了。”

“雨停了，天亮了，该清醒了。你该回家了，我也要回去了。”方东并不揭穿关河的吹嘘，“三天后，我来接你。”

“啊，还要三天？我现在就迫不及待地想要投入公司的创业。”关河一想起还要在狭小的家中待上三天，就痛不欲生。

“三天后见。”方东并不过多解释，挥了挥手转身走了。要给关河一个等待期，他才会更加珍惜来之不易的机会。

走到门口，方东又站住：“我大老远来看望你，咖啡你请，是不是理所应当？”

“好……吧。”关河一阵阵肉疼。

第四章
雪中送炭的情谊

回到家里，老爸已经回来了。

“回来了？”老爸漫不经心地看了关河一眼，没有激动和惊喜。

“回来了。”关河语气平淡。

父子对望一眼，又无话可说了。

沉默了一会儿，关山才说：“回来就好，家里再穷，也是你的家。”

“我就待三天，三天后就搬出去了。”

“在国外还习惯不？”

“凑合。”

“看你气色不太好，少喝冰水。老外爱喝冰水凉水，是他们的肠子又短又粗，我们的肠子又细又长，消化能力不一样。”

“我都已经回来了，不说美国的事情成不？”

尴尬的沉默过后，关山伸出了右手：“我给你把把脉吧。”

“不用。”关河站了起来，实在受不了沉闷的气氛，“我出去走走。”

“听说我们这一带要拆迁了……”

关山的一句话顿时点燃了关河的全部希望，此时此刻是他平生离富二代身份最近的一次，他猛然站住：“什么补偿标准？”

“有两个方案，一是拿拆迁款，二是要回迁房……”关山似乎不满意出台的政策，“好多人对补偿方案不满，认为定的标准太低了，有超过一半的人不打算签字，开发商说如果不同意补偿方案，就不拆迁了。”

关河不关心别人：“你呢？你是什么想法？”

“我也没有签字。确实是标准低，而且我也不想搬家。”关山站起身去烧水，“我给你泡茶……人啊，还是住平房好，一楼，接地气，心里踏实。住几十层的高楼，双脚不沾地悬在半空，人会生病的。”

“你怎么走了，不喝茶吗？”关山话未说完，关河已转身出去了，他追了出去，“你要去哪里呀？”

“我去透透气，味道太难闻了。”关河头也不回地挥了挥手，加快了步伐。

穿过泛着积水的坑洼小路，两侧都是低矮的平房和乱糟糟的电线，以及飘扬在半空中的各式衣服，他捂着鼻子，对空气中弥漫着的霉味和各种脏东西混杂在一起的腐烂味道，深恶痛绝。

生活在这样的环境中，为什么还要挑剔开发商给出的补偿方案？能搬走就已经是天大的幸运了，真是一群没有见过世面只知道活在当下的笨人。

关河心中烦闷，恨不得现在就离开老屋，越远越好。上海为什么还有这么破旧和落后的地方，政府应该早日改造所有城中村、平房，只留高楼大厦和老洋房，才配得上上海国际一流都市的地位。

估计这一次的拆迁改造，又会因为周围居民的过于贪心而落空，算了，不想了，越想越觉得人生无趣。现在的关河对于拆迁致富一事已经躺平了，换了是他，哪怕补偿标准没那么令人满意，只要能离开老屋就行。

人和人对世界的看法，真的差距太大，有时感觉像并不是生活在同一个星球。

原以为方东真的会在三天后来接他，不料只过了两天，方东就又出现了。

“是惊喜还是意外？”方东相信她的提前出现可以打动关河，她已经做好了前期的所有准备。

“都有。”确实方东给关河带来了冲击，竟然让他有了一丝激动，她还是和以前一样了解他并且拿捏得恰到好处。

雪中送炭永远比锦上添花更让人记忆深刻，并且感激在心。

“来，为你介绍一个新朋友认识。”方东笑意盈盈地一闪身，身后露出了一个赏心悦目、气质高雅、仪态不凡的女子。

一瞬间关河有几分失神，眼前的女子不管是仪态还是仪容，都犹如高山之巅大江之上的一轮明月。

“海上生明月，天涯共此时”，不知何故，关河脑中突然冒出了张九龄的诗句。

“海月明，著名投资人兼专职美女。关河，我同学兼前男友，非著名技术专家、创业者及未来的科学家。”方东为关河和海月明互相介绍了对方，“海总特意过来接你，要在路上和你好好聊聊。”

关河暗中瞪了方东一眼，埋怨她不该带投资人来他的老屋。让投资人看到他如此落魄地住在破败不堪之地，会对他产生误判，会轻视他的专长、蔑视他的理想。

海月明并没有对老屋表现出丝毫的嫌弃，相反，却饶有兴趣地转了半天，还问东问西，甚至对关山的中医还很是认可。

关山见有人对中医认可，忙开心地要为海月明把脉。海月明没有拒绝，还主动说出了自己的症状。

“总是失眠，睡觉浅，稍有动静就醒了。有时一想起今天的事情没有做完，就很难过很焦虑……”海月明摸了摸自己的脸，“有时脸上还会起一些小痘痘，关大夫，我是不是快要不行了？”

关山上下打量海月明一眼，呵呵一笑：“说的哪里话，你天庭饱满、耳大有轮、双眼有神、下巴圆润、人中深又长、气色光洁清亮，可见你从小家境不错，无病无灾，不但生活富足还事事顺利，才养就了你现在的身体健康，造就了你现在的事业成就。”

“姑娘，你是大富大贵之相！”关山把脉完毕，连连点头，“气血很充盈，脉象沉稳有力，身体各项机能都非常不错。一个人气色好身体好，运气才旺，你未来五年到十年不管做什么事情，都会很顺当。”

临走的时候，关山把一张储蓄卡塞到了关河的手里，悄声说道：“钱不多，五万块，也应该够你一年的生活费了。老爸没什么本事，钱上面帮不了你太多，只能多费一些口舌，希望海小姐能够投资你和方东的事业。”

原来老爸是故意为之，怪不得说了一大通让海月明开心的话，关河心中一动想说几句，老爸却摆了摆手。

“快走吧，我还要出诊去，赚一天的生活费。我已经带头在拆迁方案上面签字了，估计没什么用，有八成的人不同意。”

关河鼻子一酸，忍住了。

关河和方东坐海月明的车前去位于外滩的公司。

路上，海月明东扯西扯地和关河聊天，全是和投资公司无关的话题。比如关河和方东的认识及过往，关河在美国的经历及回国原因，甚至连关河为什么和方东分手都问到了。

关河有些问题如实回答，有些问题避而不谈。方东有时就及时补充几句，帮关河掩饰或是圆场。

海月明话题又转到了技术和商业上。

说到技术和商业问题，关河就滔滔不绝了。他在技术上的可爱而固执，在商业上的天真和浪漫，都不时逗得海月明笑个不停。

公司的办公地点位于外滩的一家写字楼，面积不大，只有 100 多平方米，是由方东一手操持，自己出钱租的。

不大的地方还分隔出来了两个独立的办公室，关河和方东每人一间。

虽不大，但可以远眺黄浦江，且坐落在寸土寸金的繁华之地，关河也心满意足了。他注意到自己的办公室放了一张折叠床，心想未来相当长一段时间他就得以公司为家，吃住和办公都离不开眼前的方寸之地了。

算了算，办公室好歹也有 20 来平方米，比老屋的小房子大了不少，再加上外面的活动区域，至少现阶段他是满意了。

方东为海月明泡了茶，盈盈一笑 ：“关河，海总名下有一家基金公司，主要投资方向是文娱、医药、高科技制造业。我和海总认识也有一年多了，很聊得来。海总也有意充当我们关东生物的天使投资人，她对我很满意，刚才是对你的考察。”

“如果对你也认可，事情差不多就成了。”

海月明优雅大方地并腿而坐，抿了一口茶 ：“从技术层面来说，关河很优秀，想法很新颖，手中的专利和研发方向，符合我对未来的市场预判。从管理和整合资源层面来说，方东很擅长，有亲和力、感染力、大局观，是我见过的为数不多的极有商业头脑的女孩。排除你们以前的恋人身份，单说你们的组合，就有 95% 以上的初创公司所不具备的优良基因。”

“从个人感情出发，我很想投资关东生物。我很喜欢方东，也很欣赏关河。”海月明端正了身子，一拢头发，“但从商业的角度，我决定不投资关东生物！”

方东还算镇静，没有表态，关河心中一沉，难道出师未捷身先死，关东生物就此夭折了，当即问道：“是觉得我太固执和天真了？”

“倒不是。对一个科研人员来说，固执和天真是优点而不是缺点。”海月明依然带着不动声色的笑容，“实际上就个人感情而言，我很喜欢你的固执和天真，你应该庆幸自己不是世故而虚伪。当然，你也有虚荣的一面，但却不让人讨厌，反倒更凸显你的笨拙和努力。”

第五章

你们得说服我

“但在商言商，我的此时基金很少投资早期的公司，基本上只投中后期的公司。我是很欣赏你和方东，但对不起，我实在无法说服自己甘冒 99% 的失败风险充当你们的天使投资人。我不是一个冒险家和机会主义者。”

“今天，我请你们吃饭吧。”海月明恢复到轻松活泼的状态，“如果有一天你们公司做大做强了，请为我保留一些份额，我愿意溢价投资进来。”

关河颇有沮丧之意：“饭就不吃了吧，没胃口。”

没有了海月明的天使投资，公司只靠方东一人支撑，关河很清楚不用多久就会倒闭。莫非梦想就是用来破灭的？最近他接连破灭了好几个梦想，打击就像天空中的星星，白天的时候看似不多，其实都隐藏在光明的背后，到了晚上就密密麻麻了。

方东却一把拉起关河：“饭总是要吃的，既然海姐请客，肯定是豪华套餐，为什么不去呢？谁有意志拒绝一顿美食的诱惑呢？”

关河有几分不情愿，但架不住方东的劝说，还是下楼了。

关河不明白问题出在哪里，换了是他，既然有不投资初创公司的原则，都不会和方东谈，也不会和他见面。与其给人虚假的希望，还不如不给。所有的失望和绝望，都来源于过高的期望！

关河有理由认为，海月明要么是故意拿他们寻开心，要么就是闲得慌，想要看到他们从满怀希望到失望的落差。

关河虽然觉得他对海月明的分析可能过于刻薄了一些，但对别人残忍总好过对自己残忍。生物制药的根本出发点就是利用生物科技研发出来的药品，消灭对人体有害的病毒、细菌。实际上，治病的过程就是一方消灭另一方的过程，等同于在人体内部发生了一场战争。

他们去的是一家网红餐厅，人很多，真正吃饭的却不是很多，大多是过来打卡的小姑娘要一杯饮料点一份沙拉，然后拍照，再精修半小时，发朋友圈炫耀，还得必须加上手机地点定位。

关河坐在一个靠窗的位置，他懒得点菜，交由方东和海月明全权负责。窗外，又一辆宾利驶来，停在了海月明的宾利旁边。

下来一人，瘦弱、微黑、30 来岁的样子，有着明显的南方长相，穿了大裤衩及一件很随意的 T 恤，虽没有穿人字拖，但就这样晃晃荡荡地走进餐厅，还是立刻就引发无数打卡人对他的鄙夷。

“这么高档的地方，怎么什么人都能进来？”

“就是，就是，穿着地摊货的裤衩和不超过 50 块的 T 恤，也敢来人均 500 元的餐厅？”

有人小声嘀咕，有人却直接提出了抗议。

“对不起，何先生是我们这里的贵宾，每天都来。”服务员一脸为难地回应了一个浓妆艳抹的女孩。

何处听到了人造美女对他的歧视，他大摇大摆地来到她的面前，轻蔑地笑了：“妹子，你身上动刀的地方挺多，鼻子花了六七万，下巴三四万，眼角两万，再加上其他地方，总共得二十来万的样子。”

“都是贷款吧？你的手机是二手的，包、鞋、裙子，还有项链都是假的，都加一起也不会超过 1000 块。”

“你点的东西，也就是 100 来块的样子……”何处哈哈大笑，笑得很开心很奔放，“你来这里吃饭是为了打卡，为了装模作样！我来这里就是为了吃饭，这里跟我家餐厅一样。”

真犀利，够狠，关河乐了，这家伙很对他的脾气，有一说一，从来不留情面，而且眼光敏锐，直指事情本质，以打击得别人体无完肤为乐趣。

不对，他怎么朝他们走过来了？关河有点慌，难道他认识他们中的哪一个？

海月明站了起来，冲何处挥手："何处，坐我旁边。来，我为你们介绍一下。"

"事先没和你们说一声，抱歉。我是不投资过于前期的公司，何处不一样，他只投资前期。"海月明等何处坐下后，才向关河和方东解释，"希望可以促成你们的合作，也算是我的小小诚意。"

何处扫了关河和方东一眼："目前公司就你们两个人？"

方东微笑点头。

"你们是一对？"

"曾经是，现在只合作事业。"关河回应。

"我的投资理念是风险越大收益越大，当天使投资人，听上去很美，但往往会死得很惨。现实中也一样，天使投资成功率不足10%，就是说10个公司里面，9个半会死掉，还有半个在苟延残喘。"

"但11个里面，有一个成功了，前面10个的损失就都可以弥补回来，还会再大赚一笔。所以，你们得说服我，让我觉得你们是11个里面的特例，我才会投资。"

何处见关河想要说话，摆了摆手："别，现在别说，我饿了，先吃饭。饭后再说也不晚。"

"不行，就得现在说，要不我吃不下饭。"关河不干，他是急性子，"如果谈不妥，饭吃不吃的无所谓。"

"你是无所谓，我没吃早饭好不好？"何处一脸不快，"我吃，你说，行了吧？"

关河握紧了拳头："行吧，其实我也没有太多可说的，就三句话，第一，我有技术和专利，保证可以在资金到位的情况下，半年到一年内，研发出来一款针对慢性病的特效药。目前高血压、糖尿病及心脑血管疾病正在呈现逐渐年轻化的趋势，如果有特效药上市，会有极为广阔的市场前景……

"第二，方东有整合资源的能力，她负责管理和运营公司，能保证公司高效有序地运转。

"第三，何总是一个有魄力有独特眼光的投资人，刚才怼人的时候既可爱又有趣，很对我的脾气。如果我们三人合作，一定可以打造出来一个极有市场潜力的初创公司……”

何处嘴里塞满了食物，他粗暴地打断了关河的话：“正确的无用的废话太多了，我给你一次重新组织语言的机会。记住了，最好用数据说服我，别想用感情打动我。”

方东想要开口，被关河制止了，关河被激发出了豪情壮志：“初创公司都是九死一生，成功率不足 1%，我保证我们的关东生物的成功率在 5% 以上。”

何处眯着眼睛笑了：“这个数据让我动心了一半，说下去。”

“生物制药是未来的趋势，也是上海未来产业规划的重点之一。”

“大道理别讲，太空洞，说说你为什么要创立生物制药公司，为什么要开发针对慢性病的药物？”何处放下筷子，抹了抹嘴巴，“你说的志向越远大，我的评分就越低。吹牛皮谁都会，成功，还得靠落地。”

方东连朝关河大使眼色，胜败在此一举，如果关河答非所问，或是说出了让何处不喜的话，第二次的投资机会就又泡汤了。

事不过三，怕是就没有第三次机会了。

第六章
成功只是偶然，失败才是必然

关河沉默了一会儿，忽然叹息一声："我和我爸的关系一直很不好，可以说很紧张。我很讨厌他，甚至可以说是憎恶他，因为他几次的错误判断，导致错失了时代红利，让我没能成为富二代。

"但不管怎样，我再恨他再不想理他，他也是我的爸爸。他是老中医，一辈子救治了很多人，却治不好自己的糖尿病。我是觉得如果有一天我能研发出来一款可以根治糖尿病的药物，哪怕不是根治，而是比现有的药物更省事更方便，也算是我回报了他的养育之恩。"

"投了！"何处猛然一拍桌子，眼睛湿润了，"不管你这个故事是真是假，但真的打动了我，我决定合作了。"

"你们是我投资的第一家公司，天使投资其实投的就是创意和人，创意谁都会，执行力却各不相同。人对了，公司就能发展下去。"何处举起了水杯，"以水代酒，预祝我们合作愉快。具体投资细节，回头再聊。"

方东朝关河投去赞赏的目光，关河得意地挑了挑眉毛，言外之意是他什么时候让她失望过。

回到公司，关河先是强迫自己冷静下来，一切发生得太快，像是做梦一样，让已经适应了国外慢节奏生活的他怀疑自己已经是一家初创公司的大股东的真实性。

方东却比他淡定，尽管脸上掩饰不住首战告捷的喜悦。

"来，祝贺一下我们有投资人了。创业公司最艰难的第一关，算是过关了。"方东打开了一杯冰镇饮品，"万事开头难，过了开头就不难了。"

关河在最初的喜悦过后，却比方东想得更长远：“一家初创公司要想生存和发展，必须过三关。第一，资金和人才关。第二，市场定位关。第三，市场销售关。我们才过了第一关的一半——资金关，还没有解决人才关，所以，方东你高兴得太早了。”

方东也不生气，依然笑：“你、我，还有何处，不都是人才？已经形成了一家初创公司的核心团队了。”

“你让我很失望呀，方东，你太乐观也太缺少规划了。如果一家公司只有我们三个人，是过家家，不是创业。”关河痛心地摇了摇头，“你没有出国的经历，在商业上又没有统率全局的格局，告诉你，一家公司至少需要五个核心成员，一个 CEO，首席执行官，你！一个 CTO，首席技术官，我！一个 CFO，首席财务官，何处！还缺少一个 HR，就是人力资源总监，以及一个 COO，就是首席运营官……”

方东风轻云淡地笑了：“说了半天，不就是缺一个 HR 和一个 COO 吗？行，包我身上了，不出三天，人会全部到齐。”

“COO 我已经有人选了……”关河扬了扬手机，“他很快就到，你也认识，是我们的老朋友了。”

外滩金融中心 18 楼，有一间 100 多平方米的办公室，门口挂着何处基金有限公司的铭牌。

何处正在指挥工人摆放家具，海月明一脸浅笑地站在一边看何处忙碌。

“鱼缸别乱放，轻点儿，破了就破财了，你们赔得起？”

“发财树放正中，我要发正财，不捞偏财。”

“沙发放斜了，向左再转 30 度……哎，这就对了。”

送走了工人，何处自己又摆放了一会儿才算满意，坐下后，跷起二郎腿：“海总还有什么要交代的注意事项？也等了半天了。”

“现在关河和方东不在，你和我说实话，是真心觉得他们可以，还是有别的想法？”海月明笑着摆手拒绝了何处递来的冰饮料，“我不喝冰的、不健康的、含糖的饮品。”

何处打开，自己喝了一大口：“我从广州来到上海，就是要重新开始。你也知道我的过去，和老爸断绝了关系，被女友劈腿甩了，广州的全部生意都被我打折变卖，一个人跑来上海，要的就是从头开始，彻底和过去断绝关系。

“关东生物是我来上海投资的第一个项目，我不真心对待自己的第一个项目，也会真心对待自己的资金。如果我在上海把钱造完了还没有弄出名堂，再回广州，我会死得很难看的。

“还有，我相信你的眼光，毕竟，你是我的女神。”何处嬉皮笑脸地凑了过去，“月明，我单身你未嫁，我们要不试着谈谈恋爱？”

海月明轻巧地推开何处：“别闹，别把个人的事情和公事混为一谈。我们只是商业上的同行者，人生道路上的其他事情，不会有太多的交集。”

“是不是女人都看不起曾经被女友劈腿过的男人？”何处坐回座位，一脸尴尬而不失礼貌的微笑。

“拒绝回答。”海月明笑得很坦诚，“我不想和你讨论男女感情问题，太复杂，而且永远没有正确的答案。”

“好吧。”何处说正经立刻就正经起来，“说实话，我挺看好关河，但对方东捉摸不透，觉得她不像一个女孩，似乎比关河还沉稳、还冷静。”

“我认识方东的时间比较长，我还算了解她。”海月明想起了往事，“说来方东的创业，还是我劝说的结果。她之前在一家生物制药公司担任行政总监。她很喜欢上海，也很想创业，和我认识后，说了她和关河的故事。

“方东其实是一个很简单的女孩，北京人，从小父母离异，她跟着父亲在上海长大。骨子里既有北京姑娘的爽朗与好面儿，又有上海女孩的温柔细腻，可以说她身上综合了北京和上海两地的优点，并且难得地和谐统一。

“她很有想法，也有冲劲，还有亲和力，身上有一种让人舒服让人愿意相信的气息。当然，如果仅仅是她一个人，我不会投她。但有了关河，就不一样了。

“关河是上海人，做事认真有契约精神，尽管身上有爱虚荣和爱假装的缺点，但真实得可爱，让人不讨厌。还有最重要的一点，关河在技术上有独到之处，固执而认真。他在技术上是天才，在其他方面只能算是中等。但研发所需要的人才，就是专注的、固执的，甚至是偏执的……他身上具有方东所没有的优点，比如执着、比如痴迷。

“但方东身上也有关河缺失的部分，比如随和、大度、亲和力和管理才能。他们正好形成互补，是公司层面最佳的组合。”海月明开心地笑了，“再加上你的资金和统筹能力，你们现在已经是一个优势突出战斗力超群的团队了。”

“我算是看了出来，你喜欢关河，哈哈。”何处愣了一会儿，忽然大笑，“没想到哇没想到，一向挑剔，眼高于顶的海总也会有喜欢的男人，而且还是一个技术男，真让人吃惊。”

海月明落落大方地一笑：“说喜欢还言之过早，说有好感并不为过。如果没有好感，我不会推动你对关东生物的投资。等你们到了 A 轮融资时，我一定进来。”

“等一下……”何处眨了眨眼睛，“月明，你和方东关系很好，又对关河有好感，但我们聊的是投资，从商业的角度出发，我在投资时用一些商业手段设置一些附加条件，你没意见吧？”

“没有！”海月明回答得很快很坚决，“关系好和好感，代替不了商业上的决策。你是投资人，对自己的钱负责是天经地义的事情。如果关河和方东都没有能力辨别你的商业手段，他们就算被坑被活埋，也是活该。”

“这么狠的吗？”何处有点不相信海月明的回答。

“创业本来就是百死一生的游戏，如果他们连第一关都过不了，以后遇到更大的难题时会死得更惨。与其如此，还不如死在开始。”海月明一脸平静，“做投资和当医生差不多，在自己手下和眼前死去的公司和病人多了，就练成了铁石心肠。慢慢你就会知道，成功只是偶然的，失败才是必然的。”

“佩服、佩服！”何处一抱拳，很江湖气地笑了，“怪不得海姐单身多年，从来没有一个男人走进你的内心世界，你太强大了，强大到不但不需要男人，也没有男人可以匹配你的高度。”

“你错了……”海月明幽幽叹息一声。

“错哪里了？哪里错了？”

“算了，不说感情问题了。”海月明起身，“我是没有投资关东生物，但作为方东和你的朋友，我会尽最大努力帮助关东生物成长。你们团队的力量还不够，我再帮你们物色一两个核心管理层。”

“谢了。”何处嘿嘿一笑，“最好是女孩，越漂亮越好。”

海月明白了何处一眼，嗔怪一笑：“创业公司要经历四个阶段十二道关口，你还是多操心你的关东生物的第一个初创期阶段吧，想好初创期的两大关键问题——合伙协议和劳资问题。”

“我早就想好了。”何处拍了拍胸膛，“我是第一次当投资人不假，但我不是第一次做生意。关河和方东，可都是第一次……”

第七章

初恋时不懂爱情，创业时不懂股权

傍晚时分，夕阳的余晖洒落在地板上，勾勒出一幅幅充满后现代主义意味的图案。关河端着咖啡站在窗前，俯视远处的黄浦江。

江面上，跳跃着无数的金光，犹如遍地黄金，一条条巨轮劈开波浪奋勇向前。

喝完最后一口咖啡，关河忽然就有一种舍我其谁的豪迈，他觉得他的人生总算是抓住了最后一次改变命运的机会。

不，也许是半次，毕竟另一半属于方东。

说来还真得感谢方东，没有她，他现在还在老屋中愁容惨淡拼命挣扎，不过，感谢归感谢，他得和方东说清楚，他们之间真的只是商业合作伙伴关系。

一回身，见方东拿着盒饭正进门。

从豪情万丈回到现实，关河清楚他和在这座写字楼上班的无数沪飘没有区别，随时失业，随时无处可去。

再高的豪华写字楼再昂贵的西装，都承载不了一个触手可及的未来，一切都建立在虚假的繁华之上。

只有 15 块的简餐盒饭，才是生活的真实写照。

“条件有限，我所有的积蓄都用在房租、办公家具和公司注册等开支上面了，在第一轮天使资金到位前，估计我们每天都得吃盒饭。”

“我没问题。”

“你的 COO 候选人呢？怎么还没到？”

关河看了看手机：“他堵在路上了，不用管他，我们先吃。他是个富二代，估计吃不惯我们的盒饭。”

“好，边吃边聊协议的问题。”方东摆好东西，打开盒饭，递给关河筷子的同时，还有一份打印好的协议，“我当时和月明说的是融资 1000 万，投资人占股 20%，你 40%，我 40%，这样可以保证我们两人中的任何一人都拥有控股权。”

关河对股权比例一知半解：“不是说 51% 的股权才算控股权吗？”

方东对股权的认知，比关河稍微深入一些：“有一句话说得很到位——人生最悲惨的事，莫过于初恋时不懂爱情，创业时不懂股权。

“股权的划分比例有两个关键点，一个是 34%，叫安全控制权，不能一言决策，但可以一票否决重大决策。还有一个就是 51% 的相对控制权，是控制线，可以绝对地控制公司。”方东挑了一筷子青菜吃了起来，“我们两个人的股权加在一起，是 80%，达到了绝对控制权。哪怕后期再进来几轮资金，经过几次稀释后，也能在 51% 以上，还是可以保证公司在我们的手里。”

关河勉强吃了几口，实在是难以下咽，他放下筷子：“有几个问题，一、何处会同意只占有 20% 的股份吗？二、你能保证以后在每一个重大事项上，我们都会保持一致吗？我们毕竟只是合作伙伴，不是利益共同体，不是一致行动人。三、我是打算不管是运营官还是人力资源总监，都会给一定的股份，才能保证公司的团结和战斗力。”

方东却吃得很香，哪怕菜里没什么肉，她边吃边说：“可以谈，我的底线是不能超过 30%，否则何处就能掌控公司了。我保证不了每一个重大事项我们都能保持一致，但我相信以我对你的了解及我们的默契，我们会在 80% 的事情上立场相同。

“至于给运营官和人力资源总监股份，我原则上同意，但要根据他们的能力和能为公司带来的贡献大小，决定他们所持股份的多少。我的个人建议是，每个人不超过 5%……你说呢？”

关河表示赞同：“股份从哪里稀释出来？”

“我们出，为了表现诚意，就不让何处分担了。”方东三下两下吃完，见关河没吃多少，“不合口？不好意思，我们只是合伙人，不是利益共同体，我没有责任和义务负责提高你的伙食品质。如果你觉得公司提供的免费餐食吃不惯，可以自己解决。”

关河听出了方东语气中的抱怨之意，忙抱起盒饭几口吃完：“合口、吃得惯，有免费的午饭必须不能挑剔，请方总继续安排。”

方东又被关河的样子逗笑了：“你记住了，我们眼下重新走到一起的出发点，就是为了事业。往小里说，是为了赚钱，为了在上海立足，为了买房买车实现财务自由。往中间说，是为了实现个人的价值。再如果往大里说，那就是为了突破国外对中国的科技封锁，希望中国在生物制药领域达到和赶超世界的先进水平。”

关河点头表示认可方东的论断，忽然发现方东的办公室里面也有一张床及一些洗漱用品，顿时一脸警惕：“你不会也住公司吧？”

“不然呢？”方东一脸得意的笑容，“公司的房租这么贵，我不住进来，难道还要再另外花钱租房子住？我也是以公司为家 24 小时在线的公司创始人。”

“我们两个办公室可是门对门，直线距离不超过 5 米。”关河一脸惊恐。

“有什么问题吗？”

“我们恋爱时都没有同居过！”

“请注意你现在的身份是我的合伙人，不是男朋友。我们是在创业，是工作，不是谈恋爱。”

“我怕会不安全。”关河一脸担心，“毕竟孤男寡女 24 小时在一起，早晚会出事。”

“早晚会出事，我们就早晚不谈事情，只中午谈，就不会出事了。”

关河哭笑不得：“我劝你千万不要以为还可以和我发生什么，和你分手后，我的审美和品味都提升了不少，再也回不到从前了。”

“巧了，我也一样。”方东吐了吐舌头，做了一个鬼脸，“你现在应该担心的不是自己的安全，而是能不能凭借自己的技术在公司安身立命。别有一天你的技术不过关或是研发不成功，你在公司没有了容身之地，你该怎么办？”

“哈哈！”关河大笑，“爱情的不可靠在于相爱需要两个人同意，分手却只需要一个人同意。技术就不一样，我可以掌控技术上的每一个进步、每一个环节，技术比爱情更听话更可控。”

“行，我信了。”方东掩嘴一笑，“以后打算找一个什么样的？”

“我要为人类的制药事业奋斗终生！”关河大手一挥，“一个伟大的人从来都是孤独的、寂寞的、不被大多数人所理解的。”

“你就扯吧。”方东大笑。

笑声中，有人敲门：“请问是关东生物吗？”

方东回身，门口站着一个身材高大、长相憨厚的年轻人，足有一米八几的身高，再加上大手大脚，乍一看像是篮球运动员。

穿着很正式，名牌皮鞋、名牌衬衣、名牌手表，浑身上下无一处不透露出精致的气息，就连发型也是一丝不乱，明显是请著名的托尼老师修剪而成。

“靳……靳里？”方东愣了片刻才认出来对方是谁，“你可真是富贵逼人呀。”

方东在大学期间和靳里见过一次，是以关河女朋友的身份。

靳里是关河的初中、高中同学。高考时，学习成绩一般的靳里没考上上海的大学，去深圳上了四年大学。大学毕业后留在了深圳创业，创业失败后，又回到了上海。

靳里和关河算是半个发小，他一度在关河面前特别自卑，从小不管是长相、口才、学习都不如关河，人缘也差。每次他都是以关河的小跟班身份出现，他记忆中最深刻的一出就是经常有小伙伴叫他关二，意思是关河第二。

曾经有一段时间，他还以关二为荣，总是喜欢在小伙伴面前张口闭口地炫耀“我家关河说了”，俨然以关河的代言人自居。久而久之，小伙伴们不管找关河有什么事情都要先问他，当他是关河的传声筒。

直到有一天靳里发现，他在关河面前并非一无是处，他有一件事情远超了关河，只此一件，就足以让关河永远比不上他！那就是他有目光卓越、能够精准把握商机的爸妈!

大概从小学六年级时起，爸妈就开始预言上海的房子以后铁定会年年涨价，他们就省吃俭用存了一笔钱，买下了关河家的一栋老屋。

当时的靳里还不太理解爸妈的所作所为，认为他们把辛辛苦苦积攒了好几年的一大笔钱买了一栋只有几平方米的老屋，而且还地处偏远，是不是脑子有什么问题?

为了买房，靳里印象最深刻并且迄今无法忘怀的是他被迫在长达半年的时间里吃糠咽菜，节俭得让他几乎得了厌食症。

第八章

事业上的合作伙伴

好在坚持了大半年之后，爸妈投资的第一套房子开始涨价。紧接着，买下的关河家的老屋也遇到了拆迁。

随后，爸妈有如神助，不断地买进卖出房子，光是关河家就有两套老屋被他们捡漏，大赚了两笔。只短短几年时间，家里的资产就翻了十几倍之多！

等到了上大学时，虽然他学习成绩远不如关河，并且考上的大学既非 211 也非 985，比关河所上的 C9 联盟大学差了不是一点半点，但他在关河面前不再像以前一样只有自卑，而是既自卑又自傲。

自卑的是长大后的他依然不如关河智商高长相好，自傲的是他比关河情商高且有钱。

有时靳里会想，也许上天的公平之处就在于不会让一个人同时拥有智商、长相、财富和幽默，他并不认为是他抢走了关河成为富二代的机会，而是他命好，会投胎。

大学毕业后，他留在了深圳创业。作为一个坐拥上海数套房产身家上亿的富二代，拿出 1000 万在深圳打下一片天地，应该不是什么难事吧？

没错，经过几年的倒买倒卖，以及首付摊饼式发展，再结合以租还贷以贷养贷，爸妈名下已经拥有了上海中心城区也就是浦西七区七套房产，还打算朝浦东等其他九区进军，力争在不久的将来成为和坐拥一栋楼的广东房东一样，每天过着收收租、打打麻将、散散步和吹吹风的无聊人生。

事实证明，富一代有眼光，未必亲生的富二代就有经商才能，也就是几年的时间，前期投资的上千万资金打了水漂，靳里深怀严重的挫败感，灰溜溜地回到了上海。

他已经无法再在深圳待下去了，每一刻每一秒都陷在他的失败经历里无法自拔，他无法接受自己的无能。

在接到关河的邀请时，正百无聊赖不想出门不想见任何熟人的靳里欣然同意。也不知道出国之后又回国的关河都经历了什么，和他聊聊也许可以发现新的商机，可以东山再起。

关河热情地迎上前去和靳里握手，拥抱了一下："你这家伙，几年不见，倒是壮实了不少。"

靳里也积极地回应关河："你也不错呀，状态很好，还开了公司？够气派够大气。"

又和方东握手，靳里暧昧地一笑："衣不如新，人不如故，你们这是……昔日重现？重温旧梦？破镜重圆？"

方东摆手："别瞎说，他没有，我不是。我们只是事业上的合作伙伴，是纯洁的金钱关系。"

"咖啡还是茶？"关河笑得很开心，作为从小到大的伙伴，靳里是他为数不多的多年好友。

"茶。"靳里摸了摸肚子，"现在得注意养生了，咖啡的咖啡因含量太高，对胃不好。"

"到底是有钱人，下一步就得考虑长生不老了。"关河笑了笑，为靳里泡了一杯绿茶，"最近在忙什么呢？"

关河说不羡慕靳里是自欺欺人，毕竟他们起步相同，但在助跑阶段，他坐上了高铁，而自己依然是步行。

关河之所以想要邀请靳里加盟公司，是看中靳里的为人。他和靳里从小一起长大，清楚靳里的人品和能力。

靳里在能力上并不算特别突出，智商也不高，但胜在情商高，为人靠谱。在创业阶段，关河认为靳里的加入至少可以带来资金上的加持和团队建设上面的加分。

关河其实在上大学之后，就和靳里联系不多了。也不知是他的心理作用，还是靳里有意为之，他们的对话除了日常问候或是偶尔问下现状之外，就没有其他方面的交流了。

再好的朋友哪怕是发小，也会随着时间的流逝和距离的阻隔而疏远，无一例外。

关河和靳里共同的朋友不多，因此也无从得知靳里近年来的详细情况，只大概知道他在深圳大学毕业后创业，又在半年多前回到了上海，现在在做什么，一无所知。他也是抱着试试看的心态，邀请靳里过来坐坐。

在上海，尤其是土生土长的上海人，真心想要创业的并不多。如果不是听到靳里曾经在深圳有过创业的经历，关河也不会想到要拉靳里加盟。

其实对于创业能否成功，关河心里完全没底。但从他目前的处境来看，只能走一步算一步了。

在听了关河和方东关于公司创业的方向和设想后，靳里沉默了一会儿，戴上墨镜又摘下："本来呢，我卖了深圳的公司回到上海，是想自己创业的。虽然深圳公司才成立几年，转手一卖就是十几倍的利润，但我还是觉得没有什么成就感。

"深圳本质上就是一个创业加创新的城市，有大气候有土壤，创业成功是大概率事件。上海就不一样了，上海缺少创业的氛围和人气，创业成功是幸运事件。也正是因此，能在上海创业成功，才能真正证明自己的能力。

"说句良心话，我呢，本来已经想好了创业的思路，并且做好了商业规划书，正准备动手时，这不，关河就非常及时地出现了。在此呢，我非常感谢关河和方东的盛情邀请，出于对你们的信任，当然了，也基于我和关河几十年的革命友谊，我原则上同意加入关东生物。"

这一番话说得一波三折，有起有落，就连起承转合也是无比地娴熟与流畅，关河听后就更加认定自己邀请靳里加盟公司是英明而正确的决定。

公司需要一个有见识懂运营又有格局的运营官。

"但是，我们丑话说到前头，先小人后君子，以后才不会落埋怨，也不会影响我们之间的友情。"靳里又戴上了墨镜，"第一，我要股份。第二，我暂时先不会投资，是以技术入股。第三，股份比例不能低于 10%，我必须并且只能担任首席运营官。”

关河只顾细心聆听，并没有注意到靳里戴上墨镜的细节。方东却是看得清楚，靳里是为了掩饰他飘忽不定的眼神。

方东没有关河先入为主的认知，她是认识靳里，却并不熟悉，不像关河认识靳里的时间过长，会先为他设定一个框架，认为不管过了多少年，他都会在框架之中。

人都是会变的，尤其是长大之后，方东总觉得靳里闪烁其词的背后，是隐瞒了什么真相。

“好，你的条件我都答应你……你人什么时候能到位？”关河也不跟方东商量，当即就一口答应下来。

“我……”靳里一怔，似乎是没想到关河答应得如此之快，“我还得一周左右，还有一些遗留问题需要处理一下，得善始善终不是？不过可以先签了合作协议。”

他见方东没有表示，浅浅一笑：“方姐是有什么想法吗？”

方东愣了一会：“靳里，你的眼睛没事吧，怎么总戴墨镜？”

“没事，没事，在深圳待久了，阳光太刺眼，养成了习惯。”靳里尴尬地摘下墨镜，“坏习惯，得改。”

“你情商这么高又是特别会照顾别人情绪的人，怎么会有这样不合时宜的习惯，不应该。”方东为靳里续了茶，“你在深圳的公司成功卖掉了？具体卖了多少钱，方便透露一下吗？”

正在喝茶的靳里险些呛了一下：“没……没多少钱，就是十几倍的利润。具体数额不方便透露，有保密协议。”

关河微有不快：“方东你什么意思？！”

“我们是在寻找合伙人，不是普通员工。普通员工不合适了，可以随时辞退，合伙人一旦成为股东，再发现性格不合、价值观不同，要切割的话，相当于一场离婚，轻则伤筋动骨，重则粉身碎骨。”方东坚持她的看法，“好，具体数额不方便说，是商业机密，可以理解，公司名字叫什么，总可以说吧？”

第九章

挣扎在贫困线上的千万富翁

“嗯……”靳里沉吟片刻，很不情愿却又不得不说，“叫深圳加减号文化传媒有限公司。”

“名字起得真有文化。”方东迅速搜索后，笑得意味深长，“公司显示一个月前已经注销了，不在存续期，怎么会是卖掉了呢？”

“这……”靳里脸微微红了一下，“也许是他们收购了公司后又注销了。”

“不对呀，并没有股东工商变更登记记录，直接在你是100%控股时就注销了。”方东此时已然心里有数，点到为止，“也许是你记错了，卖的是另一家公司。”

“对，对，是我记错了，卖的是乘除号文化传媒，不是加减号。”靳里汗都快下来了，方东目光如炬，又能及时为人圆场，智商不亚于关河，情商更是高关河一筹。

“就说嘛……”方东嘻嘻一笑，有一丝天真又有几分狡黠，“晚上一起吃饭，商量一下合作细节的问题？”

“行，听方姐的安排。”靳里此时在气势和心理上已然弱化了几分，对方东既畏惧又敬佩，感觉像是有一个小小的把柄被方东捏在了手里。

关河却浑然不觉刚才二人之间的过招，伸了伸懒腰：“想吃什么？外滩附近还是有许多米其林餐厅的，方总请客，不用客气。”

“不不，我请客，一定得我请。”靳里暗中擦了一把汗，开玩笑，他还敢让方东请客，怕是没机会加入关东生物了。

对他来说，上海有太多的500强大公司可以选择，他虽然学历一般，又不是名牌大学毕业，但凭借他上海本地人的优势及能说会道的高情商，入职应该没问题。只要能进去，他相信就有足够多的机会来施展才能，一步步高升。

只是他投了几份简历出去并没有回声，与其干等，还不如先白捡一个成为创始人的机会，哪怕股份不多，也等于为自己的未来多预设了一种可能。

不用投钱的股份，他还是乐意笑纳的，不过以眼下的形势来看，10% 怕是拿不到了。关河答应了，方东却始终没有松口。

最后靳里挑了一家还算高档的餐厅，坐在了买单的位置，点了菜要了酒水，敬了关河和方东。他是得感谢关河为他带来的机会，也是为了表现自己的大方和好客，毕竟，他现在还顶着一个富二代的光环。

最终敲定，靳里持股 8%，任首席运营官，关河和方东各 36%，剩下的 20% 由投资人何处持有。

靳里向关河和方东保证，不管以后遇到什么情况，他都会站在二人的一方，会以二人的出发点考虑问题，和二人一心。

回到办公室，已经是晚上八点半，关河想要睡觉，被方东叫住了。

“等下再睡，我还有事情和你说清楚。”方东一脸严肃，“我想和你再聊聊靳里。”

“靳里还有什么好聊的？人挺好，又会说话，这么大的一个富二代还没有架子，低调认真，他就算一开始没有投资意愿，早晚也会投进来，放心好了。”关河大大咧咧地一挥手，“你是信不过我的眼光，还是信不过他的能力？”

“都有！”方东没给关河留什么情面，说出了她的顾虑，“靳里隐瞒了许多事情，没说实话。他在深圳的公司应该是倒闭后注销了，卖公司一说就是他的自我包装。可惜，演技差了一些，而且还没有经验，技巧生疏，应该是深圳创业的挫折对他的打击巨大。”

“有理由怀疑，他现在所谓的富二代身份，说不定也是假的。”

“哈哈……”关河放声大笑，“方东，你怀疑别的倒没什么，怀疑靳里的富二代身份，就太主观臆断了。靳里家里从穷到富，我可是做出了巨大的牺牲和卓越贡献，并且是我亲眼所见。他家里十几套房子你知道不？每月的租金就得20 多万！

“如果他还不算是富二代，你倒是制定一个新的标准，家庭资产在100亿以上才算富二代？”

方东不生气不争辩：“时间会证明一切，慢慢你就会知道我的正确和远见。”

关河带了几分气愤回到自己的办公室，关上了房门铺好床，刚躺下，就收到了靳里发来的消息。

“关哥，今天有件事情我撒谎了，深圳的公司我没卖，是倒闭了，我没经营好。不是兄弟虚伪，是我从小跟你久了，好面子，怕给你丢人，毕竟从小到大我都是你的跟班。

“没承想被方姐查出来了，还是丢人了，关哥，你别觉得我不真诚就行。我们是从小一起长大的赤裤兄弟，我就是想在你和方姐面前长脸……

“深圳的公司是倒了，我回上海是想再开一家，一直没想好做什么，正好就收到了你的邀请。这样，我先跟着你和方姐摸索一段时间，毕竟我对生物制药不太了解。等我入门了，看好市场前景后，我再投资，也好说服爸妈不是？

“你也知道，我家里是有钱，可都是爸妈的，我说了不算。深圳的公司倒闭刚赔了不少，再拿钱投资得有一个缓冲期。”

关河很感动，现在的靳里和他以前认识的靳里一样，诚实而坦率，才不像方东所说的虚伪又笨拙。肯定是方东因为和他分手的原因，对他始终带有偏见，从而影响到了对靳里的判断。

关河回复靳里：“放心吧靳里，我对你始终信任，你是我永远的好兄弟！”

靳里收起手机，对正在紧盯股票行情的老爸说道：“爸，关河回复了，过关了。”

靳大志头也不抬地摆了摆手，一脸不耐烦：“屁大点儿的事情，别打扰我。跟你妈说去，大事都归她管。”

靳里无奈地笑了笑，从次卧出来，来到客厅。

客厅正中支了一张麻将桌，一群人正围在一起搓长城。坐北朝南双眼红肿头发乱成一团的，正是靳里的老妈李有慧。

李有慧输红了眼，拍着桌子嚷道：“今晚通宵，谁也不许走！谁要是赢了就想走，以后再也别来了！”

靳里叹息一声，都以为坐拥十几套房子的老爸老妈早就实现了财务自由，天天除了吃饭睡觉就是收租，日子轻松惬意。其实不是，准确地讲，三年前是，现在不是了。

自从三年前老爸迷上炒股、老妈沉迷于打麻将之后，十几套房子现在变成了一套！

是的，仅剩下的最后一套就是全家人所住的180平方米的位于浦东的房子，虽然也是千万豪宅，但却有几百万的银行贷款要还！

之前靠拆迁致富及以租还贷以贷养贷搞来的几套房子，因为老爸炒股失败和老妈打麻将赌博的原因，陆续卖掉填补了亏空。因炒股返贫后，老爸依然沉迷在炒股之中，希望可以东山再起。而老妈每天都在麻将中度日，梦想依靠麻将的收入可以还上房贷。

一家人虽然达到了人均60平方米的住房标准，却每天都在为下月的房贷而发愁。如果说关河是精致的上海穷人，那么靳里就是挣扎在贫困线上的“千万富翁”。

“妈，我已经按照你的要求回复了关河，他回复说我是他永远的好兄弟。”

李有慧斜了靳里一眼，得意地一笑：“听老妈的，永远不会有错。得了，你以后就是公司的创始人了，等于又抓住了一次发达的机会。每个人一辈子都会有三次发财的机会，爸妈从关河老爸手里抢走了两次，最后一次，就靠你从关河手里抢过来了。

“去吧，别打扰我了，今晚我得挣出来下个月的房贷，要不我们一家人得睡大街上去。”

靳里点了点头，转身要回自己房间，又被李有慧叫住了。

“你在公司想要站稳脚跟，一是要和关河处好关系，打感情牌。二是要和投资人走近，让他觉得你有用，可以成为他掌控公司的助手，听明白没有？

“还有，别让关河知道你现在的真实情况，要让他对你始终抱有投资希望，你才能立于不败之地！”

第十章

时间成本才是最大的成本

“明白。”靳里握了握拳头，从小到大他习惯了听从老妈的指挥，不管什么事情，最后都由老妈来拿主意，对老妈的决定唯命是从。

他从小就知道自己就是一个妈宝男，并且以此为荣！

一连几天来，关河、方东都和何处待在一起，不管是去喝咖啡、看电影，还是打球，三个人形影不离，像是失散多年的兄弟姐妹。

方东倒没什么，何处不管去哪里做什么，她都毫无怨言地跟随，哪怕何处没有一句话是谈合作的事情。

是的，几天来，何处似乎就只是在吃喝玩乐，然后闲聊一些乱七八糟的事情，包括但不限于关河和方东的往事。关河半天都没有忍住，直截了当地问何处不谈合作只转来转去，到底在干什么。

何处并没有正面回答关河，只是笑 :“请你白吃白喝白玩，你还不乐意？你看方东就比你沉得住气，她为什么不问不急？因为她明白我这么做的用意是什么。”

“是什么？”关河忙问。

“你就不能自己体会？”何处乐了，“关河，你除了在技术上有与众不同的特长之外，就没有别的优点了吗？”

“有呀，优点还有很多，一时半会都数不过来。”关河一脸扬扬自得的表情。

“是不是像天上星星一样多？”何处逗他。

“是。”

“但像天上星星一样多的优点，被太阳一样的缺点一对比，就全部不见了，对吧？”

“你这人太……”关河说不过何处，脸红了，还想争论，被方东劝住了。

方东把关河拉到一边：“何处是为了增加彼此之间的了解，越是轻松随意的状态，越能展现我们最真实的一面。何处是在了解我们，我们也可以借机了解他。要成为合伙人，不但要理念一致，最好在许多兴趣和爱好上的节拍也相同。”

“我管他的兴趣和爱好？他只是我的投资人，又不是哥们和兄弟。”因为被何处怼了一下，关河有几分愤愤不平。

“投资人不是哥们胜似哥们，他和你的关系一旦建立，想要切割就很麻烦了，所以，现阶段的互相了解像是恋爱，熟悉之后再决定是不是可以结婚。”方东很正式地拍了拍关河的肩膀，“兄弟，学着点，不但要让投资人放心，还要让他真正地信任你喜欢你，才能合作成功，合作得长久。”

关河哈哈一笑：“意思是，为了几个臭钱，我得讨好他巴结他，让他觉得我可靠、可爱、可怜，然后才会头脑发热大方掏钱？”

“你要非把正当合理的投资行为理解成上述幼稚行为，我也没有办法。我可管不住你的脑子和思想……”方东嘻嘻一笑。

关河愣了愣，忽然也嘻嘻一笑：“我的意思是，也没什么不可以的，为了事业为了未来，拼一下又不丢人不是？我认了！”

什么时候榆木脑袋的关河也开窍了？方东大喜：“是真心话还是气话？”

“英雄各有见，何必问出处？”关河背着手装模作样地摇头晃脑，“在我还没有成功之前，我可以适当地放下所谓的面子。”

“毕竟，世界从来不会在乎一个小人物的尊严！”关河搓了搓手，“不对不对，小人物从来就没有所谓的尊严，在生存面前，尊严是最不值钱的自我认知！”

“不对，你说得不对，尊严是必须坚持的自我认知，面子才是最不值钱的自我加戏。”

“尊严和面子不是一回事儿吗？”

“怎么可能！面子是虚荣，尊严是根本，完全就是两件事情好不好？”

“不不不，我认为是一件事情……”

二人就尊严和面子的事情争论了起来，在一旁打球的何处默然一笑，继续挥舞球杆。

一周后，何处才第一次来到关东生物的办公室。

“我怎么觉得光有一个办公室不像是一家生物制药的公司呢？”何处左看看右看看，“不是应该有实验室、化验室和制药车间吗？”

“是应该有，但现阶段资金实力不允许。”关河觉得时机成熟了，“何处，我们现在总该可以谈合同细节了吧？ 20% 的持股比例，你没意见吧？”

方东暗叹一声，关河还是改不了急躁的毛病，如果何处没有投资意向，在第三天的时候就撤退了，还会坚持到一周？在创业初期，找对合作伙伴的时间成本才是最大的成本。

不过她没有多说什么，团队的每一个人都要保持个性，才是一个最具战斗力的独特的团队。

每一个人都需要成长，关河是，她也是。

何处没有直接回答关河的问题，而是来到了关河的办公室，坐在了他的椅子上：“办公室可以放在外滩，研发部门是不是最好放在浦东偏远一些的地方？”

下一步研发的问题，关河有过深思熟虑，他点了点头：“上海的生物制药公司都集中在浦东一带，我们未来的研究所和生产车间都可以选在浦东。但现在最重要的是落实资金问题，以何总前期的投入，只够购买专利和理论上的研究。”

“你的意思是，我第一轮天使投资就得投一个小目标了？”何处把玩关河办公桌上的签字笔，“钱我有，但你们的团队可不值几个亿。天使投资的意思是给你们一双飞翔的翅膀，等你们飞起来了，再带我一起飞。”

“20% 的股份你是没有意见了吧？”关河迫切地想要知道何处的底牌。

“我对生物制药不是很懂，决定投你们，是出于对海月明的信任，以及对你们的认可。但在详细了解了生物制药行业后，我觉得我之前的想法太乐观太天真了。所以，我决定追加一部分的投资，并且持股比例要求达到30%……”

“同意的话，今天就签合同。”何处一副吃定了关河的样子。

“如果我不同意呢？”关河对何处的临时加价行为深表不满。

“你可以不同意，我又没有说一定要你同意。”何处站了起来，“你什么意思，方东？”

方东也没料到何处想要30%的股份，她想了一想，把关河拉到了一边：“何处是一个难得的合作伙伴，他的资金可以让我们的公司运转起来。30%的股份是有点多，但总好过没有人投资导致公司夭折吧？”

“现在答应他，他以后还会得寸进尺的，不行，说什么也不能同意！”关河态度坚决，不能纵容何处，出尔反尔的习惯一旦养成，会很麻烦。

而且关河觉得何处太市侩了，时不时流露出赤裸裸的商人嘴脸，他甚至感觉让何处作为公司的天使投资人，不是最优选择。

方东也心中不快，何处持股到了30%的话，她和关河每人都得减持到31%，失去了对公司的一票否决权。

投资人的股份太接近创始人，创始人很容易失去对公司的控制权。不过好在她和关河抛却以前的恋人关系，只以现在的合伙人身份来看，也有足够的默契和信任，他们联手，还是可以牢牢把控住公司。

关河认为他的技术和专利独一无二，在市场上具有不可替代性。是，关河确实很有研究上面的天赋，问题是，真正认可的投资人却没有那么多，也不好遇到。为了公司的成立和融资，方东背后付出了多少心血和汗水，以及曾在多少投资人面前碰壁、被嘲笑、被嘲弄，甚至是被骚扰，关河都一无所知。

“是金子就不会被埋没”只是一句安慰失意的人的鸡汤，大多数金子都是以矿石的形态出现，要经过冶炼之后才会呈现金光闪闪的最美姿态。

方东劝关河不要意气用事，先把公司开起来，一步步走下去，只要产品成功了，作为最大的专利所有人及技术核心人物，关河的重要性就会越来越明显。公司从初创到发展，股份结构并不是一成不变的，而是会根据第二轮资金的进入、每个人在公司重要性的上升或下降而不断地进行动态的调整。

关河不听，赌气之下非要中止和何处的合作。

何处却不生气，怡然自得地把腿放在了关河的办公桌上，他拿起协议看了看：“不是还有一个股东叫靳里，把他也叫来，不行我们就投票表决一下，少数服从多数。从现在起，就应该建立起公司事事正规的规章制度。”

“好，投票就投票。”关河本来也想叫靳里一起过来的，靳里有必要和何处认识一下。现在何处说要投票表决，他自信心爆棚。

第十一章

最合适的合伙人

靳里不到半个小时就赶到了，正常情况下，他至少得一个小时的路程。

关河并未细想其中细节，方东却意识到了，问道："这么快，正好在附近？"

靳里脸微微一红："出来锻炼身体，就在旁边的五星级酒店，一收到召唤就赶紧过来了。"

"脸不红心不跳，也没出汗，你锻炼的是想象力吧？"方东故作轻松地笑了笑。

关河拉过靳里，觉得方东事太多了，他为靳里介绍了何处："你们应该是第一次见面吧？有没有机会熟悉以后再说，现在就先投票表决。"

"第一次，第一次。"何处笑得很随意很得意，和靳里迅速交换了眼神。

靳里回应了何处一个心领神会的表情。

关河依然没有留意到二人第一次见面就过于默契的互动，方东却是尽收眼底，她不动声色地笑了。

关河说出了请靳里过来的用意，他连暗示都不用，直截了当地说道："事关公司的生死存亡，现在开始投票，你的一票很关键，一定要投给我。我不赞成何处成为公司的投资人，你也要和我的立场保持一致。"

"你呢，方东？"关河天真地一脸期待。

方东为了关东生物的成立，至少已经筹备了一年多时间。她物色了不下十几个合伙人，最终都因为某些关键的原因而没能达成一致，本来她已经失望到快要放弃之时，却发现关河即将回国，才又重新点燃了她的希望之火。

合伙人对于公司的未来至关重要，就像谈恋爱一样，我们总觉得同龄的异性人山人海，其中符合我们要求的数不胜数，我们有足够多的挑选余地。实际上想象和实际操作有相当大的差距，当你真心想要结婚时才发现，适合的结婚对象寥寥无几。

世界往往就是如此残酷，早些看清，更加理智地认清自己，才能更好地放对自己的位置。

对方东来说，关河未必是各方面条件都让她满意的合作人，但绝对是最合适的合伙人。合适不一定是条件都完美，而是各方面都均衡。

同样，靳里也是。靳里的问题比关河还大，好在靳里只是第三合伙人，还排在第二合伙人何处的后面，方东对他的要求也就降低了标准。

对于何处，方东的心情比较复杂。何处身上不时流露出来的精明的商人气息让她不太喜欢，但何处敢于冒险和尝试的精神又让她敬佩。最为关键的问题，现阶段何处是唯一对关东生物感兴趣并且真想投资的投资人，就算他再挑剔再事多，也只能忍耐。

何处是公司生死存亡的关键人物。

关河是想要把个人理想和尊严置于资本之上，方东不这么想，事缓则圆，她更愿意从中化解对立，起到关键的黏合剂的作用，让公司先成立起来再说。

以后怎么磨合，是以后的事情。

方东深吸了一口气，认真而从容地说道："何处既然要追加投资，按照比例计算，他的股份增持到30%也合情合理。对此，我并不反对。但由于何处是临时提出增持股份，我认为应该修改投资协议中有关对赌条款中的无限追责的部分。"

投资协议中有一条是对赌条款，约定如果在三年内公司依然没有盈利，何处有权要求关河和方东按照12%的年化回购他的股份，以保证他的投资款的安全。

回购资金的来源可以追责到个人名下的所有财产，包括但不限于房产、车产和资金。

本来创业就是九死一生的事情，大家绑在一起拼搏，不能说投资人就必须旱涝保收，其他创始人就得承担全部责任。当时看到条款时，方东就想和何处好好谈谈，关河却认为没有必要，他觉得追究无限连带责任并不是什么了不起的大事，反正公司真要赔得一塌糊涂时，他名下也没有任何资产可以用来还债。

别忘了，他可是精致的上海穷人！家中仅有的老屋，也在老爸的名下。

方东却不这么认为。凡事应该防患于未然，现在穷不代表将来穷。她可以为创业赔上时间、精力，但不想因此背上一辈子的债务。

方东的提议立刻得到了靳里的响应，靳里连连点头："我也是刚看了协议书，无限追责的部分确实不合理。如果何总愿意删除这一点，我不会反对你增持到 30%……"

何处跷起二郎腿，歪着嘴角笑了："行吧，各退一步，我删除这一条，怎么样，够有诚意了吧？关河呢，你什么意见？"

关河还以为会有一场激烈的讨论，或是方东和靳里都一面倒地支持自己，不料才一个回合，二人就全部倒向了何处，让他大失所望。

难道真的在资本面前，感情、交情、契约，还有信念，都不值一提，都得让步？关河很不高兴："你们都同意，就我反对，我退出好了。"

何处一听就急了，一拍桌子："关河，你多大的人了，怎么跟个小孩子一样？是不是不管干什么都玩不起输不起？别忘了，你可是在意向书上签了字的，你的契约精神呢？方东还总夸你说你有契约精神，签字的事情哪怕赔得裤子都脱了也没有怨言，原来都是假的！"

一句话说到了关河的痛处，他一咬牙："根据公司的章程，少数服从多数，既然你们都同意，我依然坚持我的反对意见，但我还是会执行公司的决定。"

"这才像个爷们！"何处哈哈一笑，拍了拍关河的肩膀，拿出打印好的协议，一人一份，"签字，从今天起，公司算是正式成立了。等下去吃大餐，我请客。"

方东虽然并不开心何处的持股比例上升到了 30%，但也不得不面对现实，何处的资金对于关东生物来说至关重要。

更让她担心的是，什么时候何处和靳里暗中达成了一致？他们肯定不是第一次见面，私下早就有过接触了。甚至可以说，靳里已经站在了何处的一方。

吃饭时，关河已经忘掉了刚才的不快，既然他已经同意了何处的条件，就不会再纠结，而是开始展望未来了。

“第一步，先招聘几个技术人员，开始前端的研究工作。第二步，建立关东生物的实验室，理化实验室和微生物实验室要同时开建，地址我都已经选好了，就在未时制药的旁边有一块空地，价格也不贵，正好可以用来建造实验室和生产车间。

“生产车间现在还不用上马，实验室必须第一时间开工。

“还有，实验室所需要的相关材料也要准备好，我现在已经迫不及待地要开动了。”关河兴奋地搓手，“科研使我快乐，成果让我兴奋。”

“马上。”何处和关河碰杯，“我有时复杂，有时也简单。只要条件谈妥了，达到了各方的满意，签字之后大家就得立马行动起来，开始干活。投资款分三笔打过来，第一笔明天，第二笔下个月，第三笔再下个月。保证三个月内，全部投资款到位。”

何处之所以决定投资关东生物，也是看重了生物制药的未来前景。当然，他是从资本的角度来看待问题，系统地研究过国外一些生物制药公司的现状。

国外有不少生物制药公司，虽然规模不大，但研发实力强劲，并且估值惊人。“小而美”的生物制药公司多聚集在旧金山的“湾区”，他们负责研发和创造明星药物，然后其中大多数会被大型制药公司高价收购。

医药是人类永远的刚需品，终其一生，没有人可以不得病不服药。在疾病面前，人类的消费欲望惊人，并且消费潜力也近乎无穷。

眼下，中国的生物制药公司正在陆续崛起，从上海的张江到武汉的光谷，许多“小而美”正在萌芽。

其实在海月明为他推荐关东生物时，何处并未太动心，如果不是他仰慕海月明的风姿，对她有一些深入了解的想法，他恐怕连研究生物制药的兴趣都没有。

不过，当海月明为他介绍了一个发生在无锡的鲜活的案例时，他大为心动，当即决定要和关河、方东谈谈！

第十二章
求同存异

生物制药公司是所有行业中最具有想象空间的公司。不管是上市还是被大型医药公司收购，都可以保证投资的高额回报，正是因此，何处才决定投资关东生物。

不仅仅是因为他认可关河的技术和方东的能力，还因为海月明也明确告诉他，只要关东生物挺过了初创期，进入第二阶段后，在A轮融资阶段她就会加入。

海月明创立的此时基金主要投资方向是中后期的创业公司，她本人很看好关东生物的前景，但由于基金创立初期就定下了投资规矩，她没有办法说服其他人。

基于自己对市场前景和资本远景的了解，再有了海月明的背书，何处对关河和方东的组合也比较满意，就决定投资了。

投资的资金都是自己的钱，何处自然慎之又慎，毕竟现在他全部的身家也就只有几千万元，如果投资失败，他不但血本无归，还没脸再回广州。

他原本在广州经商，开始时借助父亲的力量，顺水顺风。富二代确实会有一些天然的优势，父辈辛苦打下的江山，他都可以拿来绘制蓝图，而不用从零做起。

只不过后来他发现，他和父亲不但经商的理念不同，在人生的许多问题上看法也不同。父亲非要让他娶一个他不喜欢的姑娘为妻，只因为她是父亲故交的女儿，可以帮父亲在商业上有更大的布局。

结果在结婚前夕，他发现了女友杨涵米劈腿。一怒之下，他解除了婚约。

与此同时他还发现，父亲的产业布局出现了方向性错误，导致了破产。

父亲因为他解除婚约而对他大发雷霆，和他切割了关系，只留给他一部分资产，声称以后和他一刀两断。

带着伤痕和疲惫，何处处理完了在广州的所有资产，带着现金来到了上海，发誓要在上海闯荡出来属于自己的天地，并且再也不回广州。

表面上看，何处玩世不恭，在投资和谈判的过程中，颇有心机且手段老辣，实际上他背负着比关河和方东更大的压力——他是赌上了全部身家，包括资金和未来，甚至还有人生！

他不能失败，他承受不起父亲的嘲笑和杨涵米的轻视！

饭后，何处谢绝了关河邀请他连夜去浦东实地查看场地的建议——他约了海月明喝茶。

靳里和关河、方东一起回了公司。

一进办公室，靳里就忙前忙后地端茶倒水，大献殷勤，一脸歉意地说道："关河，怪我事先没有和你商量，就同意了何处的提议，我还以为你们已经达成了共识。

"几天前，何处单独和我见了一面。"

关河不以为然地摆了摆手："别说了，事情都过去了，协议都签了，签了字我就认，从现在起就要往前看了。"

方东却是抓住了事情的关键点，追问："何处怎么会有你的联系方式？"话一出口才意识到问题太幼稚了，一周前关河建群，靳里和何处都在群里。

"都聊了些什么？"方东认为靳里还值得争取一下，不至于一上来就完全跟随何处的脚步。

"也没说太多，就是随便聊了聊过去。何处很关心我为什么不留在深圳非要回上海，又为什么要加入公司。他还问了我和关河及你的关系，最后告诉我他已经和你达成了共识，但还没有完全说服关河，希望我到时和他、和你保持一致的立场，我就同意了。"靳里保持了诚恳的态度，"我觉得何处很直爽很坦诚，就相信了他。而且从公司的大局来说，他的资金决定了公司的生死存亡，他要求增持股份的同时还追加了投资，至少遵循了基本的商业操守。"

“你和他第一次见面就这么相信他？”关河不理解，“为什么和他私下见面的事情，不和我说一声？”

靳里微微低头：“我是认为没有必要，又不是瞒着你们做出了对公司不利的事情。”

关河忽然生气了：“靳里，如果你以后再不和我商量就和何处背后达成一致，别怪我不认你这个兄弟了。”

“是，是，以后一定改正，绝对下不为例。”靳里赔笑点头，态度十分到位。

“你们都认识多少年了，还动不动就生气？”方东笑了，“我插一句话，要我说，你们以后在大事上要提前通气，能达成一致的尽量达成，实在有分歧的也求同存异。当然了，也不要把何处排除在外，他是我们的投资人，也是我们的股东，我们所有人的目的都是为了公司更好地发展壮大。”

方东声音轻柔语气轻松，再加上在办公室温柔的灯光之下她的脸庞流光溢彩，刹那间就缓和了气氛。

关河和靳里相视一笑，二人撞了撞肩膀。

靳里走后，关河准备睡觉，却被方东叫住。

“太早了，睡不着，要不下去走走，或者去看个电影？”方东发出了邀请。

半个小时后，关河和方东坐在了一家影院中，虽然不是情侣座，却比较偏僻且安静。

关河还有几分怀疑：“《中国合伙人》真的有助于我们公司的成长？”

“看过就知道了，确实是一部讲透了合伙人之间规则的好片子。”方东狡黠地笑了。

关河不再说话，认真地看起了电影，没有留意到旁边的方东心不在焉，目光不时地在他的身上穿梭。

关河知道他有固执和自以为是的一面，但也相信他的专利技术和研发能力才是公司的核心价值所在。他其实对靳里和何处的走近，以及何处在商业上的一些手段，并没有放在心上。他坚信就算何处和靳里联手，只要他和方东立场一致，依然可以牢牢把控公司的方向。

从本质上讲，公司还是产品型公司，只有将专利技术转化成可以生产的产品，公司的价值才能最大化。而转化的过程，完全掌控在他一人手中。

好吧，方东作为他的同学也懂技术。但研发所需要的不仅仅是技术，还有天赋。毫不夸张地说，他在研发上面的天赋强过方东，不，可以说强过他的所有同学，就连导师也佩服他天才般的设想。

现在总算解决了最基本的生存关，关河想到自己可以安心地住在外滩的办公室里面，每月还有工资可拿，并且未来还会有实验室，就嘴角上扬，无声地笑了。

看到关河偷乐，方东也开心地笑了起来。

靳里并没有回家，刚下楼就接到了何处的电话。半个小时后，他来到了位于福州路的船长酒吧。

是一处露天酒吧，在夏日的夜晚，吹着黄浦江上的夜风，心旷神怡，有出尘之感。

靳里来到何处定好的位置，发现除何处之外，还有两位美女。

何处先为靳里介绍了二人："海月明，非著名投资人、知名美女、此时基金的创始人、女性独立精神的代表人物及我仰慕加暗恋的前女神。

"邓入，知名 500 强公司的行政总监、自强不息女性的杰出代表人物之一、未来公司 HR 的唯一候选人及我仰慕加暗恋的现女神。

"靳里，上海有为青年的代表人物之一、奋发向上的非典型富二代、风趣幽默的单身优质男及我在关东生物最密切的合伙人。"

何处扬扬自得地跷起了二郎腿："我就不用介绍了吧？在爱情中饱受打击仍然相信爱情的上海第一痴情公子、励志加拼搏的新上海男人的模范人物，正是在下。"

"一曲清歌满樽酒，人生何处不相逢。"何处举起酒杯，"来，敬何处不相逢。"

众人举杯。

靳里喝了一口酒，轻轻放下酒杯："何总，今天的聚会，关河和方东知道吗？"

何处摇头，含蓄地笑："不知道，怎么，你要给他们打小报告？"

第十三章
见风使舵

靳里轻轻咳嗽一声："何总、海总，今天的聚会，是什么主题呢？"

"没什么明确的主题，就是先认识一下，增进了解。"海月明抢过话头。

"靳里，你觉得邓入是几分女孩？如果用5分、7分和9分来划分的话？"

"7分。"靳里毫不犹豫地给出了答案，"其实单论长相，邓入有9分，身高和身材也有9分，但有一个显著的缺点，拉低了她的平均值。"

"什么缺点？"邓入微有紧张之色，坐正了身子。

"能力太突出、事业心太强，只能打5分，和9分平均，就成了7分。"靳里故作惋惜地摇了摇头，"在一些男人眼中，女人太有能力太优秀了，反倒是减分项。"

"哈哈……"海月明大笑，笑得前仰后合，"靳里，你的手段用来对付刚出校门的小女生绝对管用，能哄得她们心花怒放，觉得你是最能提供情绪价值的优质异性。但对我和邓入来说，我们已经对你的套路免疫了。"

邓入也笑，稍微含蓄一些："虽然免疫，但依然还是很受用。"她一脸严肃："靳里，如果我也加入公司的话，你觉得什么职位适合我？"

靳里有点摸不清路数了，他下意识看向了何处。

何处笑了："看我做什么？你也是股东，还是首席运营官，直接说吧，别藏着真实想法。"

靳里犹豫片刻："真的要说实话？好，我就实话实说了。从个人形象来说，邓入的加入，可以让公司的整体颜值提升15个百分点。从协调合作来说，邓入的加入，会让公司的架构更加完善更有战斗力。她是HR的不二人选！"

海月明笑得很放肆："被我猜中了吧，何处，你输了，今晚你请客。"

"请客就请客。"何处有几分赌气，"我就不明白了靳里，你为什么才和邓入见第一面，就对她这么看好？你是不是认为我和她很熟，她是我的什么人？你太聪明了，聪明反被聪明误，我和她今天也是第一次见面。"

"啊？"靳里确实是想得过多过细，他猜测邓入应该是何处和海月明的共同好友，甚至可能是何处的女友或是亲戚，邓入的加入，是何处为了制衡关河和方东的联手而又采取的一步棋，没想到，真的是用力过猛了。

不过，他不会承认他的失误，嘿嘿一笑："不是，不是，我确实是觉得邓入很适合做公司的HR，她有亲和力感染力，而且形象和气质也和公司的定位很契合。"

何处摇头叹息一声："靳里，你知道你的最大问题是什么吗？太虚伪太会见风使舵了。不过……我喜欢！还有一个问题，邓入和海月明，谁更适合当我的女友？"

这个问题难倒了靳里，他轻轻咳嗽几声，左看看海月明右看看邓入："都适合，又都不适合。只要她们愿意，配你都是将就。只要她们不愿意，拒绝你也是理所应当。"

"你小子，站哪边儿的？"何处气笑了，"罚你喝三杯，要不就买单，两者选择一个。"

"买单太俗了，我选择喝酒。"靳里暗自盘算了一下价格，他买不起。

海月明眨动双眼，似笑非笑地盯了靳里半天，突然问道："靳里，你能加入公司是关河的功劳，要不是他拉你进来，你没有机会认识何处和我们。为什么你会背叛关河呢？"

靳里一脸委屈："冤枉呀，海总，我哪里背叛关河了？我和他可是从小一起长大的赤裤兄弟！"

"我其实是在帮他！"靳里的委屈换成了诚恳，"关河智商极高，但情商一般，固执、自以为是，不太会和人相处。以他的性格，如果中间没有缓冲地带，没有人替他维系和团队的关系，他早晚和大家闹僵。这不，公司还没有正式运营，他就和何处闹了不愉快。"

“我是希望替他在背后做一些事情，让他可以心无旁骛地专注于研发。毕竟，关东生物的核心还是他，我们所能做的只是辅助和推广工作，只有他出了研究成果，公司的价值才能最大化。”靳里的表情坚定，“运营上的杂事，我来；人力资源上的大事，邓入上；资金上的重大决策，何处负责；关东生物才是一个战无不胜的团队。”

何处笑着点了点头：“我就说嘛，海总，在关东说要拉靳里加入时，我就先和靳里私下见了一面，和他一见如故。关河除了有技术上的天赋之外，看人方面也有一些值得肯定的地方。”

海月明抿着嘴笑：“现在公司的架构已经初步成型了，首席执行官是方东，首席技术官是关河，首席财务官是何处，首席运营官是靳里，人力资源是邓入……不过说了半天，似乎方东的作用最小，方东作为和关河持股一样的大股东，是不是不太合理呢？”

靳里刚要说话，被何处使了个眼神制止了。

何处朝海月明举杯：“海总就别给靳里挖坑了，他不知道你和方东是闺蜜，关系最好了。关东生物能够成立，你起到了60%以上的作用。如果没有你从中推动，方东再有资源再有整合力，她也孤掌难鸣。”

靳里差点吓出了一身冷汗，他是想说几句方东的坏话，方东太犀利了，好几次看穿了他想要隐藏的秘密。没有人会喜欢能够看穿自己内心的人。

原来方东是海月明的闺蜜，靳里庆幸从头到尾还没有来得及说方东的不好。他也看了出来，何处对方东也是微有不满。

以后在没有厘清人和人之间的关系之前，不能乱说话，不管是真话还是假话，都不如说好话，哪怕是没用的废话，只要好听，就能保证不犯错误。

海月明没有回应何处，她坐直了身子：“一家公司在创业初期，一群志同道合的人走到一起，肯定会有一个磨合的过程。只要大家求同存异，努力为了共同的目标前进，就一定可以拿到想要的一切。来，预祝关东生物旗开得胜！”

海月明比靳里想象中更成熟更含而不露，靳里莫名对海月明警惕了几分。

快结束时，靳里试探着问了一句：“邓入加入公司，股份怎么分配？”

“我的初步想法是，我们每人都让出 1% 的股份，让她持股 4%……你没意见吧？”

以公司目前的股权架构来看，关河和方东各 31%，何处 30%，调整后变成关河和方东各 30%，何处 29%，他的股份就从 8% 降到了 7%，靳里当然会有意见了，但有意见也不敢提，只能保留。

“我热烈欢迎邓入的加入，只要关河和方东没意见就好。”靳里努力一笑。

“相信我，他们不会有意见的。”何处得意地一笑。

海月明告别几人后，一个人在外滩漫步，关了手机，享受不受打扰的清静。半个多小时后，她才重新打开手机，见时间还不到 10 点，就打电话给方东。

“方便见个面？”

方东和关河刚看完电影，出了影院，她听到海月明的话筒中传来的汽笛声和江水声：“好呀，你就在外滩吧？我们离得不远。”

确实离得不远，就几百米，十分钟后，海月明和方东、关河坐在了外滩的一张长椅上。

关河有几分疲惫，打着哈欠：“要不你们聊，我先回去了？我习惯在每天 11 点前睡觉，要不第二天会没精神。”

第十四章

知道长处，了解不足

海月明最佩服关河的心大，除了技术之外的事情一律不操心："不行，你得留下，事情和你有关系。"

"不是你们闺蜜聊一些私密话题吗？"关河不但不解风情，还不善解人意。

"让你留下就留下，怎么这么多话？"方东嗔怪地笑道，"老老实实坐着，安安静静听着，明白？"

"明白！"关河老老实实地点头。

海月明偷乐："他也有这么听话的时候？"

方东小声回应："得看时候看他心情。在他心情好的时候、疲惫的时候，还有专注的时候，你说什么是什么，特别听话。但在他烦躁的时候、兴奋的时候，还有研究陷入停滞的时候，千万别惹他，像根火柴一点就着。"

"和前男友共事就是好，知道他的长处，了解他的不足。"海月明掩嘴一笑，随后简短地说了说今天和何处、靳里、邓入见面的经过。

当然，她略过了一些关键性的细节，比如对靳里的试探等。

海月明强调说："我不是很喜欢靳里，对他持保留意见，也不认为他会对公司有多大的用处。最好不要让他加入公司，他是一个不安定因素。"

"你说什么？"正昏昏欲睡的关河瞬间清醒了，"你要这么说，我可就不困了。靳里是我的好哥们，一直以来关系最好的赤裤兄弟，你没有资格说他的不是。你又不是公司的人，公司的事情你也无权指手画脚！"

海月明被呛得脸红了，一时生气："关河，你怎么不识好歹，我是真心为你好。"

“用不着，谢了。”关河摆手，怒气渐盛，“我最讨厌背后说人坏话的人。来说是非者，便是是非人。有什么事情不能当面说吗？”

这一句话反倒把海月明逗笑了，她扑哧一声：“当面说，你会信吗？你以为你有情商吗？”

“我如果没有情商，早就不和你说一句话了！”关河被激得火气更大了，拿出手机，“本来我还想克制，既然你这么说，我就让你知道什么才是没有情商。”

他打开微信，翻出海月明，然后拉黑，又打开通讯录，找到海月明的电话，也加入了黑名单。

一脸扬扬得意的关河似乎是出了一口恶气似的笑了：“好了，世界清静了，从此我们回到陌生人的状态。”

说完，他直接扔下海月明和方东，扬长而去。

方东气坏了，想要叫住关河，被海月明拉住了。海月明深呼吸几口，克制了起伏的情绪，又轻松地笑了：“像个孩子一样天真，像个傻子一样固执，方东，关河是一个宝，你可千万保护好他，他一定会还你一个奇迹。”

“你不生气？他这熊样子，要不是有我，早不知道摔多少跟头了。现在还不改，真让人受不了。”方东虽然早就见识过多次关河的冲动和翻脸，但再一次面对时，还是克制不住情绪，“当初如果他稍微退让一步，知道缓和气氛，我们也不会分手。”

“只有你最了解他，也最能引导他，所以你在公司的重要性才最大。”海月明拉住了方东的手，“我不是不生气，而是每次生气都会告诉自己生气其实就是用别人的错误惩罚自己，慢慢地就学会了控制生气和冲动。”

“我让邓入加入公司，也是为了制衡靳里和化解来自何处的压力。何处有眼光有魄力，是一个值得佩服的合作伙伴，但同时，他也有狡黠、喜欢用商业上的一些手段及喜欢掌控一切的缺点，当然，也不能说是缺点，是人都喜欢绝对的安全感，就像谈恋爱一样，都喜欢绝对地掌控对方。”

“或许，这也和何处的经历有关，他毕竟受过亲情和爱情的双重伤害，缺乏安全感，所以处处提防别人。”

方东点了点头："我能理解何处，也能包容关河。每个人都有缺点，都有短板。何处是不信任任何人，关河是固执并且刚愎自用，而我则是害怕两个人的关系过于亲密，总认为关系一旦过于亲密，就会出现争吵和裂痕。"

"我想成立一家生物制药公司，是为了创业，为了治好患者的病，也是想治好自己的病，如果能治好身边每一个人的病，就更好了。"

海月明深以为然地点头："所有人都缺少安全感，或轻或重罢了，又或是体现在不同的方面。你怕两个人的关系过于密切而走向反面，所以恐婚；关河是怕错失下一次机会，永远没有翻身之时；我是有焦虑症，害怕过了一夜就会被世界遗忘。不但如此，我还总担心走路会被车撞，坐飞机会失事，投资失败导致破产，等等，有时会自己骂自己病得不轻，天天想这么多，没出意外也会抑郁了。"

方东用力握了握海月明的手："有我在，你不会有事的。"

海月明笑了笑："你和关河分手的时候，真的只是因为他的固执和低情商？"

"当然……"方东愣了愣，自己忍不住笑了，"不是了。有一部分是因为对他失望的原因，还有一部分是对自己失望。我以为喜欢上一个人就可以克服自己的恐婚心理，但到最后才发现还是在自己骗自己，我过不了自己的心理关。"

"算了，不提过去了，人得往前看。"

海月明咬了咬嘴唇："你们一起住办公室，一起办公，一起看电影，眼见就要旧情复燃了。"

"不会，我了解自己，更了解关河，我们都不是留恋过去的人。"方东语气很坚定，"而且我还没有治好自己的恐婚症，病好之前，不会再和任何人谈恋爱了。"

"你同意邓人的加入吗？"海月明在邀请邓人和何处、靳里见面之前已和方东沟通过了。

"同意。公司需要人才，以目前的架构来说还不够完善。"方东了解过邓人的经历，对邓人的为人和能力持认可态度，"邓人的加入，可以弥补短板。"

邓人是四川人，出生在四川一个偏远的山村。从小在重男轻女的家庭长大的她，拼命学习，凭借自己的努力考上了四川大学。硕士毕业后，来到上海发展。

她八面玲珑、善于察言观色，不但能力出众，还懂得照顾别人情绪，在一家500强公司工作了三年之后，升到了行政总监的位置，收入不菲。

邓入并不满足于现状，她清楚一点，在500强的公司中，她的学历优势并不突出。好在邓入凭借个人的优秀弥补了学历上的欠缺。

只是500强公司的工作虽然光鲜耀目，但离她想要追求的目标还有一些距离。直到她遇到了海月明，在海月明的劝说下，她终于下定了决心辞职出来，加入关东生物。

创业之路相比在500强公司担任总监，可谓艰难多了，并且充满了不确定性。更不用说失败的概率极高，也远不如在500强公司安逸。换了别人，才不会放弃眼前丰厚的收入而去下注并不确定的创业。

邓入却认定她迈出了勇敢的一步。她从小就有叛逆精神，当爸妈要求她读完高中就回家时，她不同意。当她读完大学让她工作养家时，她也没有按照他们的意愿放弃考研。大学及读研期间，她没有从家中要一分钱，都是自己打工和兼职赚取学费和生活费。

而硕士毕业后，爸妈为她安排了一个相亲对象。对方大她10岁，愿意为她的弟弟提供一份稳定的工作，并且肯出88万的彩礼。她连夜离开四川，来到了上海。

尽管因此被爸妈痛骂，并以断绝父女关系相威胁，她依然没有妥协。几年来，她拼尽了全力，只为不回到四川，不回去那个让她窒息到失去灵魂的家庭。

但如果想再进一步，实现可以在上海定居的目标，她需要更大的成就。海月明邀请她加入关东生物，虽然只有4%的股份，但她还是欣然同意。她研究过生物制药行业的前景，看好关东生物的未来，愿意押上自己的一切赌上一把。

海月明帮方东完善关东生物的架构，其实也是在帮自己布局。她希望关东生物可以顺利成立并且加速成长，到时她就可以在第二轮融资时顺势进入。

“我是用邓入的加入来试探何处和靳里结盟的稳固性，结果很让我担忧……”海月明对关东生物倾注了除资金之外的大量精力和感情，“至少到目前为止，靳里已经彻底沦为了何处的追随者。何处有点手腕，这么短的时间就让靳里归顺，以后你要提防靳里对关河的间接伤害。”

“谢谢你，月明，没有你，关东生物就不会成立，也不会有明天。”方东很感激海月明全心全意地支持，“我会盯着靳里的，放心好了。如果非要拒绝靳里加入，关河说不定真会撂挑子。就先顺着他，反正我还有邓入的帮衬。”

第十五章

谈钱不可耻

“记住一点，没有人会永远站在你的一方，形势一变，立场也会随之改变，包括我也是。”海月明做投资多年，太清楚在面临利益诱惑时，没有人会坚守初心，人性不是经不起考验，而是经不起太大的考验。

“明白。”

“你要明白你自己的重要性，一手托关河，一手托何处，等于是左手技术右手资金，怎样把一个由一群陌生人组成的团队打磨成一个配合默契、互相信任的团队，是一项艰巨的任务。”海月明抱住了方东的肩膀，“需要付出很多，只有打磨成功了，公司才能成功。”

“在生产出来药品之前，你得先找到适合关东生物的药，治好关东生物从成立开始就带来的病根。”

方东回到办公室，关河已经睡着了。门没关严，透过门缝可以看到关河侧身蜷在一起，像个无助的孩子一样睡得正香 。她心中一动，越是表面上倔强的人，内心越柔软。只要你发现了他柔软的地方在哪里，就能赢得他的信任和依赖。

几天来，关河和方东、何处去了浦东选址，最终敲定就在未时制药的旁边，新建一座实验室的同时，也上马一座生产车间。前期先上马实验室，生产车间等药品研发有了眉目后，再做决定。

同时，邓人也办理好了离职手续，正式入职了关东生物。

都以为关河会对邓人的加入有抵触心理，没想到关河对邓人非常欢迎，还表现出了异乎寻常的热情。何处还准备和关河打一场硬仗，如果关河说什么也不同意，他就再来一次投票表决。

关河的意外表现，让何处有几分摸不着头脑——关河到底是傻还是聪明？怎么感觉智商倒是挺稳定，而情商忽高忽低，对人的判断也很情绪化，完全没有一个理性的逻辑认知。

至此，关东生物的组织架构接近完善。关河持股30%，方东持股30%，何处持股29%，靳里持股7%，邓入持股4%，尽管从结构来讲并不是一个特别良性的股份比例，但至少顺利成立并且迈出了关键的第一步。

何处的第一笔资金也在他答应的期限之内到账了。

资金的到账，意味着公司的粮草储备到位了。兵马未动，粮草先行，资金永远是一家初创公司最重要的前进动力。

盛夏的上海，闷热而潮湿。在选址时，关河和方东接连去了不下十几次现场，邓入陪同了十次以上，何处五六次，靳里只去了一次。

何处原本还打算每次都去，后来实在受不了关河疯子一样旺盛的精力和不知疲倦的工作热情。有一次选址时，从早上九点到下午六点，中间除了吃一口盒饭之外，关河和方东就没有停下片刻，他差点崩溃。

这也让他深刻认识了关河对待工作的认真和热情，换了是他，简单看上几眼，位置合适、价格合适、预算可控就可以了。其他的事情，等动工了再说。

关河不，他偏偏在选好的地址上用脚步丈量，提前规划下实验室的每一个操作台、工作间和办公室等具体位置。不管头顶上是大日头还是刮风下雨，他只专注于脚下的每一寸土地，不在意烈日暴晒还是淋得精湿。

何处就兴高采烈地对海月明说，关河就是他想象中的科学家的样子，身上体现的就是科学家不畏艰难险阻的精神……然后他就被海月明嘲笑了一番。

海月明笑话何处以前向她抱怨关河不懂人情世故，有点固执和死板，怎么现在又全成了优点了？

成立公司的目的是把一帮人用共同的目标捆绑在一起，握成一个拳头去做一件大事。

一个拳头五根手指，有长有短有粗有细，大拇指不能嘲笑小拇指的细，中指也不要嫌弃无名指的短。真正握成一个拳头时你才会发现，五根手指缺一不可，不管缺少哪一根，都难以形成合力。

最终确定了地址后，开始设计实验室，足足忙碌了三个月，确定了设计方案及施工单位，开始动工建设。

建设周期在半年以上。

在实验室没有落成之前，所有人都还得在外滩的办公室办公。

原先只有关河和方东时，办公室足够大。等何处、靳里和邓入都搬进来后，就有些局促了。何处提议换一处大办公室，关河没同意。

要换的大办公室没法住人，需要关河另行寻找住处。关河最近刚适应了办公室吃住办公的生活状态，不想再改变。

二人因此还争论了几次，最后关河坚持，何处只好妥协。反正他的基金办公室离关东生物也不远，有时他索性就在自己的公司不过来。

关河也不理会何处无声的抗议，他和方东在研究相关资料，并且在想方设法说服导师夏想教授拿出专利和他一起研发新型药品。

原先夏教授答应可以拿出专利，后来不知何故突然反悔了，让关河极为被动。关河本身也有自己的专利，但需要和夏教授的专利叠加在一起，才能更快地研发出来新品。

关河亲自去了夏教授家中几次，夏教授对他一如既往地热情和欢迎，但对于专利的事情始终不松口，就让他颇为郁闷。在第三次上门无果后，关河才在没有办法之下答应了方东的请求，同意和她一起再登门拜访夏教授。

夏教授同样也是方东的导师。

夏教授住的是大学为他分配的房子，虽然有些老旧，面积也只有 90 多平方米，但胜在位置好。

“夏教授，我是您的学生，我做出了研究成果，您也高兴不是？为什么不让专利变成成果，造福于社会和人民呢？”关河想从大局观上打动夏教授。

夏教授慢条斯理地削苹果，削好后一分为二，一半给关河，一半给方东：“你们都是我的学生，我在向你们传授知识时，就像薪火相传，会毫无保留。因为我的知识点燃了你们的知识，你们有所成就，却并没有带走我的火种，我所拥有的一切还在。”

“但专利就不一样了，专利就像苹果，我一个苹果切成两半，你们一人一半，我削了半天，只剩下了一堆苹果皮，问题是，皮不能吃呀。”

关河还没有明白夏教授的意思：“夏教授，您要是爱吃苹果，可以直接说呀，我又不爱吃。我这半个苹果还没有动，您吃吧。”

方东气笑了，关河能活到今天真是奇迹，简直是榆木脑袋。怪不得他独自登门多次也没有说服夏教授，他压根就不知道夏教授的需求是什么。

夏教授也是，面对一个不开窍的学生，不管怎么点都点不通，碍于知识分子的面子，又不好明说，结果就成了鸡同鸭讲，他暗示，关河领会不到，就一个说东一个讲西，说来说去纯属浪费时间。

方东夺过关河手中的苹果，塞进了他的嘴里：“你到现在还不明白夏教授的诉求？”

“我怎么了我？”关河被塞了满嘴苹果，说话含糊不清，“我正和夏教授谈事呢，你别捣乱成不？”

夏教授慈爱地笑了：“你们当年谈恋爱，大家都看好你们能走长远，没想到最后还是分了。现在又复合了，也是好事。关河就缺一个可以指引他前进的人，要不他容易在社会上吃亏。”

“我才不会吃亏，我最会算账了。”关河不服气，咽下了苹果还想说什么，又被方东的另一半苹果堵住了嘴。

方东瞪了他一眼：“好好吃你的苹果，我来和夏教授说。”

“我不，我就要自己说。”关河还想反抗。

“在一边歇一会儿。”夏教授忍无可忍了，他清楚再和关河聊下去也不会有什么结果，就半是玩笑半是嗔怪地呵斥他，“有很多事情，你还需要多向方东学习。”

关河很听夏教授的话，立刻就闭嘴了。

方东理了理思路：“夏教授，其实关河从来没有白拿您的专利的意思，也想好了要给您分成，只是他还没有想到怎么开口，也是怕冒犯了您。”

夏教授呵呵一笑：“如果是以前，跟我谈钱我确实觉得接受不了。现在不一样了，退休了又返聘到学校，反倒比以前收入还高。孩子又不争气，我除了为自己攒些养老钱外，还得考虑为他多留一些。现在我也想通了一件事情，谈钱不可耻！”

第十六章

不达目的誓不罢休

关河此时才明白过来为什么他来了几次夏教授都不肯松口了，原来是他没有明确专利的费用问题，他一脸愕然：“我记得夏教授一直强调真正的学者要有一颗为国为民的大爱之心，发明的专利可以无偿地捐献给国家，只要能转化成成果造福社会，就是发明者最大的欣慰……”

方东打了关河一巴掌：“此一时彼一时，时代会变，人的想法也会变。教授也是人，没有生活保障，你让教授怎么传授知识奉献人生？只要求别人奉献而自己索求无度的人，才是最可耻的道德伪君子！圣人从来不会要求别人也是圣人，普通人却总是为难普通人！”

“你在说我吗？”关河此时已经吃完了苹果，愤怒加不甘，“我从来没有说过自己是圣人，更没有要求别人是圣人。我一直认为道德是用来约束自己的，而不是让自己站在道德的制高点来虚伪地指责别人的。”

“是吗？未经他人苦，莫道事不难！”方东一脸窃笑面对关河的愤愤不平，“那你为什么几次和夏教授谈专利，不肯提费用问题呢？”

“我……”关河顿时语塞，细心一想，他不是小气，而是确实没有想到相关费用问题，是他对夏教授固有的印象导致他认为和夏教授谈钱，是对夏教授人格的污辱。

说到底，是他还停留在过去，而别人已经大步向前了，他惭愧地点了点头：“是我的错，是我疏忽了。夏教授，关于授权费用上面，您有什么想法尽管说，我和方东可以做主。”

夏教授欣慰地笑了。

回去的路上，关河突然冒出了一句感慨：“我忽然发现你总能在关键时刻起到促进我进步的作用，方东，真的该好好谢谢你，今晚我请你吃饭。”

“今晚没空，有约会了。”方东粲然一笑，“你去和海月明吃饭吧，和她聊聊你对产品和公司下一步规划的想法。”

“为什么要和她吃饭？”关河一下没能转过弯来，愣了片刻才又想到问题的关键点，“你要去约会？和谁？有男朋友了？”

“我们之间只谈合作，不谈个人私事，我和谁吃饭是私事，抱歉，无可奉告。”

“不说就不说，有什么了不起！”关河哼了一声转身就走，“以后我的事情也不告诉你。”

“真是个小孩子。”方东摇头笑了笑，拔出一通电话，“我和关河分开了，他现在在回公司的路上，你可以和他偶遇了。”

“收到。”话筒中传来了海月明轻快的声音。

“站住，别跑！”

突然，身后传来一声断喝，吓了关河一跳。他回身一看，十几米开外，有一个和他年龄相仿衣着破旧的年轻人遥指他，对他怒目而视。

认错人了吧？关河不认识对方，也没多想，转身要走。

“说你呢，你给我站住。”年轻人冲过来，挡在了关河的面前，“你吃完东西不认账，抹嘴就想走人，是吧？”

关河愣住，指向了自己的鼻子：“你在说我？”

“不是你还能是谁！”

“你认错人了，我不认识你，也没有吃过你的什么东西。”关河大感莫名其妙，一把推开对方，“闪开，别挡路。”

年轻人双手抱肩，就是不让关河过去：“你必须给我一个说法，否则，今天和你没完。”

“你有病吧？”关河怒了，一拳打在年轻人的肩膀上，“滚开！”

年轻人被打得身子晃了一晃，却还是不肯让开：“关河，你真的不认识我了？别装了，我是韩马，你们都叫我悍马的……”

“我从来不认识什么悍马、傻马的。”关河甩开韩马的手，厌恶地皱眉，“你再不让开，我可就对你不客气了。”

“你抢过我的女朋友、蹭过我的饭、骗走过我的创意，还能对我怎么个不客气法？打我一顿？反正我现在也混不下去了，你想打就随便打，打赢坐牢打输住院。”

关河怒极，猛然朝前一扑，试图撞开韩马。韩马侧身一让，关河就扑了个空。

韩马伸手推了关河一把，关河收势不住，马上就要摔倒时，被一个人扶住了。

“如果你没有坑过他骗过他，他至于在大庭广众之下，没脸没皮地非要缠着你？”对方不但扶了他一把，还教训了他一顿，“遇到事情要勇敢面对，而不是逃避和否认。”

关河气笑了：“你谁呀你，不知道到底发生了什么事情就胡乱点评，你是不是吃饱了撑的？”仔细一看，更是哭笑不得，“怎么又是你，海月明，你每天的工作就是在外滩散步吗？”

扶住关河的人正是海月明。

海月明眨眼一笑：“我的工作是什么并不重要，重要的是，你肯定认识韩马。”

“你怎么知道我认识他？你从哪里看出来的？”

海月明本来想和关河在外滩来一次偶遇，正当她假装漫不经心地散步想要接近关河时，发现关河被韩马拦下了。

一开始她也以为是韩马认错人了，因为关河的否认异常坚定。后来她发现了不对，关河在坚决的否认之外，眼神有几分躲闪。虽然也理直气壮，但却急于脱身，而不是问个清楚。

一般人真遇到被认错的情况，肯定会问个清楚，既是好奇，也是想要洗脱嫌疑。关河的表现就说明了一点，他确实认识韩马。

但他是不是做过韩马所指责的事情，海月明就不好妄加揣测了。

在商场久了，尤其是见惯了金融圈里的各种尔虞我诈，人人都戴着一个或是多个的面具，如关河一样看似固执实则简单可爱的，是海月明生平罕见。关河张大嘴巴一脸惊讶和不解的表情落在她的眼中，就如动画片里面的人物一样既呆萌又好玩。

“你别管那么多，你只管回答我，想不想脱身？”海月明朝关河身后张望，韩马已经冲了过来，抓住了关河的胳膊。

“你别想走，关河。上海这么大，我们还能遇上，说明你欠我的该还了。你现在混得这么好，我都没饭吃了，你今天说什么也得借我点钱花花……”韩马气势汹汹，摆出了不达目的誓不罢休的态势。

关河冲海月明连连点头：“想，想脱身，海总帮帮我，我请你吃冰激凌。”

海月明一愣，关河到底是真的天真还是扮猪吃老虎，高明的猎手开始时往往以猎物的形态出现，她就多问了一句：“我今天不方便吃冰激凌，吃米其林可以吗？”

“吃冰激凌还要分方便不方便？”关河一脸纳闷，随即又认真地摇头，“不行不行，米其林太贵了，我现在请不起。不吃冰激凌也行，请你喝咖啡吧。”

这孩子不是装的，是真傻，海月明欣慰地笑了，推开关河，迎上了韩马：“韩马，关河欠你什么了？”

“你谁呀？知道多管闲事的下场是什么吗？”韩马一脸的桀骜。

“我是谁不重要，能满足你的诉求才重要。”海月明气定神闲地一笑，上下打量韩马几眼，“如果我没看错的话，你是来上海打工的外地人，失业了，现在没有工作没有收入没有存款，对吧？”

“是又怎样？”韩马鼻孔朝天，“你是关河的什么人？是他第几任女朋友？”

海月明呵呵一笑：“你操心的闲事有点多，说吧，关河到底欠了你什么？”

“他欠我的太多了。上高中时，天天蹭我的饭不说，还勾搭我的女朋友，和我的女朋友一起偷走了我的创意，然后去深圳创业……他就是一个彻头彻尾的渣男、越级骗子、败类。”

“等等，你说得好像不对。”海月明对关河了解不多，但也从中敏锐地察觉到了问题，“你是关河的高中同学？”

“是，就是他害得我高考失利，没能考上好大学，只上了一个大专。”

“你也是靳里的高中同学吧？”

“你连靳里都知道？关河没少跟你说他高中的光辉事迹吧？哼，哼哼！”韩马冷哼中满带嘲讽，“他高中时可是风云人物，天天招摇得很。”

“胡说八道！我向来低调，从不招摇。”关河反唇相讥，还想解释，被海月明制止了。

第十七章

看人看缺点，用人用长处

海月明笑意盈盈地推开关河，示意让她来，她站在韩马面前，比他还高了半头："过去陈芝麻烂谷子的事情，就不要再提了，没意义，人得活在当下。说吧，你想要的是什么？"

海月明清楚，当一个人落魄到极致时，为了钱，什么事情都能做得出来，她就直取对方所需，不绕弯。

"要钱！"韩马才不管海月明是关河的什么人，只要有人给他钱，哪怕和关河没有一分钱关系，也无所谓。

"要多少？"海月明拿出钱包，故意翻了翻，"一定想好了再说，你只有一次机会。太多了，我要么没有，要么心疼不会给。太少了，你可能觉得不合适亏待了自己。所以，一定要想好了再开口。"

韩马愣住了，怎么听上去海月明还在替他着想？他到今天失业 33 天了，已经弹尽粮绝山穷水尽！前几天只能睡在公园的长椅上，连一间可以挤下几十人的地下室都租不起了。再这么下去，他要么回到被人嘲讽加白眼的老家，要么只能卖身体器官。

现在的机会说什么也不能错过，他咽了咽唾沫，想了想，伸出一只手，报出了一个数字："5……5 万！"

"你确定？"海月明笑得很温柔很含蓄，"再给你最后一次机会？"

"你疯了，为什么要纵容他？他根本就是在讹诈！"关河气坏了，他从来不认为他亏欠韩马什么，也没有交情，凭什么韩马落魄了就要冲他要 5 万？海月明也是，她这么做是在鼓励犯罪。

“你先别管，我会处理得让所有人都满意。”海月明推开关河，“要有耐心。”

关河不想有耐心，还想争辩，韩马急了，唯恐到手的鸭子飞走，跳了起来：“就5万，不反悔了！赶紧给钱，我拿钱就走人，保证不再纠缠关河了。”

“可以，5万块也不多，我卡里的钱也正好够。”海月明依然很平静，保持着善意的笑容，“这样，你先写一张借条给我，我等于是帮关河出钱，以后拿着借条冲他要债。”

“好！”韩马才不管什么借条不借条的，也不管海月明和关河的关系与债务，他现在是病急乱投医有奶就是娘，当即拿过海月明递来的纸笔写了一张借条。

海月明拿在手里看了几眼，笑了：“5000元就可以刑事入案了，你现在敲诈5万元，可以判处三年以上七年以下有期徒刑了。刚才我都录了下来，现场还有不少人证，韩马，你想怎么解决？”

韩马大惊，气得跳了起来：“你坑我？怎么解决，我连你一起打！”

“你动我一根手指试试？”海月明不退反进，脸上的笑容更盛了，“敲诈罪再加上故意伤害罪，韩马，你差不多要有将近20年的刑期。你现在得快30岁了吧？出来后都50了，也可以，直接退休了。”

“你……”韩马气得胸口起伏，高举的右手在半空中迟迟不敢落下，“我……我……我要4999，总可以了吧？”

“只有49块，要不要吧？你有三秒钟的考虑时间，不要的话，我买哈根达斯去。”海月明晃了晃手机，“一、二……”

“要，要。”韩马秒屄，他已经彻底被海月明的气势折服了，知道如果再不要的话，可能一分钱也落不到。

49块钱虽然很羞辱，但也可以吃一顿肯德基，他已经三天没吃饭了。

“加个微信，我给你发个红包。”海月明加了韩马的微信，真的给他转了49块钱，“我把你的微信推给了邓人，她会发你一个地址，你用我给你的49块打车过去，她会为你安排一个工作。收入可能不会太高，但保证你在上海生存下去没有问题。”

"当然，你非要用49块填饱肚子，我也可以理解，当我上面的话没说好了，你自己选择。"海月明轻轻拍了拍韩马的肩膀，"有时候人生的选择，就在一念之间。"

望着韩马远去的背影，关河既不解又好奇："为什么要帮他？他根本就是在讹诈我！你觉得他会吃掉49块钱，还是打车去找邓入？"

"等等，你让邓入给他安排工作，不会是安排在关东生物吧？"关河才想起什么，圆睁双眼，"我反对！我不同意！"

"不是关东生物，你就放心好了。"海月明俏皮地眨了眨眼睛，"想知道我为什么要帮韩马，以及韩马到底会怎么选择吗？"

关河老实地点头："想！"

"请我喝咖啡！"

"没钱。"

海月明被气笑了："你请，我买单好了。"

"这个可以有。"关河诚实地憨厚一笑，"我没骗你，我是真没钱。"

十几分钟后，外滩的一家颇有情调的咖啡馆里，海月明和关河在二楼的露台上相对而坐，晚风习习，水声淙淙，颇有意境。

"很久没有这么惬意过了，感觉自从大学毕业后，似乎一直在奔波忙碌，却始终没有收获，连该有的享受生活也丢掉了。有时想想，也不知道努力所追求的一切是不是值得。"关河品了一口咖啡，"暮云向晚，雨歇蝉鸣，恰似少年时。"

海月明难以置信地直视关河的双眼："不是吧？我是不是听错了，你这个理科技术男，居然还能出口成诗？"

"我也有过热血沸腾的青春，好不好？"关河的目光落回到了海月明的身上，"海总，可以解答我的问题了吧？"

"可以呀。先说第一个，为什么要帮韩马对吧？"海月明微微皱眉的样子很好看，"我是觉得他虽然很落魄很潦倒，虽然很无赖地纠缠你，但他身上还有一股不服输的劲头在，还在努力挣扎，不肯放弃，这一点打动了我。许多人宁愿卑微地回到老家，也不愿无助地留在上海，是因为在心中放弃了最后一丝希望。”

“韩马很明显有几天没有吃饭了，他还能硬撑着，说明他心理素质强大。一个人只要在心理上没有被打垮，就有重新站起来的可能。如果心理崩溃了，就彻底没救了。”

“就这？然后呢？”关河有些失望，觉得海月明的话没有打动他，“即便韩马有值得肯定的地方，他也是一个失败者、敲诈勒索者、无能者，缺点远大于优点。”

“看人要看缺点，但用人要用长处。”海月明粲然一笑，“我可以理解你对韩马的偏见，我也不喜欢他的性格，但我又不和他交朋友，只想试探一下他是否可用。49 块钱，就可以测试出来他最后的倔强，何乐而不为？”

“反正你没有说服我，我觉得你的理由很苍白。最后一个问题，你认为他是先填饱肚子，还是打车去见邓入？”

“你的看法是？”海月明偷笑。

“肯定是吃了。人在山穷水尽的时候会先顾眼前，谁会去赌明天？哪怕离明天只有几分钟的时间。”关河想起以前他记忆中的韩马，做出了判断。

“要不要打个赌？”海月明一咬牙，决定抓住机会。

至于机会是什么，她也不是很确定，但就是想和关河打个赌，赢他一回。

“打，必须打。我就不信了，我看人还会不如你。”关河孩子气上来，“就是赌韩马是不是去找邓入对吧？我赌他不会去。

“还有赌注是什么？不能是钱，我没钱。”

海月明被逗笑了：“如果你输了，你要为我办三件事情，到底是什么事情我还没有想好。如果我输了，我也答应你三件事情。”

“我不需要你的三件事情，只需要一件。”关河也不贪心，嘿嘿一笑，“今晚你请客就好。”

“不不不，已经说好了今晚我请客。如果拿已经说好的事情当赌注，对你不公平。”海月明想了想，“这样吧，除了今晚的请客之外，如果我输了，我再请你三次，地点和时间你来挑。”

“这个可以有，光明正大地蹭饭，没有心理负担。”关河一脸向往的神情，

“虽然从小在上海长大，但直到今天，上海还有许多知名餐厅我都没有去过，甚是遗憾……”

电话忽然响了，海月明满脸笑意地接听了电话，还开了免提：“邓入，有什么事情吗？”

“韩马过来了，现在正在吃饭，我琢磨着也没有太合适的岗位安排他，不如先让他当司机？”邓入微微一顿，“或者是先负责一些行政的事情？”

第十八章

有哪些不得不说的故事

“让他先当商务车的司机。”海月明笑意更盛了，“先观察他一段时间，可以的话再转岗行政。”

“明白。”邓入的回答干脆利索，“韩马虽然落魄了，人还挺精神，也挺有礼貌。几天没吃饭了，吃饭的时候还保持了克制，没有狼吞虎咽，确实难得。”

关河倒也男人，愿赌服输：“输了，我认，我答应你三件事情。条件是，第一，不能违法；第二，不能超出我的能力范围；第三，不能影响和破坏我现有的工作和生活，可以吧？”

“可以，肯定合法，而且还合情合理。”海月明以一副胜利者的姿态笑了，举杯，“我做人做事的原则是成人之美，绝不损人利己、害人害己。关河，预祝我们合作愉快。”

关河举杯回应：“你就不好奇韩马和我到底有什么过节吗？”

“好奇，但你不说，我不多问。”海月明很得体地一笑，“每个人都有秘密，尊重别人的隐私，也是尊重自己的人格。”

关河点了点头：“这话我赞成，很有道理。说来我和韩马的矛盾有点莫名其妙，高中时，我和他并不太熟，接触也不多。后来是通过靳里认识了他。当时韩马在高中算是风云人物，因为他有一个特别漂亮还有钱的女朋友，叫白清婉。

“白清婉是校花，家境优裕，学习成绩也不错。谁也不知道为什么她会喜欢上其貌不扬、学习一般、完全没有突出优点的韩马。”关河嘿嘿笑了一气，“说实话，我高中时就是一个书呆子，完全没有谈恋爱的心思，和白清婉倒也接触过几次，对她没什么印象，相信我对她来说也差不多是陌生人。

“有限的几次和韩马的来往，都是和靳里一起。后来听说韩马和他女朋友分手了，是因为他女友劈腿了，我也没有在意。高中生谈什么恋爱？不是上了大学就分手，就是大学中间分手。”

关河其实在韩马叫他的那一刻就认出了韩马，但他不想承认是认为韩马一个连大学都没有考上的人，完全不够资格当他的朋友。

更何况在关河的记忆中，他就没有单独和韩马一起接触过，何来蹭他的饭、抢他的女友？他向来不屑于去辩解对他无中生有的污蔑。

“你真的认为韩马对你的指责完全就是莫须有的罪名？”海月明目不转睛地盯着关河，关河有时确实简单得可爱，脑子从来不转弯。

“不然呢？”关河呵呵地笑了，“我没做过的事情，我当然不认了。但我也不去争辩，和傻瓜、无赖争论是很浪费时间的无意义的事情。”

“你为什么不好好想想其中的前因后果呢？”

“干吗要想？我又不是闲人，我没那么多的内心戏。”关河依旧对此不屑一顾。

海月明都不知道该说什么了，这家伙怎么就点不醒呢，算了，还是明说吧：“你认识靳里很多年了，是不是对他一直信任？”

“当然了，他和我从小一起长大，是我关系最好的哥们，了解最深的兄弟。”

“你这么信任他，他也这么信任你吗？或者说，他值得你这么信任吗？”

“你什么意思？”关河警惕地看向了海月明，“是想挑拨我和靳里的关系？不应该呀，你没有动机。”

能说出她没有动机的话，说明关河还不算太一根筋，海月明轻松地笑了：“你说得对，我没有动机，也没有利益，只是在和你闲聊。现在回到公司层面，如果在公司的创始人中排一个你的信任顺序的话，靳里第一位，方东第二位，你没有意见吧？”

关河微微犹豫了一下：“靳里和方东基本上可以并列，非要分一个先后次序，靳里确实可以排在方东的前面。”

“然后呢？”

“然后是邓入，最后是何处。”

海月明本以为何处会排在邓入前面，闻言不由一愣：“你就这么不相信你的投资人？关河，你的想法很危险。”

“不相信就是不相信，难道我还要假装相信？假装相信才更危险。”

“不是让你假装相信，是希望你努力去相信他。毕竟，你们二人的互相支持最重要，只有你们真心认可并且信任对方，公司才能顺利地发展壮大。”

“这话你应该对他说，该努力的人是他，不是我。我没心思处理人际关系上的猜疑和嫌隙，我要认真研发，做出好产品才是关键。”关河摆出了核心技术在手天下我有的姿态。

“话是不假，但你不能永远只停留在研发人员、产品经理的格局上面，你是关东生物的创始人，是最核心的资产。”海月明还想再说什么，眼睛的余光扫过一个人，忽然失神地站了起来，“我还有事，就先走了。”

“啊？”怎么说走就走，一点儿缓冲都没有，关河还没有来得及说一句话，海月明已经慌张地离开了。

不对，她还没有买单？为了逃单，她也是够了，关河很无奈地准备付款时，一个人突然闪现在了他的面前。

是一个女孩，打扮很新潮，形象很亮丽，齐耳短发染成了奶奶灰色，穿露脐上衣配超短裙，有一双又大又圆又无辜的眼睛。

女孩离关河过近，吓了关河一跳，他朝后躲了躲：“你是谁？离我远点儿！”

“我叫宁三祥，安宁的宁，三山五岳的三，吉祥的祥……记住了吗？”宁三祥自顾自地坐在了关河对面，跷起二郎腿，问也不问端起海月明剩下的咖啡就喝了一口，“海总见到我就跑得飞快，却不知道我都不会嫌弃她喝剩下的咖啡，人和人之间最基本的信任呢？”

关河张了张嘴巴，想说什么却没有说出来，宁三祥太吓人太不可理喻了，他完全没有对付此类女生的经验，他想溜了。

他才有想要起身的动作，却被宁三祥一把抓住了，她力气不小，硬生生把关河拉回了座位。

“如果你再动一下，我就喊救命，说你要流氓，你怕不怕？”宁三祥斜着眼睛一脸坏笑。

怕，关河真怕了，老实地坐在椅子上：“你别这样，我真的对你没想法。你到底要干什么？”

“不干什么，我就是和你聊聊海月明。说吧，你是不是她的第25任男友？”

“别瞎扯，说正事。”关河稳定了一下心神，“我和她不熟，今天才见第三次。你和她是有什么仇什么怨吗？为什么她一见到你就像老鼠见了猫一样，飞也似的逃走了？”

“你错了，她不是怕我，是怕万总。”宁三祥一指远处人群中一个30多岁穿衬衣戴眼镜的男人，“就是他，知名投资人万有，他的个人财富超过几十亿……”

“等等。”关河打断了宁三祥，他对万总是谁及他有多少钱毫无兴趣，“我也不管海月明怕的是谁，我只关心你为什么不让我走？”

“难道你对海月明的事情一点儿也不感兴趣？她明显对你很有兴趣呀。”宁三祥上下打量关河几眼，“还行，海月明的品味和眼光继续保持了一贯的高水准，你符合她的择偶标准。”

择偶？扯远了，关河起身要走：“对不起，我不认识你，也不想和你说话。”

“等等，这么没礼貌，我话还没有说完呢。”宁三祥再次拦住了关河，“你应该就是海月明想要投资的关东生物的创始人关河吧？”

关河愣住：“你知道我？”

“我不但知道你，还知道方东、何处、邓入和靳里，你们一共五个创始人，对吧？”宁三祥双手抱肩，得意扬扬地笑了，“所以，你想不想听听海月明到底为什么热衷于帮助你和关东生物？她又为什么不愿意投资初创公司？为什么会有严重的心理疾病？她和何处又有哪些不得不说的故事……肯定有一个你感兴趣的话题吧？”

关河又坐了回去，是的，他对海月明为什么热衷于帮助关东生物很感兴趣，每个人做事都会有自己的内驱力及原始动机，海月明所图的是什么呢？

“可以，我可以听你说说关于海月明的一些事情，但我有三点要求。”关河不等宁三祥张口，摆手制止了她，“第一，不要说无关的话题，我对她的感情生活毫无兴趣。第二，别说她个人的事情，她有没有病有什么病，我也不想知道。第三，直奔主题，直接说她不投资关东生物又关心关东生物的原始动机是什么。”

第十九章
每个人都是别人的药

“海月明其实非常想投资关东生物，因为她不仅很认可方东，对你也很欣赏。天使投资投的就是创意和创始人，你们的创意和方向没有问题，人也没有问题……但有问题的是海月明。

“其实以前海月明是挺喜欢投资天使轮的，敢于在天使轮投资的投资人，都是对大的趋势有超强的判断力，对自己的眼光有非凡的信心。作为超信女的她，不投天使轮怎么能显示出自己超人一等的眼光呢？”见关河微有疑惑，宁三祥忙又解释了一句，“超信女和普信女相对应，顾名思义，普信女是普通但自信的女孩，超信女就是超级厉害同时也自信的女孩。”

关河点了点头：“海月明应该也必须自信。”

“可惜后来发生了一件事情后，她就从超信女变成了超卑女。”宁三祥不等关河流露出疑问的表情，马上补充说明，“超级厉害但却自卑。”

关河下意识摸了摸鼻子，应该说每个人都有矛盾的一面，一边认为自己超级厉害，另一边又总是时时自卑，害怕过了一夜就被世界遗忘……他在技术上有充分的自信，但在人事交际和其他方面，又会因缺少信心而选择逃避。

逃避的内在表现就是对与人交往缺乏耐心，不喜欢应酬，外在表现则是动不动就发火，就想结束对话，回到自己的舒适区里面，和自己的内心对话。

不过，在他看来海月明举止大方得体，与人交往时左右逢源，既有耐心又细致周到，她的各种表现完全没有自卑的迹象，宁三祥的话可信吗？关河在心中打了一个大大的问号。

“你是不是不相信我的话？不要紧，信不信由你，我又不会害你，我就是想告诉你一个真实的海月明，省得你以后和她打交道时，会被她的假象和伪装欺骗。”宁三祥一脸严肃地坐正了身子，“别看海月明年纪不大，今年也才刚刚30来岁，她做投资的年头可不少了，大概从十七八岁时起，就开始练手了。

“她是天生白富美，出生就是别人眼中的人生巅峰。人长得漂亮，智商和情商也在线，尤其是智商可以碾压大部分人。她从藤校毕业后，就投身家族事业中。一年后，她投资的十几家公司有十家倒闭，另外几家还在勉强支撑。更大的打击是，她的父母接连因意外而去世，一个是突发疾病，另一个是车祸。外公惊闻噩耗之后，也不幸病逝。一年之内，事业失利，三位至亲相继离开，让海月明几近崩溃。”

每个人在光鲜的背后，都有不为人所知的艰辛，关河想起海月明光彩照人的外表和谈吐得体的内涵，对比她悲惨的身世，不由暗暗摇头。

“两件事情的发生，让海月明意识到人生中不可控的事情太多，并不是说有良好的身世和受过优秀的教育就可以人生美满，不，完全不是！人生有太多意外和不安全的因素，不管是突发疾病还是车祸、水灾，甚至是摔一跤、喝口水等，都有可能失去生命……从此以后，海月明就失去了安全感，再多的金钱和财富都不能给她带来保障，她对意外充满了恐惧，总是担心出门遇到车祸、喝水喝到致命病菌，然后，她就患上了焦虑症。”

关河有点不太相信看上去很明媚阳光的海月明会有焦虑症。她如果还总是担心明天和意外哪一个先到来，别人还怎么活？就如他，现在刚创业，从来不担心意外的到来，担心的只是明天和失败哪个先到来。

“也就是从此之后，海月明再也不投资天使轮了。一家公司从天使轮到发展壮大，上市或是被并购，中间的过程太长，不确定因素太多，不符合她对安全的定义。”宁三祥见关河听得入了神，轻轻一笑，“是不是现在对海月明的了解更立体、更有画面感了？”

关河不置可否地笑了笑：“你说了这么多，是想表达什么呢？”

宁三祥张大了嘴巴：“啊，你是木头吗？敢情我说了半天，你一点儿也没有领会到我的意思？非要我明说吗？”

“不然呢？”关河也笑得很调皮，“我还要努力去猜你的心思，岂不是很累？”

“好吧，你确实是木头，不，你是实心不锈钢。”宁三祥翻了个大大的白眼，“海月明不投资天使轮，却对关东生物很上心，应该是你和方东给她带来了她在别人身上得不到的安全感，可以说，你和方东是她的药，她想从你们身上治愈她的病。”

“除此之外，她还想等关东生物壮大之后，摘走你们的胜利果实。”宁三祥再次朝人群中的万有望了一眼，“所以，万总想和你认识一下，交个朋友，在以后海月明想要恶意收购关东生物时，他可以出手帮忙。”

“万总？哪个万总？他做什么的？他为什么要帮我？”关河早就将宁三祥刚才介绍的万有的信息抛到了脑后，才一时惊愕。

宁三祥哭笑不得，她费了半天力气铺垫，关河完全没有上心，更没入戏，他这么笨又不够机灵的人，怎么就入得了海月明的眼？

万总也是，为什么非得亲自出马？

宁三祥只好耐着性子又为关河重新介绍了一遍万有：“万有，未时制药的创始人兼辛时投资的创始人，业内知名企业家和著名投资人。”

关河对辛时投资毫无印象，对未时制药却听过多次，想起了什么，笑了：“方东前公司的老总？”

“正是在下。”万有的声音突兀地在关河的身后响起，他闪身来到关河的面前，伸出了右手，“不知道方东在关先生面前提起我时，我是凶神恶煞的形象，还是温文尔雅的气质？”

万有给关河的第一印象确实温文尔雅，近40岁的他像是30出头的年纪，衣服笔挺，鞋子锃亮，头发精致且一丝不乱，周身上下无一处不是名牌，却又偏偏含而不露，奢华又低调。

说实话，关河对万有第一眼就有了好感，万有的长相很温和，形象很内敛，气质很沉稳，又颇有礼貌，第一印象分就比何处不知道高了多少。

必须得说，万有才是关河心目中的投资人形象。

方东确实不止一次在关河面前提过万有，但都是一带而过，没有深入地说下去。对于她为何从未时制药辞职，她也只是很简单地说想要自己创业。

关河就实话实说：“都不是，在方东口中的万总给我的印象就是一个纸片人，或者说只是一个符号，她只说万总是公司的创始人，既从事金融又做实业，她辞职的时候，你还挽留了她。就这些，别的她没有说过。”

万有眼中闪过一丝亮光，朝关河对面的座位扫了一眼：“我可以坐下吗？”

“请坐。”关河刚要强调他没钱请客，万有却已经摆手叫来了服务员。

“一人一杯咖啡，记在我的账上。”

“好的，万总。”服务员点头而去。

“以后关先生再来这里，可以报我的名字，所有消费都记在我的账上。能请关先生喝咖啡，是我的荣幸。”万有笑得很谦和，“我先让三祥过来和您聊一下，是怕我直接出现太唐突了。如果关先生还觉得现在我们见面的时机不对，我们下次再约时间，今天就只喝咖啡，好不好？”

第二十章

独木不成林，一人不为众

处处考虑到别人感受，又时刻照顾到别人情绪，才一个回合下来，关河就对万有有了信任和期待，他微微一笑："不用，万总有什么事情就直接说，我也正好有时间。"

万有冲宁三祥点了点头，宁三祥起身走了。

"我们之间的对话，不方便第三人在场。"万有不动声色地抬高了关河，"关先生应该还不知道方东为什么要从未时制药辞职，又为什么创业吧？"

这一句话倒是问住关河了，关河仔细想了想："方东有一颗不安分的心，她很要强，想自己创业也在情理之中。"

万有摇了摇头："我是非常支持她创业的，在她提出辞职要去创业时，我正准备升她当副总裁。我还提出可以投资她的公司，成为她的天使投资人，但她拒绝了我。后来我才知道，她想要辞职创业，是被海月明带偏了节奏。

"我以为海月明会成为她的天使投资人，结果海月明忽悠她辞职后又不投资了。听说你们现在的投资人叫何处，是一个来自广东的年轻人？

"就事论事，何处既没有成功的投资案例，又不懂生物制药行业，他当天使投资人，你是看中了他哪一点？是他家族生意破产，还是他被女友劈腿？又或者是他吊儿郎当像个小流氓的做派？"

关河笑着摇了摇头："正常，理解。我也不喜欢何处，他坐没坐样站没站样，但没有办法，现阶段他是唯一的天使投资人。"

"是吗？是方东和海月明这么和你说的？"万有又含蓄地笑了，"很遗憾之前没能提前认识关先生，如果我们早认识半年，不，哪怕只有三个月，说不定我就会成为关东生物的天使投资人了。我是一直想要投资关东生物，却不得其门而入。”

关河惊讶：“方东为什么不接受万总的投资呢？”

“我也不知道呀，为什么我明明最有诚意，也最懂生物制药，却没有办法成为关东生物的投资人呢？”万有痛心疾首地摇头，“后来我认真地想了想，也许是我留给方东的印象太深不可测了，所以她不喜欢我不相信我，也可以理解。我待人接物喜欢周到细致，不想让别人对我产生哪怕一丝不好的印象，这难道也有错吗？”

不得不说，万有的言谈举止，处处深得关河之心。如果关河早先认识了他，肯定会力主接受他的投资。可惜现在一切都晚了，关河心中不由对方东和何处多了一些不满。

还有海月明。

“事情发展到现在的局面，是方东和海月明联手推动的结果，我不是背后说她们坏话，关先生，目前来看您和方东、何处是关东生物绝对的大股东，实际上，方东和何处都听海月明的话，她才是对公司最有影响力的人，她才是公司的隐形掌门人！”万有抛出了今天精心设计的和关河见面的大杀器，“出于对关先生在技术上面的仰慕，以及对生物制药行业的热爱，我是真心想和关先生交个朋友，以后，不管遇到了什么样的困难，都可以找我，我定当尽力相助。”

关河从来不相信有天上掉馅饼的好事，笑问：“万总的用意和目的是？”

万有哈哈一笑：“都说关先生不懂人情世故，看来也是他们以讹传讹……我的想法很单纯，我很看好关先生的技术和方东的资源整合能力，对关东生物的前景充满了信心。希望有一天在关东生物需要融资的时候，我有机会加入进来，可以和关先生一起并肩作战，我就心满意足了。”

“我一生有三个梦想：一、和最有意思的人交朋友。二、和最有能力的人合作事业。三、和最有前景的人谈未来。”万有站了起来，再次和关河握手，“而最有意思、最有能力和最有前景三件事情很少可以集中在同一个人身上，现在，我终于遇到了一个。希望关先生不要嫌弃我，拜托一定要给我一个机会。”

关河从未见过如此谦逊之人，心中大感受用的同时，又忙谦虚一番，最后和万有互留了联系方式。

告别万有回公司的路上，关河才突然想起一个问题，忘了问一下为什么海月明见到万有会立马惊惶失措地离开？

回到公司，方东还没有睡，关河也没理她，洗漱之后刚要上床，方东敲门了。

“睡了，有什么事情明天再说吧。”关河其实还在看书。

“就几句话，就现在说。”方东在门口不肯走。

关河只好开门。

方东穿了睡衣，下摆刚到膝盖，露出了光洁的小腿和白嫩的脚丫。她只有小脚趾染了红色，并排站在一起时，一左一右各有一点红色，有种触目惊心的美。

方东坐在了沙发上：“月明让我替她向你道歉，她当时焦虑症犯了，感觉黄浦江有几十米的巨浪冲了过来，她知道是假的，但控制不住自己……”

关河咧嘴一笑：“这恐怕都不是焦虑症，是幻觉了！有点严重，赶紧治。”

“你不信？”方东提高了声调。

“不重要。我不需要她的道歉，我对她也没有意见。”关河摆了摆手，“现在，我可以睡觉了吧？”

“不可以！”方东见关河对她郑重其事的道歉毫不在意，生气了，“你是不是对海月明有偏见？”

“不可以吗？”关河冷笑了，“我不但对海月明有成见，对你对何处都有！在我看来，公司最有用的三个人是我、靳里和邓入。”

方东气得站了起来，胸口起伏不定，眼见就要爆发时，她又坐了回去，呵呵一笑：“关东生物刚成立，就把初创公司常犯的错误都犯了一遍，也好，凡事在开头时解决总好过在发展壮大时解决。”

关河想起了万有的说法，忍不住问道：“方东，你觉得关东生物最核心的价值在谁的身上？”

“最开始的时候是你，还有我。”方东当仁不让，“现在还包括何处、邓人和靳里。”

“你的意思是，靳里最没有价值了？”关河清楚方东是一个细心的人，她的排序绝对不是顺口一说。

“可以这么说。至少到目前为止，我还没有发现靳里的不可替代性！”方东也火气渐盛，“如果不是为了安抚你，正好公司也需要一个运营官，我才不会让靳里也成为创始人也持有股份。”

“你的意思是，如果不是为了照顾我的情绪，你就会反对靳里加盟了？”关河气呼呼地站了起来，“方东，你今天总算说实话了，你是不是认为我非要让靳里加入公司，是为了给自己拉一个同盟？”

“是，本来就是！”方东也说了气话，站起来和关河针锋相对，“难道不是吗？你可以不用百分之百信任我，可以毫无保留地信任靳里，但我还是要郑重其事地提醒你一点，既然公司的架构已经搭了起来，人员组成固定了，喜欢谁和不喜欢谁并不重要，重要的是大家一定要团结一致，才能把公司做大做强，而不要内斗内耗。”

关河呵呵一阵冷笑：“我从来不屑于人事斗争！方东，我想请你不要再带着以前的有色眼镜看我，我和大学时代不一样了，也和做你前男友时完全不同了。现在的我——成熟、稳重、大方、高瞻远瞩、雄才大略、包罗万象、一往无前……”

方东本来越来越旺的火气突然就被关河一番无厘头的自夸逗笑了，从本质上讲关河心智还没有完全成熟，既孩子气又“中二”。

方东上前拍了拍关河的肩膀，语重心长：“关老师，我完全赞同你刚才对自己的形容。从明天起，我们就放下成见，以高瞻远瞩的目光和雄才伟略的魄力，还有包罗万象的精神，以及一往无前的气势开创我们的事业！”

关河被方东的突然转变弄得有几分不好意思了，嘿嘿一笑：“独木不成林，一人不为众，我个人能力再强，也没有办法一个人撑起一家公司不是？还需要你们的同心协力。”

方东顺势说道：“好，我以后不再怀疑靳里的能力，你也别再猜测海月明的用心。”

关河点头同意：“不过有一点，我想问清楚一件事情，为什么你从未时制药辞职的时候，不答应万有的投资呢？”

方东愣了半天才说：“你知道万有？不，你认识万有？”

第二十一章
再也回不到从前

关河老实地承认："见过一面，聊了些事情。"

方东犹豫了一会儿才说："万有的事情，以后等时机成熟时再好好和你说。都是过去的事情了，现在再讨论也没有意义，你说呢？"

关河也是既往不咎的性格，他大方地摆了摆手："好，一切向前看。"

方东开心地笑了，关河的性格一如既往，既固执又可爱，既自以为是又容易沟通，摸透了他的脾气，其实他是一个很好打交道的合作伙伴。

方东迷迷糊糊中睡着了，做了一个又一个的梦。梦中，她和关河在校园内漫步、看电影、在雨中奔跑、在白杨树下仰望蓝天，像是虚幻的梦境，又像是一场又一场的往事。

一早醒来，有饭香扑鼻。她推门出去，惊呆了，客厅中，坐着爸爸和妈妈。

"东东，快来吃早饭了。"爸爸向她招手。

"饿了吧东东？今天有你最爱吃的油条和小笼包，多吃点。"妈妈向她招手。

方东脚步迟疑着不敢向前："爸、妈，你们和好了？"

"傻孩子，什么叫我们和好了？我们从来都很好，好不好？"爸爸一脸宠溺的笑容，"快来，凉了就不好吃了。"

方东欢快地跑了过来，坐下，刚拿起一根油条，就被妈妈劈手夺了过来，妈妈脸色大变："手不洗脸不洗牙不刷，上来就吃饭？怎么这么没有家教？都是你爸惯的你，从小没有教育好你！"

爸爸扬手打了妈妈一个耳光：“东东比你听话一万倍！你从来不顾家不管她，你没有资格对她指手画脚！”

妈妈掀翻了桌子：“吃，我让你们吃！你们父女没一个好东西，一个好吃懒做，一个撒谎成性，你们以后别想吃我做的饭！”

二人扭打在一起。

方东吓得双手抱头蹲在地上：“你们不要打了！求求你们了，爸爸、妈妈，你们放过我也放过你们自己，好不好？”

“醒醒，方东，你做噩梦了！”关河用力摇动方东，用毛巾擦拭她满是汗水的脸庞，“不怕，只是一个梦！”

方东缓缓睁开眼睛，她还躺在床上，身边坐着关河，爸爸和妈妈都不见了，原来真的是梦。

身上是汗水，脸上是泪水，方东下意识扑进了关河的怀里：“抱抱我，关河，我好怕。”

关河抱住了方东。

记得方东第一次在他面前做噩梦是他们出去郊游，天黑的时候迷路了，他们只好在野外露宿。也没有带帐篷，只能在一块大石头上席地而卧。

关河没怎么睡，荒郊野外，漆黑一片，说不吓人是自欺欺人。方东蜷缩在他怀中，像一只乖巧的小猫，睡得香甜。不时还动上几下嘴巴，像是在梦里吃东西。

差不多快天亮的时候，关河实在撑不住要睡着的时候，方东呼吸急促连呼带叫，声音惊恐中透露出绝望：“爸爸妈妈，你们别不要我，好不好？你们别打了，好不好？求求你们了！别打了……”

哭声中带着哀求，哀求中又有惊恐和无奈。

关河摇醒了方东。老爸告诉他在一个人做噩梦的时候，最好尽快唤醒她，可以让她脱离梦境的痛苦。

方东告诉关河她又梦到了爸妈在吵架，关河才知道方东有一个无比悲惨的童年。

后来看电影、坐飞机时，方东有时会靠在他肩膀上睡觉，哪怕很短暂，也不时会有噩梦，可见童年的阴影对方东的影响之深，简直如影随形。

方东也看过医生，医生却爱莫能助。心理疾病，只能靠自己的意志化解，或是和爸妈达成和解。方东后来也放弃了治疗，她希望有朝一日可以自己说服自己，不再回想起幼年时的记忆。但记忆却不受控制，该来的时候总是会来，而且还没有规律。

方东紧紧抱住关河，感受到他熟悉又陌生的温暖，想起以前她也是如此投入他的怀中，而现在，他们也许再也回不到从前了。

方东松开关河，尴尬地一拢头发："对不起，让你承担了不该承担的责任。我们只是合伙人……"

关河摸了摸方东额头："有点发烧，得吃药。我去买点早餐和退烧药，你先躺着，别起来。"

"不行，得起来，我们住的是办公室，等下 9 点后，何处、邓入和靳里要过来开会的。"方东挣扎着要起来。

关河强行按住了她，霸道而不讲道理："不行！开会没有养病重要！"

下楼买早餐加买药，关河只用了不到半个小时。

方东没胃口，实在吃不下饭，吃了药后，又昏昏沉沉地睡了。

9 点时，方东又醒了，感觉更加疲惫。冬天的上海潮湿而阴冷，尽管开了空调，她还是感觉到房间中无处不在的冷空气。

关河见方东发烧更严重了，强烈要求她去看医生。方东不去，最后妥协同意喝粥增加热量。但她虚弱得已经端不起粥碗了，关河就耐心地喂她。

何处、邓入、靳里一行几人有说有笑地进门时，一眼就看到了关河坐在床边一勺一勺喂方东的情景，三人都愣住了。

靳里最先反应过来，假装找东西："我水杯呢？你们谁见我水杯了？"

邓入转身出门："我叫的咖啡到了，我去取一下。"

只有何处大大方方地来到关河和方东面前，围着二人转了半圈："靳里和邓入真虚伪，明明看到了你们恩爱的一幕，一个个装演戏，演得又不像，多难堪。不像我，直接就过来了。"

关河翻了何处一眼："过来帮忙吗？你不就是想问我们是不是旧情复燃了

吗？不好意思让你失望了，并没有！方东发烧了，吃了药不见好，更严重了。”

“没复燃我就放心了，我没失望，很开心。”何处嘿嘿一笑，“你们还保持着纯洁的合伙人关系，一是对公司的发展有好处，二是我也多了追求方东的机会，高兴还来不及，怎么会失望？你真是想多了。”

“病了就得去看医生，方东，我背你去。”何处不把自己当外人，弯腰就要上手。

方东连忙摆手：“我没事，习惯性发烧而已，吃点药，多喝点热水，很快就过去了。”

在方东的一再坚持下，几人没有再要求她去医院，照常开起了周会。

以目前的进展来看，一切还算顺利。基本上等春节后实验室建成之时，就可以搬过去进行前期的研发了。现阶段，在理论上关河已经有了一些突破。

拿到了夏想教授的专利，关东生物其实已经相当于迈出了坚实的第一步。关河对此很有信心，只要设备到位，他有足够的把握研发出具有领先性且不可替代的产品。

靳里就公司的运营情况做了说明。公司目前虽然人员不多，但架构已经完善，接下来实验室建成之后，还需要更多人才的补充。现在应该做好人才储备工作，以便到时可以及时引进新鲜血液。

邓入对此表示赞成，她已经开始着手设计规划公司各个部门的职能及所需要的各类人才。

作为CEO的方东，对公司目前的发展状况基本认可，但也提出了相应的问题。在前期研发的同时，可以提前和各大医院接触，就产品的临床试验和销售渠道做好前期的准备。

最后是何处做工作规划。

何处喝了一口茶，慢条斯理地看了看每一个人：“听了你们的工作进展，我很振奋，也很激动。但在振奋和激动之余，也有一个不好的消息要和大家说一下，根据目前公司烧钱的速度推算，我们的资金只能再支撑一年……”

一年？关河对公司的开销没什么印象，但一年的时间完全不够他研发出来成果，更不用说临床试验加上市了。

“应该支撑不了一年。”还不等关河表达自己的想法，靳里抢先说话，“何处应该还没有计算实验室建成之后的设备采购、人员补充之后的工资开支及研发过程中的耗材费用，保守估计，现有资金顶多还能再烧8个月就不错了。”

邓入也点头说道：“是的，8个月还是乐观的状态，根据我以往在500强公司工作的经验，实际开支往往都会大于预估开支，根据我的估算，乐观的话8个月，保守的话半年。”

关河问了一个很直接又很外行的问题：“没钱了，何处你再继续追加资金不就得了，有什么问题吗？”

方东忍不住笑了：“有，很有问题，问题很大。目前何处的投资是按照比例投进来的，和他所占的股份呈正比。如果他再继续追加投资的话，而我们没有做出相应的贡献，我们的股份就需要稀释，而他的股份需要增加。”

道理关河都明白，但心理上无法接受：“组建公司、完善架构、谈好专利、寻找合适的合伙人，一步步走到今天，我们怎么会是没有做出相应的贡献呢？方东，你不能向着何处说话。”

第二十二章
建立攻守同盟

“我不是向着何处说话，而是到目前为止，我们的工作还不能量化，没有办法和何处真金白银的投资相比。”方东咳嗽几声，“当然，就目前各人的工作来说，最不可替代的就是你，你的工作最有成效，也价值最大。如果真的走到了何处追加投资的一步，你的股份可以不用稀释。”

“你们都别说了……”何处摆了摆手，“让我追加投资和你们商量股份怎么稀释的情况不会出现，因为……我没钱了！”

何处双手一摊，一脸无奈：“我又不是身家上百亿的富二代，我是破产富一代的富二代。投资关东生物，我已经拿出了全部资金，以后要是缺钱，只能对外融资了。”

关河诧异：“啊，到时是不是可以引进海月明的资金？”

“海月明只是一个备选项，如果她开出的条件不合适，我们也不会用。”何处很理智，“从感情上，我喜欢她。但在商言商来说，她未必就是一个合适的合作伙伴，是吧邓入？”

邓入一愣：“干吗问我？”

“她介绍你加入关东生物，不就是为了以后融资的时候，有你替她说话吗？”何处哈哈一笑，“你是她的一个伏笔，是她打入关东生物内部的内应。”

“你想多了。”邓入一拢头发，嫣然而笑，“别忘了，你也是海月明介绍过来的，就连方东也是她的好朋友，公司除了关河和靳里她都熟，难道说，我们都是她打入公司内部的内应？”

何处词穷了，顾左右而言他：“中午吃什么？我请客。”

方东以生病为由不吃，邓入以照顾方东为由不去，靳里说可以，出人意料的是关河也要去。

一行三人来到位于公司不远处的一家快餐店，要了三份工作餐。

“就这？”靳里拨拉几下硬邦邦的米粒，“早知道吃工作餐，我还不如留在公司叫外卖。”

“你留下，让邓入和方东怎么说话？真没眼色。”何处瞪了靳里一眼，看向了关河，“关河今天就比你有眼色，要是平常，他才不会跟我出来吃饭，是吧关河？”

关河正埋头干饭，猛然抬头：“何处，你认识海月明多久了？”

何处想了想：“我来上海快两年了，一来上海就认识她了。”

“和她有过合作吗？”

“没有。”

何处以为关河还会继续问下去，不料关河又埋头吃饭了，他不由哑然失笑：“你想问什么？”

“问完了。”关河头也不抬。

“关河，半年之后能出来研发成果吗？”何处也懒得计较关河跳跃的思维，“如果到时真的没钱了，需要融资的话，你能接受稀释多少股份？”

“半年的时间差不多会有眉目，现在专利到手，前期的理论工作已经就绪，就等设备到位后着手试验了。”关河吃饱了放下筷子，“股份的事情我暂时还没什么想法，到时我会和方东商量。”

何处和靳里对视一眼，才说：“这么说，公司中你最信任的人还是方东了？你从来没有想过方东会骗你吗？”

“骗我什么？钱？我没有。感情？已经骗过了！技术？她又拿不走。”

靳里笑道：“方东不会骗关河的，何处你想太多了，他们虽然不再是恋爱关系，但彼此之间的信任基石还在，至少都相信对方不会伤害自己。”

“别考验人性，在利益面前，人性就像一张纸一样薄。”何处哈哈一笑，“我呢，有个提议，关河、靳里，你们先答应我一件事情，并保证不和别人说！我是基于对你们的绝对信任，才想要和你们建立一个攻守同盟的。”

靳里拖住了关河的肩膀："放心吧何处，你信任我们，我们肯定不会辜负你的信任。关河虽然最信任的是方东，但我自信还可以排到第二位，是吧关河？"

关河看了看何处，又看了看靳里："你们别跟我演双簧了，说吧，什么攻守同盟？"

何处一愣，关河没有想象中那么笨那么迟钝，怎么现在变得一点就透了？

靳里忙说："没演，我和何处事先没打商量，关河，你不要总怀疑我和何处有什么勾连成不？"

关河不说话，直直地看向何处，何处点了点头："我的意思是，我们三个人保持一致的立场，以后不管遇到什么事情，大事小事乱七八糟的事，我们互相呼应，省得被方东和邓入带进沟里去……"

关河明白了何处的意思："你是说邓入真的是海月明打入公司的内应？海月明想要投资公司有的是方法，犯不着这么迂回吧？更何况公司以后肯定还要有几轮融资，海月明进来不也顺理成章？

"而且，你不是还挺喜欢海月明，愿意她加入公司和你并肩作战吗？"

"喜欢归喜欢，商业是商业。如果说以前我还认为海月明的加入对公司是好事，现在我改变了主意，我更愿意引进其他的资本，而不是让海月明成为股东。"何处说的是实话，从个人感情来讲，他确实非常喜欢海月明，但喜欢只是众多情感中的一种，远不是人类情感的全部，而且也代替不了最终决策。

最开始，何处通过海月明认识了关河和方东，经过自己的考察与判断，成为关东生物的天使投资人，也确实是因为他认可并看好生物制药的前景。

但公司发展到现在，他隐约感觉到隐患越来越大。先不说烧钱的速度比他预想的要快得多，只说随着靳里和邓入的加入，公司的格局发生了微妙的变化。

是，靳里加入时，他是采取了对策，先下手为强，迅速和靳里达成了共识，结成了统一战线。至少他有信心在现阶段，靳里会紧跟他的脚步。

最早海月明推荐邓入的时候，何处完全没有提防之心，认为海月明百分百是出于好心，是想促进关东生物的发展。邓入也确实优秀，从 500 强公司辞职后加入关东生物，她的股份和待遇与她的能力匹配。

但慢慢地，何处感觉到了不对，海月明对关东生物过于关心，再一细思就更让他心惊了，到现在为止，关东生物至少有方东和邓入二人都和海月明关系密切，如果有一天海月明再俘获了关河，好家伙，关东生物的绝对控制权就落到了海月明手中！

方东、邓入再加上关河，三人持有的股份超过了64%，他和靳里联手也无力回天。

海月明太狡猾太有心计了，她不投资天使轮，就是担心投资的风险过大。等公司有了眉目后，成功率自然会大涨，此时她再进来，相当于摘桃子。

哪怕是很幼小还很苦涩的桃子，也好过刚种桃树时的风险。

何处之前还挺期待海月明的加入，海月明比他有钱多了，而且她在投资界的地位和影响力也远非他所能比。海月明只要进来，肯定可以吸引更多的资本关注关东生物，对关东生物的成长来说是好事。

但是现在，何处改变了主意，尤其是当他发现邓入的能力非常出众，方方面面都应对得体，充分展现出一名在500强公司坐到行政总监位置的职场女性的优秀，他更加担心一点——公司的前景越明朗，海月明想要争夺公司控股权的野心就越膨胀。

何处在投资界算是新人，却没少听过见过天使轮成长起来的公司在后面几轮融资时，被人摘了桃子抢走胜利果实的事情。在强大的资本面前，人性都经受不起考验，甚至不用一个回合就会缴械投降。

不用想就知道，当下一轮融资启动时，海月明想要进来，方东和邓入必然会赞同。如果关河也同意的话，他和靳里再是反对也是无济于事，更不用说万一到时靳里也倒戈了呢？

只要利益足够，靳里的倒戈是必然事件，不用怀疑靳里的忠诚，他可以不顾兄弟情谊瞒着关河跟他结盟，当然也可以不顾与他的利益结盟而转身倒向海月明，还会美其名曰他要站在关河的一方。

何处可不想到时成为孤家寡人，凡事预则立，不预则废……从家族生意破产到女友劈腿，一系列人生失败的际遇让他明白了一个道理——要先掌控主动权，才能在决胜局来临时，不至于被动和失败。

现在，他要提前布局，要说服关河。

关河对何处突然改变了主意感到愕然，他不是很懂资本运作，视野范围之内也只认识何处和海月明，对于以后的融资是不是让海月明进来，也没有什么概念。

经过上次与万有聊天，关河对海月明的印象分大减，尤其是他对万有的印象极好，两者形成鲜明对比，现在，何处对海月明也一改以前的极力推崇，证明海月明的为人确实有些问题。

关河点了点头："我对于后面融资引进哪家资本没有倾向性，现在也没有具体想法。如果你觉得海月明不合适，我也没有反对意见，毕竟在融资上面，你是专业的。"

不是吧，关河这么容易就被说服了？何处和靳里面面相觑，他们原以为要费一番口舌外加许诺才能打动关河，不料才一开口关河就立刻同意了，是哪里出现了什么差错吗？

以关河对方东的信任，以方东和海月明的关系，他应该对海月明有天然的好感和信任才对。

关河没有注意到何处和靳里的互动，他站了起来："还有别的事情吗？我得回去了，方东还在发烧，我得照顾她。"

第二十三章
人生三碗面

回去的路上，关河意外接到了万有的电话。

“关先生，上次一见，对您的风采念念不忘，我是万有，希望您没有忘记我，对我还有印象。”

昨晚才见，关河怎么可能忘记？更不用说他对万有的印象颇佳。

“万总有什么事情吗？”关河也没客套，直截了当问。

“我是想请关先生方便的时候到未时制药指导工作，正好未时制药新上马了一个实验室和一个生产车间，有些地方还不太完善，考虑也不够周到……”万有顿了顿，“我知道这个邀请有些冒失，但在我所认识的科学家中，关先生是最优秀最杰出的一位。”

关河是有喜欢被人高看一眼的虚荣心，但也能听出万有的恭维之语过于抬高自己了，他可不敢自称是最优秀最杰出的人。

“我还有一个比较自私的想法，希望未时制药的实验室能在关先生的指导下有所改进和提升，如果能聘请关先生担任未时制药实验室的特聘指导就好了，待遇虽然不高，一个月只有 2 万多，但是关先生可以随意使用未时制药的实验室……”

关河顿时屏住了呼吸！

一个月 2 万多的额外收入对他来说可不是不多，而是巨款！他在关东生物一个月只有 1 万多的工资，更不用说可以随时使用未时制药的实验室是可遇不可求的天大的好事。

在上马关东生物自己的实验室时，关河没少跟何处吵架，要求多购买一些高端设备及进口设备，何处不同意的原因自然是费用太高。最后二人争论了半天，在方东的居中调和下各退了一步，一部分设备选择高端，另一部分选择中端。

没办法，预算有限。即便如此，还是超支了不少，由此才导致了公司的资金由原本可以支撑两年的运营缩短为只能支撑一年。

关河对关东生物实验室的标准、规格及设备等级并不满意，但在有限的预算之内，也只能接受。

就目前上海的生物制药行业来说，未时不算是实力最强、产品最多的厂家，但却是业内公认最有前景、布局最全面的新生力量，尤其是在尖端和前沿阵地，被许多同行看好。

能去一家遍布高端设备和科技实力强劲的实验室工作，对关河来说是毕生梦想。现在梦想近在咫尺而且还有报酬，他几乎要欢呼了。

尽管他一再告诫自己天上从来没有掉馅饼的好事，但还是没能忍得住额外2万月薪的诱惑，如果他有了3万多的月收入，是不是离有房有车的真正的上海人梦想又近了一步?

关河正想一口答应，忽然想起方东对他的告诫——凡事都要先矜持三分，太主动的答应和太迫切的同意，都会让人觉得出价高了。

不料关河才一停顿，万有立马顺势而上："如果关先生觉得为难的话，不要紧，今晚我先请您和何处何先生一起吃饭，我们先熟悉一下。等我们了解了对方后，您再做决定也可以。"

一起吃饭倒是可以，关河没怎么犹豫就答应了。

下午，方东的烧退了一些，沉沉睡去。何处没再来公司，靳里主动请缨去了实验室施工现场，只留下邓入照顾方东。

关河如坐针毡，想了半天，才给何处发了一个消息，说要晚上和他一起吃饭。何处很快回消息，问要不要叫上靳里。

关河说不用，他有事情要和何处私下谈谈。何处同意了。

快下班时，海月明来了。

海月明换了一身职场女性的装扮，头发简单地束了起来，显得既干练又风风火火。

见到关河，她歉意地一笑："昨晚实在不好意思，突然不舒服来不及解释，就先走了。下次一定改，别记我黑账好不好？你是最有涵养最有雅量的科学家。"

关河早就忘了昨晚海月明的不辞而别，他呵呵一笑："说好了你买单，最后你却逃单了，记得转账给我。"

"收到，马上。"海月明倒是听话，立马转了49块钱给关河，"够不够？"

关河也没客气，秒收："够了，AA制最好，互不相欠。对了，韩马安置好了？"

"安置好了。"

"你认识万有吗？"关河还是没忍住，问了出来，他很好奇海月明为什么会怕万有。尽管在宁三祥的形容中，海月明也有让人同情怜悯之处。

海月明神情很淡定，似乎早就料到关河会有此一问："认识，不但认识还很熟，并且有过合作打过交道。"

"怎么，有什么需要了解的吗？"海月明似笑非笑。

"没有。"关河摇了摇头，转身下楼。

楼下和何处碰面，他上了何处的宾利。

何处既惊讶又期待："难得、罕见，怎么想起来和我一起吃饭了？"

"不是我请客，是别人，我可没钱请你。"关河对何处没太好的脸色。

"不重要，重要的是我们能瞒着方东、邓入单独吃饭，就已经迈出了关键的第一步。"何处拍了拍关河的肩膀，"男人之间的问题，没有什么是一顿米其林餐厅不能解决的，如果不能，就两顿。"

关河咧嘴笑了笑："你认识万有吗？"

何处摇头："听说过，没见过。"

"今晚他请客。"

"万总请客肯定高档，是哪家米其林餐厅？"何处立刻跃跃欲试了，他身为广东人对吃无比在意，也非常挑剔。

"不知道，应该不是米其林餐厅，是一家面馆。"关河对吃并不在意，只要不是天天西餐，他就没事。

十几分钟后，车到了浦东新区陆家嘴，何处抱怨：“要是走路过来更近，开车反倒绕远了。你是老上海人，也不提前规划一下交通。”

“我对上海不熟，还有，我是新上海人，谢谢。”关河很不想提及自己老上海人的身份，他更希望自己是新一代的上海人。

何处对关河自认为新上海人的说法不以为然，还想反驳他几句，一抬头，万有迈着轻松的步伐迎了过来。

何处早就听说过万有，万有不但在生物制药行业颇有盛名，在投资领域也是响当当的一号人物。他原本做实业，后来一个偶然的机会小试牛刀，投资了一家濒临破产的公司，迅速让该公司起死回生不说，还把该公司的市值推向了高位，然后抛售又大赚了一笔。

此后，万有就一心做起了投资。他涉猎很广，投资领域也多，重点是医疗、文化和科技产业，并且不管公司是前期、中期还是后期他都投，而且还都有成功案例，因此被称为业界神话。

有关于他在投资领域的传闻，何处听说过很多，有一些近乎奇迹的案例，让人听了不但叹为观止，还热血沸腾。

因此，何处一心想要结识万有，却苦于没有机会。不想居然借关河引荐得以和万有见面，何处表面上镇静，其实内心已然翻江倒海，激动不已。

寒暄过后，三人坐在了靠窗的位置，窗外是一条人行道，再远处则是黄浦江。

万有满面春风：“我自作主张为每人要了一碗面，杜月笙说过人生有三碗面，一份人面，一份情面，一份体面。蟹家大院也有三碗面，蟹肉肉、蟹黄金和蟹太极，分别代表人生的生存、物质和精神三个阶段。”

“我为关先生点的是蟹太极，为何先生要的是蟹黄金，我自己的是蟹肉肉。”

何处哈哈一笑，万有处事老到，深得他心：“万总太谦虚了，应该是我和关河还在生存阶段，而您已经到了精神追求的层面。”

“吃面，我们就不要商业互吹了，先解决了吃饭问题再说。”万有为关河和何处每人拿了一瓶依云，“面是贵了点，几百块一碗，但饮品和小吃全部免费。”

第二十四章
对财富的理解

何处摆了摆手："依云不好喝，水不够软也不甜，我还是更喜欢喝农夫。"

关河看出了什么，点了点头："万总和何处一个是白手起家的富一代，一个是投胎技巧高超的富二代，在习惯和品味上，确实大有不同。"

万有顿时来了兴趣："说说看。"

关河先看向了何处："作为富二代的何处，从小生活富足，衣食无忧，并且对各种品牌了如指掌，所以他不管吃饭穿衣都不再追求品牌，而是只看习惯和喜欢。他可能不如一些富一代有钱，但花钱的时候绝对会比富一代大方，因为他对钱没太多概念。"

何处点头笑了："你终于有那么一点点了解我了。"

"万总是富一代，听说还是白手起家，从小吃过生活的苦，凭借自己的努力和天分才有了今天。在花钱的时候，喜欢场面和排场，追求品牌与时尚。花大钱的时候非常爽快，但在一些小钱上，却又有些在意。"

关河继续侃侃而谈："比如万总如果买一栋豪宅，只要喜欢，就会大手一挥买下。但入住后，又会在意节电、节水、节气等一些琐碎的细节，不是万总小气，是从小养成的习惯还在，不愿意在一些可以节省的事情上浪费一分钱！"

万有轻轻鼓掌："厉害，关先生有一双慧眼。感觉在你眼中，我完全透明了。"

何处撇了撇嘴："你对我只说对了一半，我是一个富二代不假，但却是一个破产的富二代，一个立志当富一代的新生富二代。"

关河只吃了一半面，他虽是上海人，却还是吃不惯过于腥腻的蟹面，太香太油了。万有吃得一点不剩，何处也剩了一些。

饭后，在万有的提议下，三人来到江边散步。

万有缓步而行，一脸坦诚："你们应该也听说过我的一些事，包括网上也有我的一些资料。我有一个原则，交友交心。我是真心把你们当成朋友，所以希望在你们面前的我是一个真实的我。

"网上关于我的许多传闻，有不少是加工美化过的，不真。比如说我是白手起家，凭借聪明才智帮人促成了一笔大单，拿到了100万的佣金，从此人生一路开挂才有了今天……你们信吗？"

何处摇头，关河点头。

万有哈哈一笑："还是关先生可爱，做科研的人总是愿意相信奇迹，其实在生活中，尤其是在商业领域奇迹很少出现，成功大多来自先人一步的嗅觉和高人一等的眼光。"

关河微有不快："既然真心当我们是朋友，就不要再叫我关先生，叫我关河就好。"

"好，我叫你关河，你也叫我万有，别再叫万总了，显得生分。"万有拍了拍关河的肩膀，"其实我不是白手起家，我能有今天，全是因为我的前妻。"

"有意思了，快说下去，万有。"何处兴奋了，"我是被前女友劈腿甩过的男人，最喜欢听男人借前妻成功的故事了。"

关河瞪了何处一眼，何处不以为意。

万有也不以为意，哈哈一笑："说来话长了，我和前妻是大学同学。谈恋爱时，她家人就竭力反对，我是穷小子出身，她家是当地的首富，资产超过100亿！"

"但爱情来临的时候，谁也阻挡不了，我和她还是义无反顾地相爱了。后来在她的坚持下，大学一毕业就结了婚。"

"在四川？"何处想起了万有的简介，记得他是从四川来的上海。

"是的，当时是在四川。结婚后，我就替她接管了一部分家族生意，帮她家赚了不少钱。再后来，我在公司的地位越来越稳固，在成为副总裁后，受到了她父亲的忌惮。她家原本没有儿子，一开始拿我当继承人培养。后来她父亲在外面有了一个儿子，虽然刚出生不久，但毕竟是他家的血脉，就开始慢慢剥夺我在公司的权限。

“再后来，为了逼我让位，造谣我和助理有暧昧关系，还捏造我职务侵占罪的证据，我一气之下提出了辞职，并且和她离婚。因为在她家族对我各种打击报复时，她站在家族的一方，不但不相信我，还推波助澜。爱情在利益面前，被冲击得七零八落。

“离婚后，我分到了一部分家产，说来可怜，就是几套房子几辆汽车和100万的现金。我变卖了在四川的所有家产到了安徽。用了三年时间，把手中的资产翻了几倍，然后就又来到了上海。

“到上海后，我开始从事金融投资。大概投资了十几个项目，成功了七八个，回报率都在1000%以上，资产再次翻了几十倍。”

关河点头，万有的坦诚和真实让他的好感更进了一步，相比何处，万有更率性也更有亲和力，并且很容易让人信任。

何处背着手，若有所思：“投资的成功率很高呀，50%以上，简直是神人。以后要多向万总学习，眼光和见识、胆识和魄力，都很关键。”

万有谦虚地摆了摆手：“机遇好再加上运气好罢了。回头再说这些……我到上海发展后，原定只做金融，毕竟金融来钱快，有杠杆也有挑战性，后来……”

“对呀，我一直好奇为什么后来万总又做了实业了呢？”何处问出了心中盘旋已久的疑问，“大多数人都是从实业转到金融，你却反了过来。”

“你们如果还有时间和耐心，就再听我絮叨絮叨？”万有很温和地一笑。

关河和何处连连点头。

“都说金融是商业的最高形式，我以前赞成，现在觉得不对。有句话说，一切商业模式的本质其实是金融模式，也对也不对。金融是虚拟经济的部分，不直接创造价值。商业属于实体经济的部分，直接创造价值。金融的主要任务是帮商业提供融资服务，是从实体经济产生的价值中获取剩余价值，离开了实体经济，金融就是空中楼阁。

“都想玩金融，觉得来钱快，轻松。钱是什么？是财富！财富是什么？是实体经济所创造的产品。如果没有产品，再多的钱也都不过是一张废纸！

“我有这样的觉悟，还得感谢一个人——海月明！”

关河和何处对视一眼，二人都从对方眼中看出了震惊。

海月明和万有认识，不足为奇，万有居然盛赞海月明，就出乎二人的意料了。

“我刚来上海不久就认识海月明了，她确实是一个很有感染力让人特别容易心生好感的女孩，基本上和她见过一面的人，无一不会对她留下好印象。我和她认识后，从她身上学到了不少东西，比如认真而专注的职业精神、从不服输的斗志，还有对实体经济的认知。是她，改变了我对实体经济的片面看法，促成我投资了未时制药。

“未时制药，我既是创始人也是投资人，我在未时是控股大股东，前期投入掏的都是我自己的腰包。我是想证明自己从事实业的决心，是想告诉别人，我不但能做好金融，也能做好实体。

“当时刚成立未时制药时，海月明也想加入，被我拒绝了。我不是想自己独占，我是一个喜欢利益共享的人，只有把蛋糕做大了，才能分到更大的一块。主要是我觉得经过一段时间的接触，海月明过于谨慎的性格及过分追求百分百安全感的偏执，让我不看好和她的合作前景。

“你个人的百分百安全感，其实是建立在别人不确定的未来之上，是牺牲别人的安全感来成就自己，是不负责任和自私的表现。”

关河冷不防插了一句：“不提海月明可以吧？我们说我们的事情，与她无关。我就想知道你想做实业可以理解，为什么偏偏选中了偏科的生物制药呢？”

万有愣了愣，哈哈一笑：“你把生物制药说成是偏科，很新鲜。生物制药是未来的三大行业之一，也许有人会认为未来的三大行业是文化、旅游和资产运营，我认为文化和旅游可以合并成文旅，加上生物制药及万物互联才是未来可以改变人类生活的三大行业。”

何处张了张嘴巴：“我有不同看法……算了，你继续。”

万有就继续了："生物制药是以后攻克心脏病、卒中和各种恶性肿瘤的关键，也是人类自古以来追求长生不死梦想的支点。生物制药技术发展到一定阶段，肯定可以为人类延长寿命并且进一步长生奠定基础。"

"我小时候就有一个梦想，如果有一天我发明了一种药，可以根治某一种疾病，不用是绝症，哪怕只是咳嗽、感冒等日常小病，也会让我成为全球最富有的人，哈哈。"

"哈哈。"何处也笑，"我就比较简单了，我是想发明一种药可以根治老年健忘症。"

万有顿时肃然起敬："境界比我高，让人佩服！是家中老人得了健忘症？"

第二十五章

别把自己想得太罕见

何处认真地点头："我家老头子有点健忘的迹象，希望有一种药让他吃下后，永远记得清楚以前的事情。这样，他就不会活得开心快乐了，会天天沦陷在过去的痛苦中……"

关河和万有面面相觑，一时都不知道该说什么了。

三人又走了一会儿，在一处长椅上坐下，万有坐在了中间。

"上次我和关河提过合作的可能，希望关河可以指导未时制药实验室的工作，当然，只是我和他之间的个人合作，不涉及公司层面。今天何处也在，你们加在一起，是关东生物的绝对控股股东。"万有感觉时机差不多成熟了，"我有一个不成熟的想法，哈哈，说出来你们别介意。如果有一天关东需要融资了，请优先考虑我的资金！

"不管是出于资金层面，还是个人情怀，又或者是对生物制药的热爱，相信我会比海月明及其他投资人有更长远的眼光和耐心。我投资公司，都是战略投资而不是财务投资，和一家公司从开始时就并肩前行，一起发展一起壮大，光是成长的过程就足以让人心潮澎湃了。

"可惜的是，当初我没有机会成为关东生物的天使投资人，希望下一次的机会，我不会错过！"万有站了起来，"你们不用现在就答复我，我们可以先交朋友，等时间长了，你们判断出我是不是一个值得交往的朋友和可以信赖的合作伙伴时，再做决定也不迟。"

回去的路上，何处一直沉默着开车没有说话。快到公司时，他才突然冒出一句："万有这个人有意思，值得一交，你说呢？"

关河点了点头："我们终于有了共同点了。"

"第二轮融资的时候，如果要在万有和海月明之间选择一个的话，你选谁？"

"必须也只能是万有。"关河几乎没有丝毫犹豫。

"就这么说定了。"何处用力握了握方向盘。

"别忘了，你可是在海月明介绍之后才认识了我和方东，才成了关东生物的天使投资人，你就不念及一丝旧情？"关河有几分调侃的意味。

"念，当然念，我又不是管撩不管善后的渣男。只要她在感情上接受我，我一定会对她负责。但在事业上，就让商业的归商业，只看她开出的条件是不是合适了，除此之外，还要看她是不是了解生物制药行业。"何处说得很正式，语气却不太正经，"不过就算她真的答应做我的女朋友，我也不一定真的同意让她投资进来，万有除了能带来资金之外，还能带来更多的资源和渠道。"

何处把关河送回住处后，打通了靳里的电话。

"你在哪里？过来见个面？"

靳里的声音听上去有几分慵懒，周围的环境也有几分嘈杂："今天太晚了，就不见了，我还在忙……"

"听上去你像是在酒吧？"何处立刻嗅到了异乎寻常的气息，"赶紧发个定位，我马上过去。"

"不是吧？我在酒吧你也要管？行吧，怕了你了。"靳里发了一个定位。

关河回到公司，发现方东不在，海月明却在。

方东身体基本上好了，到楼下的健身房活动活动，海月明在等她健身过后，陪她去吃些东西。

海月明好奇地问道："你和何处一起吃饭去了？好现象，你们越信任对方，公司就越有希望发展壮大。"

关河不置可否地笑了笑："邓人怎么不在？"

"她去酒吧了。"

"啊？"关河吃了一惊，"失恋了？还是有什么不开心的事情？"

海月明也"啊"了一声："啊！原来在你的理解中，去酒吧就是为了借酒浇愁吗？去酒吧是为了放松为了开心，而不是因为烦恼。”

“我觉得酒吧就是发泄的地方，类似于泻药。人体有了郁积之后，就会生病。有些病，发泄出去就好了。情绪也是一种病，需要释放和引导。”关河直愣愣的目光盯着海月明，“你平常爱去酒吧吗？”

“很早以前爱去，现在基本上不去了。很早以前说起来，也有10年了吧？”海月明眯着眼睛想了想，“你说我经常担心出现各种意外，是不是也是一种病？”

“是，情绪病。”

“比如我现在坐在转椅上，总害怕转椅会坏掉。比如我喝水，总担心水里有致命的病菌导致绝症。再比如我坐飞机，很怕飞机会掉下来。坐火车，又忧虑会有翻车或是撞车事故。就连走路，也总觉得会被车撞，会掉进下水道……”

关河含蓄地笑了：“全国有14亿人口，每年10万人死于车祸，每个人每年遭遇车祸的死亡概率是1/14000，是极小的小概率事件。至于飞机失事、火车撞车还有掉进下水道，概率可以低到忽略不计。就像孤儿病一样，如果中招了，只能说是命运的精准打击。”

“孤儿病？”海月时一时没跟上关河的思路。

“对，就是所谓的罕见病，是指发病率很低、很少见的疾病，如‘瓷娃娃’‘苯丙酮尿症’‘渐冻症’‘戈谢氏病’等，大多为慢性、严重性疾病，常危及生命。约80%的罕见病为遗传性疾病，由基因缺陷导致。”

海月明若有所思地点头：“基因缺陷导致……就是先天性了？”

“说是基因缺陷，其实很多病的病因，从科学的角度来说，目前还查不到真正的发病机制。基因缺陷只是用科学的说辞来掩饰人类的知识盲区罢了。罕见病的误诊率极高，高达70%以上，因为有近70%的医务工作者不曾了解更没有接触过罕见病。”

“啊，你的意思是我得的也是罕见病了？惨了，要死了，肯定治不好了。”海月明吓得站了起来，原地转圈。

“你内心戏太多了。”关河没留情面，“你得的是最常见的焦虑症，别把自己想得太罕见了，你没那么珍贵。”

“我好多了，谢谢你。”海月明一下子就笑了，坐了下来，“这句话让我一下想通了许多事情，以后再也不担心遇到飞机失事火车撞车汽车车祸了，因为都是小概率事件，而我没那么罕见，肯定遇不上。”

关河也笑了，没想到海月明还可以这么理解，他很欣慰：“我打算在研发成功糖尿病的新型药之后，下一步攻克一些孤儿病，研发一两种可以治疗孤儿病的药，也算是对处于绝境中的少数群体给予一丝关怀。”

“我赞成。孤儿药可能没太大的销量和市场，但却是一家制药公司应有的格局和社会担当，就凭你刚才的一番话，就应该敬你一杯。”海月明激动了，倒了两杯水，“一杯敬你治好了我的病，一杯敬你的胸襟与情怀。”

关河喝了一口水：“你想多了，我和你聊天的出发点不是为了帮你治病，治好了，也是聊天的副产品。我研发孤儿药的目的，也不是为了显示我的胸襟和情怀，而是研发出来孤儿药的公司，很容易上市或是被大型医药集团并购……”

“我不管，我就是觉得你了不起，就是要敬你。”海月明又倒了一杯水，“如果你想要去酒吧，我可以破例陪你去。”

关河喝了水：“你不用为我破例，我也不想去。”他又看了看表：“时间到了，我要睡觉了，你还不走吗？”

第二十六章

人间深情留不住，感情背后是套路

海月明人前人后光芒四射，处处众星捧月，从未有人如此冷落她，她却丝毫不觉得尴尬，心情依然无比舒畅。关河的一句“别把自己想得太罕见了，你没那么珍贵”让她心开意解，困扰她多年的缺乏安全感的焦虑症，似乎减轻了许多。

“你睡你的，我得等方东回来，她还没有吃晚饭。”海月明眨了眨眼睛，“要不等下一起去？”

“不了，有你陪她就行，我困了。”关河关上了自己办公室的门。

不多时，方东回来了，和海月明一起下楼吃饭。刚吃了一会儿，两人就同时收到了何处的消息。

“江湖救急！我在伤心酒吧喝醉了，你们快来解救我！”

等方东和海月明赶到伤心酒吧的时候，差不多已经晚上 11 点了。

酒吧已经没有多少人了，中间的舞台上，有一个人在高歌。唱得很投入很放纵很撕心裂肺，仔细一看，居然是何处。

想不到何处挺年轻的一个投资人，竟然喜欢唱老歌。

何处的身后有一个曼妙的女子在为他伴舞，还有一名面容姣好的女孩在为他伴奏，方东认出来了，伴奏的是邓入，伴舞的是宁三祥。

怎么会是宁三祥？

再一看，陶醉其中手舞足蹈的鼓手也是熟人——靳里。

好嘛，喝多了全体出动开起了演唱会，到底是该为他们的才华欢呼呢还是该笑话他们酒后忘形？方东碰了碰海月明的胳膊：“宁三祥以前应该不认识何处、邓入和靳里他们吧？”

海月明也眯起眼睛微皱眉头：“应该不认识，他们之间没有交集。宁三祥怕是有备而来。”

二人交流了一下眼神，等何处唱完，用力鼓掌叫好。

何处的兴奋和酒意掩饰不住，他跳下舞台，想要给方东和海月明各一个拥抱，二人都巧妙地躲开。他尴尬地一笑，回头去抱宁三祥，不料脚下一绊，没站稳，抱住了邓入。

“其实，男人更需要关怀。”何处喝多了，抱着邓入不肯放手，“当一个男人喝多的时候，最想联系的人、最想抱的人，就是他最喜欢的人。”

邓入轻巧地一转身，挣脱了何处的怀抱，就势把他放到了沙发上：“你现在想要联系的人是通讯录上的所有人，想要抱的人是离你最近你能抱得着的人。别装深情了，人间深情留不住，感情背后是套路。”

邓入冲海月明和方东点头一笑：“我说别惊动你们了，他非不听，还说你们不来他就不走。”

邓入本来是一个人来的酒吧，想要喝杯酒放松一下，她一般喜欢氛围舒缓的音乐酒吧，就来到了经常光临的伤心酒吧。

谁知就遇到了靳里、何处和宁三祥。

一问才知，靳里是应宁三祥之邀来到了伤心酒吧。

在深圳时，靳里就和宁三祥认识。二人是校友，宁三祥比他大一届。虽然二人交集不多，也只见过有限的几次，但宁三祥的多才多艺及热情开朗的性格，还是让靳里印象深刻。她在大学期间不但当过主持人，唱歌跳舞也是一绝，是无数人心目中的女神。他当时很是自卑，不敢接近她。

靳里有宁三祥的联系方式，他也知道宁三祥人在上海。他回上海后联系过宁三祥几次，都没有得到回复。他以为宁三祥忘了他，既懊恼又失落。

原以为她也来了上海，和他在同一个城市，会走得近一些……也许在宁三祥的眼中，他不过是众多仰慕者中的一个。

直到靳里在朋友圈发布消息，声称他要创业，并且定位了关东生物的地址后，忽然有一天宁三祥就主动联系了他，解释说前段时间手机坏了，许多微信消息收不到。换了新手机后才发现他给她发了不少消息，她都没有回复，很失礼很过意不去，要请靳里喝酒以表达歉意。

靳里求之不得，当即答应，就和宁三祥在伤心酒吧见了面。

这也是二人在上海的第一次见面。

然后靳里就在宁三祥的劝酒下喝多了。正好何处打来电话，听说他在酒吧，也赶了过来。

四人相会在伤心酒吧，靳里和宁三祥是有约，何处是过来凑热闹，而邓入是独自前来。总之，四人聚在一起，一时开心，喝多了就在何处的带领下上台表演了。

邓入以为何处就是喝多了想显眼，不料一开口就让她震惊了，何处的唱功了得，声音沙哑中有沧桑，沧桑中有惆怅，一看就是有故事的男人。尽管她也听说过何处在结婚前夕被前女友劈腿的往事，但他唱得如此一往情深，似乎不像只有一个前女友那么简单。

“是不是男人永远忘不了初恋女友？”宁三祥凑了过来，她醉眼迷离，“海总、方东，你们还有初恋男友的联系方式吗？”

方东和海月明很清楚宁三祥的身份，作为万有的助理，她是万有在未时制药的心腹之一，许多事情都由她代表万有出面，深得万有信任。

她和靳里接近，又认识了何处和邓入，必定不是偶然事件，而是有意为之。

海月明没有正面回答她的问题：“万有眼光不错，选你当助理，每月一万多的薪水，你能为他创造上千万的财富。要我说，给你月薪两万都不匹配你的能力。”

方东则是直截了当：“我初恋男友现在是我的合作伙伴，还天天住在同一个屋檐下，不需要联系方式，直接喊一声就行了。你呢，是不是还和三四个初恋男友保持着密切的联系？”

“不，一个都没有！”宁三祥也不知道是真喝醉了，还是酒意上涌，她用力挥了挥手，“男人多情而长情，通常情况下不会删除前女友的联系方式，在前女友有求于他时，他还会帮忙。女人专情而绝情，分手后会把前男友的所有联系方式删除得干干净净，老死不相往来。”

邓入听明白了宁三祥的意思：“所以，你现在有了新目标，喜欢上了何处？”

“答对了！”宁三祥哈哈一笑，“何处太幽默太有才华了，还有钱。而且他肯定会是一个专一的男人，他受过情伤，对前女友念念不忘，痴情而深情，他还说我长得像他的前女友，我是不是可以这么想，只要我努力，我就可以让他把对前女友的深情全部转移到我的身上？”

“说点儿正事吧，三祥，别装醉了，我知道你的酒量。”方东将宁三祥拉到一边，离何处、靳里远了一些，“我和月明都知道你是谁的人，你刻意接近靳里讨好何处，到底想干什么？”

宁三祥甩开方东的手，身子一歪，假装摔倒，就势抱住了方东的肩膀，俯在她耳边小声说道：“方东姐，你太敏感也太紧张了，我只是想谈一场轰轰烈烈的恋爱而已，首选何处，退而求其次是靳里，他们两个都不行的话，我也不会选择关河，不会和你竞争的，放心好了！”

“毕竟，从我认识你第一天起，我就对你的品味和审美完全欣赏不来，一直持怀疑的态度。”宁三祥笑得很得意很嚣张。

“谢谢。”方东也是微微咬牙，“彼此，彼此。”

海月明也加入了战团，她的笑容得体而端庄，语气却很冰冷：“宁三祥，请你转告万有，想打关东生物主意，可以！但要放到明面上，别耍花招。别以为别人都傻，只有他一个人聪明，可以愚弄天下人！记住了，小聪明难成大智慧，聪明反被聪明误。”

第二十七章
好事不过夜

“我不明白你在说什么，我是我，万总是万总。现在是下班时间，我是在个人时间做私人的事情，和他没有关系。别什么事情都往阴谋论上面扯，你们呀，就是太小心眼太自以为是了，我不就是想和你们的合伙人之一谈一场正当的恋爱吗？难道你们连合伙人的恋爱也要干涉？管得太宽了吧？”宁三祥寸步不让，反唇相讥。

“你们在聊什么呢，谈得这么热火朝天？”何处拎着酒瓶走了过来，“方便我们男人也加入吗？没有男人的世界是不完整的，毕竟，男人能顶半边天不是？”

邓入和靳里也过来了。

海月明和方东迅速交换了一下眼神，二人拿起了酒杯，和宁三祥碰了碰：“我们和三祥聊了一些女人的话题，现在可以聊男女的话题。”

邓入看出了刚才海月明、方东与宁三祥之间的过招，剑拔弩张之余，又有含沙射影的较量，她虽然不清楚发生了什么事情，却大概能猜到海月明和方东对宁三祥的敌意，应该不是出于宁三祥对何处的好感。

没错，宁三祥本来是约靳里来酒吧，等何处出现后，听靳里介绍他是关东生物的投资人，她就对何处瞬间热情高涨了，不停地和何处碰杯喝酒，还有意无意地主动和何处聊天。

这就让靳里微有些醋意，几次特意要坐得离宁三祥近一些，都被宁三祥动作娴熟地躲开了。

何处喝多了，压根没有注意到宁三祥的小心思，只顾喝酒和唱歌了。邓入原本想劝宁三祥不要太明显了，要照顾靳里的情绪，还没来得及开口，方东和海月明就来了。

原来方东和海月明也不喜欢宁三祥，邓入就放心了，不是她的问题就好，她还以为是自己太敏感太小心眼，才对宁三祥看不顺眼。还好，并不是，是宁三祥确实烦人。

宁三祥高高举杯，仿佛刚才的一番较量没有发生一样："为了我们的单身聚会，干杯！"

"等等，你说你是单身？"何处举杯愣住了，"不像呀，你这么活泼可爱的女孩，怎么会单身呢？是身边的追求者太多，眼花缭乱了吧？"

"不不不。"宁三祥连连摇头，"我是不将就的性格，如果最合适的人没有出现，我宁愿单身到老，也不会随便找一个人凑合。"

"我就不一样了，我可以先找一个差不多的人凑合着……"何处瞟了海月明一眼，"凑合久了，也许就合适了。如果还不合适，就再换一个差不多的人继续凑合着，有一天就会发现，这辈子也就差不多了。"

"不能这么亏待自己，你值得拥有最好的。"宁三祥也下意识地看向海月明，"海总对爱情是什么看法呢？"

海月明淡然一笑："自从五年前结束了上一段爱情以来，我就不再相信爱情了。一见钟情，是缘于荷尔蒙的分泌。日久生情，是权衡利弊之后的选择。白头到老，也不过是习惯了一种生活方式，无力也没有勇气改变而已。爱情？只是男女之间用一个高尚的词语来掩饰低级的生理和心理需求的自我催眠和陶醉。"

"完了完了，海姐已经脱离了低级趣味，成为一个高尚的人、一个纯粹的人、一个不食人间烟火的仙女。"宁三祥吐着舌头笑了，"方东姐呢？"

"别叫我姐，我比你小。"方东语气有些硬，但脸上却挂着和气的笑容，"爱情就像存款，如果一直没有，就该反思一下是不是自己在以前没有积攒够人品和善良。对爱情，我不强求。对事业，我很努力。爱情是需要有一个人配合，事业是需要一群人配合，事业能做好的女人，还会缺爱情吗？"

宁三祥又看向了邓入："邓姐呢？"

邓入歪头想了想：“你不应该问我对爱情是什么看法，你应该去问爱情是不是对我有什么看法。”

众人大笑。

何处真喝多了，说要自己走，才走几步就摔了跤。最后无奈，还是由邓入送他回家了。

海月明很生气，向方东抱怨男人在面对妩媚妖艳的女人时都靠不住，让她一定要保护好关河，让关河保持定力，不要让万有的阴谋得逞，以眼下的形势来看，万有是嗅到了商机，想要对关东生物出手了。

回到公司，方东轻手轻脚，唯恐惊醒关河。不料推门进去，却发现关河坐在沙发上，没开灯，在黑暗中沉思。

“你吓我一跳，干吗不睡觉？”方东心中一阵温暖，该不是关河担心她才有意等她归来吧？

“是不是在等我？”

“是在等你。”关河摆手示意方东坐下，“不过你别多想，我不是因为担心你在等你，而是有话要说。坏话不过夜，好事也不过夜。”

好吧，木头就木头吧，反正他只是她的前男友和现合作伙伴，不能对他要求太多，方东强迫自己笑了笑：“那么是坏话呢，还是好事？”

“为了让你在酒吧的发泄之后能够睡一个好觉，提前告诉你，是好事。”关河的声音在黑暗中显得异常冷静，“我已经决定在未时制药的实验室兼职了。”

“什么？”方东蓦然站了起来，像是一道闪电撕裂了黑暗，她感觉受到了一万点暴击，千防万防，以为万有的突破口和落弹点是宁三祥，没想到竟然是关河。

这叫好事？关河和她关于好事坏事的划分标准还真是不在一个维度！

“你别激动，坐下。”关河拍了拍沙发，“本来我不想和你说来着，毕竟我是以个人的名义，并且只是暂时借用未时制药的实验室，在指导他们工作的同时，还可以借他们的设备提前研发我们的产品。当然了，未时也会提供一定的报酬，我现在很需要钱，你不是不知道我的情况……”

方东冷哼一声：“不开灯是不想我看清你尴尬而难堪的表情是吧？”

关河愣怔了一下："我为什么要尴尬而难堪？不开灯是为了省电，冬天开暖风太费电了，现在办公室的各项开支还是由你个人承担，投资款还没有划归到公司的账目上，对吧？"

得，又表错了情会错了意，关河就是冰冷河水中的一块圆圆的石头，又凉又硬还滑不溜手，方东就坐了下来："不用你替我省钱，希望你以后对我的关心不要超出同事的尺度。"

"没超过呀，我替你省钱就是替公司省钱，把有限的钱都用在研发上，就是我最真实的想法。"关河回答得很朴实。

"……"算了，犯不着和他生气，又不是不知道他是什么样的石头，方东强迫自己冷静下来，"万有和你是怎么认识的？"

关河在得到了方东承诺不向别人包括但不限于海月明、邓入透露他和万有的约定后，就告诉了方东万有和他认识的经过。

"说起来这件事情还得感谢海月明……"关河是发自内心，但在方东耳中就觉得刺耳，如同讽刺。

"公司中，我最信任你和靳里了，想来想去，还是没有和靳里说，就你一个人知道就好了。"关河打了个大大的哈欠，"不早了，晚安。"

"何处也知道吧？"方东忽然想起今晚关河是和何处一起去吃饭，突发奇想就多问了一句。

"对，对，他也知道，我忘了说了，今晚就是我和他一起跟万有吃的晚饭。"关河其实并不是想要隐瞒些什么，而是他真的没有想起来。

第二十八章

男人之间的友谊

“行呀，你们开始建立攻守同盟了，是吧？”方东忽然有一种被欺骗的感觉。

关河呵呵一笑：“别，别这么说，我只是在一些事情上和何处有共同点，但在大多数事情上，还是和你保持一致。”

“呵呵……”方东不知道该怎么形容自己的心情，如果关河真的很有心机也就算了，偏偏他在研发上很理性很认真，在交友上很感性很真实，她也没有办法对他生气发火。

一晚上翻来覆去睡不着，方东既生气关河答应万有的提议，显然万有是在利用关河，又担心关河为人简单而被万有一步步拖进陷阱。

从万有主动接触关河和何处，再到宁三祥接近靳里，万有显然在下一盘大棋。问题是，就算明知万有开始了布局，将一步步向关东生物出手，她却无计可施。

不行，下一步得加强和邓入的交流，她要和邓入结成攻守同盟，以防止关河、何处和靳里被万有摆布。

也不知道睡了多久，天一亮，方东早早起来，带上邓入，约了万有在公园见面。

这是一个难得的上海冬天晴朗的早晨，公园人不多，清凉的空气中，三三两两的人群或在漫步，或在锻炼。

“方姐，这么早见万有，是不是有什么要紧的事情？”邓入很敬佩方东遇事时的沉着冷静，但今天的方东过于严肃了，她感受到了异乎寻常的气息。

“我发你的关于万有的资料，都看过了吧？”方东健步如飞，远远看到万有站在一棵合欢树下，身边还有一人正是宁三祥，“昨晚你见到的宁三祥，就是万有的助理。”

“看过了，万有很了不起，是业内的大佬。”邓入以前也听过万有的名字，却没有深入了解，看了方东整理的关于万有的资料后，她对万有有了更直观的认识。

“除了了不起之外呢？”

“其他的暂时还没有看出来，只从资料上看，万有是一个很厉害的角色。他的个人简历美化了不少，想要真正认清他是一个什么样的人，得打过交道才行。”邓入并不清楚方东带她来见万有的真正目的，“公司是要和万有合作吗？”

“如果有，你是什么态度？”

“未时制药对关东生物来说是一头庞然大物，以关东生物目前的实力，还不具备和未时制药合作的基础，要么被吞并，要么被窃取技术……”邓入也没隐瞒真实想法，“我认为最少也要等关东生物研发出来了产品，有了讨价还价的条件后再谈合作，会更有意义一些。”

方东点了点头，自己没有看错邓入，她确实是一个值得信任的合伙人：“如果我们具备了和未时制药要价的资格后，就事论事，你认为以万有的为人，值得信赖和合作吗？”

邓入会心地笑了：“我对他完全不了解，所以不发表意见。等有了直观的认知后，我再说说我的看法。”

“好。”方东也笑了，邓入一点就透，确实聪明。

万有迎了过来，哈哈一笑：“以前在未时，你是方总监。现在在关东生物，你是方总。不管是方总监还是方总，你都是最优秀的方东。”

方东摆手一笑：“万总就别用您的常用手法了，对我来说已经免疫了。我们越是少一些虚伪和套路，多一些直来直去，越好沟通。”

万有丝毫不觉尴尬，脸上笑容不减：“说吧，今天约我在公园见面，肯定不是为了赏景，有什么吩咐直接说，我一定尽力而为。”

“昨晚宁三祥和靳里、何处喝酒，您知道吧？”

“知道，刚刚知道的。她下班后的时间属于自己，我从来不干涉。她不说，我也不会过问。”万有一脸惊讶，“如果你不喜欢她和靳里、何处有私交，可以，我会劝她，你也可以劝劝靳里和何处。”

邓入暗暗点头，万有说话滴水不漏，是个厉害角色，比她想象中还有城府。

“私下交往倒也没有什么，就是怕别有用心，带着什么企图就不好了。”方东的语气不咸不淡，“我是希望万总不要对关东生物有什么幻想，我当初创立关东生物时，就拒绝了万总的投资。现在也一样，不忘初心，方得始终。”

“我最欣赏有志气的人。”万有打量了邓入一眼，“但也不喜欢说过头话、说气话的人，此一时彼一时，等形势一变，人的立场也会变的。”

“不会变的，请万总放心，我肯定不会让您有任何机会染指关东生物的。别人不了解您是什么样的人，我太了解了。”方东紧咬牙关。

“那么我到底是一个什么样的人呢？”万有依然是一副笑眯眯的模样，“既然你想让身边的这位美女更深入地了解我，不妨就当面说出来。”

“你也是关东生物的联合创始人吧？”

“是，我叫邓入，现任关东生物的 HR，很高兴认识万总。”邓入现在已经完全清楚方东的用意了，是想让她从他们的对话中侧面了解万有的为人。

在方东没有开口为她介绍万有之前，她站在落后方东半个身子的侧后方，一言不发。现在万有问了，出于礼貌，她就得回答了。

“邓入，好名字……”万有和邓入轻轻一握手，“我们是第一次见面，你也应该听说过我，我是方东前公司的老总。当初她从未时制药辞职时说她想要创业，我第一时间提出可以当她的天使投资人，可惜，被她无情地拒绝了。”

“当初拒绝你，是感觉我们并非一路人，理念不和。现在及将来，我也一样还会拒绝你，希望万总明白一点，只要我在关东生物一天，我都会对你投资关东生物投反对票。”方东严正地表明了立场，既是向万有宣战，也是让邓入明白她的决心。

“遗憾，太遗憾了。”万有连连摇头，“不过可惜的是，关东生物又不是你一个人的公司，你所持的股份比例又不够一票否决权。”

方东冷哼一声：“所以你接近关河和何处，又让宁三祥接触靳里，目的就是策反他们几个股东，好实现你的意图？”

原来背后还有这么多故事！邓入点了点头，今天收获巨大。万有在背后布局，居然瞒着方东，和关河、何处来往。也难怪方东一大早就来质问万有，她好不容易建立的公司，肯定不想让万有摘了果实。

公司才起步不久，就吸引了万有的注意，不也正说明公司大有前景吗？邓入又暗自庆幸从 500 强公司辞职加入关东生物的正确了。

“你想多了，方东。”万有站在树下，神情自若，“我认识关河是仰慕他的才华，认识何处是认可他的为人，想和他们交个朋友而已。女人永远理解不了男人之间的友谊，男女之间的关系无非有三种，纯洁的男女关系、纯洁的金钱关系和纯洁的没有关系，男人之间的关系就复杂了，纯洁的友谊关系、纯洁的兄弟关系、纯洁的合作关系、纯洁的金钱关系、纯洁的知己关系，等等。”

“呵呵……”方东笑了，“男人之间的关系也许真如您所说的一样复杂而有多样性，我不想了解也不需要了解，我只知道您接近关河和何处目的不纯居心不良就行了。我的态度也表明了，万总，希望以后大道朝天，我们各走一边。”

“如果不呢？”万有脸上的笑容凝固了。

“万总，您让我接近靳里，真的是另有目的吗？不是只想和他们交个朋友？”突然间，宁三祥挺身而出，站在了方东的一方，“您太让人失望了，我一向崇拜您尊重您，没想到在您眼中，每个人都是可以被利用的角色！”

万有恼羞成怒：“你是我的员工，我让你做什么你就得做什么，除非不想干了！你只需要完成我交代的任务，不用问太多为什么。”

宁三祥眼圈红了，眼泪打转：“万总，我不想当别人的傀儡！”

“可以，你现在就可以办理离职手续。”万有当即拿出电话，打给了人力资源部，“立刻办理宁三祥的离职手续，通知财务给她补发三个月的工资。”

宁三祥强忍伤心，一抹眼泪：“好，我马上回公司办理交接！谢谢万总以前对我的照顾，以后我们谁也不认识谁。”

万有不耐烦地摆了摆手，等宁三祥离开后，他又冲方东和邓入温和地一笑："古人说，成大事者不拘小节，又说，细节决定成败，所以要灵活运用，该不拘小节的时候就不拘，该在意细节的时候就得在意。让你们见笑了，开除了一个员工不是为了显示我的霸道总裁作风，实际上我在管理上很人性化，轻易不会对员工发火……

"但是我决定的事情也不会改变，更不允许员工质疑我的决策。你可以能力不行，我有耐心和信心培养你，让你提升能力。但如果你态度不行人品不端，对不起，我决不姑息！"

方东听明白了万有的意思，他不会改变继续接近关河和何处的策略，如果方东敢拦了他的路，他就会拿出对付宁三祥的手段来对付她。

第二十九章

春天就快来了

方东才不会被万有吓倒，笑了笑：“巧了，我和万总的性格一样，也是只知道向前不会退缩的傻子。”

万有点了点头：“时间会证明一切。”

“下次见到万总的时候，希望万总还能笑得这么开心，还能保持自信。”

“同样的祝福，送给你。”

回去的路上，方东沉默着走了半天，忽然一脚踢在了旁边的一棵树上，气呼呼地说道：“气死我了！万有太坏了，老狐狸！”

邓入还以为方东的涵养功夫已经远超过自己，现在方东一生气，可爱又真实，她反倒笑了：“行了方姐，别气了，商业上的交手就是这样，还好万有用的是阳谋，如果他使的是阴谋诡计，以未时现在的实力，真的可以扼杀关东。”

方东拍了拍胸口，吐了几口气：“不气不气！生气是小狗，是拿别人的错误惩罚自己，是傻子才干的事情。好了，不气了。”

“邓入，你今天知道了关河和何处私下和万有接触的事情，他们没有和我们说，显然是不想让我们知道……”

邓入立刻明白了方东的暗示：“放心好了方姐，不是你透露的消息，是万有自己亲口说了出来，我恰好听到而已。如果他们不问，我也不会主动说起。”

方东开心地笑了：“倒也不是非要和他们作对，男人有时天真而幼稚，我们得联合起来，保证公司的平稳前进，不能让外部势力破坏了公司的发展。”

“一定！”邓入重重地点头，“月明姐早点加入公司就好了。”

“等我们打好了江山她再加入，才更能显示出我们的能力和重要性。有些朋友可以雪中送炭，而有些朋友只能锦上添花。”方东心中有一杆秤，“不管是哪一种朋友，我们都要珍惜。”

邓入连连点头：“方姐说得对，以前我还不觉得眼界和格局有什么关系，现在明白了。当你觉得身边都是穷人的时候，说明你也是穷人。当你发现身边全是有钱人时，就算你现在还不是有钱人，你离成为有钱人也不远了。”

“什么样的能力和眼界，决定了你身边是什么样的朋友。而你的格局，将会为你带来未来的朋友。”

上海的冬天阴冷但不漫长，当最冷的时刻来临时，说明春天就快来了。

春节到了，实验室的施工也暂停了。关河原定去未时制药的实验室兼职，刚办理好前期手续就放假了，只能春节后再继续。

万有近来忙于各种事情，没再进一步和关河、何处接触，倒是靳里和宁三祥来往频繁，大有越走越近的趋势。

宁三祥在何处面前碰了几次壁，屡次约他没有回应，也就对何处死心了。而当她跟随靳里去了他家里一趟，得知靳里是坐拥数套上海房产的富二代后，对靳里的态度立时大变。

何处决定过年不回广州，就留在上海。邓入也不回四川，方东要回北京一趟。

方东的爸妈离婚后，爸爸回到了上海，妈妈留在北京，她平常难得和妈妈见上一面，过年期间总要聚上一聚。

关河虽不情愿，却还是不得不回家看望老爸。创业以来，他回家的次数屈指可数，每次都是来去匆匆，别说住下了，连饭都不吃。

三十晚上，关河住在了家中的老屋里，忍受着寒冷和潮湿，第二天中午就想离开时，方东和海月明意外出现了。

关河诧异：“你不是回北京了？”

“二十九回的，三十待了一天，初一一早就回来了。”方东穿了一身大红色的衣服，很是喜庆，“月明说想让叔叔为她把把脉，我们就过来了。”

关河嗔怪地瞪了方东一眼，真不当自己是外人，说来就来，也不提前打个招呼。

方东当没看见，心想你不也是自作主张就答应了万有的邀请，彼此彼此而已。

海月明一身名牌风衣，一根红色腰带显得细腰盈盈一握，和黄色的风衣相映成趣。她还戴了一顶咖啡色的帽子，增添了几分调皮与可爱。

相比之下，一身红色的方东简单大方，又有几分端庄娴雅。

关山很喜欢海月明，先是为她把脉，又问了一些日常作息，最后说道："和上次比，你的气色好了许多，饮食和作息也规律了，好事，再坚持下去，会长命百岁的。"

"谢谢叔叔。"海月明甜甜地一笑，"其实我的病能治好，还多亏了关河。是他解开了我的心结，让我一下子豁然开朗了。"

"心病还得心药医。"关山意味深长地笑了笑，要去给几人倒水。

"不用了叔叔，我们坐坐就走。"方东制止了关山，拉起了海月明，"以后有时间再来看望叔叔。"

关山也不挽留，将关河拉到一边，小声问道："儿子，你到底喜欢哪一个？"

关河头大，摇头："爸，别瞎操心了，她们一个是合作伙伴，一个是普通朋友。在我买房买车之前，你觉得我有谈恋爱的资格和结婚的资本吗？"

"遇到良人，先成家。遇到贵人，先立业。遇到芳龄富婆，成家立业！"关山指了指海月明，"月明像是一轮明月，皎洁又光芒万丈，像是仙女，只适合谈恋爱，不适合结婚。居家过日子，还得是方东。方东大方得体，又有能力又顾家……看你自己的选择了。"

老爸对自己真是高看，关河哭笑不得："你的意思是，我选择谁，谁就会成我的女友了？爸，时代不同了，现在不是我选择她们，而是她们愿不愿意选择我。

"当然了，我现在也没有心思谈恋爱，过年后实验室落成，研发工作开始，如果研发不出来产品，公司就会倒闭，我也会失业。"

"我看好你，儿子，你一定可以的！"关山眯着眼睛笑得很灿烂，"老爸很后悔当年没能把握住机会，让你实现富二代的梦想。都说一个人的一生中改变命运的机会只有三次，是错的，其实还有隐藏的一次，就是婚姻。”

“女人可以借婚姻实现命运的改变，男人也可以。”关山郑重其事地拍了拍关河的肩膀，“儿子，没有完美的婚姻，是因为我们自己都不完美。不要紧，只要在某一方面能够满足我们的需求，就足够了。月明也许没有方东贤惠顾家，但她没准能让你的人生逆转。”

关河张大了嘴巴，惊呆了，老爸什么时候进化了，变得这么有超前眼光和会审时度势了。

可惜，关河不是这样的人，他还想努力，还想靠自己的一技之长。

关河严肃地点了点头：“爸，你说得都对。问题是你不用苦口婆心地劝我，应该去劝芳龄富婆。我是没有意见，主要是她们不同意，看不上我。”

“只要你点头，你和海月明的事情就包在我身上了。”关山拍了拍胸膛，“老爸明白过来的时候，已经晚了。现在拆迁没戏，以后房价也不可能再几倍地上涨了，最后利用中医知识帮你找一个芳龄富婆，还是问题不大的。”

关河只是开玩笑，关山却当真了，在送海月明出门时，拉她到一边和她嘀嘀咕咕说了半天。

海月明一边笑，一边偷看关河。

关河无地自容，想过去叫停，却又没有勇气。见老爸眉飞色舞挺入戏的样子，忽然有了一丝于心不忍，算了，姑且让老爸心怀梦想好了，哪怕只是幻想，也好过绝望。

回去公司的路上，海月明一直偷笑不说话，让关河心里发毛，又不敢问。

等到了公司，关河终于憋不住了：“海月明，不管我爸和你说了什么，你都不要在意，从反面理解就对了。”

“是吗？你肯定？”海月明笑得更盛了，“不许后悔哟。”

“不后悔！”关河咬了咬牙。

“你们父子真好玩。”海月明笑得前仰后合，问道，“我先问你几个问题，第一，你喜欢我吗？第二，如果你喜欢我而我也喜欢你，你会娶我吗？第三，你现阶段想谈恋爱吗？”

这都是什么乱七八糟的问题，而且先后顺序也不对，关河回答得很干脆：

“第一，不喜欢。第二，第一个前提不存在了，第二个问题就不成立了。第三，不想。”

“明白！懂了！”海月明头点得斩钉截铁，笑得阳光灿烂。

关河一头雾水：“你明白什么了？我爸到底和你说什么了？”

“你爸说，你脸皮薄，对自己喜欢的女孩不敢表白，并且越是喜欢，越是表现出来冷漠和疏远。所以，对你的话，要反着听就对了。”

“哈哈哈哈，是不是很好玩？你说，我是要听你的，还是信你爸的？”

第三十章

假装猎物的猎手

关河感觉到了深深的绝望，姜还是老的辣，他终究还是没能玩过老爸，被老爸摆了一道，他索性懒得解释了："他爱怎么说就怎么说，你想怎么想就怎么想。"

"说点正事儿行不行？"方东微有不耐之色，"你们还有完没完了？真要谈恋爱，就赶紧去谈，别一边故作矜持，知道对方的图谋不轨；另一边以退为进，是假装猎物的猎手。"

海月明抱住了方东的肩膀："是你说的你和关河已经只有合作关系了，早晚他不是被我抢走，就是被别人骗走，你现在后悔还来得及。"

关河气笑了："你们够了！我还有没有人身自由了？"

"说到猎物和猎手，关河，你和万有是不是都当对方是猎物呢？"海月明想到了万有的事情，就转移了话题。

海月明和万有认识多年，说来她和方东成为好友，也是因万有的介绍。

和万有认识也是在朋友的饭局上，海月明对万有的第一印象极好，万有的彬彬有礼、细心周到及非常及时地照顾别人情绪的举止，让她疑心遇到了心目中的完美男性。

还好她足够冷静，并且很快得出了结论——对每个人都能细心周到，对每个异性都能照顾到情绪的男人，要么是暖男，要么是渣男。

不过让海月明对万有排斥并且反感的不是他的暖男属性，而是他表里不一的为人。

海月明和万有没有过真正的合作，却从不同场合不同人群中听到了关于万有的各种传闻，最终汇集到一起就让她认定万有是一个善于包装自己并且总是以猎物形象出现的猎手。

后来她和方东熟悉后聊起万有，发现二人对万有的看法惊人地一致。在方东想要成立关东生物时，万有第一时间提出了投资，要当天使投资人，并且开出了十分优裕的条件，方东和海月明态度一致地坚决拒绝了。

关河被海月明突然提到万有惊到了，愣了片刻："方东，是你和她说的吧？"

坏了，忘了提醒海月明不要在关河面前提及万有了，方东忙解释说道："如果我说不是我，是她从别的地方听到的，而且还是万有亲口说出去的，你会相信吗？"

海月明话一出口就后悔了，忘了方东说过不要在关河面前谈论万有的事情，关河在有关靳里和万有的事情上面非常固执，只能慢慢让他加深了解，而不是强行扭转他的认知。

海月明不及多想，忙说："是的，方东说得对，我是听万有自己说的，他说他和你成了好朋友，你以个人身份兼职了他实验室的副主任，我和方东都是赞成的态度。"

"别自欺欺人了，你们对万有有先入为主的偏见，肯定反对我和万有合作。"关河生气了，"方东，你辜负了我对你的信任！"

"我没有……真没有！"方东想要解释，关河不听，转身要走，却被海月明拦住了。

海月明双手抱肩挡在了门口："一个大男人，说翻脸就翻脸，能不能有点涵养？能不能听人把话说完？"

关河看了看手表："五分钟。"

海月明被气笑了："事实是这样的——方东和万有谈话，希望他不要打关东生物的主意，万有说他只想和你、何处还有靳里交个朋友。他们的对话被当时在旁边的邓入听了去，邓入就和我说了一声。

"正好在一个聚会上，我遇到了万有，和他聊了聊。如果他真心想要在生物制药行业干出一番事业，我和方东欢迎并支持。如果只想投机取巧，或是想要借机摘别人的果实，那么对不起，我和方东不会答应，一定会阻止任何一人想要吞并关东生物的企图。”

方东来到海月明面前，直面关河：“事情是由我引起的，我来承担一切后果。关河，你如果认为你私下和万有达成合作协议，没有影响到公司的话，我持保留意见。”

关河自知理亏，他作为公司的一员，理应向公司做一个解释说明：“是你个人的意见，还是你和邓人共同的意见？”

“我和邓人共同的意见。”

“也包括我。”海月明也旗帜鲜明地表明了立场，“我希望你重新考虑和万有的合作，哪怕只是以个人的身份。”

“我相信自己的判断，也相信万有的为人。”关河想了想一咬牙，“年后我会先到万有的实验室工作，等公司的实验室上马之后，我再回来。我这么做也是出于对公司的发展着想，希望可以早些着手研究工作。”

“还有，方东，这件事情你辜负了我，我不会原谅你。”

“我没有！”方东还想争辩几句，关河却不给她机会，转身走了。

“小气鬼！一个大男人说翻脸就翻脸，真没意思。”方东气得快要哭了。

海月明抱住了她的肩膀：“不气不气。关河也是正在气头上，说的是气话。他社会经验少，固执而可爱，男人的成长需要女人的培养，你要给他时间和空间。”

“如果不是因为他有技术和专长，我早拉黑他了。”方东气消了一半。

“如果不是因为他有技术和专长，他就只有固执而没有可爱了，我们也不会包容他，给他时间了。”海月明忽然想起了什么，“宁三祥真的和靳里谈上恋爱了？”

方东忧心忡忡：“是呀，我也是刚知道，还不清楚关河是不是了解这件事情。”

“宁三祥是当着你的面被万有开除的？”

“是有表演的痕迹，但也不知道是真的开除还是假的。”

“等我了解一下。”海月明打出了一个电话，片刻之后挂断电话，“万有新招聘了一个助理叫卫辛，目前负责宁三祥以前的所有工作，从衔接上来看，宁三祥的离职很突然，不像是早有准备。”

“难道真是我想多了？”方东喃喃自语，一时有些迷惑了。

关河下楼，冷风一吹，就清醒了几分。光顾和方东生气了，还不知道要去哪里。大过年的，家家团聚，他又不愿意和同学朋友见面，难道要做孤独的第四重境界的事情——一个人去看一场电影？

才这么一想，手机响了，是靳里来电。

“关河，在哪里呢？过来聚聚，我和何处在一起。”靳里的声音透露着兴奋和开心，“快来，兄弟们过年了得开心一下。”

若是平常，关河才懒得去一些娱乐场所，今天他有些气愤，就一口答应下来：“发地址过来。”

半个小时后，关河来到了一家会所。

会所的装修很低调也很另类，木头的大门上面布满了斑驳的痕迹，还有一些似乎是被快速撞击的物体留下的凹痕，关河摸了摸大小，吓了一跳：“子弹？”

靳里哈哈一笑：“做出来的，不是真的，被吓到了吧？这是一家剧本杀公司，我们现在在玩一出谍战剧，我扮演叛变者，何处扮演地下党员，宁三祥扮演国民党特工，她负责对我用美人计。”

“还有两个角色供你选择，一是演国民党官员，二是演何处的上级，负责在何处被我供出来之后，解救他。”

关河本来没有兴趣，一听说要当何处的上级，就又有感觉了：“这个好，就演何处上级了……等等，宁三祥也在？”

“正要和你说她的事情呢。”靳里挤眉弄眼地笑了，“我和她……恋爱了！”

“啊？”关河大惊，“什么时候的事情？”

“大概一个月前吧……”靳里带着关河穿过院子，里面是一列并排的房间，从外观看很像是监狱。

推开其中一个房间的门，里面的摆设果然是牢房设施，几张双层床，一张桌子和几把椅子，何处和宁三祥正面对面坐在两张床上，二人都穿了囚服。

还挺入戏，关河笑了。

宁三祥热情地冲关河打招呼："关哥好，好久不见。上次见面，我们还是普通朋友。现在不一样了，我是你发小的女朋友。人生变化太快，随时随地都能转变角色，挺有意思的，对吧？"

关河点了点头："你和靳里倒是挺合适的，你配他绰绰有余，是他赚了。"

"关哥真会说话，而且说的还是大实话。"宁三祥甜甜一笑，"我和靳里的爱情故事，他是不是还没有和你说详细过程？"

靳里嘿嘿挠头一笑："这就说，这就说。"

第三十一章
有舍就有得

何处懒洋洋地半躺在床上："要说快说，我们两个单身狗还得被你们虐一把，是不是光角色扮演还不过瘾，非要来真的？"

"当然要来真的了，爱情又不是剧本杀。"靳里深情地望向宁三祥，"说来我和三祥的爱情，在深圳时就开始萌芽了……"

接下来的半个多小时里，关河和何处经受了常人难以想象的折磨——靳里讲述宁三祥补充，二人不时甜蜜互动，互抛媚眼也就算了，还不时拉拉手，甚至还抱上一抱，直把关河和何处肉麻得起了一身的鸡皮疙瘩。

如果说在深圳时是靳里暗恋宁三祥，那么在上海，就是明恋外加追求了。只不过在宁三祥没有被万有辞退之前，她没有接受靳里，用她的话说当万有助理时，工作忙碌到可以用脚不沾地形容，每天都有一大堆数不清的事情，有接不完的电话、发不完的微信、开不完的会议及应付不完的会谈。

宁三祥从未时离职后，一度心灰意冷，想要离开上海回深圳。在她最绝望最灰色的日子里，靳里再次出现在她的面前，给她安慰和鼓励，她慢慢地恢复了信心，决定还是要留在上海发展。

上海更包容更气象万千，也更符合她对自己的人生规划。

"当时是你主动约的靳里，还是他主动约的你？"关河忽然想到了一个关键的细节，打断了二人的角色扮演。

"我主动约的她，在恋爱的世界里，男人必须主动。"靳里抢先答道。

"也不算是靳里主动，他一开始并不知道我的遭遇，是我在朋友圈发了几段感慨，说了一些伤感的话，他立马就联系了我，安慰我，问我发生了什么事情。我当时很难受，随口说让他请我吃饭，没想到他答应了，然后我们就吃了一顿饭……”宁三祥一边补充一边挽住了靳里的胳膊，“也算是我在经历了许多之后，才知道谁才是真心对我好的人。如果说以前是他选择了我，那么现在则是我选择了他。”

靳里一脸幸福状，和宁三祥十指相扣。

何处受不了了：“快别演了，我快要吐了。不行，我得出去洗洗眼睛。”

经过一段时间的接触和了解，靳里和宁三祥越走越近，很快就正式确定了恋爱关系。靳里的父母对宁三祥也很满意，二人甚至约定今年的国庆结婚。

“今年国庆就结婚？”何处惊讶不已，“太快了吧？我可有言在先，如果到时公司的研发和产品还没有什么眉目的话，我可没有心情参加你们的婚礼，说不定到时公司都破产了，我会哭死在路边。”

关河的关注点却不是未来公司的状况，而是在细节上：“三祥，当时是方东和邓入去找万有谈判，你替她们说了话，万有一怒之下才开除了你？”

“都过去了，不提了。”宁三祥故作大度地摆手，“这事儿我不怪万总，是我太激进太偏激了。也不怨方东和邓入，她们不想万总接触你和何处，也有她们的道理。”

“狗屁道理！”何处才知道背后还有这么一出，火了，“方东和邓入也管得太宽了吧？关河，这事儿我们得好好琢磨琢磨，方东和邓入联合海月明，到底想干什么？”

关河越想越是生气，先不说方东和邓入的做法明显是想在背后阻止他和万有接近，而宁三祥是替她们说话才被万有解聘，自始至终，她们不但没有对宁三祥有任何表示，哪怕只是口头上的安慰，更没有事后弥补。

何处更是心直口快：“靳里，这就是你的不对了，为什么不早说三祥现在的情况？我还以为她还是万有的助理呢。三祥，现在在哪里工作？”

“暂时无业，自由自在。”宁三祥连连摆手，“你们不用担心我，我现在很幸福，只不过丢了一份工作，却收获了一生的幸福，说起来还是我赚了。”

“你们也别埋怨方东和邓入，不是她们的错，是万有太霸道太自以为是了。”

宁三祥越这么说，何处越觉得过意不去，他和关河交流了一下眼神，站了起来："我和关河、靳里代表关东生物欢迎你的加入。"

"不合适吧？"宁三祥一脸受宠若惊的表情，"不合适，真的不合适。你们这么做，不但会得罪方东和邓入，还会让万有不高兴。"

"万有没事，我相信他是一个大度的男人。"何处朝关河使了个眼色，"关河，你和万有的关系更密切，你打电话问一下？"

关河也没犹豫，当即打出了电话。

万有的电话一拨就通。

"过年好，关先生。本来应该昨天就给你拜年，喝多了，睡到现在才醒。"万有的声音透露出几分疲惫和沙哑。

"万总客气了，应该我向你拜年才对。过年好！"关河顺势客气几句，直接问道，"我和何处商量了一下，想让宁三祥来关东生物工作，万总会不会有意见吧？"

万有停顿了片刻，忽然哈哈一笑："不会，不会。说实话，当时也是方东和邓入说话太咄咄逼人，非不让我跟你和何处有私下的接触，我正生气，宁三祥却向着她们说话，我也是一时上头，没控制住情绪，就让她离职了。

"我当时就后悔了，不过后悔也没用了。我还想着帮她介绍到别家公司去任职，既然你们要接纳她就再好不过了。她很有才华，做事很认真细心，是一个非常有潜力的员工，我原本打算培养她担任董事会秘书的。

"今晚有没有空？一起聚下。一来好久没见了，二来正好谋划一下合作的事情。"

关河想了一想，就答应了。

在何处的提议下，宁三祥将进入关东生物，担任何处的助理，负责公司的财务和融资。

还是在何处的提议下，关河、何处和靳里三人一致同意结成同盟，共同对抗方东和邓入的联手。

几人玩了半天剧本杀，配合得倒也默契。

下午，何处又请几人喝了咖啡，然后就赶到万有所订的地方——一家私家菜馆，位于黄浦区的老巷子里面，幽静而雅致。

在即将见到万有的前一刻，关河决定向何处、靳里坦白一件事情，他鼓起了勇气：“有件事情我得说出来，之前我只告诉了方东，现在觉得有必要让你们也知道——我和万有达成了私下合作的意向，我以个人的身份加盟了未时制药的实验室。我保证不会侵害公司的利益，也不会对公司的本职工作带来任何影响。”

何处和靳里对视一眼，二人哈哈大笑，何处打了靳里一拳：“你输了，下次请吃大餐。”

“你们在说什么？”

何处抱住了关河的肩膀：“我和靳里早就知道了你和万有的合作，是邓入从侧面告诉我们的，她不是故意说的，不能冤枉她。也是她和方东对话时，我和靳里无意中听到的。”

关河心想这个无意，说不定也是方东的有意为之，现在他对方东多了不少成见。

“然后我就和靳里打赌，我说你早晚会主动说出来，靳里说不会。这不，他输了。”何处现在更愿意相信关河，反倒对方东、邓入有了不小的戒心，因此对关河和万有的合作并不介意。当然，也有何处对万有非常认可的原因。

关河不好意思地摸头笑了：“我不是有意隐瞒，而是在没有落地之前，事情都可能成不了。”

“怎么会成不了？我答应的事情，一定会做到。”万有大步迎了出来，满面春光，先是给了关河一个拥抱，然后依次抱了何处和靳里。

最后，又抱了一下宁三祥。

“三祥，别怪我，当时正在气头上，我平常对人怎么样你也清楚。要不是方东太盛气凌人，我也不会失控。不管怎样都是我的错，你想要我怎么补偿都可以。”

宁三祥挽住了靳里的胳膊：“我不怪万总，真的。如果不是有这段时间的空闲，我还发现不了真爱就在身旁。和丢了一份工作相比，能和靳里在一起，才是最大的收获、最美满的事情。”

“一个人心态好就会运气好，运气好就会一切都好。”万有点头一笑，“不管你怎么说，反正我欠你一个人情，等以后有机会一定加倍还你。”

“别，不用。不对，要还。不用还我，还给关东生物就好了。”宁三祥依偎在靳里身边，“我以后是关东生物的人了，当然希望关东生物越来越好。以后当关东生物有资金或是技术、联合开发等需求时，希望万总能够给予关东生物帮助。”

“不算，这个不算。”万有连连摇头，“就算你不提这个要求，以我和关河、何处还有靳里的关系，肯定会全力以赴地出手相助。”

“算，一定得算。”宁三祥不肯退让。

“你们就别争了，我都饿了，能不能先吃饭？”何处摸着肚子。

“不能。”万有一口回绝，“得先喝茶，饭菜还没有做好。今天难得请到你们几位贵宾，我得精心准备一顿丰盛的晚餐才行。你们所有见到的想到的山珍海味，我这里都有，而且都是最正宗的，今晚，不醉不归。”

第三十二章

不辞而别的前男友

“今晚，不醉不归！”海月明举杯冲方东和邓入示意。

关河走后，方东很生气，正好邓入回来了，二人就约上了邓入去聚餐。

聚餐地点是海月明常去的一家上海本帮菜馆。

三人预定了一个僻静的位置，也是平常海月明最喜欢的一个靠里的角落，要了一些低脂低热量的食物，在轻柔舒缓的音乐中举杯庆祝。

“是庆祝过年呢，还是庆祝我和关河之间成功地有了嫌隙？”方东微有苦涩地一笑，不过很快调整了情绪，“就像月明说的，男人都是孩子，需要给他成长的时间和空间，所以我们有必要联合起来，好好培养和带领关河、何处还有靳里，让他们在成长中明白道理，并且成熟起来。”

海月明表示赞成：“等实验室落成后，烧钱的速度会加快，我估计以公司现有的现金流，支撑不了半年。到时我会提前进来，争取拿下20%的股份，这样，我们就可以拥有话语权了。”

邓入遗憾地摇头：“如果月明在天使轮进来就好了，现在进来多了不少障碍和困难。”

方东理解海月明前期不进来的初衷和考虑：“话不能这么说，事态的发展总是不以人的意志为转移的。说不定月明天使轮进来，也会有其他的问题出现，公司未必就比现在更有活力。”

“对，方东说得很对。”海月明抿了一口酒，“一家公司前期太一团和气了，就缺少了内部竞争和推动力。前期内部竞争太激烈，也会导致四分五裂。度很关键，谁也不好判断到底多大的度适合一家初创公司。”

邓入举杯表态："请方姐和月明姐放心，我现在是你们的坚定追随者，要和你们并肩战斗，保卫关东生物、保卫女性！"

三人相视一笑。

方东说出了她一直以来的担忧："有理由相信，万有盯上关东生物了。万有是很有手腕的一个人，近年来，他战绩赫赫，无往而不利。只要被他盯上的公司，无一不会被他并购，然后转手卖掉大赚一笔。可惜的是，不管是关河、何处还是靳里，都对万有有好感，甚至对他的信任还超过我们。"

"症结在哪里呢？"邓入若有所思，"按说关河对你的信任应该最大才对，你们之间有过去，还能放下过去重新开始合伙事业，说明你们的感情基础还在。"

"不能按照常理来分析关河，他这个人既固执又柔软，既强大又脆弱，所以如果有人抓住了他的性格特点，该示弱的时候示弱，该强势的时候强势，该退让的时候退让，他就会被吃得死死的。"方东叹息一声，她就是太了解关河了，才自以为可以牢牢地抓住关河，不料强中自有强中手，"万有的性格很对关河的脾气，万有又特别会照顾别人情绪，他能拿下关河，也在情理之中。"

"那么万有为什么又能让何处也信任他呢？"邓入对万有了解不多。

"万有的厉害之处在于很善于角色扮演，在关河面前，他是求贤若渴的企业家、投资人，是认可生物制药的实干者。在关河看来，万有是知己和导师的形象。在何处面前，他又成了投资界的大佬，无数投资神话的缔造者。对何处来说，万有是他学习的榜样，是他奋斗的目标。他可以从万有身上学到许多，并且可以借助万有引荐更多投资界的人脉和资源。"方东思路清晰。

"靳里呢？"邓入又问，她最不喜欢的就是靳里，本是关河的发小，应关河之邀加盟了公司，却第一个回合就倒向了何处。现在倒好，是不是又被万有收买了？

"他不应该叫靳里，应该改名叫靳布，很有吕布的风范。"

海月明扑哧一声乐了："邓入你够损的，讽刺人家三姓家奴。"

方东想笑却没笑出来："靳里到底和万有有没有密切的联系，还不清楚，但可以肯定的是，以他的性格和为人，被万有收买只不过是早晚的事情。靳里的立场永远跟着利益走，哪边利益大，他就站哪边。”

邓入摇了摇头：“以目前的状况来看，我们还是势单力薄了一些，我们的股份加在一起，刚够一票否决权。”

海月明微微一笑：“足够了。只要你们联合起来不同意万有进来，万有就进不来，除非修改公司章程，同股不同权。”

目前关东生物还是同股同权的模式，按照持股比例的多少行使投票权。方东和邓入加在一起正好 34%，可以行使一票否决权。

“所以，只要你们联合起来团结一心，公司就不会完全失控。”海月明同时抓住了方东和邓入的手，“但是如果我们一直被动地等万有一点点侵蚀进来，也显得我们太无能了，我们要主动出击，要把主动权掌控在自己手里。”

“现在分配一下任务，方东负责关河，邓入负责何处，我来想办法摆平靳里，我们三个人分工合作，各个击破。让我们从现在就开始打响保卫战的第一枪。”海月明再次举起了酒杯，“有没有信心掌控公司，把命运牢牢抓在自己的手里？”

“有！”方东和邓入一起回应。

“再上两瓶酒，今晚我们每人一瓶，不醉不归。”海月明开心了，招手叫来服务员。

海月明的声音过大，吸引了邻桌两个男人的目光。其中一人的目光停留在邓入身上，顿时惊呆了。

“邓……邓入，是你？”他站了起来，来到邓入面前，“真的是你？没想到会在上海遇到你，真是太有缘了。”

邓入微微一怔，随即恢复了平静，瞟了对方一眼：“不好意思，你认错人了。”

“邓入，你别这样，我是顾深秋。”顾深秋要抓邓入的胳膊，“是，当初是我错过了你，我后悔了还不行吗？你再给我一次机会好不好？”

海月明一把推开顾深秋：“说话可以，动手不行。”

顾深秋很有礼貌地后退一步，朝海月明微微弯腰：“对不起，打扰了你们用餐。我是邓入的前男友顾深秋，三年前，我因为她有一个弟弟而和她分手。

现在我知道错了，想和她复合，希望你们能劝劝她，我当时确实是鬼迷心窍，以为她就是传说中的‘扶弟魔’……”

方东和海月明对视一眼，二人从邓入假装平静的表情和跳跃的眼神中得出了判断，顾深秋说的是实话。

不知道二人之间到底发生过什么，而且邓入也从未提过前男友的事情，海月明就没说什么。方东冲顾深秋挥了挥手：“大庭广众之下，你上来就让她给你机会不合适，你先回去，我和她聊聊。”

顾深秋很有礼貌，再次绅士地弯弯腰，转身回到了座位上。

无论长相还是举止，顾深秋都可以打到70分以上，海月明的八卦之心燃烧起熊熊大火，她坐得离邓入更近了一些：“说出你和顾深秋的故事。”

邓入却意兴阑珊：“我和他真没什么故事可说，就是高中和大学的同学。高中时没发生什么，大学时走到了一起。本来商量好大学毕业后留在成都就结婚，结果被我妈要的50万彩礼吓退了。”

“50万彩礼，很多吗？”海月明对钱没什么概念，从小住别墅开豪车的她，觉得50万不过是一笔小钱。

“成都应届本科毕业生人均工资为税前4000多块，50万彩礼是10年的收入，多吗？”邓入苦笑一下，“我妈是为了我弟弟结婚才提出要50万，我不同意，说顶多5万。正当我准备和我妈决裂，坚决不同意她卖女儿的无耻行为时，顾深秋突然就消失了。”

“消失了的意思是不见了？”方东一愣，看上去挺精神挺绅士的一个小伙子，居然还玩失踪？

“是的，电话拉黑微信删除，还从成都的公司辞职，去了哪里没有人知道。我足足找了他一个月，一个月后才确定他是不辞而别，连和我说一句再见的勇气都没有，就从此消失在了茫茫人海。我本来是想和他一起承受来自家庭的压力，哪怕跟他一起离开成都也在所不惜。结果，等来的却是他的突然消失。”邓入笑着笑着眼泪掉了下来，“一个男人有没有担当，就从他是不是有勇气和你来一场正式的分手可以判断出来。当时追你的时候，既有体贴和勇气，又有耐心。为什么分手的时候，连一个告别都说不出口？”

“真㞞！”

海月明呵呵冷笑：“原来他是这样一个蠢货和笨蛋，还想复合？有多远滚多远！”

方东冷静地想了想：“我倒是觉得不一定给他复合的机会，但可以给他一次解释的机会，问问他当初为什么不辞而别。”

“还用问吗？肯定是被50万彩礼吓跑了，赶紧溜之大吉，越远越好。否则也不会断绝一切联系方式不是？”海月明连连摆手，“不用再问了，浪费时间。听我的，这样的男人有一次没有担当的事情，就会有第二次。”

第三十三章
残酷才能让一个人成长

“男人都是孩子，不是说要给他们成长的时间和空间吗？”方东笑。

海月明一愣，也笑：“也得分好孩子坏孩子自家的孩子还是别人家的孩子，像这种别人家的还是坏孩子的男人，还给他时间和空间？不给他一顿胖揍就不错了。”

“决定权在邓入手里，还是听听她的决定吧。”方东将球踢给了邓入。

邓入咬了咬嘴唇，看向了顾深秋，愣了一会儿：“你过来。”

顾深秋立马跑了过来。

“当初你要和我分手，为什么不当面给我一个郑重的告别？”邓入还是放不下当年的心结，毕竟是她爱了几年的人，还是初恋。

“我要和你分手？”顾深秋惊呆了，后退了几步，“不是你要和我分手吗？你说如果我拿不出 50 万，你弟弟就没有办法娶上老婆，你爸妈就白养你 20 多年。我是希望你能给我一年到两年的时间，我拼了命也要赚到 50 万。你不同意，只给我半个月的时间……”

邓入站了起来，咬紧牙关：“我从来没有和你说过这样的话。”

“是你妈说的，她说是你的意思。”顾深秋涨红了脸，“我求了她大半天，她不肯松口。最后我被逼急了，说半个月的时间无论如何也拿不出来 50 万。你妈就让我删除了你的所有联系方式，还说你只能嫁给有钱人。如果不是看在我们是初恋的分上，别说 50 万了，就是 500 万我也不够资格娶你。”

怪不得当初老妈非要让她去相亲，说有条件特别好的大老板、公务员任她挑选，原来她在背后逼走了顾深秋。邓入悲从中来，在生她养她的母亲眼中，她只是可以卖身赚取彩礼的工具，只是弟弟的附属品吗？

为了拆散他们，老妈可谓煞费苦心，邓入忽然觉得她和顾深秋都是可怜人，他们被迫分手，都成了老妈为了一己之私的牺牲品。

海月明吐了吐舌头，叹息一声："还是方东说得对，要听听事情背后的来龙去脉再下结论，我还是太先入为主了，一有分手事件就认定男方是渣男，这是不是也是一种习惯性把自己代入弱势一方的心理疾病？"

方东立刻点头："被迫害妄想综合征。只要分手，不管谁对谁不对，就立马认定男方是渣男。这是病，得治。女性习惯性认为分手都是女人受伤，离婚都是女人吃亏，还是基于自己是弱势一方的出发点。如果不改变凡事都站在弱势群体的思维惯性，就永远无法做到和男人真正地平等。

"男女平等不是说女人要彩礼、要房子和车子，要存款放在自己名下，而是要站在自己方方面面不比男人差的角度，和男人平分压力共担风险，一起创造美好未来。"

海月明笑了："你是平权主义者，我就不同了，我只需要男人听话符合我的要求就行，我又不需要他和我一起奋斗。"

"和芳龄富婆只能有一小部分共同语言，一旦上升到人生格局的高度上，立刻就显示出了差距。"方东自嘲，"你现在寻找另一半，只需要他的情绪价值和陪伴价值就可以了，我不一样，我还需要他的情绪价值、陪伴价值、合伙人价值及物质价值。"

"我也是。"邓入清楚方东故意和海月明谈论爱情，是想为她提供一些参考，她想明白了自己要的到底是什么，"对不起，深秋，以前我妈对你的伤害我代她向你道歉。过去的事情就让它过去吧，我们以后可以做朋友。"

"只能是普通朋友吗？"顾深秋一脸痛苦，"就不能有其他方面的合作吗？比如事业？"

"事业，具体点？"方东替邓入问出了口。

"年金险、养老险、重大疾病保险……需要了解一下吗？"顾深秋很认真地说道。

"噗……"海月明险些笑喷，"你卖保险的呀？"

“还卖健身卡、理发卡及各种会员卡，三位需要了解哪些？”顾深秋继续无比认真地推销。

邓入也忍不住笑了：“你够了，差不多行了，你看海姐、方姐像是买你产品的人吗？你做销售都不合格，不能准确定位你的目标人群！”

“不好意思，刚才我只是尴尬地转移一下话题，其实我并不是一个销售，不对，我是销售，但并不是传统意义上的销售，不知道我这么说你们听明白没有？”顾深秋说话时看似结结巴巴，其实是有意为之。

邓入没看出来，海月明没有留意，方东却看得清楚。顾深秋故意示弱，并且以笨拙示人，其实很聪明、很高明，先让人对他没有戒心，就可以进一步赢得别人的信任。

“你到底想说什么？”邓入不想再和顾深秋纠缠下去，推了他一把，“不管你做的是什么，都和我没关系了，现在请你离开，不要影响我们聚餐！”

“先别这么肯定，也许以后会有关系呢。”顾深秋举杯朝海月明、方东示意，“我在未时早就听过海总和方总的大名，很想认识你们，没想到会在这样的情景下，见识了我心目中最让人崇敬的两位女神。”

“敬你们一杯！”顾深秋一饮而尽，“我干了，你们随意。”

方东和海月明对视一眼，二人都微有诧异之色，还真是人生何处不相逢，居然又遇到了未时的人！

那么是不是可以理解为，顾深秋的出现不是意外，而是刻意的安排？

邓入也是莫名震惊：“你在未时工作？”

顾深秋点头：“说来我还是因为你才应聘到了未时工作……在得知你在上海后，我就追来了上海。你在500强公司的时候，我在另外一家500强公司。后来你辞职出来创业，加入了关东生物，为了和你保持一致的节奏，我也从500强公司辞职，应聘到了未时工作。”

“真的假的？”海月明夸张地叫了一声，“如果你真的在背后为邓入做了这么多，你们的爱情故事就太感人了，可以上演一出感天动地的大戏了。”

“是他的爱情故事，不是我的。”邓入丝毫不为所动，“深秋，分手后我也曾一度苦恼，觉得失去了整个世界。这些年来，我复盘了我们的爱情，然后发现，就算没有我爸妈的阻挠，我们最后还是会分手，因为我们终究不是一路人。”

“你变了，邓入。”顾深秋忧伤地摇头。

“人都是会变的，如果你从四川来到上海还一点儿没变，说明你根本就没有适应上海的节奏和氛围。”

“除了为你，我不想为任何人任何事情而改变。”顾深秋一脸诚恳，“真的回不到过去了？”

“我是一个向前看的人！”

“人是应该向前看，但总有一些事情，值得我们坚持。”

“是，但该坚持的事情和你无关。”邓入很坚决，“如果你为我所做的一切都放到明面上，让我知道，也许我会感动。但你总是做到背后，然后再说是为了我才来的上海，才去的未时。如果是真的，只能说是你内心戏太多，太喜欢自我感动了。如果是假的，是你太喜欢演戏，太会为自己加戏了。但不管是哪一种，都不是我喜欢的方式。”邓入举起酒杯，“来到上海后，我学会了一件事情，凡事都要向前看。”

顾深秋黯然神伤，和邓入碰了碰杯，转身走了。

“是不是对他太残酷了？”方东忽然觉得她以前对邓入的认识还不够，才发现邓入有如此坚强刚毅的一面。

“残酷才能让一个人成长。”邓入十分平静。

海月明点了点头：“我支持邓入，如果没有了感情，就不要让对方再心存幻想，再做一些无意义的事情，既耽误对方的时间又浪费他的感情和精力。没有结果的希望还不如绝望，起码绝望可以让人及时调整走向正确的道路。”

方东若有所思地点了点头：“我以后是不是也要对关河残酷一些？”

海月明和邓入相视一笑，都没有回答方东的问题，因为她们知道方东只是说说而已，她肯定做不到。

顾深秋回到座位上，和对面的同行者说了几句就起身离开了。

出门后，他上了门口停着的一辆车子，迅速离开了餐厅。

十几分钟后，来到了一处幽静的院落。下车后，顾深秋和司机一起进去。

司机是一个女孩，身材火辣，二人站在一起，顾深秋勉强和她一般高。

二人进入了私家菜馆，轻车熟路地来到了最里面的包间，顾深秋轻轻敲门：“万总，我和涵米来了。”

万有坐在首位，左边关河右边何处，宁三祥和靳里坐在他的对面。桌子可以容纳七八人，还有几个空位。

万有冲关河和何处歉意一笑：“还有两位朋友要来，刚才忘了和你们说了，方便吗？”

万有是主人，关河和何处自然不好说什么。

等二人进来后，关河、靳里和宁三祥都没有什么表示，何处震惊地当即站了起来，话都说不利索了：“杨……杨……杨涵米，怎么是你？”

第三十四章
立场之争

杨涵米一脸淡定，似乎早就料到会见到何处："怎么不能是我？你能来上海，我就不能来？还是你能认识万总，我就不能认识呢？好久不见，何处，你还是和以前一样奇怪且搞笑。"

"奇怪？哈哈！"何处大笑，"谢谢夸奖，奇怪就是我的人设，搞笑就是我的风格。"

万有一脸惊讶地站了起来："怎么，你们认识？"

何处见万有的样子不像假装："她是我的前女友，不，准确来讲是前未婚妻杨涵米。结婚前夕，因为她的出轨……"

杨涵米打断何处："准确地讲，不是出轨，是劈腿。何处你也太小气了，就这么点事情也值得跟我翻脸，还解除婚约，你怎么没有半点男人的胸怀？"

"你劈腿了还让我原谅你，不原谅你就是没有胸怀？是不是等你生了孩子，我还得帮你养大，因为你会说女人生孩子很疼，应该体谅女人，而不要在意孩子是不是自己的小事？"

"看，你现在就很了解我。如果你早这么做，我们也许还不会分手！"杨涵米惋惜地摇了摇头。

关河呵呵一阵冷笑："男女平等就要体现在方方面面，你要求女人劈腿了男人得原谅，因为男人得包容迁就女人。那么男人出轨了，女人也应该包容迁就男人，因为要平等对待。"

何处拍手叫好："你不能在道德上对别人高标准，对自己没底线。男女平等不是你用来充当劈腿、索取利益和好处的工具，杨涵米，希望你时刻记住一点，股东除了有分红的权利之外，还有投资及为公司发展付出心血的义务。”

杨涵米冷笑连连：“渣男就是渣男，从来不会反思自己哪里做得不好，而是就会针锋相对斤斤计较！你还是个男人吗？怪不得姐妹们都说现在男人普遍素质偏低，配不上新一代优秀的女性。”

谁也没有想到突然冒出来的杨涵米上来就引发了男女对立的话题，何处气愤而激昂，关河愤怒而激动。

靳里不动声色，没有加入战场也不表态。作为妈宝男的他，轻易不会也不敢在性别问题上站队。当然，这也和他的性格有关。在没有弄清楚状况之前，他肯定不会先站任何一方。

万一杨涵米的出现是万有有意安排的，她是万有用来制衡何处的工具，他过早地表态及站在何处一方，会让万有给他贴上标签。

靳里很清楚自己在关东生物的处境，表面上深受关河的信任和何处的倚重，实际上是一个可有可无的角色。关河和何处的关系越好，他的价值就越弱。说实话，他首席运营官的位置换了谁都可以胜任，他不具有不可替代性。

那么他如何在关东生物安身立命呢？

一旦关东生物发展壮大起来之后，相信何处和关河的矛盾会越来越少，二人的共同点越多、关系越密切，他在公司的地位就越下降，除非关东生物再引进外来的力量打破正在形成的平衡。就目前的形势来看，万有就是未来最大的外来力量。现在就和万有建立良好的私人关系，以便在万有进入关东生物时成为他的助力，是靳里下阶段的布局。

通过关河认识了何处，通过何处又认识了万有，靳里很庆幸他的人生依然顺风顺水，人脉在逐步提升。谁说以后不会通过万有又结识了更高层次的人脉呢？靳里决定先观察好风向再说，确保不能做出任何惹万有不快的事情。

万有一脸淡然的笑容，似乎是置身事外的态度。靳里暗中观察万有，更加相信自己的判断——万有是有意为之，他肯定事先知道杨涵米和何处的关系。但万有此举到底是什么意思呢，是为了激怒何处，还是另有目的？

靳里不再胡思乱想，而是摆出了袖手旁观的姿态，并且尽量让自己的态度被万有看到。

让靳里庆幸的是，万有显然注意到了他的表现，并冲他微微点头。

“什么叫真正的女性独立？自强而不谄媚、自立而不媚俗，拥有坚强的精神和独立的人格，不需要男性的刻意照顾与偏爱，事事亲力亲为。最主要的是，从来不要求别人和自己一样。真正的独立和觉醒，是对他人的尊重和理解，而不是通过对他人的约束和贬低来表现自己的优越并且获得利益！

“凡是通过要求、指责、谩骂和攻击别人而自诩为独立女性的人，都是伪女权！己所不欲，勿施于人……自己做不到的事情，就别强加到别人身上，这样很无耻！”

关河坐了下来，一口气说出了心中积攒许久的想法，他如释重负地笑了笑：“一时激动，说了很多。对或不对，你们多包涵。”

杨涵米气得红了脸：“你……你性别歧视。我劈腿怎么了？我又没有伤天害理，没有杀人放火。”

第三十五章

成为更好的自己

“男女平等，我们就应该平等论战，为什么你又要强调性别呢？你不让我们物化女性，你却总是在关键时刻强调性别弱势，是你在物化自己呀。”

“万总，他们欺负我，你也不给我帮腔……呜呜。”杨涵米失去了战斗力，一败涂地，哭得更响亮了。

宁三祥作为唯一的女性看不下去了，起身去安慰杨涵米。

万有哈哈一笑，摆了摆手：“别觉得自己委屈，是你先挑的事儿，得自己承受。”

杨涵米咬了咬嘴唇，看了看一脸窃笑的何处，赌气似的坐在了他的对面：“我选择吃饭，吵架也吵饿了。”

顾深秋迟疑了一下，坐在何处的旁边，冲何处歉意一笑：“不好意思，我才知道你和杨涵米的关系。”

“我和她没关系。”何处大度地摆了摆手，“你是？”

万有站了起来：“我来介绍一下，杨涵米，我的股东兼合伙人。顾深秋，未时制药的营销总监。杨涵米还有一重身份，她是何处的前女友。顾深秋也一样，他是邓入的前男友。”

何处刚喝了一口茶，“噗”的一声全喷了出来：“万总，你这是要开前任大会吗？干吗专门搜集我们的前任还加以重用呢？对了，我和杨涵米的关系应该比大家想象中还复杂，实际上，她不是我的前女友……”

微微一顿，何处认真而夸张地笑道：“她是我的前妻！我们领证了，只不过没有对外公布而已。不，更准确地讲，她是我的现任。她劈腿后，我们还没有来得及领离婚证，就分开了。”

万有也是一脸惊讶：“你们现在还是法定夫妻呀？呵呵，何处你别多想，我是在和杨涵米合作之后，无意中听她说起你，才知道你们的事情。顾深秋也是，他应聘到未时之后，凭借出色的个人能力和营销业绩，一步步升到了营销总监的位置。直到昨天，我才知道他和邓人还有过一段往事。”

“不重要！不管过去发生了什么，又和谁有过交集，都过去了。”万有站了起来，高高举杯，“我提议，让我们为了明天而干杯。”

众人起身回应，何处懒洋洋地不肯起来，被顾深秋拉了一把。

碰杯时，关河故意不碰杨涵米的杯子。杨涵米不知趣，居然还质问关河：“你可真是小气男人的典范，从来没有见过这么鼠肚鸡肠的男人……”

关河不以为然地笑了笑：“我有一个原则，尽量避免和已婚女人过多接触，容易引发各种社会矛盾。”

“你……”杨涵米气急，忽然大喊一声，“何处，你赶紧跟我回广州，我们办离婚手续！我不是已婚女人，我是不婚主义者，是独立自强的新时代女性！”

“没空。”何处不慌不忙地坐下，“我们先聊点别的事情，再说离婚的破事。你怎么也跑到了上海，还和万总成了合伙人？”

“这个就说来话长了……”杨涵米不知想起了什么，偷眼看了关河一眼，“是我爸和万总有合作，我过来代表他加入了万总的辛时投资，是股东。”

原来如此，何处也清楚杨涵米的父亲杨停已经全面由实业转向金融，上海在金融发展前景方面确实强过广州，来上海发展是正确的选择。

不过让杨涵米代表他成为辛时投资的股东，就是一步臭棋了。

辛时投资在业内可是大名鼎鼎的一流的投资公司，业绩骄人，有太多成功的投资案例，有些甚至可以被当成教科书。

按说以杨停的资历，就算他再有钱，也不够资格进入辛时投资，主要也是辛时投资不缺资金，那么为什么万有又让杨停成为股东而分他一杯羹呢？

又一想，万有和杨停莫非早就认识了，以前也没听杨停或杨涵米说过万有……何处越想越觉得疑惑重重，下意识看向了关河。

关河没想那么多，他并不关心万有和杨涵米认识的背后有什么深意，他回应了何处一个淡定的眼神，说道："万总，您和杨涵米及顾深秋的关系，还有杨涵米、顾深秋与何处、邓入的过往，我都不在意，但有一点，希望不要影响到我们的合作及未来。"

"不会，肯定不会。"万有举杯，"今天让涵米和深秋过来，就是让你们认识一下，同时多了解我的合伙人和公司团队。在以后进一步开展工作时，你们少不了要打一些交道。我也希望不管过去发生了什么，我们都能放下包袱，向前看。"

"过去的事情，对我们来说不管是痛苦还是幸福，也不管是心病还是身病，只有敢于面对，才能战胜自己，才能更好地前进，是不是？"万有坚定的目光扫过在座的每一个人，"别怪我对你们要求严格，成功从来就不是一件轻而易举的事情。你们如果对过去的事情做不到坦然面对，你们就很难在今天和以后，成为更好的自己。"

"干杯！"

众人一起举杯。

聚会结束后，关河和何处先行离开。

靳里提出要送宁三祥回家，万有叫住了他，邀请他一起喝茶。靳里毫不犹豫地答应了。

原以为只是他和宁三祥留下，等到了茶室才发现，杨涵米和顾深秋也在。

万有换了一身休闲装坐在首位，亲自为几人泡茶。

"对我来说，一过了初二年就过完了。一般人都是按照阳历年来制订一年的计划，我不一样，我是按照春节来规划一年的事情。初八上班后，关河就要正式到未时制药的实验室兼职了，到时深秋你负责对接关河，对他所提出的一应要求都尽力照办。"

"你还要再兼任行政总监，将会是未时第一个身兼营销和行政两大总监的人。重任在肩，有信心吗？"

顾深秋立刻站了起来，坚定地表态："能，保证做好营销和行政工作，一定不让万总失望。"

“坐下，你个子太高，站着说话我会有压力，呵呵。”万有活跃了一下气氛，“你应该不是不让我失望，而是不要让自己失望。你从四川来到上海也是背水一战，不管怎样都不能输给邓入对吧？我喜欢强调一点，你们做事情不要总想着是为了我为了公司，你们最根本的出发点还是为了自己。只有让自己取得成就，你们才能为公司创造价值。”

“好，你的事情说完了，可以回去了。”万有摆了摆手。

顾深秋点了点头，转身走了。

万有又冲杨涵米说道：“涵米，今天你也见到了何处，他过得还不错，和我也很聊得来。你们以前的事情，你们自己处理干净。以后你们之间不管有没有合作，都希望你能坦然面对他。说不定有一天，你会成为他公司的股东，要提前做好心理准备。

“你的事情也交代完了，先回去吧。好好休息一下，今天和关河的争论别放在心上。他人不坏，就是对一些事情的看法比较固执比较传统。你也要学会适应每一个合作伙伴，而不是让别人来适应你。”

第三十六章

树立公平公正的人设

“我还想喝茶……”杨涵米不想走。

“我还有话要单独和靳里、宁三祥说……”万有脸上挂着笑，却是不容置疑的口气。

杨涵米很不情愿地走了。

万有摇头，无奈一笑：“老朋友的女儿，任性、刁蛮，好在有时还能听得进去我的话，否则，我说什么也不想留她在身边。你们肯定好奇为什么我会迁就杨涵米吧？”

靳里点头一笑：“我是替何处好奇，他肯定想知道，但没好意思问出来。”

“我的话，你可以转告他。”万有叹息一声，“杨涵米不知道，何处应该也不清楚，杨停已经得了绝症，顶多还有两三年的时间。他想让杨涵米跟我学学投资，也好在他死后可以管理他留下的产业。他让我保密，现在你们知道了，也希望你们能够保密。”

靳里和宁三祥连连点头。

万有为二人各倒了一杯茶，然后站了起来，背着手在房间中走了几步：“靳里、三祥，我希望你们二人在关东生物多配合关河、何处的工作，和他们保持一致，在重大的事情上坚定立场，不要被海月明带偏了节奏。现在海月明算是关东生物的隐形掌门人，她遥控指挥方东和邓入，想让关东生物按照她的思路发展。

“问题是，她为关东生物设计的发展思路不符合行业的趋势，而且失败的概率很高。她希望关东生物走小而美的路线，研发孤儿药。小而美的路线固然有成长为独角兽的可能，但也很容易一头栽倒就再也站不起来了。

“我是希望关东生物走一条更宽广更普世的道路，多研发可以治疗常见病、慢性病的药物，可以惠及更多的病人，让更多的病人从病痛中解脱出来。而且我的承诺比海月明的保证更有力度——如果关东生物的发展方向和我的想法不谋而合，不管成功还是失败，我都会投资进来。

“我愿意和关东生物同进共退，而不是坐等关东生物成功之后，当那个收割胜利果实的人！”

回去的路上，宁三祥一直低着头不说话，似乎闷闷不乐的样子。

靳里沉浸在万有对他的特殊信任之中，思来想去都是万有对他所说的一切。万有希望他能在关东生物积极主动配合自己的布局，那么是不是可以说，他在关东生物就相当于万有埋下的一个伏笔？就像是邓入之于海月明。

快到家时，靳里才注意到宁三祥的反常，他忙自责居然忽视了身边人，就抓住了宁三祥的手：“三祥，你是觉得哪里不妥吗？为什么不高兴呢？”

宁三祥踢飞了脚下的一粒小石子，微微噘嘴：“我没有不高兴，是不想你因为我而委屈。”

靳里“啊”了一声：“哪里有？你想哪里去了。”

“我是不想让你因为我曾经是万总的助理，而迁就万总的一些想法。我以前是他的助理，现在不是了，现在我是关东生物的人，要一切以关东生物的发展为重。你说实话，你答应万总愿意成为他在关东生物的代言人，是不是有我的原因？”

靳里心里感动，想了一想才说：“是有，但更多还是出于对关东生物的考虑。只有关东生物发展好了，我们才有前景不是？你别胡思乱想了，我不是分不清轻重的人，更何况，就算没有关东生物，我们在上海也不是没有着落，别忘了，我可是一个拥有十几套上海房产的富二代。”

“哼，嘚瑟。”宁三祥鼻子一皱开心地笑了，“我不像杨涵米一样女权，也不像卫辛一样势利，更不像邓入一样是‘扶弟魔’……我们结婚的话，房子可以不加我的名字，存款也不用转到我的名下，新车也可以上你的名字，但有一点……”

“你说。”靳里很认真地在听。

“我们可以立一个婚前协议，如果婚后你背叛了我，你名下所有资产我都要分走三分之二……敢不敢保证爱我一辈子？”

“敢，必须敢！”靳里抱住了宁三祥的肩膀，“卫辛是谁？”

“是万总新任的助理，特别聪明特别能说会道的一个女孩，伶牙俐齿又特别有眼色，简直了……”宁三祥摇了摇头，一脸鄙夷，“算了，不说她了，反正也不关我什么事情。

“这么说，你以后在关东生物会积极配合万总了？”

“不是我，是我们。”靳里紧紧握住了宁三祥的手，“你应该比我对万总更有信心。”

“我说过了，他已经不再是我的老板了，我现在要紧跟你的脚步，坚定地维护关东生物的利益。”

“我非常佩服你的职业操守，三祥，如果让方东和邓入听到你的话，她们一定会为你的到来而开心。”嘴上这么说，靳里心里却闪过一丝疑惑，他其实见过卫辛，印象中卫辛羞涩而笨拙，完全就是一个刚出校门的女大学生，既不能说会道更不伶牙俐齿，为什么宁三祥对她的说法和他认知中的不一样呢？

初八一上班，关东生物就召开了一次会议，除了讨论下一步的规划之外，何处正式提出了宁三祥的加盟，打了方东和邓入一个措手不及。

方东立刻直视关河：“关河，你知道这事儿，对吧？”

关河老实地点头。

“为什么没有事先和我通个气？”方东很生气，关河和她朝夕相处，有太多的机会提前说上一声，没想到身为“身边人”的他，竟然如此守口如瓶。

“你是在质问我吗？”关河指了指自己的鼻子，“忘了还不行吗？事情这么多，不可能事事都记得。宁三祥加入公司，既不是股东又不是合伙人，只是管理层的一员，直接上会讨论不也一样？”

方东想说什么，话到嘴边又咽了回去，她看了何处和靳里一眼，最后目光又落在了关河身上：“这么说，你们三个人已经私下达成一致了？”

关河依然是诚恳地点头：“对，我们一致认为宁三祥的加入会对公司的发展带来促进作用。”

何处插话：“方东、邓入，你们就从来没有对宁三祥有过愧疚？哪怕是很短暂的一瞬间？”

“没有！”邓入回答得斩钉截铁，“我不明白你这句话的意思，我和方东为什么要对宁三祥有愧疚？我们欠她钱了还是做了什么对不起她的事情？”

“她是因为替你们说话才导致被万有开除的！”何处气愤了，一拍桌子站了起来，“就算她是因为三观不合而对万有质疑，但也算是站在你们的立场上，你们理应同情她并帮助她。”

“不好意思，我不赞同你的说法。”方东接过邓入的话向何处反击，“首先，我们并没有要求她帮我们说话。其次，她质疑万有只是基于自己的立场，不是站在我们的立场上。最后，她被万有辞退，绝不会是仅仅因为她替我们说了几句话，背后肯定还有其他更深层次的原因。”

“综合以上几点，我们没必要也犯不着替她出头、为她感到愧疚，更用不着为她解决工作。”方东掷地有声，“再者，以公司的现状，我不认为宁三祥的加入会为公司带来提升，因此，我反对她加入公司。”

“我也反对！”邓入立刻旗帜鲜明地站在了方东的一方。

何处斜了靳里一眼，为他始终不发一言大感不满：“好吧，既然你们反对，我们就投票表决吧。少数服从多数，以投票决定公司的重大事项，永远是最公平的做法。”

“我赞成宁三祥加入公司，并且担任营销总监。”何处第一个举手。

“我也赞成。”关河第二个举手，他扫了方东一眼，“方东，希望你能理智对待宁三祥的事情。”

“我没法理智。”方东很生气，关河丝毫没有透露他和何处、靳里的决定，事到临头直接上会表决，显然是有意想强行通过。

关河持股 30%，何处持股 29%，二人加在一起高达 59%，已经达到了绝对控股线。

等了半天，不见靳里表态，关河不解地问道：“靳里，你是什么态度？”

靳里愣了愣，尴尬一笑：“宁三祥是我的女友，本着举贤避亲的原则，我弃权好了。”

“行，尊重你的决定。”关河并未多想，“反正我和何处的赞成票已经是压倒性胜利了。”

何处眼神跳跃几下，目光在靳里身上扫了扫。靳里有点意思呀，明知道他的一票不管怎么投都不会影响最终结果，非要以弃权来为自己树立一个公正公平的人设，等于是为以后方东、邓入争取他而埋下了伏笔。

这么说，靳里既不是他的追随者，也不是关河的跟班，而是想要左右逢源，当一个长袖善舞的人！

会议结束后，方东想和关河单独说上几句话，关河以没有时间为由拒绝了。他确实是没有时间，前来接他去未时制药实验室的专车已经到了楼下。

“我跟你一起去。”原本想留下和靳里好好谈谈的何处忽然改变了主意，跟上了关河，“正好提前了解一下实验室的运转模式。”

第三十七章
微妙的平衡

接关河的人正是顾深秋。

路上，何处闭目养神没说话，似乎是睡着了，其实是在想事情。

上海的天气乍暖还寒，至少还要一个月后才会春回大地。

到了目的地，映入关河眼帘的是连片的工厂和车间，鼻端传来熟悉的各种药品的味道，令他精神为之一振。

未时制药算不上上海最大的生物制药公司，名气却不小，主要是未时制药掌握了几项尖端的独家技术，成立才两三年的时间，估值就已经上升到了50多亿元人民币。

不过未时制药还没有生产出来药品，准确地讲，研发还没有获得突破性进展。可以说，目前还在前期发展阶段。

关河隐隐听一些搞科研的同行说过，未时制药所谓的尖端的独家技术，至少在10年之内不可能实现量产，连国外最先进的生物制药公司的技术力量都达不到，何况国内？整体而言，中国的生物制药技术在全球还处于中端，距离尖端还有一段距离。

关河并没有详细研究过未时手中所掌控的专利及研发方向，对他来说，现阶段有一个设备先进、装备齐全的实验室可用，足以让他心满意足了。至于未时现有的估值是不是和实力相匹配，以及未时到底是一家实业公司还是金融公司，他并不在意也没有多想。

何处却和他正好相反。

未时所掌控的技术与专利在业内是不是被认可，何处并不在意，他也没有判断力，他需要了解的是未时在资本运作方面的成功经验，有太多值得他学习和借鉴的地方。

关河和何处在顾深秋的带领下进入大门，右转，步行了几分钟后来到了实验室。

实验室规模很大，远比关东生物在建的实验室规模大上许多。实验室内各种最先进的仪器应有尽有，顿时让关河想起了当年在大学做实验的快乐时光。

何处对各种仪器不感兴趣，陪着关河只待了三分钟就没耐心了："我和深秋到处转转，你要做实验就赶紧去做，不用管我。"

"对了，你做实验不是需要一个助手吗？"

"是哦。"关河一拍脑袋，才想起来最关键的助手问题，不由自嘲一笑，"太想投入研发了，以前在学校里都是同学之间互为助手，当时是方东……"

顾深秋及时向前一步："万总交代了，我平常可以充当关老师的助手兼司机。不管是什么事情，关老师尽管吩咐，我一定照办。"

关河正要点头，何处冲他连使眼色，抢先说道："不行不行，你可是未时的行政总监，怎么能让你当他的助手呢？太屈才了。我马上让方东过来，还是让他们老同学配合比较好，人熟，又有默契，可以更快地出成果。"

何处比关河想得多，研发是很机密的事情，事关关东生物的生死存亡，怎么可能让一个外人担任助手？就算顾深秋不懂专业知识，他天天跟关河在一起，免不了听到学到不少，也许只需记住几个关键的数据，就能窃取关河的科研成果，必须把一切隐患都扼杀在摇篮之中。

关河立刻明白了何处的暗示，连连点头："对，对，赶紧让方东过来。"

方东接到何处电话时，正在公司和邓入、靳里谈话。

对今天的投票结果，方东尽管不情愿，持保留态度，但还是接受了现实。公司有规章制度，既然制定了就得遵守，但她还是认为有必要和靳里谈一谈。

"靳里，你要明白一点，你是关河的发小，于公于私，你都应该尽心尽力帮他，而不是任他由着性子来。关河是什么性格你又不是不知道，该引导的时候你得引导他，他太情绪化了。

"还有，你不要凡事都本着明哲保身谁也不得罪的出发点，要一切从公司的大局出发。公司最核心的资产是关河，偏偏关河有时很孩子气，你就应该多开导他帮助他。

“我希望你认清一个事实，靳里，不管是何处还是万有，他们都只能是关河的助力，是公司的翅膀，而关河，才是公司真正的核心和大脑。如果关河飞不起来，我们都只能原地打转。

“我反对宁三祥加入公司，是对事不对人。这件事情，你们私下达成共识后再上会讨论，本身就有串联的嫌疑。我和邓入这一次不过多计较，希望下次再有人事和项目上的重大决策，你们不要先有决定再搬上台面，而是要事先和我们商议。这样，公司才能氛围和谐。”

方东滔滔不绝说了半天，靳里始终一言不发，只是不时点头附和几下。

方东说了有十几分钟，也不知道靳里是否听进去了一言半语，她看了邓入一眼：“你还有要说的吗？”

邓入摇了摇头，本不想多说，忽然又想起了什么：“靳里，如果在第二轮融资时，海月明和万有都想投资公司，你更倾向于谁？”

靳里态度端正：“现在都还是假设吧？我也就假设一下，同样的情况下，比如说对公司的估值相同，投资的金额一样，想要持有的份额也一样，我会倾向于万有。”

邓入点了点头，靳里的回答在她的意料之中：“是因为万有有从事制药行业的经验，以及有投资成功的先例？”

“既做实业又做投资的万总，从事的同样是制药行业，他的投资不仅仅是财务投资，而是可以带来资源和长远发展的战略投资。”靳里点头，“同等条件下，不选择万有就是违心了。”

“我认可你的说法。如果海月明的条件比万有的条件高出10%呢？”邓入又问。

靳里沉默了片刻：“除非高出20%以上！海月明的投资除了补充资金之外，带不来其他方面的加成，只有高出20%以上，才会对公司的发展带来真正的实质性的好处。”

应该说，靳里的回答滴水不漏，如果他真能说到做到的话，他反倒是公司三个男人之中，最公正最有逻辑思维的一人。方东再次强调了一句：“靳里，你一定要明白你在公司中的重要性，关河信任你，何处也信任你，你完全有能力影响他们不被万有带偏。”

靳里当即做出了保证：“请你们放心，我全部时间和精力都投入了关东生物，希望关东生物可以成长为一家独角兽公司。我会尽我的最大努力，保证公司的团结和战斗力。”

方东大感欣慰：“让三祥明天来上班。我和邓入虽然在开会时反对她的加入，但对于已形成决策的事情，我们还是会接受并且认真对待。三祥除了担任营销总监之外，还兼任我的助理，你没意见吧？”

“求之不得！”靳里笑得很真诚。

接到何处的电话后，方东立刻起身前去未时。其实如果不是开会时和关河生气，她会主动提出和关河联合研发。

方东走后，公司只剩下了靳里和邓入。二人干坐了一会儿，气氛有些微妙，靳里正想缓和气氛没话找话时，邓入接了个电话，出去了。

靳里站在窗前朝楼下观望，见邓入上了一辆熟悉的宾利，他摇摇头笑了。

邓入又和海月明见面，不用想就知道是向她透露公司的一些情况。海月明也是，天使轮不进来，现在如此积极地关心关东生物的发展，早知现在何必当初呢？反正他是想不明白海月明到底图的是什么。

但不管海月明有何企图，只要有他在，他的一票就不会投向她。

邓入上了车，抬头朝楼上张望了一眼，笑了：“靳里肯定在楼上看到我上了你的车。”

海月明发动了汽车，淡淡一笑：“随他。他只能是支点而不是核心，掀不起多大的风浪。”

“现阶段公司形成了初步的平衡，关河和何处立场一致，我和方东达成了共识，靳里见风使舵是骑墙派，他随时会倒向任何一方，不管是公司内部还是外部。”邓入微有忧色，“我现在担心的是宁三祥的加入，会不会让公司好不容易建立起来的平衡被打破。”

第三十八章

欲望，就是人类的缺点

“有你在，宁三祥折腾不出什么花样。”海月明提高了车速，“不管宁三祥是真的从未时辞职，还是假装辞职，她和万有都会有某种形式的联系，一定要提防她，她是关东生物的不安定因素。从战略上轻视她，但要从战术上重视她。”

“主要是提防她向万有泄漏关东生物的研发进展。”海月明忽然叹息一声，“关河治好了我的心理疾病，他自己的病却还没人可以治。现在关河更相信何处和靳里，对方东、你还有我，都有提防心理。你说，为什么他治别人的病话到病除，却对自己的病视而不见呢？”

邓入笑了：“医不自医，人不度己……人都是看别人的毛病容易，发现自己的缺点难。”

海月明点了点头：“我们是别人的药，别人也都是我们的药，我们为别人治病的过程，就是赢得对方信任，最终互相信任的过程。”

邓入俏皮一笑：“如果在治病的过程中，由于更深入的了解而互相需要，就是爱情了。”

“那么美好的爱情，互相喜欢被你说成了互相需要，俗！”海月明熟练地把车停在了一个绿树成荫的停车场，下车后，带着邓入来到了一处菜市场。

“你一个娇生惯养的千金小姐，也会逛菜市场？”邓入无比惊讶，“我还以为是去餐厅吃饭，难不成是买了菜自己做？”

“你以为呢？我不是不食人间烟火的仙女。”海月明轻车熟路地来到一个卖青菜的摊位前面，要了一些上海青、菠菜、白菜，还有斛瓜、茄子、冬瓜，又转到别的摊位买了一些排骨，然后回到了她位于青浦区的家中。

海月明住的是一套90平方米的两居室，户型周正，南北通透。家中布置得很温馨却简洁实用，丝毫不见奢华与名牌。

邓入惊讶不已："我还以为仙女的生活是每天红酒、咖啡、蛋糕，原来也和普通人一样，是柴米油盐酱醋茶。想象和真实还是有些不同的，我们总是喜欢幻想有钱人的生活是多么的浮夸，却不知道他们也是人，也需要行走在人间的土地上。"

海月明嫣然一笑："说对了！咖啡、红酒和蛋糕只能是点缀，真正百吃不厌的是青菜，百喝不厌的是白开水……别站着了，来帮忙，要不没饭吃。"

邓入从小就会干家务，做饭更是不在话下，和海月明一起忙碌起来。一个小时后，一桌子饭菜做好了。

"上次在餐厅，你面对顾深秋时的表现让我很是吃了一惊，炉火纯青、出神入化，不对，应该说是鬼斧神工。"海月明盛了一碗冬瓜排骨汤喝了一口，"冬天吃冬瓜，养生。"

"不不不，用成语来形容我的表现，太刻意了。我的表现总结下来就两个字——真实。"邓入开心地大笑，"我也没想到再次见到他还能控制得住情绪，事后想想，连我自己都佩服自己，确实长大了。可是我不太明白，为什么我们要瞒着方东？"事后邓入才知道，顾深秋当时出现在邻桌并非偶然，而是海月明的刻意为之。

"我是怕方东配合不好。方东在感情问题上容易激动，她不知道顾深秋是我特意安排进入未时的伏笔，她就很容易代入进去，这样以后在打交道时不容易露馅。她不知道，整个计划才能更好地进行下去，况且我们瞒着她，又不是害她坑她。"

邓入点了点头："虽然觉得瞒着她总归不太好，但想到以后长远的计划，也只能如此了。希望到时她能理解并且不会责怪我们。对了，韩马也在顾深秋的安排下进入未时了，当了司机。"

海月明点了点头："希望我努力布局的一切，可以在危急时刻对抗万有设的局。到底谁胜谁负，现在还真不好说。万有太深不可测了，他也确实有强大的实力和人脉，关键是他还特别会伪装，可以轻而易举地赢得别人的信任。

“从目前的形势来看，万有一系列的布局，都是为了收购关东生物做前期准备。有理由怀疑，宁三祥就是他的一颗棋子。”

邓入吃了一口米饭：“是呀，我也是这么想的。宁三祥不管是真辞职还是假辞职都不重要，只要她进入了关东生物，只要她对万有有用，被万用利用只是早晚的事情，她对万有可是有着心理上的臣服。现在的问题是，关河可以由方东来负责，不至于让他偏离轨道太远；我可以对付得了何处，争取不让他受万有的影响太深；谁能左右得了靳里呢？”

邓入和海月明对视一眼，二人异口同声：“宁三祥！”

“对。”海月明放下筷子，“故君子之治人也，即以其人之道，还治其人之身……我来想办法策反宁三祥，让她为我们所用。”

“可行吗？小心打草惊蛇。”邓入提醒海月明，“宁三祥很聪明的，也很有想法。”

“不怕一个人有想法，更不怕一个人聪明，越是聪明有想法的人，越容易有被人利用的缺点。”海月明得意地笑了笑，“聪明人有想法，就会有欲望。欲望，就是人类的缺点。”

“欲望不是人类进步的原始动力吗？”

“是呀，谁说动力不是缺点呢？你看有多少人因为欲望而犯罪？控制不住的欲望就是缺点，就是万恶之源。”

“月明，你的想法有点危险。”邓入咯咯笑了起来。

海月明连连摇头：“不不不，要正视欲望并且学会控制欲望，人生才能幸福，人类才能和平共处。”

“好啦好啦，不讨论这么高深的问题了，说说人类最基本的繁衍欲望吧，说实话，你是不是喜欢上了关河？”邓入咬着嘴唇斜着眼睛笑。

“喜欢。”海月明眼睛笑成了一弯月牙，“有那么一点点心动的感觉，也许是喜欢，也许是好感和期待，谁知道呢，挺复杂的。”

“不怕方东不高兴吗？”

“和她说过了呀，她没意见的。她现在和关河就是同事关系，你难道没看出来关河对她和对你、对别人没有区别吗？方东也许可以隐瞒心事，关河不会的，他喜欢谁不喜欢谁，都写在脸上。”

“我是怕……”邓入咬了咬嘴唇，“算了，当我没说。”

“我最不喜欢说话说半句的人了，说下去。”海月明眉毛一挑。

“我是怕方东还喜欢关河，关河也喜欢方东，方东知道自己喜欢关河，关河不知道他心里还有方东……”

“什么乱七八糟的，想太多。”海月明不以为然地笑了，“我才不管他们有没有互相喜欢，只要他们没有明确恋爱关系，我就有机会和关河在一起，对吧？就像你，你现在完全可以在何处和顾深秋之间选择一个对你最好的。”

邓入摇了摇头：“对你最好的，永远不如你最喜欢的。”

“何处和顾深秋，都不是你最喜欢的类型？”

“也是，也不是，我都不知道我到底喜欢什么类型。”邓入吐了吐舌头，“还是不想这些没用的事情了，感情是两个人的事情，一方不同意就无法维持，还是事业更可靠，事业不会像感情一样动不动就背叛你。”

“事业是不会背叛你，但事业会失败，会让你直接失去明天。”海月明不知道想起了什么，神色低落了几分，“有时我也后悔在天使轮没能进入关东生物，当时就是没有勇气迈出关键的一步。太缺乏安全感的人，总是会瞻前顾后，想得太多。”

“想太多，就容易累，容易错失机会。”海月明反思自己，“现在我要把帮助关东生物成长和发展，当成是对自己的一次历练，希望可以根治我的心病。以后不想那么多了，要勇于追求自己的幸福，幸福不会从天而降。”

邓入重重地点头：“我也要努力提升自己，争取尽快在上海扎根下来，永远不再回四川老家，摆脱爸妈的控制。”

“摆脱你爸妈的控制只是小目标，你要制定一个更大更有意义的目标，比如说……”海月明眯着眼睛想了想，“和关东生物一起上市，成为芳龄富婆。”

“不，我是一个立足现实的人，饭要一口一口吃，路要一步一步走。我的目标是赚钱，赚很多很多的钱。我制订了五个三年计划，第一个三年计划是力争在三年之内拿下上海户口，在上海买一套属于自己的小房子，不用多大，30

平方米足矣。”

邓入的内心充满了自卑和不安，她不是唯出身论，但一个人的出身确实可以影响她很多年。虽然她摆脱了爸妈对她的婚姻控制，远离了他们的视线，但每次来自家里的电话响起时，她还是莫名地紧张和惶恐。

现在她在上海看似光鲜，其实一没房子二没户口，犹如浮萍，“舞榭歌台，风流总被雨打风吹去”，她无比渴望在上海扎根，拥有最基本的生活保障。

第三十九章
处处皆是伏笔

邓入仰慕海月明和靳里，羡慕关河。海月明和靳里都在上海拥有数套房子，是她可望而不可即的梦想，因此她只能仰望。而关河虽然只拥有上海的老屋，是“精致的上海穷人”，至少他有房有户口，他不是浮萍，他有根。

她也羡慕方东。方东的爸爸有上海户口，方东本人是北京户口，方东想要拿到上海户口并不难，跟随爸爸落户就行。对她来说如同不可翻越的高山一样的户口和房子，对他们而言是天生就拥有的。

海月明抓住了邓入的手：“我一个人住有点儿害怕，你以后可以搬过来和我一起住。”

邓入轻轻摇头：“不，我还是住我的出租屋好了。这样会时刻提醒我必须奋斗要努力，否则随时会有被房东赶出房间露宿街头的可能。”

方东赶到未时后，在去实验室的路上偶遇了何处。

何处在顾深秋的陪同下在未时转了一大圈，收获满满。见到方东，他乐呵呵地摆了摆手：“你可得好好参观一下未时，规模太大了，非常震撼。”

方东不认识一样看着何处：“你是我的合伙人吗？我就是从未时出来的好不好？我在未时待了好几年，还用好好参观吗？”

何处一拍脑袋，做恍然大悟状：“瞧我这记性，忘了这事儿了。你先去忙，我去和万有碰一下，向他请教一些投资方面的经验。”

顾深秋远远站着，并不过来打扰何处和方东的对话。

何处压低了声音：“你以前认识顾深秋吗？”

方东摇头：“不认识，我离开的时候，他还没有来未时。”

“这么说，顾深秋从进入未时到升到营销总监兼行政总监，一共才用了不到两年时间？”

“差不多。”

“未时这么缺人吗？又不是初创的小公司。”何处说出了自己的疑惑，“一个新人进入未时，至少也要四五年才能做到总监的位置吧？”

“不要以常理来看待万有。”方东猜到了何处的心思，“你到底想说什么，别绕弯。”

何处嘿嘿一笑：“我是很敬佩万有，他是我的人生偶像，我想成为他。本来，我对万有是迷信一样地崇拜，但在顾深秋和杨涵米的事情上，我总有一些疑虑，怀疑他让顾深秋快速升到总监及和杨涵米合作，有着明显的目的性和针对性。”

何处还不算太笨，基本的商业敏感性还有，方东点了点头：“我怀疑你的怀疑是正确的。”

“你也这么认为？不是出于对万有的偏见，而是基于正常的商业判断？”何处又偷偷瞄了一眼在远处树下守候的顾深秋，“你说万有也太有本事了吧，怎么就能像集邮一样搜集到了邓入的前男友和我的前妻呢……不，是现任妻子，我和杨涵米领了结婚证还没有领离婚证。”

随后，何处将上次与万有的聚会简略说了说：“事情就是这么个事情，对了，你还没有见过杨涵米，什么时候介绍你们认识一下，你就知道我的品味了。”

“认识一下可以，但我对你的品味不关心。”方东想了想，“以后如果你和关河还有跟万有的私下聚会，可以及时告诉我，我帮你分析一下他的用意和目的，怎么样？”

“我想想……”何处吧嗒几下嘴巴，“我和你只在某些事情具体一两个点上有共同点，在大多数事情上，我还是要和关河、靳里保持一致，你别想破坏我们的团结。”

“幼稚！”方东冷哼一声，笑了，“一家初创公司还搞小圈子小团体，你是想分裂公司不想公司好好发展了？”

“没有没有，我就是随口一说开个玩笑，你还当真了？”

方东笑了笑，岔开了话题：“杨涵米和万有合作，应该也是近期的事情，你在广州期间，没听说她家族与万有认识？”

“没听说，应该完全不认识。如果我没记错的话，当时她家的生意没出广东省。你说得没错，杨涵米认识万有最长不超过一年，最短有可能才半年时间。”何处蓦然想到了什么，“从公司成立到现在，正好是半年多的时间，对吧？”

方东点头笑了：“你想说什么？”

一个念头在何处脑海中挥之不去，莫非和杨涵米的合作是万有的一个伏笔，就是为了针对他？这么一想，不由顿时惊吓出一身冷汗。

如果说杨涵米是为了针对他，那么不用想就知道，顾深秋是对应邓入。而万有又盛情邀请关河担任未时实验室的特邀副主任，明显是为了牵制方东。再想到宁三祥和靳里的关系，他不敢再往下深想了……

方东见到关河时，关河正在埋头做实验。关河确实喜欢钻研，一旦全身心地进入状态，对外界的事情就不闻不问了。

方东进来，他头也没抬，只知道是有人来了，但是谁他不管：“打开离心机，准备分离……”

恍惚间，方东似乎回到了校园时代，她默默地递上了器材，安静地陪在关河身边，任由他吩咐和指挥，给他打下手，准确无误地完成了他的每一次指令。

忙了差不多两个多小时，关河才从仪器中抬起头来，沮丧的脸上全是汗水，失败了！他狠狠地一拳砸在实验台上，理论和实践之间，有时看似近在咫尺，但有时又隔了千山万水的距离。

谁也不知道在实验多少次后才会成功，也许一万次以上，也许永远没有成功的一天！

尽管早有心理准备，关河还是有些接受不了第一次实验就惨败的结果，他对他和导师的专利充满了信心。

第四十章

只有巧合可以解释一切

关河无力地坐在椅子上，刚要用手擦汗，一块毛巾递了过来，他下意识接过，擦了几下，才想起刚才的实验过程中，身边的助手准确而完美地执行了他的命令，无一遗漏。

他猛然跳了起来，才发现陪他忙碌了两个多小时的助手果真是方东，不由欣慰一笑："果然是你。要是别人，早被我骂跑了。也只有你能承受得了我在实验时的臭脾气！"

"不实验的时候，脾气也没见好到哪里去。"方东会心地笑了，"当初如果施一心再坚持一个月，会不会她就成了你的初恋了？"

施一心是关河和方东共同的同学，她最早喜欢上关河，可惜当时的关河并不知道施一心的心意。在做实验时，施一心主动要求和关河搭伴，结果只用了不到 20 天，她就被关河成功地气哭了 35 次，平均每天一次半以上，到第 22 天的时候，她终于忍受不了了，强烈要求换人。

这一换，就彻底让她从关河的生命中消失了，取代她的人就是方东。

关河对第一个被他骂哭过无数次的女同学施一心却没有太深的印象。"今天的实验，验证了我以前的思路有问题，得调整一下。"关河和方东聊了半天他要调整的部分，并且征求方东的意见，"大方向不变，具体细节需要改动，你觉得呢？"

方东和关河认真讨论了需要修改的方向及细节，二人又忙了一下午，直到下班后还没有收尾。

关河所在的实验室是未时整体实验室的一部分，自始至终只要他和方东在，没有人进来打扰，一度让方东疑心莫非万有真的是出于好心，只是单纯地想让关河研发出成果？

至少从表面上看，万有做到了不干扰、不打扰、不影响关河的研究。

才这么一想，门一响，万有推门进来了。

见方东也在，万有先是一愣，随即哈哈一笑："太好了，方东你也在，正好一起去吃饭。我还想如果只有关河在，我和杨涵米、卫辛一起请他吃饭，会不会让他觉得不太自在。"

刚对万有升起的好感，瞬间被压了回去，方东岂能看不出来万有准备好了阵势要拉拢关河，却被她的意外出现打乱了计划。

计划的意义从来就是用来被意外打乱的。

关河却没有胃口："算了，你们去吃吧，我继续做实验，争取半夜前再有一个结果出来。"

真是既不给万有面子也不给他机会，方东拉住了关河的胳膊："饭总是要吃的，实验永远也做不完。走，先吃饭，也许放松一下就会有新的思路了。"

还是方东了解关河，如果万有强行劝他吃饭的话，他肯定不会去，他放不下手头的工作。

万有倒也细心，吃饭就安排在了未时制药的食堂。

房间中已经有两位女性在等候了，一个年约 30 岁，成熟大方，穿着暴露而性感。另一个刚 20 岁出头，像是刚出校门的大学生，青涩、清纯，扎了一个丸子头，穿一身长裙。

万有介绍了二人，穿着暴露而性感的女子叫杨涵米，是他的合伙人，青涩而清纯的女孩是卫辛，是他的新任助理。

方东热情地和二人打招呼，关河只简单地点了点头就坐了下来，低头想实验的事。万有尴尬一笑，朝杨涵米使了个眼色。

杨涵米转身出去，不多时回来，身后跟了一人正是顾深秋。

方东此时更明白了，万有原本没有让顾深秋参加，多了她才临时改变了主意，多加了一个顾深秋。

席间，关河一直心不在焉，除了吃饭之外不和任何人说话，沉浸在自己的世界里面。倒是方东和万有谈笑风生，虽然都是一些不着边际的话题，但都是试探和交锋。

杨涵米和卫辛在一旁小声地说话，顾深秋就有几分尴尬地呆坐着，认真聆听方东和万有的较量。

万有微有几分焦虑，今天的饭局他原本是想安排一些事情，不想方东的意外出现让他束手束脚。眼见饭局快要结束了，他决定换个思路尝试一下。

不管怎样，他必须达到他想要的目的。

"本来想和关河商量一件事情，既然方东也在，就和你们两个人一起商量。"万有清了清嗓子，看了关河一眼。

关河依然低头不语，似乎压根就没有听到万有说话。

"万总继续，他听着呢，只要触发了关键词，他就会有反应。现在他已经开启了研发模式。"方东一本正经，"和我说也一样，我可以做主。"

"涵米和深秋的另外一重身份，你也知道了吧？"万有有意强调了一下，"涵米是何处的前妻，深秋是邓入的前男友。他们加盟未时只是巧合，完全不是针对何处和邓入。"

方东微笑着点头："是，我也相信是巧合，也只有巧合可以解释一切。"

"我想改变一下和关河私人合作的方式，改成未时和关东两家公司层面的双方合作……"

"嗯，接着说。"方东丝毫没有惊讶之意。

"如果变成公司层面的双方合作，许多事情就更好开展了，比如说在你没空陪关河实验时，我可以让涵米或是卫辛充当关河的助手……"

关河直接打断了万有的话："不行，绝对不行。她们是外行，当我的助手只会添乱，不会带来任何帮助。"

万有一愣，关河有时呆傻得可爱，有时又精明得吓人，他到底是装傻还是真精？万有越来越觉得关河就像是一个智商稳定的天才、一个性格波动的怪才及一个情商忽高忽低的小可爱！

方东悄然一笑："在我的印象中，万总不是一个急躁的人，怎么现在变了性格？"

万有听出了方东言外之意隐含的嘲讽："我一直是一个状态稳定的人，但在关东生物的事情上多少会倾注更多的精力，希望关东生物可以更快地成长起来。当然了，一切还是以关河的需求为主，他说了算。"

"研发上的事情，他说了算。公司层面合作的事情，我说了算。"方东笑盈盈的样子，既可爱又严肃，"万总应该庆幸今天正好我在，否则您要谈公司层面的合作，还没得谈呢。"

万有微微一笑："你是关东的 CEO，当然公司层面的事情你有决定权。但和未时的合作是大事，恐怕得上会讨论吧？关河也是大股东，他要是同意的话，你也不好反对，是不是？"

万有以为他的话可以点醒关河，不料关河愣怔了一下，摇了摇头，很认真地说道："公司层面的事情我不管，也不操心，万总有什么想法直接和方东聊就行，她的态度就是我的态度。"

第四十一章

随时切换模式

万有有点摸不透关河了，一个不时在天才和天真之间切换模式的人，到底哪个才是他最真实的一面？

“就是说，不管方东是不是同意关东和未时在公司层面的合作，你都没有意见？”

“是呀，我为什么要有意见？”关河很严肃地表示不解。

好吧，万有败退了，只好收回想要私下说服关河的心思：“方东，你对我们两家公司层面的合作有没有想法？”

“万总请继续，我听着。”方东的态度很到位。

“根据工程进度推算，关东生物的实验室最快也要三个月后才能投入使用，在此期间，关河可以以个人的身份无条件使用未时制药的实验室，但只能局限在他所在的第 15 实验室，其他的实验室由于涉及商业机密，不方便他使用。

“如果我们能在公司层面合作，签订一个框架协议，关河就可以随意使用未时的任意一间实验室，也可以任意出入未时的生产车间和任何一个保密设施……”

“听上去不错。”方东一副饶有兴趣的表情，“条件呢？”

关河似乎又陷入了自己的世界之中，对万有和方东的对话充耳不闻。

“条件嘛，我初步设想了两个方式，仅供方总参考，有不对的地方，我们可以协商着来。”万有面对以前的下属及在业内远不及他地位的方东时，态度依然足够谦逊，“第一种方式是未时制药入股关东制药，持股达到 5% 就可以。

“第二种方式是由未时和关东联合成立一家公司，两家各占 50% 的股份，鉴于关东资金紧缺的现状，联合公司不需要关东出资，只以技术入股即可，所有运营费用都由未时负责。

“两种方式，方总可以任选其中一种。”

方东立刻明白了万有的真实想法，笑了：“3% 的股权就有临时提案权，可以要求召开股东会议；5% 的股权是重大股权变动警示线。万总的胃口肯定不会满足于 5%，而是至少 10%，只有到了 10% 的股权，才拥有临时会议权，可以提出质询、调查、起诉、清算、解散公司……

“所以第一种方式显然不行，就算我同意，关河也同意，何处、靳里和邓入也未必会同意。他们三人任意二人的股权加在一起，都是有一票否决权的。”

万有及时说道：“只要你和关河同意就好，他们由我负责说服。”

方东摇头笑了：“关键是，我自己都没有办法同意。那么第二种方式，也没有多大意义。成立一家联合公司，表面上关东不需要出资，一切费用由未时负责，实际上联合公司就不需要运营费用，所有人员都是从两家公司借调，未时所提供的只是现成的实验室。

“得承认，未时的实验室及设备确实先进。问题是，众多的实验室和设备，如果没有相关的课题和研究也是闲置。生物制药的核心资源就是科研人员，就是产品。如果没有科研人员，所有的实验室和设备就如同一台没有软件的电脑，是空壳。”

万有摆了摆手：“我的诚意在方总看来，就这么不值一文？”

方东看出万有生气了，暗暗高兴，能让万有动怒是一件很不容易的事情，倒不是说万有多有涵养从不生气，而是他的演技高超，极少在人前有失控失态的时候。

“不能这么说，万总可别打压小辈。”方东故意示弱，“主要是思来想去关东生物不具有和未时匹配的资格，再等上一年半载，有了成果后再谈公司层面的深度合作也不晚。”

万有索性跳过方东，直接问关河：“关河，你是什么想法？”

关河像是大梦初醒一样跳了起来：“真不应该，分离的时候少算了一个参数，怪不得实验数据和理论数据差了几十倍。不行，我得赶紧再重做一遍实验。”

他起身就走，动作幅度过大带翻了椅子，他理也不理。

关河走到门口又猛然站住，回身看了看万有和方东：“不如就以项目合作的方式，以我目前研发的产品为单独项目，未时提供各种便利条件，成功后可以占有一定比例的股份。占有多少你们商量，我先走了。

“方东，半个小时后来实验室。”

“还愣着干什么？快去帮关先生。”万有声音一沉，瞪了顾深秋一眼。

顾深秋赶紧离开。

“关河的想法有点意思，方总，你说呢？”

刚才关河的提议确实颇有新意，就连方东也觉得值得尝试。

方东连连点头：“确实为我们提供了一个全新的思路，要不，我们讨论一下细节？”

万有如释重负地笑了，还是关河了解方东，他随口一说的提议就让方东心动，说明他以关河为突破口的策略是正确的。

方东其实很为关东生物未来的发展担忧，尽管有海月明的承诺，但不能把希望完全寄托在她身上，她也需要说服董事会，万一董事会的工作没有做通，在关东生物急需资金时得不到补充，真有可能就功亏一篑了。

在天使轮阶段，海月明就试图说服董事会数次而没有成功，最终无奈之下才推荐了何处。

作为关东生物的CEO，负责执行落实公司的发展，她必须做到方方面面兼顾，并且未雨绸缪。尽管她不喜欢万有，对万有的理念和行事方式始终抱有警惕心，但她却做不到完全拒绝来自万有的诱惑。

只要谈妥条件，能够帮助公司快速发展壮大，哪怕合作方是万有，是她不认可的人，也得接受。商业上的事情，有时由不得情绪和喜好。

半个小时后，方东赶到了实验室，继续陪关河进行实验。晚上10点多，关河结束了实验，二人一起返回公司。

一路上，关河一言不发，脸色沉重。到了公司，他只洗了一把脸，倒头便睡。

方东什么也没问，也没安慰关河。

天一亮，关河就醒了。他恢复了几分精神，下楼买了早餐，和方东一起吃饭。

“有件事情先和你通个气，等他们到了后再上会讨论。”方东拎起一个小笼包放到嘴里，有些烫，她又赶紧拿了出来。

“慢点儿，我不跟你抢。”关河嗔怪地一笑，“你说。”

“关东和未时项目合作的具体条件，我和万有初步达成了共识，就是根据你的提议进行了细化。”

“我没意见。”

“你不想听听具体条件？”

“上会的时候再听吧，你谈的，肯定可行。”

“就这么信任我？”方东心中一阵温暖，关键时刻关河已经给了她几次惊喜了，没想到他对她的信任一如既往。

“不然呢？”关河收拾餐具，“现在连早饭都是我来买，你最近有点懒得过分了。”

方东吐了吐舌头，不好意思地笑了：“不是我懒，是你太勤快了，起太早。以后你晚起床几分钟，我提前几分钟，好不好？”

“算了，我不想为了一件买早饭的小事而打乱我的生物钟。”关河冷着脸，刻意强调了一句，“我只是习惯性早起，然后去买早饭，不是为了照顾你，更不是讨好你，你别多心，更别误会。”

“少说两句没人当你是哑巴。”方东心里腹诽了一句。

九点半时，何处、靳里、邓入都到了，宁三祥也到了。

方东代表公司对宁三祥的到来表示欢迎，然后以让她为公司全员买咖啡为由，打发她暂时离开。即将召开的股东会议，宁三祥没有资格参加。

公司的会议室不大，顶多容纳 10 来人。方东坐在了首位。

“公司虽然不大，而且还是初创公司，但该有的规章制度还是得有，该有的气象也得保持。我个人认为，公司不限制员工之间谈恋爱，前提是，在办公室及工作时间，不能做出任何影响公司工作氛围的事情，没问题吧？”

第四十二章

不要当面点炮，一定要背后放水

靳里嘿嘿一笑，有几分不好意思：“我正要说这件事情呢，没想到还是让方姐抢了先。我和三祥虽然是恋人关系，但在公司是上下级关系。她也向我保证不会因为她和我的关系而影响到工作。”

何处懒洋洋地举起了右手：“我先做个表率，以后如果我和公司里面的谁谈恋爱了，肯定也不会影响到工作，请各位股东及同事放一万个心。”

“你呢关河，你也做个保证吧？”

“我不用。”关河的回答更坚决，“三年之内，我肯定不会谈恋爱。三年之后，如果公司还没有成功，也不会谈。就算谈，也不会和公司的人谈。”

邓人眨了眨眼睛：“我也保证不会和公司的人谈恋爱。”

方东摆了摆手：“好了，现在开始说正事，是关于关东生物和万有的未时制药就单体项目合作的想法……”

何处、靳里和邓人都一脸震惊。

方东不是最讨厌万有了，她怎么主动提出要和万有合作呢？众人都不解地看向了关河。

关河愣了愣：“不用征求我的意见，方东的想法就代表了我的想法。”

何处摇了摇头：“关河你应该改名叫关三变，一天三变，不，一个小时就能三变。”

“什么意思？”关河一本正经，“是在夸我还是损我？”

邓人都笑得不行了：“行啦，别扯了，听方东说说具体细节和模式。”

方东点了点头，看了众人一眼：“其实也简单，就是以目前关河所研发的糖尿病特效药为单体项目，万有提供实验室、设备及生产上面的便利，以此入股。如果特效药研发成功并且顺利上市，销售权也归万有所有，他收取全部利润的 40%……”

何处算了一笔账："前期投入加后期推广、营销和销售，都加在一起折算成 40% 的股份，万总的算盘倒是打得叮当响，基本上没有什么硬性的投入，也几乎没有成本，却能白得 40% 的收益，不行，不能答应。

“等我们的实验室上马之后，我和靳里、邓入同时去打开销售渠道，只要关河研发成功了，药品有特效，还愁没有销路？还需要什么推广和营销？为什么要让利四成给别人？”

“我不同意！”何处态度坚决，双手抱肩，还特意哼了一声，不知道是对万有不满还是对方东不满。

方东不动声色，看向了靳里："说说你的想法。”

靳里原本想最后一个表态，不想被方东点了名，让他有些被动，他是想等听完每个人的意见之后再权衡利弊。

万有之前并没有对他说过要以单体项目合作的方式来撬开关东生物的大门，当然，他能猜到万有的用意，徐徐图之，步步渗透，以他对万有的了解，万有肯定是希望他支持此方案。

问题是，何处居然毫不犹豫地反对，不是说何处和关河都与万有交情莫逆吗？为什么关河又是赞成的态度？事态变化之快，让靳里一时有些摸不清状况。

形势有点复杂，靳里愣了愣，拿出手机晃了晃："不好意思，先接个重要的电话。”

靳里借电话遁到外面，走到走廊的尽头，先呼吸了一口冷冽的空气，瞬间清醒了几分，然后打出了一个电话。

“妈，现在有一个情况，您得帮我分析一下。”一遇到重大的问题无法做出决定时，靳里都会第一时间征求老妈的意见。

“正忙着呢，马上赢了。急不急？不急的话，五分钟后再打过来。”李有慧语气兴奋。

“急，我在会上，偷跑出来的。”靳里压低了声音，“情况有点复杂，妈，我实在不知道该怎么办了……”

听完靳里的情况汇报，李有慧正好打完一盘，她放下手头的麻将，来到阳台上：“儿子，根据你的描述，基本上可以排除方东试探你们的可能，而且方东显然是想和万有合作，关河的表态就很能说明问题。

“你也不用顾及何处的态度，最不成熟的就是他了！他家族生意破产、婚姻中被出轨，对所有人都不够信任，永远怀疑别人随时会背叛他。等他习惯了被背叛，也就老实了。”

“您的意思是，我也要投票支持万有了？”

“笨孩子，你投票支持的是关河、是方东，现在正是向关河和方东示好、赢得他们信任和好感的大好时机，千万不能错过。”李有慧赶紧敲打靳里，“记住了，儿子，你的立场永远是站在公司股东中的某一个人一方，而不是公司外面的人。但不管站谁，都要认准一点——保证自己的利益最大化。”

李有慧加重了语气：“你想成为万有在关东生物的支点，没问题，但不要当面点炮，一定要背后放水。”

这不就是当面一套背后一套吗？靳里得了老妈的指示后，赶紧回到了会场。

会议因为他的离开而暂时中断了一会儿，何处玩手机，邓入和方东小声说话，关河在计算着什么。

靳里坐回座位上：“不好意思，刚有一个很重要的电话，不得不接。好了，现在回到议题，我赞成和万有的合作。”

何处放下手机，一脸震惊：“靳里，你是中了关河的毒吗？也是说变就变。还是被宁三祥带偏了方向，怎么能在我明确反对的前提下就同意了呢？”

何处的话充满了质疑，口气也有几分居高临下的意味。靳里却丝毫没有生气，依然是一副和气的笑容：“别急，何处，你听我分析。

“表面上看，万有什么都没有付出，只提供了实验室和生产车间，都是固定资产，也不是专门为我们建造的，但从整个制药行业的产业链来看，实验室和生产车间是至关重要的两个前提条件。虽然说我们公司的实验室和生产车间也在规划建造中，但一是实验室至少也要几个月后才能落成，生产车间今年内能完工就不错了……二是就算实验室和生产车间先后完工，可以投入使用了，不管是条件还是设备，都不如未时的先进和齐全。借未时的鸡生关东的蛋，不但可以为公司的发展节省半年甚至一年的时间，还可以大大提高研发的成功率。

“还有一点就是，不要以为只要关河的研发成功了，就不愁销路。医药的销售是一个庞大而精密的体系，如果没有相当强硬的关系，想要打进去需要耗费大量的人力物力。如果借助了未时的渠道就完全不同了，会很轻松地打开市场，只要形成了品牌效应，最终提升的是关河的知名度和关东生物的估值。

“所以说，让利一部分给未时，看似关东生物吃亏了，其实不是。有时分享才是最大的收益，未时所图的是关东生物的技术和未来，关东生物何尝不能借助未时的设备和现有渠道，来为自己打造一个更灿烂更美好的明天呢？”

靳里感觉自己犹如老妈附体，一时眉飞色舞，说得既动情又煽情，有那么一瞬间他感觉像是回到了大学时代在激情澎湃地演讲。

“说完了吗？”何处冷不防打断了靳里自我陶醉式的发言，“我建议以后发言的时间尽量不要超过三分钟，最好在一两分钟的时间内准确无误地表述清楚自己的观点就行了，别讲太多。道理谁都懂，就是在权衡的时候，每个人都会有一个自己认可的风险评估系数。”

第四十三章

想法随立场，立场随利益

“靳里所考虑到的情况，我都想过了。他是基于最乐观的推测，而我则更谨慎、更保守，毕竟，我才是出资人。”何处环视了众人一眼，“你们有没有想过另外一种可能，不，是两种。第一种，和万有合作的单体项目成功了，最终万有掌控了产品销售的独家渠道，等于卡住了我们的脖子。第二种，假设万有做事还算讲究，有长远目光，不卡我们的脖子却挖走了关河，我们岂不是栽了一个大跟头还没有地方说理去？不要总想最后发生的肯定是好事，好事只是好事、坏事和不好不坏三种情况之中的三分之一的概率！”

“不会，不会。”关河连连摇头，“我不会离开关东生物，不会离开你们。单体项目的合作，就是为了避免公司层面的合作带来的更大的连锁反应。总之，我同意和万有在单体项目上的合作。”

“我得去做实验了，你们继续开会。”关河说走就走，也不给几人反应的时间，话一出口，人就到了门外。

“我也同意。”靳里忙扔下一句表态，追了上去，“等等我，关河，我送你。”

关河很惊讶靳里主动送他：“你今天不忙了？不用特意送我，先忙你的事情要紧。”

“我要去未时参观考察一下，同时学习和借鉴一下未时的运营管理。”靳里跟随关河下楼，他其实想到未时和万有碰个面聊一聊，“反正现在会议已经没有什么悬念了，不用想就知道邓入也会赞成，何处一个人反对，影响不了大局。”

关河点了点头："我是非常看好和万有的合作，现阶段关东生物还很弱小，需要借助外界的力量。"

"不觉得何处的反对有些反常吗？他不是和万有的关系很好也很认可万有的为人吗？"靳里试图从关河嘴里问出一些有价值的信息。

"没有呀，他支持和反对都正常。人的想法会随着立场的改变而改变，我们的出发点是想尽快研发出来产品，好推向市场。他更多考虑的是利益分配问题，我能理解他的反对。如果方东说服不了他，就强行通过好了，反正以后他也会明白我们都是为了公司的利益着想。"关河上了靳里的车。

靳里忽然觉得有几分看不透关河了，关河刚才的一番话很有格局和高度，不像是他的风格，他试探道："你是真这么想，还是有什么顾忌不方便说真话？"

"我什么时候会因为顾忌而不说真话了？"关河上下扫了靳里几眼，"我发现有点不认识你了，靳里，你比高中时变了不少。"

靳里也笑了："才发现？我如果还和高中时一样，不就说明我原地踏步没有进步吗？如果我还是高中时的水平和格局，我也不配成为你的合伙人不是？"

"变得更成熟更有魄力了吧？"靳里又自夸地补充了一句。

关河很认真地摇头："变得不那么真实了，有点陌生。记得你以前什么事情都喜欢直来直去，而不是藏着掖着或拐弯抹角。靳里，你到底经历了什么？"

靳里吓了一跳，关河的话如一把尖刀直刺他的心脏，让他一阵惊慌。难道关河看出了他真实的现状，知道了他是挣扎在贫困线上的千万富翁的真相？

不应该呀，目前他身为富二代的人设还保持得挺不错，就连宁三祥也不知道其实他家已经在破产的边缘徘徊很久了。

近来，老爸的股票跌跌不休，赔得眼睛都绿了。老妈的麻将事业也是时好时坏。好的时候，一天收入上万。差的光景，一天欠债数万。一个月下来，平均一算，能够小有节余就谢天谢地了。

最近几个月老爸欠了一屁股债，眼见就还不起了。老妈接连输了三个月，如果这个月还不翻盘的话，还不知道下月的房贷从哪里出。弄不好真得卖自己的车了。

靳里强自镇静下来，嘿嘿一笑：“从一个穷小子翻身变成富二代，又在深圳开公司赔了不少钱，关河，你说我经历了什么？我经历了人生的大起大落！”

“你的车不错，是我最喜欢的一款。”关河也不知道是懒得多说什么，还是压根没有多想迅速转移了话题，“回头借我开开，我练练手找找感觉。万一哪天发财了，也买一辆。”

“借车还不是一句话的事情？”靳里故作大方，他相信关河也就是随口说说而已，转头就忘了。

还真让他猜对了，关河思维跳跃得够快，他看了一眼刚收到的消息，笑了：“方东说经过投票表决，通过了公司和未时单体项目合作的决议。何处依然持反对意见，但还是认可了会议的决定，毕竟公司的合伙人中只有他一人反对。”

何处同时也表示，他要负责和万有的对接，确保合同的条款没有任何陷阱，对此，方东和邓入表示完全同意，邓入提出要全力配合他的工作为他打下手，他也欣然答应。

靳里突然靠边停车，神色慌张地下车，说要去接个电话。

电话是老妈打来的。

“靳里，你立刻马上回家一趟，越快越好。”

“出什么事情了，妈？”靳里又一阵心慌，最近真是心惊肉跳的，生怕无家可归的噩梦成真。

“下个月是睡家里还是睡大街，就看你舍不舍得卖车了。儿子，全家人的命都在你手里了。”李有慧冲靳里施展她屡试不爽的杀招，就是以退为进，以爱的名义逼迫靳里主动就范。

靳里立刻就妥协了，现在的宝马车是他维持富二代人设的唯一道具，虽然很是不舍，但比起还能住在豪宅之中的选择，他宁愿卖掉宝马。

在上海，有宝马的人多了去了，但有千万豪宅的人却少了许多。如果卖了宝马还可以保住房子，也是值了。

到底能保住多久还不好说，至少先过了眼下的危机才是正经。

回到车上，靳里支吾道："关……关河，真不好意思，有一个深圳的朋友突然联系我，说他来上海有点紧急事情需要我过去解围，我不能送你去未时了。"

关河也未多想，当即下车："没事，你去吧，我自己打车过去就好。"

被靳里突然扔在半路，关河压根就不去想靳里的朋友是谁又发生了什么紧急事情，靳里不说他才不会多问，也相信靳里能够自己解决。

关河打开手机准备叫车时，一辆宾利悄然停在了身前。窗户打开，露出了海月明如花似玉的笑容。

"要去哪里？我正好顺路，上车。"

关河上了车才意识到不对："你都不知道我要去哪里，为什么说顺路？"

"只要有心，不管多远都顺路。要是无意，多近都是绕弯。"海月明豪爽一笑，"说吧，你要去哪里？"

在听说关河要去未时时，海月明微微迟疑一下，随即又发动了汽车。

关河一心沉迷在研发中，脑海中盘旋的全是实验和数据，对于海月明为什么突然出现又为什么非要送他，懒得多想。

海月明来关东生物是准备和方东商谈与未时合作的事情。正好发现了路边的关河，她就改变了主意。

等红灯时，她打开微信给方东发了一条语音："亲爱的，我先不过去公司了，和关河一起去一趟未时。正好很久没有和万有好好坐坐了，今天，我和他认真地谈一次。"

方东很快回复："也行，谈明白了对双方都有好处。"

既然海月明不过来了，方东决定去关东家里看望一下关山。

近来关山身体不太好，总是咳嗽。他也没和关河说，却在和方东聊天时"无意"中说漏了嘴。

方东一走，办公室就只剩下了何处和邓入。

"邓入，你是真的认为和未时合作有助于公司的发展，还是只为了顺着方东和关河的意思？”

“在你眼里，我在公司最大的价值就是方东和关河的附庸？”

“不不不，我说错了，向你道歉。你不是他们的附庸，你是海月明的内应。”何处嘿嘿一笑。

邓入也不生气：“随便你怎么说，我的未来和前途都寄托在关东生物，我是谁的附庸又是谁的内应并不重要，重要的是，我不管做出什么决定，都是一心为了公司的利益。公司的利益就是我的利益，你说呢？”

第四十四章

男人有时比女人还相信直觉

“行，行。”何处点了点头，“信你一半。这样，和未时合作的具体细则由你来起草，除了要求未时提供相关的科研场地和生产车间之外，还要负责采购所需的耗材，以及安排一辆专车接送关河。持股比例不超过20%……”

“啊？”邓入震惊，“刚才会上方东不是说未时提出的持股比例是40%吗？并且也没说专车的事情。”

“啊什么啊？商业上的事情不就是讨价还价吗？”何处不以为然地挥了挥手，“会上通过的决策我肯定执行，但具体方案由我负责，细则和条款当然要由我灵活掌控了，对不？”

邓入不好再说什么：“我没意见，多为公司争取利益自然是好事。”

“邓入，你对万有的印象怎么样？说实话，别打马虎眼。”

“谈不上好，也谈不上坏。接触不多，更没有打过交道。对万有的间接印象，都是来自方东和海月明的转述。”邓入嘻嘻一笑，“站在女人的角度上，我选择相信方东和海月明的直觉。”

“直觉如果可信，全球最顶尖的科学家就都是女人了。随便一个直觉就可以发明一个公式发现一个星座，再来两个直觉，连外星人在哪里都可以定位了。”何处哈哈一阵大笑，“我也算和万有有过几次接触打过一些交道了，但还是觉得看不透他。他有时很谦和很低调，有时又很张扬很高调，人设不是那么统一，会有截然相反的两个面。”

“每个人都是矛盾对立的统一体，正常。”邓入推了推眼镜，挺起了胸膛，“就像我，工作时严肃认真，一丝不苟，但下班后去酒吧喝酒或是去唱歌，也会狂野而奔放。一个人如果长时间维持一张面孔，太累也太刻板了，活得会很无聊很乏味。”

何处连连点头：“这话我认可，人得活得真实才舒坦。我从广州来到上海后，越来越喜欢对人坦诚相待了。”

“我还想劝你和杨涵米重归于好。杨涵米有钱，又是万有的合作伙伴，你如果能说服她和你表面上对立暗中联手，不就可以让她成为打入万有内部的内应了？”

“就像你在关东生物一样？”何处取笑邓入。

邓入坦然一笑：“你非要这样理解也可以，没问题。”

“我有时是有点笨，不太聪明，但也不会笨到被同一个人欺骗两次的地步。”何处笑得有几分凄惨，“我不报复杨涵米就已经算有涵养了，对吧？”

不知何故，邓入忽然有几分可怜何处了，不料她刚一流露出怜悯的神情，却被何处发现了。

何处连连摆手：“别，别这样，我不需要包括你在内的任何人的同情。我不觉得被绿了是多么可怜的事情，很正常，就像合作公司一样，不能因为股东的撤资就骂对方无情无义，合则来不合则去，是多简单的事情。”

“你会和顾深秋昔日重现吗？”

“不会。我是一个不会走回头路的人，错过的，就是必须应该错过的。”

海月明和关河赶到未时时，还不到10点。未时的门口，行人和车辆进出不断，俨然初步具备了一家大公司的气象。

关河对此视而不见，海月明微有感慨地说道：“三年之后，关东生物能有这样的规模，就已经很了不起了。有时还是得佩服万有，他确实是个人才，哪怕你不认可他的行事手法。”

下了车，关河头也不回地直奔实验室而去。

海月明愣了愣，看向了迎面走来的顾深秋。

顾深秋热情地冲海月明打了个招呼，见周围没人，悄声说道：“海总现在方便吗？”

“方便。”海月明今天也没安排什么重要的事情，她来未时，也是临时起意想要和万有谈一谈。

“到我办公室坐坐？”顾深秋流露出有事情要汇报的神色。

海月明点头：“你先和万有打个招呼，就说我一个小时后来拜访他。”

顾深秋转身就打通了万有的手机。

片刻之后就有了回复：“万总说他还在外面，差不多要一个半小时后才回来，麻烦您多担待等他一会儿。”

海月明笑笑：“万有一贯的伎俩，他肯定会提前35分钟回来，然后说他一路紧赶慢赶费了九牛二虎之力才提前了一会儿，以此来显示他对你的重视，也会让你受宠若惊。”

顾深秋嘿嘿一笑：“还是海总了解万总。以前我还不知道万总的手段，有几次被他感动得不得了，差不多有士为知己者死的冲动。后来跟在他身边时才发现，他明明就在公司，却让人等上一个小时，然后在40分钟的时候假装急匆匆地赶到，就是为了打造人设，赢得别人的好感……”

“你还算是明白人，可惜关河、何处和靳里都被万有蒙骗了，一心相信万有是一个真诚可靠的合作伙伴，唉……男人有时比女人还相信直觉，还情绪化。”说话间，海月明跟随顾深秋来到了他的办公室。

第四十五章

人类的幸福感来源于对比

顾深秋有单独的办公室，不算大但各种办公设施一应俱全，风格也是简洁大方，以实用为主。

未时制药海月明来过多次，至少从装修风格来说，深得她的认可。实用而不奢华，简洁而不烦琐。都说什么样的人就会用什么样的装修风格，以前她还相信，现在却对此持怀疑态度了。

人的本性和人设是两个概念，有些人伪装久了，本性会藏得极深，轻易不会被外人发现。

顾深秋要为海月明倒水，海月明从随身的皮包中拿出一个保温杯，晃了晃："不用了，我随身带养生水杯，已经进入中年少女的阶段，开始每天喝枸杞、黄芪、菊花，远离一切损害健康的行为，不酗酒、不熬夜、不喝冷水，并将长久保持乐观心态。"

顾深秋乐了："果然人越有钱，越希望活得长久。我以前一直不理解万总这么有钱，干吗非要深耕投资大回报慢的生物制药行业，刚才海总的一句话让我豁然开朗。贫穷限制了我的想象力，有钱人的世界和需求，我真的不懂。"

海月明笑了一气："你的意思是万有投资未时不是想要赚钱，而是想要长生不老？"

"谁说不是呢？"顾深秋一脸惊讶的神情，"难道是为了钱？万总现在还会缺钱？他什么都不缺，只缺可以长生不老的生命。如果有一天人类发现了可以转移寿命的生物技术，相信我，穷人会有许多人出售未来 10 年甚至是 20 年以上的寿命，富人会不惜重金购买寿命，200 年、500 年都不嫌多……"

海月明理解不了："比如一个穷人30多岁了，未来顶多还能再活50年，他会出售他20年的寿命？怎么可能？"

"怎么不可能？"顾深秋大笑，"看，这就是富人思维和穷人思维的不同。在富人眼中，寿命是最值钱的东西，别说一年了，一分钟都不会出让。穷人不一样，对一些穷人来说，时间最不值钱，因为他们的时间没有办法用来赚钱，只能用来浪费。"

"好吧，你说得也有几分道理。"海月明不想就如此深刻的问题和顾深秋深入讨论下去，"不过落到万有身上，我相信他的出发点没那么高尚和远大，他的目的就是为了赚钱，而不是为了人类的健康和长生事业。"

"万总的身家少说也有几十亿吧？据说，他手中光是现金就有十几亿。"顾深秋流露出向往加羡慕的神情，"就按10个亿计算，放在银行少说也有5%的理财收益，一年光是利息就有5000万，每天的利息收入是13万多，他天天躺平就行了，只要不买飞机大炮大楼，一辈子，不，十辈子也够用了。"

穷人和富人的思维有差距，普通人和生意人的思维也有不小的差异，海月明不动声色地笑了。对于商人来说，谁也不会把10亿现金存在银行做理财，理财的收益对于普通人来说，5%已经不错了，但对于需要资金快速流通的商人而言，不流动的钱就不会生钱，就是在赔钱。

而在万有眼中，5%的利润率他看都不会看上一眼，15%他都不会动心，他所追求的至少是50%以上，在他的投资案例中，500%的回报率也有不少。

人类的幸福感来源于对比，有了对照物后，原有的幸福感就会丧失，被更高的需求所替代。如果说幸福感就是满足感的话，有人更愿意追求十几倍几十倍的延迟满足，而不是5%的眼下满足。

"据说有时只能是据说。"海月明意味深长地笑了，"深秋，不要以为说有人身家几十亿就真的是有几十亿的现金，所谓身家，是固定资产、股票、债权等叠加在一起的总和，有些是不能变现的，有些又是会随着股价波动的……"

"经验之谈？"顾深秋会心地一笑，"海总应该可以随时调动几千万的资金吧？比如想要买一栋上海的豪宅，一挥手就能买下吧？"

"电视剧看多了吧？还一挥手就买下了，跳脚也买不下。我个人每个月从公司拿到的工资是两万多，再加上年底分红，我的年收入体现在公司的财报上，不会超过 100 万。公司是要计算运营成本的，不可能每个高管都几百万上千万的薪酬。”

海月明及时刹车了：“说说你在未时的情况吧。”

顾深秋来未时一年多了，升迁速度之快堪称奇迹。背后，也有海月明的功劳。

在顾深秋刚来上海之初，海月明就认识了他。她对顾深秋印象不错，希望顾深秋可以到她的公司发展，却被顾深秋婉拒了。

顾深秋还深爱着邓入，来上海就是为了可以和邓入共同生活在同一个城市。但他始终没能见到邓入，邓入一再拒绝了和他见面。

顾深秋悲伤了一段时间，在海月明的劝说下慢慢放下了心结。但他还是心存执念，想要从事和邓入一样的行业，海月明就心生一计，托人介绍让他进入了未时。

海月明认识不少未时的股东与高管，瞒着万有推荐一个人进去，并不是什么难事。

在海月明的指点下，顾深秋得以顺利地帮万有解决了几个难题，迅速赢得了万有的信任，又有意无意地透露了他和邓入曾经的关系，就更让万有如获至宝。

上次在餐厅的见面，是海月明为了满足他的愿望特意安排的。他以为他的突然出现会让邓入回心转意，不想还是没有效果。事后，他又沮丧了好几天。

“一切还好，万有对我还算信任，并没有怀疑我什么。”顾深秋想起了什么，“为什么不让方东、关河和何处知道我的真实身份？”

“知道的人越少越好，以目前的情况来看，暂时不让他们知道才有利于我们的计划顺利推进。”海月明一脸严肃，“不管你和关河接触多密切，以后关系有多好，都不要告诉他真相。包括何处也是，更要提防靳里和宁三祥。”

“创业公司在发展的过程中，会有不少关卡要过，每一关都是生死关，有可能会导致公司的失败。每个人，包括创始人，在不同阶段遇到不同的利益诉求时，立场都会改变。立场永远会被利益驱动。”海月明经历了太多因利益关系而立场大变的合伙人，对此深有感受，“我不是不相信方东，而是担心方东会在关河面前因为情绪波动说漏嘴。”

“关河一旦知道了，何处和靳里就会知道。何处不好说，靳里必然会告诉万有。为了保险起见，你的事情还是要做到尽可能保密，越隐蔽越好。”

“明白。”顾深秋连连点头，“有时也能理解关河、何处他们立场的改变和调整，也相信他们的出发点是为了公司的利益。但每个人对市场的判断各有不同，就会产生分歧。我以前在四川时还不觉得人际关系有多复杂，来到上海后才发现，人和人的关系会随时改变，只要有了利益冲突，原先建立起来的关系可能会立刻崩塌，然后被另外的新型关系所替代。”

海月明嫣然一笑：“是好还是坏呢？”

“无所谓好坏，适应就好。上海的金融业更发达，经济更有活力，人和人的关系更复杂多变一些，也正常。”顾深秋一脸思索的表情，“来上海后，我学会了许多东西，也对上海多了不少的了解。”

“我越了解上海，就越喜欢上海，决定在上海奋斗一辈子，永远不离开上海。”顾深秋挥舞了一下拳头，“所以，海总明白我的意思了吗？”

第四十六章

真情与假意

海月明眨了眨眼睛，笑了："你是想说，你想要凭借自己的双手在上海安家，成为新的上海人，对吧？"

顾深秋重重地点头。

海月明掩嘴一笑："你是怕我不兑现诺言，怕你完成了在未时的任务后，被我无情地抛弃，是不是？"

顾深秋腼腆地笑："没有没有，海总不是那样的人。我之所以选择跟随海总，是我更愿意相信海总的人品。"

"说了半天，还是担心我会卸磨杀驴，对吧？"

海月明咯咯一笑："我答应你的两件事情，一是帮你解决上海户口，二是为你以后的创业推荐投资人，并且投资你公司的第二轮……都会说到做到。"

"投资我，绝对是海总做出的无数正确决定中最英明的一个。"顾深秋开心地搓着手笑了，"那么现在海总对我的扶植和栽培，算不算是天使轮投资？"

"我总算明白邓入为什么坚决不和你复合了。"海月明似笑非笑地打量了顾深秋几眼，"你太油腔滑调，有时给人的感觉太轻浮而不稳重。我是了解你，相信你的为人，但别人可能会把你的轻浮当成你的全部。"

顾深秋被海月明看得心里发毛，心知他终究不是海月明的对手，忙低头认错："海总，我错了，我不是非要您再承诺一遍，我最近总觉得事情有点古怪，让人心里没底。"

海月明点到为止："什么事情古怪了？"

"最近卫辛总是有事没事过来找我，有时是传达万有的指示还好说，有时根本没事，就是过来闲聊。聊来聊去，还说要请我看电影，被我推掉了。

“是不是万有发现了什么，让卫辛过来试探我？”

“不能！不是！”海月明想了一想，暧昧地笑了，“不会是卫辛喜欢上你了吧？下次她再请你看电影，你就去呗，怕什么？”

“不是怕，是我对她没感觉，不来电。”顾深秋皱着眉，“我还没有从失恋中走出来。”

“打住，别扯了。你们都分手几年了，再装痴情戏就过了。”海月明笑了一气，“宁三祥的辞职，根据你对万有的观察和了解，是不是他在背后安排的一出大戏？”

顾深秋摇了摇头，叹息一声：“从来没有听万总再主动提过宁三祥，就听到别人问过一两次，他回答得也很轻描淡写——离职了。”

“这么说，万有是真的把宁三祥抛到了脑后，就当她是之前离职的其他员工一样，也没有什么联系了？”

“联系不联系就不知道了，我又不是万总的助理，没有天天跟在他的身边……”

海月明微有忧色：“难道真是我猜错了，宁三祥确实是真的离职了，她不是万有的一步棋？”

“砰砰砰！”有人敲门。

“顾总监在吗？我是卫辛。”

顾深秋顿时一脸紧张：“又来了，太频繁了，我都受不了了。”

“男人就得有男人样。”海月明推了顾深秋一把，“去开门。”

顾深秋拉开门，立刻换了一副如沐春风的笑容：“卫辛，找我有事？”

卫辛一眼就看到了坐在椅子上的海月明，笑了笑：“海总，万总提早结束了那边的事情，正在回公司的路上，他让您不要着急，他一定会紧赶慢赶至少比原计划提前半个小时以上和您见面。”

海月明和顾深秋相视一笑，言外之意是果然被我说中了吧。

“正好万总不在，你也不忙，来，卫辛，坐下聊聊。”海月明招呼卫辛。

卫辛微有迟疑：“不……不了，我还要做几个 PPT……”

“PPT 永远也做不完，但请顾深秋看电影的机会，却不是一直都有……”海月明抛出了顾深秋当诱饵。

顾深秋一头黑线。

卫辛立刻就妥协了，快步坐在沙发上：“最近正在上映的几部片子都不错，有喜剧、古装，还有神话，你想看哪一种？”

顾深秋一脸的不情愿：“都不想看，行不行？”

“不行，总得选一个吧？”卫辛笑得温柔而含蓄，“就选一个你最想看的，好不好？”

“别这样，你越是温柔，他越是嘚瑟。”海月明看不下去了，一拍桌子，“顾深秋，你必须选一个。你只有选择权，没有拒绝权。”

顾深秋吓得一下站了起来：“就……就喜剧吧。”

“别吓着他了。”卫辛于心不忍，拉了海月明一把，“海总，他胆小，得让着他点儿。”

“男人和女人一样，不能惯。”海月明哈哈一笑，“看，现在他答应跟你看电影了吧？不是说你对世界温柔以待，世界就对你温柔以待，男人也一样。”

卫辛低眉顺眼地吐了吐舌头，小声地说道：“可是……可是我就是对他凶不起来，一见到他就紧张得连说话都要小点声，生怕他不高兴。”

海月明瞪了顾深秋一眼：“你还不珍惜卫辛，多好的姑娘，能对你这么迁就，你要是错过了她，一辈子单身你知道不？”

顾深秋想争辩几句，被海月明的眼神制止了，话到嘴边就及时转弯：“卫辛，你担任万总助理有几个月了吧，有什么感受？”

“挺好的。虽然工作强度大一些，万总的要求严格一些，又总是随时加班，但报酬还可以，福利也满意。”卫辛说话时不时会脸红一下，“还有就是认识了你，是我来未时最大的收获。”

“你可不要向万总抱怨工作强度大，以前宁三祥在的时候，她从来不说抱怨的话，还经常申请主动加班。”顾深秋抛出一个陷阱。

卫辛还真的中计了：“我不能和宁姐比，她是万总最满意的助理。万总不止一次向我提过宁姐，说宁姐无论是能力、人品还是办事风格，都是他几任助理中最满意的一个。他还说，如果有机会让我多向宁姐学习。”

倒是有用的信息，顾深秋继续问道：“既然万总这么认可宁三祥，当初为什么还要辞退她？不如再招她回来，宁三祥肯定也愿意，关东不想放人也不行。”

卫辛缓慢地摇了摇头：“恐怕不行，万总是一个不走回头路的人，他总说做过的事情就不要后悔，哪怕损失再大也得咬牙承受。好像有一次他喝多了，说过他后悔辞退宁三祥。但后悔归后悔，他不打算补救。”

这么说，宁三祥被辞退真的只是突发的意外事件，不是万有的布局了？顾深秋和海月明对视一眼，二人点了点头。

第四十七章

大众药还是孤儿药

“我当初应聘的职位是实验室助理。结果到任后，调岗成了万总的助理。我还高兴了半天，有一步登天的错觉。”

海月明暗暗点头，这就对了，一系列的事件推论下来，宁三祥确实是被万有临时起意辞退的。而当时万有招聘卫辛是为关河寻找助理，帮他打理实验室的工作。结果关河不需要，他刚好辞退了宁三祥，就临时让卫辛替补了宁三祥的位置。

顾深秋又问出了自己的疑问：“卫辛，对于未时和关东生物的项目合作，你怎么看？”

卫辛回答得很干脆：“这不是我负责的工作范围，我又不懂公司的战略方向，平常处理好万总交代的工作就足够了，其他的事情，除了和你看电影之外，我都不看，也不管。”

行吧，顾深秋不想和卫辛说话了。

卫辛却举起手机，一脸喜色：“买好票了，后天中午 10 点半的，就在附近的万达影院，看完电影后正好吃饭。”

顾深秋拉着脸：“就怕到时有事去不了。”

“没事的，我会等你到散场。”卫辛的手机响了，她慌张地惊叫一声，“万总回来了，海总，我们可以过去他的办公室了。”

海月明点了点头：“深秋，你去趟实验室，看看关河有没有需要帮忙的地方。工作要用心，生活也需要经营，记住，一定得去看电影。”

顾深秋来到实验室时，关河正忙得满头大汗，到处找东西。方东没来，别人打下手他又不放心，只能自己动手，结果就是弄得遍地狼藉。

顾深秋手脚麻利地帮关河收拾好散落一地的仪器，又按照他的指示替他准备器皿、布置工具，倒也配合得不错。

等关河忙过了一个阶段后，抬头看了顾深秋一眼，似乎才意识到顾深秋的存在："我见过你，你是邓入的前男友顾深秋。"

"不不不，关老师不要在我面前添加邓入的定语，我是未时的总监顾深秋。您叫我小顾或深秋都可以。"

"深秋好一些，深秋的梦，像是一首有意境的钢琴曲。"关河不知道想起了什么，微有感慨，"深秋，你看好生物制药行业的前景吗？"

"看好，非常看好。"顾深秋顿时激动了，"虽然我学的不是相关专业，但我认为生物制药的前景非常广阔。人类不管发展到哪个阶段，与疾病的斗争、追求长生不死的梦想，永远都不会停止。"

"不说长生不死这么缥缈的话题，我学的是生物制药，知道人类离生长不死还有相当长的距离。"关河今天上午的实验又失败了，一时有些感慨，"有个问题你想过没有，生物制药其实和尖端制造业一样，要有一个明确的定位。

"比如说圆珠笔的圆珠，以前总有声音说国内的制造业不行，制造不出来。圆珠确实对制造工艺要求很高，但还没有高到国内的工艺无法制造的程度。国内之所以没有厂家生产，是因为市场太小利润太低，不值得投入。后来为了彰显国内制造业的技术，有厂家投产了圆珠，投向市场之后反响良好，并且打垮了国外仅有的两家生产圆珠的厂家。但国内的厂家并没有因此获得多少利润，这样的事情，有意义吗？"

顾深秋没跟上关河的思路，只好说道："存在即合理，有些事情的意义不在于利润，而在于存在。"

"现在我有一些困扰……"关河坐了下来，微有疲惫之色，"未时制药是以大量投产各种市场上的常见药品来提高销量，以量取胜，却没有自己独特的技术和独一无二的产品。因此，在市场上只有占有率，却不具备不可替代性。"

"也就是说，只要有另外的厂家在专利期过后，成功地仿制了未时制药的专利产品，并且有价格优势，未时制药就会失去市场，甚至有被打败的可能。

未时制药目前正在研发的药品是什么我不太清楚，但如果没有独特性和稀缺性，就很难长久维持未时制药的市场份额。”

顾深秋对此表示认可：“据我了解，未时制药目前在售的几款产品，专利保护期会在明后年陆续到期。而正在研发的新药中，应该也没有市场上独一无二的产品，还是大众药。”

“大众药市场大，但竞争也激烈。”关河只是单纯地想聊天，“从市场营销的角度出发，深秋，你更看好大众药还是孤儿药？”

以前顾深秋是不知道孤儿药的，进入未时后，他恶补了许多医药方面的知识，也有了深入的了解。作为营销总监，他对市场有过研究和预判。

“如果是未时，最好还是做大众药，因为未时的规模已经上来了，只有大众药的庞大市场才能支撑得起未时的运转及生产车间。未时的未来是走上市之路，但最好拥有独家专利及独家产品，才能保证利润和可持续发展。”

“但如果是关东生物，发展孤儿药也不失为一条捷径。只要有一种孤儿药研发成功了，就可以让关东生存下去，就能被并购，然后进一步快速发展起来。看关老师追求的是什么了，是快速地实现财务自由，还是想当成一项事业来经营。”

关河点了点头，顾深秋的话很合他的心意。他以前是只想寻求安身立命，现在解决了初步的生存问题后，就得考虑长远发展了。

说实话，关河最初答应方东创立关东生物，出发点卑微且渺小，只想离开老屋，只想拥有一家可以坐拥外滩风光的办公室。

现在他的想法改变了，尤其是在几次实验失败之后，关河对未来的期许不再如以前一样充满了激进和乐观，而是趋向保守和谨慎。

大众药的研发相比孤儿药更容易成功，毕竟有过无数成功的先例，并且有现有的产品可以借鉴，包括配方、药效及临床数据。但大众药是红海市场，如果没有特别突出的功效，很难打开市场。

要在别人深耕多年的大众药市场杀出重围，难度之高可以想象。比如说糖尿病药品，市场上的品种非常多且各有特色，但没有任何一种可以根治。如果他能研发出来根治糖尿病的特效药，自然可以让他一举成名，也能让关东生物一举成功。

有些疾病和日常饮食、生活习惯息息相关，吃药相当于补救，而日常饮食和生活习惯如果不改变等于病情在继续发展。一边补救一边发展，能维持平衡就不错了，何谈根治？

药不是万能的，相比日常生活习惯和饮食习惯，药只能是亡羊补牢的措施，而不是一劳永逸的补丁。

关河想凭借他和导师的专利，以及他对糖尿病机制的认知，研发出来一款特效药不在话下。即便不能根治，如果能减少药量，比如一天服一次，一次管一个月，也远比天天打胰岛素强了许多。

目前糖尿病患者常用的四种口服降糖药物各有优劣，并没有一个完美的解决方案。如果他的新型药物能够研发成功，提供一种减轻病人痛苦和日常麻烦的解决方案，也算是实现了他学以致用的理想和追求。

问题在于，整个研发过程至少要两年多的时间，再到生产及临床前的实验又要两三年，而临床试验还需要三到七年，算下来一款新药从开始研发到真正上市，少说也要十年之久！

十年是无比漫长的一段时间，人生中都没有几个十年，更何况一家初创公司。初创公司平均存活时间不超过三年，三年后的失败率依然高达 90% 以上。

关河以前不考虑公司的生存和发展问题，现在着手研发后，忽然感觉重任在肩。公司都围绕着他的研发运转，他的研发关乎公司的生死存亡！

“如果关东生物孤注一掷只进行大众药的研发，恐怕最终避免不了失败的命运，大众药想要成功，必须在红海中杀出一条血路。就算关东生物拥有独一无二的专利和技术，也熬不过时间。”关河的思路比以前更清晰了，“我决定在研发大众药的同时，再启动孤儿药的研发。孤儿药不需要在产品出来之后再和其他前辈公司争夺市场，只要能研发出来，在没有生产和进行临床前的实验之前，就已经具备了市场价值。”

顾深秋对此深以为然：“关老师说得对，只要被市场和资本认可了，关东生物就能生存下去，然后才有更大的发展机会。”

第四十八章

一个人不管做什么，总要有一些坚持

“我曾经看到一则新闻说，在我国新生儿出生缺陷的总体发病率为5.6%，平均每30秒就有一名有出生缺陷的患儿出生！”关河闭上眼睛，陷入了回忆之中，“大学时，有一次到医院实习，我目睹了一个有出生缺陷的婴儿的诞生。她的父亲看到她的第一眼时，就痛苦地捂上了眼睛，蹲在地上泣不成声。她患有罕见的‘鱼鳞病’，皮肤都是硬块，眼睛闭不上。她母亲当场就崩溃了。

“鱼鳞病比较容易脱水，也容易引发感染。皮肤会有脱皮的过程，然后会有新皮长出来，很痛苦。鱼鳞病是遗传性角化障碍性皮肤疾病，夫妻俩携带隐性基因就有可能遗传。鱼鳞病虽然不会给孩子带来智力、肢体的残疾，更不会危及生命，但护理比较困难，会给家庭带来苦难。

“大约30%的罕见病患者在5岁前病逝，而存活的罕见病患者常有明显残疾，给家庭及社会带来沉重负担。目前，世界上已知罕见病有7000多种。每个人身上都有5~10个基因缺陷，一旦父母双方拥有相同的基因缺陷，就有可能生下有罕见病的宝宝，因此预防出生基因缺陷至关重要。”

顾深秋握紧了拳头：“尽管罕见病的发病率低，但对家庭来说，遇上了就是100%的磨难。如果能发明一种仪器可以检测夫妻双方的基因缺陷并进行修补，就不会有患罕见病的婴儿出生了。”

关河苦笑着摇了摇头：“以人类目前的科技水平，还达不到能够在基因层面修补缺陷，扼杀发病机制。”

顾深秋咬了咬牙：“虽然我还没有孩子，但我有个亲戚的孩子生下来就是‘月亮的孩子’，我对孤儿病感同身受。”

关河微有惊讶："你居然知道'月亮的孩子'的说法。"

"我还知道'玻璃人''蝴蝶宝贝'……"顾深秋深吸一口气，似乎连相关的名词都不愿意提及，"三个好听的名字分别对应三种罕见病——白化病、成骨不全症和大疱性表皮松解症。"

从 2008 年开始，每年 2 月的最后一天被定为"国际罕见病日"，据统计，目前全球有三亿罕见病病人。

罕见病，一般为慢性、严重的疾病，常常危及生命。罕见病之所以被称为罕见病，除了患病率比较低外，还治疗困难。除了诊断困难外，有 95% 的罕见病没有明确、有效的治疗方案，只有不到 1% 的有药可治。

顾深秋又问："关老师是要走市场路线，还是技术路线？"

"如果是以前，我会说走技术路线，我只考虑技术而不管市场。现在不同了……"关河难得地流露出一丝沧桑，"人得成长，哪怕付出痛苦和磨难也必须成长，尤其是男人、创业的男人。"

"我要走技术和市场结合的路线，也许很难，但必须走。一个人不管做什么，总要有一些坚持，包括自己的原则和对别人的付出。"关河挥舞了一下右手，"希望我的决定可以说服方东、何处、邓入和靳里。"

"邓入不需要关老师的说服，以我对她的了解，她肯定会支持您的决定。"顾深秋喜形于色，"她最大的优点就是平衡，能够平衡商业和技术、平衡一个人和另一个人，平衡所有人。"

"但愿。"关河笑了笑，"继续实验。"

万有办公室，海月明和万有相对而坐，二人的中间隔了一张实木打造的茶台。

茶台足有 20 厘米厚，厚实而质朴，和办公室简洁实用的风格相得益彰。

"装修风格和万总的人设不太相符，应该不是万总亲手抓的装修。"海月明再一次对装修风格提出了疑问。

"不好意思让海总失望了，未时制药也好，辛时基金也罢，装修都是我个人风格的体现。如果海总觉得风格和我的人设不符，说明海总还是不够了解我，对我偏见太多。"万有泡好了茶，为海月明倒了一杯，"来，白茶，清热润肺，适合你的体质。”

海月明拿出保温杯，自己倒了一些白开水进去：“算了，我还是喜欢我的养生水，消受不起万总的好茶。”

万有呵呵一笑：“海总，我们认识也有好几年了，算起来我比你大不了几岁，还不到10岁吧？男女之间差不到10岁，不算有年龄差距。你先别反驳，我不是说我年轻，也不是说你老，是我们在思想境界和眼光、格局上，不该因为年龄的差距而有差异。

“但让我遗憾的是，近几年来你从未成长，始终在原地踏步。不，还退步了。你有没有深思过原因是什么吗？”

海月明摇了摇头：“不好意思万总，我不认可你的说法。我自我感觉良好，几年来每天都在进步，你说我始终在原地踏步，这说明你还是不够了解我，对我偏见太多。”

“哈哈，海总还真是斤斤计较。”万有笑了笑，瞬间严肃起来，“今天特意抽出时间来指导我的工作，肯定是有重要的事情要谈吧？”

“什么指导工作，别打官腔好不好？”海月明放下水杯，直视万有的双眼，“我今天过来找你，确实是有重要的事情要谈，一共三件事情，第一，我听说了未时要和关东项目合作的事情，好事，我举双手赞成。”

万有不动声色地笑了笑。

“第二，我也想参与到未时与关东的项目合作中，不知道万总肯不肯出让一些份额？

“第三，我打算和方东商量一下关东生物启动第二轮融资的节点、规模及可以引进的资本，万总有没有兴趣参与？”

三件事情，件件都落在万有最关注的核心问题上，并且第三点是第一点和第二点的延伸。如果他不答应第二点，在第三点上，海月明就会将他排除在外。

万有心领神会地笑了：“海总的意思是，如果在项目合作上我没有出让一部分份额，那么在第二轮融资时，你就会主控融资而把我踢出局了？你就这么有信心？就凭一个方东就可以掌控关东生物？方东的股份都不够一票否决权！”万有喝了一口茶，微微品了一下，“知道我为什么喜欢喝白茶吗？唯有白茶，不浓不酽，道法自然，取中庸之道。”

海月明摆了摆手：“方东的股份是不够一票否决，加上邓入就够了。而且你敢保证关河、何处和靳里就一定会投你一票？如果真的让关东生物因为融资的问题而分成两个割裂的阵营，也不符合你想要关东生物尽快发展的初衷，不是吗？”

万有沉思了一会儿：“项目上的份额，你想要多少？关东的第二轮融资，你打算投多少占比多少？”

海月明暗暗一笑：“项目上的份额有10%就可以了，第二轮融资我打算投5000万，占比20%……”

“现在关东生物还没有任何研发成功的产品，你就开出了2.5亿的估值，海月明，你是在开玩笑还是在哄抬物价？”

海月明得意地一笑：“我非常看好关东生物的前景，认为它就值2.5亿，怎么，不行吗？”

万有放下茶杯，打量海月明几眼：“行，你开价25亿都没问题，反正是你的钱，只要你的决定能过董事会，此时基金愿意当冤大头我不会拦着，但也不会跟投。”

“好，就这么说定了。”海月明伸出了右手，“一言为定！说话算数！”

万有没有和海月明握手，摇了摇头：“幼稚！”

“没有呀，挺成熟的方案。”海月明知道万有是在讽刺她，故意装傻，“万总，先假设我们都和关东生物有了项目合作、公司层面的合作，我们作为关东生物最大的资方，有必要为关东生物制定一下未来的发展方向。”

“不用了，没意义，纯属浪费时间。”万有意兴阑珊，站了起来，“接下来我还有个会，海总可以在未时转转，我就不陪你了。”

“别这样，万总，一言不合就翻脸，不是你的一贯人设呀。”海月明调侃万有，“你的涵养不允许你生气。”

万有却似乎毫无耐心：“海总想多了，我确实是安排了会议，一个非常重要的会议。抱歉，请自便。”

第四十九章
明天和失业哪个最先到来

万有前脚刚走，卫辛后脚就慌忙进来了，向海月明解释道："万总是要和投资人开会。"

"投资人？是辛时基金的投资人还是未时制药的？"海月明心中一动。

"两边共同的投资人。"卫辛手机响了一下，她看了一眼忙又向外走，"万总叫我，我得走了，不好意思海总。"

海月明摆了摆手。

万有的名下有两家公司。一是未时制药，是实业。二是辛时基金，是投资公司。两家公司他都是大股东，根据公开的数据显示，两家公司他的持股比例都在 30% 以上。

另外还有几个持股在 10% 以上的大股东，其中有三位股东在两家公司有交叉持股。三人叠加在一起，总共持有两家公司近 40% 的股份，是万有当之无愧的财神。

三大股东同时现身上海和万有开会，应该是事关公司发展的重大事项。三人和万有加在一起，等于是控股了两家公司，毫无疑问，肯定是公司要有重大变动了，不管是人事上的还是资金上的。

海月明对公司的管理和各种会议了如指掌，一般来说，公司的大股东如果不在公司兼职，轻易不会参加会议，除非是事关重大决策的董事会或股东会。

像关东生物这样的小公司，还没有设立董事会。

三个自然人大股东可以从公开的工商资料上查到，分别是管政、宋娴和周峻诚，但他们都有什么来历和背景，海月明还不得而知。

下了楼，海月明给方东打了一个电话。

方东正在陪关山包饺子。

关山的病好了许多，但还有轻微的咳嗽。此外困扰他多年的慢性病还不见好转，除了糖尿病，还有高血压。

关山对方东的到来很高兴，问东问西想要了解关河的现状。方东感叹关山和关河父子二人，都关心对方却又不直接和对方联系。男人之间，哪怕是父子，是不是也会为了维持所谓的面子和自尊，而连一句简单的问候或是关心都羞于出口？

方东包饺子的手艺一流，速度快、形状整齐，让关山赞不绝口。

饺子刚包好，海月明的电话就打了进来。

“要不你过来关家一趟，陪我和叔叔吃饺子，正好包得多。然后我们一起回公司？”方东发出了邀请。

海月明犹豫一下就答应了，她也想和关山父子俩建立更深的关系。

关河在顾深秋的帮助下又忙了一下午，总算有了微小的进展。吃过晚饭后，又加班到了晚上九点多才停下来。

顾深秋要陪关河去吃宵夜，正好关河也饿了，就答应了。二人刚走出未时的大门，迎面就走来了方东、海月明、邓入和何处。

关河讶然：“你们怎么凑一起了？”

“专程为了请你吃宵夜，你面子太大了。”何处哈哈一笑，“小顾也在？一起吧。”

顾深秋下意识看了邓入一眼：“方……方便吗？”

方东大方地手一挥：“方便。就算是杨涵米在，何处也会说方便的，是吧何处？”

何处一摸后脑：“能不能别提她？邓入和小顾是和平分手互不相欠，我和杨涵米仇深似海不共戴天！”

众人笑。

一行人来到外滩，春天的上海，气温还没有明显回升，就坐在了室内。

在何处的强烈要求下，众人选择了烧烤。

何处要了一个包间，自作主张点好了菜。他先为每人都倒了一杯啤酒：“喝不喝的先不说，都倒上。今天的聚会没有主题，不过在开始之前，我还是要说三件事情。

“第一，和未时单体项目合作的草案，我和邓入已经起草好了，明天上会讨论。通过后，就尽快落地。

“第二，我要请假回广州一趟。”何处忽然有了几分伤感，抹了一下鼻子，“我曾经发誓不混出个人模狗样不回广州，现在只有狗样还没有人模，回去会很丢人。但没办法，还是得尽快办理了离婚手续。一直拖着杨涵米的青春，也会耽误我的恋爱。她的青春没有我的恋爱值钱，不划算的买卖不能做，你们说对吧？”

“对！”众人欢呼。

“第三也是最后一件事情，我从广州回来后，就等于是完全获得了新生。我就会全力以赴地做好两件事情，义无反顾并且没有退路。一是做好公司，二是谈好恋爱。

“做好公司已经有了思路，谈好恋爱还没想好跟谁谈，反正就在你们三个中选择一个，方东、海月明、邓入，你们谁先主动报名？”

方东高举双手：“求放过。”

海月明哈哈一笑：“别，我们三观不合，思想境界相差太大，除了赚钱之外，基本上没有共同语言。”

何处一脸紧张地看向了邓入：“完了完了，还以为有三个选择，没想到只剩下最后一个了，邓入，别拒绝得太快好不好？让我有想象的空间，也给我保留最后一丝情面。”

邓入咬着嘴唇一脸坏笑，左顾右盼了一会儿：“你单身，我也未嫁，谈恋爱合情，不谈恋爱合理。我不拒绝你，但有两个前提条件。”

“你说，快说。”何处夸张的表情像是热恋中的小男生，紧张得直搓手，“就两个，不能再多了，再多我怕我等不及。”

“第一个，你得先离婚，有了谈恋爱的资格再说。”

“马上有，半个月后，老子就又是一条单身好汉了。”何处拍了拍胸膛。

“第二个，在公司B轮融资后我才有心情谈恋爱，现在嘛……还是创业初期，还不知道明天和失业哪个最先到来，谈什么恋爱？奋斗起来！”

“准了。”何处抱住了关河的肩膀，“关河，你能不能也和我一样，在B轮融资前不谈恋爱？”

关河推开何处的手，一脸冰冷：“疾病未除，何以为家？”

“太伟大了，敬你一杯。”何处哈哈大笑。

海月明也举起了酒杯：“谈什么情恋什么爱？不如喝起来！”

聚会中途，关河被方东拉到了外面。方东说了她和海月明在关家陪关山吃饺子的事情。

关河沉默良久：“他还好吧？”

“一切都好，就是问你什么时候能回去一趟，好像你们老屋又有要拆迁的迹象。”

“过段时间吧，最近忙着实验。”对于拆迁，关河已经没有什么期待了，就算真的要拆，现在的补偿也已经远不如从前的力度。房价火箭一般翻倍上涨的年代，已经过去了。

关河左右看了看：“怎么不见靳里？”

“不知道呀，他给我发了一条微信说是家里有事要回去一趟，然后就不见人影了。今晚聚会也打了他的手机，关机了。”

关河惊讶：“他送我去未时，半路上扔下我说有要紧的事情，好像是说有一个深圳的朋友突然来了上海……”

“跟我说家里有事，跟何处也说家里有事，怎么跟你说就是深圳有朋友来上海了？”想起以前靳里的各种问题，方东立刻打通了宁三祥的电话，“三祥，靳里和你在一起吗？”

“没有呀，我自己在家呢。”

“今天你和他有联系吗？”

“中午的时候联系了一下，他说他家里出了些事情要处理一下，可能要两三天的时间。哎呀，他还让我和你、和关河说一声，我给忘了，真不好意思。”

放下电话，方东的脸色有了几分凝重：“他对三个人说是家里有事，就对你一个人说是深圳来了朋友，靳里怎么总是喜欢撒谎呢？”

关河并未多想：“也许他只是随口一说，是无心的。不管是深圳来了朋友还是家里有事不重要，重要的是他出事了，得帮帮他。”

关河也试着打了一遍靳里的电话，关机。他打开微信，给靳里留言：“靳里，你家里是出什么事情吗？有需要帮忙的地方尽管开口。”

靳里很快就回复了：“没事，关河，是要卖一套房子，和买家在价格上面有了分歧，正在处理，不用担心。”

关河信了：“行吧，有事说话，别客气。”

“肯定的。我得请假两三天，你和方东说一声。”

关河正要说他和方东在一起，被方东制止了。方东拿过关河的手机，快速打字：“我这几天都在未时的实验室见不到她，你直接和她说一声就行。”

“干吗？”关河不解。

方东笑笑：“等着瞧。”

过不多时，方东的微信响了，正是靳里。

第五十章
启动第二轮融资

“方东，你没和关河在一起吗？”

“没在，怎么啦？他这几天说要住在未时的实验室，不回公司了。”方东瞄了关河一眼，偷笑。

关河嘟着嘴：“瞎闹。”

靳里很快回复：“我家里出了些事情，要请两三天假，望方总准假。”

“没问题，先忙你家里的事情。”方东眯着眼睛笑，“有需要帮忙的地方吗？是什么严重的事情吗？”

“不用不用，没什么大事，新房需要装修，爸妈非要我一手操办，我只能先跟着规划一下，等定了设计方案就立刻回公司。”

方东把聊天记录让关河过目：“为什么靳里和你和我说的不一样呢？他有什么要隐瞒的，不累吗？”

关河也有几分不理解，不过还是想为靳里辩护：“也许是他习惯了针对不同的人有不同的说法，是为了不让对方替他担心。”

“就算你说得对，那么问题来了，他的理由哪一个是真的？”

这一下难住关河了，他认真地想了一会儿：“不重要，重要的是……”

方东毫不留情地打断了他的话：“别打岔，别心虚，你多半想的是靳里的两个理由都是假的，对吧？”

被方东说中了，关河不好意思地嘿嘿一笑：“其实我已经发现靳里变了许多，但还是想要说服自己靳里没变。人怎么可能不变呢？连我都知道自己也变了。”

“理由是真是假不重要，重要的是，靳里身上到底发生了什么事情？以我对他的了解，如果不是特别重要的事情，他不会请假两三天的。”关河不是不愿意接受靳里改变的事实，而是想要先逃避一下，以后再去面对。

“他不说，我们怎么会知道？只要不影响到公司和工作，他自己的事情，就让他自己去处理好了。”方东拍了拍关河的肩膀，“我是不太喜欢心眼太多的人，其实人和人的相处可以更简单一些，有一说一，不必编造理由。哪怕你就直接说家里出事了，是隐私不方便透露，我反倒会觉得你更直接更真实。”

上海的春天总是短暂而匆忙，三四月份就有夏天的迹象了，到了六月份，盛夏就笼罩了万物。

几个月来，关东生物的进展磕磕绊绊，实验室的交付工期一拖再拖，比预定时间足足推后了一个多月，而生产车间施工到一半，就因为资金问题暂时停工。同时，方东沉重地向大家宣布了一个消息——公司的资金所剩无几了。

之前以为资金可以支撑一年以上，但由于实验室和生产车间的建造严重超支，即便是生产车间停工，也导致资金消耗殆尽。

几人之前都没有工程管理方面的经验，以为只要预算定了，就能顺利完工，却不知道工程项目都会在后期追加预算，有时有些超支的部分看起来莫名其妙，偏偏理由又能说得过去。

好在关河的研发有了不小的进展，多少安抚了众人恐慌的心理，但此时第二轮融资就必须得提上日程了，一旦断粮，公司就会停摆！

在第二轮融资进行得如火如荼之时，很少有人注意到最近一段时间以来靳里的异常表现——从不再开车上班美其名曰坐地铁和公交是为了健身和环保，到不再穿名牌，是为了力争当一个低调简单的创业者。

宁三祥对靳里的说法总是深信不疑。

以上对关河来说都不重要，哪怕是公司的资金告急，现金流即将断裂，他也没有放在心上，研发上的进展，让他对未来充满了信心。不出意外的话，再给他半年时间，他就可以进行第一阶段的临床前的实验了。

方东近来和万有接触频繁，除了因为项目合作上必要的对接之外，也在和万有讨论第二轮融资的问题。是的，在通过一段单体项目的合作之后，方东对万有的敌意和偏见少了许多，也原则上同意在第二轮融资时让万有参与。

但是让万有以未时制药还是以辛时投资的身份参与，还有待进一步商榷。两者的性质大为不同，如果是未时制药投资了关东生物，关东生物未来就会被资本认定为是未时制药的子公司，以后肯定要被未时收购，资本对关东生物的兴趣就会大减。

没有人愿意为他人作嫁衣裳。

如果是辛时投资参与，资本对关东生物还会有想象空间，也会有更多投资人意愿帮助关东生物继续大步前进。

海月明依然坚决反对万有投资关东生物，因此，她和方东在对万有立场的微妙变化上，有了一些不大但隐性的分歧。

邓入还没有明确的表态，她欢迎投资，但对于选择万有的资金还是海月明的资金，她暂时还没有想好。

关河也没有想好，他现在全身心扑在研发之上，已到了两耳不闻窗外事的境界。

倒是靳里非常热衷于第二轮融资的事情，成天和方东开会讨论，列举了海月明和万有两家资金的优势和不足，他更倾向于让万有投资，尽管海月明开出的条件稍高，但她只能带来财务上的资源而不是相应的渠道优势。

按理说在融资的事情上，何处应该最为积极主动才对，他是首席财务官，又是天使轮投资人，第二轮投资事关他投资的成败及未来前景。但让人大跌眼镜的是，在几轮谈判的关键时刻，他一再缺席会议。

第五十一章
一场各取所需的游戏

何处近来沉迷于相亲活动，他声称反正自己已经没钱了，公司下一步能融资成功就继续前进；融资失败，大家就一拍两散。他已经全权委托方东负责融资，等谈到差不多时他再介入，现在他先游戏人间，享受一下生活。

谁也劝说不了何处，关河出面也无济于事，几人也就懒得再理。

方东有一次私下问关河："何处到底是体验生活还是放浪形骸？到底是本性如此，还是故意引起邓入的注意？"

关河认真地想了一会儿才说："他应该是压力过大之下的应激反应。每个人的应激反应机制不一样，有人大吃大喝，有人睡觉，有人喝酒唱歌，有人消沉，何处就是不断地相亲游戏人间。"

"他倒是会解压，真会玩。"方东也能看出何处表面玩世不恭，其实对公司、对前途无比在意，如果公司融资失败，他前期的投入就全部打了水漂，人生真有可能从此一蹶不振，陷入永远的低谷。

"如果是你压力过大，你会选择什么方式解压？"方东又问关河。

关河眨了眨眼睛，笑得很奇怪："你还不了解我吗？我天天在实验室埋头实验就是解压的方式，也是唯一的方式。"

"我还以为你也会像何处一样到处去相亲呢。"方东故意逗关河。

关河憨厚地一笑，毫不犹豫地上当："我倒是也想，可是太耽误时间了，而且我也不擅长和不同性格、职业、年龄的女性打交道，这样光荣而艰巨的任务，还是交由何处来应对付吧。"

上海的秋天来得毫无征兆且无声无息，让人分不清秋的气息和夏的味道有什么区别。

天气不再如春天时多雨潮湿，也不像夏天时闷热难熬，多了一丝清爽，偶尔抬头看看蓝天，发现天更高了云更淡了，还多了一丝明净的意味，人们才确信秋天真的降临了。

快下班的时候，方东叫住了准备出门的邓入、靳里和宁三祥。

“今晚有个聚会，谁也不许请假。”

邓入愣了愣：“我没问题，推掉约会就是。”

靳里一脸为难：“今晚我真的有事，方东……”

宁三祥也迟疑道：“我和靳里说好了要去他家见他的父母……”

“见父母晚一天没关系的，但今天的日子特殊，必须都在。”方东提高了声调，“今天，是关东生物成立一周年的日子。”

“啊！”

所有人都惊呆了，这么快？公司居然已经成立一周年了？

靳里愕然：“一周年了，好快，有特殊意义的日子我必须在。关河和何处呢？”

“他们和海月明、万有直接去餐厅了。”方东招呼几人，“我叫的车已经到了，今晚订了一家高档餐厅，隆重庆祝关东生物的一周岁。”

几人欢呼。

靳里笑得有几分勉强，他先下楼躲到一边打了一个电话，足足说了有四五分钟，才最后一个上车。

宁三祥碰了碰靳里的胳膊：“出什么事情了吗？”

“没事，没事。”靳里抱了抱宁三祥的肩膀，努力一笑，“还是家里的一些事情没处理干净，有遗留问题。爸妈总是征求我的意见，我说你们做主就行了，都是你们的财产，又和我没多大关系。他们就说早晚都是你的，怎么就和你没关系了……”

宁三祥甜甜地笑了，一脸幸福状：“其实现在他们把房子过户给你也可以，你有上海户口不限购，顶多就是以后再买房子算二套，首付比例高一些。万一等以后政策一改，他们想赠予或是转让给你，都要交很多税就麻烦了。”

靳里点头："我知道以后肯定要收房产税和遗产税，可是没法跟老人开口，一说遗产税好像咒他们早死一样，你也知道中国人很忌讳死，连说都说不得，好像不说人都不会死一样……真是好笑晓得伐？"

靳里说话会时不时带出一两句上海话，就让宁三祥羡慕不已，有一段时间她非要跟靳里学上海话，被靳里拒绝了。靳里平常都不爱说上海话，以说普通话为荣。在他看来越是让人看不出来他是土生土长的上海人越好。

"过户房子的事情，你得想个法子好好跟他们讲讲，只有房子过户到了你的名下，才好在结婚的时候加我的名字。"宁三祥又猛然想起了什么，"你的宝马车什么时候拿回来？借给朋友开走有小半年了吧？什么朋友啊，借别人的车开当自己的车一样，不知道还的是吧？"

靳里大度地摆了摆手："小事，小事一桩。是个好兄弟，当年在深圳时他还帮过我，相当于救我一命，别说借车开开了，就是把车送他也没问题。"

"可是没车好不方便，而且上海车牌的车他在深圳开，不是限行吗？"宁三祥很是不解。

"没事，不限行……不知道限不限，不用管他。"靳里有几分不耐烦了，"等过几天资金周转开了，我再买一辆宾利。"

"真的呀？"

"当然真的，一辆宾利才多少钱？马上要卖的房子得卖 1500 多万呢，拿出七分之一就绰绰有余了。"

方东和邓入坐在前排将二人的对话听得清清楚楚，相视一笑，一切尽在不言中。

近段时间靳里的反常表现，关河没在意何处没留心，方东和邓入却是观察得清清楚楚。

靳里的反常不但表现在车没了，穿衣打扮大为降级，就连日常的消费也是能省则省，堪比刚出校门的大学生。

这说明了问题——靳里出现了经济危机，而且还是非常严重的经济危机！

一个人有钱可以假装没钱，但没钱却假装不了有钱。就像有才华的可以低调谦虚而无才的人却不能出口成章一样，方东和邓入经过观察之后得出了结论，怕是靳里家里出现了巨大变故。

有几次方东试探一问，靳里不是顾左右而言他，就是迅速转移了话题，就更让方东明白一个事实——靳里家里的问题很严重，估计严重到了破产的边缘。

靳里刻意营造的富二代人设或许可以迷惑宁三祥，但对见多了富人的方东和邓入来说，靳里的做派过于刻意。

“你怎么看？”邓入悄悄朝后面瞄了一眼，“我总是有点于心不忍，感觉靳里在骗宁三祥。宁三祥看中的是靳里富二代的身份，如果他真的破产了，宁三祥会不会很受伤？”

方东淡定地一笑：“你追求的是爱情，就会收获爱情。你追求的是爱情的附加品，收获的也只能是附加品……也谈不上是靳里欺骗宁三祥，不过是二人各取所需罢了。说到底，爱情本质上就是一场各取所需的游戏而已。”

“方姐，你太冷静太理智了。”邓入由衷地赞叹，点头，“我最佩服你不管什么时候都能以理性和逻辑来分析问题，而不被感性和情绪左右。”

“有什么好佩服的？女人有时还是感性一些好。你说一个女人跟所有的异性最后都处成了哥们，是好事还是坏事？”

邓入愣了愣，笑了：“说是好事吧，说明她豪爽、不做作，很有气概，并且也安全。说是坏事吧，被所有异性朋友忽视了自己的女性魅力，也是身为女人的失败。看你追求的是什么了，追求事业是好事，追求爱情就是坏事了。”

“哪个女人会一辈子只追求事业呢？总要有个相爱的人陪伴，才不会累。”方东微露疲惫之色，靠在了椅子上，“最近和万有谈判，不是被他绕进去，就是被他带进沟里，还好有月明和你帮我，要不我真撑不下来。也是怪了，我们公司的几个男人，一个只知道研究，一个流连花丛，一个扮演富二代，怎么一个个都靠不住呢？”

第五十二章

所谓意义，就是价值

关东生物一周年的聚会，是方东提议、海月明赞助红酒、万有请客的一次全方位的聚会。方东与邓入一行从关东生物出发，关河、何处、万有和海月明从未时出发。此外，还有顾深秋和杨涵米。

各色人等汇聚一堂，真是热闹极了。

靳里和关河碰了碰拳头："我还以为何处又去相亲了，居然和你在一起，难道他改邪归正了？"

何处白了靳里一眼："男人追逐女人是天性，如果男人不主动，女人还继续被动，人类就灭绝了。我最近有了固定女友，就不大面积撒网了。"

"他是由广谱抗生素到窄谱抗生素转变，下一步，就该成为靶向药了，专一，只爱一个人。"关河拍了拍何处的肩膀，"什么时候带新女友过来让我们鉴定一下？"

"不急，不急，等公司第二轮融资成功后，再带她过来请你们把把关，尤其是请邓入提提看法发表发表意见。"何处斜眼瞄向邓入。

邓入不上当，不接话："你们怎么一起过来了？"

万有笑着解释："月明和何处来未时和我讨论关东生物A轮融资的事情，关河就不用说了，他在未时的实验室做一些收尾工作，关东生物的实验室落成了，他要搬走，我心里很是难过。"

落座时，出于对投资人的尊重，而且按照年纪来算也是万有最大，方东就力推让万有坐在主位。万有推辞不肯，最后推关河上去。

关河没想那么多，直接就坐了下来："一个位置推来让去，多耽误吃饭的时间。我就先坐了，你们也赶紧坐下。”

关河的研发进展不小，尽管过程中也有许多失败和挫折，他始终坚持从未放弃，现在接近了临床前的实验阶段。

初步检测发现，他所研制的药品有比市场上现有的同类药品见效快、作用周期长、副作用小等优点，虽然还没有达到根治的效果，但已经具备了推向市场的基础，至少可以做到在同等价格下在各项指标上远超同类产品。

也正是因此，A 轮的融资谈判才让方东和何处有了足够的底气。

被市场需要，才能卖一个好价格。产品如此，人也一样。

没有人会把时间浪费在没有意义的事情之上，所谓意义，就是价值。

关东生物的实验室已经全面建成，虽说条件还不如未时的实验室优良，但关河还是决定搬回自家的实验室，毕竟关东生物才是他自己的公司。

人的心理上都有远近亲疏的天然选择，尤其是经过一年来的磨合，关河现在对何处、邓入包括宁三祥，也都多了了解和包容。

相反，对于方东和海月明，他却改变了不少看法。比如说对方东，多了尊敬和敬佩，却少了关怀和共鸣。如果说以前他还念及曾经的感情，认为方东柔弱而感性，现在他则认为方东坚强而理智，具备了独当一面的能力。

至于海月明，关河的感觉很复杂，她表面上风情万种、仪态大方、光彩照人，堪称完美。但在完美的光环之下，她心思多变、充满焦虑，对于投资还是不够有魄力。

在投资关东生物的事情上，尤其是在第二轮投资的谈判中，她几次改变主意，甚至在即将签订合同之时又意外变卦，才导致第二轮的融资一拖再拖。

关河以前是完全不懂投资和资本运作，在参与了整个谈判过程及旁观了海月明和万有几次谈判之后，他多少也知道了其中的门道及关键问题所在。

海月明之所以迟迟下不定决心不是不看好关东生物的前景，而是对她做出的决策信心不足，对于和万有联合投资关东生物持怀疑态度，总是认为万有对关东生物的投资目的不纯，是想趁机并购关东生物。

关河可以理解海月明的怀疑，但理解不了她因为怀疑就犹豫的做法。原本他和何处、靳里的观点是，只接受万有的投资就足够了，海月明是不是进来并不重要。

如果不是方东和邓入的再三坚持，以及海月明开出了更好的条件，迫使万有不得不让步几分，关河早就联合何处、靳里敲定合作事宜了。

明明是关东生物给了海月明机会，明明是海月明自己主动并且努力争取到的投资份额，每次马上要签订协议时，她总是提出新的想法，导致协议迟迟未能落地！

关河因此对她颇为不满。

今天海月明到未时，说要和万有再碰最后一次，敲定最终的合同细节，然后签约。不料谈到一半，海月明出去接了一个多小时的电话，回来后，就到了和方东约好的聚会时间，只能出发了。

关河就认为海月明是有意为之，她在用拖延战术掩饰什么，难道是她和方东在背后还有什么后手？

关河不再像以前一样只知道沉迷于研发，他在成长，在学习商业和技术的结合、技术与生产的连接及生产与市场的关系。

如果不了解整个产业链的结构，他最终只能被锁死在首席技术官的层面，永远成不了公司的核心人物和主导者。

第一次坐在首位，关河瞬间想了许多。

菜上来了，酒倒好了，坐在关河左首的万有敲了敲杯子，提醒大家安静一下。

“下面，请关河讲两句，作为我们今天聚会的主题性发言，为今天的聚会定调。”

关河被万有抬了起来，众目睽睽之下，一时有些错愕和紧张。

海月明和方东同时朝他投来了鼓励加安慰的目光。

何处也在一旁拍了拍他的肩膀。

第五十三章

接受平凡的本身，就很不平凡

关河的心慢慢沉静下来，该面对的必须面对，该挑战的也必须挑战，他清了清嗓子，脑中闪过一幕幕画面："我曾经以自己是一名土生土长的上海人为荣，我以为我就是那个人人羡慕的幸运儿。是的，我从小学习成绩就非常优秀，是除了我爸之外所有人眼中的别人家的孩子。直到我上大学之前，我都认为自己与众不同出类拔萃。

"人生要经历三个失望阶段才会放弃幻想认清现实并且接受现实：第一，意识到自己的父母很平凡；第二，意识到自己很平凡；第三，意识到自己的孩子很平凡。当所有的梦想都破灭之后，我们就只能无奈而悲哀地接受现实，然后才知道知足常乐是多么有智慧的总结。

"我还没有孩子，不对，我都没有结婚，也不对，我连结婚的对象都没有，不要笑，我想说的是，我其实已经走到了第三个阶段——我相信未来我的孩子会很平凡。认识到自己父母、自己和自己孩子平凡，不是一件丢人的事情，相反，是一件值得庆幸的事情。正是因为你不会看不起平凡不觉得平凡有错，你才能真正地接受平凡。接受平凡的本身，就很不平凡！"

关河的声音继续在房间中回荡："现在的我，不再以所谓的上海人为荣。上海人、北京人、深圳人、广州人，以及全国各地人，都没有什么不同，除了出生地不能选择之外，个人的能力和学识、人生的际遇与挑战，都可以凭借自己的努力而改变。"

"从成立关东生物到今天，一年的时间说长不长说短不短，我成长了许多，也学会了许多。"关河举起酒杯，"刚才一番感怀的发言，是发自肺腑，是对我个人的总结及反思。不管是不是可以引起你们的共鸣，只希望你们能够看到一个真实的我。

“第一杯酒，感谢方东。如果不是她及时出现拯救了我，我不敢想象现在的我会在哪里又在做什么。是她的勇气感染了我，是她的智慧提升了我，关东生物能有今天，方东，你功不可没。”

方东眼泪差点掉下来，强忍着举起酒杯回应：“能和你重逢，是我的幸运。能和你一起创业，是我的荣幸。希望重逢和创业不要一次就用光我的运气，在接下来的合作中，我们继续同舟共济。”

关河一杯喝尽，倒上酒，又举起了酒杯：“第二杯酒，敬何处。”

何处正在出神，刚才关河一番话让他联想到他和父亲的紧张关系，没想到他是关河第二个要感谢的人，受宠若惊地笑了：“很荣幸能排第二，是不是因为我时不时犯二的体质让你第二个就想起了我？”

众人笑，关河却没笑，一脸认真：“其实按照我既定的顺序，何处你应该排到第四第五，但临时改变了主意把你排到第二，是因为在我最近的成长中，你的帮助最大。”

何处挠头：“过奖，过奖。不过最近我好像没有帮你什么，我最近一直在忙着恋爱。”

“就是你相亲的经历让我认清了一个事实，男人的成长，离不开女人的培养。一个优秀的女人，不但可以兴旺一个家族，也可以兴旺一家公司。如果你不是被杨涵米出轨后抛弃，你也不会来到上海，我们就不会认识。我们不认识，可能就不会有关东生物的成立，我也就可能没有机会研发成功。”

杨涵米脸色不太好看，朝顾深秋身后靠了靠，想要躲到他的阴影之中。

“你在被抛弃后发奋图强，成为关东生物的天使投资人。现在，你又在关东生物即将迎来第二轮融资时谈起了恋爱，看似巧合的背后，其实是你在用你的人生经历告诉我们好女人的重要性。谢谢你何处，你自从谈恋爱后容光焕发、干劲十足，是你让我又相信爱情了。”

关河继续说：“我要感谢的第三个人是……”

所有人都朝关河投来期待的目光。

“靳里！”

靳里站了起来，笑得很灿烂：“其实，更应该感谢的人是我……”

关河摆手制止了他，接着说：“在我成长的过程中，靳里就像是一面镜子，始终鼓舞、激励和鞭策我长大。古人说，以铜为镜，可以正衣冠；以史为镜，可以知兴替；以人为镜，可以明得失……靳里见证了我的成长和我的家庭的败落。我们的成长，是时代大潮之中的两朵浪花，一朵随波逐流，一朵跃上潮头。

“在刚成立关东生物时，我非要拉靳里加盟，除了他确实有能力可以为公司带来战斗力之外，还有一个不为人知的原因——我当时很恐慌很害怕，从未开过公司的我不知道该怎么适应公司的一切，有靳里在，我就会觉得还和小时候一样，我和他并肩作战，不管被谁欺负，都会有他挺身而出，挡在我的前面。”

靳里的眼睛也湿润了，关河的话引发了他对往事的回忆，至少有那么一瞬间，他对自己曾多次隐瞒关河而感到惭愧。

第五十四章

妥协的艺术

“谢谢你靳里，至少在我最无助最弱小的时候，都有你陪在我的身边。不管以后我们还能走多远，你又会不会远离我背叛我，都不再重要，重要的是，曾经一起走过的岁月永不褪色！”

靳里高举酒杯：“敬青春！敬明天！”

“我要感谢的第四个人是……”关河环顾众人，最后目光落在了海月明身上，“是你，海月明海总。”

海月明站了起来，笑靥如花：“第四个……太好了，4是我的幸运数字。”

“感谢海总在关东生物成立之初对关东生物的关心和爱护，虽然原先答应要当天使投资人又中途反悔，差点让我谢谢你赐我空欢喜，好在又介绍了何处，总算促成了关东生物成立。关东生物能有今天，海总也当记大功一件！

“还应该感谢的是你教会了我许多关于股权架构、创业公司如何避免雷区、资本运作、融资陷阱等相关知识，让我避免了走弯路，在有些方面我可以尊称您一句海老师。”

海月明忙后退一步：“别，叫老师太老，叫海总太远，就叫月明正好。”

“如果第二轮融资时你能进来，我们以后就是合伙伙伴了。一年来，你人不在关东生物心却一直在。不过心在人不在终究不好，盼望着月明身心合一，心在人也在的一天。”

海月明笑逐颜开：“一定！等我喝醉后，就签合同。”

众人又笑。

“第五杯酒，敬邓入。”关河转身看向了邓入，“在认识邓入之前，我从来不知道一个女孩可以既优雅大方，又得体端庄。工作时，职业装，认真而严肃。工作外，休闲装，狂放而野性。

“敬你，邓入，有你在，关东生物就有了黏合剂和润滑剂，不管出现什么状况，你都可以化解。”

邓入双手举起酒杯：“可别这么说，我文不能像你可以做研发，专业而伟大；武不能像何处可以找来资金，认识很多资方；既没有方东的魄力，可以带领公司前进；又没有靳里的运营思路，可以整合资源，帮公司拓展渠道。

“好在我还算有点用处，至少可以在公司内部起到化解矛盾缓和冲突的用处，就当是大家的开心果，没有苦劳和功劳，也有笑劳不是？”邓入喝完一杯酒，又倒了一杯，“来，我敬大家一杯，谢谢大家对我的赏识。我从小家里穷，又自卑，认识大家后，才算打开了眼界。”

关河点了点头，缓步走向了万有：“第六个也是最后一个应该感谢的人是万总。”

万有倒满酒，向关河示意。

“古人说，人生有三大幸事——遇良师得良友拥良伴。而良友有三,一为乐善好施之人，二为良善厚德之人，三为心怀天下之人。万有，于我而言，亦师亦友，他既乐善好施，又良善厚德，且心怀天下。遇他一人，相当于得遇三个良友。

“水低成海，人低成王……是我从万有身上学到的道理。更为难得的是，他做金融却还坚持投资实业，既懂金融又专注于生物制药，是我所认识的行业大佬之中最务实最认真做事的人。毫不夸张地说，万有是我的偶像。”

方东和海月明对视一眼，万有对关河的影响之深，还是超出了她们的预期，她们一起微微摇头。

就连邓入也是微露忧色。

“今天对关东生物来说是一个重大的日子，对我来说也一样，是值得纪念的时刻。我希望明年、后年及未来的许多年，我们都在今天相聚，共同纪念关东生物的许多个周年。”

众人一起举杯，欢呼声响成一片。

随后，万有一一敬了众人，紧接着何处也依次敬每一个人。他酒量不行，一圈下来，就有了几分醉意。

几圈过后，大家开始了混战，各自敬酒。

海月明来到关河身边坐下：“还清醒吗？”

“还可以，有事就说。”关河酒量一般，喝酒时刻意保持了量，他猜到海月明还想继续和他讨论融资的事情，“你是想今天解决吗？”

在来餐厅之前，关河、何处、万有和海月明在未时聊了半天融资的事情，包括份额、资金的进入时间及如何稀释股份。

之前方东已经代表关东生物和万有、海月明谈过几轮，大方向已经定好，今天的谈判相当于在细节上进一步细化，所以方东并没有去未时参加会议。

也可以说，坚持让海月明进来，是方东和邓入的主意。而非要让万有进来，则是关河、何处和靳里的意思。双方曾经一度互不相让，陷入了僵局。后来还是在邓入的周旋下，才得以各退一步，达成了妥协。

谈判就是妥协的艺术。

今天在未时的谈判，基本上相当于是最后一轮的细节敲定。都以为不过是走个过场，但在谈判的过程中，关河和何处却突然发生了分歧。

不是投资份额和股权稀释的分歧，而是对公司未来发展方向的分歧。二人互不相让，险些吵起来。好在万有和海月明及时制止了二人，才避免了事态的进一步发展。

第五十五章

为了赚钱，为了生活

还好，刚才饭局上关河的表现比以前大方多了，没有因为和何处的争吵而不满及闹情绪，以足够的理智外加声情并茂的演说缓和了气氛，就让海月明暗暗点头，关河成长了。

“今天的事情今天解决，不拖到明天是我的工作方式。”海月明抓住了关河的胳膊给他安慰，“等下何处回来是你直接说，还是由我起个头？”

“我起头来说吧，没什么需要顾忌的。有矛盾就得解决，解决了才能前进，不是吗？”经过无数次试验失败后的关河也渐渐明白了一个道理，只有尝试过失败才能抵达成功的门槛，失败是必要的累积。

何处蹲在外面抽烟，很没形象地左顾右盼，像在寻找什么。其实他就是漫无目的地乱看，借以排遣胸中的烦闷。

“有心事？”邓入来到何处的身边拉他起来，“要么站着，要么坐路边也行，蹲着姿势不雅观。”

何处乖乖地听话，站起来伸了伸懒腰：“我能有什么心事呢？不过是在想静静。你主动安慰我，是不是可以理解为你对我有意思了？”

“就这么点儿出息？”邓入笑着抱住了何处的肩膀，“现在、此时，我可以当你五分钟的女友，所以，你有什么心事和烦恼都可以告诉我。”

邓入知道何处正处在惶恐不安之中，他的玩笑和放荡其实只是伪装，并不是真实的他。

何处咧了咧嘴，想笑，忽然就哭了出来，他一把抱住邓入，哭得撕心裂肺。

邓入任由何处抱住她，没有躲闪，轻轻拍打何处的后背："如果哭出来会好受一些，就放心大胆地哭吧……"

何处哭了有两分钟，声音慢慢小了下去，他胡乱地在邓入的肩膀上扒拉了一下，不好意思地抹了一把眼泪："弄脏了你的衣服，等我有钱了就赔你。"

邓入牵住了何处的手，拉着他朝稍远的地方走去，离餐厅有了上百米的距离，确信其他人看不到也听不到时，她才停了下来。

"说吧，现在就我们两个人了。"邓入嫣然一笑，揉了揉何处的脑袋，"跟个孩子一样，哭得还挺伤心，谁伤害了你，让你憋了这么多天才发泄出来，是哪个相亲对象？"

"没人伤害我，是我自己在伤害自己。如果我说我相亲真是为了赚钱、为了生活，你会相信吗？会不会觉得很丢人？"

"丢人倒不至于……你真的这么缺钱吗？相亲能赚多少钱？"邓入张大了嘴巴，夜色下她的眼睛明亮如星。

"是很缺钱，像是大旱三年的土地渴望雨水。相亲是不赚什么钱，但至少可以白吃白喝还有礼物拿，对我来说也足够了，至少是对现在的我来说。"何处又蹲到了地上，"你知道公司的账上还有多少钱吗？"

"就 100 多万了，顶多还能维持一个月……"

"一周就不错了。现在公司还欠着外面 300 多万，已经是资不抵债了。"何处双手抱头，用力拉扯几下头发，"我也一样，现在只能举债度日了。其实现在公司里面，我是最穷的一个。"

何处挤出了一丝笑容，拿出烟又放了回去："你离我这么近，我就不抽了。其实你不知道，不，你们都不知道，我的投资款有一部分是借来的。"

迄今为止，何处已经先后投入了几千万元。算起来关东生物烧钱的速度也够快的，才一年时间，几千万元就连个水花也没有激起就花得一干二净。

实际上关东生物还拖欠了部分工程款，生产车间的尾款还没有结算。

原本按照何处的估算，几千万足够维持公司运营三五年了。三五年时间，怎么也得有个声响有个水花吧？却没想到，实验室和生产车间烧钱如烧纸，一两千万扔进去，连个漩涡都没看到就不见了。

如果不是及时刹车停建了生产车间，关东生物现在欠债至少在千万以上！

其实何处在开始时，手中的资金都还是自有资金。后来他非要增持到30% 的股份，追加的资金就是向朋友借了一部分。

也是何处对关东生物信心满满，想要让关东生物更快地起步，并且他想要拥有一票否决权。

应该说，到现在为止，关东生物整体进展还算顺利，也得到了业内的认可和资本的青睐。但由于都是初次创业，再加上创始人团队中没有一人有工程管理方面的经验，导致在实验室和生产车间的建造中严重超支，从而打乱了公司的财务计划，也打乱了何处的资金安排。

以前何处感觉自己没钱是账户上的现金不足 100 万时，现在他没钱的标准一降再降，直到有一天他意识到他账户上不但只剩下了 5 位数的现金，而且信用卡还欠了几十万的欠款时，他终于明白了一个事实——他走到了破产的边缘，只差一步就资不抵债彻底玩完了。

何处痛苦万分。最开始投资关东生物时，他不是没有想过会有失败的可能，却怎么也没有想到，公司还有 A 轮融资的可能，而他个人却提前破产了。

何处瞒着所有人悄悄关闭了他的基金公司，遣散了员工退了办公室，并且还把原先位于外滩的豪华公寓也退租了，换成了一家位置偏僻价格只有原先租金三分之一的小区民宅入住。

与此同时，他还悄悄地降级了消费，以免被人看出破绽。

如果仅仅是生活上的窘迫也就算了，他借来的投资款也到了还款期，朋友天天催债，要求如果再不还钱，就拿关东生物的股份来抵押。

何处不想出让股份，先不说关东生物在 A 轮融资之后估值会上涨许多，只说他现在转让股份，会让他失去在公司的地位并被方东、海月明嘲笑。当然，他也清楚如果他出售股份给海月明或是万有，套现肯定没有问题。

问题是，在公司估值即将翻倍之时，谁愿意以原价转让股份？不用想也知道，不管是海月明还是万有，在收购他的股份时肯定会压价。

何处的痛苦和悲惨处境只有他一人知道，他既没有告诉关河，也没有说给靳里。他也相信公司没有其他人知道他现在有多惨，他不想要别人的可怜，还想以富二代，不，创业富一代的身份示人。

只是以前有钱的时候装没钱，好演。现在没钱了装有钱，太难。他不想天天待在公司，唯恐一不小心露了马脚就麻烦了，于是假借相亲天天出去，借以掩饰真相并且排遣胸中苦闷。

这样以蹭吃蹭喝为目的相亲的苦日子，什么时候是个头啊？何处压抑了许多天的苦痛，在今天，在邓入面前，终于释放了。

第五十六章
虚荣和假象

听完何处的人生难题，又盯着他悲痛万分的红肿双眼看了半天，邓入扑哧一声笑了：“你什么时候和靳里一样了？为了维持富二代人设而不断地编造一个又一个谎言来修补人生漏洞！人生的漏洞谎言修补不了，只能用实际行动来弥补。”

“怎么又跟靳里扯上关系了？他有一次还和我说，如果有需要他愿意收购我手中的股份，他家里有几十套房子……”何处又揉了揉自己的头发，“你一说我倒想起来了，最近靳里好像跟我一样消费降级，连车都不开了。”

“何止！”邓入挑了挑眉毛，“他遇到的事情不比你的小，可能比你的还要严重。你有翻身的机会，只要公司 A 轮融资成功了，你还是一个有钱人。他就不一样了，他可能全家都破产了。”

“真有这么严重？”何处不太相信，“你和方东、海月明都对靳里有偏见，不会是你们被偏见影响了判断吧？”

“也就是你和关河没有察觉到靳里的问题，我和方东、月明早就发现了。邓入既是想让何处了解真相，也是想宽慰他，“靳里的问题和你的问题几乎是同时发生的，你没有注意到他的反常，是你对他过于信任并且只专注于自己的事情。关河没有发觉，是他对靳里盲目相信及只沉迷研发。”

“我现在不关心靳里富二代的身份是真是假，家里又出了什么事情，我只想赶紧落实了 A 轮融资，好摆脱目前的困境。”

“你也不关心我吗？”邓入一拢头发，落寞地一笑。

“你？”何处原地转了一个圈，“你现在比任何人都好，没压力没负债没恋爱，只有幸福和可爱。”

“真要这样的话，我就谢天谢地了。”邓入长叹一声，眼中的光彩瞬间不见了，“我们都以为别人生活光鲜无忧无虑，其实是我们没有办法和别人共情而已，也是我们很善于隐藏自己的悲痛而只在人前表现快乐。人设和真实，是两回事儿啊。”

“说说你的悲痛，也让我开心一下。”何处挤眉弄眼地笑了笑，“刚才听到靳里也出现了经济危机，我的心情莫名就好了几分。如果你也有悲惨经历，我可能就不抑郁了。”

“你是不知道我现在有多难。”邓入勉强笑了笑，有些悲伤与不甘，“我现在虽然远离了父母，不想当弟弟的工具人，但父母毕竟生我养我一场，还是要赡养他们的。可是，他们从一开始要求每个月给他们5000元的生活费，到后来涨到1万，现在又要涨到1万5……”

何处惊呼一声：“你一个月工资才多少？”

“工资收入加上兼职收入，2万多一点点。”

“你的房租加上生活费，一个月最少也得1万5吧？”

“用不了，我省惯了，房租加生活费一个月不超过5000块。”

“这不等于全部收入都给父母了，你一分钱也存不下！”何处气得原地转圈，“你爸妈太过分，拿你当什么了？你就不能告诉他们你在上海开支大，每个月都不够花？”

“他们不听，不管我够不够花，只管冲我要钱。开始时说是弟弟考研用，后来说没考上要买房子，再后来又说要买家具。我实在吃不消了，提出少给一些，他们就说自己生病了，住院需要一大笔钱。我不信，他们真拿出了住院证明……”

“后来证实住院证明是我弟伪造的……”邓入笑得很凄惨，“我现在每天的开销都要精打细算不能超支，一旦超支下个月可能就得吃土了。基本上我每天的消费不能超过50块……”

何处挠了挠头，一脸痛苦，忽然又想起了什么：“不对，不对，你每天都换衣服，香水的味道也不一样，还有你的包在不同场合也有不同的款式，还都是大品牌，这可是要不少钱的……你被人包养了？”

“我的包和衣服是以前买的，你没注意到是好几年前的款式吗？是我工作几年时间陆续积攒下来的。有的是淘来的二手货，有的是分期付款，还有的是仿款。一个职场女性总要有一些拿得出手的行头，在实力不济的情况下，只能尽可能想各种办法了。”

“还是不对，你最近的衣服和包也有一些是最新的款式。”何处很认真地笑。

“真有你的，是不是还是想证明我有新款的衣服和包包就是被人包养了？”

“我是怕我心目中的女神形象毁于一旦，我是痛心加害怕。”

邓入将包包递给何处：“你难道不知道还有一种业务叫租赁吗？”

“知道，大铲车、工程车、打夯机、混凝土搅拌机都可以租赁，价格也挺贵的，但总比买来划算。”

“名牌包包和衣服也可以租，都是按天算钱的。我一天少吃一顿晚饭，半个月下来，省下来的钱就够租一天包包了。”

何处愣了愣：“邓入，你比我还可怜 100 倍，我的心情一下好了许多。你以后不要再租包包和衣服了，这些租来的名牌是虚假的人设！”

邓入诚恳地点了点头，毫不生气：“我知道，也清楚这么做很虚荣。可是人在职场之上，不虚荣不营造人设，怎么谈判怎么交流？有时候，人和人之间还就是需要那么一点点虚荣的点缀和一部分假象营造的光环，才能相处得融洽与和谐。

“而且，用心打扮和搭配，也是对对方的尊重不是？”

何处没再反驳，愣了一会儿：“该回去了，还得有一轮谈判才能最终敲定合作方案。刚才的事情，记得替我保密。”

“你也是，要替我保守秘密哟。”邓入甜甜一笑，“不管怎样，明天的太阳会照常升起，永远不要灰心丧气，我们一起加油！”

等何处回到包间时，原先热闹喧嚣的场景不见了，每个人都坐在自己的座位上，一本正经一脸严肃。

何处吓了一跳：“我就中途出去放个风，你们不用这么严阵以待摆出批判我的架势吧？”

关河招呼何处：“快坐下，就等你了。今天是关东生物成立一周年的纪念日，也是A轮融资的谈判日。为了让今天更有纪念意义，我提议我们今天就落实谈判内容，敲定A轮融资的最终方案。下面先由方东来总结一下谈判的结果。”

第一次，关河以首席技术官的身份临时行使了首席执行官的职责，偏偏没有一人觉得不合适，就连方东也为关河的成长而暗暗赞许。

方东和海月明迅速交流了一下眼神，目光平稳脸色平静：“经过几轮谈判，最终达成了如下协议：辛时投资和此时基金共同投资关东生物，分别投资4000万，各占股15%……”

“目前关东生物的股权比例是关河30%，方东30%，何处29%，靳里7%，邓入4%，共同释放30%的股份，按照等比例的原则，调整后的股份比例为关河21%，方东21%，何处20.3%，此时基金15%，辛时投资15%，靳里4.9%，邓入2.8%……”

第五十七章

一场艰苦卓绝的持久战

“第一轮谈判时，辛时投资提出愿意投资 5000 万，占 20% 的股份。经关东生物股东集体投票，方东和邓入投反对票而没有通过。

“第二轮谈判时，此时基金提出愿意投资 5000 万，占 18% 的股份，经关东生物股东集体的投票，关河、何处和靳里投反对票而没有通过。

“第三轮谈判时，辛时投资提出愿意投资 5000 万，加配备未时制药的实验室、生产车间和销售渠道，占 18% 的股份，经关东生物股东集体投票，方东和邓入投反对票而没有通过。

“第四轮谈判时，此时基金提出愿意投资 6000 万，占 16% 的股份及 20% 的投票权，经关东生物股东集体投票，关河、何处和靳里投反对票而没有通过。

“第五轮谈判时，辛时投资提出愿意投资 5000 万，加配备未时制药的实验室、生产车间和销售渠道，占 15% 的股份及 20% 的投票权，经关东生物股东集体投票，方东投反对票、邓入投弃权票而没有通过。

“第六轮谈判时，此时基金提出愿意投资 5000 万，占 15% 的股份及 20% 的投票权，经关东生物股东集体投票，关河、何处投反对票，靳里投弃权票而没有通过。”

方东一口气说完前几轮谈判，停顿了一下：“几轮谈判下来，感觉像是经历了一场艰苦卓绝的持久战。到今天第七轮谈判时，此时基金和辛时投资都自动降低了预期，同时提出各出资 4000 万，持股 15%，放弃同股不同权的想法，坚持同股同权，总算达成了共识。”

“如果谁还有不同意见，现在就提出来，现在时间是晚上 9 点 25 分……”方东看了看手表，打开手机设定倒计时，“从现在起开始倒计时，争取在 10 点前达成最终的协议。”

最后一轮也就是第七轮谈判方东并没有参与，由海月明作为代表，下午和关河、何处、万有在未时进行了对话。

在聚会之前，几人敲定了以上的共识。关河、何处都表示同意，海月明和万有也没有意见，方东和邓入商议之后也觉得可行。

目前就是靳里还没有明确表态。不过他的意见并不重要，不管是赞成还是反对，方案通过已经是毫无疑问了。

方东一说完，靳里就第一个发言了。

靳里微有几分酒意，还带着几分兴奋 ：“早就期待 A 轮融资的最终落地，方案我没有意见，举双手赞成。就是有一点，一个小小的意见，不对，不算是意见，顶多算是建议，万总……”

靳里冲万有微微点头，说道 ：“能不能在原有的基础上，再加上配备未时制药的实验室、生产车间和销售渠道呢？表面上看增加了一些投入和配套设施，没有提升股份比例和投票权，似乎是万总吃亏了。但从长远来看，多增加的投入和配套设施，可以为关东生物带来资源上的补充和提升，对关东生物的进一步成长非常有利。不知道万总是不是同意我的建议？”

万有笑着摇了摇头 ：“再议，再议。先听听别人的意见。”

万有的态度有些模棱两可，让人捉摸不透，方东不由瞪了靳里一眼，埋怨他节外生枝。现在是先落地大的框架协议之时，签订投资协议书后，再具体商议实施细节也不迟。

靳里由于并没有全程参与谈判的过程，不知道谈判的艰辛和不易，有时一个细节的提出，可能会导致整个谈判受阻，甚至是陷入停滞。前几轮谈判就是因为落实到具体细节时引发了争论，最终导致推倒重来。

方东忙先定了基调 ：“更具体的细节问题今天先不讨论，只讨论大的框架。既然万总没有意见，那么海总呢？”

海月明依然坐在关河的身边，她跟何处换了位置，脸微微涨红的她轻轻咳嗽一声："我对于大的框架没有意见，现在就可以签协议。"

她左顾右盼："笔呢？笔给我，我马上签字。"

关河递上一支签字笔。

海月明打开协议，在末尾处签字，然后眉毛一挑，得意扬扬地冲万有一笑："万总，该你了。"

万有一愣，海月明到底是喝醉之后的冲动还是早有预谋，非要当众逼他？他微微一笑，从容不迫地接过顾深秋递过来的签字笔，也在协议上签上了自己的名字。

"谈判进行了七轮，签字只是一个程序而已。如果不是真心看好关东生物的前景，谁会连谈七轮？"万有放下笔，"现在和我海月明已经是关东生物的股东了，我提议马上召开一次股东会，商议公司的发展方向及股权和投票权不合理的问题。"

谁说有些事情非得做到签字之前，签字之后再提出要求更合理，因为万有已经是持股 15% 的大股东了。之前他之所以一直拖着不签，也是想磨一磨方东的性子，让她提前适应他的风格，也是为了让海月明让步。

眼下的架构不是他想要的最好的结果，但已经是能争取到的最好布局了，接下来，就看谁更有智慧更有手腕了。

方东和海月明、邓入交流了一下眼神，三人都没有想到万有会如此迫切。让万有进来的同时，又要限制他的权力阻止他的野心，是她们三人一致的共识。三人已经做好了长期作战的准备，没想到，万有在刚进之后就立刻发难了。

之所以让万有的资金进来，也是迫于无奈。海月明确实只有资金的优势而没有相关的资源可以匹配，当然，有钱了就好办事，资源可以通过其他渠道慢慢跟上，也没有问题。但关河和何处、靳里的态度非常坚决，如果不让万有投资，他们也不会同意海月明的加盟。

谈判永远是妥协的艺术，公司的决议也是平衡的结果。没办法，此时方东才深刻地意识到创业公司的股权架构设计有多重要，一开始在天使轮就不应该让何处持股超过 20%，而出于对关河的信任及关河对公司的重要性，他和她并列为大股东，也是一大败笔。

方东现在终于清醒地认识到她在公司成立之初的股权设计上，犯下了三大致命错误。

一是没有确定她和关河谁才是真正的核心创始人。她和关河股权相等，投票权也相同，又都拥有一票否决权，等于是只要他们意见相左，公司就会陷入拉锯战之中。虽说以当初的形势来看，她和关河都不足以单独成为核心创始人，联合才是唯一的出路，但也确实为公司发展埋下了隐患。

二是没有预留一部分股权当成股权池来激励核心员工。从长远来看，公司未来还会陆续招聘更多的人才，其中有一些优秀的员工会成长为核心员工，而要给他们更好的发展空间及激励机制，股权就是最好的方式。

三是没有设立一个良性的防止利益冲突的机制。目前关东生物没有一个持股超过 50% 的控股股东，而股份超过 10% 的有好几人。没有一人可以拍板做决策，但有好几人可以根据《公司法》第 172 条规定，持股 10% 以上的股东可以向法院申请公司解散，这也是巨大的不安定因素。

尤其是方东和关河二人股权相同，就在引进万有还是海月明投资的事情上相持不下，如果不是有何处、邓入和靳里从中周旋和缓冲，早就形成僵局了。

实际上在万有和海月明进入公司后，公司的股权架构更复杂、更分散，平白多了两个 15% 的大股东，未来公司决议的形成会更有变数。

那么同股不同权是解决眼下公司股权过于分散且没有核心创始人的唯一选择！

平心而论，方东是赞成同股不同权的，但她不想现在就讨论这个问题，要提升一部分人的投票权，必然要牺牲另一部分人的投票权，以目前来看，她只想牺牲万有的投票权。但显然做不到，肯定会遭到关河的强烈反对。

私下里，海月明也和她商议过同股不同权的问题，并且提议要提高她和关河、邓入的投票权，降低何处、靳里的投票权。她持赞成态度，不过不用想就知道，过不了关河的一关。

方东有些累了，想缓缓再说："同股不同权的问题过于复杂，今天大家都累了，明天再讨论也行。"一边说，一边看向了关河，她是希望得到关河的支持。

关河的注意力却没有在她身上，而是在小声地和海月明说着什么。

“月明，你的意思是？”方东就及时点了海月明一句，现在海月明也是大股东之一了。

海月明猛然抬头：“我对同股不同权持赞成意见，毕竟我们投资人没有办法做到全身心地投入关东生物的具体事务中，而且经过一年来的磨合和分工合作，关东生物的几名创始人对公司的重要性也都有了可以参照的评价体系。刚才我和关河达成了口头共识，一致认为非常有必要现在就讨论调整投票权的问题，因为接下来公司的发展面临着两个方向的不同选择。”

方东心中一凛，海月明第一次和她的立场背道而驰，而且第一次股东会就和关河有了共识，似乎她的立场有了微妙的变化。

尽管她也能理解每个人的立场都在随时变化之中，但海月明的变化过于突然，打了方东一个措手不及。

“何处，你的意思呢？”方东不甘，想要争取何处的支持。如果第三大股东何处也反对的话，她还是可以将万有的提议扼杀。

似乎扼杀了万有的提议就可以巩固她在关东生物的位置一样——尽管不愿意承认，方东还是得面对在万有和海月明进入公司之后，她的重要性有了下降的趋势这一不利局面。

第五十八章

理解不等于接受

“时间还早，回去也睡不着，聊，为什么不聊？我还想听听力总对同股不同权到底有什么具体的想法。”何处掏了掏耳朵，笑得很开心，“洗耳恭听。”

万有意味深长地看了方东一眼：“方东，如果你实在困了，可以先回去，我们先聊一轮。”

方东回敬了万有一个坚定的眼神：“我从善如流，陪大家坚持到底。身为CEO，怎么能早退呢？”

万有呵呵一笑：“方东作为CEO责任重大，所以我认为她的投票权可以和股权保持一致。何处、邓入和靳里的投票权，应该适当降低权重。关河的投票权应该大幅上升，至少要到40%以上。”

“至于我和海月明的投票权，由于月明无法为关东生物匹配更多的资源，而我打算进一步为关东生物配备未时制药的实验室、生产车间和销售渠道，因此，我的投票权上升到25%，而月明的投票权降低到10%比较合理。”

“有什么意见大家都可以提，好说好商量。”万有抛出了议题之后朝后一靠，摆出了袖手旁观的姿态。

何处当即第一个反对：“卸磨杀驴、过河拆桥、鸟尽弓藏、兔死狗烹……我强烈反对！”

“凭什么要降低我的投票权？我是公司的核心创始人之一！”何处越说越激动，“万总，我不希望关东生物出现争权夺利的情况，现在关东生物还很弱小，要以发展为主。”

“重新调整投票权，就是为了更好地完善公司的管理架构，才能更好地促进公司的发展，不冲突啊。”万有淡然一笑，“何处你别激动，我的提议不是为了剥夺你的权力，而是为了更好地照顾你的个人发展。关东生物在A轮过后就会完全走向正轨，你的压力会减轻许多，也会有更多的时间用来专注于你的投资公司，你就不用一心只盯着关东生物了。”

“我不，我就不，我偏不！”何处耿着脖子要赖一样摇头，“我想把主要精力放在哪头是我的自由，我不想被降低投票权也是我的权利。我拒绝，没得商量。”

“真的吗？”万有不慌不忙地笑了笑，“话别说得太绝对了，你现在可以看下手机上的信息。”

“不看！”何处倔强劲儿上来，就和万有对着干。

“哈哈哈哈。”万有开心地笑了，“行，不看就不看，别怪我没有提醒你，少看一眼手机，可能就错过了一个亿。”

“10个亿也不看。”何处依然耿着脖子一副拽拽的模样，“有本事你咬我呀？”

万有摇了摇头：“别耍小孩子脾气，要多听听大家的意见。方东，我的提议你接受吗？”

方东心思大动，万有的提议对她来说确实有致命的诱惑，她的投票权保持不变是其一，保证了她身为首席执行官的地位不动摇，而大幅提升关河的投票权，也有利于公司未来的发展。

如果说开始时何处的资金起到了关键的阳光雨露的作用，那么在突破了幼苗期后，关河的重要性就越来越凸显，他的成长就是公司的成长，他的天花板就是公司的天花板。

不得不说，万有一举击中了方东的软肋，尽管方东也清楚万有的提议在诱惑中带有伏笔及不小的隐患，但她还是难以抵挡由此带来的巨大好处，就像人人都知道吃糖过多会导致生病和快速衰老一样，但却没有几人可以拒绝糖的甜蜜。

在利益和风险同时出现时，人会习惯性放大利益而忽视风险，并且安慰自己风险完全可控。

方东沉吟片刻："原则上我认可万有的提议，投票权过于分散不利于公司接下来的发展。A 轮过后，公司会进入全新的发展阶段，再加上新增了两大股东，确实需要重新调整一下股东的投票权和管理层的分工。"

方东话一说完，就立刻朝邓入投去了关注的眼神。

邓入却没有像往常一样第一时间支持方东，而是咬着嘴唇想了一想："调整投票权是有必要，但不是当务之急，可以等等再看。"

方东微有失望，不过转念一想，也是，在事关切身利益时，谁都会多为自己考虑几分，她可以理解邓入的拖延战术。

但理解不等于接受，方东的目光又扫向了海月明和靳里。

海月明一脸淡定，似乎早就料到万有会有此一出，靳里则是满脸愤怒。

不行，事态要失控，方东决定及时控制局面："调整投票权的事情只是一个设想，具体方案还需要讨论。大家先有个心理准备，有什么想法明天的会议上再交流。今天不早了，就先结束吧。"

"不行！"靳里突然就发作了，一拍桌子站了起来，"我不同意调整投票权！就算调整，也要所有创始人都提高权重，所有投资人都降低权重。"

"不要忘了，创始人才是公司的核心，才是最重要的资产。公司是一个团队，不是一个人的单打独斗。个人再有能力，也需要团队配合才能发挥最大优势。我坚决反对一言堂，也不同意降低我的投票权！"说完，靳里摔门而去。

关河和何处面面相觑，第一次见到靳里如此暴躁，二人都惊呆了。

万有倒是若无其事地笑了笑："我会尽快做出调整投票权的方案，到时上会讨论。调整投票权是大势所趋，不会因个别人的反对而停止。谁逆潮流，谁就会被潮流淘汰。你说呢，何处？"

何处正在低头看手机，手机上的消息让他耳热心跳，有一种迫不及待想要和万有彻夜长谈的冲动："对，万总说得对，投票权的调整势在必行，我完全支持。"

不但关河大为震惊，方东、海月明和邓入都朝何处投去了质疑加不解的眼神——何处吃错药了还是吃了什么不消化的东西，怎么突然就改变主意了？他是中毒了还是中邪了？

回去的路上，邓入特意和何处同行。何处依然开着他的宾利，由于喝了酒，就叫了代驾。

一路上，何处一直处于迷离的状态，不说话，目光涣散地望向窗外。邓入也就没有打扰他，静静地坐在旁边。

到了何处所住的小区，邓入犹豫一下，还是陪何处上楼了。

何处现在所住的小区有些偏僻，他租了一套70多平方米的一居室。房间倒也收拾得干净，主要也是东西少，除了必需品之外，并没有多余的装饰，什么植物、挂件、装饰画统统没有。

何处进门后就踢掉鞋，光着脚坐在了沙发上出神，也不知道招呼邓入，连水都没倒。邓入也没当自己是外人，烧了水倒了两杯，放在了茶几上。

“你突然改变主意支持万有调整投票权，是不是和他让你看的手机信息有关？”邓入等了一会儿，见何处还在神游物外，等不及了，笑着踢了何处一脚。

何处如梦方醒，“是，你猜对了，万有私下给我开出了条件让我支持他的提议。”

“条件一定很好吧，看你魂不守舍的样子，是不是答应了他的条件，你就走向人生巅峰了？”

“俗了不是？”何处很没样子地半躺在沙发上，“我又不是没有娶过白富美，对我来说迎娶白富美是痛苦的经历，是惩罚而不是奖励好不好？”

邓入立刻就明白了什么：“万有的条件是帮你解决债务危机？”

何处点了点头：“猜对了，聪明！公司是融资成功了，但我个人的债务还没有有效的解决途径，除非我转让一部分股份，变现。”

“问题是，如果我现在变现，等于是白白浪费了大好时机，把以后B轮的升值都让给了别人。所以，基于我的实际情况，万有提出了一个非常不错的解决方案，既照顾到了我的面子，又考虑到了我的长远利益。”

邓入闭上眼睛，手指在空中划过：“你先别说，让我猜猜……万有的解决方案应该是让你用你的股份质押，他给你现金让你拿去还债。等你有钱了，再还他钱拿回股份。既不耽误你的股份升值，又不用你直接转让股份，对不对？”

何处惊呼一声跳了起来：“神了，邓入，你简直是神婆！”

“别损我，我比神婆厉害多了。”邓入睁开眼睛，一脸戏谑的表情，“有两个问题你想过没有，一是他怎么知道你欠了外债的？二是他无条件帮你，你需要付出的代价是什么？”

第五十九章
人越长大，就越不快乐

何处的脸色顿时凝重了：“对呀，我欠外债的事情只有你知道，没有别人知道，就连关河、方东、靳里也一点儿都不了解，万有怎么就知道了呢？”

一拍脑袋，何处跳了起来：“杨涵米！绝对是杨涵米！她不是很清楚我借了多少钱，但她知道我借钱了，而且还知道我借的是谁的钱！肯定是她，她这个告密者、叛变者……”

“行啦，别骂她了，她不管是有心还是无意，在万有面前都是一个透明人。想要了解你的过去和关系网，只需要万有几句话她就会交代得一清二楚。”

“别提她，烦！”何处在房间中转圈，“那么现在的问题是，我要接受万有的条件吗？”

“接受，为什么不接受？”邓入按住何处的肩膀，让他坐回沙发上，“毕竟万总一片好心，你不能辜负了他的心意。这样，你们的质押协议到时记得让我看看，我硕士读的是法律，对合同条款应该比你专业一些。只要确定了细则，没有陷阱，先解决了你目前的困境，怎么说也是好事不是？”

“可问题是，万有肯定还有其他的附加条件，比如说除了让我配合他的投票权调整方案之外……”何处抓了抓头发，“我总不能昧着良心配合他吧？”

“当然不能。具体的调整方案还没有出台，出台后，还有一系列的讨价还价的过程，到时再随机应变好了。总之你坚持两点就行：一、支持提升关河的投票权；二、如果要降低你的投票权，那么万有和海月明的投票权也要同时降低。”

何处重重地点头：“有时我还不如你冷静，想想还有点不好意思呢。今天方东的提议，你为什么没有第一时间响应？”

“人的立场都会变的，形势一变，利益分配就会变，立场也会随之而变。”邓入淡定地笑了笑，“看开些，以后我和方东立场不一致甚至是和月明观点冲突的时候多着呢。公司越是发展，每个人越是会看重手中拥有的一切。”

何处嘿嘿一笑，上前要拥抱邓入：“你的意思是，以后我们就是利益共同体、一致行动人了？”

邓入如一只翩翩的蝴蝶，轻巧地一转身就到了门口，拉开门：“晚安。好好睡上一觉，明天还有一场硬仗要打。”

关河和方东回到公司，二人洗漱完毕，方东正要睡觉时，关河敲门了。

“聊聊？”

这还是二人同住以来，关河第一次主动在晚上找方东聊天。

方东随着关河进入会议室。关河没开灯，外面的光线透射进来，会议室既朦胧又昏暗。

“今天你没喝多吧？”方东摸黑倒了水，递过去，“是不是兴奋过度了，睡不着？”

“是想起了今天在未时和何处在公司发展方向上的分歧，就想和你先聊聊，再加上今天关于投票权的调整，何处的反应也很激烈，我预感到他要和我渐行渐远了。”关河叹息一声，“是不是我们都会在发展和成长中，因为利益和立场，而终究不再如刚认识时的关系纯洁而简单？”

“别担心太遥远的事情，立场的改变都是因为形势的改变，现在他和你有两大分歧，是现阶段的矛盾。未来形势一变，他说不定又和你站在同一战线了。但不管是哪一种，都是基于自己的考虑希望公司可以更好地发展，本质上讲，是公司的内部矛盾，我们依然是同舟共济的合伙人。”

方东的话慰藉了关河的心，他开心地笑了：“你说得对，是我太敏感了。也不知道为什么，以前我都不会考虑和照顾别人的情绪，现在反而越来越觉得肩上的担子重了，考虑的事情一多，反倒比以前更多了苦恼。是不是人越长大，就越不快乐呢？”

“担子越重、责任越大，承担的压力就越多，相应地，你考虑问题的出发点就不仅仅是自己喜欢自己满意，而是让更多的人喜欢和满意。研发药物不也一样吗？越是可以治愈大多数人的药，越受市场欢迎。”方东安慰关河，“别想那么多了，一家公司在发展的道路上，不可能没有矛盾和冲突，只要能解决，就是好事。”

沉默了一会儿，关河才说：“方东，你不觉得降低何处的投票权有些残酷吗？”

“是，但没有办法，投票权有人上升，就必须有人降低。你是核心，我是CEO，我们两人的位置非常关键，提高核心人物的投票权，也是大多数公司的常态。”

一晚上，关河翻来覆去总觉得没有深度睡眠，刚入睡就又醒来。一直到听到方东买回了早饭，他才意识到天亮了。

今天还要开会，他赶紧起床和方东吃早餐。

刚收拾好，海月明就到了。

“是不是我来得太早了？啊，才8点多。我习惯早起了，打算过来和你们一起吃早饭，不是吧，你们都吃完早饭了？”海月明拿出身后的早餐微带尴尬地一笑，“要不，你们多少再陪我吃点？我一个人真的吃不完三人份的。”

于是，关河和方东就又吃了第二顿。

一大早就吃了两顿饭，关河有点撑，想下楼走走，海月明非要陪他。

二人下楼，沿外滩散步。凉风习习，遍体清爽，海月明深呼吸一口：“秋天真舒服，我最喜欢北京的秋天了，什么时候团建，我们去香山看红叶好不好？”

关河愣了愣：“团建有什么用，浪费时间。接下来我的研发任务很重，必须尽快进入临床前的试验阶段，哪里有空去玩？”

海月明被呛了一下，眨了眨眼睛：“你平常说话都是这样冲吗？”

“我只是实话实说。”关河依然是不解风情的傻小子，“还有事吗？该回去了，快要开会了。”

海月明转身往回走：“你真的赞成调整投票权？”

关河点头：“你不赞成？”

“我只赞成对我有利的调整方案。”海月明咬了咬嘴唇，“如果万有提出过于激进的方案，比如说让你的投票权上升到 51%，他的投票权上升到 20%，你还会支持吗？”

“支持呀，我的投票权到了 51%，是不是公司未来的发展就完全由我说了算？”关河眼睛都亮了起来。

“理论上是。”

“你不觉得公司以后的发展思路完全由我制定，会发展更快更合理吗？”

“不觉得，你过高地估计自己对市场的判断了。”海月明也没客气，“关河，你是不是认为你在研发上面是天才，在管理公司决定公司发展方向上也是天才？”

“那倒没有，我只想公司按照我的研发思路发展，至于公司的管理层面我不操心，也不会过问。”关河想起了什么，猛然站住，“你不会想劝我不同意万有的方案吧？他还没有正式提出方案呢。”

“不，我是想让你支持我的调整方案。”海月明眯着眼睛，“我今天也会提出一个投票权的调整思路，先给你透露一点，我是希望你的投票权上升到 45%，方东的投票权不变，我和万有的投票权各 5%……”

关河愣了愣：“你让步这么多，就是为了拉万有一起下来？”

海月明用力地点头：“我想了想，我要做出表率，这样万有才不好得寸进尺。”

“好，我可以支持你的方案。但你也得投桃报李，支持我关于公司发展思路的调整。”关河微微惆怅，“我和何处大吵了一架，你听说了吧？”

“听说了，细节不清楚，是因为公司发展思路调整的事情？”海月明没有明确表态，“得看看你的思路和何处的思路哪个更符合公司的发展，我才决定支持谁。”

“当然是我的，你们谁有我懂技术？不支持我，就等于不支持未来。”关河突然就发作了，拂袖而去。

“这臭牛脾气……”海月明愣在当场，望着关河的背影摇头笑了。

关河走出百米开外，确信海月明已看不清他的表情时，才如释重负地笑了：“还是以前好，想生气就生气，别人也不会怪你。现在想要达成某种目的还得假装生气，心好累。也不知道我刚才演得像不像？”

第六十章

是否死于B轮

九点半时，公司全体股东到齐，会议室第一次容纳这么多人，就显得有些局促了。

宁三祥不是股东，她负责布置会议室并提供服务。

依然是方东主持会议。

“我就直奔主题了，今天算是新股东加入进来之后的第二次股东大会了，昨晚是第一次。今天的会议有两个主题，一是投票权的调整，二是公司的发展方向的调整。

“两件事情对公司来说都非常重大，不一定非得一次会议就有一个结果出来，我们可以边讨论边寻求最佳解决方案，最终达成共识。

“投票权的调整方案，昨晚万有已经提出了他的方案，如果有更细化的部分，可以拿出来供大家讨论。公司发展方向的调整，由关河来说说。”

关河先是看了坐在对面的何处一眼，何处依然是一副懒洋洋的姿态，所有人都坐得端正，只有他东倒西歪，像是喝醉了还没有醒酒。

斜对面是万有，他目光温和表情从容，冲关河点了点头，赞许加鼓励。

关河回应了一个微笑，说道：“在公司发展方向的调整上，我昨天在未时和何处有过争论。现在的研发工作接近尾声，很快就可以进入临床前的试验阶段，需要招聘一些专业的医科大学毕业生和实验室人员……”

邓入边点头边记录：“收到。马上提上日程，具体要求等关河发我后，就发布招聘启事。”

“可以从社会上招聘一部分，也可以和一些医科大学建立定点联系，为他们提供实习机会。同时，未时制药也可以提供一些有经验的员工加入关东生物。”万有插了一嘴，“作为我额外配备的资源和渠道的一部分，关键岗位的员工输送也包含在内。”

方东连连点头：“太好了，这样就及时解决了公司关键岗位人才短缺的问题。”

关河继续说道：“接刚才的话题，公司在成立之初，我和何处就有过讨论，公司是走大众药的路线还是走孤儿药的路线。为了安全起见，也是因为我手中的专利正好是大众药，就先从大众药的研发开始着手。现在大众药的研发接近成功，开始临床前试验时才发现后面还有很长的路要走，至少还要经过10年左右才能正式推向市场。

“作为创业公司，我们等不了10年。好在我们的大众药以单体项目的合作模式和未时制药联合开发，后面的一系列事情都可以由未时制药牵头推动，会让我们少走许多弯路。接下来是继续大众药路线还是孤儿药路线，我和何处产生了严重的分歧。”

何处身子用力朝后一仰，哼了一声，还掏了掏耳朵，摆出了认真聆听的姿态。

关河暗暗一笑：“如果继续走大众药的路线，一是研发周期长，二是上市慢，三是沉没成本太大，除非是业内的顶尖大公司，有足够的资金保障，否则10年的上市周期，我们绝对无法承受。基于以上的考虑，我认为公司接下来研发孤儿药是当务之急。”

“关于孤儿药的介绍和市场前景，我已经制作了一个小册子，现在分发给大家。”关河拿出一沓材料，和方东一起发了下去，“孤儿药的市场很小，但只要在研发阶段有了进展，就会有市场前景和想象空间，从公司长远生存的角度出发，研发孤儿药可以为公司的B轮、C轮融资及上市或是被并购打下坚实的基础。

“以往的案例证明，许多研发孤儿药的公司在早期阶段，就被国际知名药企青睐，从而获得了并购的机会。甚至有几家孤儿药公司只在研发阶段有所突破，还没有一款产品上市，就有了10亿美元以上的估值。我不贪心，只要关东生物有20亿元人民币的估值就可以了，先不说我们各位创始人实现财务自由了，至少可以在上海解决房子车子问题，有了安身立命之本，才好谈发展不是？”

“有了基础保障，再聊理想和情怀，才不算无稽之谈，对吧？”关河言辞诚恳，“以前我不太关注市场和公司发展，现在不同了，研发方向和公司的生死存亡息息相关，我以我的专业知识和市场前景相结合判断，再参照以前的成功案例，认为还是研发孤儿药更适合关东生物。

“关东生物不同于未时制药，未时制药是一家已经成功、成熟的大型制药公司，走大众药路线，有足够的经济实力和渠道保障，可以承担更多的沉没成本、边际成本和机会成本。留给关东生物的试错成本没那么多，即便是现在刚融资了 8000 万，能烧多久有没有人计算过？”

谁也没想到一向只知道专注于技术的关河，现在对公司的发展方向、行业前景及公司的管理如此门儿清了，不知不觉中，关河成长起来了。

有人欣慰，有人震惊，有人担忧，有人窃喜。

靳里接过了话头：“我和邓入有过初步的结算，如果再扩建实验室并且重新启动生产车间的建设，8000 万的资金，顶多只能维持一年半的时间。”

“不对，你少算了研发成本。”关河笑着摇头，“研发成本是一家药企最主要的开支之一，甚至会大于公司的运营费用。基建、运营再加上研发成本，顶多能维持一年就不错了。也就是说，如果一年之内我们不能研发出来新的产品，我们在资本的眼中就没有了足够的想象空间，有可能会死于 B 轮融资。”

“不要以为过了 A 轮融资就过了生死关，不少创业公司都是死于 B 轮融资。”万有开始及时分享真实案例了，“大多数创业公司在初期会很团结，因为是同舟共济，只有团结一心才能过得了生死关。但到了 A 轮后就开始出现各种矛盾。而到了 B 轮时，有人想要套现退场，有人想要继续发展，有人想要巩固山头，我投资过的几十家公司中，有 90% 死于天使轮，剩下的 10% 中又有 80% 死于 A 轮，再剩下的 20% 中又有 70% 死于 B 轮。”

“基本上 B 轮过后还存活的公司，创始人、核心员工都换得差不多了。”万有的笑容意味深长，“现在关东生物刚过 A 轮，已经开始有了分歧，能不能坚持到 B 轮，就看各位是不是还对公司有热爱，对制药行业有热情了。

“我全力支持关河的关于公司转型研发孤儿药的决定，这非常理智且英明。同时建议关东制药没有必要再上马生产车间了，可节省资金把有限的力量都投入研发，争取在最快的时间获得在孤儿药上的突破。”

“未时制药生产车间的大门，随时为关东生物敞开。”万有斩钉截铁，态度无比坚决。

关河朝万有投去了赞许加感激的目光，万有关键时刻对他力挺，让他信心大增：“关于投票权调整的方案，我没有具体想法，谁有想法都可以提。关于公司未来发展方向的调整，我坚持认定要走孤儿药路线，而不是大众药。”

“如果A轮过后，我们还是依靠融资生存，自身缺少造血功能，到B轮时还不能盈利又没有想象空间的话，大家可以设想一下，还有谁会投资我们？”关河和以前不一样了，他现在希望赢得别人的支持。他不能再只当自己是首席技术官了。他不仅是关东生物的最大股东，如果投票权调整方案真的通过的话，他还将是公司的最高决策者。

“希望大家都认真思索一下，做出对公司发展最有利的决定。”关河结束了发言，“下面关于投票权调整的方案，就由万有来具体说说。”

何处抢先说道：“我先插个队，如果投票权调整的方案先拿出来讨论，通过后关河拥有了最大的投票权，那么不就等于公司发展方向的调整不用投票了？他一人说了算不就得了！所以我建议公司发展方向的调整先讨论先投票。”

“可以。”关河立刻回应了何处。

何处坐下了：“公司发展方向调整的分歧，是由我和关河引起的，所以我先发言，希望你们都不要有意见。

“我系统地研究过市场上不同研发方向的制药公司的结局，基本上大众药和孤儿药两种研发方向的制药公司，融资成功的概率接近，没有明显的本质区别。至于关河提到的国外几家估值超10亿美元的孤儿药公司，是虚假同感偏差，或者说是幸存者偏差，他没有去关注死掉的无数研发孤儿药的公司。

“如果以成功为例的话，大众药公司我也可以列举出来一大堆，估值超10亿美元的也比比皆是。别人的成功只是别人的，和我们真的关系不大。具体到关东生物的实际情况，我还是坚持认为走大众药路线，才更有机会让公司赢得B轮、C轮的融资，一直到成功上市。”

第六十一章

盈利可能无限接近于零

“你们都别急，我会说出我的理由，而且保证可以说服你们。”何处自信地跷起二郎腿，“理由就三点，简单明了，你们一听就懂。第一，大众药市场广阔，销量大，尤其是糖尿病、高血压、心脑血管疾病、慢性呼吸系统疾病等，终身需要服药。慢性病群体数量庞大，对他们来说，大众药类似快消品，每天都要消耗，想想就知道是多么可观的数量……

“有数据显示，中国心血管病现患病人数约有 3.3 亿，约有 3 亿人肥胖，高血压患病人数约有 2.45 亿，再有其他各种慢性病，总数加在一起相当惊人，他们都需要大量服药，想想就知道是多么惊人的市场。人们对于两种事情向来最舍得花钱，一是孩子教育，二是治病。

“而孤儿病的患病人数极少，且大多是绝症，基本上治不好。就算能研发一种可以根治孤儿病的药，就市场规模来说，想要盈利几乎没有可能。药品研发也是生意，总不能用爱发电吧？更不用说好多孤儿病的患者大多是儿童，还是贫困家庭的儿童，他们的父母都没有经济实力！”

何处越说越激昂 :“我听说的一个残酷的事实是——只是听说，未经验证，也不代表个人和公司的态度——据说国外许多知名医药公司其实都研发出来了可以根治不少慢性病的药品，但在投放市场之前，经过测算后发现哪怕一瓶药能卖到 1000 美元，一次性服用就可以根治，等于是一次性消费，而不是长期的消费，在经济收益上来说也极不划算。于是，就降低了药效。

“既保证有效，又要让患者产生依赖，长期服药就等于有一个长期的消费者，是长期稳定的利润来源。这就涉及一个古老的问题——是杀鸡取卵还是放长线钓大鱼？大多数药企在利润和社会责任面前，最终选择了利润。

“我无意去批判药企的做法，但每一款上市的药品都经过漫长的研发周期，中间还有无数失败的同类产品，投入的资金、时间和精力，无法用金钱来衡量。如果药企的巨额投入得不到回报，他们也就没有动力继续研发新药，那么许多慢性病患者的病痛就得不到救治。所以从某种意义上来说，我宁愿支持道德不那么完美的药企继续研发，也不愿意有一些打着无私奉献幌子的药企搅乱已经形成规则的市场……

“只要能造福患者，哪怕药贵一些，哪怕药企有私心杂念，也是双赢的结果。老祖宗的智慧不管到什么时候用在人性上，都不过时。”

“市场才是决定一切的力量，要敬畏市场尊重市场，要为广大的慢性病患者服务，才是我们生物制药推崇的科技造福人类的初衷。”何处最后补充道，“当然，我不是无视孤儿病，而是他们的数量过于稀少，我们作为一家还在生存线上挣扎的初创公司，还没有足够的爱心和情怀来为他们谋福利，也没有足够的耐心和实力。

“我的话说完了，希望大家冷静分析认真思考，支持自己所认为的最有利于公司发展和成长的方向。”

关河暗暗点头，何处的话不无道理，但他还是坚定要研发孤儿药的信心。

“都说说自己看法，不用管关河和我的面子，面子不是关键，确定公司的发展方向，让公司更快成长才是关键。”何处等了一会儿，见没人说话，就环顾四周，“靳里，要不你先说说？”

靳里本想等万有表态之后再附和万有的态度，被何处点名，就只好硬着头皮上了。

尽管靳里清楚在万有的投票权调整方案中，他的投票权权重会下降，他对万有的做法很是不满，但他更明白一点，现在万有是公司的两大金主之一，他必须紧跟万有的脚步。

当然，他也想紧跟海月明的脚步，可惜海月明不正眼看他。

也许，能救他于水火之人只有万有了，相比之下投票权权重的下降算得了什么？靳里打定了主意，轻轻咳嗽一声：“关河和何处的见解都很对，都是以公司的发展为出发点，再根据自己对市场的判断做出的结论。我对医药市场的了解程度有限，只懂运营，就只从运营的角度来说说我的看法。

“如果公司在未来三年内还没有实现盈利，不，应该说两年内，等现有资金烧光之后，进入 B 轮融资阶段，我们就没有那么好的运气会再遇到如万总和海总一样有眼光、有格局的投资人了……

“以目前公司的运营现状来看，两三年内实现盈利的可能性微乎其微，可以说无限接近于零，因此，如何在 B 轮融资之前讲好关东生物的故事，让资本有更大的想象空间，以及让同行对我们更加认可，产品就是唯一的筹码。

“大众药想要短时间内获得突破推向市场，几乎没有可能，即便是借助未时制药的渠道，大大缩短临床前的试验时间，也至少需要五年以上。五年，黄花菜都凉了好几轮了。问题就又回到了原点，哪种模式更能保证公司继续生存发展下去，就是我们唯一的选择。”

靳里笑了：“我不懂技术，也不太了解市场，只从运营的角度来说，研发孤儿药更容易受到资本的青睐，更有利于我们活得长久，长久到可以自力更生的一天。”

“你觉得呢，邓入？”靳里见他的发言收到了预期效果，晦暗许久的心情难得地晴朗了片刻，就将难题抛给了邓入。

邓入正在出神，猛然被点名：“现在是无序发言？不是应该按照持股比例排序吗？行吧，让我说我就说了，我比较支持继续研发大众药，一是市场广阔，二是成功率高，三是有了一定的研发经验，可以更好地延续下去。

“好了，我说完了。”

方东愣了愣，她没想到邓入会支持大众药的研发方向，曾经她和邓入有过交流，邓入明确表示她会支持孤儿药的研发。怎么上会时突然就变卦了呢？背后发生了什么？方东一边想，一边朝何处投去了意味深长的一瞥。

方东就决定表明她的态度：“我赞成关河的设想，孤儿药的研发会让关东生物更有独特性和不可替代性。而不可替代性，是一家初创公司被资本青睐被市场看好的关键因素。

“现在关东生物已经有了一款大众药，在正式临床应用之前，如果还继续其他大众药的研发，不过是再重走一遍之前的道路。现在及时转型研发孤儿药，会让关东生物更具有竞争力，成为制药行业初创公司中的独角兽。”

方东说完，目光扫过海月明和万有，关河的提议得到她和靳里的响应、何处和邓入的反对，只剩下新加入的两大股东还没有正式明确表态。

第六十二章

底牌越多越好

相信海月明也会支持关河的立场，万有更不用说，他刚才的话已经明确了他的态度，应该说，关河胜券在握了。根据调整之后的股权比例，何处和邓入加在一起也才 23.1%，不够一票否决权。

海月明冲方东点了点头 ：“我刚才认真听取了大家的发言，都各有道理。我对制药行业不能说是门外汉，但也不算是资深人士。只从产品的角度来说，大众药和孤儿药的研发各有利弊，都不能确保受到资本的追捧和市场的认可。

“为什么非要非此即彼呢？难道不能共存吗？在研发大众药的同时也上马孤儿药研发，用大众药来打开市场，用孤儿药来提升格调，打情怀牌，我是觉得手里的底牌越多越好，只押注于其中一种，等于是孤注一掷，风险太大，太没安全感了。”

海月明看向了万有 ：“既然万总许诺愿意为关东生物提供便利，我建议我们完全可以以单体项目的方式继续和未时制药联合研发大众药，关东生物则单一地专注孤儿药的研发，这样的好处是不至于一头栽倒。”

“不管做什么事情，最好面面俱到，不要固执和偏见，既要突飞猛进又要留出后路，要保证绝对的安全。”海月明拢了拢头发，嫣然一笑，“孤儿药的想象空间大，容易受资本追捧，但同样研发难度高，成功率低，万一不成功不是死得更惨？不要总想好的一面，还要预留出来如果不成功应该如何应对的空间。”

“我就这些想法，该你了，万总。”海月明笑盈盈地点了点头。

万有慢条斯理地喝了口水，又依次看了每一个人一眼 ：“第一次正式参加关东生物的股东会，挺新鲜也挺有意思，比未时和辛时的股东会更有活力也更敢畅所欲言，到底是年轻人，有新的风向和工作方式，值得我学习。

“我也是第一次坐在最末的位置参加股东会，一般我不参加持股比例低于 20% 的公司的会议。毕竟，我投资的公司很多，低于 20% 的得有几十家，如果都参加岂不得累死？关东生物的股东会议，破了我的先例。”

“但是……我认为值得！”万有微微点头，目光坚定，“我很喜欢和年轻人一起开会，年轻人思路活跃，没有包袱和顾忌，敢想敢说，朝气和活力是一家公司进步的基础，也是社会发展的动力。不过话又说回来，光有朝气和活力还不够，朝气和活力也许可以让公司充满向上的力量，但力量如果不加以引导和牵引，就会失控。

“就像我用人的原则一样，品行第一，能力第二。能力可以培养，品行却很难调校过来。如果一个人品行不端却又能力超群，他带来的破坏力则更大。关东生物也面临着同样的问题，如果没有确定好方向，力量越大，越南辕北辙。

“不知道你们有没有想过，大众药和孤儿药的研发不是南辕北辙两条道路，而是并行的两条车辙，是可以同时进行的……我赞成月明的提议，同时研发大众药和孤儿药！”

关河和方东对视一眼，二人眼中同时闪过疑惑和震惊。疑惑的是万有居然和海月明意见统一了，震惊的是，二人的意见统一是偶尔的独立事件，还是以后每次开会都会发生的必然事件？

在没有进入关东生物之前，二人是竞争关系，有对立的基础。现在已经成为关东生物的股东，二人的出发点就会基于公司的发展，少了竞争多了合作。

果然是形势一变，立场就会变，关河倒没多想，方东心中升起一丝忧虑和不安。

万有注意到了关河和方东情绪的微妙变化，暗暗一笑，继续说道：“不过我和月明的想法有一些小小的出入，不想再继续以前的单体项目合作模式，比较麻烦，操作起来也烦琐，不如这样，由未时制药和关东生物联合成立一家公司，各持股 50%，专门用来研发大众药，而关东生物专注于孤儿药之路，既可以细分市场，又可以保留一条退路。”

关河和方东对视一眼，不得不说，万有的提议很有建设性，并且也有极强的可操作性。万有投资关东生物是以辛时投资的身份，现在以未时制药和关东生物成立联合公司，等于是全方位无死角和关东生物合作了。

“好事呀，好事，我完全赞成成立联合公司。”不等别人有所表示，靳里第一个跳了出来举双手欢迎，“辛时投资对关东生物的投资，只是带来了资金上的补充，只是一只翅膀。而未时制药一旦和关东生物成立了联合公司，等于是插上了另外一只翅膀。两只翅膀齐了，就能放心地飞翔了。”

海月明没想到万有顺水推舟借她的砖成就了他的玉，让未时制药再进来，等于是真正地引狼入室了。万有打了一副好算盘，联合公司关东生物才持股50%，而她在关东生物持股仅有15%，等于是在联合公司完全没有发言权。她刚要反对，又一想不如等上一等，听听关河、方东、何处和邓入的意见再说。

何处呵呵一笑：“本来要讨论的是公司的研发方向，怎么变成了要成立联合公司了？不过话又说回来，万总的提议也不是不可行，我原则上同意。”

何处明白万有成立联合公司的建议利害各半。好处是关东生物作为联合公司的大股东，大众药研发成功了，可以助力关东生物估值的提升。失败了，也不影响关东生物孤儿药的研发。

坏处是如果联合公司的大众药研发成功而关东生物的孤儿药研发失败，会让关东生物的估值大受影响不说，也让联合公司的分量大涨。谁敢说万有不会步步为营利用增资联合公司的手法逐步控股联合公司，从而达到控制关东生物甚至是肢解关东生物的目的？

有了第一家联合公司，也许就会有第二家，最终会形成群狼猎虎的局面，让关东生物被逐步蚕食……想多了，何处强迫自己冷静几分，以后的事情谁能想到会是什么样子，还是先顾眼前的利益为第一。

“我也没有意见。”邓入今天似乎成了何处的跟屁虫，何处一赞成，她立马就附和。

海月明一惊，万有大有一呼百应之势，她想阻止事态的进一步发展：“成立联合公司事情重大，不急在一时，可以以后再说。今天，先确定公司的发展方向。”

万有当即说道：“联合公司和公司的发展方向息息相关，其实是一件事情。公司的发展方向是大事，不能拖，今天就必须定下来。”

关河点头，万有关于联合公司的提议确实可以解决他和何处的分歧，就算他的方案能强行通过，也会留下隐患，不如各退一步折中解决，就说："我也觉得成立一家联合公司可行。"

方东注意到了海月明朝她连使的眼色，心中喟叹一声。从海月明的角度来说，她当然不希望万有一步步坐大。但站在她自己的立场，只要对公司的发展有利、对公司的团结有帮助，她就得赞同。她要照顾公司的大局，而不是某一个人的情绪和诉求。

方东缓缓地点头："我也没什么意见，成立一家联合公司对关东生物来说也是助力，如果没有问题的话，这件事情就具体由靳里和邓人负责了。"

海月明心有不甘："我还是认为不合适。"

万有不说话，笑眯眯地看向方东，方东没办法，她是CEO，必须在关键时候拍板。

方东缓了缓情绪："根据刚才的表态来看，大多数人都同意成立联合公司，月明还有不同意见，我可以理解，但成立联合公司的事情还是得定下来。好，第一个关于公司发展方向的议题达成了共识。接下来我们要讨论的是——投票权调整的方案。"

海月明微有不悦之色，不过掩饰得挺好，瞬间就调整了情绪，还冲方东点了点头："我尊重大家的决定，保留我的意见。投票权调整方案，我也做了一份。"

海月明早有准备，拿出一沓资料分发下去："我的想法比较简单，首先要降低投资人的投票权重，我和万有都降低到8%，何处降低到15%，他毕竟是天使投资人，有创始人的身份。"

"关河的投票权上升到40%，方东的上升到25%，邓人的投票权降低到3%，靳里的投票权降低到1%……以上，是我的调整方案。"海月明轻声细语，语气毫无威慑力，抛出来的方案却如一块巨石，激起了滔天巨浪。

靳里像喝醉了一样站了起来，摇晃了几下："海月明，你太过分了！你公报私仇，故意拿我开刀是吧？我知道你看我不顺眼，觉得我没什么能力，你侮辱我可以，但请你尊重关河的选择！"

第六十三章
新危机，新开始

任谁由 4.9% 的投票权一下降低到聊胜于无的 1%，都会恼羞成怒的。伤害性不大，侮辱性极强。当他好欺负是吧？当他可有可无是吧？当他没钱投资是吧？

靳里一下子血冲脑门：“我要投资 5000 万，我也要当投资人，我要占股 20% 以上！”

众人面面相觑，一时震惊。

今天的会议，宁三祥作为创始员工之一，也旁听兼负责服务。靳里的冲冠一怒让她当场惊呆，随即又惊喜交加：“好呀好呀，靳里你早该投资公司了，错过了天使轮可不能再错过 A 轮了。如果 A 轮都错过，到 B 轮就投不起了。”

靳里涨红的脸庞慢慢恢复，几个呼吸间恢复了正常，他讪讪一笑：“不好意思，刚才太激动了，继续开会。”

宁三祥拉了拉靳里的胳膊：“怎么不说了？现在投资是最好的也是最后的机会……”

靳里轻轻甩开宁三祥，脸色一沉：“股东会你别乱说话，做好服务就行！”

关河从震惊中清醒过来：“靳里，这就是你的不对了，月明提出投票权的调整方案只是提议，还没有讨论通过，你发火干什么？我不认为她是看不起你才提出让你的投票权下降到 1%，而是基于事实和对公司的贡献大小……”

“而且，也不存在她不相信我的眼光！调整你的投票权和我当初邀请你加盟公司是两码事儿。希望你以后就事论事，别扯其他。”关河罕见地对靳里一脸冷峻。

万有此时起身，开始分发资料，对刚才靳里反常的举动当没看见。他见多了在会议上失态的创始人、投资人、高管等各色人等，靳里的暴跳如雷落在他的眼中，不过是常见的小小闹剧罢了。

“我的调整方案是关河 45%，我和海月明各 5%，方东 25%，何处 15%，邓入 3%，靳里 2%……”万有几下分完了资料，“基本上和海月明的方案出入不大，供大家讨论。”

靳里一听万有的方案他的投票权上升到了 2%，当即第一个赞成：“我同意！万总的投票权调整方案更公平公正，更能体现关东生物的合理结构。”

够狠，够有心机，海月明有些后悔先抛出她的方案了，万有的方案压缩了她和他的投票权，表面上很公平，但不要忘了万有的未时制药要和关东生物成立联合公司，等于万有以联合公司的形式切割了关东生物一半的业务，他出让一点点关东生物的投票权，无关痛痒。

而且他和关河的关系更密切，将关河的投票权提升到 45%，他只要说服了关河就等于控股了公司，更不用说还有靳里是他死心塌地的追随者。高，真是高明！

所谓两害相权取其轻，由于有海月明的方案在前，先让大家有了心理准备，承受了一定的冲击，此时万有的方案在海月明方案的基础上，进一步提升了关河的投票权，拉拢了靳里，平衡了方东、何处和邓入，整体来说，确实压了海月明的方案一头。

海月明此时才知道，姜还是老的辣，她和万有在关东生物的第一局交手，棋输一着。

关河投票权的提升，不管是 40% 还是 45%，众人基本上都没有意见。方东的投票权，也获得了大多数人的认可。最终经过几轮热烈的讨论，万有的方案赢得了除海月明和邓入之外所有人的赞同。

最终以海月明反对、邓入弃权的表决结果通过了方案。

方案通过之后，就写进了公司章程，成为公司人人必须遵守的准则。

在一周年的第一天，关东生物经历了阵痛，并且通过了至关重要的两个大方向的调整，一是发展方向的调整，二是投票权的调整，最终确定了未来的发展雏形。

由于两个方案引发的反应过大，以至于关东生物和未时制药成立联合公司的事情，暂时被所有人忽视了。也不能说是忽视，而是没有认真对待，认为并不重要。

然而事实证明，联合公司的成立对关东生物以后的发展带来了决定性的影响，并且导致了关东生物更大的危机。

散会后，万有叫上了关河、何处和靳里，要去挑选新的办公地址，现有的办公室已经容纳不下关东生物的梦想了。

新办公室选在了未时制药的旁边，距离关东生物已经落成的实验室和未完工的生产车间不远。虽然不再是外滩风景秀丽、高档奢华的写字楼，但工作起来更便利了，关河和何处、靳里都没有意见。

“要不要再让方东、海月明和邓入看一下再定？”万有试探一问，“毕竟她们也是公司的大股东。”

“不用了，就这么定了。”关河大手一挥，“我们几个还没有决定权吗？又不是多重要的事情，就不必非要再多费一道周折了。”

万有点头一笑，一切尽在预料之中：“先到未时坐坐，有件事情我要和你们开诚布公地谈一谈。”

未时制药，万有办公室。

万有亲自上手泡茶，他坐在宽大的茶台后面，水气弥漫，他的表情朦胧而失真。

“现在没有外人了……”万有笑了笑，示意卫辛和顾深秋都出去，等他们关上了门才说，“我所说的外人包括但不限于卫辛、顾深秋，方东、海月明和邓入也算。”

“现在公司似乎形成了以性别为阵营的两个派别，一派是以方东为首的保守派，另一派是为关河为首的开拓派，不知道这么说你们会不会觉得不舒服？”万有哈哈一笑，为几人倒茶。

关河笑笑没说话，万有的话似乎有挑拨之嫌，但仔细一想公司现在各人的立场确实有些微妙。如果说以前海月明坚定地站在方东和邓入一方，现在好像方东和邓入也不如以往行动一致，而海月明和方东之间也有了一丝嫌隙。

何处却连连点头：“也是，也不全是。有些事情上，她们几个女的立场一致。不过有时她们之间也有分歧和矛盾，我们之间不也一样？我和关河现在还没有从大吵一架的冷战中恢复过来。”

关河不同意何处的说法：“我没和你冷战。我和你的分歧从讨论公司的发展方向立场不同开始，到公司的发展方向尘埃落定为止。如果你还觉得我在和你冷战，其实就是你单方面在和我冷战。”

“说不过你，强词夺理！”何处笑了，“万总，你有什么重要的事情非要背着外人和我们说？”

万有沉默了片刻：“公司现在定下了发展方向，也调整了投票权，接下来就必须得团结一心跑步前进了。现有的资金烧不了多久，别对 B 轮的融资过于乐观，如果没有拿得出手的研发成果，B 轮可能就是关东生物的终点站。死于 B 轮的公司，数不胜数。”

话题一转，万有又说：“不过我相信关河可以同时在大众药和孤儿药的研发上获得突破。”

关河摆手：“我不是神仙，但带领两个团队同时进行大众药和孤儿药的研发还是不成问题的。只要团队的配备达到要求，我肯定会竭尽全力。”

“未时制药的人，随便你调用。”

“好，那我可就不客气了。”

“你什么时候客气过？”何处乐坏了，“或者说，你什么时候才能学会客气。”

关河一脸认真：“我表达真实的需求，为什么要假装客气？假装客气难道不是虚伪吗？虚伪不是容易让对方会错意从而做出错误的判断吗？这样一来，不是耽误大家的时间吗？”

“打住！停！”何处最怕关河认真讲话的样子，固执得让人心疼。

“我需要顾深秋、卫辛，还需要一辆专车配备一个司机，司机就让韩马担任吧。”关河想了想，“对，还需要几个助手，我选了几个人，分别是韩剑南、柳鑫……

“另外，我一个人同时带两个研发团队，可能会顾不过来，所以需要方东也加入研发团队，以后就需要何处多分担一些方东的工作。”

“都没有问题。”万有一口答应。

何处也点头：“只要你在研发上有突破，要什么给什么。”

“好，谢谢你们的信任！”关河冲几人抱了抱拳，“万总，现在可以说重要的事情了吧？”

万有依然不慌不忙地笑了笑：“不急，不急，先酝酿酝酿情绪，毕竟有些事情一旦说出口，就再也收不回来了，一定要慎之又慎。”

他先是看了何处一眼，又盯了靳里半天，摇了摇头：“我要说的事情，关系到你们二人的身家性命，你们要先做好心理准备。”

第六十四章

眼看他宴宾客，眼看他楼塌了

关河脸色坦然心情平静，何处也还好，还能强作镇静，靳里口干舌燥，立马坐立不安了。

靳里近来的境遇，让他充分体会到了什么叫人生落差，“飞流直下三千尺”就是他的真实写照。

经过一段时间的努力与挣扎、补救与抢救，靳里的家庭还是没能逃脱破产的命运——因还不起房贷，唯一的最后一套住房被银行强制收回，进入了司法拍卖程序。

曾经自诩高人一等的富二代靳里，现在不但无家可归无车可开，还差一点儿露宿街头！

在房子被银行收回之后，爸妈互相指责和埋怨，爸爸怪妈妈天天打麻将，输了几百万。妈妈骂爸爸炒股没眼光没格局但有胆子有野心，结果越输越惨，赔了几千万。

二人越骂越是起劲，还动起了手。靳里劝不住，索性也不管了，自己搬出去租了一间小公寓。

车子卖给了深圳的朋友，杯水车薪，远远解决不了家里的债务危机。好在爸妈还算有先见之明，二人早早办理了离婚手续，将债务全部转移到了爸爸靳大志的名下。

原本爸妈离婚不离家，现在破产了，贫贱夫妻百事哀，二人在经过一番艰苦卓绝的互相指责、谩骂和攻击之后，最终真的离婚了。

是从法律上到感情上的两重离婚！

眼看他起朱楼，眼看他宴宾客，眼看他楼塌了！

塌楼的速度永远快过盖楼。

如果仅仅是破产、爸妈离婚、家破人未亡倒也算了，日子还能勉强过，问题是尽管负债都背在爸爸靳大志身上，但老爸也太能藏太会躲了，不知道猫在了哪里，让债主们找不到。

债主们找不到老爸，就去找老妈。老妈更绝，直接离开了上海，回到了安徽老家。别说债主们了，就连靳里也不知道她藏身何处！

好嘛，一对活宝父母一出事跑得比兔子还快，躲得比狐狸还隐蔽，债主们找不到正主，就找靳里的麻烦。

靳里从一个风光无限、人人羡慕的富二代沦落为人人追债的负二代，内心的苦涩和落差可想而知，却偏偏又无人可以诉说，他还要继续在所有人面前维持人设，不想让别人看到他的创伤和凄凉。

靳里很清楚，公司的几个人创始人中，说到底他最大的机遇还是因为关河的赏识。但光有关河的赏识还远远不够，他想要赢得别人的尊重，富二代的人设是最基础的底色。

毕竟，他没有关河的技术、方东的整合资源的能力、何处的资金和魄力，以及邓人的亲和力与感染力，他只有一个虚假的光晕。

还好，公司里面除了万有和海月明之外，靳里相信别人包括和他走得最近的宁三祥，也不知道他现在已经负债累累了。

债主们也不知道怎么就查到了靳里的下落，摸到了他的出租屋，把他堵在房间里！

经过一番斗智斗勇、唇枪舌剑、晓之以理动之以情的说服都无济于事之后，靳里只能三十六计走为上策，趁机打了一人引发混乱，然后借机逃之夭夭。

之后靳里接连换了三次住处，三次被债主堵门。他失眠、惊恐加不安，想不明白债主们到底用了什么法子，为什么次次可以抓他个正着！

直到后来他换了手机号，借宁三祥的身份证租了另外一处小公寓，才总算消停了——债主们不再上门，追查不到他的下落。

让靳里万分庆幸的是，债主们始终不知道他在哪里上班，否则天天上公司来讨债，他都不知道该怎么向关河说明情况。

在用宁三祥的身份证租小公寓时，宁三祥还好奇地问靳里为什么不住在自己家里，为什么要用她的身份证租房子……靳里早就想好了万无一失的答案："爸妈总想把名下房产过户给我，我还想以富二代的身份享受生活的同时再打拼未来，而不是早早成为富一代去守天下。我不想让几十套房产成为枷锁消磨我的斗志，反正房子在我名下还是爸妈名下又没什么区别，他们就我一个儿子！

"我想先奋斗几年，成了，证明我自己不是废物。败了，大不了再回去继承房产，躺平拉倒。但在混吃等死之前，总得挣扎努力一次，不是吗？

"用你的身份证租房，是不想让爸妈查到我住在哪里。最近和他们吵架，我想先远离他们一段时间，不让他们以为用几十套房子就可以套牢我的人生！"

宁三祥被靳里的豪言壮语感动得泪如潮水。

靳里除了更换手机号之外，每天出门都小心翼翼，观察有没有人跟踪，总算清静了一段时间，没有再遇到债主。

难道万有知道了他的真实处境？不应该，就连天天跟他在一起的宁三祥都不知道他已经是一个穷光蛋了，万有又不是神仙，他凭什么知道？

靳里紧张的心情慢慢恢复了几分，要镇静，不能自己吓唬自己。也许，万有是想对他委以重任……

何处听出了万有的言外之意，却不动声色，他虽然欠了不少钱，但他却是关东生物的大股东，现金不足以还债，股权价值却远超外债。大不了质押股份，不管是质押给万有还是别人都行。他底子厚，外债远小于资产。

万有将何处和靳里的表情尽收眼底，又扫了关河一眼，心中喟叹，有时过于聪明的人反倒不如固执的人，一个谎言要用无数个谎言来修饰、掩饰和修补，最后还是越圆越大，越大越累。

关河多好，该操心的事情无比专注，不该操心的事情从来不去多想，反倒比许多人活得轻松。

万有有个毛病，谁越是矫情越是装得厉害，他就越是打击谁。他故意盯着何处看，等靳里以为他要说的事情和何处有关时，他却突然来了一个超级急转弯。

“靳里，你有没有想过一种可能——把你的股份降低到 1%，转让 3.9% 给我？”

“？！”靳里满脑袋问号加叹号，万有突如其来冒出一句，让他一时有几分短路。

愣了半天，靳里才勉强一笑：“万总是什么意思？”

“我的意思已经很明白了呀，你听不懂吗？”万有对靳里的厌恶几乎深入骨髓。

在以前靳里还有利用价值时，万有还能耐着性子对他虚与委蛇。现在不同了，现在的靳里对万有来说，唯一的价值就是名下还持有的 4.9% 的股份。

一开始万有也被靳里的做派所欺骗，以为靳里是一个货真价实的富二代。最主要的是靳里的爸妈居然每一步都踏在了时代的鼓点上，确实不易。

每一代人中都有高瞻远瞩的个体，他们能够提前别人一步甚至是几步，及时看到未来的趋势，从而成为时代的佼佼者和弄潮儿。靳里的爸妈哪怕没什么文化，也没什么见识，但并不妨碍他们以超前的眼光搭上了时代的便车，成功地实现了财务自由的梦想。

万有从关河与靳里命运天差地别的变化中体会到了在时代面前，个人将自身命运和国家命运紧密连接在一起的重要性。

然而让万有万万没有想到的是，等他查清了靳里爸妈的为人和现状，在大吃一惊的同时，又感慨有时命运对一个人的捉弄像是玩笑，又像是惩戒！

第六十五章

唯一的救命稻草

靳里的爸妈没能守住财富，还因为炒股和打麻将欠了一屁股债，到现在落得无家可归、负债累累的下场，根源就在于他们的钱来得太快太容易，并且不是他们的努力和智慧所得。

不出意外，靳里爸妈以后的人生不但再也没有翻身的机会，还会在躲债中度过下半生，如丧家之犬惶惶不可终日。而靳里，居然还能继续演得挺入戏。

靳里的心慢慢沉了下去，万有提出让他转让股份，并且一副吃定了他的口气，以他对万有的了解，分明是万有已经知道了。

靳里努力撑起一丝笑容："万总是想高价收购我名下的股份？打算溢价多少呢？"

尽管已尽量让语气听上去像是在开玩笑，靳里却由于过于紧张，声音微微有几分颤抖。

关河不由一怔，他从未见过靳里有如此慌张心虚的时候，抬头看了靳里一眼："你怎么了靳里？是病了吗？"

"他是病了，还病得不轻。"万有决定狠狠打击靳里的虚荣和自信，好让靳里的心理防线崩溃，这更有利于接下来的谈判，"他明明已经破产了，还欠了几个亿的外债，却还在人前人后假装富二代，他当主角演得不累，我配合他当配角都接不下去台词了……"

"没几个亿，万总别乱说，只有几千万。"靳里成功地被万有激将，连忙辟谣，"要有几个亿，我恐怕已经重度抑郁，说不定就自杀了。"

"啊！"关河蓦然站了起来，"靳里，万总说的是真的还是在开玩笑？"

何处也是瞪大了眼睛："不是吧靳里？到底是怎么一回事？你跟我一样也成了胜负的负翁了？"

靳里的头低了下去，他不怕关河问，也不担心何处质疑，却在万有劈头盖脸的呵斥下羞愧难当，无地自容地点了点头："好吧，瞒不下去了，摊牌了，说实话……我确实破产了！"靳里在关河和何处震惊的目光中，说出了他目前真实的处境。

过了半天，关河的心情还难以平复。

何处却坦然一笑，用力抱了抱靳里的肩膀："破产亲兄弟，欠债好哥们，我们现在同是天涯沦落人了，话说回来，靳里，你到底欠了多少钱？为什么不说实话，天天演多累呀。"

"不是还想在你们面前保留几分光环吗？"有万有在，靳里不敢不说真话，主要也是万有犀利的目光像是能看穿他的心事一样，"总共欠了应该是……3000多万。"

关河吃惊不小，不敢相信自己的耳朵："不会吧靳里？"

靳里低下头，神情有几分悲伤："老爸炒股亏了几千万，卖了房子后全部投入股市想翻本，结果又赔了进去。其实我家总共就十几套房子，几十套是商业宣传，其中就三套没有贷款，其他全部是只交了首付，加了几倍的杠杆，一旦断供形成了连锁反应，就像滚雪球一样，越滚越大，就没法收场了。

"老妈打麻将虽然赔得没有老爸多，但也是输多赢少，前前后后也扔进去大几百万。我以前算过，如果我们家的房子全部按照当时的市值卖掉，还清了贷款之后，大概还剩余3000多万的样子……"

从存款3000多万到欠债3000多万，一正一负相差6000来万，是99%的人几辈子也赚不到的财富。可惜，一念之差，就让一个人一个家庭的命运发生了天翻地覆的变化。

万有冷笑一声："靳里，就算债务是记在了你爸妈的名下，债主们可不这么想，他们会一辈子纠缠你，向你追债，你想以后的人生都笼罩在被人天天追在屁股后面讨债的悲惨处境之中吗？"

靳里打了个寒战，连连摇头："不想，绝对不想。"

“那么你现在还有选择吗？”万有已经彻底压制靳里，占据了绝对的心理优势，感觉已经胜券在握了，“除了把股份转让给我之外，你已经无路可走了，我也是基于帮你的出发点，不想看你一步步滑向深渊。靳里，听说你的债主们已经快要知道你在关东生物工作了，万一他们天天堵关东生物的门冲你要债，你该怎么办呢？”

靳里脸色大变！

如果他在关东生物的人设惊天反转的话，宁三祥会看不起他，甚至会离他而去；方东和海月明不知道会怎样鄙视他，说不定还会对他嗤之以鼻；肯定就连邓入也会唾弃他！

靳里承受不起人设全面崩塌的后果，他太在意自己的形象了，如果在别人眼里他成了一无所有的穷光蛋，连想象空间都没有了，他宁愿离开关东生物，和所有人都断交，就当从未认识一样！

现在，万有成了他唯一的救命稻草，如果万有能拯救他于水火之中，不管提什么条件他都会答应。

其实之前靳里不是没有想过要卖掉股份套现来还债，后来又放弃了。一是现在卖掉股份价格上太吃亏，而且容易引起别人的猜疑。二是提交到股东会讨论时，关河、何处未必会同意。

公司章程规定，任何一个股东出售或转让股份，必须经全体股东的同意，并且股东享有优先权。

当然，最主要的原因也是靳里没有渠道，找不到接手的人，否则，如果价格合适的话，他确实想卖掉一部分手中的股份，以解燃眉之急。

靳里深吸一口气，尽管他也知道万有的时机把握得非常之准，估计也不会出到太好的价格，但万有同时也是关东生物的股东，收购自己的股份，方东和海月明、邓入同意的可能性会更大。

确实如万有所说，他没有其他选择。

第六十六章
一切都那么不真实

“万总救我！”靳里快速放下心中执念，“万总千万别告诉债主们我在关东生物工作，他们来堵我也会影响公司的运转。我可不想因为我的个人私事而影响到公司，公司目前正处在关键的转型期。”

“如果万总想要收购我的股份，可以尽管开价。”靳里迫切地看向关河和何处，“正好公司的两大核心都在，他们都同意的话事情就成了。”

关河站了起来，心思浮沉，在房间中走了几圈，有点接受不了靳里从富二代变成负二代的事实。他突然之间有一种恍惚感，一切都那么不真实，有一种恍若隔世的感觉。

对于万里提出要收购靳里名下股份的提议，关河没有太多的想法：“靳里，你爸妈都还好吧？”

“应该……还好吧。”靳里不是很肯定，勉强一笑，“我和他们失联很久了，他们换了电话号码，我也换了几次。不过他们知道公司的电话，想联系上我也不是问题。一直没有联系我，应该是他们还过得去。”

“他们比我心大，我不担心他们的身心健康，也不担心他们的生活。以他们的本事，翻身是不可能了，但混个温饱应该不成问题。”靳里重重地叹息一声，“倒是我，真不知道该怎么办。”

万有摇了摇头：“说吧，你的心理价位是？”

何处半天没有说话，忽然就插了一句：“万总收购了靳里的股份后，就成了公司第三大股东了，下一步，就该取代我成为第二大股东了吧？”

万有微微一笑，镇静自若：“你的事情接下来再说，现在先帮靳里解决麻烦。”

关河冷不防问道：“万总是要区别对待何处和靳里？”

万有点了点头：“可以说是各个击破，也可以说是分别谈心。以 A 轮融资来推算，目前关东生物的估值是 3.75 亿，那么靳里的 3.9% 的股份价值就是 1462.5 万，算你 1500 万，怎么样？”

靳里不说话，看向了关河，目光中有求助有无奈，也有一丝期待。他是希望可以拿到 2000 万，但又不好意思说出口，只能暗示关河了。

关河如果能看懂别人的暗示，他就不是关河了。好在他没明白靳里的意思，却还是觉得价格偏低了一些：“既然是出于对靳里的照顾，而且公司目前还在上升期，以原价收购靳里的股份，是不是显示不出来万总的诚意？”

何处嘿嘿一笑，搓了搓手：“我同意关河的意见，应该有溢价的。向我追债的朋友也希望我拿股份来抵债，我开出 1.5 倍的价格，他也同意了。”

“啊！”关河再次震惊了，“何处你也有外债？欠了多少？”

何处瞪了关河一眼：“少见多怪！生意人有不欠债的吗？你欠我我欠你，欠来欠去才亲密，懂不懂？”

关河老实地点头：“不懂。我如果欠债会睡不着，会掉头发。佩服你们欠这么多钱，居然还能跟没事儿人一样。”

“当你欠几万块时，你很焦虑。当你欠几十万块时，你会抑郁。当你欠几百万时，你可能会天天想着要自杀。但当你欠几千万几个亿时，你会该吃吃该喝喝，啥事儿都不往心里搁。量变产生质变的道理，在欠债上面也同样适用。”何处哈哈一笑，“我就欠了 1000 多万，随便出手一点儿股份就够了，是良性债务。靳里就不同了，他全部股份和资产变现之后也还不清债务，相当于破产了。”

万有起身，又泡了一壶新茶：“茶都喝了一壶了，现在换铁观音。刚才喝的是绿茶，人生由苦到甜才有意思，茶却是要由淡到浓。但最终，还是要回归平淡。人生如果反过来先甜后苦，就惨了。”

依次为每人倒了一杯茶，万有才说：“虽然我和靳里算是关系不错，但在商言商，我也要考虑到风险和收益，出于人情的加成，我可以出到 1800

万……不能再多了，一分也不行。”

靳里端茶杯的手停在半空，他愣了片刻："如果海月明能出到2000万，我卖给他万总不会骂我吧？"

万有哈哈一笑："不会，怎么会？买东西的人都想压价，卖东西的人都想抬价，这是人之常情。如果海月明真能开出2000万的价格，我没意见，拱手相让。"

都以为万有会适当加加价，不料他摆出了无所谓的态度，居然退后了，倒让关河一时愕然。

关河心直口快："万总，总不能你一口价就没有讨价还价的余地吧？总得再加一点，让靳里心理平衡一些，也让他可以离还清欠债更近一步。"

万有闭上眼睛品茶："商业和感情不能混为一谈，我能出到1800万的价格，已经是高价了。以眼下关东生物的市场前景来看，肯接手靳里股份的人，基本上没有。"

关河不傻，清楚万有此时想要收购靳里的股份，是想进一步掌控关东生物，也是为了压海月明一头，动机中已经掺杂了非理性的非商业因素。海月明如果想接手靳里的股份，多半也是基于同样的想法，而不是纯粹的商业考量。

他想了想，对靳里提出了建议："不如问问海月明？"

靳里心乱如麻，如果问了海月明，就等于不打自招，承认他出现了经济危机，他的富二代人设将会全面崩盘。不过又一想，关河和何处已然知道了真相，即便他们二人不说出去，他也不敢保证万有不会到处乱传。

咬了咬牙，靳里问何处："何处，你觉得呢？"

何处没什么表示，很无所谓地耸了耸肩："你自己做主就好。你以前没告诉我们你已经破产了，现在再请我们帮你拿主意，对不起，我没有责任和义务帮你浪费脑细胞。"

靳里脸一红："何哥，我错了还不行吗？我就是有那么一点点的虚荣和矫情，真的没什么坏心眼。"

何处不为所动："你自己决定吧，也许你说出来的部分还不是全部真相，我们没有办法根据部分真相做出准确的判断。"

关河推了何处一把："别这么小气，显得你太斤斤计较了。这样吧，如果你现在是靳里，你会怎么做？"

关河的问题问得聪明，不是让何处帮忙出主意，而是让他设身处地以靳里的身份来做决定。

关河的立场自然更偏向靳里多一些。

何处眯着眼睛想了想："其实以靳里现在的处境，卖掉股份套现2000万也无济于事，还差1000多万，不出现奇迹的话，基本上这辈子别想还上了。

"对，我忘了你还剩下1%的股份。除非关东生物估值到了10亿以上，1%的股份才能值1000万。但一旦关东生物估值能到10亿，说明发展迅猛，离20亿甚至50亿也就不远了，相信到时你又不舍得卖了。

"如果是我，反正到手2000多万也不够还欠债，拿在手里也是累赘，还容易被债主们惦记，还不如不套现。也不行，以你现在的处境，不套现一部分都不足以维持生活了，不如这样，只卖1%的股份，用来维持富二代的形象和人设就足够了，剩下的部分等升值……"何处继续出主意。

关河急了："不行不行，债主们会杀了他的。"

"不会。求财的人不要命，命有什么用？忘了刚才我说的了，量变产生质变，欠3000多万还怕什么？每天好吃好喝好睡就行，债主们会努力让你身心健康，只有你多赚钱了，你才有还债的可能。"何处不以为然地摇了摇头，"关河，你的思想境界有待提高，不要觉得欠钱是多悲惨的事情，天塌不下来！就算欠几百亿也一样可以活得好好的。"

关河不敢苟同何处的理论，正要反驳，靳里忽然站了起来："我决定了，转让1%的股份，算400万,万总同意的话，马上就可以签转让协议。"

万有不置可否地笑了笑："不急，不急。现在该聊何处的问题了。"

第六十七章

在下一盘什么样的大棋

“先聊何处的问题吧？”关东生物会议室，海月明打开保温杯喝了一口水，抬头笑眯眯地看向了邓入和方东。

宁三祥没在会议室，会议一结束，她就到了外面的办公区办公。

邓入不动声色地笑了笑：“还是先聊关河的问题吧。”

在关河几人离开后，方东几人留下继续开会。对于新的办公室的选址，她们几人都看过几次，基本上都认可，也就没有想着再跟过去最后确认一下。

方东却是清楚万有是借选址为由，拉上关河、何处和靳里，进一步巩固他们的同盟去了。

海月明同意方东的推断，邓入也持同样的看法。几人商议一番，一致认为为了防止万有的进一步坐大及对关河等人的蛊惑，她们有必要摒弃前嫌结成联盟。

在方东的提议下，三人决定开会研究对策。

海月明提议先从何处的问题聊起，邓入却想先从关河下手。

邓入的理由很充分：“关河才是公司的核心，万有肯定想先突破关河的防线，拉关河下水。关河又最没有主见，很容易听信万有的谎话。”

“关河才不会没有主见，他最有原则了。”方东立刻不同意了，“他是简单，但不是傻，而且他最认真最有底线了，何处和靳里都和他没法比。”

邓入想说什么，被海月明用犀利的眼神制止了。

海月明摆了摆手：“先不对比关河、何处和靳里三个人谁好谁坏了，靳里最不靠谱你们都没有意见吧？”

方东和邓入一起笑了，点头。

“其实，现在的问题不是谁靠谱谁不靠谱的问题，而是他们三个人都对万有无比信任，万有现在说什么他们就相信什么，所以，我们共同的目标是，如何扭转他们对万有的过分信任与依赖的现状……”海月明不知何时戴上了一副大大的近视眼镜，她推了推眼镜，“你们有没有什么好的想法？”

邓入不等方东抢先说道：“以前我也觉得万有居心叵测，对关东生物有非分之想。现在接触下来，也没发现他有多坏或者说多有心机，他也是一心为了公司的发展出钱出力出人，不知道为什么你们对他的偏见这么深？

“我倒想问问，按照你们的猜测，万有到底对关东生物有什么所图？现在的关东生物，又有什么值得万有不惜一切代价也要索取的价值？你们会不会对万有太不公平了，对他的偏见是不是太深了？”

方东和海月明对视一眼，邓入维护何处还可以理解，突然转变了态度，对万有也有了倾向性的立场转变就让她们始料不及了。

方东还想解释什么，海月明直接站了起来，拎起包：“走，我带你们去一个地方见两个人，你们就会知道万有在下一盘什么样的大棋。”

海月明开车，一行三人出了公司。半个小时后，来到了位于外滩的一处神秘所在。

说神秘，其实只是因为这是一座掩映在高大的合欢、梓树之中的老洋房，隐蔽而朦胧，在周围全是高楼大厦的衬托下，有一种与世隔绝的格格不入，并且让人感觉时光流转，有仿佛回到了从前的错觉。

上海的老洋房只有两种味道——钱味和霉味，现在在方东和邓入面前的老洋房，就同时具备了这两种味道，而且还完美地融合在了一起。

房子少说也有上百年了，木质结构因为年深日久的原因，不管是地板还是楼梯，人一踩上就发出咯吱咯吱的声响，让人疑心回到了童年的老屋。

方东小时候也曾经住过一段时间老洋房，当时她才五岁，印象最深的就是楼梯的陡峭，她还因此摔过几次。后来爸妈离婚，老洋房归了妈妈。再后来，听说妈妈卖了老洋房。

也不知道当年她家的老洋房现在在谁的名下，有没有被拆迁。

由于记忆过于久远的缘故，再加上方东刻意不去想起，她对于老洋房的具体位置都有些模糊了。

人，总有一些拼命想要记住的往事，也有一些努力想要忘记的过去。

老洋房留给方东的回忆只有浓重的霉味、咯吱作响的楼梯和地板、爸妈无休止的吵闹，以及她一次又一次惊恐而无助的哭泣。

不过，她家的老洋房无论位置还是大小，都远远不能和眼前的老洋房相比。

邓入见海月明轻车熟路地开门、拿出茶具，在院子里的桌子上摆放整齐，她猜到了什么："是你家的房子？天哪，这得上亿了吧？"

"不知道市场价格，反正也没打算卖，也就没关注过。"海月明在木桌上摆好精致的茶具，是全套银制品，不是英伦范而是仿古作旧的东方韵味，"刚才我已经通知了他们，他们等下就到。他们在万有身边有一段时间了，他们的话应该比我的话更有说服力。"

邓入点了点头，主动泡茶，她的手法轻盈、仪态大方，片刻之间就泡好了一壶上好的红茶。

海月明轻轻抿了一口："邓入学什么都入门很快，红茶的火候掌控得非常好，只差一点点就能发挥红茶的最大功效了。知道差在了哪里吗？"

邓入摇头，她摆出了聆听的姿态。

"手法没问题，水温也到位，火候也八九不离十，但就是有一点，在最后出水的时候，有点心浮气躁，倒早了，所以口感微有苦涩而欠缺了回味的甘甜。茶道最考验的就是心平气和的功夫，是沉静下来的从容。"

邓入点了点头，听出海月明是在借茶喻事："比起海姐和方姐，我还欠缺不少，还有成长的空间。不过我也不是偏激的人，有逻辑性和理性，不会感情用事。是，我是对何处有了好感，有时会下意识偏向他的立场。但在事关公司大是大非的问题上，肯定会站在公司的全局考虑，而不是基于个人的感情因素。

"也许是我见识不够，也许是万有隐藏得太深，反正直到现在为止，我看不到万有的所作所为有对关东生物图谋不轨的地方。如果说万有是一个渣男的话，他对关东生物的爱，至少到目前为止，用心而热烈，是在认真付出。

“换了是你们，有一个如万有一样深爱你们的男人，你们会怀疑他什么呢？怀疑他骗财还是骗色？他缺财缺色吗？”

邓入的问题犀利而直接，也确实问得很到位。别说她了，就是方东也曾一度认为她对万有的怀疑是无端猜测和无中生有。

只有海月明坚持她对万有的看法。

“别急，等下人到了，你们听她怎么说就都明白了。高明的猎手，开始时总是会以猎物的形象出现。而有些超级猎手，直到最后一刻，你都不会相信他会是幕后推手。”海月明稳定了一下心神，压下了想要和邓入解释一番的冲动，“万有段位太高，高到我们压根就猜不到他的手法和套路，只能大概知道他的真正意图。不过一个人隐藏得再高深、手段再高明，只要他目的不纯，总是会露出一线蛛丝马迹。”

海月明想到了什么，悄然一笑：“就像你喜欢一个人，掩饰得再好，早晚也会有意无意中露出马脚，是吧邓入？”

邓入微有慌乱：“干吗提我？我没喜欢何处，只是对他有好感。”

邓入话音刚落，身后突然冒出一个带有明显四川口音的女声。

作为四川人，乡音瞬间拉近了距离，让邓入感觉很亲切。邓入回头一看，一个衣着华贵、姿态优雅、步伐从容的女士走了进来。

第六十八章
神秘女士

她年约35岁，面容姣好，身材保持得相当不错，既有成熟女人举手投足优雅从容的气质，又有成功女士不经意间流露出来的气度。

她的身后还跟着两个人，一个是顾深秋，另一个是韩马。

“你好，你是邓入吧？我叫蒋一期，公开身份是时期药业的CEO，不公开的身份是……万有的前妻！”

“啊！”邓入呆立当场，半天才回过神儿来，“蒋总您好，幸会，真是幸会。”

蒋一期大方地坐在了邓入的旁边：“我们是老乡，就别客气了，坐下幺妹，给我倒杯茶喝。”

邓入忙为蒋一期倒了一杯茶，回头朝顾深秋和韩马打了个招呼：“你们也过来坐，别站着了。”

顾深秋和韩马过来，坐在了长桌子的两端。

经过一年多的休养生息，韩马的状态好了许多，也精神了许多。他冲每一个人有礼貌地点头，看向海月明时，目光中既有崇敬又有敬畏。

当初如果不是海月明收留他，并且给了他工作的机会，他也许已经回到了老家，回归了平静的生活，从此放弃梦想。而现在，他在未时制药混得风生水起，成为车队的队长，前景一片光明。

方东震惊得说不出话来，顾深秋和蒋一期同时出现，信息量过大，让她一时难以消化。海月明到底在背后筹备了多少事情？不愧是出身商业世家，自小就练就了缜密的行事风格。

海月明淡然一笑："方东，有件事情得向你说声抱歉，瞒了你这么久，是该向你说出实情了。其实，上次顾深秋和邓入见面之前，他们就知道对方都在上海了，是我特意安排了一次意外的见面事件……"

海月明对方东说出了事情背后的前因后果："也不是说非要刻意瞒你，是想让你的表现更自然更真实一些，好让顾深秋的同事回去向万有汇报，可以加重他在万有心目中的分量。"

"方东姐你别生气，当时我也被蒙在了鼓里，我们都被月明姐善意地骗了一次。我是知道顾深秋在上海，但不知道会有当时的见面。不过事后证明，月明姐的安排收到了预期的效果。"

顾深秋见方东的脸色不太好看，忙说："我当时和同事柳庄一起吃饭，他是万有最信任的心腹。万有最信任的手下大概有七八个人，分布在各个部门。凡是新人进到公司，都会先由他的心腹接触一段时间，确定忠诚可信之后，才会考虑重用。

"七八个最信任的手下也分等级，有人负责高管提拔前的考察，有人负责中层提拔前的观察，有人负责关键部门负责人提拔前的深入了解。柳庄负责中层提拔前的观察，他在万有信任序列中排在中间靠上的位置。"

方东点了点头，她本来很生气海月明对她的隐瞒，在她看来，最不应该隐瞒她任何事情的就是海月明了。可以说，如果没有她和海月明之间的信任与默契，关东生物就不会有今天的大好气象。

顾深秋暗中观察在座每一个人的表情，继续说道："当时我和邓入的表现，以及方东姐、海总的配合特别好，柳庄特别满意，认为我和邓入的复杂关系有利于以后万总对关东生物的布局，他就打了高分。事后不久，万总就提拔了我，并且信任加重用我。"

方东点了点头："好吧，我原则上三分之一原谅了月明。"

海月明俏皮一笑："剩下的三分之二什么时候兑现？"

"以观后效。"方东微微一笑，又冲顾深秋点了点头，"说下去。"

"我赢得了万有的信任后，被他委以重任，除了专门负责保障关河的研发之外，我还和柳庄一起帮他先是联系上了杨停——也就是杨涵米的父亲，然后又促成了他和杨停的认识与合作，最终让杨涵米成为他的股东。”

“啊！”方东和邓入面面相觑，同时震惊地站了起来。

“原来万有原先不认识杨停，并不是什么杨停的老朋友？”方东自认为对万有已经足够了解，听了顾深秋的话依然大吃一惊，万有此举太有心机了。

不用想就知道，万有这是为了对付何处而埋下的伏笔。除了可以在以后需要时制衡何处，还可以利用杨涵米对何处的痛恨，拉来一大笔资金为他所用——当真是一箭双雕一石二鸟的好计！

“不是，才不是什么老朋友。”顾深秋连连摇头，“万有和杨停以前也认识，但不熟，只有一面之缘。在听说了何处和杨涵米的事情后，他就安排了一个局，让我和柳庄出面请出了杨涵米，然后借杨涵米和杨停假装不期而遇，再有意无意说到以前也曾见过，就加深了印象。”

邓入微微张开嘴巴，惊讶不已：“这么说，杨停患了绝症，万有让杨涵米入股是为了帮助老朋友带一带杨涵米的说辞也是假的了？”

“倒也不是，杨停患了绝症是真的。如果不是杨停真的有病，他也不可能轻易就听信了万有的话，让杨涵米跟随万有。”顾深秋摇了摇头，“也得承认万有这家伙既有水平，又有那么一点点的狗屎运。”

“你说对了，万有这个瓜娃子运气好得很。”蒋一期一拍桌子，震得桌子一晃，茶水都差点洒了，“当初我看上他，就是他运气来了。”

顾深秋忙说：“蒋姐也是我从成都请来的。之所以能够联系上蒋姐，并且请她出山，韩马立下了不小的功劳。”

韩马连连摆手：“没有没有，我就是爱打听事情，喜欢瞎聊。在车队跟人聊天时，听到几个跟了万有好几年的司机说到了蒋姐的名字和公司名字。我一想时期药业不就是经常为公司提供原料并且有密切合作的四川药企吗？我就留了心，联系上了负责和未时对接的时期药业的车队队长蒋亮。”

“蒋亮是我的侄子哇……”蒋一期插了一句。

韩马接着说：“等我和蒋亮混熟了才知道，原来未时制药的好多原料及销售，都是借助了时期药业的渠道，而时期药业是万总前妻蒋总的公司……我就想万总真厉害，和前妻离婚了还能有商业上的合作，并且还能借时期药业的力量办自己的事情，是个人物。”

“我是不知道，要是知道了，早就断了狗崽子的粮！”蒋一期又一拍桌子，怒不可遏，“都是公司下面的人被万有收买了，万有利用一家空壳公司和时期药业签订合同，购买原材料，并且利用公司的销售渠道销售产品。他以前在公司时培植了不少人，他走后，这些人还在利益的驱动下为他服务。”

“我来上海之前，已经清理了他们。现在万有在公司没有内应了，他的供货渠道和销售渠道都断了。”蒋一期嘿嘿一笑，又想拍桌子，见方东和邓入都以古怪的眼神看她，就又轻轻将手放了下来，“万有的日子马上就不好过了，他这个人中看不中用，玩的都是虚头巴脑的东西，骗骗小孩子还行，骗我？差了十万八千里了。”

真是一个性格豪爽的女汉子，方东忍住笑：“蒋姐，先说说当年你是怎么看上了他……”

“行，先说前因再说后果，也符合事物的发展规律不是？”蒋一期对方东的印象特别好，也许是方东飒爽的中性气质让她心生好感，她很有气概地一拍方东的肩膀，“幺妹，听姐给你讲讲哈，话说当年的大学校园，一个春光明媚的下午……”

方东心中一沉，坏了，问错问题了，没想到蒋一期居然还是一个文艺女青年，这一下从很久很久以前讲起，怕是少说也得大半天的时间吧？

还真让方东不幸地猜对了。

蒋一期最先喜欢的人并不是万有，而是另外一个名叫金乐的男同学。金乐比万有高大帅气多了，身为山东人的他，篮球打得好、长跑是冠军、学习成绩也不错，堪称完美；除了有点大男子主义。

蒋一期在校园内很受欢迎，追求者无数，金乐也是其中之一。后来他先赢得了蒋一期的芳心，被无数人羡慕不已。

第六十九章

如果你要，我必当倾尽所有

金乐和万有是同班同学，还是同一宿舍。

有一次万有和金乐一帮人在宿舍打牌，蒋一期打来电话说想吃肯德基。距离学校最近的肯德基至少也有 2 公里，在没有外卖、共享单车、网约车的当时，要么步行要么骑车，没有别的选择。

偏偏当时又下着大雨，金乐就不太想去。万有带头起哄，说女朋友召唤必须有求必应，否则惹了女朋友不高兴后果相当严重，怕是金乐承受不起。

本来就不太情愿的金乐在众人的嘲笑声中，就更加不想去了，等蒋一期的电话第二次打进来的时候，他拉不下来面子，当着全宿舍的面大喊了一声：“想吃自己去买，我是你男朋友，不是你的奴隶！”

谁也没有注意到的是，在众人的大笑声中，万有悄然离开宿舍，他披了雨衣拿了雨伞，顶风冒雨骑行了两公里，淋得精湿，但被他精心包裹的肯德基套餐完好无损，还冒着热气。

不过由于天色已晚，女生宿舍的大门关闭了，万有无法进去。他就顺着排水管爬到二楼，敲响了蒋一期的窗户。当蒋一期灿如春花的脸庞出现之时，先是一愣，然后是一脸失望之色，失望的是出现的人不是她最期待的人。

但失望过后，万有浑身湿透的狼狈、真诚的笑容和讨好的姿态，让她感动了。

尤其是万有有意无意说了一句：“本想给你买最好的套餐，可惜身上没钱了，只好买了我能买得起的最好的套餐。”

如果你要，我必当倾尽所有！

蒋一期感动之余，第一次对万有产生了浓厚的好感。

但也只是好感，还没有上升到喜欢的地步。此后的一段时间内，她和金乐和好后，慢慢就忘记了当初万有的付出。

直到冬天来临之时。

记忆中，那是成都最寒冷的一个冬天，还下了雪。大雪不但阻碍了交通，还压坏了电线，导致了全校大停电。

蒋一期怕黑，手电电池没电了，她想让金乐帮她买电池。金乐本来想去，却被万有一句话打消了念头。

“正是表现的机会，快去，去晚了怕是女朋友就被人抢走了。蒋一期可是有好多人盯着呢，你不抓紧，说不定到手的鸟儿也会飞走。”

金乐大男子主义发作：“不去，就不去。爱谁谁，老子谈的是女朋友，不是找一个姑奶奶降低生活标准，让我当牛做马来哄她开心？别想！这么大的雪，最近的小卖部也要一公里远，她就不怕老子摔个半死？瓜婆娘，真当格老子是她的大玩具？”

万有放心了，默默地出门，顶风冒雪到了一公里之外的小卖部买了电池，一路上摔了好几个跟头。当他摸黑敲开了蒋一期宿舍的门，在手电筒点亮的一瞬间，他看到了蒋一期眼中闪亮如星的光芒，他知道，那是爱情之光。

而当蒋一期看到万有鼻青脸肿却依然笑得很开心的样子时，她终于真正被他打动了，鼻子一酸扑到他怀里哭了起来……从此，蒋一期就成了万有的女友，并且嫁给了他。

方东听完，一时感慨：“也值了，一场雨一场雪，一份肯德基套餐两节电池，花费总共不超过 50 块，耗时两三个小时，再加上受了一些皮外伤，换来的是一生的荣华富贵，万有的算盘打得真精明，赚翻了。”

邓入听得入了迷，无比向往：“还是羡慕你们那时的爱情，真的让人感动，现在的爱情不是太肤浅就是太现实，缺少了打动人心的力量。”

海月明的关注显然和二人不一样：“蒋姐，后来你们结婚后，又是什么原因离婚了呢？是不是万有露出了本来面目，他当初对你的好只是为了实现他吞并蒋家家产的目的？”

“还真不是，结婚后，万有对我还很不错，尽到了一个丈夫的责任。”

“他后来是不是出轨了？”海月明又问。

“至少在我和他闹矛盾之前没有，在婚姻初期，他没有和别的女人有什么来往。也许也有，反正我没有发现任何蛛丝马迹。”蒋一期微微一想，“他当时的心思全在事业上，可能是还没有时间和精力去出轨。”

方东点头：“男人的时间和精力总要有一个出口，男人不像女人一样对家庭和孩子会倾注全部的爱和心血，他们需要一个渠道来发泄他们多余的时间和精力，所以不要限制男人打球、收藏、钓鱼、盘串、摄影等正当爱好，如果他不喜欢以上任何一种活动，他可能就喜欢别的女人了。”

“哈哈，有道理，方东你说得真好。”蒋一期大笑，“当时万有一心扑在事业上，很快就在我家的公司立足，然后一步步坐到了高位上。是有我爸提携的功劳，也有他自己努力的原因。他后来升到副总裁时，是公司成立以来最年轻的副总裁，有不少不知道他和我关系的公司中层，都对他的飞速升迁很服气，不认为有什么内幕或是猫腻……”

看一个人得全面而公正地看待，方东暗暗点头，必须得承认万有的过人之处，他确实优秀并且非同一般，拥有一般人无法企及的心智、谦虚和长远布局。

“后来呢？”方东好奇地追问，她曾当面听万有说过他和蒋一期离婚的来龙去脉，但只是万有的一面之词。

“后来，他的经营理念和我爸的分歧越来越大，而且我爸发现他暗中转移了公司资产，以很高明并且隐蔽的手法壮大了自己的空壳公司，为公司带来了上亿元的损失。我爸让他弥补亏空并且承诺以后不许再犯，他满口答应。结果转身却变本加厉地对自己的公司进行利益输送，最终彻底惹怒了我爸……”

蒋一期叹息加摇头：“其实我也看出来了，万有不是久居人下之人，他野心很大，想掌控一切。就算他最开始对我的爱是真心的，到后来，他的事业心完全盖过了爱情。”

海月明频频点头：“万有和你爸在经营理念上的主要分歧是什么？”

蒋一期说道：“万有认为实业必须为金融服务，在他眼中，蒋家的产业布局不合理，实业太多而金融业太少。应该只保留一些有想象空间的实业，将大多数重资产的实业卖掉，变现后成立基金公司，充分利用金融的杠杆来撬动更多的资金和资源。实业的部分，是用来讲故事，用来给投资人以想象空间。金融的部分，是为了加杠杆，撬动更多的资金以方便融资。

“我爸认为做事如做人，要脚踏实地并且一步一个脚印，最好还是以实业为主，实业才是根本。如果都去玩金融，掠夺的是投资人的钱，最终损害的还是整个社会。玩金融是可以赚大钱，但人人都玩金融都不从事实业，钱越多，就越不值钱。财富是什么？财富是实业制造出来的物质产品和人类生产的精神产品，而不是虚幻的数字。没有物质产品和精神产品，货币就是一堆废纸。”

方东和海月明、邓入对视一眼，三人一起点头。她们一直坚信实业才是社会财富积累的根本，所谓的财富，就是体现在物质的极大丰富上。

蒋一期的脸色越来越凝重：“我爸找我谈过几次，说万有的想法和做法很危险，如果任由他发展下去，他不是成为枭雄就是会一败涂地，他就劝我早些和他一刀两断。我舍不得，想劝万有回头，万有也答应我会改变思路，谁知……谁知他竟然和他的助理成一星勾搭到了一起，被我发现后还说他只是一时苦恼，喝了点酒，成一星就安慰他，让他很感动……”

“离婚了？”方东问道。

“离了，不离还留着过年吃饺子吗？”话说一半，蒋一期自己反倒笑了，“说到离婚，也有一件很有意思的事情，当时万有说什么也不肯离，还威胁我和我爸，说要放出我家偷税漏税的大料，让我爸和我去坐牢。”

万有这么狠的吗？方东回想她和万有打交道的经历，有点怀疑蒋一期的话。又一想，也许是她和万有之间并没有利益攸关的矛盾，不足以发生致命的冲突，万有没有对她痛下狠手也在情理之中。

“然后呢？”海月月追问，她对万有的做法无比好奇。

第七十章
被拿捏的把柄

“然后我没有妥协，他就真拿出了一些所谓的我爸偷税漏税的证据和我们谈判。”

“再然后呢？”方东也忍不住问道。

“再然后我们就妥协了，答应给他一笔钱，并且给他一些专利，只要他答应离婚并且不闹事就行。”蒋一期对方东、海月明和邓入几人的大眼瞪小眼颇为不解，“以前法制还不健全的时候，难免会有一些不那么规范的事情发生。”

道理是这么个道理，不过方东和海月明还是略感失望，没想到万有采取的不是让人痛恨的阴谋诡计，而是拿捏了蒋一期的把柄，才让蒋家做出了让步。

似乎万有和蒋一期的离婚大戏，也没有那么狗血和让人对万有恨得咬牙切齿，方东暗暗自责，是不是她对万有的偏见太深了，还是被海月明带偏了节奏？

说来方东对万有的成见，有一大半源自海月明的影响，一小半是她对万有的直接观感。方东忽然对万有的判断也动摇了几分。

邓入也是同样的想法，她悄悄朝方东使了一个眼色，嘟了嘟嘴，用嘴形无声地向方东说道：“有点尴尬……”

蒋一期从现场的沉默中嗅到了什么，笑了：“是不是觉得有点尴尬？没错，我也是同样的想法。是，你们会觉得万有并没有多罪大恶极，就是犯了许多男人都会犯的出轨的错误，其他的事情也不算多坏多值得批判，对吧？是，我承认，万有这个人确实很厉害，他的许多坏心思掩藏得特别深不说，事情还做得特别圆滑，不能说是滴水不漏吧，起码是让人挑不出什么大毛病。”

“但只有身在其中，作为受害者，才能切身体会到他的厉害，让你有苦说不出来。”蒋一期越说越气，又站了起来，“离婚时，他拿了一大笔钱，然后自己在成都创业。很快就赔光了，他就又找到我，要求再支付他一笔赔偿款，否则，他会再抛出另外一份偷税漏税的证据。我爸肺都气炸了，但没办法，还是给钱了。因为当初谈好的条件是，万有不对外公布第一份偷税漏税的证据，谁知道他会有第二份。”

海月明哈哈大笑：“这很万有，完全符合他的人设。让我猜猜，他应该还有第三份、第四份证据，每次拿出一份讹一笔钱。”

“你猜对了，不过他只有三份，还好没有四份。第二次创业失败后，他又拿了第三份证据来敲诈，最后我爸又给了他一笔钱，并且和他签订了一个协议，要求他以后不许再迈进蒋家一步。他也信誓旦旦地保证以后绝对不会再开口要一分钱……”

“是不是还要了第四次，他说话不算话？”邓人也听得入了迷，代入了进去。

“没有第四次，是不是很失望？”蒋一期摇了摇头，“万有很有狗屎运，第三次他创业成功了。后来我才知道，他第三次创业时学聪明了，利用了时期药业的渠道和资源，对外宣称他和我离婚是打赌，只有他创业成功了，他才有资格和我复婚。他是为了证明自己，为了让所有人知道他不是赘婿。

“许多人被他的励志故事感动，都帮了他一把，让他迅速借助时期药业的渠道大赚了一笔。然后他就卖掉公司，去了安徽。到了安徽，还是利用时期药业的渠道和资源，迅速打开局面，并且创立了自己的公司品牌。在安徽他是彻底翻了身，然后就又来到了上海。”

方东点了点头，除了一些更隐蔽的内幕之外，蒋一期所说的真相，和万有对外宣称的经历有一部分重叠，只不过万有美化了许多，并且屏蔽了不光彩的一面。

万有办公室，万有喝茶，关河沉思，靳里擦汗，何处嬉皮笑脸。

“总算轮到我了，万总，说吧，你想怎么帮我？我是一个简单的人，我就真当你是为了帮我，而不是想要趁火打劫低价吃进我的股份然后趁机一步步掌控关东生物。”

“呵呵……”万有很开心地一笑，“从生意的角度来说，只要是看好的行业认准的公司，谁都想自己说了算。我是有想要掌控关东生物的想法，但有想法不代表就有付诸行动的野心。至少从现阶段来说，关东生物的价值不足以让我花费过多的精力来投入，是吧？”

“总要计算投入和产出比，对不对？”万有下意识地看了关河一眼，“何处，我对你确实一半是帮助，另一半是想多持有一些关东生物的股份。你现在在关东生物的股份是 20.3%，按照关东生物的估值推算，价值是 7600 多万，外面的欠债是 1000 多万，你的个人资产是正 6600 多万，比靳里强了太多。

“我有两个方案，第一，以估值 4 亿的基准，卖了 5% 的股份，你拿 2000 万的现金，还债 1000 多万后，剩下的大几百万在上海买个小公寓，再买一辆好车，日子过得不要太舒服。

“第二，以估值 3.75 亿的基准，质押 10% 的股份给我，我拆借你 2000 万，按照正常的银行理财利息计息，注意是银行理财，年化 5%，可不是年化 15% 以上的高利贷。”万有的目光扫过关河、何处和靳里，“你们说，我的提议是不是很有诚意？”

靳里没说话，他现在不关心万有怎么和何处谈，只想自己到底要不要转让股份。1% 的股份，到手 400 万现金，离还清债务还差了十万八千里，但至少可以解决眼下的困境，可以让自己过得更舒坦一些。

但万一到手了 400 万后又被债主们发现了，非要逼债该怎么办？靳里一时心乱如麻，都不知道该怎么办才好了。

关河只是看向了何处：“何处觉得有诚意，就是有诚意。何处，你怎么说？”

第七十一章

唱一出大戏

何处想了想，笑道：“万总，向我追债的朋友开价 1.5 倍要我的股份，他只要 2% 的股份就可以抵销全部债务，比你的开价有诚意多了。”

万有不以为然地笑了：“话不能这么说，他想要你 2% 的股份，要经股东们讨论通过才行，不要忘了，公司股东拥有优先权。”

“同等条件下的优先权！”何处立刻就强调了一句，“都要经股东们讨论，我的股份是转让给你还是我的朋友没什么区别。你的方案，你觉得方东、海月明和邓入会很轻松愉快地就同意吗？我肯定是倾向于价高者得的原则。”

万有点了点头：“也有道理，我能理解你的心情。关河、靳里，你们觉得呢？”

靳里连连摆手：“我没想法，我不管，你们随便。”

关河低头想了想：“还是第二种质押方案比较好，也容易说服方东和海月明、邓入。转让股份的话，方东必然会反对，海月明肯定也会旗帜鲜明地拉上邓入一起否决。如果她们三个人全投反对票的话，肯定通不过……”

何处点头：“就是就是，关河的投票权虽然上升到了 45%，但她们三人加在一起是 33%，也够一票否决权了。”

“说服邓入不投反对票，就得靠你出面了。”万有自信满满地一笑，“只要邓入不反对，哪怕弃权，也能通过不是？”

何处双手一摊：“我对邓入没那么大的影响力。”

“好，既然这样，我来总结一下……”万有站了起来，“第一，我以 400 万的价格收购靳里 1% 的股份；第二，以 2000 万的贷款质押何处 10% 的股份，利息按年化5%计算，期限为一年，到时归还本息后，股份归还。如果到时逾期不还，股份按照当时的估值，划归到我的名下。”

“以上的条件，还算优厚吧？你们还有没有意见？”

关河认真地点了点头：“就我看来，万总确实拿出了足够的诚意，就看是不是可以满足你们的诉求了。我能保证的是在股东会上赞成你们达成的共识，其他的事情你们自己决定。我就不说什么了，以免影响你们的判断。”

关河看了看表又说：“我提个建议，尽快拿主意，别耽误吃饭。饭后，我还要去一趟实验室加班。”

从本心来说，关河当然希望何处和靳里都可以解决债务危机，前提是必须找到一条大家都满意的道路。他是不愿意左右别人的想法，就只能以居中的立场来支持。

何处愣了一会儿，把靳里拉到一边小声商量了一会儿，然后回来：“万总，我和靳里想再和海月明聊聊再做决定。”

万有丝毫没有不高兴的样子：“可以，没问题。关河，不管是我还是海月明最终和何处、靳里达成了合作，希望你都能支持，对他们来说，能套现一部分现金非常重要。”

“对我来说就不重要了？”关河眨了眨眼睛，调皮地笑了，“你们是不是想当然地认定我不需要套现，不需要一笔钱来改善我的生活？如果我也想手里有几百万现金呢？”

万有、何处和靳里三人对视一眼，异口同声：“不，你不想！你不能！”

关河作为公司最核心的资产，他的股份和投票权保持一个较高的比例有利于公司的稳定和发展，如果他套现了，说明他对公司信心不足，会导致军心不稳。

万有随即又给了关河一颗定心丸：“我和何处商量过了，接下来要给你涨工资，让你安心研发，不要为任何事情分心，包括钱。”

“太好了，涨多少？”关河立马一副见钱眼开的笑容。

何处大笑：“看，我说对了吧，只要提钱，关河肯定会表现得像个孩子……”

“下面，我们再聊聊我前妻的问题。”

关河顿时愣住了：“不用了吧万总，我又不认识你的前妻，聊她干吗？我还有事，就先走了。”

关河刚迈开步，就被何处拉住了。何处很清楚万有突然转移话题肯定有伏笔，而且也跟刚才所聊的股权转让有关。

“着什么急，研发需要的是灵感，而不是耗时间。如果谁都能靠熬时间熬出成果，世界不就是笨人的天下了？”

“有道理。”关河瞬间被说服了，点了点头，“不过你的话我只赞成一半。人既要聪明又要笨，聪明是说方向对，笨是说方法对。方向要找对，需要聪明和智慧。方法要找对，需要笨功夫和耐心。”

“你说得都对。先坐下听万总说说他前妻。”何处笑得很得意很欠揍，“前妻是事业成功的男人永远绕不过去的话题。”

万有换了一副严肃的表情：“我的前妻叫蒋一期，是时期药业的掌门人。”

关河一时震惊：“业内鼎鼎大名的时期药业是您前妻的公司？”

万有重重地点头：“惊喜加意外？还有更精彩的呢，她现在已经来到了上海，此时此刻，应该正和海月明、方东和邓人同唱一出大戏，商量怎样讨伐并且对付我呢。”

关河问道：“万总的意思是，蒋一期是她们有意请来的？”

“是海月明的手笔。”万有叹息一声，朝关河点了点头，“方东受海月明蒙蔽太久了，今天，真的有必要和你好好聊聊关于海月明的问题了。

“你们应该还不知道，海月明在我的公司安插了她的眼线，想要随时监控我的一举一动，她对我有一种变态的执念，你们恐怕还不知道原因。”

关河、何处和靳里一起摇头。

万有一脸的痛心疾首：“她对我是因爱成恨！当年她向我求爱，被我拒绝了。她不甘心，这些年一直在明里暗里和我作对，就是想要引起我的注意，希望我能回心转意。”

关河三人震惊得张大了嘴巴。

“上次她和你在外滩喝咖啡，一见到我就赶紧跑掉了，你还记得吗？”万有问关河。

关河连连点头："记得，记得很清楚！当时是我们第一次见面，到现在我都觉得她后来的解释很苍白。"

"她见到我就会心虚，她连和我对视的勇气都没有，更不用说正面对话了！不管她怎么掩饰，都改变不了她跟踪我、调查我、不断引起我的注意、想让我喜欢她的事实！"万有咬了咬牙，"你们可以用心想一想，是什么样的商业对手才会在你的身边安插眼线，时刻关注你的一举一动，甚至连你的前妻都不放过，还要请她过来以围剿你的名义来对你口诛笔伐。你们说，这样的商业对手是正常的商业对手吗？"

关河三人一起摇头。

第七十二章

你都知道什么，又想要什么

“海月明安插在我身边的眼线叫韩马，现在是未时车队的队长。韩马利用未时的车队和时期药业的车队有交集的便利，认识了时期药业车队的头儿，熟悉后，通过他联系上了我的前妻蒋一期。为了请动她来上海一趟，海月明还亲自飞了一趟成都，和她谈了一天才说服了她。”

“她到底想干什么？”万有一脸愁容，“我都说了我和她没有可能，现在我和她还成了同一家公司的股东，正是需要大家同心协力研发产品壮大公司的时候，她偏偏要搞事情，非要和蒋一期结成联盟，想让蒋一期中断和我的合作，她是不是其心可诛？”

“搞黄了未时制药弄垮了辛时投资，不等于间接破坏了辛时对关东生物的投资，以及未时和关东生物成立的联合公司吗？”万有努力克制了情绪，不至于显得情绪失控，“我就是想不明白，海月明她到底想要做什么？”

关河也是无比愤怒：“海月明太过分了，怪不得她当初非要收留韩马，原来她有这么长远的布局，她怎么这么会算计呢？她就从来没有考虑过后果吗？她这么做，完全是出于私愤，她不配当一个投资人，也不是一个优秀的合作伙伴！”

靳里也是怒不可遏：“关河，你好好和海月明谈谈，如果她能改变对万总的看法，就继续合作。如果不能，大不了请她出局，不要让她为了一己之私毁掉关东生物！”

居然是韩马，是他的高中同学，而他完全不知道此事，靳里心中也是一阵发毛，海月明的思维太缜密了。

相比之下，何处还算比较冷静：“我倒是觉得海月明不至于因为个人对万总的偏见而采取这么多极端的措施，背后肯定还有深层次的原因，我的想法是先由关河和她深入地交流一次，然后我再和她好好谈一谈，再不行的话，我们再采取下一步的策略。”

靳里有些按捺不住了，因为海月明对他一直以来的不信任和偏见，他此时全部爆发出来：“不行，我现在就想去当面质问她到底是何居心，为什么心理这么阴暗，她是不是有病呀？”

何处悄悄拉了靳里一把，小声提醒：“别被情绪带偏了判断，万有的话未必就是全部的事实，还是要再和海月明聊一聊，才能得出正确的结论。别忘了，说不定海月明还可以帮你抬高股份转让的价格。”

靳里却甩开何处的手：“不行，我受不了了，现在就得当面质问她……你们聊，我先走了。”不顾几人的阻拦，靳里一人先一步离开了。

出了门，靳里愤怒的脸色迅速舒缓下来，他快走几步，确信已经远离了万有几人，才拿出手机打出了一个电话。

另一端传来了海月明慵懒的声音：“靳里，有什么要紧的事情吗？我正在开会。”

靳里听出了海月明有意掩饰的嫌弃，却并不在意，压低了声音问道：“海总，你现在是和蒋一期在一起吗？”

海月明大吃一惊，看了一眼蒋一期几人，一脸警惕：“我不明白你在说什么，谁是蒋一期？”

靳里听出了海月明话中的迟疑，继续追击：“海总，如果你相信我，我现在就过去找你。刚才万有说他已经知道你请来了他的前妻，他还知道你在他身边安插的眼线就是韩马。”

靳里之所以迅速做出决定想要火中取栗，利用他所知道的信息和海月明做一笔交易，是他敏锐地发现，他的价值在公司内部争斗越激烈时就越重要。此时正是根据时间差和信息不对称获利的大好时机，不能错过。

海月明再也无法保持镇静，她当即惊呼一声：“你在哪里？马上过来见我！”

“发我地址，我现在就过去。”靳里心中暗喜，他再一次掌控了主动权，说不定翻身的机会就在眼下。

“你一个人？”海月明不太放心，“关河和何处呢？万有知道你的动向吗？”

“放心，他们知道我要过去找你，但不知道我到底是为了什么。见面再说。”靳里收到了海月明发来的地址，立刻叫车过去。

半个小时后，靳里赶到了海月明几人所在的老洋房。

海月明没有让靳里先见方东、蒋一期和邓入，而是带他进了旁边的一间小茶室。

小茶室中连茶都没有，海月明也顾不上礼节，开门见山：“说吧，你都知道些什么，又想要什么，别腼腆，一口气都说出来。”

靳里嘿嘿一笑：“在海总面前我可不敢腼腆，海总是爽快人，也是明白人，肯定知道我想要的是什么。

“以前海总看不起我，现在海总依然可以看不起我，但我不会计较，我只想和海总公平合理地做一笔交易。我也相信海总不会因为看不起我而不和我合作……”

海月明皱了皱眉：“一口气说出你的诉求，赶紧的。”

“你的布局，万有一清二楚，包括你在他身边安插的眼线及请来他的前妻蒋一期。现在关河和何处在他的鼓动下，认为你就是一个为达目的不择手段的小人。你的所作所为不是为了更好地发展公司，相反，却是为了一己私利，是为了报复他。”

“报复他？我有病呀我要报复他？我和他既不是仇人又没有夺妻之恨……他这么胡编乱造，你们居然也相信？”海月明想笑没笑出来，“真滑稽真可笑！你们都没有明辨是非的能力吗？”

“反正这么说吧，关河和何处都相信你对万有因爱成恨，才处处针对他。我不管你对万有有没有感情，是不是真的因为得不到一个人而非要毁了他，我是想和你合作，不想被万有套牢。”

“什么？”海月明气得跳了起来，连形象都不顾及了，“万有说我因爱成恨？说我喜欢他？他怎么不说我非他不嫁要为他殉情呢？真能编真能忽悠真能给自己脸上贴金。”

“万有想要收购我名下 3.9% 的股份，还想质押何处名下 10% 的股份，名义上是为了帮助我们渡过难关，实际上他到底有什么图谋就不清楚了。”靳里说出了他的真正目的，“我希望海总可以阻止万有的计划，否则等万有完成布局后，关东生物就会成为他的一言堂，我们所有人都会成为他的掌中玩物。”

海月明眨了眨眼睛没说话，心思浮沉不定。万有发现身边有她的眼线，是意料之外也在情理之中。

但请来他的前妻蒋一期，也尽在万有掌握之中，就让海月明疑心是哪个环节出现了纰漏，估计不是韩马就是和韩马对接的时期药业的人。

以上还不是最让海月明震惊的部分，最让她大感迫切和危机的是万有居然如此之快就打上靳里和何处的主意，在拿到了靳里和何处的股份之后，早晚会进一步蚕食关河的股份，以达到他彻底掌控关东生物目的。

尽管也能想到万有会先冲靳里和何处下手，海月明还是没能想到万有会如此迫不及待，说明万有的投资公司和制药公司都出现了财务问题，他急需利用关东生物来帮自己解困。

脑中迅速转了一转，海月明立刻就有了决定：“何处愿意质押他的股份给万有吗？”

“何处嘛……”靳里犹豫片刻，还是说了实话，他清楚何处和海月明关系不错，“他也想和你谈谈，看看你能不能给出更好的价格。”

“这么说，你和何处都很缺钱了？”海月明上下打量了靳里一番，“消费降级、车也没了，还搬到了一个小公寓住，靳里，说实话，你是不是破产了？”

靳里停顿了片刻，才艰难地说道：“具体情况我就不细说了，总之，我现在需要钱，非常需要。”

“需要多少？”海月明和方东早就发现了靳里的问题，对靳里破产的事情已有心理准备。

万有可以趁机吃进靳里的股份，她为什么不可以？何况又是靳里主动送上门来的。

第七十三章

需要时就聪明起来

靳里心中迅速闪过几个数字：“万有想要我的 3.9% 的股份，开出的价格是 3000 万……”他一边说，一边暗中观察海月明的表情，见她不动声色，就继续大着胆子说道：“我的意向价格是 3500 万。”

“你名下持有 4.9% 的股份，投票权是 1%，如果只剩下了 1% 的股份，不是连投票权都没有了吗？”海月明没有讨价还价，关注点和万有几人有所不同。

能解得了燃眉之急，还管什么投票权？靳里心中蓦然闪过一个想法，忙说：“对，海总说得对，当时和万有讨论时，没有说到投票权的问题。现在我可以明确给海总一个答复，3.9% 的股份外加 1% 的投票权，一并转让的价格是 3500 万。”

海月明微微点头：“你和万有谈的价格是不包括投票权，对吧？这么说，你现在对我很有诚意了？”

“同样的价格，我更愿意相信海总。因为我和关河走得更近，他也希望我更信任你，他对你很有好感。”靳里决定搬出关河来充数，海月明喜欢关河已经是全公司上下众所周知的事实。

“是吗？关河真这么说？”海月明顿时喜形于色，“好，你的条件我原则上接受，不过还是要评估一下，走一个流程。”

“何处开出的价格是多少？”海月明决定一问到底。

“万有提出以 2000 万的贷款质押何处 10% 的股份，利息按年化 5% 计算，期限为一年，到期归还本息后，股份归还。如果到时逾期不还，股份按照当时的估值划归到万有的名下……”靳里实话实说，没有像他的报价一样增加水分。

“何处欠了这么多钱吗？我怎么听说他就只借了1000多万？你是欠了3000多万吧？”海月明何等聪明，立刻推算出来了靳里和何处的外债数额。

“何处欠了多少钱我不清楚，我不方便打听别人的私事。我欠了多少钱……也是私事，不好意思。”靳里还是要坚持最后的伪装不肯撕下，“如果海总答应我的条件，我就不和万有再谈下去了。我还是更愿意相信海总，也期待海总以后和关河的进一步发展。”

“是吗？”海月明笑逐颜开，似乎真的被靳里说服了一样，“条件没问题，细节我们可以进一步再细谈。现在，你先跟我去见见蒋一期，和她聊聊万有，也许，会让你对万有有更深入的认知。”

“好，听海总的安排。”靳里一口应下，满心欢喜。

万有办公室。

万有依然是一副波澜不惊的姿态，坐在他最喜欢的红木椅上，正襟危坐，和何处坐在沙发上东倒西歪的姿势有天壤之别。

“靳里太冲动了，他当面去质问海月明，等于是向她通风报信了。不过也不怕，我行得正坐得端，何须屈尊畏谗言？”万有脸上洋溢着自信的光芒，“不过你们不会单纯地认为靳里只是找海月明对峙，而不是趁机讨价还价，希望海月明可以出到更高的价格吧？”

何处点了点头：“生意就是生意，价高者得，他向海月明询价正常，可以理解。我也会问一下海月明，看她能不能给出更好的价格。”

万有毫不生气，大度地笑了：“我是喜欢并欢迎你们多处询价，有了对比你们才会深刻地体会到我对你们的诚意。好，我开出的条件不会变，如果海月明真能开出更高的价格，你们和她达成交易我也没有意见，并且会在股东会上投赞成票。”

如果没有刚才的一番表态，关河还会坚定地相信万有的人品，但万有过于高姿态的做派反而让他心中闪过一丝疑虑——商业上的一些事情是零和游戏，就像恋爱一样，有时二者只能选择其一。在有你没我的关键之时，万有不是争取的态度而是礼让的做法，就是故意在装腔作势。

这么一想，忽然之间关河就失去了继续聊下去的兴趣：“万总，差不多可以结束了吧？我要去一趟实验室。”

“急什么？”万有看出了关河情绪的波动和立场的微妙变化，忙往回找补，“我要先摆出一副高姿态让你们知道我对你们几人完全没有恶意，现在，我可以告诉你们海月明请来我前妻到底包藏了什么样的祸心。”

“再等十分钟，让万总说完。”何处拉了拉关河的胳膊，“十分钟后，我和你一起去实验室。”

关河只好坐下。

万有的脸色凝重了几分：“我承认我在起步时曾经借助过时期药业的资源和渠道，后来发展起来后，为了报答当年时期药业对我的帮助，我依然保持了和时期药业的不少合作，为的就是利益共享。但蒋一期却不这么认为，她还以为现在的未时制药和时期药业合作，就是未时制药在借时期药业的势，甚至觉得未时制药是依附在时期药业身上的寄生虫……

“现在未时制药已然是业内一流的知名药企了，居然还能被蒋一期认为是寄生在时期药业身上的小公司，她对整个行业的认知还停留在十多年前，可怜加可悲。蒋一期不清楚行业的发展变化可以理解，海月明还不知道吗？问题是，她现在鼓动蒋一期，一心希望蒋一期能让时期药业中止所有和未时制药的合作，认为这样可以围堵未时制药，让未时制药无路可走。”

关河和何处对视一眼，二人同时愕然，海月明这么厉害吗？

“我不想再多说什么了，关河、何处，现在关东生物和未时制药是一家人，一荣俱荣一损皆损，海月明一边投资关东生物，另一边却想打垮未时制药，她到底是何居心又有什么阴谋，你们也要查个清楚，不要掉以轻心。说不定关东生物真的会毁在海月明的手中！”

离开万有的办公室，关河和何处先是去了一趟关东生物的新办公地址，然后就回到了实验室。是关东生物自己的实验室。

关河已经开始陆续将设备搬回关东生物自己的实验室，以后凡是孤儿药的研发，都在关东生物实验室进行。而大众药的研发，就在联合公司框架下，在未时制药的实验室推进。

关东生物的实验室虽然是新建的，依然不如未时制药的实验室高大上，好在设备比较新，都是最新款仪器。

何处只随便看了几眼就失去了兴趣："头晕眼花，研发这种事情也就你这个怪人才能撑下去，我进来实验室三天不是成为实验品就得成为牺牲品。"

"关河，你先放下手中的仪器，我要和你聊一聊。第一件事情，联合公司的名字就定你起的吉时药业，我希望方东、邓入和靳里可以调到联合公司，主要负责联合公司的事情，你、我、海月明和万有留在关东生物，这样既可以减少内耗，又能避免员工之间谈恋爱而影响工作……"

"名字没问题，方东她们负责吉时药业我也没有意见，可是员工谈恋爱是什么梗，谁跟谁谈了？"关河一脸懵懂，"你和海月明还是和方东？"

何处险些笑喷："你眼瞎心也瞎吗？我和邓入都快成一对了，你居然没看出来，还说我和海月明、方东有关系？"

"宁三祥和靳里是一对，我是知道的，是不是也要把他们两个分开？"

"必须分开。公司发展到现在，是有必要建立一些严格的规章制度了，只有方方面面都规范，才能活到 B 轮。我现在对于上市或是被并购，不再抱有不切实际的幻想了，太遥远，能活到 B 轮撑到 C 轮，就是了不起的胜利。"何处难得地叹息一声，又自嘲地笑了，"所以，你也大概听出来我的想法了吧？"

"你什么想法？"

"让方东去联合公司的吉时药业担任 CEO，我留在关东生物担任 CEO，你没意见吧？"

关河愣了愣，一边继续摆弄仪器一边说道："我能有什么意见，你担任 CEO 总好过万有或是靳里担任，你是除我之外的最佳人选了。但我最近没时间也没心情当 CEO，我还是继续当我的首席技术官好了。"

何处直接忽略了关河的自夸："行，就这么说定了。接下来就得说说万有的事情了……"

"万有的事情？他的事情不是刚才已经说完了吗？"

何处哭笑不得："关河，你能不能在需要时就聪明起来，别总是看上去很好欺负的样子，这样不好，总会有坏人想要欺负你。”

关河一脸严肃：“万有收购靳里的股份、质押你的股份，目的只有一个——逐步增持关东生物的股份，以达到最终控股关东生物目的。另外，蒋一期的到来，让他乱了阵脚，他的未时制药显然非常依赖时期药业，蒋一期如果真的要求时期药业全面中断和未时制药的合作，极有可能对未时制药是致命一击。”

第七十四章

不是最佳时机

“海月明请来蒋一期，是真正拿住了万有的软肋，现在的万有，在经济实力上不足以打败蒋一期，又没有可以正面还击海月明的筹码，他只能借助我们的力量来搅乱海月明的部署，如果能进一步阻止海月明的计划就更好了。”

何处目瞪口呆：“关河，你为什么不早说出来显示一下你的厉害？”

“为什么要说出来？我只是科研人员，人事上的斗争、商业上的较量，是你们的事情，又不用我操心。我都能看清楚的事情，你们如果还察觉不到，你们就没有资格成为万有的对手。”

“你诚心扮猪吃虎，是不是？”何处除了震惊之外，还有佩服。

关河却依旧一脸平静：“经过一年多的历练，如果我还没有成长起来，不是笨就是蠢了。我要解决的是研发问题，除此之外的所有问题，我哪怕看得再清楚，也不会帮你们解决。”

“团队的作用就是各自发挥最擅长的一面，我尽量不在研发上让你们失望，在公司磨合和商业较量上，希望你们也不要让我失望。”关河严肃的时候，是他最可爱的时候，“你和靳里的债务危机，其实我也察觉到了一些，假装不知道，是相信你们可以自己解决。

“就像我在研发上遇到什么问题，从来不会征求你们的意见一样，因为你们的意见毫无意义，完全帮不上什么忙，你们知道得越多，反倒越会平添许多额外的麻烦。”

何处翻了翻白眼：“有些话，委婉一些说会让人更舒坦。”

“舒坦是死亡的归宿，活着和奋斗的前提就是不舒坦。万有应该也有经济危机了，估计比你们的还要严重。其实如果他明确地告诉我们他有麻烦了，希望我们可以从某一个地方为突破口帮他解围，我也会去帮他求情。但他偏偏摆出一副高姿态，并且过于迂回，想让我们主动提出帮他解决麻烦，他真是想多了……”

何处愣了半天，挠了挠脑袋又摸了摸头才说：“这么着吧，我现在要重新认识你，在我心中你的形象已经由以前的呆板、固执、可爱变成了呆板、固执、可爱加深不可测。”

关河挥了挥手：“对了，别忘了让邓入安排一次招聘，我希望至少要有10名以上的研发人员。”

“明白。”何处转身就走，不带一丝拖泥带水。

出了实验室，何处在阳光下站了片刻，然后打了一个电话。

半个小时后，他来到了海月明的老洋房，见到了海月明和靳里。

海月明本来想带靳里去见蒋一期，接到何处电话后又改变了主意，打算等何处到了再一起过去。

何处简短向二人说了靳里走后的事情经过，只捡了重要的部分，并没有事无巨细地说个清楚。

海月明饶有兴趣地笑问：“你是和靳里一样的心思，想问我是不是愿意出更高的价格？我介绍你们给蒋一期认识，她肯定对入股关东生物大有兴趣，也愿意出更高的价格收购你们的股份。”

何处和靳里对视一眼，二人不约而同地心想——事情越来越热闹并且复杂了，如果蒋一期真的也加入关东生物的话，关东生物岂不是会乱成一锅粥？

不过让何处和靳里始料不及的是，蒋一期既没有提出要入股关东生物，也对收购他们的股份毫无兴趣，她只是再一次控诉了万有当年的所作所为，以及现在万有还在利用时期药业的内线对未时制药进行输血。她一定会斩断万有的黑手，让未时制药一败涂地。

“万有现在已经没钱了，离破产只差最后半步，你们还指望他能给你们带来资金和资源？别做梦了，他只是想利用关东生物好对外讲故事来融资。他不是你们的救命稻草，相反，你们才是他的一线生机。”蒋一期最后扔下一句话就去逛街了。

等蒋一期走后，何处、靳里和海月明、方东、邓入开了一个小会。

何处对海月明的做法表达了强烈的不满，在万有身边安插眼线也就算了，还非要拉上蒋一期来搅乱原本已经安定的关东生物的局势，不知道海月明到底想要做什么，如果是想和万有争权，说服他们就足够了，用不着让外人介入。如果是对万有因爱成恨，私下解决就行，不用拉上公司的前途一起陪葬。

海月明没有过多地解释，只是强调："我是希望所有人都认清形势，不要再被万有继续蒙蔽下去。他对我的所有污蔑，我不解释，清者自清。我的出发点是希望公司能更加良性地发展，而不是在万有一步步的摆弄下，被拖入深渊。"

靳里替海月明辩解："何处，别这么说海总，她也是一心为了公司的发展着想。我相信再没有谁会比她更希望公司发展壮大了，只不过每个人都有自己的想法和做法，也许不被你认同，但请你不要怀疑她的初衷。"

"是吗？"何处斜着眼睛笑了笑，问道，"月明，蒋一期对于收购我和靳里的股份没有兴趣，你呢？给我们交个底，别吊着我们。"

方东和邓入一直保持了沉默，二人不说话，不停地暗中观察何处和靳里。

海月明没有正面回答："方东、邓入，你们是什么想法？"

方东还没有开口，邓入抢先说道："我个人建议是根据目前的形势判断，不管是从公司的角度出发，还是从万有个人资金状况考虑，都不是转让股份的最佳时机。当然，何处和靳里的个人经济状况有多糟糕，我们身为外人也不太清楚。如果日子还能过得去，最好再等上一段时间。"

方东点头："我赞同邓入的说法，再坚持个一年半载，许多事情就更明朗化了。万有愿意开出高价，问题是他现在有足够的现金流吗？如果他拿到你们的股份之后再去质押再去借贷呢？"

靳里大失所望，他期待要么还清债务要么到手400万现金，至少可以让自己生活得更舒适一些，没想到转眼间鸡飞蛋打了，他承受不了如此巨大的落差："我不管，我就是要卖掉一部分股份，我受不了了！你们都别拦着我！"

靳里不顾何处的阻拦，转身走了。

海月明也没有什么表示，任由靳里扬长而去。她其实很想收购靳里名下的股份，同时也想帮何处渡过难关，但不想表现得过于积极主动了，也是有意借机杀一杀靳里的贪心。但愿靳里经此一事可以成长和进步。如果他还是跟不上团队的脚步，就只能被淘汰了。公司不养无用之人，团队不留拖后腿之人。

何处想了一会儿，蒋一期的话未必要全信，但也要慎重对待，根据他对万有的了解和观察，万有很有可能真的出现了财务状况和经济危机，到底有多严重还不得而知，但估计是非常艰难的一关。可能比他和靳里所面临的难关更严重。

体量和规模达到一定层次的公司，似乎是庞然大物，但要是倒塌也很容易，有时甚至会比中小公司还要快速。

何处不像靳里如此迫切地需要变现，他的事情还有转机，毕竟是借朋友的钱，可以谈。这么一想，他就点了点头："听邓入的，先了解清楚万有的经济状况后再说，要不被他坑了也是麻烦。"

邓入开心地笑了："难得何大老板听话一次，以前不是非要拧着来吗？"

"我一向从善如流好不好？"何处白了邓入一眼，随后，将他和关河商量好的调整人员分工的事情说了出来。

方东、海月明和邓入基本上都没有意见。

蒋一期在上海待了三天，除了第一天和海月明几人见了一面之外，其余时间她不是在游玩就是在购物，对于她所说的要对万有釜底抽薪中断输血似乎没有了下文，连海月明都感慨蒋一期真不是一个靠谱的人。

直到蒋一期回到成都，才打来一个电话说了一声。至于她是不是还要对付万有又将如何对付提也未提，仿佛她已经忘记了此事。

第七十五章

继续采取模糊战略

靳里一连消失了三天，也没请假。三天后他灰头土脸地出现在公司，说他又搬家去了，还险之又险地躲过了一次债主们的围堵。

股份转让及蒋一期风波悄无声息地过去了，谁也没想到会是以一种不了了之的方式收场。之后，万有没有再提收购股份一事，海月明也不再提起蒋一期，何处和靳里似乎也暂时过了经济危机关，所有事情又开始平稳有序地进展。

一个月后，关东生物搬进了新的办公室。

新办公室位于未时制药旁边，距离关东生物实验室不过 500 米的距离，关河很满意，他以后穿梭于办公室和实验室就可以步行了。

原先的办公室兼住处退租之后，方东另外找了一处公寓住，就在新办公室旁边不远处。关河没有再找住处，直接搬到了实验室，他打算在研发没有获得突破性进展之前，吃住全在实验室解决。

又一个月后，关东生物和未时制药的联合公司吉时药业正式成立了，经过新一轮的调整，方东担任了吉时药业的 CEO，邓入任吉时药业的首席财务官，靳里任首席运营官，宁三祥任行政总监，顾深秋兼任 HR，杨涵米任首席技术官。

何处坚决反对杨涵米担任首席技术官，理由是杨涵米根本就不懂什么技术，她能管好自己就不错了。

关河只用一句话就说服了何处："让一个不懂技术的人管技术，不正好任由我们为所欲为吗？我们定下来的方向，杨涵米只管执行就是了。怕就怕懂一点又不全懂的人，那才是乱指挥。”

关东生物也调整了人事，何处担任了CEO，关河依然是首席技术官。同时，万有和海月明的投资款也全部到位。不管万有有没有遇到经济危机，或是有多大的危机，至少他的投资款到位了可以保证关东生物未来的运营，关河、方东和何处都安心不少。

经过数轮挑选，邓入陆续面试了上百人，最终由关河严格把关留下了30多人。又经过一两个月的磨合和考察，最终留下了15人，成为关河的助手。

关河要同时领导两个实验室的工作，他就让方东担任了他的副手，主要负责吉时药业的实验室工作。二人一起上阵，犹如回到了当年的大学时光。

上海的冬天阴冷而漫长，是关河最不喜欢的季节。在实验室忙碌了一天后，下班时他接到了方东的电话。

“你爸病了，我和月明要去看望他老人家一趟，你也一起吧？”

老爸病了他都不知道，还是外人邀请他回家看看，关河有几分惭愧：“现在吗？我刚下楼。”

“我们在楼下的停车场。”

关河一眼就看到了停在楼下的海月明的宾利。

方东坐了左后座，明显是把副驾驶留给了关河。关河也没多想，坐在了海月明的旁边。

“海总亲自开车？司机呢？”关河回头打量了一眼方东，“你的研发进度怎么样？”

海月明笑着一拢头发：“上车就关心工作，你也是够了，就不能关心一下方东最近身体好不好？也没发现我最近都瘦了？

“韩马现在还在负责未时制药的车队，万有明知道他是我的眼线，也没有开除他，你说万有到底在打什么主意呢？”

关河嘿嘿一笑：“你们和万有的恩怨、交手与较量，别和我说，说了我也不关心，更不会出主意，也不站队，我只管研发。最后不管你们谁是胜利者，都会保证将我的专利和研发成果推向市场对吧？我要继续采取模糊战略。

“现在，我只关心你们的身体。方东，你是不是老毛病犯了？冬天，要注意饮食，不要总对付着吃饭。你的脾胃不好，虚不受补，要从日常调整做起。”

“还有海总，你怎么瘦了？应该祝贺你才对，你们不是一直在追求瘦的道路上从不停下脚步吗？”关河一口气说了一堆话，然后才问，“我爸到底怎么了？不严重吧？”

他也清楚老爸应该没有大碍，多半也是冬季阴冷的气候引发的不适。

“你还是你爸的儿子吗？”海月明奉送了关河一个大大的白眼。

一路上，几人只聊一些轻松随意的话题，只要关河一提到工作和研发进展，海月明和方东就打岔，就是不让话题接下去，让关河颇为郁闷。

最近一段时间以来，关河的研发确实有了不小的进展，不管是孤儿药还是大众药，都实现了关键性的突破，虽然距离临床前的试验阶段还有相当长的路要走，但在数据上的验证成功，也是了不起的进步。

只有在研发上获得突破，才能带来关东生物估值的上升，才能保证关东生物可以继续生存下去，并且获得发展的空间。

现在关河事业心爆棚，每天恨不得24小时待在实验室，只想早日出研发成果。

关山的精神状态还不错，丝毫没有病人的样子。老屋焕然一新，重新装修了一遍，里面的家具也全部旧貌换新颜。由于内部格局重新设计之后有了调整，像是新房一样。

关河目瞪口呆：“爸，什么时候装修的，我怎么不知道？也不和我说一声，要不是和方东、海总一起回来，我可能都认不出来是自己家。”

“是月明找人帮忙装修的，我说不用，她非安排了人。”关山嘴上埋怨着，脸上却是笑开了花，“月明亲自设计的图纸，装修出来后，好家伙，连我都不敢相信这么小的房子还能分隔出来这么多的空间，还能这么有层次感。”

“唉，住了一辈子老屋，才知道老屋还能大变样，以前真是白活了。”关山感慨一番，拉住了海月明的手，“月明，你瘦了，是不是最近没好好吃饭？来，让叔叔看看。”

号了一会儿脉，关山的脸色凝重了几分：“不对呀，你的脉象比上次乱了不少，是不是遇到了什么糟心事？你的身体受情绪波动的影响特别大，以后千万不要焦虑，要不可能会引发更严重的问题。”

海月明连说自己没事，她可不想向关山诉苦说起公司的事情。

万有的运气真是好到让人没脾气。不过狐狸的尾巴隐藏得再深，迟早也会露出来。海月明了解到的情况是，万有的三大股东原本商定一致要撤资。如果他们三人一致行动，万有必然面临着严重的经济危机。后来不知道万有怎么就说服了其中的一人，最后只有两个人退股撤资了。

同时，万有还利用关东生物蓬勃向上的姿态拉到了新的投资人，让他险之又险地再次过关。现在万有对外讲故事，完全得拿关东生物和吉时药业说事了，他的未时制药据说已经开始严重亏损。

吃饭的时候，关山特意和方东坐在了一起，让关河和海月明坐得近一些。

饭后，方东收拾碗筷去洗涮，关山拉着关河和海月明坐下说话。

望着方东忙碌的背影，关山眼中闪过一丝纠结。

“儿子，你也老大不小了，事业上也算有了起色，是该考虑婚姻大事了。”关山冲关河说话，眼睛却看向了海月明，“月明最近不时过来看我，大概每个月都来一次，我和她现在就跟父女一样，像是多了个女儿。”

“好呀。”关河立刻接话，“月明，你以后就叫我哥，叫我爸干爸，我们是结拜兄妹。

“爸，你现在有女儿了，祝贺你呀。”

关山气笑了 :“滚你的，你小子故意打岔是不是？你如果不喜欢月明，给爸个准话。其实，方东也不错。”

海月明乐了 :“叔，您这是旱涝保收，哪个都不放过呀？不能捡到筐里都是菜，总得明确一个不是？您这样，我可就没法再对您好了。我可不喜欢脚踩两只船的人！”

关山讪讪一笑 :“要是我能做主，肯定选你。可是关河这小子从小就不听话，有自个的主见，我看他现在不是不选你，是谁也不选。”

“爸，说什么呢？”关河自己都脸红了，“还选谁，真当我有这么受欢迎，选谁就是谁吗？我才是被人挑剩下的。

“我以前就说过，在研发没有获得重大进展之前，在公司还没有上市之前，我不会谈恋爱。现在还是一样的态度。”

“不行！”关山突然就一拍桌子站了起来，“从小到大你就一向任性，自己决定的事情从来不让人说。我都依了你，你从小没有妈妈，缺少母爱，爸爸可以忍让你。但现在你这么大了，30来岁的人了，不能什么事情都想怎么样就怎么样，你得替我考虑考虑，替你死去的妈妈想想，替自己的以后想想！”

第七十六章

任何事情都需要争取

关河愕然，第一次见老爸发这么大的火，一时竟不知道该怎么应对。老爸是怎么了，是受了谁的鼓动，还是想起了什么往事让他如此迫切了？

关河缓缓地说道："爸，婚姻和事业一样，有时越是强求越是求而不得，我一向坚持的是但行好事莫问前程，只要好好埋头做事，该来的总会到来。"

关山依旧怒不可遏："老爸一个人把你拉扯长大不容易，几十年了，该来的'后妈'怎么还没来？"

海月明忍俊不禁："叔叔，要给关河心理准备，他本质上还没有长大，心理也没有完全成熟。以我对他的了解，他适合找一个主动大方且能包容他的女孩，毫不夸张地说，非我莫属！"

方东皱眉想说什么，话到嘴边又咽了回去。

海月明看了方东一眼："我知道方东和关河有过过去，也问过他们，他们都说回不去了，我才敢喜欢关河。其实以我的性格，就算方东还喜欢关河，关河也喜欢方东，我也会大胆地向关河表达我的爱意。从小我就知道，世界上任何事情都需要争取才能得到，从来没有坐享其成的好事。"

"今天，我要把我对关河的喜欢和真实的想法说个清楚。"海月明站了起来，眼神大胆而热烈地看向了关河，"关河，你现在也算是了解我的性格了，我不是一个被动等待的人。在十几岁时，我就开始帮家族打理生意，17岁时，就亲自操盘项目，并且获得了不小的成功。我的人生理念是——真正的男女平等就是不管是事业还是爱情，女人都可以像男人一样主动出击，用智慧、人脉和能力赢得自己想要的一切。

“关河，最开始我和方东想要成立关东生物，是基于我对生物制药行业前景的看好。后来始终对关东生物保持了旺盛的激情和热情，其实是多了对你的喜欢，并且认可你的为人的缘故。现在既然所有的当事人都在，我就要问清楚几件事情。”

“第一，方东，你现在还喜欢关河吗？你和他还有可能吗？”海月明直视方东的双眼，“作为最好的朋友及最密切的合作伙伴，我不希望在我追求关河的时候，背后有你幽怨加失落的眼神，我更不想落下你的埋怨和仇恨！”

方东目光跳跃，看向了别处：“我能拒绝回答吗？”

海月明语气坚定：“拒绝回答就等于是默许！方东，我希望你有勇气面对过去和现在。如果不能厘清你对关河的感情，我建议你认真地想三件事情，一、你是不是喜欢和关河说话？二、你是不是总想和他一起工作？三、你是不是见到他和别的女孩走得近心里会不舒服？你如实回答我。”

方东摇了摇头：“我还是不想回答，可以吗？”

海月明叹息一声：“作为朋友，你很优秀。作为竞争对手，你很一般。好，我就当你同意我和关河在一起。

“第二，叔叔，您觉得我和关河在一起合适吗？或者说，您反对我喜欢关河吗？您希望关河喜欢我吗？”

关河至此算是彻底明白了海月明的用心，三个当事人，他、老爸和方东，海月明要各个击破，再以强势出击和商战策略，最终完成对他的包围。

关山几乎没有半分迟疑，连连点头：“月明是个好女孩，配得上关河。不，关河能娶你，是老关家高攀了。我没意见，举双手双脚赞成。”

海月明喜笑颜开：“谢谢叔叔对我的认可，关河和我在一起，不是他的高攀，也不是我的高攀，我们是平等互利的恋爱关系。”

“现在到了最后一个问题，也是最关键的一个问题，在经过了方东的默许和叔叔的口头认可之后，关河，你愿意接受我，让我成为你的女朋友吗？”海月明深情地望向关河，满脸期待，“你可以不用马上回答我，也可以不用明确回答我，只有一个要求，请你不要直接拒绝我。”

关山和方东同时朝关河投去了关切的目光。

该来的总要来，该面对的总要面对，关河深吸一口气，认真地说道：“我不会拒绝你，也不会答应你，现在是免疫无应答的状态，总可以吧？”

“有人打疫苗，第一针会是免疫无应答，第二针就有应答了。我希望有一个直观的进度条，现在是什么进度，多久可以走完所有进度……”海月明似乎早就料到了关河含糊其词的态度，“不难吧？”

“不难。”关河一口答应，“你就参照我孤儿药研发的进度就行，什么时候孤儿药研发成功了，就是我结婚的时候。”

方东的眼神先是黯淡了下去，忽然像想明白了什么，又亮了一亮。

“不行不行，万一你的孤儿药三年五年才能研发成功，你再等三年五年再结婚都多大了？你能等，人家女孩能等吗？”关山朝关河猛使眼色。

“爸，我想开了。”关河清楚老爸在跟自己演戏，包括对他凶，也是为了撮合他和海月明，他笑了笑，“以前错过的三次机会，是您的机会，不是我的。我是没有办法再成为富二代了，但我可以打造自己成为富一代。”

“我自己也有三次改变命运的机会，去美国算是一次，现在创业才是第二次，所以不用担心更不用着急……”关河站了起来，双手叉腰，意气风发，“爸，我虽然也向往遇到良人可以同时成家立业，但人生没有太过圆满的事情，还不如让自己更坦然一些，等拥有了足够的实力，再成家也来得及。”

方东为关河鼓掌：“自己掌握自己的命运，自己决定自己的感情，才是人生应该追求的境界。我为你叫好！”

关山生气了，吼道：“你是要诚心气死我吗？”

方东拉关河到一边说话：“你到底是怎么想的？”方东有一丝慌乱，不知道该怎么面对关河，她得承认她对关河还有感情，但缺少勇气和信心面对。毕竟，当年是她先提出的分手，也得由她先提出复合才对。但如果仅仅复合的是恋爱关系并没有太多的意义，以她和关河的年龄，都到了结婚的阶段，可问题是，她现在还是不敢面对婚姻。

任何事情都是相互的，疫苗打入人体之内，如果免疫没有应答，说明疫苗的效果不够或是方向不对，失败了。同样，感情的付出得不到回应，就是无用功。

第七十七章
我待你如初，你见我如故

方东说不出让关河等她，给她机会让她慢慢克服婚姻恐惧症的话。这么做就像是对一个绝症患者说你再坚持一下，也许再过十几年就有特效药问世了，而绝症患者的预期寿命才一两年。

关河猜到了方东的所思所想，却故意装傻："你是指哪方面？事业还是感情？"

方东气笑了："明知故问！"

关河见方东不上当，他就索性在装傻的道路上一去不复返："我对事业的想法你还不清楚吗？事业就是我的全部！我也希望你有同样的想法，两个把事业当成全部的合伙人，才能创造出来一个奇迹。"

"要不要现在就谈谈孤儿药和大众药的研发进展？"关河有意气方东，"虽然两边都是由我主导，但大众药的具体工作还是你日常负责，细节你比我更清楚。说说看，你对目前大众药的研发进度严重落后于孤儿药的进展，有什么要解释的吗？"

"你现在跟我聊这个？"方东本想生气，转念一想不能中了关河的圈套，顺势答道，"有，需要解释的地方有很多。一是大众药的研发受外界的干扰太多，毕竟大众药有太多成功的先例，市场上流通的产品必然会对我们现阶段在技术层面的研究带来方方面面的影响。就像房地产开发，市场上成功的楼盘肯定会被许多后来者借鉴。孤儿药就不一样了，市场上没有多少可以借鉴的成功经验，完全是摸着石头过河，反倒可以大胆探索小心求证。"

关河连连摇头："全是借口。研发的进展缓慢，和你没有全心全意投入研发有关。你操心的事情太多，除了公司的管理之外，还有感情上的纠结……”

“没有，我没有，你别凭空猜测我，我是一个拿得起放得下的人，从来不会被感情的问题困扰。”方东竭力辩解，脸都涨红了，“关河，自从和你分手后，这些年来，我从来都是一个人，没有再喜欢上别人。对我来说，除了事业和搞钱之外，人生再没有更重要的事情了。”

关河眯着眼睛愣了一会儿：“从心理疾病的角度来说，你的婚姻恐惧症其实比海月明的缺乏安全焦虑症要轻很多，因为你患有的是单一症状疾病，只在具体一件事情上犯病，相当于孤儿病，因此犯病的概率低。而海月明的缺乏安全焦虑症是宽泛的疾病，触发的条件太多了，走路担心车祸、喝水怕被下毒、坐飞机怕失事，等等，类似于大众病，还是慢性病。”

“你的病比海月明的病好治，只要克服了单一事件的应激反应就行。但偏偏是海月明的病比你的病先治好，说明她比你勇敢，比你敢于面对自己的内心。”关河拍了拍方东的肩膀，“方东，一个人的性格可以决定许多事情，包括感情和事业。你在感情上畏缩不前，在事业上就能乘风破浪了？不可能，除非你人格分裂了。”

“关河，你是鼓励我克服婚姻恐惧症，然后勇敢地和你重温旧梦，对吧？”

“我只是在和你谈论你的病情，不是感情，请注意一字之差，意思就是天差地别了。”关河摇了摇头，一脸惋惜，“如果你觉得承认当年你错了还需要勇气的话，方东，我真的不看好你主导的大众药的研发。没有破釜沉舟的决心和义无反顾的勇气，真的做不成什么大事。”

“停！打住！两码事情，不能混为一谈好不好？”方东还想继续狡辩几句，她清醒地认识到自己确实还缺少破釜沉舟的决心，关河不是还没有被抢走吗？关河不是已经委婉地拒绝了海月明吗？怕什么，她还有机会！

关河倒也听话，严肃地点头：“好，不提以前的事情，现在我和你只谈病情和事业。方东，你到底想不想治好你的病？”

方东咬了咬嘴唇：“想。谁有病都会想要治好，没人想带病生活。”

“需要我帮你吗？”

“嗯……”方东一时犹豫，她猜不透关河所说的帮助是什么意思。

“好吧，我明白了。”关河没有给方东太多时间，转身冲海月明喊了一句，“月明，你过来一下。”

方东心中大跳，印象中关河都是称呼海月明为客气而疏远的“海总”，甚少喊她“月明”，并且还是以亲昵的口气。

海月明甜甜地应了一声并飞快地跑了过来：“有什么吩咐，关老师？”

关河和海月明并肩站在一起，他比海月明高了半头，长身挺拔。海月明皎洁如月，灿然生辉。在方东眼中，二人宛若一对璧人。

方东心中不太好受，却仍故作坚强，淡然一笑：“是挺般配，你们如果不在一起，会让许多人不再相信爱情了。”

“包括你吗？”关河冷静地反问。

“包括。”方东咬了咬牙，内心闪过一丝酸楚，却又无比坚定，“提前祝福你们。”

“谢谢。”关河很认真地笑了笑，“如你所愿，我现在就给月明一个郑重的承诺。”

转身，关河面对海月明，眼神清澈而明亮：“月明，从今天起开始，两年之后，不管我有没有研发成功孤儿药，我都将结束单身。如果到时我单身你未婚，我待你如初，你见我如故，我们就在一起，好不好？”

恍惚间，方东似乎回到了当年关河向她表白的瞬间。记得是在一棵巨大的合欢树下，关河的眼神清澈而明亮，而他当时的表白虽然青涩，但穿透了许多年的岁月时光，依然有激动人心的力量。

“方东，我喜欢你很久了，总想向你表白，又怕被你拒绝，怕连朋友都做不成。思来想去，我还是下定决心告诉你我喜欢你的秘密。如果你同意我对你的喜欢，并且也喜欢我，就让秘密公开。如果你不同意我对你的喜欢，并且不喜欢我，那么就让秘密继续充当秘密好了。

“那么是不是可以告诉我，你的选择是继续保持秘密还是公开？”

往事不可追，现在的关河比当年成熟了许多，表白也多了文艺范儿，只不过他表白的对象换了别人。

怪谁呢？还不是怪自己！当初答应关河的是她，主动提出结婚的是关河，但因害怕结婚而提出分手的是她。说到底，是她给不了关河一个可以珍藏和安置爱情的婚姻，关河不管和谁在一起都正当并且合理。

反过来不也一样？如果她想结婚而关河不同意，她也会是和关河一样的选择。婚姻如公司，两大合伙人必须利益一致立场相同，才能走到一起，并且长久。

海月明重重地点头：“好，好，都好！我等你两年，但你也要答应我，两年之内，不许和任何人谈恋爱……任何人，包括方东！”

海月明回身看向了方东，目光坚定：“方东，我是一个不管做什么事情都会努力争取的人，但在关河的事情上，我尊重你的意见。现在，是你亲自做出的选择，希望你能认真对待自己今天的决定，以后不会反悔。”

方东愣了一会儿，咬了咬牙：“不会！我做过的事情从不后悔。我也很高兴我最好的朋友和前男友走到了一起，也真心希望你们可以长长久久。”

出神片刻，她又勉强一笑：“今天真是一个值得庆祝的好日子，走，我请客，酒吧走起。”

海月明想去，关河说什么也不肯去，最后海月明也就打消了念头。方东一人也了无兴趣，三人就一起回到了公司。

公司里面，邓入和宁三祥正在加班。见关河回来，宁三祥凑了过来，小声说道：“关哥，能不能聊一会儿？”

关河本想去做试验，见宁三祥一脸迫切，就答应了。

二楼有一个天台，是露天的，可以俯视上海的夜景。远处，万点星光；近处，漆黑一片；最近的地方，却又有星星点点的灯光——关东生物实验室永不熄灭的希望之光。

实验室 24 小时有人值班，除了监测数据之外，还要保护设备和成果，不能有丝毫差池。

夜风微动，寒气扑面，尽管从小在上海长大，关河始终没能适应上海冬天潮湿阴冷的气候，每到冬天都会感冒几次。

露台不大，顶多容纳十几人，天气好的时候，白天可以在露台上喝茶喝咖啡，谈些事情。晚上的话，就有些过于清冷和萧索了。

关河知道宁三祥肯定是想问一些不想让外人知道的事情。

“关哥，靳里是不是出了什么事情？我总觉得他现在有事情瞒着我，从借车给深圳的朋友开始，到后来他以前的名牌包、名牌衣服全部不见，再到现在他租了一个又小又偏的小公寓，还用我的身份证办手机号，是不是他被人追债在到处躲债呀？”

宁三祥抓住了关河的胳膊：“关哥，你跟我说实话，我能承受得起真相，不怕打击。”

第七十八章

从不相见，各自欢喜

关河沉默了一会儿，不知道该怎么回答。宁三祥和靳里一直住在一起，直到现在才发现靳里的异常，也够迟钝了。当然，也许不是迟钝，只是她已猜到了什么却不想也不愿意承认和面对罢了。

现在靳里的表现过于明显，让她也没有办法再配合下去，她才无法再欺骗自己。

“关哥，我答应你不管靳里遇到了什么事情，也不管他是富有还是贫穷，我都不会离开他。我现在已经和他像是亲人一样，融入了彼此的生命之中，哪怕他要饭，我也会对他不离不弃。”宁三祥唯恐关河不说实话，再次强调了自己对靳里的真情实感。

关河不再是纯情少年，宁三祥的话是真情流露还是随口一说，他懒得多想，也不去猜测，他迟疑片刻：“这事儿你还是亲自问靳里比较好，他如果不想说，我们都要尊重他的选择。”

“宁三祥，你干什么？”靳里的声音陡然响起，他快步冲到宁三祥身边，一把抓住她的胳膊用力一拉，“有什么想知道的尽管问我，为什么要骚扰关河？再有下次，别怪我没有警告你。”

宁三祥被拉得身子一个踉跄，险些摔倒，她大怒：“靳里你干什么？放开我！你太粗鲁了！”

“放开她，靳里，有话好好说，别动手。”关河见靳里还想动手，忙制止了他，“三祥也是关心你，担心你出什么事情。你和她好好聊聊，该说的不该说的，你自己把握。”

关河不想介入靳里和宁三祥之间的事情，转身要走，却被靳里拉住了。

“等下。”靳里喝了不少酒，酒气冲天，紧紧抓住了关河的胳膊，“关河，你和她说什么了？”

关河甩开靳里的手：“松开！别喝点酒就不知道自己是谁了，最烦喝醉了发酒疯的人。你自己的事情自己解决，别想让我们再配合你的演出。”

靳里怒极，再次一把抓住了关河的胳膊：“关河，回答我，你和宁三祥到底说了什么？”

宁三祥用力拉开靳里：“关哥什么都没说，他一直在维护你。你疯了？冲谁都凶，没人欠你什么！”

“不！你们都欠我的，全世界都欠我一个人的！”靳里仰天大笑，笑声悲壮而激愤，“你们都了不起，你们都高尚，你们都真实，只有我无能、卑鄙并且虚伪。

“尤其是你，关河，你表面上固执又可爱，其实你不过是借机伪装你的贪婪。你以猎物的身份掩饰你猎手的高明，你守株待兔，你姜太公钓鱼，你用你的人设编织了一张网，坐等别人自投罗网。

“如果关东生物成功了，你就说别人慧眼识珠，你们是伯乐识千里马，英雄惜英雄。如果关东生物失败了，你就说你是一盏灯，而他们不是薪火相传的火炬，是飞蛾。飞蛾扑火，扑灭了灯，也牺牲了自己，你也是被动的牺牲品……”

“总之，不管成败，你总有说辞，总有可以让自己心安理得的理由，总有退路。我呢？啊，我呢！我什么都没有，没有说辞，没有退路，连人设都没有了。”靳里呜呜地哭了起来，“你成功了，别人会说我跟对了人，从上学到现在我都是你的跟班，是你对我不抛弃不放弃，我才有的今天。失败了，别人会说是我拖累了你，我没能力没担当，不足以被你委以重任。是你对我的过于信任和放纵，才导致了公司的惨败。”

靳里哭得痛心疾首，喊得声嘶力竭。

关河冷静如冬夜，冰冷的目光在靳里身上扫过，长叹一声：“如果在你眼里所有人的帮助和关心，只是包装在私心之下对你的索取和利用，你真是一个可悲的可怜虫。”

“靳里，你到底要干什么？你是不是疯了？”宁三祥惊呆了，上前抱住了靳里，“你醒醒，你知道你在说什么吗？你是喝了多少酒才能说出这样的胡话！”

靳里挣脱宁三祥的环抱，在她再次冲过来之时，一拳打在她的肩膀上，打得她摔倒在地。他冲到关河面前，指着关河的鼻子：“关河，今天我们就做一个了断，这么多年的兄弟了，你给我说一句心里话，你到底为什么拉我进关东生物，是为了给你当垫脚石当枪使，还是有别的目的？”

靳里今天喝多，事出有因。

原本万有提出收购他的股份，让他点燃了希望，以为就算不能彻底解决债务问题，至少可以套现一部分，让生活更有质量。靳里更梦想可以借机向海月明提出收购条件，期待万有和海月明为了收购他的股份争相加价，甚至是大打出手，他就更能居中渔翁得利了。

不料当他自以为可以从容地周旋在万有和海月明之间时，万有和海月明却突然都偃旗息鼓了，事情一搁置就是大半年。

这大半年来，靳里也曾和外界接触，寻求对他名下股份感兴趣的投资人，结果让他大失所望。很少有人看好关东生物的未来，即便偶尔有一两人认为关东生物会大有前景，却在深入了解情况之后，立刻就打消了念头。

原因都是同一个——他们不想和万有合作，不想和万有共事。

还好债主们最近消停了一段时间，也是经过一段时间的斗智斗勇，靳里学会了如何在一个 2000 多万人口的大城市中隐藏自己。上海如此之大，只要不用自己的身份证和自己名下的手机号及银行卡消费，债主们再神通广大，也不可能大海捞针一样从茫茫人海之中准确地定位他的位置。

可能也是债主们在折腾了一段时间后，发现了靳里及其父母超凡的藏身本领，慢慢被迫无奈地接受了现实。一家三口，分别躲藏在三个地方，据说一个在上海，一个在安徽，另一个在江苏还是浙江，不管在哪里，都消失在了人群之中，像一滴水融入了大海。

最长时有两个月，靳里都没有和爸妈联系一次，不是他不想联系，是联系不上。爸妈的手机号都换了好几次，除非他们主动联系他，他从来联系不上他们，更不知道他们人在哪里。

连他都不知道爸妈的下落，债主们怎么可能知道？

爸妈躲债的日子远比靳里轻松，他们心态平和，硬生生把躲债躲成了全国各地的休闲度假。靳里没有具体统计过，但自从离开上海之后，爸妈几乎跑遍了全国各地。有时爸爸在云南，妈妈在黑龙江；有时爸爸在吉林，妈妈在安徽。

总之，二人天南地北，像是分飞的孤雁，从不相见，却各自欢喜，过得开心，这一点倒是让靳里宽心不少。

爸妈不用他担心，除了偶尔会向他伸手要钱之外，别的都还好，靳里也就减少了许多苦恼。半年多来，他能不出面就不出面，能用宁三祥的身份证注册，就绝不用自己的身份证。虽然心里还总是不太踏实，处处防范时时担忧，总怕债主突然出现在面前，但至少日子还能过得去。

慢慢地，靳里将对债主的担忧抛到了脑后，如何套现改善生活，成了他的头等大事。过了一段出门地铁、公交的苦日子后，他开始怀念以前的出门开车、遍身名牌、一年一部新手机的潇洒岁月。

只能要套现 1% 的股份，以前的美好生活就可以再次重现，可是为什么万有提过一次之后，就再也不提了呢？靳里按捺不住内心的躁动，几次找到万有暗示他的股份可以转让，万有就是不接他的话。

靳里又找过几次海月明，想利用信息不对称让海月明以为万有即将和他签订意向书，海月明却一改以前迫切的态度，声称她现在无意收购靳里的股份。靳里追问原因，海月明笑而不答。

既然万有无意，海月明又退后一步，靳里也就慢慢打消了套现的想法，现在的工资也勉强够花，以目前公司的发展趋势，坚持一两年后，估值会翻番，到时再卖会比现在多拿一倍的收益。

但他万万没有想到，到处游山玩水的爸妈玩出了花儿，乐极生悲，闯了祸事！

先是老爸在参加一个老年旅游团时，因不购物和导游吵架打翻了定点购物店的一个玉瓶，被店主要求赔偿 10 万元。虽然在据理力争之下，达成了只赔偿 5 万元的共识，但老爸身上只有 1 万元，剩下的 4 万元要求靳里帮忙解决。

如果靳里不能在两个小时之内解决，老爸就会被店主扭送到公安机关，还有可能会被判刑！

靳里吓坏了，忙把积攒了大半年之久的 4 万元积蓄转账过去。

才一转完，他就后悔了，意识到自己上当了！以老爸耍赖的本事，怎么可能会在旅游点被一个店主讹上？他不玩死店主就是店主祖上烧高香了。肯定是老爸没钱了，冲他要怕他不给，才挖了个坑让他跳。

第七十九章

除了利益永恒，就是死亡永恒

但后悔也晚了，靳里的钱要不回来，老爸还立马失联了。别说连一个骗子的基本素养都不保持，连当人老爸的脸面都不要了，直接拉黑了靳里。

靳里差点儿没气得住院。

好在老妈知道后，好言好语安慰了他，痛骂了老爸一顿，说他现在有了新欢，所以才需要钱。不像她，她现在省吃俭用，尽量一分钱当两分钱花，争取不向靳里要一毛钱。

她一边旅游，一边和旅游团里的老头老太太打麻将，争取赢他们的钱存下来，让靳里以后结婚用。她在旅游团中认识了一个银行的退休高管，他的女儿女婿都在银行系统，女儿还是行长。行里要发行一款理财产品，只针对高端的私行客户，年化能到 7% 还保本，收益相当不错，由于她和他特别聊得来的原因，可以分她一些份额，她想买一些，可以起到强制存钱并且让资产稳健增值的作用。

靳里买的理财一般都是年化 5% 左右，能到 7% 并且保本，确实不错。在老妈不断的洗脑下，他在感动之余，把剩下的 10 万元积蓄全部转给了老妈。

然后老妈就瞬间消失了。

靳里才知道自己又上当了。他欲哭无泪，最了解他的还是爸妈，都在给他挖坑，但坑和坑不一样，也是绝了。

如此稀世珍宝一般的爸妈，也不容易遇上不是？靳里在痛苦了一段时间后，只能无奈地接受了现实——带他上天又带他入地的爸妈，让他欢喜让他忧不过是基本操作。

靳里好容易适应了从富二代到穷二代的转变，并且还学会了节俭，从爸妈逃离上海之后到现在，近两年时间居然攒下了十几万元，连他都佩服自己居然还能适应穷人的生活。

由俭入奢易，由奢入俭难……确实是至理名言，此时一下被爸妈掏空了积蓄，靳里感觉天都塌了下来——被至亲的爸妈欺骗还可以接受，毕竟从小到大他没少被爸妈戏弄，但身无分文的感觉太难受太让人崩溃了。

靳里以为他已经适应了省吃俭用的生活，但没想到积蓄全部被爸妈骗走的同时，又面临着交房租、手机丢失需要换新、宁三祥生病等一系列的事情，简直是祸不单行，屋漏偏逢连夜雨。

靳里对于如何改变目前的处境无能为力。他是和宁三祥生活在一起，宁三祥月收入也不算低，有将近两万元，但她花钱大手大脚惯了，还不够自用，每月都要他补贴 5000 元以上。

宁三祥每月都是月光，还要循环还信用卡，也不知道钱花哪里去了，反正她不但不能帮他，还是他的拖累。

靳里在咬牙坚持了两个月后，感到了深深的绝望。爸妈是大坑、宁三祥是小坑，大坑一次坑三年，小坑三年如一日，细水长流，他真的受不了，就像背负了三块巨石，举步维艰，眼见就不行了。

出路在哪里？等关东生物上市或是被并购，他恐怕早就饿死了。

靳里深刻体会到了人生的又一个道理——欠了大钱不可怕，可怕的是欠小钱并且还每个月都入不敷出！

思来想去，靳里还是决定再找万有谈谈，哪怕只收购他 1% 的股份也好，他可以降价，只要 300 万。

300 万在手，哪里还用过连吃饭都得算计的生活？

原以为主动降价万有会爽快答应，不料万有完全没有了当初的激情，对他提出的条件毫不动心，还明确地告诉他：“现阶段我不考虑收购股份的事情，你以后也不要再提了。如果你缺钱，可以冲我说，我私人借你没问题。”

靳里没能拉下脸面向万有借钱，尽管万有一再强调私人之间的借钱不会要利息，也不会让别人知道，他还是觉得面上无光，心里很是郁闷。

借？能借多少？顶多借个十万八万的，还得还。转让股份就不一样了，到手的是自己的钱。为什么万有变卦如此之快？明明是他一开始主动提出想要他的股份，结果现在降价了也不要，他到底想要做什么？

靳里很生万有的气，第一次觉得万有为人不可靠，有耍他的嫌疑，他转身又去找海月明，希望海月明可以收购他的股份，并且价格还降到了 250 万。

海月明和万有一样，笑盈盈但态度坚决地拒绝了他，并且告诉他最近最好不要想着出售股份，她和万有都不会收购，外人也别想。因为她和万有包括关河和何处，都会反对外人收购他的股份进入公司。

花费了将近两三个月的时间，靳里总算遇到了一个名叫刘扬的投资人对关东生物感兴趣，也愿意出价 320 万收购他名下 1% 的股份。在和刘扬接触了几轮下来，差不多达成了共识——前提是靳里可以说服万有、海月明及其他股东同意他转让股份。

靳里颇为欣喜，以为苦难的日子终于迎来了曙光，就先去找万有谈谈，希望可以说服他。

万有请靳里到酒吧坐坐，二人边喝边谈。靳里以为酒吧的气氛适合谈事情，是成功在望的迹象。不料万有却语重心长地告诉他，最好彻底打消让外人入股关东生物的想法，没有一个人会同意，包括他也会第一个站出来反对。

万有还当场拿出五万元扔给靳里，让他尽管拿去花，花完了再找他。

趁着酒劲，靳里怼了万有，把钱砸了回去："万总，你为什么要耍我？之前是你提出要收购我的股份，才让我有了想法。现在又是你打击我的想法，把我按在地上摩擦，你到底要怎样？"

万有气定神闲地一笑："在绝对的实力面前，你只能选择是舒服地享受来自生活的重压，还是痛苦地承受。享受和承受，一字之差，也是一念之差，就看你怎么转化思维了。"

"当初收购，是形势所迫。现在不让你转让，也是形势有变。此一时彼一时，要动态地看待问题，不要一成不变地认为朋友就永远是朋友，世界上，除了利益永恒，就是死亡永恒，明白了吗？"

"不明白！"靳里发作了，摔了酒杯，指着万有的鼻子，"别以你有几个臭钱就可以随意摆布别人，万有，我告诉你，总有一天你会跪在我的脚下喊我爸爸。”

万有哈哈大笑：“你现在如果有上百亿的身价，愿意投我 10 个亿，叫爷爷都可以，叫爸爸都不能彰显你的伟岸和高大。可问题是，你有 10 个亿吗？不对，应该问你有 100 元吗？”

靳里感觉受到了平生最大的羞辱，一口喝完瓶中酒，红着眼睛要和万有动手。万有轻巧地让开，身后有人冲了过来，驾起靳里就把他扔到了外面。

失望、耻辱、挫败和绝望一起涌上心头，靳里回到公司，听说宁三祥和关河在露台谈事，心知不妙，怕是宁三祥在向关河打听什么，就忙冲了上来。

结果就被他撞见了宁三祥向关河求证的一幕。

靳里盛怒之下，再一次失控了。

关河虽然不知道靳里为什么喝醉，但从他的失态中猜到了什么，他异常冷静地面对靳里的指责：“为什么拉你进关东生物？你到现在还不明白你对我对关东生物的重要性吗？”

“不明白！我对你对关东生物完全没用，我就是一个彻头彻尾的废物！”靳里歇斯底里，再次扑向了关河，“关河，你既然把我拉进了关东生物，就应该再帮我卖掉股份，让我脱离现在一穷二白的现状，不要再让我向生活磕头了好不好？

“是，宁三祥，你不用再向关河打听我的事情，我破产了！现在还欠了一屁股外债，怎么样，你满意了吗？你现在就可以离开我，我绝对不会挽留你！”

宁三祥当场惊呆：“你……你真的破产了？没钱了？”

“何止没钱……”靳里一阵冷笑，“还有几千万的外债，你如果跟了我，就要和我一起还债，大概率一辈子都不能翻身！你可要考虑好了……”

“靳里，你太让我失望了。”愣了一会儿，宁三祥紧咬嘴唇，“我不怕你没钱，也不怕你欠债，我是不满你的态度！你不应该瞒着我，不应该欺骗大家。你对不起我和所有人对你的信任！”

第八十章

世界是动态的，人的心思更是

“既然你从来都没有信任过我，好，我们分手吧。”宁三祥拿出钥匙扔到了靳里的怀里，“家里的钥匙还你，房子你还可以继续住下去，虽然是用我的名字租的，但我相信你会按时交房租，不会让我被房东追债。”

“你嫌弃我穷要离开我，别说得这么正大光明！别以为我不知道你的小心思，你跟着我，不就是图我是一个富二代吗？当我不再是富二代后，你马上就走，也符合你的人设，我不会怪你。我也一样，也就是喜欢你的年轻漂亮，如果有一天遇到了更年轻更漂亮的女孩，她只要给我机会，我可不敢保证不会背叛你……”

“够了，靳里。”关河忍无可忍了，“不要用你龌龊的想法去对照别人的心思，不是谁都和你一样虚荣和伪装，你赶紧向宁三祥道歉。”

“为什么要向她道歉？我从来不欠她什么！”靳里推开关河，“你也别总装老好人了，别人不知道，我还不清楚你？你不过是用你的固执和可爱伪装自己，掩藏自己的小心思，一点点地赢得了所有人的信任，成为关东生物的核心，你才是最虚伪最无耻的一人。”

关河反倒被靳里的话刺激笑了：“谢谢夸奖，我如果有这么深不可测，也不会今天还这么失败。”

海月明和方东、邓入来了，何处和万有也过来了，小小的露台上此时已经围满了人。

靳里被众人围在中间，反倒更兴奋了，他跳到了椅子上，居高临下地转了一圈，手指指来指去，最后落在了万有的身上。

“行，你们都来围攻我是吧？好，我就一个个点评你们，让你们的真面目暴露出来。”靳里双眼喷火，“最虚伪最无耻最现实的人其实是你，万有！只要对你有用的，你就会用心维护、多方利用。一旦对你失去了利用价值，你就会立刻抛弃，像扔一块抹布一样毫不留情。

“偏偏你又伪装得最有情有义，对谁都一视同仁，有时是及时雨，有时是雪中炭……”

万有点点头，一脸温和的笑容：“雨中伞、寒中衣……这么形容我也可以，我都接受。”

“呸！”靳里气得跳了起来，“真不要脸，万有你脸皮太厚了，我以前总为自己的面厚心黑感到羞愧，自从认识你后，我才知道人外有人天外有天。”

“能够认识到自己的不足就是天大的进步，望继续保持。”万有依然一副淡然自若的神情，还冲关河挥了挥手，“也是好事，关东生物的团队自从成立以来，还从来没有开展一次批评和自我批评的团建，今天，就当是一次意外但又期待已久的团建了。”

靳里在众目睽睽之下，酒意上涌，更兴奋了，他又跳到了桌子上：“好好好，既然你们都愿意听，我就一个个点评你们。万有，是伪君子！关河，是真小人！何处，是真流氓！海月明，是真笨蛋！方东，是真狡诈！邓入，是真自以为是！”

关河开始还很生气，现在也慢慢冷静下来，也对，来一次批评与自我批评的团建，确实有利于团队的进步。靳里表面上是喝醉了说胡话，何尝不是借酒意发作，说出清醒时不敢说的话呢？

公司发展到现在，团队看似还保持了当初的凝聚力，实际上在几次关键的转折时，每个人的立场都有不小的变化。世界是动态的，人的心思更是，立场也会随着形势的改变和利益的调整而随时变化。靳里只不过表现得更为明显罢了，他说了许多人不愿意也不敢说出的心里话。

先不管对错，至少他有现在的勇气，也是付出了相当惨痛的代价。如果没有家庭的变故和负债累累，靳里还是会和以前一样当一个左右摇摆的墙头草。

关河就及时说了一句：“说得好，接着说下去，我很想听听我是怎么真小人了。”

“想听是吧？行，我现在就一五一十地说给你听。”靳里兴奋度更高了，在桌子上手舞足蹈，“从我认识你起，你就是一个喜欢把自己的想法藏在心里的人。到了高中时，你喜欢上了白清婉，也就是韩马的女友，却不说出来，非要拐弯抹角让我去接近韩马，你再假装被我带动，被动地认识了韩马，然后进一步认识了白清婉，然后一步步赢得了白清婉的好感……

“并且还让白清婉一点点意识到韩马的不足和不好，让她喜欢上了你。但你却是一个只追求胜利的快感却不收获胜利果实的渣男，俗称管杀不管埋，拆散了别人，破灭了白清婉对韩马的梦想，你为什么不替代韩马，再给她一个梦想？

“从此以后我就认清了你的本来面目，你表面上是谦谦君子，实际上极度自私自利，从来不考虑别人的感受，只在意自己是不是舒适。关河，我有没有说错你？”

关河惊呆了，他从来没有想到当年的事情在靳里眼里居然是如此不堪的版本，对于和韩马的接触，他几乎没有太深的印象了，只依稀记得是靳里非要拉他去认识韩马，因为韩马当时算是校园的风云人物，并且他的女友白清婉既漂亮又学习不错。

关河并没有多羡慕韩马，也没有仰慕白清婉，当时的他只是一个单纯的学生，只想一心考上名校。在他看来，一个人的出身再好、高中时代再风光，都没啥用，考不上大学尤其是名牌大学，一切都是浮云。只有通过了高考机器的筛选机制，迈进了大学的门槛，才有资格选择人生的另一半及人生道路。

才高中就谈恋爱，哪里有什么天长地久？不过是一时的荷尔蒙分泌导致的生物的原始冲动罢了，是本能，而不是基于智慧生物经过逻辑思考和分析之后得出的趋利避害的选择。

关河压制住内心想要解释清楚的冲动，强迫自己冷静下来：“靳里，你真的这么想我？你为什么以为我当初是因为喜欢白清婉才让你接近韩马？你这么了解我，难道不清楚我的性格，如果我真的喜欢白清婉，我会直接找到她和她说个清楚，而不是通过让你接近韩马的方式再去认识白清婉，太迂回太绕弯了……”

“我很痛心你对我认知的偏差！”关河确实心里非常不舒服，“也许就是从那时起，你对我的所有看法都带有了偏见。而我，还当你是最可靠的小伙伴。”

靳里狂笑：“不承认是吧？不要紧，反正事情已经过去了许多年，你死不认账，我也拿你没有办法。现在当年的人都不知道去了哪里，想找他们当面对质也没有机会了。关河，你继续当你的真小人，我就佩服你永远一副恬不知耻的小人嘴脸，还始终心安理得的姿态。”

关河心中说不出来是悲哀还是无奈，他长出了一口气：“行，你接着说，一口气都说出来，我们都在听。你现在是我们的医生，不管是庸医还是良医，我们都当你是本着治病救人的出发点。”

每个人都是病人，每个人又都是别人的医生。在他成长的过程中，靳里是他的良药。反过来，他其实也是靳里的疫苗。

第八十一章
酒后吐真言

靳里的目光落在了方东身上：“方东，你是真狡诈！不管你做什么事情，都会打着为别人好的名义，让别人心甘情愿地上当。不管是大学期间你先喜欢上关河，横刀夺爱从施一心手中抢走了关河，还是等关河回国，处心积虑地算计他的行程，并且利用他的虚荣心劝他和你一起创业，你都精心设计处处布局。在你眼中，所有人都是可以利用的支点、可借助的力量，都是你达成目的的道路上的中转站。

“你和海月明在互相赏识的假象下互相利用，是为了共同对付万有。但在关河的事情上，你们又互相提防互相猜疑，生怕对方抢走了关河，又生怕对方不喜欢关河。你既担心海月明对关河的喜欢会最终让关河和她在一起，又害怕海月明不喜欢关河而不再投资关东生物。你原本对万有很排斥很厌恶，但为了制衡海月明，为了让海月明有危机感，你又改变了主意，在第二轮融资时支持万有进来……”

方东一脸淡定，连连点头：“你说得都对，说得很好，有一些是我都没有想到的角度，让人佩服。说下去，我好好学习。”

海月明脸色微变，下意识看了方东一眼，见方东不为所动，心思才稍微平和了几分。

万有和何处也是好整以暇，丝毫不紧张。

邓入双手抱肩，微微皱眉，目光不停地在几人的身上扫过，暗中观察每一个人的反应。

靳里继续慷慨激昂：“所有人中，方东你是最能和万有一较高下的阴谋高手，心思极深手法极高，而且还不露痕迹，别人和你相比，都差了不少，包括海月明。海月明是阳谋高手，凡事喜欢光明正大地较量，也跟她从小就拥有一切有关，所以她以为在实力面前，一切的阴谋诡计都会失败。她错了，有些阴谋诡计是包装在亲情、友情甚至是爱情之内，让人防不胜防，就像慢性中毒，一旦察觉到了有问题，就已经晚了。”

“海月明，你已经中了方东的毒，而且已经病入膏肓，无药可救了。”靳里直视海月明的眼睛，“海月明，你和我一样，是真笨蛋。我认可关河，一心追随他，却被他当成了垫脚石和背景板。你也一样，你珍惜和方东的友情，不因为身份地位的差距而看不起她，对她真诚而交心。她却利用了你的真心，你和她本无缘，全因你有钱。她所图的不过是你的资金和人脉，而不是真心和你交友。”

何处笑了起来：“靳里，你点评方东和海月明太多了，超时了，赶紧向下走，别浪费时间。是不是该我了？”

靳里一愣，随即又笑了：“见过无耻的，没见过你这么无耻的，还主动找骂，行，现在就骂你。何处，你是真流氓。你就是天生的流氓，不学无术，本事不大野心不小，盲目地投资关东生物，就想以小博大。实际上，你根本不懂什么是生物制药，也不了解制药行业的趋势，你不过是中了方东和海月明的圈套。”

“我跳坑我乐意，我哪怕摔死，也是含笑九泉。”何处接了一句。

靳里的脸色更差了：“死不悔改，摔个跟头不但没有捡个明白，还啃了一嘴的狗屎，说的就是你。你本来没有多少钱，非要打肿脸充胖子，为了多持有公司的股份借钱来投资。现在倒好，被朋友追债，弄得实在没有办法不得不卖股份来还债。结果还没人接手，是不是感觉很难受日子很难过？

“你和海月明同样都是富二代，人家聪明好学，从小就操盘了许多成功的项目，你呢？从小到大就是一部失败史。如果你有海月明一半的本事，你也不会过得现在这么惨。何处，你总以为自己多聪明多有能力多有眼光，其实自始至终你都是被方东和海月明牵着鼻子，被关河左右想法，被万有玩弄于股掌之间，你方方面面都是一个没有主见的真流氓。”

何处摸了摸鼻子，丝毫不见生气：“你就说我现在脾气怎么样吧？”

靳里怔了片刻，苦笑："你不在乎自己人生的失败，只在意别人对你的评价？是，你现在脾气很好，性格很文明。"

"太好了。"何处跳了起来，抱住了邓入，"总算修炼成了绅士流氓，我的人生目标达成了一半，开心。"

靳里不耐烦地挥了挥手："何处，你真讨厌，还让不让我说了？"

"你说，你接着说。"何处很绅士地一挥手。

"该说你了，邓入。"靳里看向邓入，露出了为难的表情，"你是最难被定义的一个人，我很难准确地形容你，除了你太自以为是之外，似乎没有别的缺点。"

邓入双手抱肩："你最好想好了再说，我可是一个不太爱听坏话的人，心理承受能力也差，万一你说的话太难听了，我可不敢保证不会跳上去打你一顿。"

靳里没有被邓入吓住："邓入，你出身不幸，生在一个重男轻女的家庭。还好你没有被爸妈洗脑成功，没有被他们左右人生，敢于突破父母为你设置的人生篱笆。但可惜的是，你没有遇到一个懂你珍惜你的男人，顾深秋被你父母吓跑了，知难而退。如果当初他和你一起勇敢地面对你的父母，你的人生也许就会被改写。

"你喜欢双手抱肩，这个动作是由于内心的不够强大而表现出来的自我保护。你是想对外营造一个自强、拼搏的人设，但你又极度自卑，生怕被别人看不起，又时刻担心父母会突然出现在你的身边，拉你回家，让你重新回到你最不愿意面对的生活中去。"

"还有吗？"邓入脸色还算平静。

"你以为你在公司很重要，其实不是。对关河来说，你只是一个极其普通的合伙人，除了你能缓和他和何处的紧张关系之外，就没有用处了。对方东来说，你的价值在于可以成为她和海月明之间的缓冲地带。对海月明来说，你的存在是她平衡公司内部关系、制衡方东、牵制其他人的工具。

"对何处来说，你可以成为他反向制衡海月明和方东的桥梁，也可以成为他的女友。而对万有来说，你是不被争取的对象，是海月明坚定的追随者，是方东关系密切但立场并不完全一致的同盟者。对我来说，你是自以为自己最重要但却是所有人眼中可有可无的角色的可怜虫，和我一样，是整个公司最没有存在感的。”

“就这？”邓人本来准备好了要生一肚子气，再和靳里好好辩论一番，不料听他说完，她都没有被激起火气，不由有几分失望。

靳里现在酒意渐退，清醒了几分，想起刚才失态的一出，不由有了几分后悔。冷风一吹，后背生凉，他打了个喷嚏。

“不说了，没有了，该说的我都说了。如果你们觉得我刚才开出的药方是错的，是对你们的无端指责，你们可以把我清出公司，前提是回购了我的股份就行。”靳里相信他已经没有后路了，得罪了团队中的所有人，他怎么可能还待得下去？

“股份的事情，以后再说。现在，先澄清你所说的关于关河之前的一件往事。”方东冲靳里挥了挥手，“你先别下来，在桌子上看得清楚。”

方东冲海月明点了点头。

海月明微微一笑，冲身后喊了一声：“韩马，你们可以进来了。”

“来了，海总。”韩马应声出现在露台上，身后还跟了一人。

是个女孩，大冷的天气穿短裙、长靴，化了烟熏妆，黑黑的眼影遮挡不住大大的黑眼圈，杀马特的发型和她的气质完全吻合——颓废、另类。

关河没什么表示，他没认出来韩马身后的女孩是谁，靳里却惊得一屁股坐在了桌子上，说话都结巴了：“你……你是白……白清婉？”

杀马特女孩点了点头：“难得你还能一眼认出我，靳里，你对我还真是情深义重呀。见到我现在成了这个样子，是不是很失望？”

白清婉？关河也惊呆了。记忆中的白姑娘是一个纯真清新的女孩，马尾辫、碎花裙、白凉鞋，亭亭玉立，宛若荷花。

“很惊讶是不是，关河？没什么，人都会变的，只不过有人变得更好，有人变坏了而已。人生没有两头甜，我是先甜后苦。”白清婉露出了一丝苦涩但轻描淡写的笑容，“没想到还能遇见你们，并且听说你们都过得还不错，我就放心了。知道有人一开始好，后来不好了。有人一开始好，后来一直好，我终于相信了天道好轮回、苍天饶过谁的道理。”

白清婉转身看了韩马一眼：“谢谢你韩马，让我见识了世道的公平。”

韩马淡淡地笑了笑。

“刚才来的时候，韩马和我说了大概，让我说清当年的事情。几个当事人都在，我也就不绕弯，直说了呀……”白清婉上下打量了关河几眼，“关河，你没变，还是当年清清爽爽的样子，还是我喜欢的样子。没错，当年其实是我喜欢你，为了接近你，故意让靳里带你认识了韩马。”

“可惜的是，我白费了心思，你从来没有在意过我，也许根本就没有注意到我的存在。我一气之下告诉靳里是你喜欢我，你费尽心思让靳里接近韩马，就是为了认识我，然后，靳里就信以为真了。”

靳里目瞪口呆：“你以前的话都是骗人的？”

“是呀。”白清婉轻松而调皮地眨了眨眼睛，“你可真笨，我说什么你就相信什么。宁愿相信一个外人，也不相信自己认识了多年的小伙伴，你到底是什么心理？”

方东冷冷一笑：“靳里其实很清楚是你喜欢关河而不是关河喜欢你，他听信了你的话不过是将计就计，因为他喜欢你，才采取了瞒天过海的手法。他更清楚的是关河不可能喜欢上你，你是枉费心机。但他可以在帮你的过程中，赢得你的好感，说不定和你有进一步发展的可能……”

“是不是，靳里？”方东的质问犀利而直接。

此时靳里已经酒醒了大半，头上全是汗水，他狼狈地跳下桌子：“我喝多了，刚才是不是说了好多胡话？断片了，记不清了。”

“闻过则喜。”关河抱住了靳里的肩膀，“刚才你的一番话很震撼人心，让我们知道了在你的心目中，我们都是什么样的人。我们很有必要召开一次会议，认真研究一下我们团队的建设问题。”

白清婉走后，在关河的提议下，随即在办公室召开了一次紧急会议。

靳里的一番醉话，虽然人人都表现得不介意，实际上还是在各人的心里留下了阴影。主要是谁都没有想到靳里对他们所有人会如此看待，就像方东所说的一样，隐患既然冒头了，要么解决，要么打掉，不能姑息。

会议在严肃紧张的气氛中召开。

“我从来没有想到在靳里的眼中，我是一个精心算计的真小人。是，在研发上面，我是会精心算计，不会放过任何一个微小数据的变动，但在为人处世上面，我自认为光明磊落。”关河的神情有几分伤痛，语气却很坚定，“我个人认为，既然靳里不再认为我们有合作价值，我提议，中止靳里的合伙人身份，他的股份由大家分别收购。”

关河此话一出，一座皆惊。

都能看出关河确实是生气了，而且是很气愤，却没想到关河愤怒到了要踢靳里出局的程度。

不等别人表态，万有第一个点头：“同意！靳里再在公司待下去，只会起到破坏的作用。公司现在的大好局面来之不易，为了公司的长远发展，他非常有必要离开。”

海月明第三个发言：“我也认为靳里有必要离开公司，但离开方式可以商榷，不一定非要简单粗暴。”

邓入见靳里低头不语，轻轻踢了踢他的脚：“怎么不说话了？刚才夸夸其谈像个演讲家，现在怎么㞞了？”

靳里还是低着头一言不发。

第八十二章

约定恋人，既定人生合伙人

邓入笑了笑："靳里离开最好，对大家对他都好，但怎么离开，以什么方式离开，股份怎么转让，还需要进一步拿出一个详细的方案。"

方东环视众人，点了点头："既然都赞成靳里离开，那就这么定了，从即刻起，先暂停靳里的工作，由邓入兼任。他名下股份的重新分配，由月明拿一个方案出来，我们讨论决定。"

"靳里，你说句话。"关河对靳里始终低头的窝囊样子很是不满。

靳里猛然抬头："我没意见，只要价格合适，我愿意转让股份离开公司。"

夜深了，回到住处，关河毫无睡意，在窗前站了半天，又和方东通了一通电话，他依然十分精神。他现在还住在办公室，不过相比外滩的办公室，新办公室大了许多，而且有专门的卧室。

方东没有住在公司，而是在附近租了一间公寓，等于是和关河结束了"同居"生活。

关河的心情有几分沉重。每个人都会有不想面对的内心阴影，像是一块心病，他就是靳里从小到大的心病。关河也有心病，就是父亲几次错失致富良机。但靳里却真的是他人生道路上的鞭策者和同行者，时刻提醒他要抓住一切机会踩对时代的脉搏。

靳里离职，宁三祥的职务得以保留，她也第一时间和靳里切割了关系。邓入兼任了靳里的职务，并没有乱了阵脚，一切处理得井井有条。正如靳里所说，离开了他的公司，不但正常运转，还运转得非常好。他就是公司可有可无的人。

离职是离职了，但他名下股权如何处置，关河等人还没有达成共识。经过了几轮的讨论，万有和海月明在如何分配靳里的股份上始终分歧严重，由于二人都坚持不肯退让，事情就暂时搁置了。

正好关河和方东的研发到了关键期，在关河的要求下，靳里的股份重新分配事宜，留待以后时机合适时再处置。

至于靳里离职后去了哪里，没人知道，他和公司的所有人断绝了联系，包括关河和宁三祥。

听说靳里离开上海去了外地，具体去了哪里，无人知晓。关河打听了几个人没有下文，也就没有再多操心。

他的心思全部用在了孤儿药的研发上。一连三个月，他吃住全在公司，带领着一帮手下夜以继日地研发，投入了几乎全部的时间和精力，除了吃饭和睡觉，他每天有 18 个小时都在工作。

万有和何处夸关河有科学狂人的风范，是值得学习的对象，还让方东向关河学习。

方东其实也很努力，她在技术上不如关河，表面上她是大众药研发小组的负责人，实际上还是关河的副手。在研发上面，天赋和努力同样重要，但天赋还是要排在努力前面。

没有天赋，再多的努力也不过是打个下手，充其量是副手。在以创新和研发为主的创业公司中，关河作为核心人物的重要性再一次突显。

方东意识到大众药的研发思路可能有些问题，需要调整，和关河开了几次会，重新制定了新的方案之后，研发终于有了一丝微小的进展，虽然不大，好在不再是停滞不前。

关河同时带领两个团队，同步进行孤儿药和大众药的研发，殚精竭虑，再加上经常加班，在坚持了半年之后，终于扛不住，病倒了。

夏天的上海，天气愈加炎热，走在阳光下，不出一分钟就会汗流浃背。

关河却丝毫不觉得热，相反，他浑身发冷，蜷缩在被子里，昏昏沉沉。想睡却睡不踏实，翻来覆去全是梦，一会儿梦到和方东分手，一会儿梦到靳里对他的指责，忽然大喊一声惊醒了。

大汗淋漓的关河，感觉眼前一片模糊。不知道过了多久，才看清眼前的景象——他还在办公室的卧室中。

“你醒了？赶紧吃药。”海月明轻轻吹药，用小勺送到了关河的嘴边，“烧得这么厉害，非要自己扛，不行，得带你去医院。”

“不去！”关河坚持，“感冒发烧是人体的一种自限性疾病，是人体在自我调节，有时扛过去比吃药更有利于身体的恢复。”

“你总是有理，为什么我每次都说不过你？”海月明嘟着嘴，“爱意随风起，风止意难平……关河，如果时光可以倒流，回到我们刚认识的时候，你会怎么做？”

关河有时很无趣，对于一些明显是陷阱的问题要么避而不答要么回怼，今天却一反常态，也许是因为人一生病心情就会低落，他想了想：“如果时间可以倒流，遇见你的那一刹那，我一定掉头就走……”

海月明愕然：“为什么？”

“不认识你，就不会有今天一系列的问题，就省了许多烦恼。”关河挣扎着坐了起来，身子还很虚弱，“也不知道现在靳里怎么样了？”

海月明哑然失笑：“你还是觉得靳里的离开是我的原因？如果我没有出现，靳里就不会离开，对不对？你有没有想过，如果没有我的出现，就不会有现在的关东生物！”

“想过。”关河老实地点头，“说实话，我也曾经设想过如果当初关东生物没有成立，也许就不会有后面的许多波折。最主要的是，就不会和你走得这么近。”

“你是不喜欢和我现在的状态吗？”海月明微微一笑，“我都没有办法准确定位我们到底算是什么关系了……”

“说是朋友以上恋人未满吧，既缺少朋友的默契，更没有恋人的温情。说是普通的合作伙伴吧，我又在照顾你，而且我们之间还有一个婚姻的约定。”海月明微微皱眉嘟嘴的样子有几分可爱，“我们像不像是约定恋人？”

关河点了点头，原则上同意海月明的定义：“约定恋人，既定人生合伙人……不重要，重要的是，距离两年后的约定已经过去了大半年的时间，我们既没有前进也没有后退，还是保持了原来的状态，等到了约定的时间，真的可以立马结婚吗？”

“我没问题，不知道你能不能接受。”海月明咬了咬嘴唇，倒了一杯热水，“不吃药可以，但必须得多喝热水。”

关河听话地喝了热水，出了一些汗，感觉好了一些：“我想出去走走，躺床上好几天了，太闷了。”

海月明打开窗户，探头朝外面望了望：“行，没什么风。走，我陪你。”

实验室离未时制药很近，二人下楼走不多远，就到了未时制药的门前。

未时制药的前面是一条大道，绕过未时制药的前门，到了后门，就是一条树木高大、绿草缤纷的小路了。小路地处偏僻，两旁开满了各种野花，颇有乡间小路的气息。

关河和海月明并肩而行。

“不知道有多久没有和女孩一起散步了。”关河突然就生出了感慨，“差不多快有七年了吧？”

“我也至少有七年以上没有和男性一起散步、看电影，更不用说拉手了。”海月明听出了关河的言外之意，“为什么要强调是七年？”

“人体的细胞和血液，七天周而复始一次，七年全部的细胞都被替换了一遍，等于现在的你和七年前的你，是焕然一新的新人。”关河的目光很悠远，“七是一个很神奇的数字，从医学上讲，七天是一个疗程。对人来说，七年之痒，七年之痛，都很灵验。”

第八十三章

疾病可治，性格难改

“你一个医学工作者，实证主义的捍卫者，怎么有时也信玄学？”海月明挽住了关河的胳膊。

关河正沉浸在他的感慨中，没有察觉到海月明亲昵的动作，继续前行。

盛夏的阳光明亮而强烈，即便透过树叶落在地上，也依然颇有力量。打在身上和脸上热热的，关河出汗了，感觉身子轻松了许多。

“怪事，以前我一般只在冬天感冒，很少在夏天感冒。最近总是觉得身体乏力，像是轻微的感冒症状，我以为是身体过度疲劳的原因，没有多想。现在仔细想想，似乎哪里不对。”关河对自己近来身体总是不适大感不解，“虽说医不自医，但自己的身体自己最了解，我不认为是过度劳累的原因。”

海月明心下窃喜，关河没有拒绝她挽住胳膊，她抓得更紧了一些：“就是疲劳过度之后的应激反应，你不也说是自限性疾病吗？你是研发人员，顶多算是半个医生，不，三分之一个医生，想要明确原因，还得去医院。”

关河被海月明的形容逗笑了：“三分之一个医生，亏你想得出来，哪里有这样形容的？不用，不用去医院。如果不是疲劳过度，就是没有休息好之后的应激反应。算了，不想太多了，病马上就好了。”

“对了，最近何处在忙些什么？”

靳里走后，邓入很忙，公司大大小小的事情她几乎都要管理，反倒是担任了关东生物 CEO 的何处，却反而更悠闲了。有时他几天不见人影，也不知道去了哪里在做什么。

方东虽然名义上是吉时药业的 CEO，但由于她现在主要精力是负责研发，就暂时也由邓入接管了她的部分工作。

CEO何处总是不见人影，关河又专注研发，海月明就当仁不让地承担了大部分CEO的工作。万有不再像以前一样对关东生物投入过多的精力，甚至对吉时药业也不甚关心，他很少在公司露面，据顾深秋反馈的消息，他连在未时制药的时间都不多，成天不见踪影，不知道在忙些什么。

关河并没有在意万有的行踪，他不关心研发之外的所有事情。只要公司的运转正常，资金充足，万有别说不在公司出现，就是他人在国外，关河也不会放在心上。

不关心万有，关河却还是在意何处的动向。

“你都不知道，我就更不知道了。”海月明愕然地睁大双眼，“何处在忙些什么，都没有和你说吗？”

关河摇头：“我有好多天没有见他了，和他最近的一次聊天也在一周前。”

海月明调整了工作重点，对关东生物倾注了远大于她持股比例的精力和心思，当然，主要还有关河的原因。此时基金的一些股东对她提出了抗议，认为她不应该对关东生物过于关注，关东生物只是基金投资的众多公司之一，希望她还是把主要精力放在此时基金。

海月明表面上答应着，暗中还是一有时间就自觉化身为关东生物的CEO，为关东生物谋划未来。也正是因为海月明的管理，关东生物在何处缺席的前提下，依然保持了井井有条的秩序。

海月明对万有最近没有过多插手关东生物大感欣慰，又对何处经常不见人影感到意外。她清楚何处的投资公司已经关闭，关东生物是何处眼下唯一的产业，何处的心思不在关东生物，难道又在谋划新的布局？

不应该，以她对何处的了解，何处的钱都压在了关东生物，他和靳里一样还没有成功套现，并且他还欠着朋友的外债。不管他是怎么化解了朋友对他的追债，他现在手中应该没有现金。没有现金就意味着他没有办法再开拓新的航道。

“他难道是忙于恋爱？”话一出口立刻意识到了不对，海月明一吐舌头笑了，“邓入忙得不可开交，何处想谈恋爱也没有人配合，那么问题来了，他到底在做什么？”

“莫非是……”海月明忽然想到了一点，顿时愣住了。

关河也想到了：“他和万有在暗中谋划什么事情？”

“说不定不只是万有，还有靳里！”海月明说出了自己的猜测，“你有没有感觉靳里离开公司的事情过于顺利了一些，而且以靳里的性格，他也不是会心甘情愿放弃自己利益的人。他说走就走，丝毫不拖泥带水，像是早就排练好的一出戏。”

关河认真地想了一会儿，摇了摇头：“我不是很认可你的推测，月明，你总是喜欢把正常的事情阴谋化。也许和你缺乏安全感有关，表面上你的心理疾病是被治愈了，但性格却形成了。疾病可治，性格难改，你不觉得你对万有和靳里的成见太深了吗？”

“没有呀，我对他们的看法并没有带着成见，我是对事不对人。就像我对你和方东，就从来没有怀疑你们联手欺骗我，也不会猜测何处有什么坏心思。但为什么就对万有和靳里有不好的想法呢？你应该从他们身上找原因，而不是认为我有偏见。”海月明停下脚步，她额头上渗出了细细的汗珠，微微气喘，“不走了，太热了，回……”

话未说完，见关河的状态有明显的好转，她立刻意识到了什么，忙改口：“再走走，你的气色好了许多，再走半个小时应该就能治好你的病。”

“你不怕热？”关河捕捉到了海月明情绪的变化。

“不怕。不，准确地讲，怕。但凡事都得有取舍，如果我的热能换来你的病好，是值得的。而且，我愿意。”海月明甜甜地一笑，“我是不是表现得太明显了？我应该含蓄、低调地让你知道我对你的包容和迁就，都是因为爱，你是不是会更感动？”

关河很不解风情地摇头：“我不喜欢猜别人的心思，不管你做到明处还是暗处，只要被我发现，我就会感动。如果我没有发现，可以提醒我，而不是暗示我非要让我猜。”

海月明用力地点了点头：“所以当初方东和你分手，是她直截了当地告诉你她不能和你结婚，她害怕结婚，而你渴望稳定的婚姻？”

关河点头："既然在对待婚姻的问题上有着严重的不可调和的分歧，不如分手。我是一个以目的为导向的人，做一件事情之前会先想到最终的结果是什么，如果是可以接受的结果，就会去做，并且坚持到底。"

海月明放心了不少，不过还是想再次确定一下："我想要你一个明确的回答，你和方东，真的不会再重新开始吧？"

关河有些无奈地翻了个白眼："这个问题的主动权不在我手里，是在你和方东手里。"

海月明立刻大为紧张："你的意思是，如果方东克服了心理障碍，愿意和你结婚，你就会重回她的身边？"

"不，他不会。"关河还没有来得及回答，方东的声音突然在身后响起。

海月明回身一看，不远处，方东淡然而立，穿一身长裙束马尾辫，像是夏天里最摇曳生姿的凤尾竹。

方东微微一笑："你们走在一起，真般配。"

"真心话？"海月明打趣笑道，"是不是跟在我们后面很久了？"

"没有，我是有一个难题想不明白，出来散步，活动一下脑子，结果就遇到了你们。别多想，我可是比你们先到。只不过你们专注于二人世界，没有注意到在路边的我。"方东努力克制心中不安的情绪，希望她的谎言没有被关河看穿。

关河还是看出了方东在说谎，尽管她掩饰得很好，但她说谎时习惯性的眨眼动作还是透露出了她内心的挣扎。仔细一想，他大概可以推测出方东是从他和海月明一出门就跟在了身后。

关河却没有当面揭穿方东，只是微微点头："什么难题？"

"关于靶向的一个难题……"方东认真地和关河讨论了半天研发细节，在得到了关河的启发后豁然开朗，"关河，你总是能够不断地给我带来惊喜，你简直就是一个宝藏。"

"对，他就是宝藏男孩。"海月明上前再次挽住了关河的胳膊，"我现在宣示主权了，方东，谢谢你介绍了这么优秀的关河让我认识。但现在起，他是我的人了，我想再请你明确一下，你以后不会再和关河有超过同事关系的互动……”

方东咬了咬牙：“就这么没有信心吗？你应该让关河给你信心，而不是我。要对症下药，他才是你的药。如果他对你一心一意，不管是我还是别人，都抢不走他。”

“他的心，我会一点点焐热。我现在就只想要你的承诺！”海月明抿着嘴唇，目光坚定。

第八十四章

失败和认输，是两回事儿

方东紧咬嘴唇，她不是一个轻易许诺的人，如果做不到，她绝对不会说出口。就如当年她要和关河分手，是因为她没有办法承诺给关河一个婚姻。而关河，却又不谈不以结婚为目的的恋爱。

但是现在，她感觉内心的冰在慢慢融化，也许她可以尝试和关河重归于好，然后努力调整自己，说不定真的可以克服婚姻恐惧症，和关河走进婚姻的殿堂……想多了，现在的问题是，也许关河已经对她没有信心了。

只是让她现在完全放弃关河，她……做不到！她承认她跟在关河和海月明身后时，心中泛起了苦涩和难过，有一种不甘和不舍，就像最心爱的东西被别人抢走一样，尤其是海月明挽着关河的胳膊时，她心中响起了破碎的声音。

“说话！”海月明的心也在下沉，方东的沉默说明她在犹豫。其实从方东跟在她和关河身后的那一刻起，她就知道了，却假装没有发现，还故意挽住关河的胳膊，目的就是想让方东安静地走开。

不想方东一路追随，始终没有离开，她的心情就焦躁了几分。如果方东回心转意，克服了婚姻恐惧症，想要和关河重新开始，她没有信心挽留关河，怕自己终究会败给方东。

不行，不能让方东和关河再次点燃爱情的火焰，海月明从小就明白一个道理，想要得到自己喜欢的东西，必须努力去争取，不能被动等待。

方东紧咬牙关：“关河，如果我可以嫁给你，克服了婚姻恐惧症，你愿意回到我的身边吗？”

“方东，你认为还有多久你的大众药研发可以获得突破性进展？”关河一脸严肃地问。

方东明白了关河的意思："快的话半年，慢的话一年半。"

"差不多和我与月明约定的两年期限重叠。"关河看向了海月明，"月明，我的孤儿药研发，快的话半年，慢的话一年，肯定会有一个成果出来。你是资本运作高手，你说，在孤儿药和大众药研发成功之前，你能成功地推动公司的B轮融资吗？"

海月明嫣然一笑："明白了！你的意思是如果我先方东一步，在她的大众药研发成功之前推动了公司的B轮融资，我就是最后的获胜者。反之，如果方东的大众药研发成功在我推动公司的B轮融资之前，她就是最后的胜利者……我理解得没错吧？"

关河没说话，抬头望天："我的病好了，才发现天真蓝。"

海月明和方东都被关河的装腔作势逗乐了，方东先下了战书："行，我就和月明打个赌，以一年半为期限。期限内，谁先成功，谁就拥有对关河的处置权。"

关河吓了一跳，连连摆手："自由、平等、诚信、友善，是核心价值观。"

"如果我赢了，方东，我希望你永远退出我和关河的世界，永远不要再对关河有幻想，最好离开上海！"海月明咬了咬嘴唇，目光坚定，"虽然我的要求有些残酷，但现实就是现实，为了不留后遗症，有些事情就得像疫苗一样，一针下去终身免疫。"

方东早就听别人说过海月明表面上温柔体贴，但在有些事关切身利益的事情上，会杀伐果断，是一个厉害角色，现在终于体会到了海月明的犀利，她感受到了莫大的压力，但同时激发了她的争强好胜之心。

方东毫不畏惧地迎上了海月明的目光："好，我们就相当于签了一个对赌协议。谁赢了，谁拥有一切。谁输了，谁失去所有。我输了，我离开公司，离开上海。如果你输了呢？"

"我也一样，也会离开公司离开上海，不，我会出国，并且再也不会回国。"海月明比方东更决绝，完全不给自己留后路。

方东目光中闪过一丝复杂难言的情绪，努力一笑："月明，我最佩服的就是你只要喜欢就一定努力争取的精神。我们不能只自己打赌，还要让关河也加入进来。关河，不管是我输还是月明输，你都立于不败之地，这样不公平吧？”

关河耍赖：“是不公平，但和我又有什么关系呢？我从来没有让你们拿我当赌注打赌，更不用说，我作为当事人，你们都没有征求我的意见，你们不尊重我也就算了，还有物化男性的嫌疑！”

海月明开心地笑了：“我就问你一句，事业和爱情都是人生，人生就是一场赌博，你赌的是事业，如果输了，你会承担怎样的后果？”

关河一脸平静，抬头望天：“我以前总觉得自己能力过人，不管做什么事情都可以轻而易举地成功，现在我明白了一个道理，是靳里、万有、何处，也包括你们，给我上了一堂生动的人生课……”

“什么道理？”海月明和方东异口同声。

“一个人一辈子能够认真地做成一件事情，就很了不起了。”关河坚定地点头，“如果我输了，我会离开上海，会出国，可能就再也不回来了。”

“为什么？是逃避还是……”方东一愣，没想到关河会如此回答。

“都不是，是对自己的惩罚。”关河淡然一笑，似乎看穿了世事一般沧桑，“如果在这么多人的帮助和关爱下，我还做不成一件事情，我会对自己失望甚至绝望，也会认为自己什么事情都做不成。既然辜负了所有人，不如自己找一个谁也找不到的地方，闭门思过。”

“不是惩罚，还是逃避。”海月明摇了摇头，“不许你这么自暴自弃。就算你真的失败了，也不能认输。失败和认输是两回事儿，只要你还有信心，我就会一直陪你走下去，一直给你信心和勇气。”

方东忽然神情黯淡了几分：“最主要的是，你能一直给他资金和资源，对吧？”

第八十五章
毕其功于一役

“是的，基于对他能力的认可，我可以在项目上支持他。如果是基于爱，我会无条件并且没有期限地一直支持他。”海月明昂首挺胸，似乎是为了展示自己傲人的身材，又似乎是要彰显自信，“在爱的世界里，没有对错，也没有输赢，只有爱与不爱。”

方东苦笑一下，打趣关河：“你真幸运，认识了月明，就等于拥有一个不败的前程。”

关河呵呵一笑：“不管是疫苗还是其他基于靶向的药物，或者是激素，其部分原理都是激发人体自身的免疫系统以达到治病的目的。虽然也有一些是药物本身的力量，但最终想要身体健康，还是需要自身免疫系统的完善。”

“如果人体总是需要依赖外力才能正常运转，这个人也差不多病入膏肓了。”关河深深地看了海月明一眼，“谢谢月明的好意，但我有自己的骄傲和原则，我不接受你以爱的名义对我的无限迁就。”

夏天沉醉的夜晚，外滩的风光格外迷人。不过上海并非只有外滩一处风景宜人，在远离外滩的一些深巷中，也有不为人所知的隐蔽风景。

静安区，老洋房。

院子中，葡萄树下，四把藤椅围绕着一方木桌，四个人正在打牌。

“对A……”万有扔出一副牌，哈哈一笑，“先跑为敬。”

何处懊恼地扔了手中的一把牌：“又是你赢，真没意思，你就不能输一次？你怎么每次都能抓一把好牌，是不是靳里洗牌的时候帮你捣鬼了？”

靳里坐在何处对面，一脸苦笑，他手里的牌最多：“我如果有这本事，给自己也洗一手好牌多好，不至于次次输不是？”

坐在万有对面的是一个中年男人，他胡子拉碴，似乎是很久没有刮过了，穿着也很随意，斜坐在了椅子上。

他手中只剩下了四张牌，扔了出去：“炸弹！”

靳里直视何处：“就剩下我们两个了，怎么着，还要玩下去吗？”

“玩个屁！”何处站了起来，嘿嘿一笑，“万总，接下来怎么办，你总得给个准话吧？我都等太长时间了，耐心是有限的，主要是生命也是有限的，不能把有限的生命浪费在无限的打牌中去。”

“怎么会是浪费呢？这段时间你们一共和管总打了几十次牌、几十场球，吃了几十次饭，管总说对你们已经有了深入的了解，他现在已经有了决定。”

管政稍微坐正了几分：“原本老万说要让我认识一下你们，我开始时是拒绝的，时间太宝贵了，不能浪费在没有意义的事情上。不过经过这段时间的接触和了解，还算有不小的收获。现在你们也清楚了，我是老万的最大股东，宋娴和周峻诚都退股了，他们的股份我接了，未时制药我持股 31%，辛时投资我持股 30%，都超过了老万，是当之无愧的第一大股东。”

“其实可以说，现在我才是未时和辛时的实际掌控人！”

何处和靳里一起点头。

近来他们经常和万有在一起，慢慢摸清了万有的底细，真相让二人大吃一惊的同时，又不得不感叹海月明的犀利。

原来海月明对万有的怀疑，几乎全中！

万有确实是出现了严重的经济危机！

摊子铺得太大，步子迈得太快，结果就摔了跤！

万有原本打算以未时制药为基础、以辛时投资为提升，既有实业又有基金公司，是资本最喜欢听的故事，最有想象空间。

按说万有的布局确实完美，可以快速完成前期的资本积累，只要不崩盘，就可以迅速提升估值，从而达到收割的目的，实现财富的几何级膨胀。

万有不会满足于财富的稳健增值，太慢太没乐趣了，他希望毕其功于一役，要么一飞冲天要么一败涂地，吊在中间不上不下，最为难受。

其实万有的计划几乎接近了成功，如果还能再坚持两三年的话，可惜，宋娴和周峻诚没有再给他两三年的时间，在今年提出了撤资！

宋娴和周峻诚是万有三大股东之二，和管政一起是万有最大的资金来源。三人投资万有，都和他签订了对赌协议，要求万有在三年之内实现被并购或是完成上市，如果不成功，必须以 15% 的年化回购股份。

不料三年过去了，未时制药看上去还大有前景，辛时投资却出现了巨额亏损！

是的，亏损之大，超出了三人的想象。

不是说万有目光超绝，投资的项目十中三四吗？一般投资者如果投天使轮，十中一就不错了，十中三四简直就是真正天使的化身。

但在三年期满后审计时才发现，原本万有投资的几家天使轮公司，确实是都成功了，但被并购或上市的，居然没有一家！

宋娴发现了其中了猫腻，万有投资了十家公司，都是天使轮投资，其中五家成功了。五家中，一家死于 B 轮，两家死于 C 轮，一家死于 D 轮，最后一家挺过了前面四轮，眼前就要上市之际，却被曝出了财务造假，死于上市前夕。

眼见到了临门一脚时才死，死得太可惜，也太蹊跷了。三大股东严重怀疑是万有做了什么手脚，极有可能是他联合所投资公司的创始人将公司的财产转移，中饱私囊。

有不少投资经理会和所投公司的创始人联手，暗中掏空公司，将资产转移到个人名下。投资失利，不过是扣发奖金减少收益，与转移资产到个人腰包的巨额收入相比，不值一提。

万有虽是辛时投资的大股东，但所持股份只有 30% 多，如果他和所投公司的创始人联合，一起侵吞公司财产，就算每人分一半，也超过了他的个人投入，是一笔划算并收益丰厚的买卖。

不过三人经过一番审计，最终没有找到万有和所投公司创始人联合一起侵吞公司财产的证据，公司的亏损也是合理合法的正当亏损。三人对万有失去了信心，提出撤资。

经过一番艰苦卓绝的谈判，万有成功地说服了管政留下，他和管政一起出资回购了宋娴和周竣诚的股份，当然，万有了付出了高昂的代价——几乎掏空了现金流并且让出了第一股东的位置，失去了辛时投资和未时制药的控股权。

管政被说服，一是他还看好未时制药的前景，二是他对关东生物充满了兴趣并且寄予厚望，因此，他最终决定出资回购宋娴和周竣诚的股份，甚至还对未时和辛时追加了投资，所图的就是希望以后可以借关东生物打一个漂亮的翻身仗。

关东生物现在就是万有手中最好的一副王炸，也是他布局多年之后，到今天唯一的一枚筹码了。

不过管政并不满足于辛时投资在关东生物的持股比例，至少要 51% 以上的控股权才行，他就提出了一个附加条件——万有必须想尽一切办法拿到关东生物的控股权，否则，他也要撤资并且要求万有回购股份。

万有被迫同意了，如果管政也撤资并且要求他回购股份，他不但会破产，还会被其他股东追债。现如今他只能靠讲故事和继续忽悠来支撑人设，实际上他早已资不抵债了！

近年来，万有的步子迈得太大了一些，尤其是到上海之后，他一心想要尽快地实现财务自由，想要功成名就。

有人认为的财务自由是衣食无忧，而不是奢侈淫逸。万有却不认可，如果只追求衣食无忧，他早就实现了人生目标，难道年纪轻轻就退休养老？人生也太没有意义了吧？必须赚够可以保证每天都花天酒地并且一辈子都花不完的钱，才算财务自由。

财务自由是什么？就是钱多到了想买什么买什么、想玩什么玩什么、想吃什么吃什么、想去哪里就去哪里的程度，如果只满足基本的生活需求，那不叫财务自由，而是生存自由。

正是想要的太多、胃口太大，导致了万有的步子迈得太大，摊子也铺得太大，最终导致了崩盘——准确地讲是临近崩盘，眼见就要不行时，管政帮他兜了底。

当然，管政的条件也非常苛刻，他不但控股了未时制药和辛时投资，还要求万有必须在一年半的时间内控股关东生物，否则，他会让万有生不如死。

万有也清楚管政的为人向来说一不二，在别人嘴里说出来的是大话，但在他嘴里说出来的就会成为事实。他也明白，自己和管政达成的协议是与虎谋皮。但没有办法，他天生就是一个赌徒，如果他的胜算只有1%，输的概率是99%，输了一败涂地，赢了飞黄腾达，他也会下注，人生就是要搏一次！

第八十六章

前倨后恭

万有自认为以目前的局势来看，他对关东生物的掌控力就算没有 100%，也达到了 90% 以上。眼下不只是何处和靳里紧随他的脚步，关河也和他方向一致。想要控股关东生物，不过是时间问题。

不过万有也明白一个事实，他真要完成管政交代的任务控股关东生物，必须过三大关，一是关河，二是何处，三是方东。三人是关东生物的前三位股东，只有他们点头同意了，后续事情才会迎刃而解。

要各个击破，得先从最薄弱的环节下手，关河是关东生物最核心的人物，也是最核心的资产，就先让他潜心研发。他的研发成果是关东生物进一步提高估值的关键，那么不用想就知道，先从靳里身上打开突破口，是最好的切入点。

靳里酒后的突然发作，以及关河提出让靳里离开公司，正好为万有突破靳里提供了便利。实际上万有近来不再提及收购靳里股份并且冷落靳里，也是他忙于应付三大股东发难及股权转移事宜，同时，也是想要先把靳里逼到无路可退的境地后，再冲他下手就容易多了。

在和管政达成共识之后，万有就第一时间联系了靳里，说要和他谈谈。

当时靳里正处于人生的巨大悲痛之中，认为自己的人生已经跌到了谷底，再往下，就是万劫不复之地了。他躲在上海的一个角落里，不出门，不见人，每天都是吃了睡睡了吃，昏天黑地、浑浑噩噩，度过了人生中最黑暗最低落的一段时光。

靳里甚至想到了死！

事业失败、家庭破产、父母只当他是提款工具，就连最好的朋友从小一起长大的赤裤兄弟也对他落井下石，人生还有什么乐趣和意义可言？

他不就是喝醉酒说了一些真话吗？现在的人为什么心理建设如此不堪，一句真话都听不得？靳里恨天恨地恨父母恨兄弟，最后又恨上了宁三祥。

宁三祥眼见他落魄了、没钱了，说离开他就离开他。好吧，他也能理解宁三祥的嫌贫爱富，但她不用非得表现得这么高尚，还装腔作势以他欺骗她为由和他分手。

全世界都对不起他，全世界都抛弃了他，靳里在自怨自艾中把所有认识的人都痛骂了一遍，并且发誓只要他东山再起，一定会让所有看不起他踩过他的人后悔一辈子。

在万有联系他要见他一面时，他只矜持了不到三秒钟就答应了，全然忘记了万有对他的羞辱和冷落。没办法，在利益面前，尊严和面子算得了什么？

靳里一见到万有就痛哭流涕，向万有道歉他以前的种种不对，乞求万有原谅他，他会任由万有驱使，万有说什么他都不会拒绝和反抗，只要万有能解救他于水火之中。

没钱的日子太难受了，不是人过的生活，他再也不想每天醒来都在发愁怎么解决吃饭的问题了，他希望万有帮他解决困境。

万有要的就是靳里的绝对顺从，当即提出了三个条件：第一，靳里无条件支持万有在关东生物提出的任何提议。第二，靳里名下的股份只能由万有一人收购。第三，在万有成功收购靳里的股份之前，万有负责靳里的一切开支，但靳里要绝对服从万有的所有指令。

如此屈辱的条款，换了以前靳里断然不会同意。现在他只求每天可以安稳地有一口饭吃，就毫不犹豫地答应了。

彻底拿下靳里之后，万有开始了第二步布局——攻克何处。

在万有眼中，攻克何处的难度三倍于靳里，但获得的收益会十倍于靳里。靳里对他而言，不过是一个小小的棋子，有用则用，无用则弃，何处则不同，何处也是棋子，却是重量级棋子，并且还可以在需要时角色转换，变成可以和他联盟的利益共同体。

万有先约何处在他的会所见面，直截了当说出了他的计划：“何处，我也不瞒你什么了，我和你一样破产了……不，比你更惨，我如果不能成功，可能就连命都要丢了。”

何处第一次见到万有如此坦诚，想起了方东和海月明对万有的猜测，心中一惊的同时，耐心地听万有说下去。

万有向何处毫无保留地说出了他的现状，未时制药的销售陷入困境，是蒋一期在背后切断了他的渠道，从而导致了资金链的断裂，然后引发了连锁反应，让投资人对他失去了信心，提前撤资了。

万有清楚，想要赢得何处的信任，不能像对付靳里一样采取胡萝卜加大棒的粗暴手法，而是要用风险共担利益共享的同盟策略来拉拢何处，他坦然向何处透露了他的计划：“何处，我需要你的配合。如果我们的计划能够成功，我们每个人都可以实现财务自由。”

何处表现得很淡定，他之前不太相信万有如方东和海月明所说的一样阴险狡诈，但也从未认为万有是一个普通角色，万有必然有深不可测的一面，所以他很从容地问道：“我要怎样配合万总？我的回报又是什么？配合程度和回报一般都是成正比的。”

万有舒心地笑了笑：“你的意思是根据回报的多少来决定是不是配合及配合程度的高低？和聪明人谈合作，确实轻松。好，我刚才已经说过了，如果事情成功了，我们都可以获得财务自由。”

“不，不要给我一个泛泛的许诺，我对自由的说法有本能的反感。”何处翻了个白眼，嗤之以鼻，“在人类没有研发出来长生药之前，在没有克服所有疾病从容掌控自己的生死之前，谈任何自由都是空谈，都是自我安慰。”

“要不说个具体数字，要不给个具体收益。”何处吊儿郎当地坐在椅子上，脚放在桌子上，“我现在是一个俗人，追求三俗，一俗为钱，二俗为健康，三俗为家庭美满，满足了以上三条，你让我干什么我就干什么。”

万有哈哈一笑：“好说好说，健康和家庭美满我帮不了你，搞钱是我的专长。我们联手把持关东生物，等关河的研发一有突破，我们就以高价卖掉关东生物，每个人可以获利至少超过 10 亿…… 10 亿，满意不？”

何处咧着大嘴笑了："让我算算，10亿，花1亿在上海买一栋别墅一套平层外加一辆300万的车，剩下的9亿，2亿拿去投资公司，2亿去投资股票，2亿存国外，2亿存国内理财，还有1亿当成现金流用来维持日常开支，嗯，巴适得很。"

"可问题是，关河和方东才是关东生物最大的股东，他们不想卖，我们还能强迫他们卖吗？"

"这就涉及我们的配合了，还有头脑的运用。"万有指了指自己的脑袋，"有两个方法，一是哄骗关河答应，二是强迫他答应。"

"怎么个强迫法？"何处一脸兴奋，"我还从来没有想过还能强买强卖，万总教教我。"

"说难也难，说简单也简单，只要你全力配合我的演出，和我同进共退，我们一定可以说服关河、拿下方东，让关东生物成为我们的提款机。"万有嘿嘿一阵冷笑，"除非你真的一心想要为了人类的制药事业做出伟大的贡献，真的想无私地奉献爱心，关怀孤儿病患者……"

"停，打住！"何处叫停了万有，"别给我戴高帽子，我有颈椎病，帽子一重就头疼。我投资关东生物的目的就是为了赚钱，不赚钱讲什么情怀和奉献，我又不是傻子。"

万有放心地笑了："我就喜欢你这样的俗人，把需求摆在脸上，不像关河和方东一副不食人间烟火的样子，虚伪。

"现在我的情况你也了解了，我已经失去了公司实际控制人的地位，管政是最大的BOSS了。现在管政要求我必须在约定的期限内获得关东生物控股权，他已经找到了下家，到时会以比现在溢价10倍的价格卖掉公司。只要能控股关东生物，他会提供资金上的大力支持，上不封顶。"

何处又不是未经世事的小年轻，对于财务自由、上不封顶一类的套话大话早就免疫了，摆了摆手："明白了，万总，你找我联手是为了成就管政，对吧？如果我不能帮管政拿下关东生物的控股权，你就会对赌失败，然后下场会很悲惨，对不？"

"明人面前不说暗话，你说得对。"万有努力在何处面前表现出一副真诚相待的样子，“所以我才有求于你。”

何处很自得地朝后仰了仰：“所以说，现在我们的地位反过来了？以前是我求你，现在换你在我面前低声下气了？”

万有连连点头，一脸谦恭的笑容：“是，是，我现在是在恳求你帮帮我。”

第八十七章

怕死就不是英雄好汉

何处拿足了架子，才慢条斯理地说道：“到底要怎样才能说服关河、拿下方东呢？我配合你可以，但大主意还得你出，我没你坏心眼多。”

万有听明白了何处的意思，万一事情败露了，何处可以一股脑儿都推到他的身上，他哈哈一笑：“当然，当然，我的人设在方东和海月明眼里，反正都已经坏到底了，再坏几分也无所谓。你的人设还必须保持。保持你正面的人设，也是我们计划成功的必要前提之一。”

万有自然希望大主意由他出，这样才可以保证他掌控主动权，并且在关键的时刻可以金蝉脱壳。

“说服关河、拿下方东，才是第一关。他们同意让出关东生物的控制权后，我们才面临着最大的考验。”万有神秘地一笑，“你肯定明白我的意思……”

“你是想吃了东家吃西家，通吃呀！你就不怕管政要了你的命？”

“怕死就不是英雄好汉。撑死胆大的，饿死胆小的，我长这么大，从来不知道什么叫怕！”万有的得意挂在脸上，“管政要的条件太苛刻了，既然他吃相这么难看，我又何必和他客气？只要一切都在合理合法的范围之内，就得愿赌服输。”

一句话点醒了何处：“跟你先把丑话说到前头，我可以劝说、威胁、威逼关河和方东转让股权，但不会做出违法乱纪的事情，一切都得在法律的框架之内，不能犯法，晓得伐？”

“放心，我只求财不求灾。”万有抱住了何处的肩膀，“现在相信我了吧？我们兄弟一起干一票大的！干成了，下半辈子花天酒地。干输了，人生豪迈只不过是从头再来……”

“干了！”何处意气风发地一昂头，“我们先约法三章，第一，我不出头。第二，我不露面。第三，我还要保持人设，维护好和关河、方东、海月明的关系，尤其是不能破坏我和邓入的关系，现在我和邓入正在渐入佳境。”

万有笑着点头：“放心，从现在开始，我们就是一个团队了。我也有一个条件，我们密切合作的事情，千万不能让除了我们和靳里之外的任何一人知道，包括但不限于关河和管政。”

“可以，我都没问题。”何处拍了拍胸膛。

何处之所以答应万有，也是他想要看看万有如何达到目的。一手托两家的万有，既失去了对未时制药和辛时投资的控股权，又没有关东生物的控制权，却想拿下关东生物还了管政的债，再从管政手中骗走控制权，从而实现财务自由……他当关河、管政等人都是傻子吗？

何处虽不相信万有的计划可以实现，但还是抱着试一试的心态和万有走近，万一万有成功了，他不是就赚了？如果万有失败了，他也没有什么损失不是？反正现在也没有什么事情可做，主要他也没钱去做其他事情了。

至于这么做是不是对得起关河，何处也没有深思，他当初投资关东生物出发点就是为了赚钱，又不是为了满足关河的愿望及奉献的情怀。

按照现在公司的进展，如果按部就班下去，天知道什么时候才能套现。现在他已经不再如创业之初一般雄心勃勃，现在只要谁给他三倍以上的溢价，他就愿意转让名下的全部股份。

可惜，现在的关东生物还正处在成长期，能不能挺过 B 轮还不好说，更不用说 D 轮和上市了。现在不但是他没钱了，万有也破产了，三大投资人中，只有海月明还有实力。

但海月明一人也不可能撑起整个 B 轮的融资，就算她肯，到时他和万有如果都想套现走人，海月明也不会再投。谁都不傻，没人想当接盘侠。

那么最快速变现的方法，就是万有的计划了！何处满怀期待地成为万有的合伙人。

另外，他们还有一个跟班靳里。

是的，在新的结盟运动中，靳里不再是合伙人的定位，而是跟班。失去了富二代光环、穷困潦倒的靳里，也失去了应有的尊重。毕竟在万有和何处眼中，他不具备关河、方东的专业知识和不可替代性。

靳里对自己的新定位毫无怨言，并且很自然流畅地转变了身份，以跟班的姿态跟随在万有和何处身边，跑前跑后，听话、殷勤并且有眼色。

在和何处、靳里谈妥条件之后，万有就让何处和靳里接触了管政，并且不断地制造各种局，让他们尽快地和管政熟悉起来。

管政喜欢一动一静两大活动，动是高尔夫，静是打牌。何处高尔夫和牌都打得不错，靳里只会打牌。几人在一起，倒也聊得投机玩得开心。

经过两三个月的接触和深入了解，管政也基本上认可了何处和靳里，对何处的高尔夫和牌技都很欣赏，对靳里的牌技及察言观色的本事，也颇为赞同。

管政就动了惜才之心，也是正好最近他管理团队的几个高管被查出有贪污行为，他没有报警处理，而是让对方吐出公款开除了事。

位置有了空缺，却没有合适的人选，正一筹莫展之时，万有有意无意间提了一句："何处和靳里不是正好称手的人选？"

管政就记在了心上，也确实，总觉得人才到处都是，真到用人之时，却又发现并没有几个合适的人选。从合适到称手，再从称手到默契，每一关都会淘汰无数人。

今天的牌局，管政就打算和何处、靳里商量一下和他合作的可能性。

管政站了起来，走到何处面前嘿嘿一笑："何处，你今天输牌不是牌不够好，而是输在了心浮气躁上面。其实以你手里的牌来算，翻盘的机会在60%以上。"

"事后诸葛的话就不要说了，老管。"何处在管政面前没大没小，反手抱住了管政的肩膀，"说吧，作为未时和辛时的实际控制者，你到底有什么打算？"

管政想要何处和靳里加入他公司的想法，万有早已提前向何处和靳里透露了风声，三人也达成了一致。何处有此一问，不过是照着三人之前的剧本在演戏。

管政哈哈一笑："我有一家公司叫当时投资，控股了未时和辛时，所以说，人还得活在当下，才能开心快乐笑到最后……近来公司出现了一些人事变动，我现在急需人手，你和靳里有没有兴趣过来帮我？”

何处没想到管政如此直截了当，原先准备好的说辞一时没有了用武之地，好在他反应够快：“多谢老管的抬爱，问题是，我现在是关东生物的创始人，没办法再去帮你，心有余而力不足啊。”

靳里按照当初的预演迫不及待地表态：“我没问题，管总。我已经从关东生物辞职了，现在是自由身，随时可以到位。”

第八十八章

人永远要感谢的只有自己

“就凭这一段时间我们的接触和了解，我认可管总的为人，佩服管总的胸怀和气度，愿意为管总效力。”靳里的态度很诚恳，姿态很迫切，他的角色定位就是配角，作用就是用来衬托主角光环的。

管政就势也抱住了靳里，面向万有：“老万，我就不客气了。虽然是你介绍的朋友，但和我也是一见如故。我现在缺人，想把他们都招揽到我的门下，你没意见吧？”

“我都想好了，靳里，你直接过来当时，全职，当运营总监。”管政目光坚定，“你别嫌弃职务太低就行，先从中层做起，以后有的是升迁机会。”

靳里一脸感动：“谢谢管总提携，我一定尽心尽力做好本职工作，不负管总的重托和万总的信任。”

“到于你，何处……”管政踢了何处一脚，大笑，“你小子就先兼职当时的副总裁，负责风控部门，怎么样？”

投资公司有两个副总裁的位置至关重要，一个是负责投资部门的副总裁，主要职责是寻找优秀的项目去投资，是花钱的。另一个就是负责风控部门的副总裁，主要职责是审核投资部门的项目，严格把关，把风险降到最低。

风控副总裁不签字，投资项目就不能通过，因此权力极大。由于风控部门经常否决投资部门的项目，风控副总裁一向是投资部门最不喜欢的人。

按照之前设想好的剧本，何处应该一口就答应下来，毕竟现在时机和条件都成熟了，再推托就显得矫情了。但何处却犹豫了一下，突然矜持了起来：“兼职负责风控的副总裁，老管，你看得起我，我很高兴也很感激。但风控部门太重要了，我怕我不能胜任。”

万有心中大跳，关键时刻何处卖什么关子装什么高尚，万一管政临时改变主意岂不是前功尽弃？他再也按捺不住，忙朝何处大使眼色。

何处却对万有的暗示视而不见，继续说道：“我是本着为你负责的出发点，怕自己能力不够导致你的重大损失。作为合伙人，我于心不忍。作为朋友，我良心不安。”

何处如此一说，管政反倒更器重他了：“何处，你可以对自己的能力没有信心，但你不能怀疑我的眼光！我让你担任负责风控的副总裁不是心血来潮，是深思熟虑的结果。相信我的识人之明，你绝对可以替我把好最后一关。”

管政又眨了眨眼睛，风趣地笑了：“当时的管理流程是，每一个投资项目都要由风控副总裁签字后再由我拍板，才会正式成立。放心，最关键一关，是由我来决定。”

何处咧嘴一笑：“这我就放心了，行嘞，成交。不对不对，说了半天，老管你都没谈待遇，所有不谈待遇的任命都是耍流氓。”

管政露出严肃认真的表情：“说得对，亲兄弟还得明算账，如果我空谈理想和情怀，不和你们说年薪和股权，我肯定是商业流氓，哈哈。你们的待遇是年薪加期权的方式。”

有关待遇的对话，基本上三分钟就结束了。管政开出的条件相当不错，很有诚意，不但何处满意，靳里更是大喜过望，仿佛眼前出现了万道霞光，他终于可以借管政的东风走出人生谷底了。

一切聊明白后，万有接到一个电话要提前回去。何处也声称有事，要和万有一起离开。按照既定的计划，靳里也应该和万有、何处同行。

管政却叫住了靳里：“靳里，你跟我先去一趟当时，提前熟悉一下环境。”

以万有和何处的理解，靳里应该先征求一下他们的意见，或是再编一个新的理由，不和管政一起走。万有已经事先和何处、靳里说好，在敲定了和管政的合作后，三人需要再碰一下，商议接下来的对策。

靳里却没有丝毫迟疑地一口答应下来：“行，没问题。我提前进入角色，现在我就是管总的手下，是当时的运营总监。”

“会开车吗？”管政抓起车钥匙扔给靳里，“你来开车，我们现在就出发。”

万有和何处面面相觑，二人想要阻拦靳里也没有了理由，直到靳里开车远去，二人还站在原地呆呆发愣。

过了良久，何处才长长地吐出了一口气：“老万，靳里怕是又要失控了。”

万有微有挫败之感，并不在意在何处嘴里他由万总变成了老万，摇了摇头：“靳里也太没原则了，见风使舵、见利忘义。”

“你又不是第一天认识他。”何处撇嘴一笑，“我从来不对靳里抱太大的希望，所以不管他做出什么事情都不会失望。只要他不影响我们的大计就行。”

说到大计，万有又轻松了几分：“影响不了，放心，我们最关键的环节靳里都不知道，他只是一个棋子，没有资格成为和我们对弈的棋手。相信在管政眼中，他也一样只是一个微不足道的小角色。”

“在我眼里，你不是一个微不足道的小角色，靳里，不管别人怎么看你，我不会改变我的看法——你是一个人物，一个可以超越万有和何处的人物。你不应该当他们的跟班，他们无论格局还是见识，都不如你。”车驶出几百米后，管政脸上淡淡的笑容消失不见了，一脸认真，“靳里，你是聪明人，知道我单独请你到公司是为了什么，对吧？”

靳里谦卑地一笑，连连点头：“谢谢管总抬爱，我不敢和万有、何处相比，我只想做好自己，再顺利完成管总交代的工作，就谢天谢地了。”

管政温和地点头：“人永远要感谢的只有自己，只有自己才不会背叛自己！靳里，万有和何处肯定向你许诺了什么，不管他们为你描述了多美好的未来，相信我，他们的话只是空中楼阁，不管是实力还是资源，他们都不足以帮你实现梦想。他们连实现自己的梦想都做不到，怎么可能帮你？”

管政没有坐在右后座，而是坐在副驾驶，这就让靳里感受到了一丝温暖。如果管政坐在右后座，就明显当他是司机和下属。但他有意坐副驾驶，就是要和他平等对话的意思。

不过靳里不打算现在就投降，就继续装傻：“我不明白管总在说什么，我和万总、何处是多年的好友，他们对我帮助不少，我一直记在心上。”

“靳里，不管你怎么说，你心里肯定明白万有和何处从来没有真正当你是他们的朋友，他们觉得你不配！唯一真心当你是朋友的人，就关河一个。其实我早就看穿了万有的把戏，他把你和何处介绍给我认识，无非是让你们获得我的信任赢得我的好感，然后让你们配合他在我面前演一出好戏。”

“是，我承认你们的戏演得特别好，我差点儿就信了。”管政轻轻敲击扶手，“在商场久了，你就会慢慢地学会深度思考问题。别人为什么对你好？为什么你身边总会出现各式各样的朋友，他们戴着形形色色的面具围绕在你身边，为你提供各种价值——情绪价值、陪伴价值等，为的是什么？难道真的是因为你有人格魅力吗？都是成年人了，谁也不会无缘无故地浪费生命来陪你消遣，他们肯定会图你什么。不用想，他们图的肯定是我的钱。”

“你也一样，别装纯真。靳里，我不喜欢纯真的人。纯真不是傻就是呆，又傻又呆的人，没有资格和我对话。”管政的目光突然犀利了几分，“如果你现在和我说实话，说出你的真实目的，靳里，我还会再给你一次机会，让你得到你想要的一切。如果你再跟我打马虎眼，再继续演下去，你会后悔你现在的决定。”

靳里不敢直视管政的眼睛，微微侧身："管总，我……我确实是受万有和何处之托，有意接近您。”

“计划分几步走？最终目的是什么？”管政和万有认识多年，对万有再了解不过，万有从来不是一个甘居人下之人，不管多落魄，都怀揣站在世界高峰的妄想。

如果仅仅只有何处出现，管政也许还不会怀疑万有另有目的。等靳里再出现后，四人越走越近，并且保持了固定见面的习惯，他就意识到了问题不简单，万有肯定是在布局，是在为他挖坑。

第八十九章

世界上最艰难的事情就是赚钱

能猜到万有的设局，却猜不透他到底有什么计划，想要达到什么目的，管政就将计就计，迅速和何处、靳里打成了一片，决定在时机成熟时，对万有来一记反杀。

其实他也清楚今天他特意带走靳里，必然会引起万有的猜测。不要紧，他才是手握最大权力的人，所有的花招在绝对实力面前，都只是花拳绣腿。

靳里并非心理防线被突破，而是他早就打算向管政交底。对他来说，万有和何处都不值得依赖，谁有钱谁有实力，谁才值得托付。现在，管政才是他最大的老板。

之所以有意矜持一下，也是为了显示自己并非没有原则之人，靳里轻轻咳嗽一声："请管总原谅，一开始我不是不想和管总说实话，而是我答应了万有和何处要替他们保密。从朋友的角度来说，我不能出尔反尔。"

"但良心又让我不得不向管总实话实说，我不是一个为了利益就没有底线的人。"靳里铺垫好以后，才认真而诚恳地说道，"万有向我许诺，如果我能配合他的计划，他会帮我还清外债，再给我 5000 万的现金。"

靳里说谎了，万有开出的条件是还清外债外加 2000 万的现金，他却张口就多加了 3000 万。

"接近我之后呢？"管政嘴角微微上扬，"如果你配合我的计划，我给你 8000 万。"

靳里按捺住内心的激动和不安，他对万有的许诺持怀疑态度，因为万有也没钱了，欠债比他还多。他的承诺想要兑现，必须得等他的计划成功之后。

管政就不同了，他可是实打实的有钱人。

靳里估算过管政的财富。管政的许诺是许诺，万有的许诺就是画饼。

靳里靠边停车，胸口起伏："管总，我现在有点激动，怕影响了安全。"

管政不动声色。

靳里拿过一瓶水，打开喝了几口："万有和何处有一个详细的计划，但具体是什么，我不是很清楚，他们不信任我，没有告诉我细节。我只知道他们是想借管总的资金吞并了关东生物之后，再借机控制了关东生物，好在卖掉关东生物时大赚一笔。"

"借鸡生蛋的手法，万有用过许多次了，这一次又想让我当冤大头，他可真敢想。"管政笑了，"不过有万有这样的人存在，这世界才有更意思。在上海，永远不缺少万有这样的野心家，他们什么都没有，就想打信息差，利用信息不对称，幻想着有一天什么都会有。"

"我有时很佩服他们幻想的勇气，哈哈，也许是经历太多了，又也许是年纪大了，我现在基本上没有幻想了，只有现实和无尽的苦恼。"管政摇了摇头。

"管总不再幻想，是已经拥有了一个人可以拥有的一切，再向上，除了拯救全人类，就没有更大的理想了。"靳里赔着笑，努力装出一副谦卑但不过分讨好的姿态，"现在我坚定地站在管总的一边，以后管总有什么吩咐，我一定照办。"

"你很聪明，知道万有和何处没钱，和他们合作是没有未来的。不过你也别太乐观了。和我合作是与虎谋皮，和他们合作是火中取栗。不管是哪一种，都不容易。"管政冷哼一声，"凡是告诉你可以轻松成功的，都是骗子。世界上最艰难的事情就是赚钱，最不轻松的事情就是成功。"

"是，是，我有心理准备。我跟随管总，一半是为了钱，另一半也是为了理想。"

"哈哈，你还有理想？"

"我是不配有理想，但我的内心深处不会放弃理想。我的理想很卑微，也很朴实，就是希望能够还清债务，手中再有个几千万，恢复到以前一半的生活水平，一家人团聚，就足够了。"靳里低下头，眼含泪光，"也许，我卑微的理想就只有在管总的帮助下，才能实现了。”

管政拍了拍靳里的肩膀：“不管你现在有几分表演的成分，我相信有那么一瞬间，你是真实的。只要你按照我说的去做，我就一定会让你实现理想。”

国庆过后，上海的秋天慢慢降临了。不像北京的秋天清爽而利索，上海的秋天缠绵而热烈。尤其是今年，在秋老虎的冲击之下，感觉比盛夏时还要炎热。

国庆假日后第一天上班，关东生物就召开了一次全体股东大会。也是继上次公司A轮融资的全体股东大会后，第一次全体股东到齐，包括靳里。

关河坐在主位一脸淡然，他环视了众人后说道：“今天有几件重要的事情要讨论，先一件一件说。在讨论之前，我先透露一下研发的进度。

“首先是我在孤儿药研发上面，已经验证了关键数据，不出意外，两个月之内就会有重大突破。从数据上看，全面超过了国内同类产品的各项指标，即便是对比国际上的同类产品，也有明显的优势。可以说，我们的产品做到了在全球独一无二的水平。”

何处带头鼓掌，是发自内心地开心。不管他和万有的计划有多美好，前提还得是关河在研发上面的突破性进展。

众人欢呼。

关河很冷静地制止了众人：“先别高兴得太早了，获得突破性进展和进入临床，还有相当长的一段路要走。再到正式推向市场，就更漫长了。好在有了进展，对资本市场来说是好事，是可以拿出来讲故事的。”

万有更加高兴了：“关河，你总算开窍了，知道站在资本运作的高度考虑问题了。”

关河一脸无奈：“因为方东告诉我，A轮的资金也差不多快要烧光了，我还以为能坚持个两三年，结果一年多就不行了。钱怎么这么不经花呢！

“其次在大众药的研发上，也有了一定的进展。在几项关键性数据上，有几项达到了国内同类产品的水平，只有一两项超过了已经上市的同类产品，竞争力还不够大，还需要做进一步的调整。我和方东已经调整了思路，并且拿出了全新的方案，争取在两个月之内拿出新的数据。大众药因为市场已经成熟，同类产品竞争激烈，尽管市场需求量大，但就像瓜子、矿泉水一样，新产品想要杀出重围需要有相当独特的技术优势。”

“以上是研发的进展，接下来由方东说说公司在运营上面的问题。”关河将发言权交给了方东。

方东冲海月明、邓入点头一笑，又意味深长地看了万有一眼：“公司的运营整体状况良好，股东和管理层各司其职，保持了向上的活力和竞争力。除了个别股东和高管有些私心杂念、人浮于事之外，大多数时候公司依然保持了持续发展的动力。”

何处咧了咧嘴，假装没听到方东是在说他。万有也是微微一笑，浑不在意。

靳里目光低垂，坐在角落里，一副置身事外的姿态。

方东将众人的表现尽收眼底：“现在公司面临的一个重大问题就是现金流严重不足，已经影响到下一步的研发。”

万有站了起来，一脸惊讶：“现在公司账上还有多少钱？我最近没关注资金的流向，花钱也太快了吧？”

“还有 1000 多万，如果不采购设备，还可以坚持半年。如果要购买新设备用来调整大众药的研发方向，缺口还有 5000 万。”方东回答了万有，“万总最近对公司的事情不够上心，账目都在，可以随时查账。公司的主要开支就是办公场地、人员工资及研发费用，研发费用是大头，尤其是耗材的采购及设备的更新换代。”

“为了获得更大的突破，公司前段时间采购了一批最先进的仪器，耗费了 4000 多万的资金。当时万总不在公司，发邮件走流程时，你也同意了。”

万有一拍脑袋恍然大悟：“是，是，我想起来了，当时正在度假，没有细看就点了发送，现在想想太仓促了。不过关河的孤儿药研发获得了重大突破，是可喜可贺的好事。是不是可以说，当时的先进仪器是获得突破的关键？”

方东点了点头：“关河有思路有方向，需要仪器来验证。”

海月明接过话去：“就是说，如果想要在大众药上也获得同样的突破，还需要再采购一批设备，预算是多少？”

“5000 多万。”方东点头。

万有问道 :“意思是现在就需要 B 轮融资了 ? ”

关河点头 :“要么 B 轮融资，要么股东追加投资。”

“肯定得融资了，我可没钱。”何处双手一摊，“从天使轮到现在，几年过去了，我除了拿工资之外，没有获得任何回报。再让我投资，要钱没有，要命一条，你们要不要 ? ”

邓入被何处的无赖逗笑了 :“你别捣乱，听方东说完。”

方东语气平静 :“我说完了。现在是需要大家同心协力的时候了，我和关河商量过了，也是倾向于马上启动 B 轮融资。现在的关东生物即将破茧而出化蛹为蝶，只差最后一步。”

第九十章
狮子大张口

“没钱的时候，是该我们出面了。”万有站了起来直视海月明，“海总，你觉得目前公司的估值对外报价多少合适？”

海月明早有准备，她也站了起来：“我对比过同类公司，也深入了解了关河所研发的孤儿药的国际市场前景，并且接触了几家国际制药公司，有两家已经开出了不错的价格想要收购或是投资我们。”

“报出的估值是3亿美元！”

万有的眼睛亮了一亮，又摇了摇头：“3亿美元太少了，至少5亿美元起步。国际上同类公司的估值都到10亿美元了，明显是欺负我们！不要答应他们，出不到5亿美元的估值，我们就换别的公司。”

5亿美元的估值，相当于30多亿元人民币，比A轮融资已经翻了几倍，但万有还是不满足。

方东面带微笑：“不能光看对方给出的估值，还要看开出的条件。如果条件相同，肯定是估值越高越好。”

“好，就这么说定了，接下来我和海月明负责融资，谁的条件越好并且给出的估值越高，就接受谁的投资。”万有豪气冲天，“另外我还有一个条件，B轮融资，我们步子可以迈得更大一些，不必在意创始人团队一定控股，控股权也可以转让出去，只要对方愿意出高价。”

“创业不就是为了实现财务自由吗？眼下就有财务自由的机会，为什么不抓住，非要等以后呢？反正我是下定了决心，如果价格合适，我愿意让出名下的大部分股份。”万有冲几人笑了一笑，“不管你们怎么想，根据我多年投资的经验，在B轮如果有套现的机会，一定要抓住，不要以为公司会持续几何级增长，说不定到了C轮，也会终结。”

“死于C轮的公司，占比依然高达70%以上。”万有见众人神情各异，心中更有了主意，决定摊牌，“另外我还有一个重要的消息要透露，我已经不再是未时和辛时的实际控制人，我现在只是辛时派出的代表来关东生物行使股东权力。”

除了何处和靳里之外，众人皆惊！

尤其是海月明，一脸难以置信的表情：“你失去了控股权？……是管政？”

万有默然点头。

海月明的表情有几分复杂，说不上来是庆幸还是失落：“你的倒塌比我想象中还要快一些，万有，你很让人失望。”

“我自己的事情，轮不到你来失望。”万有微笑如故，“即便我不再是辛时和未时的实际掌控人，我也是两家公司的代表，可以继续在关东生物行使应有的权力。”

“融资的事情就这么说定了，谁都可以寻找投资人，最终引进哪一家，由大家投票决定。”万有朝何处暗使了一个眼色，“下面该说别的议题了吧。”

何处心领神会接过万有的话头：“是不是该讨论一下靳里股权的归属问题了？不能总这么吊着他不是？本着对他负责的精神，他的股权该怎么分配，总要拿一个方案出来。”

关河注意到了何处和万有之间的互动，验证了海月明和方东对二人暗中走近的说法，他不动声色地点头：“今天的最后一项议题，就是讨论靳里的股权重新分配问题。上次大家都同意拆分靳里的股权，靳里本人也没有什么意见，今天，我们全体股东都在，我正好有一个分配方案……”

“等一下。”靳里突然站了起来，打断了关河，“此一时彼一时，当时我愿意转让名下的全部股份，是基于当时的公司状况，现在公司即将迎来B轮融资，估值也大幅上涨，再让我转让名下的全部股份，是不是太欺负人了？”

变卦了？关河几人又是一惊。

方东语气一沉：“靳里，你到底想要干什么？”

“不想干什么。”靳里紧咬牙关，“在你们眼里，我是没用。但我好歹也是公司的元老，也是创始人之一，你们不能想甩就甩，就算当我是抹布多少也得做点表面文章吧？我不同意转让名下的全部股份。关河，你的方案也不用说出来了，我肯定不会同意。”

初创公司如果挑选不好合伙人，会埋下巨大的隐患。关河现在深刻地体会到了这一点，何处是一个，万有是一个，靳里也是。

应该说，何处和万有的存在有必要性，如果没有他们，公司就不会有今天，他们就算不是最合适的合伙人，也是必不可少的。靳里就不同了，自始至终他对公司的价值约等于无，完全是当时关河的一念之差才让他进来。当初为什么非要拉靳里入局呢？关河追悔莫及！

只是世界上令人后悔的事情有很多，却没有一件可以从头再来，只能现在勇敢面对。

方东怒了，一拍桌子站了起来，要为关河出头。

海月明也挺身而出，要为关河说话。

关河却站了起来，摆手制止了方东和海月明：“我当年犯下的错误，我自己来解决。靳里，当年邀请你加盟公司，我确实是一时糊涂，被你营造的人设蒙蔽了双眼。但也得承认，当时我对你有心理上的依赖和需求，也谢谢你曾经陪我度过了开始时最艰难的岁月。”

“现在看来，你对公司是没有多大的用处，有你不多没你不少，体现不出来你的不可替代性。”关河的心情莫名有几分沉重，有一种向自己的过去告别的悲壮，“不管怎样，你也曾经和公司一起拼搏成长过，走到今天，没有功劳也有苦劳。关东生物不是一个冷冰冰的只追求利润而不讲情义的赚钱机器，所以我的方案是……

“你名下持有的 4.9% 的股份，你保留 0.9%，不再享受投票权，只有分红权。4% 由公司回购，当成股权池用来激励未来的管理层。鉴于邓入对公司的卓越贡献，第一期拿出 1% 作为奖励，划归到她的名下。”

不只是邓入，连万有和何处都惊呆了，什么时候关河这么有智慧有人情味了，居然懂得照顾别人情绪并且安抚邓入了，一举两得，颇有上位者风范。

邓入一时受宠若惊："太……太突然了，谢谢关哥。不过这么重大的事，得集体讨论才能决定。我个人表示受之有愧。"

关河的想法事先并没有和海月明、方东透露，也没有和何处、万有商量，但他的提议却得到了一致的赞同。

何处没有理由拒绝，邓入现在和他的关系虽然还没有突破性进展，但一直维持着密切的互动，说恋人也行，说是超亲密朋友也可以，二人都对对方有意思，就差一个契机。

万有也不会反对，尽管他心里不太平衡，但为了拉拢何处，他也不想因为1%的股份归属而让何处对他有所不满，还因此得罪了邓入。最主要的是，他摸不清关河的真实意图，就只好先顺水推舟了。

毕竟，关河才是关东生物的核心，他的计划想要得以实现，摆平何处和靳里只是第一步，最关键的环节是如何说服关河。

海月明和方东也不会有不同的声音，她们和邓入私交很好，在工作中又配合密切，况且邓入在公司的重要性确实远超靳里，她的股份少于靳里本来就不太公平。关河有此提议，她们举双手赞同。

除了靳里之外，关河的提议获得了全票通过。

"我不同意！"靳里依然坚持，"不管你们的决定是什么，反正我不会签字。"

靳里一副无赖嘴脸，以死猪不怕开水烫的精神死扛到底："除非你们答应我的条件。"

关河也不生气，脸色平静："说吧，你的条件是什么？"

"4.9%的股份，我全部转让出去，一口价，一个亿，少一分免谈。"靳里偷偷看了万有一眼，见他目光平和没什么反应，就更加大胆起来，"现在公司的估值是5亿美元，按35亿元人民币算，4.9%的股份折合1.7亿，我只要一个亿，也算是友情价了。"

海月明第一次当众发火了："靳里，你不要太过分了，见过不要脸的，没见过你这么不要脸的。"

方东也是忍无可忍了："靳里，你拍着良心说，你狮子大张口要一个亿，你觉得是你对公司的贡献值这么多钱，还是你的人和你的脸值这么多？别忘了你当初是怎么进来的公司，是因为关河的施舍而不是你自己的本事！”

邓入也是义愤填膺：“够了，靳里！做人做事，要先从自身的实力出发，而不是漫天要价。不要以为你拥有公司的股份就可以要挟我们，你忘了一个条款，当公司大多数股东认为你不符合股东的要求而勒令你退股时，你必须无条件让出股份！

“你的股份不是实缴，是认缴。严格来讲，你现在还欠公司 4.9% 的注册资本金！”

“还有一个办法可以规避无赖股东对公司的死缠烂打。”万有突然站了出来，“我们几个人再注册一家公司，把关东生物的专利、技术成果都转移到新公司里面，关东生物就成空壳了。就让靳里一辈子持有关东生物的股份也行，或者，我们可以把债务全部转移到关东生物，到时让靳里和我们一起还债。”

第九十一章

迟来的团建

靳里愕然，背后开枪的人居然是万有。他始料未及的同时，随即又想明白了其中的问题所在，肯定是万有猜到管政和他达成了共识。

靳里的态度立刻软化，万有的招数直接击中了他的软肋，他无力招架，只好投降："我刚才说的是气话，大家合作一场，又都是关系密切的亲朋好友，犯不着非要闹得不可开交。我接受关河提出的方案，就是价格问题需要进一步协商。"

关河没说话，低头沉默了半晌。

"公司自从成立以来，还没有举行过一次团建，我提议，我们趁秋色正好，举办一次全体团建怎么样？"谁都没有想到的是，关河居然岔开话题，"就去云南吧，不怕你们笑话，我还从来没有去过云南。"

别人不知道，方东和靳里同时心中一颤。

方东是知道关河有一个想去云南的梦想，是小时候有一次他和靳里去同学家做客，同学父亲从云南出差回来，带回了不少当地的土特产，尤其是各种菌类，五颜六色、鲜香扑鼻。

当时的关河和靳里都还是穷人家的孩子，当二人从同学家中出来之后，约定以后长大有钱了，一定去一趟云南，吃够当地的山珍。

遗憾的是，后来靳里发达了，关河上了名牌大学后又出国，到现在，关河回国已经几年了，二人却从来没有再提去一趟云南的事情。不知道是太忙忘记了，还是对于年少时的梦想来说，长大后只当是一句戏言。

靳里心中突如其来一阵难过："我同意。就算我要离开公司，也希望有机会和大家一起团建一次，当作永恒的回忆。”

众人都纷纷赞成。

万有微有不满，但又不好拂了众人好意，只好勉强说道：“我暂定，如果到时时间允许，就和你们一起去。”

最后经过一番协商，时间敲定在了周五出发，下周三返程。

何处将万有拉到一边：“去吧，正好趁团建的时候，我们一起做做关河的思想工作，争取他同意我们的计划。”

“倒也是。”万有心动了，“好，我也去。团建可以促进交流，拉近距离。”

周五一早，关东生物的主要管理层，包括关河、方东、海月明、何处、邓入、万有、靳里，以及负责随行对接事宜的宁三祥、顾深秋等人一起出发了。

靳里微有不快，他不希望再和宁三祥有什么瓜葛，但也没有办法。邓入没什么表示，她和顾深秋已经恢复了同学加朋友式的友情，曾经的爱情早已烟消云散，回不到从前了。

飞机从浦东机场起飞，三个小时后于11点多降落在了昆明长水机场。宁三祥早就安排好了接机，一行人上了包车，直奔无量山而去。

无量山位于普洱市景东彝族自治县西部，距离昆明将近400公里。云南多山路，一路上众人昏昏欲睡。

车行到一半路程时进入了服务区，万有不知道从哪里叫来一辆奔驰商务车，非要让关河和何处一起陪他。

原本12座的包车容下关东生物一行人绰绰有余，关河和海月明坐在一起，方东和宁三祥坐在一起，邓入和何处坐在一起，万有和靳里单独坐，顾深秋在最前面陪司机聊天，整个场面也算是其乐融融。万有突然节外生枝，让原本一团和气的氛围，忽然变了一些味道。

关河不想脱离集体，何处说了一句话让他改变了主意：“到下个服务区你再坐回来不就行了？我们三个人坐一起是为了商量一件事情。”

对于关河三人的离开，方东没什么表示，海月明却满腹疑问，想问关河，关河却没说什么。她只好郁闷地和邓入坐在一起，小声问道：“他们三个人是不是又在商量什么事情？”

“肯定是。”邓入连连点头，“最近何处很神秘，不管做什么事情都背着我，我猜他肯定是和万有又在密谋什么。”

“万有破产的事情，他还不知道吗？”海月明微有忧色，“以何处的聪明，不应该到现在还被万有蒙在鼓里。”

“知道是一回事儿，能不能摆脱万有的控制是另外一回事。”

“总觉得这一次的团建有点奇怪，但愿不要出什么差错才好。”海月明扭头看了方东一眼，“你有没有发觉方东最近对我的态度有些微妙？”

“发现了，她对你似乎有一丢丢的敌意……”邓入吐着舌头笑了，“是因为关河吧？”

海月明点了点头，想起了她和关河的两年之约：“我和她都说好了，她自愿放弃关河，也支持我和关河在一起。”

“方东怎么想的不重要，重要的是关河的想法。现在关河是单身，他不用在意方东的态度，也不用为方东负责。”邓入分析道。

“等到了无量山，我会安排一次冒险之旅，到时你和他组队，你们在一起至少有五个小时单独相处的时间，请注意，是绝对的单独相处，而且，你们还得通力合作才能取得胜利……一定要抓住机会哟，月明。”

此时的关河还不知道自己已经被安排得妥妥的，他正坐在右后座，前面是何处，旁边是万有。

“你就不好奇从哪里弄来的奔驰？”何处从前面扭过头来。

关河摇头：“你觉得我是会在意无用细节的人吗？在研发中，会有许多冗余的细节干扰你的思路，如果你被带偏了，可能会导致整个项目的失败，也可能会带来致命的后果。”

第九十二章

要么一起登岸，要么一起沉没

“停，打住。”何处就怕关河谈到研发，一说起来绝对会滔滔不绝说个没完，他朝万有使了个眼色，“下面由万总发言。”

“别闹，不是发言，是介绍情况。”万有难得地摆出了极其低调的姿态，“关河，我和何处有一个想法想和你沟通一下。以公司目前的发展来看，如果想要独立上市，至少还要 10 年以上，我们肯定等不及了。”

关河不再是当年只知研发不懂资本的小年轻了，他立刻敏锐地捕捉到万有话中的暗示：“你的意思是现在就可以卖掉公司？”

“不是现在，现在卖太亏了，等 B 轮融资过后。”万有悄然和何处交流一下眼神，他神情黯然了几分，“我已经失去了未时和辛时的控股权，严格意义上来讲，我只是未时和辛时派出的代表，代表的是公司实际控制人管政的意思，不是我本人。实际上，我本人对关东生物和吉时药业，已经不再有利益诉求，我的所作所为是为管政打工……”

“你到底想要谋求什么利益？”关河打断了万有，不让他再绕下去，“你和管政之间怎么进行利益分配是你们的事情，我只关心你想要卖掉公司是为公司好，还是为了个人私利。”

“肯定是两者兼而有之了。”万有呵呵一笑，“我也不瞒你了，关河，我现在已经破产了，只能靠卖掉公司翻身了。卖掉公司对我有巨大的好处，同样，对你、对方东，也是实现财务自由的大好时机……”

“说计划……”关河再次冷静而果断地掌控了主动权。

何处眼中闪过一丝讶然，什么时候关河变得这么犀利与直接了？

万有也是微微震惊，不过他迅速调整了情绪："行，行，既然都这么熟了，再说废话就是矫情了。第一步，我和海月明分别寻找投资人，谁给的条件最好，就让谁进来，争取在B轮时让公司的估值超过5亿美元。

"第二步，B轮融资时，我和何处会大幅降低持股比例，以换取保持你的持股比例不变，毕竟你才是整个公司最核心的资产。同时，也希望你能说服方东、海月明也尽可能地稀释股份……"

关河立刻听明白了万有的意思："你的意思是以你和何处、海月明、方东还有邓入持股比例的大幅退让来换取我的持股比例不变，这样，就能保证我的投票权和决策权，同时还能让我的财富得到几何级的增长？"

何处连连点头，惊喜加兴奋："关河你总算开窍了，我还以为得费好一番功夫才能让你明白这样操作的目的和意义。是的，我和万有是主动牺牲自己的利益来成全你，方东她们算是被动牺牲，是在我们的带动和影响下不得已而为之。因此，你得回报我们的善意。"

"开价吧。"关河很干脆利落地回答。

"我和何处保证让你的财富达到15亿~20亿，你要回报我们5亿~10亿……公平吧？"万有小心翼翼地试探一问。

关河沉默了半天，猛然抬头："如果我不配合你们的A计划，你们还有B计划吗？"

万有和何处对视了一眼，二人一齐哈哈大笑。

何处笑声不停："何止B计划，C计划和D计划都有，不过我们不希望走到那一步，A计划是皆大欢喜的计划。"

"靳里呢？"关河清楚万有和何处的计划肯定是以他们的利益为优先，牺牲的是海月明、方东、邓入和靳里的利益，邓入自不用说，何处可以弥补她，海月明和方东，他可以弥补，那么靳里的利益就不用考虑了？

"靳里的利益不在我们的考虑之内，他现在和管政是行动一致人了，他是管政的小弟，小弟的事情得由他自己的大哥罩，哈哈。"万有大笑，笑声中有不屑和不满，"靳里在管政公司上班的事情，你还不知道吧？"

关河已经听海月明说过了，却还是摇了摇头："他是自由身，去哪里上班都可以。”

“我也在管政的公司兼职了，希望你不要介意。”何处嘿嘿一笑，“没办法，大钱要谋划，小钱也要赚，男人要养家糊口，只能委曲求全。”

“我介不介意你都已经兼职了，我的态度重要吗？”关河很直接地怼了一句，“你们的计划看上去没有什么问题，如果我积极配合的话，肯定可以成功。但有两个关键点，第一，你们怎么保证我在拿到大头后，一定分你们一杯羹？

“第二，就算我拿到了大头，也信守承诺分你们一杯羹，万有，你怎么过管政的一关？他才是你的老板，是你公司的实际掌控人。”

万有面露喜色，大感欣慰：“只要 B 轮融资成功，辛时投资在关东生物和未时制药在吉时药业的持股都会大幅下降，不足以形成对你的钳制，你就是关东生物和吉时药业唯一的实际掌控人。然后，我会找到一家在国内排名前十的大型制药公司收购关东生物……

“当然，与此同时，你、我还有何处我们三个人会注册一家公司，持股比例待定，你肯定是控股大股东。以公司持股来替换你在关东生物的个人持股，如此一来，关东生物和吉时药业卖掉后，套现的资金打入新公司，我们再瓜分。”

关河完全明白了万有和何处的思路，他眯着眼睛望向了窗外，大半天没说话。

窗外阳光明媚，景色如画，一闪而过的农人、庄稼及连绵的山脉，让人在沉醉的同时又想要沉睡。就在万有和何处以为关河快要睡着时，关河忽然坐直了身子。

“我有两个疑问，第一，如果我不答应配合你们，你们的 B、C、D 计划各是什么？第二，如果我答应了，到时不兑现承诺，你们的补救计划又是什么？”

万有眼中寒光一闪，正要开口，被何处抢先了。

何处暗示万有不要激动，他嘻嘻一笑：“我相信不会有第二种情况发生，以你的为人，只要你答应了，就会说到做到。现在的问题集中在第一条，如果你不答应配合我们，我们只有 B 计划，并没有 C、D 计划。”

“B 计划也简单，如果你不配合我们，我们不会对你怎样，只会尽量让公司 B 轮融资失败。既然你不配合我们一起登岸，我们就只能凿船，大不了大家一起沉没。”

“好！”关河脸色一沉，“停车！”

车停下，关河下车，上了后面的包车。

万有和何处一脸震惊加愕然，关河现在怎么变得这么强势了，说翻脸就翻脸，没有一丝缓和的余地？

关河回到车上，海月明坐回了他的身边，见他脸色不好，忙问：“是不是万有和何处跟你说什么了？”

关河点头：“是的，他们想谈一笔交易，我没同意。”

靳里坐在最后，冷笑一声：“他们肯定说我坏话了，关河，我不会为自己辩解什么，你如果信了他们，小心怎么死的都不知道。”

“信了你，就知道是怎么死了吗？”宁三祥及时出手呛靳里，“你和他们是一丘之貉，只不过他们更有手段而你更阴险罢了。你们是乌鸦落到猪身上，谁也别嫌弃谁黑。”

靳里嘿嘿一笑：“懒得理你！”

第九十三章
人生的意义

“万有和何处要跟你谈一笔什么交易？”海月明追问道。

关河却不想说：“没什么，不重要，重要的是我没有答应他们。”

一路上，除了靳里和宁三祥偶尔的几句拌嘴，以及顾深秋讲几个尴尬的冷笑话之外，就再没有别人说话了。邓入沉默地睡觉，方东安静地看书。

海月明一开始还抱着疑问，总想问个清楚，慢慢地就困了，被窗外重复的景色和单调的行车声催眠，不知不觉睡着了。

醒来时她发现自己靠在关河的肩膀上，还流了口水。关河也睡着了，头靠在了椅背上，长长的睫毛微微颤动，似乎是在做梦，嘴巴还不时动上几下。

海月明痴痴地看着关河，原来他睡着时这么安静这么好看这么……一时兴起，伸手去摸他的睫毛。

“很长是吧？”冷不丁，方东的声音在背后响起，“我开始时就是因为他长长的睫毛喜欢上了他，当时就想一个男人要这么长的睫毛干什么，真是浪费。我就问他是不是做了假睫毛，他就问我什么是假睫毛，我就给他普及了化妆知识。”

“结果他和我理论了半天，先说假睫毛对脸部皮肤的影响，又说到对眼睛的危害性，严重的情况下有可能会导致失明等，吓得我以后再也不戴假睫毛了。”方东一笑，嘴巴就弯成了一个好看的弧度。

海月明看出了方东的柔情蜜意及对关河难以割舍、无法放下的感情，她抱住了关河的胳膊：“我和你不一样，我就喜欢他的固执和刻板，特别有意思。如果一个男人彬彬有礼又甜言蜜语，还处处能讨你欢心，请放心，他一定可以同时讨许多女孩欢心。”

“最安全的爱情就是自己主动自己掌控，而不是找一个让你欢喜让你忧的人。”

关河醒了，揉了揉眼睛：“又开会？什么议题？”

愣了一会儿才清醒过来，望向了窗外：“到了？”

海月明和方东对视一眼，二人一起大笑。

笑声中，到了无量山。

无量山，古称蒙乐山，以“高耸入云不可跻，面大不可丈量之意”得名。无量山属横断山脉云岭余脉，是点苍山向南延伸的一个分支。

一行人来到了位于景东县景福镇岔河村的无量玉璧。

这是一处群山环绕的山谷，四周林木葱郁，崖壁耸立，抬头看，一条巨大的飞瀑从几十米高的悬崖飞泻而下，气势磅礴，形成一道彩虹。飞瀑下有一个四十余米宽阔的深潭，潭边有一块巨石，可容几十人立于石上，近距离倾听飞瀑轰鸣。

何处一见巨石，顿时惊呼一声：“天然的烧烤宝地，赶紧的，火炉、木炭、孜然、调料，都准备起来，我来露一手，为大家表演烤全羊。”

何处叫得欢，却能说不能干，最终他只是支起架子点火，之后就远离了战场，交给了万有和靳里。

万有和靳里还真是烧烤高手，二人配合默契，不多时就传来了阵阵让人胃口大开的香气。

夜色降临，何处点燃篝火，四下一片亮堂。靳里打开便携的蓝牙音箱，播放了舒缓的钢琴曲。

海月明、方东和邓入负责摆好桌椅，宁三祥和顾深秋去捡树枝当柴火。

关河一个人独自坐在水边发呆。

对于万有和何处的提议，关河说一点儿也不动心那是骗人，只是他不能说服自己现在就放弃。虽说如果真的如万有和何处所说卖掉公司他就可以实现财务自由，可以身家十几亿，完全可以就此退休，可他并不想在现在的年纪就过无所事事只会消费的生活。

真正深入研发下去，全心全意投入生物制药行业之后，关河慢慢意识到，人生的意义不仅仅体现在经济价值上，还有社会价值，包括奉献及内心的充实。

关河很纠结，一方面他想快速实现财务自由；另一方面他更想证明自己；研发成功孤儿药后，不但可以治疗许多陷入绝境之中的病人，挽救许多因病致贫的家庭，还可以让自己活得更有价值。

如果卖掉公司，他将失去控制权，不用想也知道，就算资方想要留他，也不过当他是一个普通的研发人员，他会成为资本的附庸，什么赚钱就研发什么，什么利润高就生产什么。

“关河，开饭了。”

海月明呼唤关河：“快来，来晚了可就没有了，大家都是一群饿狼。”

确实，人人都饿坏了。

关河回到人群中，海月明已经为他盛好了一大块肉，居然还有半条鱼。

“是顾深秋和宁三祥从水中叉上来的鱼。”海月明冲顾深秋竖起了大拇指，“好厉害，用一根树枝就能叉到鱼，荒野求生第一人。”

顾深秋谦虚地笑了笑：“小事，小事。小时候我生活在江边，下水摸鱼用鱼叉叉鱼，人人都会。要不是树枝削成的工具不趁手，我能给大家每人叉一条鱼。”

在一片祥和、热烈的气氛中，大家碰杯欢呼。

饭后，众人各自支起了帐篷。不料海月明意外发现自己的帐篷竟然找不到了。

“是不是故意扔掉的？”方东凑了过来嘿嘿一笑，“想和我睡一起就明说。”

“她肯定是想和关河一个帐篷……”邓入痴痴一笑，眼神飞到了关河的身上，“要不要我替你去说？”

“不用，我自己说。”海月明斜了邓入一眼，昂首挺胸走向了关河。

方东埋怨邓入多嘴，邓入却摇头一笑：“你知道她的帐篷是什么时候扔掉的吗？”

方东瞪大了眼：“真是她自己扔的？”

“多半是。”邓入笑得很神秘，“就在我们下高速之前的最后一个服务区，车一发动，我就注意到有个东西丢在了下面，正想问是谁的东西，何处告诉我不要声张，说他看到是海月明有意丢掉的。我就明白了什么……”

“你真的信了何处的话？”方东总觉得哪里不对，隐隐感觉有一丝不安的气息在弥漫，但又说不上来，“如果月明真想和关河住在一起，她犯不着扔掉帐篷。以她的性格，大大方方直接过去就行了，也不会有什么不好意思。”

“可是……”邓入也觉得方东的话有道理，但又想不通其中环节，“何处为什么要骗我呢？一个帐篷又不是什么多贵重的东西，他又有什么目的呢？”

“我也不知道，总之，多留意一下没坏处。我也相信何处不会害你，不会害任何人，但指不定他为了利益而做出一些自认为不会伤害别人但却会影响别人的事情，你明白我的意思吗？”

“明白。”邓入点了点头，“我的帐篷就在他的帐篷旁边，晚上我盯着他。”

海月明径直来到关河面前，帮他扎好帐篷，没当自己是外人，一屁股坐在了里面：“今晚就借宿在你这里了，我的帐篷丢了。”

关河一脸警惕：“你要干什么？虽然是荒郊野外，但大家都在，你不要有什么不好的想法。”

“你可真想多了，关河。”海月明拍了拍身旁的位置，哈哈一笑，“坐过来说话。”

第九十四章
疑点重重

何处的帐篷离得最近，他挤眉弄眼地笑道："坐了一天车，都挺累的，早点休息。我睡眠轻，有点风吹草动就醒，你们心里有数就行。"

关河没理会何处的调侃，坐到了海月明身边。

海月明起身拉上了拉链。

方东目光复杂，愣了一会儿，摇头叹息一声，也钻进了自己的帐篷。

天色完全黑了下来。

一顶顶帐篷在漆黑的野外，犹如一只只萤火虫，光亮虽微弱，却如同点亮的梦想，在黑夜中顽强地冲破黑暗。

帐篷中，海月明依然和关河席地而坐，二人隔了半尺的距离。

"就这么干坐着？"关河困了，摇晃几下，"你不睡我可睡了。"

"先别睡！"海月明抓住了关河的手，身子前倾，露出了曼妙的曲线，不过她可不是为了勾引关河，而是凑到关河耳边小声说，"差不多都睡了，前后也没人偷听，好，可以说话了。"

"你在做什么？"关河哑然失笑，"弄得跟间谍一样神秘，谁会偷听我们的说话？"

"何处、万有、靳里，都有可能。"海月明关了灯，帐篷里面顿时漆黑一片，外面还有其他帐篷的灯光映照过来，她又四周查探了一番，"至少周围三米之内是没人了，好，我可以告诉你一件事情了……

"在高速的最后一个服务区，我们停车休息。何处最后一个下车，你还记得不？"

关河想了想："好像是。他最后一个下车，第一个上车。"

"你观察很细致，记忆力也惊人，但就是不善于把细节结合起来分析问题。"海月明敲了一下关河的脑袋，"我的帐篷就是被何处故意扔到了车下……当时他原本想扔进旁边的垃圾箱，我回来得早，他慌乱之下，就扔到了车底。"

"还有这事儿？"关河大惊，仔细一想，回忆起当时何处确实有几分慌张，"他这么做的目的是什么？就是为了让我们住一起？他不了解你，你要是想过来和我住一起，丢不丢帐篷都不是前提。"

"还是你了解我。"海月明打了关河一拳，笑了，"我也想不通何处为什么要这么做，有一点可以肯定，他不是闹着玩，而是有什么计划。何处不是会开无聊玩笑的人，他做事情很有目的性。"

关河点头，认可海月明对何处的分析："你的帐篷里面还有什么？"

"没了，就一个帐篷，也不值几个钱。"海月明无所谓地摆了摆手，"主要是他的所作所为很古怪……到现在，你还不告诉我万有和何处找你谈了些什么吗？"

关河想了想，没再隐瞒，说出了实情。

海月明没有惊讶之色，似乎一切都在预料之中："对于野心家来说，他们不管做出什么决定，都符合他们的风格。问题在于，你是怎么想的？"

关河沉默了一会儿才说："我在水边想了半天，总算想通了。我没有那么伟大和高尚，也想赚钱，也想实现财务自由。但万有和何处的做法，是牺牲别人的利益来成就自己，而且还是在玩火。对我来说，关东生物是全部，是梦想和事业的双重寄托。对他们来说，关东生物只是赚钱的工具，是资本运作的支点。

"我和你定了一个两年的婚约期限，到现在为止，还有一年多才到期。在到期之前，我会专注于研发，做出有效的产品。只有产品有效，对更多的人有利，公司才能真正壮大，而不是在资本运作之下，只讲故事而不输出产品。"

海月明眼神中闪耀惊喜的光芒："关河，你变了！你比以前成熟了，真的长大了呀。"

"咯吱……"

外面传来了轻微的踩断树枝的声音，海月明立刻示意关河不要说话，她压低声音说道："我在帐篷旁边扔了几根树枝，果然派上用场了。"

“有人？”关河立刻明白了什么，侧耳细听，外面有风吹枝叶的哗哗声、流水声，中间还夹杂着细碎的脚步声。

果然有人过来了，关河瞬间汗毛竖起，抓起了手电。海月明也握住了工兵铲。

“关河、月明，你们睡了吗？”外面传来方东的声音。

二人长出一口气。

等方东进来后，帐篷里的空间就显得更局促了。关河的帐篷本来就不大，两个人勉强，三个人就强人所难了。

方东坐在关河和海月明的对面，微有尴尬：“我……我不是故意打扰你们的二人世界，实在是太吓人了，周围全是古怪的声音，我的帐篷又在最边儿上，一出来就是黑乎乎的树林，我不敢睡，总觉得会有怪物从黑暗中钻出来。”

海月明大方地摆了摆手：“我无所谓，就是便宜了关河。他一个人和两个美女在同一间帐篷，怕是做梦都会笑醒。”

关河苦笑：“做梦？我还有睡觉的地方吗？我还能睡得着吗？要不我出去，你们继续聊？”

刚要站起来，就被二人同时拉了回去。

方东压低声音说：“我总感觉我的帐篷外面有人，像是靳里在围着我的帐篷转悠。”

“也许是真的。”海月明抱住了方东，说起何处扔掉自己帐篷的事。

方东大惊：“还真是呀？我就和邓入说不可能是你自己扔掉的。何处故意说瞎话，明显图谋不轨。”

关河紧皱眉头：“事情有些严峻，不知道何处到底和万有、靳里在谋划什么？不过靳里倒是可以争取一下，他和何处、万有有了分歧。”

“我明天去争取一下靳里，你们看好了何处和万有。”方东打了个大大的哈欠，“怪了，在我的帐篷里面就不困，一到你们这里，我就想睡觉。不管你们，我睁不开眼了。”

说话间，她抱着海月明的胳膊躺了下去，眼睛一闭就睡着了。

海月明和关河面面相觑，现在二人心中闪过同样的念头——方东就是故意的！

就在方东刚进关河帐篷的同时，何处也一头钻进了万有的帐篷。

而出人意料的是，靳里却进了顾深秋的帐篷。

只有宁三祥一人安静地在帐篷里面，早早熄灯睡觉。

何处一进万有的帐篷，就急急说道："宁三祥说，海月明看到我扔了她的帐篷，却假装没有发现，刚才她进了关河的帐篷，估计现在关河也知道了。"

"知道就知道，有什么大不了的。"万有示意何处坐下，"不问你，你就装不知道。问你，你就说是开个玩笑。"

"他们应该还没有发现我把所有人的充电宝和太阳能充电板包裹在帐篷里面一起扔掉了。"何处挤眉弄眼地笑了，"他们肯定以为我扔帐篷是为了让海月明和关河住一起。"

"说正事。"万有不耐烦地挥了挥手，"明天很关键，现在我们每个人的立场都已经很清晰了，表面上一团和气，暗中各怀心思。说来还是关河的支持者多，海月明、方东，还有邓入都偏向他的立场。靳里就不用说了，他没立场。"

"邓入我没有把握说服，她很有主见。她喜欢我，不代表她事事和我保持一致。"何处挠了挠头，"现在的女孩子都很厉害的，爱情上主动，事业上有原则，不再依附和追随男人。"

"又扯远了。"万有瞪了何处一眼，"别人是什么态度都不重要，重要的是，如果这一次还是不能说服关河，是不是就真的启动 B 计划了？"

"启动！再不启动就真的没有机会了。"何处想了想，下定了决心，"宁三祥现在愿意跟随我们是好事。靳里还要不要再争取一下？"

万有摇头："算了，他成事不足败事有余，指望他还不如指望宁三祥呢，至少宁三祥比他单纯，只想要钱而且明码标价，靳里就不同了，他想要的太多，胃口远大于他的能力和价值。"

"行吧，你说了算。"何处又和万有小声嘀咕了半晌，才回到了自己的帐篷。

何处的帐篷旁边就是顾深秋的帐篷，大概离了有四五米远。在何处快要睡着的时候，听到外面传来了清脆的响声，是石子被踢中的声音。

第九十五章
谁会是最后的胜利者

何处蓦然惊醒，悄悄探头一看，黑暗中，顾深秋和靳里正站在水边抽烟。火光一明一暗，二人说话的声音又小，被淹没在了水声之中。

靳里在顾深秋的帐篷中先是闲聊了一会儿，见时机成熟，话题一转就到了万有的身上。他也没有旁敲侧击，直截了当地问起万有现在的经济状况及未时和辛时的现状。

顾深秋透露了一部分可以公开查到的消息，其他更内幕的事情，他含糊其词，以不了解为由搪塞过去。

靳里不死心，又许以重利，顾深秋表现出来很想要但又确实不知道的为难。

无奈之下，靳里只好和顾深秋扯闲篇，以拉近关系。聊来聊去就聊到了感情上面，靳里就开玩笑撮合顾深秋和宁三祥，还说宁三祥除了有一点点爱慕虚荣之外，别的其实都还不错。

顾深秋微笑着拒绝了靳里的提议，他不是宁三祥喜欢的类型，同样宁三祥也不是他喜欢的款，二人是绝缘体。

靳里还问起邓入的过往，可惜顾深秋并没有说太多关于邓入的往事。

二人聊得睡不着，就出来抽烟，不料被何处看个正着。

靳里悄悄回头，注意到了何处帐篷的动静，暗暗一笑："万有也算有胸怀，知道你和海月明的关系后，还留你在身边，了不起。"

"倒也不是。"顾深秋嘿嘿一笑，"万总想劝我为他服务，还没等我答应他，他的内部危机就爆发了。近一年来，他一直在处理几个股东撤资退股的事情，顾不上我。现在他也不再是公司的实际控制人了，和海月明的较量也摆到了明面上，我的作用就几乎没有了，他就更不在意我的存在了。”

靳里愣了愣：“也有道理。不但你的作用没有了，我对他的利用价值也没了。没关系，我们有自己存在的价值，不被他利用，总有别人会利用。”

顾深秋乐了：“为什么总想着被人利用呢？我们自身也有价值存在，发挥自身最大的价值，才是安身立命之本。”

“你还年轻，没有经历过生活的毒打，不知道有时候你自己所谓的自身价值，在没有遇到合适的人之前，一文不值。”靳里掐了烟，扔到脚下，“不管怎样，今天和你聊得很开心。这次团建过后，我就永远地离开关东生物了。估计你也在未时待不久，有没有想过以后去哪里？”

“没想过。”顾深秋才不会跟靳里说实话，实际上他已经做好了辞职的全部准备，只等海月明点头，他就会跳出未时自己创业，“走一步算一步，我在上海没有根基，到时说不定还得请靳哥帮忙。”

“没问题，我们是好兄弟。”靳里抱住了顾深秋的肩膀，眼神却流露出不屑的神情。

靳里回到自己的帐篷时，已经是凌晨一点多了，他试探着给管政发了一个微信：“管总，一切顺利。何处和万有有一个计划，具体是什么我还没有弄清楚，但不外乎是说服关河，我决定明天找机会和关河单独聊聊，希望他能配合您，和您步伐一致。”

原以为管政已经睡了，不料居然秒回：“好，辛苦了。能策反顾深秋就尽量策反，他很有才气，有可用之处。”

“明白。”靳里虽然想不通为什么管政如此器重顾深秋，但管政的话得听，他就没再多想。

天亮的时候，关河和海月明相继苏醒。

方东非要挤在二人中间，并且一秒入睡，二人只能接受超大活体灯泡在身边的事实。好在关河的帐篷勉强可以容下三人，秋天，天气凉爽，挤在一起也不觉得热。

关河硬撑了一会儿，不知道什么时候就睡着了。睁开眼时，对面是一张如花似玉的笑脸，吓了他一跳。

愣了片刻他才想起昨晚的事情，揉了揉眼睛："你这么看着我，不怕把我吓出个好歹？你也不担心没化妆就被我看到，会影响你的形象？"

海月明翻身坐起："不怕。反正我化不化妆都好看……方东呢？"

"方东习惯早起，应该是出去散步了。"关河也坐了起来，和海月明一起出了帐篷。

周围几座帐篷静悄悄的，没有一丝声音，远处的水声像是一首欢快的催眠曲，听久了，让人睡意加深。

方东抱着一捆树枝回来了。

秋天的山里，微凉。云雾升腾，雾气弥漫，方东的头发上满是露水，冲锋衣也湿了一片。不过脸上红通通的，带着兴奋与欢欣。

"快来帮忙，生火。"

方东把树枝堆在地上，关河和海月明过去帮忙，三人费了不少力气才点燃了树枝。树枝有水，冒出了浓烟。不多时，烟就弥漫在了山间，包围了所有的帐篷。

伴随着一阵又一阵的咳嗽声，帐篷中的人全部醒过来了。

万有、何处笑眯眯地看着关河三人忙碌的身影，何处碰了碰万有："他们三个倒也其乐融融，居然真能和平共处？"

万有咧嘴一笑："现在是平衡期，就像刚创业的时候，矛盾才刚露出苗头，大家顾及彼此以前的情面，再加上利益冲突还没有完全浮出水面，所以还能维持微妙的平衡。等过段时间再看，肯定会撕破脸。"

何处点了点头："你觉得他们什么时候开始内斗？方东和海月明，谁会是最后的胜利者？"

"顶多半年，他们三个人的平衡就会被打破。"万有意味深长地笑了，"说不定我们还可以利用海月明和方东的矛盾来完成我们的计划。"

"好主意！"何处眼前一亮，"这事儿我来促成。"

靳里、顾深秋和宁三祥都起来了，火也旺了，众人围着火开始做早饭。有人带了罐头，有人有酒精炉，有人有方便面，各显神通，各做各饭，不多时，饭香伴随着炊烟在山间萦绕。

关河、海月明和方东三人一起；靳里自己一人；顾深秋和邓入、宁三祥搭伙；何处和万有搭档。无形中，一行人各自结成了小团体。

饭后，是跋山涉水的探险之旅。

行程是由宁三祥提议，最终由方东审核后敲定下来的。说是跋山涉水，其实只是一段长约 5 公里的山路之旅，并没有什么危险，是早已开发成熟的旅游线路。只不过该线路由于刚推出不久，人不多罢了。

分组的时候，遇到了麻烦。

原定是两人一组，关河和海月明，方东和邓入，顾深秋和宁三祥，万有和何处，靳里只有一人，无法成队。最终方东考虑到恐怕没有别人愿意和靳里组队，就让靳里加入她和邓入的队伍。

靳里表示同意的同时也强调："多个男人多个保障，等于你们多了一个劳力，肯定可以拿下第一名。"

本着友谊第一比赛第二的原则，四支队伍在行进中间要兵分几路，最后谁先到达终点谁就是最后的胜利者，可赢取公司提供的大奖一份。

奖品是什么不重要，重要的是所有人都想拿到第一。

随着方东的一声令下，队伍开始出发了。

十分钟后，有四条小路出现在众人面前。关河和海月明选了最左边的一条，方东和邓入、靳里选了左边第二条，顾深秋和宁三祥选了左三,万有和何处选了最后一条，他们的路离关河和海月明最远。

何处特意强调了一句："如果关河和海月明第一，你们不要怀疑是我和万有帮他们作弊了，我们离他们最远，想帮他们也够不着。"

队伍出发了。

开始时，还能听到彼此说笑的声音，十分钟后就进入了深山老林，不但行人越来越少，连离得最近的队伍的声音都听不到一丝了。

第九十六章

红伞伞白杆杆，吃完一起躺板板

海月明试着用力喊了几声方东，没有回应。关河嫌她声音小，也大声喊方东，依然没有回应。

人越来越少，半个小时后，突然下起了雨。周围全是参天大树、山石林立，除了雨声、风声，再无其他声音，仿佛天地之间只有关河和海月明二人。

蓦然间，一阵惊雷响起，似乎是在二人头顶炸开。海月明惊呼一声，一头扎进了关河的怀中。

“我怕雷！”海月明瑟瑟发抖，紧紧抱住了关河，“谁安排的探险之旅？这简直是要命之旅。要不，我们回去吧？”

关河举着伞四下张望，又估算了一下距离：“我们现在回去也不行，差不多走了一半了。到终点和回到起点的距离相等，为什么要原路返回呢？”

“可是……”又一声惊雷，海月明吓得捂住了耳朵，“我害怕！”

“别怕，有我在。”关河轻轻拍了拍海月明的后背，从背包中拿出雨衣，二人穿上。

雨太大，穿了雨衣拿了雨伞，依然被淋湿了。

二人搀扶着躲到一棵树下，打算等雨小一些再走。才等了片刻，雨忽然不下了，并且迅速雨过天晴。

太阳露了出来，一道彩虹挂在天边。海月明赞叹：“太神奇了！雨说下就下说停就停，任性。太漂亮了，天蓝得让人沉醉，哇，彩虹真好看，快看，快看。”

雨后的山路又湿又滑，走不快。二人也没有打算争第一，就边走边玩，倒也自得其乐。

"看，有一棵蘑菇！"海月明拉住关河，"真好看，颜色真鲜艳。"

那是一朵红色的蘑菇，上面还有白色的斑点，海月明伸手去摘，被关河挡住了。

"别动，有毒。"关河不是植物学家，但对于云南的野生菌类多有毒性还是略知一二，"有一首很魔性的歌不知道你听过没有？"

"什么？"

"红伞伞白杆杆，吃完一起躺板板！躺板板埋山山，喊大家来吃饭饭……"

"你都从哪里学的这些稀奇古怪的东西……"海月明笑得不行了，"你这首歌里面有误导人的地方，我对植物的了解肯定比你厉害，告诉你吧，红伞伞的菌类诸如毒蝇鹅膏、毒红菇等，吃完并不会躺板板，真正躺板板的是白伞伞、灰伞伞和黄伞伞。"

"灰伞伞包括灰花纹鹅膏、亚稀褶红菇、肉褐鳞环柄菇，白伞伞有裂皮鹅膏，黄伞伞有条盖盔孢伞，这些菌类误吃了后容易引发肝中毒，厉害的甚至会引起横纹肌溶解。"海月明昂首挺胸，拍了拍关河的肩膀，"不懂的话以后多请教请教海老师，海老师一定知无不言言无不尽。"

"你怎么对植物学这么感兴趣？"关河倒是真的惊讶海月明的博学。

"我本科读的就是植物学，硕士才学的金融，服了吧？"海月明得意地笑了，"不能白当你姐，得让你知道姐的本事大着呢。"

"啊，救命呀！"话刚说完，海月明突然大叫一声，迅速躲到了关河的身后，"蛇，毒蛇！"

一条黑白相间的小蛇，爬行速度极快，一闪就从二人面前过去了。

关河也吓得够呛，他从小在城市长大，没有对付蛇的经验。如果不是海月明先躲到了他的身后，他有可能也会第一时间藏到海月明的后面。

"银环蛇！有毒。"海月明心有余悸，"比不了眼镜蛇，但毒性也挺强，被咬上一口，差不多也得交待了。哎呀，谁安排的行程，这根本不是什么冒险之旅，是送命之行。"

关河的情绪平复了几分，毕竟他是男人，关键时刻得拿出男人气概："没事，蛇一般不主动攻击人。对人来说，毒蛇的危害和灰伞伞、白伞伞差不多，只要你不主动去招惹它们，它们也就不会害你。"

“尤其是灰伞伞和白伞伞，只要你不吃，它再毒对你来说也没威胁，不是吗？”关河有意缓和气氛，“你说是不是以前的蛇都没有毒，吃多了灰伞伞和白伞伞，才变成了毒蛇？”

海月明的眼睛亮了：“真有可能，说不定你的猜想解决了一个生物界的难题，你应该获得诺贝尔胡思乱想奖，哈哈。”

半个小时后，海月明笑不出来了：“不对，我们好像走错路了，按照正常的路线，我们现在应该快到终点了，可是现在完全没有要到的迹象，也听不到别人的声音……有多久没有见到人影了？”

关河一想也是，心中一惊：“自从下雨后，就再也没有见过活人了，是不是躲雨后再出来我们走到了岔路上？糟糕，我的手机没电了。”

“啊，我的也没有了。”海月明看了一眼手机大惊，“不对呀，我记得昨晚上充电了，用充电宝充了一晚上。”

“我也是。”关河看了看自己的手机，已经由于电量太低而关机了，他想了想，“应该是充电宝没电了，我们都没有注意。”

野外没有电，都带了充电宝，车上还有发电机。但早上谁也没有想到充电宝会没电，也就没留意手机的电量。

关河和海月明对视一眼，二人心中同时一沉，不好，麻烦大了。

没有了手机，就失去了方向，二人都辨不清东西南北。还好关河戴了手表，利用手表数字和太阳的方向找到了北。

问题是，朝北走了一会儿，山路多弯又转了几个圈，没有太阳了，就不知道哪里是北了。

好在二人的面前只有一条山路，只好硬着头皮一条路走到黑吧。

又走了半个小时，眼前出现了一个岔路口，还不是两条路，而是三条路。

出发前，宁三祥给每个人都准备了地图，并且还做了详细的方案，包括遇到各种情况之下如何自救和求救。结果手机没电了，地图被一场雨打湿后，完全模糊了。

怎么办？

关河想了一想：“如果我说我们抓阄决定，你不会觉得太唯心了吧？”

海月明先来了一番自我安慰，然后一指中间的一条小路："不用抓了，大道朝天各走一边，我们就选中间。中庸之道，怎么都不会错，是不是？"

"好……吧。"关河总觉得哪里不对，但又说不上来，只好硬着头皮同意了。

开始时还算好走，越走越崎岖，十多分钟后，没路了。

关河当即决定返回："出发时一共四条路，我们是最左边的一条，说明最后的交会之地应该在右边。走，回到三岔路口，我们走最右边的小路。"

二人又累又饿，返回到三岔路口时，都快走不动了。靠树边休息了一会儿，才又重新启程。

差不多又走了一刻钟的样子，路越来越宽，隐隐传来了水声，说明和小路平行有一条溪水。关河大喜，在深山老林之中沿水而行，可以保证不迷失方向，也能靠水和水中的鱼来维持生命。

原以为只是很简单的一段路程，所以没带多少食物，现在才发现有备无患的重要性。又走了几分钟，海月明实在没有力气了，提出要休息一下。

关河让她坐在一块干净的石头上，他自己去寻找水源。说不定见到了水就能走出现在的困境，他分开路边的灌木，朝水声的方向前进。

脚下全是石头，没有路，得小心翼翼才能维持平衡。走了大概 200 来米，眼前豁然开朗，居然是一片开阔之地。

地势平坦，呈半圆状，大概有 1000 平方米大小，一侧是山，另一侧是水，像是一处世外桃源。

好地方，关河大喜。他一路狂奔来到河边，河不大，水面也就是十几米宽，河水清澈可以饮用，而且河里有不少鱼在游动。

可惜没有工具，否则做一顿鲜美的鱼汤绝对可以拯救他们疲惫空虚的胃和心灵。

关河观察了一下地形，是一个休整的好地方，赶紧回去找海月明。

回到原地，关河大吃一惊，海月明不见了！

不是说好了让她在原地等他吗？去哪里了？关河大喊几声："海月明！月明，你在哪里？"

无人回应。

第九十七章

投资的唯一目的

不会出事吧？关河的心绷了起来，想去找她，又怕走太远了和她错开。正焦急不安时，听到世外桃源的方向传来了海月明的声音。

“关河，快来，我发现了一个好地方。”

真不让人省心呀，怎么自己偷跑过去了？关河忙从原路返回，果然，海月明正在河边朝她招手。

她不是一个人，身边还有两个人，赫然是万有和何处，也一同朝关河挥手微笑。

“你们怎么也在？”关河见万有和何处周身上下齐整，不见一丝凌乱，甚至连鞋都没有湿，觉得不可思议，“你们没有遇到雨吗？”

“有呀，我们在同一片蓝天，怎么会你们淋雨我们没事呢？”何处嘿嘿一笑，“只不过下雨的时候，我们躲在了房间里。雨停了才出来，就比你们显得精神多了。没办法，运气好。”

“不只是运气好，是准备得很充分。”万有侧身闪开，身后有一个酒精炉，炉上有锅，锅里还冒着热气，并且有香气传来。

“我们带齐了装备，刚才钓了鱼，煮了一锅鱼汤。月明就是被香味吸引，从另外一条小路绕过来找到了我们。”万有招呼几人坐下，“差不多可以喝了，来，一人一碗，补充能量提振士气。”

鱼汤浓香扑鼻，色泽鲜亮，一看之下就让人胃口大开。关河和海月明相视一笑，在又累又饿之际，能喝上一口鲜美的鱼汤，也算是难得的幸福了。

二人坐下几口喝完，感觉身子热了几分，疲乏感也随之大为减轻。

海月明坐在关河的右边，碰了碰关河的胳膊："我怎么感觉万有和何处像是特意等在这里一样，他们是不是早就算计好了我们会路过？"

"不会吧？"关河放下碗，"不用算计就知道我们肯定会路过，就这一条路。对了，还有多远到终点？"

"还有半个小时。"何处主动凑了过来，坐在了关河的左边，"还想争第一？算了吧，第一就奖一台华为手机，就让给靳里、宁三祥他们吧。"

"你等我们多久了？"关河抱住了何处的肩膀，"说实话，别打马虎眼。"

何处嘿嘿一笑："被你识破了，行，说实话，等你们半个小时了。估计你们也是被雨耽误了，如果再不来，我们就过去接你们了。"

"不过时间也正好，半个小时的时间，钓鱼、煮汤勉强够用。"何处招呼正在收拾的万有，"先别弄了，谈正事要紧。"

万有坐在了关河对面的石头上。

"正事就是……"万里搓了搓手，"我的手艺还可以吧关河，鱼汤的味道怎么样？"

"好喝，很好喝。"关河笑了笑，"正事是不是你们上次和我说过的计划？我上次没答应你们，现在也不会同意。"

"是吗？"万有笑眯眯的，依然是人畜无害的表情，"关河，不如先听听海月明的专业意见再考虑要不要合作？"

不等关河说话，万有就向海月明重复了一遍他和关河谈过的条件。

海月明耐心地等万有说完，笑了："万总一方面是希望我能找到资方投资关东生物，另一方面又希望我可以带头牺牲自己的利益成就关河，再让关河成就你们，是什么事情让你产生了错觉误以为我是一个如此纯粹高尚的人呢？"

万有也笑："我的意思海总应该也能明白，是表面上让你牺牲一部分你的利益，来换取方东、邓人和靳里对计划的支持，暗中，关河会将咱们应得的部分都输送给大家。更不用说你和关河的关系最密切，关河坑谁都不会坑你，对吧？"

"私是私，公是公，公私得分明。"海月明摇头，"关河是不是同意我不管，反正我不同意。我会和关东生物一直走下去，陪它上市，我有耐心，也有信心。”

“真的吗？”万有冷笑了，“我已经和一家知名的投资机构联系过了，他们同意投资关东生物B轮，前提条件是在B轮过后的一年之内，卖掉关东生物。”

“万有，你终于露出了你的狐狸尾巴！”海月明笑得很认真，也很开心，“你现在是不是可以承认从一开始投资关东生物，你就当关东生物是一个可以让你大赚一笔的工具？”

“不然呢？”万有双手一摊，“别跟我讲情怀讲理想，戒了多年了。投资行为本来就是一种逐利行为，讲什么道德与高尚？我从来没有想过要为了人类的健康事业奋斗终生，也不会把宝贵的生命浪费在所谓的伟大事业上，我只想怎么有钱有闲地过好这一生。”

关河瞪大了眼睛，满脸难以置信的表情："万有，你从一开始就当关东生物是可以生钱的工具，而不是可以共同成长的事业？”

“醒醒，关河。生钱的工具和成长的事业有什么区别？没区别。不过一个是毛坯房一个是精装房罢了。”万有哈哈大笑，“关河，你比我更虚伪，也隐藏得更深。你打着科研的旗号假装是醉心于研究的科研工作者，实际上你想要的比任何人都多，不只是公司的控股权，还有方东对你的死心塌地及海月明对你的感情。

“你的聪明之处就在于你始终摆出一副超然的姿态，稳坐钓鱼台，别人主动送上门来，是愿者上钩。别人不理你，是有眼无珠。”

“我真有这么厉害吗？”关河笑了，指着自己的鼻子，“好，既然你认为我虚伪、无耻，善于伪装，今天，我就好好说说我为什么认真研发，一心想要做出一番成绩。”

关河愣了一会儿，似乎想起了往事，过了半晌才又淡然一笑："一开始创业，我的想法很卑微很渺小，就是想离开老屋，能够在外滩办公。创业后，我的理想就变成了每月收入两三万，衣食无忧，有存款就很好了。再后来，公司发展的势头不错，尤其是A轮融资后，按照纸上富贵的计算公式，我发现我已经成为亿万富翁，随时可以实现在上海有房有车的幸福生活，我忽然觉得一切都那么地不真实，像一场梦。

“但又确实不是梦，而是真实发生的人生。不过等我清醒过来，研究清楚了纸上财富和真实身家的关系后，心态就更平和了。所谓几亿十几亿的身家，如果不能真正落到实处，只不过是一堆没用的数字罢了。人生的意义不是一堆数字，而是对别人、对社会、对人类有没有价值。

“尤其是当我越来越了解到中国医药研发行业的现状后，既痛心又惋惜。目前国内的大部分医药，自主研发的极少，还处于初级的追随阶段，距离赶上世界先进水平还有相当大的差距，更不用说引领和超越了。

“医药行业也是需要集中力量办大事的领域，因为医药投入大、见效慢、成功率低，往往几百亿的经费投入，也许会是一个失败的项目。但从长远来看，以及站在全人类的发展高度看，前期的投入非常有必要。”

“啪！啪！啪！”万有漫不经心地鼓掌，表情冷峻而漠然，“讲得真好，如果你是在学术报告会上这么慷慨陈词，一定可以赢得所有人的掌声，可惜，你面对的是三个资本家。”

万有依次指过海月明和何处：“我们三个人，都是投资人！投资人投资的唯一目的就是资本的回报，就是赚钱。

“关河，你别想什么中国的医药事业，也别想自己的名利，你唯一要想的事情就是怎样回报拿出真金白银给你的投资人。只有让投资人满意了，你的事业才能成功。否则，你只能躺在老屋里面幻想自己是呼风唤雨的英雄……”

第九十九章
图穷匕见

何处向前一步，语重心长：“关河，当初如果没有我的天使轮投资，你现在也许还留在老屋里面，不知道明天有没有着落呢。我不求你感谢我什么，至少在资本运作上，我和万有是行家，我们也是利益共同体，合作一场再加上兄弟情分，你不应该一口拒绝的，凡事好商量嘛。”

说话间，何处拿出了一份协议：“来，你先看看协议，所有条款都考虑到了你的利益，只要你签名，一年后，你就可以实现财务自由，过你想要过的人生了。”

“我想要过的人生，就是每天研发，然后出成果。”关河拿过协议，扫了几眼，基本上都是上次万有和何处跟他说过的条款，倒也没有骗他，他还了回去，“再等上三五年的时间，关东生物一定可以自己上市，到时，你们的身家会比现在卖掉公司还要多很多。你们现在这么迫切想要卖掉公司，是真的缺钱到了走投无路的地步？”

海月明抢过协议，看了一会儿：“至少你们做到了在表面上没有欺骗关河，但这份只是可以公开的协议，应该还有一份私下的协议吧？”

万有也没掩饰，点头：“肯定的，我们在成就关河的同时，也要考虑到自己的利益。他吃肉，总要把骨头和汤留给我们。”

“私下协议给我看看。”海月明伸出了右手。

“不方便。”万有一口回绝。

“不让她看，我也不会看的，更不用说签了。”关河站了起来，“谢谢你们的鱼汤，现在该出发了，方东他们说不定都到了半天了。”

“先别急，还早呢。”万有呵呵一笑，朝何处使了个眼色。

何处身子一错，挡住了关河的去路：“再坐一会儿，条件可以再谈。”

“不用谈了，在我的研发没有成功之前，我不会考虑卖掉公司。”关河摆了摆手，拿出了决绝的气势，他用力一推何处，“你还想怎么着？非要留下我？”

何处没还手，后退一步，脸上挂着很诡异的笑：“关河，你有没有感觉到有些头晕？”

关河身子一晃，一阵头昏脑涨站立不稳，险些没有摔倒。

海月明大惊，忙扶住了关河。忽然，她也感觉一阵恶心传来，脑子轰的一声，像是什么在脑中炸开了，她身子猛然摇晃几下，整个人站立不住，一头扑到了关河的怀里。

关河以为他可以扶住海月明，不料身子大感无力，一下被推倒在地。还好地上是细软的沙子，没被摔个头破血流。

一阵阵昏眩感传来，眼前突然就出现了星星、蝴蝶、蜜蜂、飞机，还有月亮、太阳……这是怎么了？关河第一个念头是他中毒了，第二个念头是他出现了幻觉，第三念头就是红伞伞白杆杆，他多半是吃了毒蘑菇。

问题是，他没有采蘑菇呀？对，鱼汤，一定是万有和何处在鱼汤中下了毒。

再看海月明，已经倒在他的怀里昏睡不醒了。

关河大怒：“万有、何处，你们是想要害死人吗？”

“不会不会。”万有凑了过来，笑嘻嘻地说道，“我认真研究过了，下到汤里的蘑菇都是轻毒性的，没有剧毒。我们想要的也不是毒死你，只是让你签字而已。”

何处蹲在了关河面前：“你现在已经进入幻觉了吧？”何处笑得很温和，拿过协议递到了关河手里：“现在你手中拿的是高中的成绩单，不，是大学的录取通知书，需要你签字，来，这里，签字了你就可以上大学了。”

关河此时意识已经恍惚，他感觉自己似乎是在原地，又似乎回到了上海，不对，好像还在美国，又好像是回到了高中时代。

对，就是高中。他正在家中吃饭，忽然听到邮递员的声音，是通知书到了，他兴奋地迎了出去，拿出笔就要签收。

不对，他不是早就大学毕业多年了，为什么还是高中生呢？也不对，他就是高中生，还没有开始他的大学生活。

邮递员的样子憨态可掬，一边恭喜他一边催促他签字：“快签，签字后就可以上大学了。新世界会向你打开大门，你会迎来人生的高光时刻，很多年之后，你会感谢你现在签字的决定。”

关河拿起笔，手都在颤抖，感觉浑身的力气被抽空了一样。他努力揉了揉眼睛，看清了签名的地方，用力写下了一个字——关。

不对，落款上面的时间怎么是今天？他上高中是十几年前的事情了，肯定是哪里不对，日期印错了，通知书是假的吧？

“快签，别犹豫了。”邮递员的声音再次在耳边响起，像是鼓动，又像是鼓励。

关河再次落笔，刚写下“河”字的偏旁时，手被人抓住了。

海月明醒来了，她清醒了几分，用力抓住了关河的手：“不能签！”

她想要摇头，却使不上力气，仅有的一丝清明让她明白她和关河掉进了万有和何处的局中：“他们精心设局，就是想让我们上当。说什么也不能签……”

话说一半，她再也坚持不住，眼睛一闭又陷入了昏迷之中。

人和人的体质不同，关河就只是出现幻觉，而海月明却是昏迷。

关河再次落笔，在该写“可”字最后的一个“口”时，忽然传来了方东的声音。

“不能签！”

一阵急促的脚步声响过，方东、邓入、靳里、顾深秋和宁三祥全部出现在了关河几人面前。

顾深秋和靳里一左一右，分别推开万有和何处，邓入和方东扶起海月明和关河，宁三祥悄悄后退一步，朝万有和何处做了个手势，意思是千万别出卖她！

宁三祥以前来过此处，在安排时有意做了一些微小的设计。

方东和邓入、靳里一队，宁三祥和顾深秋一队，两支队伍大约在半个小时前就抵达了终点。一路上十分顺利，除了碰到偶发的暴雨之外。

方东的队伍是胜利者。大概十分钟后，宁三祥和顾深秋才到。

等了半天，不见关河和海月明的身影，方东有些焦急。又等了一会儿，也不见万有和何处的身影，她就隐隐觉得哪里不对。和邓入悄悄聊了几句，二人一致认为可能是出了什么事情。

算了算时间，万有和何处应该已经得手了，宁三祥也怕万一二人失手事情闹大，就不好收场了，自告奋勇要带领方东等人去接应关河等人。

结果就来得非常及时，方东从天而降，抢走了关河手中的协议。

关河勉强睁开沉重的双眼，只说了一句话就沉沉睡去："红伞伞、白杆杆，吃完一起躺板板……"

等关河再次醒来的时候，已经是第二天的下午了。他躺在医院，周围全是关切的目光。

有方东、邓入、靳里、顾深秋，还有海月明。

不对，怎么有海月明，她不是比他还严重吗？

海月明分开人群坐在了床前："你醒了？真烦，睡了一整天！"

烦吗？中毒了就不能昏睡？关河摸了摸额头，不烫，笑了笑："你居然没事，你喝得比我多。"

"我是假装在喝，其实没中毒。"海月明拍了关河一下，"就你笨，真喝。我见万有和何处没怎么喝，就猜到有问题，刚想提醒你时，你已经喝完一碗了。"

"我……"关河哭笑不得，敢情他才是最傻最笨的一个，"怎么也不给我个暗示？"

"我当时拼命朝你使眼色，你都没反应。"

"我以为你眼睛被风吹进了沙子。"

"我……"海月明被气笑了，"你活该！人笨就得受罪。"

"也没受什么罪，幻觉也挺好玩的，有点飘有点晕。"关河忽然觉得哪里不对，"你没事怎么也晕倒了？"

"当然是装的了，我就是想看看万有和何处到底在要什么花样。"

“装的？”关河快要哭了，“我都快要签字了，你还躺在地上装睡？”

“没睡，在录像！”

“录像？”关河瞬间想到了什么，“不对，你的手机不是没电了？”

第九十九章

成长要么是被逼的，要么是主动的

“遇到万有和何处后，我发现他们的背包中有好几个充电宝，就偷用了一个充电。十几分钟就充了快一半的电量，录两个小时都绰绰有余了。”海月明得意地晃了晃手中的手机。

关河起身下床，活动了一下，觉得没什么问题了，才问：“万有和何处呢？”

“他们在隔壁。”

“隔壁？什么意思？”

“字面意思，听不懂吗？”海月明呵呵一笑，“他们对自己够狠，开始时是没喝，后来在我假装倒下时，没注意到他们也喝了一些鱼汤。然后……他们也中毒了，吐得比你还多，没什么大事，也躲过了警察的怀疑。毕竟，没有人会下毒毒别人的同时也毒自己。警察就没有怀疑他们，只当是一次乌龙事件。”

“啊？”关河惊呆了，“你不是录下了他们的视频，可以向警察说明情况呀。”

“是录了，但只录了最后他们逼你签字的部分，不能作为直接证据证明他们是有意下毒。警察是讲究直接证据，而不是靠间接证据推测。”海月明一摊手，“所以，他们没事，全身而退。”

关河很愤怒：“太没天理了，他们差点害死我们！”

“死不了。”方东宽慰关河，“鱼汤我拿去化验了，毒性不大，他们很懂行，用的都是毒性低致幻性强的蘑菇。”

“就拿他们没办法了？”关河打了个寒战，“以后还要一起共事，不得时刻提防被他们下药？”

“有我在，他们不会再敢打你的主意了。”邓人紧咬嘴唇，“何处太让我失望了，从此以后，我要时刻监视他的一举一动，如果他敢有任何的非分之想，别想逃过我的火眼金睛。”

“还有我。”靳里拍着胸膛站了出来，“关河，以后我会坚定地和你站在一起，和万有、何处势不两立。他们太过分太无耻了，居然想害死你。我以前相信他们追随他们，是我瞎了狗眼！以后坚决和他们划清界限，只相信你一个。”

对于靳里的及时转向，关河并没有太多的表示，靳里两面三刀的次数太多了，多到让人没有办法再相信他的人品。

人设树立起来难，倒塌起来快。而人品一旦败坏了，就很难再令人相信。

靳里也知道他现在不受欢迎，他向方东投去了求助的目光。

方东私下和靳里聊过一次，无奈地叹息一声：“我们都出去一下，把时间和空间让给他们，让他们再好好谈一次。”

人都离开了，房间中只剩下了关河和靳里。

靳里摇了摇头：“我知道你不会再相信我了，关河，我也不渴求重新赢得你的信任。我只想告诉你一个真相——万有和何处联手想要卖掉公司，想要左右你的同时，还想拿走管政应得的利益。”

关河点了点头：“你的信誉已经被你一再地反复无常耗光了……算了，不和你说没用的了，直接说出你知道的一切，以及你在事件中的立场和诉求。”

关河确实比以前成熟多了，知道从别人的立场上考虑问题了。靳里压低了声音：“管政对我很信任，他希望我能说服你和他联手，一起挫败万有和何处的阴谋。”

“我想知道的是，万有和何处到底想要和你达成什么协议？”靳里问出了他关心的问题。

关河也就没有隐瞒，直接说出了万有和何处的计划。

靳里咬牙切齿：“果然是狼子野心！怪不得管总说万有鹰视狼顾，心肠狠毒。还说何处进退无据是个小人，管总看人确实厉害。”

关河摆了摆手：“别事后诸葛了，说吧，管总想要怎样？”

“管总想要和你合作，共同把关东生物推到上市，而不是中途卖掉。”靳里得意地一笑，“管总不像万有和何处，他又不缺钱，不急着变现。”

关河淡淡地笑了笑：“管总如果想要挫败万有的计划，很简单，收回万有作为未时和辛时的股东代表身份不就行了？我记得万有的股东身份是以公司的名义，而不是个人股东。”

“是的，万有是代表公司，现在公司是管总掌控。但管总和万有有协议，必须要由万有作为公司代表入驻关东生物。”靳里叹息一声，“之前管总也被万有欺骗了，才信了他。现在后悔也晚了，想要收回也来不及了。”

“所以只能在将错就错的前提之下将计就计了。”靳里一脸殷切，“如果你同意的话，我可以安排你和管总会面。”

如果是以前，关河才懒得见管政，管政尽管也算是公司的幕后大股东，但和他没有直接交集，他用不着理会。但现在不同了，他比以前想得更长远了。他不能只当一个技术官，他要负责全局，成为既懂技术又能掌控全局的核心人物。

人的成长要么是被逼的要么是主动的，关河是两者兼而有之。

想了一想，关河点了点头：“下周二有空，你约一下管总。”

“好。”靳里喜出望外，他以为关河会拒绝，他所认识的关河对应酬和谈判的事情一向不感兴趣，没想到关河居然一口答应了，“我马上联系管总，等我一下。”

不到两分钟，靳里答复关河：“管总说没问题，他邀请你到他的会所一聚。”

“行，随便哪里都行，只要他请客就没问题。”关河还有心思开玩笑，“到时你带我去就行，对了，再叫上海月明。”

关河摆了摆手：“我现在只想尽快解决何处和万有的事情……他们人在哪里？”

万有和何处就算可以逃脱法律的制裁，也很难再和关河共事了，关河在伤心失望之余，所能想到的就是尽可能地厘清关系，减少对公司的影响。

“就在隔壁，还在昏迷中。”靳里咬了咬牙，“我挺佩服他们的，关键时刻对自己也能下得了狠手。”

关河摇了摇头：“说说你的想法，靳里。”

靳里握紧了拳头：“很简单，让他们主动提出申请退出公司，名下股份以现在价值转让给其他股东，可以对他们以前的所作所为既往不咎，但必须一劳永逸永绝后患！”

靳里的态度在关河的意料之中，他现在对靳里的认知深刻了许多，人性都是复杂的，利益一变，立场也会随之而变，但他还是没有想到靳里对万有和何处会是赶尽杀绝的态度。

“他们肯定不会同意的。”关河了解靳里，更了解万有和何处。

“为什么不同意？他们还有脸再在关东生物待下去？”

“脸面对他们来说还算得了什么？他们可是连自己都敢下毒的人！”关河哈哈一笑，“一个人对自己狠起来，可以拿命来赌，对别人就更没有仁慈了。”

病房外，走廊的尽头，海月明、方东、邓入和顾深秋聚在一起。

方东微微咬牙：“万有和何处不能再留在公司了。”

海月明点头：“必须清除出去，否则，不知道还会做出什么吓人的事情。”

邓入连连点头：“我完全同意。”

顾深秋微有担心：“你和何处的感情问题怎么处理？”

“分手！”邓入态度坚决，“人品第一，一个人人品坏了，再帅再有钱再有能力，都是零。”

海月明抓住了邓入的手：“好样的，邓入！你肯定不会后悔今天的决定。”她又转向了顾深秋：“深秋，你现在可以从未时制药辞职了，带着你的资源和人脉，开创属于你自己的事业。”

第一百章
志同道合者

顾深秋搓了搓手："我不想创业了，海总，从关东生物一路走来的历程，我想清楚了一件事情——我不适合创业，创业太艰难了，九死一生。我没有关河的技术和人缘，也没有万有的资金和本事，还没有何处的厚颜无耻和唯利是图，我只能当一个追随者，所以，我希望可以加入关东生物，继续跟随在海总身边，当一个跟班就足够了。"

海月明欣慰地笑了："你总算想明白看清楚了，好，就这么定了，你还可以带着你的小伙伴们一起过来关东生物。"

"早就和他们说好了，他们非常期待来关东生物。"顾深秋开心地笑了，"除了韩马之外，还有卫辛、柳庄等人，他们也对未时制药的前景很悲观。"

"好，全部欢迎。"方东笑逐颜开，顾深秋在未时制药人缘不错，居然有这么多人信任他。关东生物有了他和这些人的加盟，会更上一层楼。

在万有和何处昏迷期间，发生了三件大事。

一是未时制药大规模的辞职事件。

包括顾深秋在内的十几人集体辞职，就连万有的助理卫辛也在其中。虽然惊动了副总刘日坚出面劝说，就连管政也不得不亲自出面安抚人心，但还是没能阻挡众人离去的决心。

二是关东生物紧急召开了一次股东大会，经投票决定，达成了共识，要求万有和何处退出公司。

三是关河和管政见了一面。

见面地点不是管政原定的他的会所，而是在一条船上。

这是一条不大的游船，船上一共四个人，除了管政和关河之外，还有方东和海月明。

现在关河出来和人谈判不再单独行动，而是会带上方东和海月明。有她们在，他不会犯关键性错误。

船不大，开动之后就远离了岸边，到了江的中间。沿黄浦江缓缓而行，倒也别有一番情调。

见面之后没有过多的寒暄，关河就直奔主题了。

“万有和何处还有昏迷中，准确地讲，生理上的毒性已经解除了，心理上的毒性什么时候能够清除，药力就起不到作用了。心病还得心药医。”关河和管政面对面地坐着，他的左边是海月明，右边是方东。

管政单刀赴会，一个人面对关河三人，他哈哈一笑：“太文雅的词儿我说不来，反正我就一句话，我想和你合作，不想再和万有、何处打交道，他们都不是什么好东西。”

“还有靳里，也不是什么好鸟儿，两面三刀的东西，随时会咬人一口。”管政分别打量了海月明和方东几眼，“关河，你别告诉我她们都是你的女友，你要这样我可就嫉妒了。”

海月明嫣然一笑：“管总猜对了，我和方东，一个是现女友，一个是前任。”

“厉害，高手。”管政竖起了大拇指。

关河只能无奈一笑：“管总你有所不知，我和前任是和平分手，后来方东认识了月明，介绍给我认识，我和月明才慢慢走近。怎么说呢，我们三个人的关系合作大于感情。”

“不不不，应该说是在合作的基础上建立了感情。”海月明忙接话，“管总你学不来，关河是无欲则刚。他一心扑在研发上，只知道工作而没有多少情趣，反倒会让人觉得安全可靠。方东和他分手，是因为他的专注和不解风情。我喜欢他，也是因为他的专注和不解风情。所以我们和平共处，是因为你不喜欢的我喜欢，我喜欢的你又不在意，真正地做到了互补。”

管政更加佩服了：“难得，海总有这样高明的见解和强大的逻辑性，非常了不起。这么说，你们三个人就是关东生物的核心了？”

“还包括吉时药业。”方东及时补充了一句。

“行，我就直接谈条件了。”管政斜斜地坐在椅子上，努力寻找最舒适的角度，“万有的事情我来解决，接下来我会派靳里代表公司行使股东权力。何处的问题你们自己解决。一个原则是，他们两个人必须出局。”

居然让靳里代替万有，关河张了张嘴没有说话，方东却一口答应：“可以，没问题。”

作为未时制药和辛时投资的实际掌控人，管政派谁作为代表是他的自由，虽然也需要经公司主要股东确认，但一般情况下都会通过。

“我不会像万有和何处一样着急卖掉公司，但也可能最终没有耐心等公司上市，等待的时间太漫长了，不过我可以保证的是，至少会坚持到C轮。C轮之后，有没有D轮，就不好说了。”管政嘿嘿一笑，“如果我到了C轮退出，你们不会有意见吧？”

关河点了点头，他理解管政的心情：“就算管总现在退出，我们也只能接受不是？但我还是希望管总可以多陪我们一段时间，多给关东生物一些阳光雨露，相信关东生物可以成长为所有人期待的样子。”

“别的不敢保证，至少在孤儿药的研发上，不出意外，半年之内必有重大突破，可以引发医药界的轰动。”关河说话一向谨慎，今天难得第一次以无比笃定的语气说道，“我想要的是有几个志同道合者，陪我一起完成一项伟大壮举。让我们国家在医药研发上有关键性的突破，也为以后的药企起到榜样和带头作用。”

管政摆了摆手：“说实话，我不懂医药行业，也不是很了解现状。如果你能有突破，也是了不起的成就，我也可以跟别人吹牛是我一手促进了中国医药的研发。”

方东被管政豪爽的性格感染，也哈哈一笑：“管总的资金成就了一款可以治疗绝症的孤儿药，被救好的患者及他们的家人，肯定都要感谢管总的投入。他们人生的改变带来的美好，都是管总的福报。”

“这话我爱听。”管政一拍大腿站了起来，“妥了，共识达成，要不要一起喝一杯？”

“不了，我还要回实验室加紧研发。”关河摇头拒绝。

管政又缓缓坐了回去：“你不去可以，两位美女来就行。还有，既然我们达成了一致，你们就不要再挖未时制药的人了，现在未时制药是我的公司，你们是在挖我的墙脚，不是万有的。”

海月明掩嘴一笑：“趁管总还没有彻底掌控未时制药之前，我们先挖走万有以前的嫡系，也相当于帮你肃清万有遗毒，你应该感谢我们才对。”

“说不过你。”管政服了，“总之，我们从现在起就算是合作伙伴了，不会再有变化！”

一周后，何处和万有同时出院了。

关河一头扎进了实验室，在没有攻克最后的难题之前不会出来。海月明和方东也没有露面，只有邓入、靳里、顾深秋和宁三祥几人来接何处和万有。

靳里一副公事公办的态度：“万有、何处，我来通知你们一声。首先，公司决定全面中止和你们的合作，要求你们尽快退出公司。其次，我受管总所托，作为未时和辛时的全权代表进驻关东生物和吉时药业，万有你的离职手续已经办妥，只需要签字就行。最后，很高兴认识你们，祝愿你们以后能够认真做人做事，别再走歪门邪道了。”

也不等万有和何处有所表示，靳里转身就走，一副毅然决然的样子。

尽管早有预料，却还是没有想到醒来后会落得如此下场，万有和何处很是愤愤不平。

“你来是什么意思？”何处问邓入。

邓入很伤心：“你是不是就没觉得自己有错？”

“我错就错在不该帮关河，从不该投资他到不该关心他为他煮鱼汤，结果害得我也住院一场，还落得被你们怀疑，我至于连自己也害吗？”何处还振振有词。

“我们分手吧。”邓入懒得再和何处多说什么，转身走了。

第一百零一章

暂时的利益共同体

顾深秋看了看何处，又看向了万有：“万总，我从未时辞职了，谢谢您对我的提携和帮助。以后有需要我的地方，尽管开口。”

万有不耐烦地挥了挥手：“行了，别假惺惺的，你来未时的目的就不纯，我帮你也是别有用意。我们都不过是想利用对方而已，谁笑到最后就是谁的手法更高明。我赢了，我不会可怜你。你胜了，你也不用在我面前显摆。”

顾深秋朝万有鞠了一躬：“我是真心表达我的谢意。”

顾深秋也走了，留下宁三祥一人。

宁三祥微有几分不安：“万总、何总，下……下面该怎么办呀？他们没有开除我，是不是他们还不知道我都做了些什么？”

“你做什么了？”万有依然一副自信的笑容，他拍了拍宁三祥的后背，“你什么都没做好不好？你只不过是规划了行程，然后在何处的建议下调整了一些细节，仅此而已。你又不知道会发生什么，是吧？”

“真的可以吗？”宁三祥喜上眉梢。

“可以的。”何处也安慰宁三祥，“回去后该干什么干什么，什么都不用担心，事情都由我们来扛。”

“我以后可该怎么办呀？”宁三祥六神无主，快要哭了。

“没事没事，我们只是暂时离开公司，更何况何处还是公司的自然人大股东，他想回来并不难。等我们的好消息。”万有耐心安慰了宁三祥几句，就和何处一起离开了医院，回到了会所。

会所有一段时间没人来了，一副衰败的样子。地上一片狼藉，落叶和垃圾无人处理。

万有居然还有兴致打扫卫生，他干得一丝不苟，认真而专注，足足花费了一个多小时才清理干净。

何处却没有心思干活，烧了水，泡了茶，懒洋洋地坐在沙发上等万有。

万有干完活洗了手，过来坐下，喝了一口茶：“好茶，恰到火候。”

何处露出了焦虑不安的神色：“万有，别装了，现在没外人，赶紧想想接下来怎么应对吧。”

“别急，还没有到山穷水尽的时候。当年我创业时，遇到的难题比现在大多了，不也一样过来了？”万有一副胸有成竹的样子，“现在的困难比我当年的难题小多了，我有的是办法过关。”

“怎么过？你还有钱吗？你都被管政除名了，现在你一没钱二没身份三没信誉，接下来恐怕连人设都没有了，看你怎么过关。”何处气得重重一放茶杯，茶水溅了一地，“我至少还有关东生物的股份，他们可以让我离职，但没有办法剥夺我的股东身份，除非收购了我的股份。”

手机忽然响了，是海月明的来电。

何处朝万有使了个眼色，打开了免提：“海总，有什么指示？”

海月明的声音听上去有几分遥远：“何处，明天下午有没有时间坐坐？叫上万有一起。”

“可以呀，是该一起坐坐了。”何处一口答应下来，“地点你来定？”

“就在公司楼下的咖啡馆吧。”

“好，明天下午三点，不见不散。”

挂断电话，何处呵呵一笑：“该来的总会来，不该来的，也会来。”

万有半天没说话，他摸了摸头，叹息一声：“这件事情，还是怪你太仓促了，不该下药。”

“我又不是故意的，是真的觉得蘑菇可以提鲜。”

“行了，在我面前就别演了，我们又不是不知道对方是谁。”万有又喝了一口茶，“我挺佩服你的，一见势头不对就赶紧喝了不少鱼汤，和关河同时中招，显得我们是无心之过。”

“你也挺了不起的，见我一口喝下一大碗，也马上喝了一碗，你就不怕你喝得太多醒不过来？”想起当时的情景，何处想笑却没有笑出来，“你是怕你没有晕倒被列为第一嫌疑人吧？”

“彼此彼此。你不也是没有事先和我商量就喝汤了？我要紧跟你的脚步。”万有哈哈一笑，“这也说明我们心有灵犀一点通。”

“我总结了一个经验教训……”何处眯着眼睛笑了，“事情弄得越复杂，越容易把自己绕晕。下次一定要用最简单最直接的方法来解决问题。”

“对，下次必须用最直截了当的方法。”万有连连点头，“这么说，你已经有了对策了？”

“我是关东生物的个人股东，你不是。我只要不签字，他们也没有办法收购我的股份，你就不同了，你现在已经出局了。”何处不以为然地一咧嘴，“我的对策不适用于你，你还是好好想想怎么和管政解释并且收场吧。”

“放心，我会说服管政再相信我一次的。只要最后一次，我就可以顺利解决所有的问题。”万有依然一副自信满满的姿态，“这一次，关河的好运气也该用光了吧？”

关河专注于研发，在即将有突破之际，他两耳不闻窗外事，就连对何处和万有的怨恨也抛到了脑后。

当然，也因为他知道有海月明和方东替他出面，许多事情都在可控的范围之内。

第二天下午，海月明和方东、邓入提前几分钟等候在公司楼下的咖啡馆。不想她们赶到时，何处已经先到了。

何处没想到邓入也会出现，微有尴尬：“现在谈判都要带上邓入了？也是，只要我和万有出局，邓入的排名就可以大幅提前了。”

邓入斜了何处一眼：“想多了，我才不在乎什么排名，我来，只是帮明姐和东姐做谈话记录。”

何处也不接话，转移了话题：“知道我为什么提前到吗？我是想先和你们单独谈谈。我们可以达成一个排除万有在外的共识。”

“这么快就出卖队友了？”方东嘲讽一笑。

“谈不上出卖，我和万有本来就不算是队友，顶多是暂时的利益共同体。所谓暂时，就是此一时彼一时的意思。”何处一脸淡定。

海月明微有惋惜之色：“可惜了，何处，你一手好牌打得稀烂。我都不知道你到底是怎么想的，为什么会相信万有而不相信我们？就连邓入也不值得你信任吗？”

“你们都不懂男人。”何处摆了摆手，“别跟我讲什么大道理，我现在只谈利益。我开始投资关东生物时，以为三年就可以退出。现在三年多过去了，退出遥遥无期，是不是能挺过 B 轮还不好说，能不能活到 C 轮更是未知。我没有耐心了，对你们也失去了信心。”

“既然你们不同意我要卖掉公司，我只能想其他办法了。我现在只想变现，只想拿到现金。”何处一副无赖的嘴脸。

何处作为核心创始人之一，如果他抛售股份的话，会让后面的融资变得困难重重，也会让其他投资人认定关东生物出现了什么严重问题，以至于元老级的创始人提前套现离场。

“你已经坚持了三年多，再多坚持一两年，公司就完全成长起来了，为什么不能再等一等呢？”邓入来之前做好了心理建设，决定不再过问何处的事情，但还是没能忍住，她是真的想不明白，“你就真的这么缺钱吗？”

“你管我是缺钱还是缺信心？反正我就想套现离场，不想玩了，不行吗？”何处不耐烦地翻了个白眼，“说吧，你们想和我谈什么？除非你们有更好的条件更高的价格，否则，我们坐在一起就是浪费彼此的时间。”

海月明沉默了片刻：“我有一个方案，希望你可以认真考虑一下。出于为公司考虑的大局，我和方东、邓入都不希望事情闹得太僵，也不想把你送进监狱。”

“哈哈……”何处狂放地大笑，“有本事就送我进去，没本事就别吓唬我，我什么事情没见过？今天和我谈判，是你们三个人的意思了？关河是什么态度？”

邓入再次插话说道：“关河不关心这些无关紧要的事情，他的研发正处在关键阶段，一旦成功，关东生物就会成为最被看好的未来之星。”

“别扯没用的，未来之星多了，有99%会夭折变成过去之星。”何处不耐烦地摆了摆手，“邓入，你能不能别说话？一点儿营养价值都没有！”

“好，我不说了。”邓入紧咬嘴唇，眼神复杂而绝望。

方东握了握邓入的手，她知道邓入心里不好受。曾经的恋人如今反目成仇，任谁都难以接受。

海月明不慌不忙地拢了一下头发：“是先听我的方案，还是你先说你的方案。”

何处不假思索地说道：“先说我的方案吧，我向来喜欢主动。”

第一百零二章
拖一拖也许是好事

何处之所以选择提前过来，要单独和海月明、方东见面，就是想谈一些万有不方便在场的话题。

何处清了清嗓子："我和万有不一样，他不是公司的核心创始人，现在也不再是公司的股东代表，我是个人股东，股份还在……

"别多想，上次的中毒事件真的只是误会，我和关河情同手足，怎么可能会害他？你们想太多了。

"我有两个方案，一是在B轮融资时，我转让名下全部的股份，套现离场，估值就按当时融资的估值计算。至于你们怎么说服投资人，或是怎么解决资金问题，我不管。我只要钱。

"二是你们以10亿美元的估值收购我名下一半的股份，我剩下的一半股份转为分红股，不再参与公司的管理，也不再有投票权……二选一，还算公平吧？"

邓入气得脸都白了，又想说什么，被方东制止了。

方东还能保持着平和的微笑："所谓公平，是指双方都能满意的平衡，而不是一方贪得无厌的索取。何处，你和万有害人不成，还想狮子大张口漫天要价，是不是觉得我们拿你没有办法？"

"别，别这么说。我一没害人，二没有漫天要价，我只是在和你们心平气和诚心诚意地谈判。"何处淡定地笑了，"现在可以说说你们的方案了。"

"好！"海月明也是强压怒火，"我也有两个方案，听好了。第一个，积极配合公司的B轮融资，融资成功后，以当时的估值收购你名下一半的股份，剩下的一半转为分红股，不再参与公司的管理，也不再有投票权。”

“第二个，现在就以5亿美元的估值收购你名下全部的股份，你套现离场，从此和公司再也没有任何联系。”

“二选一，你选一个吧。”海月明目光犀利地直视何处。

何处双手一摊，摇了摇头：“我的方案，你们二选一。你们的方案，我一个都不选。”

“好。”方东冷笑，“不用谈了，该怎么办就怎么办好了。”

“好呀，奉陪到底。”何处更加强硬。

海月明也生气了：“行，既然给你路你不走，我们就继续较量下去。”

万有到了，见到何处一对三的阵势先是一愣，随即笑了：“我是不是来早了？影响你们谈判了吧？”

何处摆手：“没事，你来得正好，我和她们已经谈完了。很不幸，没有达成任何共识。”

万有坐在了何处的旁边：“刚才一比三，现在二比三，是不是感觉好多了？说吧，别耽误时间，提什么要求开什么条件，越直接越好。”

见万有和何处之前，海月明和方东已经商量好了如何和二人谈。却没想到何处提前单独出现，并且提出了两个条件，打乱了二人的计划。

好在海月明也是见识过大场面之人，眼前小小的变故对她来说不影响大局，她想了想：“和何处已经谈完了，万有，我也有两个方案和你谈。”

万有摆出了聆听的姿态：“洗耳恭听。”

“我们希望你能体面地退出关东生物，然后，再光荣地加入进来。”海月明抛出了诱饵。

果然，万有一愣，没跟上海月明的思路，他以为海月明会和他撕破脸皮，不是吵架就是威胁，没想到居然是他没有想到的一步。

饶是万有久经风浪，也不由一愣：“什么意思？”

海月明笑得很真诚：“万总是业内的资深人士，也是老前辈，能够邀请万总以个人的身份加盟关东生物，对关东生物以后的发展大有好处。我们开出的条件是1%的股权奖励及百万年薪，不知道万总有没有意向？”

何处也惊呆了，海月明的手法很高明，明显是要分化他们，要对他们各个击破。不行，不能让海月明的阴谋得逞，他刚要开口说话，却被万有抢了先。

“海总的提议倒也有些意思，我是不能再代表未时和辛时了，但以个人的身份加入，是不是也会影响到关东生物和管政的合作？”

“不会，我和管总聊过了，他对你以个人身份加入关东生物没有意见。管总是一个大度的人，你和他认识这么久了，还会不知道他吗？”海月明观察到了万有眼中有一丝光亮闪过，知道他动心了。

何处见事态有失控的迹象，忙说：“万有你不要上当，她们是想分化我们。”

方东笑了：“你们还用分化吗？”她打开手机，播放一段录音，传来了何处的声音，“谈不上出卖，我和万有本来就不算是队友，顶多是暂时的利益共同体。所谓暂时，就是此一时彼一时的意思……”

何处脸色大变。

万有波澜不惊。

何处想解释什么，万有摆了摆手：“没必要，我们的关系如果牢靠，她们挑拨离间也没用。如果不牢靠，没有她们我们也会散伙。你提前过来，不就是想单独和她们达成共识吗？我理解，我们各自的立场不同，谈判的资本也不一样。”

何处大概知道万有的处境，他现在比靳里还惨，负债累累不说，房子和车子全被银行、债权人收走了，别看他现在周身名牌，其实吃饭都成问题了。

在上海，有不少鲜衣怒马的老板，出入皆是豪车和奢华之地，实际上日子过得比普通人还不如，前脚光鲜后脚就是破产，甚至是牢狱之灾。如果没有经验和阅历，眼睛不够亮，很容易被骗。

万有还能坚持多久何处不清楚，但他清楚的是，海月明开出的条件足够让万有心动不已。一个濒临死亡的人，忽然听说海外的仙山上有灵丹妙药可以起死回生，他肯定会不惜一切代价渡海。

何处试探着问：“你觉得海月明的提议可行？”

万有点了点头，无限感慨地说：“到现在我才发现，我是真心热爱医药事业，希望为中国的新药研发早日走出一条属于自己的特有道路而努力奋斗。”

“哈哈哈哈……”何处放肆地大笑，“行了万有，别给自己脸上贴金了，想要一份安身立命的工作可以理解，说得光明正大就太虚伪了。我也有一份工作给你，你不用回关东生物，跟在我身边就可以，年薪 150 万。如果能帮我将股份成功套现，我拿出其中的 2% 当成佣金付给你，怎么样？”

万有的眼睛又亮了：“口头承诺不算数呀。”

“可以签合同。”何处一拍胸膛，“我承诺的事情，从来不会赖账。”

“妥了。”万有一拍桌子站了起来，“我还是更愿意相信男人之间的承诺。海月明、方东，还有事情吗？”

等万有和何处走远了，海月明还在发呆。

方东和邓入已经从情绪中走了出来，二人虽然也微有几分沮丧，却还是充满了乐观。

“邓入，你觉得万有和何处真能合作下去吗？”

“不会的，他们只不过是暂时各取所需，是抱团取暖。等他们被现实毒打之后，就会互相埋怨加拆台了。”

“可惜没能分化他们。”

“如果这么简单就能离间了他们，他们也就太笨了不是？不用急，时间在我们一边，我们不急，他们才是应该着急的一方。”邓入劝慰了方东一番，见海月明还在发呆，推了海月明一把，“想什么呢，这么入神？别担心万有和何处的联手，他们联手又不是一天两天了。”

海月明如梦方醒：“不是，我是在想 B 轮融资和关河研发进展的节点问题。本来我很希望尽快推动 B 轮，现在忽然觉得不用着急，拖一拖也许是好事。”

方东和邓入一起点头。

又是一年春节，海月明和方东都留在上海过年，邓入和顾深秋回了一趟四川，待了两天就回来了。回来后，她和顾深秋、宁三祥、柳庄几人一起去上海的郊外游玩。

海月明则和方东一起陪关山。

关河的研发进入了最关键的阶段，面临着一个十分严峻的考验，他一天也没有休息，连家都顾不上回，没日没夜地盯在实验室里。

海月明和方东商量之后，决定接关山过来公司看看，顺道再住几天。说来关河创业几年来，关山还从未来过公司一趟。

关山见到关河的公司如此大的规模，以及上百人的体量，惊呆了，才知道自己儿子今非昔比，走出了了不起的一步。

关河没出实验室，怕耽误进程，也是因为进出都需要清洗消毒、换衣服，他怕万一有一点闪失有可能导致所有的工作推倒重来，就只是和父亲隔着窗户点了点头。

关山在海月明和方东的陪同下，在公司待了三天就回去了。方东本来打算陪海月明一起送关山回家，不料临时实验室有事，她作为大众药研发的负责人必须在场，最后只能由海月明一人送关山了。

第一百零三章
调整加酝酿

路上，海月明安慰关山不用担心关河的身体，有她在，关河不会太过劳累。

关山关切地问道："你们的关系进展到哪一步了？月明，我是很希望你能嫁到我们关家，你人好心善，身体又健康。就是关河这小子太不识好歹了，非要让你等……"

说到她和关河的关系，海月明有几分失落："还和以前一样，比普通同事关系密切，比恋人又差了一些。算了，叔叔您就别担心了，现在公司正处在一个关键期，过去后，许多事情就有着落了。"

刚把关山送回家中，海月明就接到了管政的电话。

"海总，我在公司等你，关于B轮融资的事情。"

海月明赶到公司时，已经是下午3点多了。阳光不错，她的办公室洒满了金黄。

海月明、方东和邓人在公司都有办公室，相比之下，海月明的办公室最大最气派。是方东特意安排的，因为海月明主要负责对接投资人。

办公室里除了管政之外，还有靳里和另外两个人。其中一人海月明也认识，正是蒋一期。另一人是个彪形大汉，乍一看如同举重运动员。

管政为海月明介绍："蒋一期就不用说了，你也认识。这位是宋娴，曾经和我一起是万有三大股东之一。现在，他是我的股东了。"

寒暄过后，管政直截了当地说出了来意："蒋总和宋总有意投资关东生物的B轮，月明，你是什么想法？"

蒋一期是业内人士，她名下的时期药业是行业内非同小可的大公司，拥有相当大的影响力，市场份额也很可观。

宋娴的来历海月明略知一二，是专注于医疗、文化领域的投资人，从来不做实业。

海月明笑道："我需要知道蒋总和宋总对医疗行业前景的看法，以及对关东生物的估值，还有，投资关东生物的出发点是什么？"

蒋一期抢先说出了她的真实想法，她是为了更好地布局，当然，也有打败万有的心思在内。她是希望关东生物可以作为时期药业有效的补充，可以独立研发、单独上市。

宋娴的出发点就简单多了，他认可管政的眼光，看好关东生物前景，希望投资B轮，可以在D轮或是上市时变现。

不过蒋一期和宋娴二人对关东生物的估计差距过大，蒋一期认为关东生物顶多估值20亿元人民币，宋娴认为可以估值到25亿。

这两个数字都离海月明35亿的估值预期有不小的距离。

管政从中周旋："月明，我也是关东生物的大股东，也希望估值再高一些。但也要考虑到现状，以目前的形势来看，25亿的估值是一个可以成交的数字。"

海月明没有明确拒绝："我理解管总的心情，尊重蒋总和宋总的想法，但能不能再给我们一些时间？不用太久，半年就行。半年后，关东生物如果再交不出一份让人满意的答卷，我就引咎辞职。"

管政以为今天可以谈妥，没想到海月明以退为进，他倒不好逼得太紧："也好，我之前也答应了关河，要配合他的研发。行，以半年为期。"

蒋一期笑道："半年后，如果还没有研发上面的重大成果，我的开价会降到15亿。"

宋娴点头附和："我认同蒋总的说法。"

海月明压力倍增，不过想到关河的承诺，她咬了咬牙："半年后，如果关东生物还没有成果，就不只是估值降低的问题，怕是会撑不下去了。"

送走了蒋一期和宋娴，管政留了下来。

“月明，我是担心半年后如果真的没有成果，公司就没有了想象空间。资本最喜欢听故事了，没有了故事，公司恐怕就没有 B 轮了。你为什么不答应蒋一期和宋娴，先让他们的钱进来，至少可以再撑个两三年……”管政语重心长，“对我来说，未时和辛时并不是主要业务，也不是工作重点。但我还是希望辛时的投资可以得到更好的回报，希望有更多的资金进来。

“我说句实话，我是不会再对关东生物追加资金了，你会吗？”

海月明摇了摇头，她对关东生物的支持早已超过了一个投资人对所投资的公司一般意义上的支持，几乎倾注了全部的心血和……感情。

其实在海月明投资的所有公司中，关东生物并不是重大项目，通常情况下不会由她直接负责，也不需要她亲自担任股东。

她对关东生物投入过多的时间和精力，已经引发了公司上下的不满，有些股东直接向她提出了抗议，希望她可以分清工作重点，不要把关东生物当成主要工作方向，而是回归到自己的投资公司之中。

即便是关东生物可以以 5 亿甚至是 10 亿美元的估值卖掉，对她的此时基金来说，也没有多重要。此时投资的公司太多了，成功的也数不胜数，无论规模还是盈利能力，关东生物都排不上号。

海月明虽然是此时基金的大股东，但她也要听取合伙人的意见，她的压力也不小。再向关东生物追加投资，基本上没有可能，董事会不会同意。

当然，除非她非要自己投资，拿自己的钱，就没人说什么了。

说实话，海月明其实已经做好了准备，如果到了关键时刻无法融到资金，在关东生物生死存亡之际，她会拿出自己的钱追加投资，支撑关河完成研究。

话又说回来，公司还是基于正常的商业运作才能走得更长久。

海月明只能努力说服管政相信关河的能力和努力，再等等看。投资有时投的是人，至少在做事的层面，关河对得起他们的资金。近几年来，关河几乎全年无休，一心扑在研发上，从不叫苦叫累，也从不退缩半步。

管政并没有被完全说服，但也暂时同意了海月明暂缓半年的建议。

“我做事比万有认真，但也比他固执。说好了半年，一天也不能超。如果到时没有研究成果出来，你得答应配合我来主导公司，我要想办法重新包装之后卖掉。”管政很认真很坚定，“投资追求的就是回报，没有回报，任何解释都没用，你说呢？”

海月明咬了咬嘴唇，管政是比万有讲道理，也让人感觉踏实，但也确实比万有更固执更难以沟通。只要是双方约定好的事情，到时如果不执行，他肯定会翻脸无情。

“还有，你不要再和万有、何处试图接触了，他们的事情很麻烦，很有可能会孤注一掷冲关东生物下手。他们还没有死心，还会打关河和你、方东的主意。”管政想起了什么，“对了，你打算怎么处置何处？”

海月明呵呵一笑：“管总有意收购他名下的股份吗？”

管政点了点头：“有意向，和他谈过一次，要价太高，就放弃了。如果你能说服他接受我的条件，我倒是愿意买下他的全部股份让他套现离场。”

“价格问题是最难谈拢的问题……”海月明暗中发出一声长长的喟叹。

半年的时间飞快，似乎就是一眨眼的工夫，上海又迎来炎热及多雨的季节。距离半年期限，已经不足一周时间了。

半年来，万有和何处如同消失了一样不见人影，也不再出现在关东生物，倒是让人落了个清静。就连靳里也开始重新塑造人设，每天准时上班，还不时主动加班，扮演了一个极其负责并且热心工作的首席运营官角色——被管政委派作为公司代表在关东生物行使股东权力后，他又被重新任命为首席运营官。

由于没有了万有和何处，靳里的态度端正了许多，就连和宁三祥的相处也恢复到了正常同事之间的程度。更让人惊奇的是，靳里居然没有刻意处处刁难宁三祥，相反，还对她颇有照顾，让海月明和方东暗暗称奇，莫非靳里真的改了性子？

宁三祥老老实实在公司上班，听话且认真。谁能想到经过几轮的换血，宁三祥现在也算得上是公司的半个元老了。现在的她依然是行政总监，不过权限比以前大了不少。

邓入的权限上升最快，现在的她，差不多是实际意义上的关东生物兼吉时药业的双重 CEO，两家公司的大事小事及日常运营都由她负责。主要也是关河和方东各自带一个实验团队，全力攻克孤儿药和大众药的研发，海月明全心投入 B 轮融资，已经谈好了几家投资人，就等关河的成果问世了。

差不多闭关长达半年之久的关河，终于在一个周末的下午出关了。

关河微有疲惫之色，精神状态倒还好，他一出来就召集大家开会。

所有人都充满了期待，希望可以听到关河的好消息。

关河坐在了主位，他先环视了众人后勉力一笑："少了万有和何处，还真让人有点不适应。不过多了深秋，也算是为公司注入了新鲜血液。"

顾深秋也进入了董事会——半年前，在管政的提议下，关东生物正式成立了董事会，关河任董事长。

管政轻轻咳嗽一声："关河，说说研究成果能不能市场化。能的话，公司就活了。不能的话，得想别的办法才行。"

第一百零四章

是谁暗中下毒

关河点了点头："先听邓入说说公司的运营情况和资金状况。"

邓入说道："目前，公司账户上还有 300 多万的资金，如果不购买新的设备和配套仪器，可以维持三个月。"

管政摆了摆手："别说这些了，我清楚得很。关东生物自从成立以来，就没有过盈利，始终处在 100% 烧钱的状态，所有估值全靠想象空间。给句实话，关河，你的研发成果多久可以转化为产品推向市场？"

关河镇静地点头："一个好消息，一个坏消息，虽然很老套，我还是想请你们选择是先听哪个。"

"先听坏消息，我喜欢先苦后甜。"管政有几分迫不及待了。

"坏消息是，研究成果得到了验证，可以推向市场了。"

管政一愣，随即大笑："这分明是好消息，怎么能叫坏消息呢？关河，你又卖关子。"

"真没卖关子。"关河苦笑，"好消息是，推向市场不必再等十几年，大概两三年就可以商用了。"

"啊……"管政被关河弄糊涂了，"关河你喝多了吧？坏消息和好消息说反了吧？"

"没说反，关河的表述是正确的。"方东解释道，"研究成果正式推向市场商用，一般需要七八年甚至十几年，中间会有一个缓冲期。缓冲期可以用来进行临床前试验，同时需要大量的资金投入。但如果研究成果相当成熟了，可以缩短商用时间，但在短时间内需要非常巨量的资金。"

“明白了。”管政一点就透，“正常的研究成果推向市场，有一个相对较长的时间周期。因为周期长，资金需求量就没那么大那么迫切。但关河的研究成果成熟度高，可以加快进入市场的脚步，同时短期内需要大量的资金注入，是吧？”

关河点头。

管政微一沉吟：“说吧，短期内需要多少钱，钱又用来做什么用处？”

关河回答：“具体需要多少我没有算过，估计得几个亿起。主要是用来上马制药厂、临床试验研究及拓展销售渠道。”

管政哈哈大笑：“制药厂未时有，时期也有，不需要再上马一家。至于临床试验研究和销售渠道，我相信未时和时期现成的也都可以用……成了，还有问题吗？”

关河和方东对视一眼，二人一齐摇头。

关河只能进一步解释：“管总有所不知，如果是大众药还好说，未时和时期的制药厂都可以直接投产，甚至设备都不用升级。但我研发的孤儿药很特殊，全国没有生产的先例，设备得从国外进口，就算可以借助未时的生产车间，也需要重新设计并且购进设备。”

管政明白了关河的意思：“就是说必须购进设备，并且还得更新升级生产车间？”

在得到关河肯定的答复后，管政想了想：“我和蒋一期、宋娴碰一下，争取尽快拿一个方案出来。”

海月明也表达了同样迫切的意思：“既然科研成果成熟了，就可以立刻启动 B 轮融资了。这样，管总，我们分别接触投资人，谁的条件好就接受谁的投资。正好资金进来后，可以升级生产车间和设备。”

管政想一想，点头一笑：“可以，就这么办！这么说，现在的关东生物对外报价，可以 5 亿美元起步了？”

“完全可以。”海月明笑得很自信。

会议结束后，关河打算回实验室，被海月明和方东叫住了。

海月明一脸关切：“你休息一下再去工作，都忙了大半年了，也不知道爱惜自己的身体？你看你的脸色多难看。”

“关河，你怎么啦关河？”方东突然惊呼。

只见关河已经软绵绵地倒在了地上，双眼紧闭，脸色惨白毫无血色！

医院里，海月明、方东、邓入和靳里紧张地围着医生。

“医生，他怎么样了？到底是什么原因造成的？”

医生推了推眼镜，微有忧色：“初步检查是疲劳过度所致，但在他的血液中检查出来一些特殊的物质，具体是什么，有待进一步化验。”

“啊！”海月明大惊失色，“他……他是不是吃了什么不该吃的东西？”

方东意识到了什么：“中毒了？”

邓入立刻想到了什么：“何处干的？”

海月明抓住了医生的胳膊：“医生，他真的中毒了？”

医生沉重地点了点头：“是一种慢性毒素，暂时还不知道具体是什么，初步判定是一种非常罕见的毒素。”

邓入脑中迅速闪过几个念头：“如果能找到下毒的人，是不是就可以立刻知道是什么毒素？”

医生点头：“没错。知道了是什么毒素，就可以对症下药解毒了。”

“明白了。”邓入转身就走，“你们照顾好关河。”

靳里也转身就走：“我去查查。”

“你们去哪里？”海月明喊道。

方东喊了一句：“注意安全，别和何处起冲突。”

邓入没说话，靳里摆了摆手。

邓入心中像有一团火在燃烧，她第一时间想到的人就是何处，除了何处会在背后对关河下手，再没有别人。万有？万有有想法，但没机会。公司上下现在已经没有了万有的亲信，万有又不可能亲自出手。

不用想就知道，肯定是何处买通了谁，让他潜伏在关河身边，定期向关河投毒。大意了，何处居然会无耻到如此地步，以暗中下毒的方式逼关河就范，邓入心中的怒火几乎要喷涌而出。

邓入打通了何处的电话：“你在哪里？我要见你，立刻，马上！”

“我在老地方，你过来吧，我等你半个小时。”何处的声音一如既往地懒洋洋，“最好是有好事，我可是好长时间没回公司也没有见你了。”

近半年来，何处和万有如同人间蒸发，公司的任何会议都不参加，也不露面，基本上和关东生物断绝了联系。

只有邓入和何处确实还有私下的联系，但也不多，也就是何处寂寞难耐时，会给邓入发一些暧昧的话，希望和她旧情复燃，邓入要么不回，要么就让他死心。

半小时后，邓入来到了她以前经常和何处约会的外滩公园。在邓入和何处的热恋期，二人不时来外滩公园游玩。如今故地重游，物是人非，颇有一种迷离和恍惚感。

远处，何处斜靠在一棵树下，胡子未刮、头发乱糟糟，衣服也皱巴巴，像是很久没有打理过了，他咧着嘴，笑得很开心的样子。

树旁，有一处茶舍。

要了一壶茶，何处慢条斯理地泡茶：“说吧，找我到底有什么事情？不会是想重温旧梦吧？”

邓入单刀直入：“关河中了慢性毒药，你知道吗？”

“啊？”何处猛然站了起来，又慢慢坐了回去，“虽然震惊，但也可以理解，毕竟，他挡了太多人发财的路。断人财路如杀人父母，被下毒也是正常操作。”

“正常操作？犯法了知道吗？”邓入一拍桌子站了起来，“何处，你真的不知道背后是谁下的手？”

何处一脸浅笑：“不知道，真不知道。就是知道也不告诉你！”

邓入气急，泼了何处一脸茶水：“何处，你够了！你不知道你现在有多无耻多没有底线吗？被我发现是你在背后做的手脚，我一定会举报你。”

“随便，没问题。”何处不生气，平静地擦脸，“真是我干的，我就犯法了，用不着你举报就进去了。”

第一百零五章

乱中取利的好时机

邓人强迫自己冷静了几分 :“何处，希望你能帮我想想，到底是谁冲关河下的手？现在公司正在 B 轮融资的关键期，如果关河一病不起，投资人肯定不会投资，关东生物也许就黄了。”

“道理我懂。”何处微微沉吟，“但我真不知道是谁下的毒，我是被怀疑对象，万有也是，再扩大化的话管政也可以是。甚至就连你、方东和海月明也不能完全被排除在外。

“不过话又说回来，万有最近都没在上海，他想下毒也没有机会。管政有许多事情要忙，他也不是这么没有底线的人，对他来说，关东生物只是名下的众多公司之一，不是全部，犯不着下毒害人，搭上全部身家性命赌一小部分收益，就太不划算了。

“根据我的推论和分析，应该没人冲关河下毒，你们可以深入了解一下他的日常作息及饮食习惯，看看是不是他自己无意服毒，或是有意服毒上演了苦肉计？”

邓人又生气了，“你能不能有点正形？关河活得好好的，怎么会自己害自己？你太扯了吧？”

“人心是复杂的，有你想象不到的一面，别过早下结论。”何处一阵冷笑，“我建议你别在我身边浪费时间了，赶紧回去查查关河身边的人，包括但不限于顾深秋、韩马、靳里，对，靳里一定要重点排查。”

邓人没有回应何处的提议 :“你能联系上万有吗？”

“联系不上，我很久没见他了。”何处连连摇头，“不要以为我和万有是多么坚定的同盟，我们只不过是在需要时相互取暖的临时伙伴而已。我至少已经有三个月没见过他了，上次见他，还是因为他要向我借钱，我借给了他一万元。然后他就消失了，到现在也没说要还钱。原定说好的一个月后就还钱的。”何处叹息一声：“人心不古呀！”

邓入对何处失去了耐心，转身要走，却被何处拉住了。

“既然来了，就一起吃个午饭，也许在吃午饭时说不定我想起了什么，会带给你突然的启发。”

邓入犹豫了一下，就答应了。

关河住进了特护病房，身体愈加虚弱。海月明和方东决定隐瞒消息，如果对外公布的话，势必会对B轮融资带来巨大的负面影响。

开玩笑，最核心的资产出现了问题，谁还敢投资关东生物？尤其是在关河的研发刚有突破之际，作为核心人物的关河突然病倒，后续的研发谁来主导？

关河的病倒来得既突然又微妙，时机刚刚好，说明是有人精心算计的，要的就是赶在B轮融资之时，让关东生物无法过关。

海月明和方东见关河消瘦而昏迷的样子，无比心疼。二人安顿好关河，为他安排最好的病房和最好的医生，然后来到外面讨论下一步对策。

“到底是谁？”方东咬牙切齿。

海月明强行忍住愤怒：“现在看来，下毒的人不是何处、万有，就是公司内部的人，到底是谁呢？”

“邓入去找何处当面质问了，估计很快就会有结果。”方东抱了一丝希望。

“不会有结果的，邓入不会从何处嘴中问出任何有价值的信息，何处不管知不知道背后黑幕，都不会说的。”海月明比方东更了解何处，“现在的形势，正是何处乱中取利的好时机。何处应该很快就会主动回到公司。”

“会不会万有也一样？”方东赞同海月明的分析，“别忘了万有虽然不再是未时和辛时的实际控制人，但他还持有两家公司的股份。从某种意义上讲，他也相当于间接持有关东生物的股份。”

“万有肯定也会有从中渔利的想法。”海月明点头，“不出意外的话，他也应该现身了。”

“关河在哪里？关河呢？”海月明话音刚落，万有就从电梯中闪现，他东张西望，一脸焦急，“哎呀，月明、方东，我一听到消息就赶紧赶来了，他还好吧？”

海月明和方东对视一眼，万有来得真快！

方东很犀利：“万有，你来得这么快，是不是算好了时间定好了闹钟？关河出事的事情没几个人知道，你怎么就知道了呢？”

万有焦急地摆了摆手：“人命关天的大事，不要纠结这些细枝末节，你们能不能抓住重点？现在关河的病情到底怎么样了？”

海月明和方东面面相觑，万有胡搅蛮缠的水平真是一流，反倒是他有理了。

方东按下心中郁气：“还不知道是什么毒。”

万有朝走廊的尽头走去，“你们过来一下，我和你们商量个事情。”

二人一起过去，跟随万有来到走廊尽头的窗前。

“我知道关河中的是什么毒，而且只要我说出来，他就会立刻得救。他现在的窗口期只有 24 个小时。如果在 24 个小时之内得不到精准解毒，他就没救了。不是死，就是植物人，总之……没好！”万有得意地一笑，“只要你们答应我的条件，一切都好说。要不要救他，现在你们是家属，有决定权。”

海月明和方东交流了一下眼神，她咬了咬嘴唇：“什么条件？”

“我是一个讲义气的人，也是一个有原则的人，上次谈好的条件不变，不会坐地起价。”万有拿出了早就准备好的合同，“还是上次在云南的合同版本，一个字没变。当时让他签字，他不签。现在你们可以为他代签。不过不清楚你们谁可以当他的代言人？”

方东接过合同看了几眼，摇头：“签不了。我们都无权作为关河的代言人代他签字，我们和他没有任何血缘和法律上的关系。而且，你的合同也太不要脸了，不能签！”

“你又不是关河的什么人，自然不关心他的死活了。”万有冷笑连连，“这么看唯一有资格代表关河的只有他的未婚妻海月明海总了。海总，你是要眼睁睁看着关河死在你面前吗？”

“万有，你不要挑拨离间。”方东气得要分辩几句。

“别吵。”海月明皱眉，制止了方东，“万有，你是不是知道是谁下的毒？”

万有不慌不忙：“一个人中了毒箭，你们不问中了什么毒怎么解毒，反倒问是谁射的箭、箭的材质和特征，这叫什么？这叫舍本逐末！先救命要紧，至于其他的事情，以后有的是时间查清。但每耽误一分钟，就让关河的危险增加一分，海总，你觉得是钱重要，还是关河的命重要？”

方东最不喜欢被人胁迫了，当即吼道：“命重要，原则也重要！我和月明不是可以被人摆布加恐吓的人！万有，你打错算盘了。”

“轮不到你说话，方东，你是什么身份又是什么地位？别跟我吼。”万有看表，“距离关河能不能不留后遗症完全解毒还有不到一个小时。一个小时后，就算找到了解药，也会留下不可逆的创伤。”

“报警吧。”方东怒极，“等警察来了，万有就什么都说了。”

万有依然笑得轻松：“可以，请便。现在报警，警察过来要 15 分钟。警察问我又要 15 分钟，我再拖上半个小时，最后没有证据还得放了我，就算有证据，就算我说了，关河抢救过来也基本上是半个残疾了。”

“所以说，到底是方东说了算还是海月明说了算？你们先决定谁能代表关河，谁再和我对话。”万有一副不以为然的态度，傲慢之极，“赶紧的，没时间了。”

“报警！”方东才懒得和万有周旋，更不相信万有真知道关河中了什么毒，“他落井下石、趁火打劫，谁敢保证签字之后，他说出来的话是真是假？万一是假的，岂不是人财两空了？他敢威胁我们，说明他就是幕后主使！”

海月明却有不同意见：“不行，不能报警。来不及！警察也不可能马上就查到万有下毒的证据，我不能冒着用关河性命当赌注的风险，什么都不如他的命重要！”

“你冷静一下，月明。”方东焦急地拉过海月明，“你敢保证万有不是在诈我们？万一他什么都不知道，我们就会人财两空。”

万有不说话，在一旁意味深长地笑。

第一百零六章
谁能做主

海月明不赞成方东的分析："万有不是一个好人，做事很有手段，但他不是一个没有底线的坏人，他有他的原则，我相信在人命关天的事情上，他不会乱来。"

"你拿什么相信他？万一他没有解药，我们后悔也来不及了。"方东狠狠地瞪了万有一眼。

"问题是我们现在还有选择吗？"海月明心急如焚，"签了合同，顶多就是损失一些利益。但如果真的因为担心利益而耽误了救治关河，我一辈子良心不安。"

方东不是不想救关河，而是担心签字之后万有什么都说不出来，人财两空才最让人绝望。她很清楚现在的海月明已经失去了理智，偏偏她又是一个遇到事情过于冷静并且无比理智的人，她想劝海月明相信她的判断："月明，相信我，万有真的是在蒙我们，他什么都不知道，我们不能上他的当。"

"是吗？"万有拉长了声调，"关河的症状是不是四肢无力，脸色苍白，昏迷不醒？"

"你别再忽悠了，中毒的症状都差不多，别以为你随口一说就能让我们相信你。"方东恨不得打万有一拳，"万有，如果你还有点人性，现在就告诉我们关河到底中的是什么毒，我们还会念你的好，尽可能地照顾你的利益，否则的话……"

万有丝毫不在意方东的威胁，只是淡淡地看了一眼手表："还有 50 分钟。继续，关河还在痛苦地挣扎，你却还有力气和我吵架，怪不得当年关河非要跟你分手，原来你真的是蛇蝎心肠！”

“不要说了，我签了！”海月明一把抢过合同，“我代关河来签，如果他醒来后不承认，我认！我会按照相应的价值补偿万有。”

“不能签！”方东和海月明争夺合同，拉扯间，合同被撕裂了，“月明，你冷静一下，不要上了万有的当。万有就是一条披着人皮的狼，我们不能纵容他。他肯定是幕后黑手，要让法律严惩他……”

海月明终于发作了：“方东，你够了！你百般阻挠到底是什么意思？是不是真的想要害死关河你才高兴？不就是利益吗？万有还能骗我们什么？要钱，我给他，我又不缺钱！只要关河能活，我什么都愿意付出！”

“是不是你觉得合同触动了你的利益，你宁愿让关河承担死亡的风险也不想损害自己的半点利益？方东，你真自私！”海月明无比心寒，“我说过了我自己一个人承担一切，又不要你承担，你让开！”

方东愣住了：“月明，你怎么会这样想我？我是为了利益而不顾关河生死的人吗？”

“你嘴上说不是，实际上正在做。”万有呵呵一笑，“我见多了你这样嘴上无比高尚实际行动无比卑劣的人，跟我玩心眼儿，你还差得远呢，方东。”

又拿出一份合同，万有大笑：“幸好我早有准备，否则因为几张纸被撕毁而耽误了关河的病情，就是天大的笑话了。关河是多重要的人，他的人生不能毁在前任的手中。只有海月明才有决定权，她才是关河的正牌女友，才是关河最爱的人。”

方东气得咬牙切齿：“万有，你真行！终于让你抓住机会成功离间了我和月明的关系，别高兴得太早了，我会加倍还回来的。”

“期待。”万有双手抱拳，一翻手将合同递给海月明，“还有半个小时，还来得及。关河知道你为了救他付出了什么，他会珍爱你一辈子。”

“我不管别的，我只想要他先活下来。”海月明拿过合同，唰唰几笔签上了自己的名字，“给你，现在可以说关河中的是什么毒了吧？”

万有看了一眼签名，满意地笑了：“当然可以，听好了，他中的其实不是什么特殊的毒，而是变质的食物中毒，没什么大事，休息一下就好了。”

“真的？”海月明不信，蓦然又想到了什么，“你怎么知道得这么清楚？”

万有打了个哈哈：“知道就是知道，别问为什么。告诉医生，就用常见的化解食物中毒的方法救就行，他现在的昏迷，只是食物中毒和过度劳累的症状叠加效应，并不是说中毒有多严重。”

“好了，我的任务完成了，可以走了吧？”万有扬了扬手中的合同，“签字生效，如果要赖，我可是要起诉的。”

等万有走后，方东才悄悄走近海月明，叹息一声：“月明，你真的生我的气了？”

海月明点头：“你真的让我很失望。”

“我真的不是不想救关河，而是总觉得万有有诈……”方东一脸委屈，“月明你要相信我，我从来不是一个绝情的人。”

“别说了。”海月明暂时无法原谅刚才方东的绝情，她也相信方东并不是非要在主观上害死关河，但在客观上确实有造成耽误关河救治的可能，“我不想听，现在没有心思也没有时间，赶紧救关河。”

一个多小时后，关河苏醒了。同时，医生的化验结果也出来了，关河确实是生物碱中毒，毒性不大，不过由于他过度疲劳身体状况本身就很差，显得中毒很深。

不管是不是特殊毒素，关河中毒是不争的事实，同时，也明显有人为投毒的痕迹。

在是否报警的事情上，海月明和方东又有了分歧。

海月明坚持报警，由警方介入可以更快地查明真相。方东却不同意，她认为现在应该先压下来，不让背后下毒的人有所察觉，解决了海月明和万有签订的合同之事，然后再进行内部治理整顿，更安全更有效果。

海月明不这么认为，她担心如果警方不现在就调查下毒之人，说不定对方还会做出什么更过激的事情。身边隐藏着一个定时炸弹，简直让人时刻胆战心惊。

二人争论半天，谁也没有说服谁，反倒分歧越来越大。当着关河的面，二人在病房就上演了一出对决。

邓入回来了，和她一起出现的还有何处、靳里。

在邓入第一时间去找何处理论时，靳里先是找到了宁三祥，又和顾深秋聊了一番，等他调查完回病房时，遇到了邓入和何处。

关河躺在床上，依然很虚弱，神色萎靡。他有气无力地扫了众人一眼："这么严肃，像是在开追悼会。"

没人笑。

海月明气冲冲地说："方东，你让大家评评理，谁对谁错。"

刚才海月明和方东的争吵，关河听得很清楚，他摆了摆手："其实都没问题，两件事情可以同时进行，为什么非要分一个先后次序？月明，你现在就报警。方东，你马上通知全体员工，现在都不要下班，今晚加班。"

二人同时点头正要照办时，何处站了出来。

"先不要报警，不要打草惊蛇。"何处很认真，"事情很奇怪，我事先没有听到一点儿风声，现在也丝毫没有头绪，说明下手的人不是我们最先猜到的几个。"

"不是你？"靳里的语气带着不屑，透露着不信任。

"当然不是我，这么低级的手段怎么会是我？哼。"何处强势回击靳里。

第一百零七章

每个人都可疑

宁三祥推门进来："我刚才在公司内部排查了一遍，从食材的采购到食堂的师傅，所有可以直接或间接接触到关河食物的人都问了一遍，并且列出了名单。"宁三祥看了一眼方东，又看向了海月明，最终迟疑一下，将名单递给了海月明。

海月明扫了一眼，递给了方东："三祥，报警。"

"不要报警！"方东和何处异口同声。

"报警会不利于查到幕后的人。"方东还是坚持自己的看法。

何处也说："先别急，真的，月明，等我们分析完再报警也来得及。现在公司的全体人员都在，由顾深秋、韩马他们协调。"

众人看向关河。

关河点头："先等一下再报警。说吧何处，你怀疑是谁？"

"管政！"何处一字一句，"你们都被管政蒙骗了，他是一个非常厉害非常善于伪装的人。相信我，我肯定没有猜错，百分之百是管政干的。"

关河不说话，看向了靳里。

靳里阴鸷的眼神扫过何处和宁三祥："不是何处就是宁三祥，要不就是他们一起下的手。宁三祥现在是何处和万有的人，这件事情应该是由万有幕后策划、何处具体操作和指挥、宁三祥具体实施的一起害人事件。"

"啪、啪、啪……"何处漫不经心地鼓掌，"厉害，一下就被你识破了我们精心策划了三年的计划，靳里，你可以改行当警察了。"

关河依然不说话，看向了宁三祥。

宁三祥脸微微涨红，胸膛起伏："靳里胡说八道满嘴放炮！我以前是和何处关系不错，也当过万有的助理，但现在我就是关东生物的人，一心为关东生物的事情着想。我早就和他们不联系了，靳里你不要血口喷人，别把自己的事情安在别人身上。要我说，这件事情就是由管政策划由你具体实施的一起在朋友两肋插刀的恶性事件！"

关河微眯双眼："月明、方东，你们觉得呢？"

海月明沉吟片刻："我现在怀疑所有人。"

"包括我？"方东一愣。

"包括！"海月明咬了咬嘴唇，"当然，你也可以怀疑我。"

关河看了一眼几人："从现在开始，你们几个都不要离开，还有，都交出手机由我保管。明天一早，我们就差不多能知道真相了。"

海月明带头上交了手机，然后是方东、邓入和何处。靳里和宁三祥有几分犹豫，被何处一激，立刻就交了。

海月明看了看时间："现在可以报警了吧？"

关河点头："我来报警。"

刚报完警，病房的门就被人一下子推开了。

顾深秋风风火火地闯了进来。

"出事了，关总、海总、方总。"

"什么事情？"海月明心中一沉。

"韩马和柳庄失踪了！"

"失踪？"方东大惊，"不是说所有人都被留在了公司不许下班吗？"

"是的是的。但韩马和柳庄是负责通知并且协调的人，等所有人都集齐之后，一点名发现他们俩不见了。谁也不知道他们去了哪里！"

"畏罪潜逃！"靳里紧咬牙关，"真相大白了，肯定是他们干的。韩马和柳庄都是万有的下属，表面上他们来关东生物，实际上还在背后当万有的走狗。"

"当初是谁邀请他们来关东生物的？"靳里先是一愣，随即指着顾深秋，"是你，顾深秋，你是不是也参与了？"

顾深秋连连摆手："我不是，我没有，别瞎说！我绝不会叛变。"

“不是深秋，我相信他的人品。”邓入替顾深秋开脱，“靳里你也别乱咬人，会让人怀疑你别有用心。”

“你什么意思邓入？”靳里眼睛一瞪，“你的意思是我才是下毒的人？”

“我没说，是你自己说的。”邓入眼睛快速眨了几下，笑了，“现在不是咬人的时候，也不需要大家自证清白。我提议，都听关河的安排。”

众人的目光全部投向了关河。

关河思忖片刻：“我和月明、方东、邓入商量一下，你们先到外面等一会儿。”

众人出去。

关河冷静而条理清晰：“事情一出来，何处否认，靳里力证清白，万有逼宫签字，韩马和柳庄失踪，似乎都值得怀疑。但有一个非常重要的关键人物始终没有露面，也没有发声……”

海月明、方东和邓入对视一眼——管政！

现在管政肯定已经得知了消息，但一没有打来电话，二没有出现，当事情没有发生一样，就颇耐人寻味了。不管怎么说，关河也是关东生物最核心的资产，事关关东生物未来的发展，身为大股东之一，管政不闻不问，实在说不过去。

方东迫不及待地说出了海月明和万有达成交易的事情：“我现在怀疑万有和管政是一伙的，我们极有可能被他们制造的假象迷惑了，认为万有和管政不是一路人，利益不一致。实际上，他们很有可能早就暗中达成了共识，表面上还是各自为政。”

关河表示赞同：“不排除这种可能，男人之间的合作一切以利益为先导，之前的一些不和和不快，在巨大的利益面前，都可以放到一边。月明，我可以理解你为了救我而签字，但如果真的中了万有和管政联手的计谋，以后的路就不好走了。”

海月明没有丝毫慌乱，嘻嘻一笑：“小时候总有人叫错我的名字，第一感觉我的名字是海明月。就连现在还有不少人第二次见面时，叫我明月。也确实，在大多数人的惯性思维中，谁会叫月明而不是明月呢？”

“我在万有的合同上签的名字是海明月，而不是海月明，所以，合同是无效的合同。”海月明吐着舌头笑了，“当时事情紧急，我没法当面向方东解释，也是为了让方东配合我，才迷惑了万有。”

方东微有愧色：“对不起月明，我误会你了。”

关河摆了摆手：“事情都过去了，你们也别谦让了。要我说，如果事情的背后主使真的是管政，管政现在也应该打来电话了。算算时间，差不多万有已经拿着合同见到管政了。”

关河的电话，真的就在此时响了，而且还真是管政来电。

关河打开免提：“管总，有什么指示？”

管政浓重的鼻音响起：“关河，听说你食物中毒了？现在没事了吧？别总是吃什么外卖，不干净不卫生，好多都是过期变质的食品。公司不是有食堂吗？你让人每天从食堂打饭，也比外卖好了不知多少倍。”

关河呵呵一笑：“管总连我吃的是食堂还是外卖都清楚，是有多关心我，肯定是我身边的人向管总及时报告了我的一举一动，对吧？”

管政哈哈一笑：“想多了，关河，我猜的。食物中毒除了吃外卖，还能有别的吗？难道你是吃食堂中毒了？不可能！食堂大家都吃，为什么别人没有中毒偏偏就你一个人中毒了呢？”

“这个可能就是人为的巧合了，要不管总帮我分析一下？”关河继续和管政过招。

“没什么好分析的，中毒就是中毒，也可能是你的体质比较敏感吧。”

“也有可能。”关河耐心十足，“所以我报警了，让警方来处理应该比较快，估计很快就有结果出来了。”

“报警了？好呀好呀，不能冤枉一个好人，也不能放过一个坏人。”管政语气轻松自若，“有没有重点怀疑对象？”

“管总给个提示。”关河应对自如，“我现在思路很乱，没有头绪。”

“我觉得第一个最有可能下毒的人，是……靳里。”

关河微微一惊：“靳里可是管总的代言人。”

“代言人又怎么了？只要犯错犯罪，一律要接受惩罚。我只是让他代表公司在关东生物行使股东权力，又没有让他下毒害人。”管政的语速不紧不慢。

“还有谁值得怀疑呢？”关河追问。

“第二个最有可能下毒的人，是宁三祥。”

关河一愣，管政是真的怀疑靳里和宁三祥，还是故意混淆视听？“管总真这么想？第三个莫非是万有？”

“第三个是何处，第四个是万有，第五个是方东，第六个是海月明。”管政一口气说完，“当然，这只是我的凭空猜测，不当真，就是和你闲聊，哈哈。说吧，你最怀疑的人，是不是我？”

这么直接的吗？关河也笑了：“管总也有动机，我如果中毒死了，你也是受益者之一。”

“你死了，最大的受益者不应该是方东吗？”管政依旧是很轻松的态度，“听说韩马和柳庄不见了？他们可是万有的前手下。”

关河保持了从容：“管总的消息确实灵通，看来从一开始就做了不少功课，埋下了许多伏笔。”

“毕竟是我投资的公司，安插一两个信得过的自己人，不算什么吧？”

第一百零八章
别想给我挖坑

管政哈哈笑了一气："我很同情你呀，关河，作为医药行业的科研人员，却差点死于食物中毒，说出去简直是笑话。这个世界上有两种病无药可救，一是穷，二是笨。"

"我除了同情你，还可怜你。不过还好，你比以前进步了不少，也成熟了许多。希望这件事情能给你长一个教训，以后别再轻信别人了。男人不能只长岁数不长脑子！"管政重重地哼了一声，"你要是死了，我的投资就打了水漂不说，关东生物也会功亏一篑，多可惜。"

"有了警察的消息，第一时间告诉我，我要知道到底是谁下的毒！"管政气呼呼地挂了电话。

难道不是管政？关河和海月明、方东、邓入一时愕然！从管政的语气来看，如果他是在演戏，演技也太高超了。

警察来了。

在向关河问询了情况后，警察又找医生了解了情况，随后在方东、邓入和靳里的陪同下去了公司。同时警方要求关东生物的所有关联人员，不得离开公司和医院。

晚上，就由海月明和何处陪在病房中。

晚上九点多时，万有的电话终于打了进来。不过不是打给海月明，而是打给了关河。

"关河，你有眼光，现任女友比前任厉害多了。"万有的笑声有几分无奈和尴尬，"以前我常用有意写错名字的手法骗别人，没想到，多年以后报应回到了自己身上，呵呵，有意思。”

关河也笑：“现在才发现，有点迟钝呀。”

“主要是我没想那么多，回来后就帮忙搜集资料整理线索，想帮你尽快梳理清楚，查出下毒的人。等我忙完后拿出合同一看，好嘛，上面的名字是海明月，压根不是海月明。”万有的笑声中隐藏着无奈与激愤，“以后你和她签合同时可要小心了。”

“你也没损失什么，主要是，你也没付出什么。”关河精神恢复了几分，笑了起来，“既然合同无效，万有，你是不是又有新的打算了？”

“你猜对了。”万有干笑几声，“你好好养病，出院后会有更多有意思的事情等着你。到时，我为你接风。”

不等关河有所表示，万有随即挂断了电话。

警方调查了一夜，并没有发现直接的证据，也没有锁定具体嫌疑人，只让一部分人随时保持联系，同时带走了厨师和采购食材的几个人。

第二天关河就出院了。

按照医生的要求，关河至少还要再住上三天。关河却没有听话，事情已经非常紧急了，他真的没有办法再安心躺平。

一回到公司，关河就迅速投入研发之中。同时，海月明和方东同步推进B轮融资事宜。

管政也第一时间来公司，和关河见了一面。

管政上来就提到了万有抓住时机逼宫海月明的事情，也直面了有关他的传闻：“听说公司上下都在传是我在背后指使了万有？你们也太高抬我了。我和万有不是一般意义上的上下级关系，只是大小股东的合作关系，我可指使不了他。换句话说，他不在背后琢磨我算计我，就很不错了。关河，别的不说，只说我们的利益是捆绑在一起的现状，我都不会做出害你的事情。”

关河摆了摆手：“管总不是在意别人看法的人，我也不是喜欢胡乱猜测的人，一切以警方的调查结果为准。现在，可以说正事了。”

所谓正事，就是B轮融资。

公司上下现在人心惶惶，也确实是因为关河的中毒影响到了军心，不少人对公司的前景比较悲观，有些人甚至提出了辞职。毕竟，没人想在一家内斗到冲创始人下毒的公司工作下去。

“本来和资方谈得很好，今天他们突然提出了一个疑问，他们说有另外一家新公司的研发结果，关键数据和我们的一模一样，报价比我们低了很多……”管政的目光中多了审视的意味，“关河，你能解释一下吗？”

关河大惊：“怎么可能？关键数据都是独一无二的，一模一样肯定是抄袭了。”

“也许是你故意转移了技术参数。”管政嘿嘿一笑，“新公司叫时机药业，股东都是新面孔，但谁知道是不是代持？背后的实际控制人会不会是你和海月明、方东呢？金蝉脱壳的手法我早就用过了，不新鲜。”

关河震惊：“有他们的技术参数资料？”

“瞧，”管政脸色不善，从随身的包中拿出一沓资料，直接甩到了关河面前，“自己看。”

关河也顾不上在意管政的失礼，翻看起了资料。

海月明也好奇地凑了过来。

是一份融资计划书，上面详细地列举了时机药业的创始人及公司的优势所在，创始人的经历乏善可陈，也并非业内知名人士，但公司的优势与研发方向，完全就是关东生物的翻版！

完全就是照搬了关东生物的模式，只不过时机药业在初创时就已经拥有了专利和关键数据，并且关键数据确实和关河刚刚研发成功的数据相差无几！

最让关河不敢相信的是，时机药业不但研发方向和关东生物完全相同，就连孤儿药的关键数据与相关疗效也有高度的相似。别说是管政了，换了任何一人都会怀疑时机药业是他的马甲公司。

海月明脸色也变了，声音都微有几分颤抖：“除了对关河下手，还同时对公司下手了！有人窃取了公司的核心机密，关河，事情越来越严峻了。”

关河也想到了这一点，心中大跳：“月明，这件事情一定要查个清楚，关系到公司的生死存亡，还有我个人的信誉。”

“一定。”海月明握紧了拳头，意味深长地看了管政一眼，“管总，请你放心，我们一定会揪出内鬼，还关河一个公道，也还关东生物一个清白。”

海月明转身去了方东的办公室。

“真不是你干的？”管政也意识到了什么，“不是你又会是谁呢？好吧，假如先排除了你，就等于排除了海月明、方东和邓入，对吧？”

“我只保证我自己，不保证别人。”关河说话很谨慎，倒不是他不相信海月明和方东，而是他想取得管政的信任，“就像管总只承诺自己没有指使别人冲我下毒，不会保证别人不会违背你的指示冲我下毒一样。”

“哈哈……”管政微微一怔，随即大笑，“别想给我挖坑，我不会上当。我可以向你保证你中毒的事情和我没有一丁点关系，下毒、偷数据，也不符合我的做事风格。我一向喜欢大刀阔斧、直来直去，拥有绝对实力的人，从来不屑于使用阴谋诡计。”

“那么问题来了，管总认为下毒的人和偷数据的人，是同一个吗？”关河现在也有点弄不清楚，事情愈加复杂了。

“肯定是同一个人，或者说，是同一伙人。要不怎么会这么巧？”管政坐在了关河的对面，捏着下巴，“要我说，多半还是万有和何处下的手，万有下毒，何处趁乱偷走数据，他们要的就是釜底抽薪，让你无路可退。”

“既然你不同意他们的计划，他们索性一不做二不休，直接拿走最核心的数据，不就可以另起炉灶了？”管政眯着眼睛想了一想，“下毒的事情，好查到谁是凶手。窃取数据的事情，恐怕没那么容易。就算能查到，也得花费一段时间，到时说不定黄花菜都凉了。”

“现在时机药业接触的资方，都是关东生物有意向的资方，时机药业在撬关东生物的墙脚。现在几个资方都在犹豫，形势对关东生物很不利。”管政握紧了拳头，“关河，你有什么办法尽快解决问题吗？”

“有。”关河眼睛亮了一亮，“只要管总配合我演一出戏，就可以很快揪出偷走数据的人。”

“好，怎么演？”管政跃跃欲试。

一连一周，关河都没有露面，没有人知道他在忙什么。有人说他还没有全好，还在休养；有人说他在调整关键数据，在没日没夜地研发；也有人说他去度假了，不在上海，去了西双版纳。

总之，公司上下流言四起，除了谈论关河的动向之外，还有关于公司的前景及近来发生的一系列事件。不少人对公司的前景充满了悲观情绪，认为公司怕是没什么未来了。

尤其是当公司的核心数据已被窃走的消息传开之后，更是让公司上下弥漫出绝望的气息，都以为 B 轮融资胜利在望，没想到半路上杀出来一个时机药业，是要乘机断了关东生物的后路吧？如果 B 轮失败，关东生物将会断粮，除了倒闭无路可走。

一些人甚至想到了辞职，也有一些人开始暗中联系时机药业，希望可以跳槽过去，先抢占一个好位置。

据不完全统计，向时机药业递交了求职信的关东生物的员工不下五六人，甚至还包括滕小闲。

滕小闲人如其名，在关东生物算是一个闲人。按说关东生物作为初创公司是不养一个闲人的。但滕小闲特殊，他原本是管政派来关东生物行使监事权的代表，后来管政解雇了滕小闲。

第一百零九章

百般磨难千种艰难

正常情况下，失去了公司支撑的滕小闲，应该自动从关东生物离职。但不知何故，他却留了下来。

滕小闲并无大用，他还和以前一样表面上是靳里的助理，实际上每天无所事事，靳里不指派他工作，他也乐得轻松，天天晃来晃去，只拿工资不干活。

就这样一个被人遗忘的闲人，居然也向时机药业投递了简历，就被不少人暗中嘲笑加不屑——时机药业除非是瞎子，否则谁会雇用滕小闲？

滕小闲递交了简历，邓入马上就知道了。邓入当即大骂了他一通，指责他不知好歹不知感恩，公司没有开除他就已经是开恩了，关键时刻他还跳脚背叛公司，真是一个无耻小人。

滕小闲当众发作，骂了邓入一通，然后摔门走人。

让人意想不到的是，滕小闲第二天就被时机药业录取了，他还得意扬扬地在关东生物的工作群里炫耀，待遇比关东生物高了一倍，而且还有各种福利。

在滕小闲被时机药业录用的第三天，关河出现在了公司。他一脸憔悴，精神状态不佳，像是又大病了一场。

关河上午在办公室闭门开会，下午时，管政来到了公司。过了不久，公司上下几乎都听到了关河和管政吵架的声音。

二人吵得很激烈，近乎咆哮，都指责对方影响了公司的融资。吵到最后，所有人都听到了摔东西和摔门的响声，以及什么东西破碎的巨大的冲击声。

第二天，管政再次来到公司，又和关河吵了一架。和上次不同的是，海月明和方东也加入了战团。海月明和关河一起，方东却站在了管政一边。双方各执一词，争论得不可开交。

到最后，方东和管政一起下楼，二人气呼呼地上车而去。

很快，就传来了公司内部分裂的传闻——关河要和海月明联手吞并方东和管政的股份，方东和管政不同意，二人发起了反并购，并拉拢了邓入、靳里加入，两派阵营泾渭分明，形成了对立之势。

值此B轮融资之际，公司进入了内耗和分裂的状态，再加上外部环境的变化，多了一个强有力的竞争者时机药业，内忧外患的关东生物风雨飘摇。

冬天就在动荡和不安中，悄然来临了。

没有人在意季节的变迁，大家的注意力都集中在公司如何解决内部矛盾和外部竞争之上。

12月的晚上，又正好下了一场大雨，潮湿而阴冷。关山的老屋中却暖意融融，犹如春天。

在分裂对抗中，顾深秋坚定地站在了关河一方，而何处经过一段时间的观望，也加入了关河的阵营之中。

今天的聚会是由关河发起的，也是关河创业以来第一次主动发起的聚会。

邀请朋友来老屋做客，代表关河彻底放下了心中包袱，不再当老屋是他的耻辱，相反当老屋是他的港湾。

聚会好定，人选不好定。经过一番斟酌和挑选，最终他和海月明联合邀请了顾深秋、何处和万有。

几人都欣然赴约。

尤其是万有，接到关河邀请时还颇为惊讶，随即是兴奋。

关山的老屋从未招待过如此多的客人，他十分开心，忙前忙后地准备了火锅——老北京铜火锅，一群人围在火锅前，热情洋溢，欢声笑语。

尽管有百般磨难千种艰难，该欢笑的时候，一定要笑出来。

关山一时高兴多喝了几杯，只要一喝酒他就嗜睡，不多时就在一边睡下了。

关河提议："找个咖啡馆聊聊？"

海月明看了一眼和衣而卧的关山："不用了吧？家里就挺好，可以陪着叔叔。”

“刚回国的时候，方东劝我创业，就是在附近的咖啡馆谈妥的。”

“走，马上去，我请客。”海月明立刻改变了主意。

咖啡馆的周围也没有太大的变化，除了地面平整过及路灯加亮过之外，一切如旧。店主也没变，环境倒是比以前整洁了不少，但客人并未增多。毕竟作为城乡结合地带，不会有太多的人流。

这也说明了一点，城市快速扩张的步伐放缓了，不再像以前一样每年都会有全新的气象。哪怕是上海，也逃脱不了自然规律。

老板昏昏欲睡，总共没几个顾客，灯光又刻意调得昏暗了一些，就营造出一种似真还幻的氛围，像是梦境。

“像是做梦一样的感觉。”海月明望了望屋顶上的吊灯和吊扇，下意识侧开了身子，“年久失修，别掉下来砸身上。”

关河微微一笑，海月明的缺乏安全症表面上好了，但惯性还在，她每到一个地方都会事先检查安全设施及逃生通道，以防出现万中无一的意外。

几人坐下后，老板亲自过来，认出了关河，笑着打了招呼。注意到了关河旁边的海月明，笑了笑：“几年没见，你的眼光和格局都进步了不少。”

关河却没有笑，心情莫名有几分沉重：“有时想想人生也挺有意思，有些人出现得早，但未必可以走到最后。有些人出现得晚，却能始终陪在身边。而有些人，兜兜转转，最后才发现原来还是一路人。”

何处指着自己鼻子点头：“没错，说的就是我。方东开始时陪你，结果却在关键时刻离你而去，背叛了她对你的承诺。我中间虽然也离开过你，还伤害过你，但在大是大非的选择时，还是会坚定地和你站在一起，对吧？”

“对，也包括我。”万有喝了一口咖啡，微有惊喜之色，“难得，居然很好喝，别有风味。小麦咖啡馆不火，主要是老板不会营销，我要投资他，在上海开几十家连锁店。”

思维跳跃得够快的，关河笑笑：“环境挺安静，氛围也合适，正好可以聊事情。”

“警方还没有结论出来？”何处好奇地问，“下毒的人到底是谁呀？我真想当面问问他还有良心吗？不，还是个人吗？”

海月明嘲讽一笑：“你就不怕对方反问你蘑菇汤的事情？”

何处讪讪一笑：“上次真的是误会，我和万有不也都中毒了？！你什么时候见过下毒的人会连自己一起毒的怪事？”

警察调查半个月了，有进展，但出于保密的原则，暂时还不能透露太多，关河摇头：“暂时还没有结论出来。韩马和柳庄还没有找到，不过也快了，听说已经定位了他们的具体位置。但因为并没有确切的证据表明他们参与了投毒，还不能抓捕他们。”

厨师及食材采购链条都排查了一遍，并没有太明显的问题。警方的初步结论是由变质食物引发的中毒事件，不排除是偶然性事件。

总之，案件进展不大。

第一百一十章

每个人都有价码

何处眼神闪动：“韩马和柳庄以前是万有的手下，但后来管政控股之后，他们非常积极地向管政靠拢，估计早就成了管政的人。关河，我敢说整个事件都是管政在背后一手推动的结果，他就是最大的黑手。”

万有附和何处：“我甚至怀疑方东也被管政收买了，现在的方东是管政的合伙人，也是他的棋子。”

“管政还是单身吧？”关河突然问了一句，“好像听谁说过，管政离婚好几年了。”

“十年都有了，一直单着。”万有嘿嘿一笑，神色暧昧而古怪，“方东会不会喜欢上了管政？也可以理解，你和海月明在一起了，她心里肯定不舒服，应该还有嫉妒的想法。和管政认识久了，被管政吸引也很正常。”

何处哈哈一笑：“方东现在眼界高了，寻常人也看不上，和管政走到了一起，也算是一段佳话。”

“再是佳话，也不能拿关河的性命开玩笑当赌注。”海月明愤愤不平，“我一直特别相信方东，认为她不会背叛我和关河。如果真是她和管政联手干的坏事，我一定饶不过她。”

“肯定是她，现在都不用证据了。女人因爱成恨做出的坏事，比方东恶毒一千倍一万倍的都有。”万有故作深沉地叹息一声，“现在她都已经明目张胆地站在了管政的一方，还拉拢了邓入、靳里，关河、月明，你们现在很势单力薄呀。”

何处无奈长叹：“靳里被管政拉拢过去情有可原，他原本就没什么立场和原则。好吧，方东也可以理解，她是因爱成恨，邓入也追随了管政，就让人想不明白了。我始终认为邓入有主见有节操，是个非常不错的女孩，现在看来，每个人都有价码，就看利益是不是足够诱人了。”

万有语重心长：“可以理解，我完全尊重他们的选择。关河和海月明，一个有技术，另一个有资金，但海月明的资金比不上管政，关河最引以为傲的独家技术也被时机药业窃取了，所以综合比较下来，关河一方完全没有优势，不抛弃他抛弃谁？”

万有轻轻抿了一口咖啡：“像我和何处一样始终坚定地支持关河的人，并不多。不仅仅是因为我和何处重情重义，也因为我们看得长远，相信关河你会渡过眼下的难关。”

何处顺势接话：“就是就是，关河你到底有没有想好用什么办法对付时机药业？听说现在时机药业炙手可热，好多家资方在争夺投资份额。时机药业的技术力量仅比关东生物差一点，报价却只是三分之一，不，好像是五分之一，并且还只是A轮，成长空间巨大，资方更愿意投在前期就表现出强劲生命力的创业公司。”

“不能让时机药业抢了风头，得想出相应的应对之策。”何处一口喝干杯中咖啡，又要了一杯，“关河，你跟我交个底，有没有办法在技术上打败时机药业？”

关河微微摇头：“时机药业窃取的是关东生物最新的研发进展及全部关键数据，目前还没有办法对付他们。想要在研发上超越他们，需要时间。”

“要多久？”万有问得很急切。

“长的话，一年。”

“短的呢？”

“短的话，一天。”关河突然就意味深长地笑了，“万有，你和何处很关心时机药业的情况，知道时机药业是谁的产业吗？”

万有微微一怔：“我和何处都怀疑是管政和方东的手笔。”

“是吗？”关河拉长了声调，“不是你们吗？”

万有和何处对视一眼，二人一起哈哈大笑。

何处笑得直不起身来：“关河，别乱开玩笑，会影响哥们感情的。如果真是我和万有干的，我们还有闲心坐在这里跟你浪费时间？我们早就去和资方谈判，说不定现在就签投资协议了。”

万有一惊：“一天就能在研发上超越时机药业，你不是开玩笑吧？”

“当然不是。”关河自信地笑了，“时机药业虽然偷走了关东生物核心数据，但只是之前的数据，是在一个关键节点时的研究成果。这说明了一点，偷数据的人不懂医药研发。他以为他拿走的是全部，其实只是一部分核心数据。虽然是核心数据，但如果没有进一步数据的对比和核算，也没有办法运用到实际生产中。”

“什么意思？”何处和万有都惊呆了。

“意思是说，你们只拿到了门票，进门之后怎么做的方法，还没有拿到。”海月明补充说明。

关河用更浅显的语言解释：“好比一个人偷了一部手机，也知道了开机密码，但却发现所有的应用都需要另一层密码，等于是说，拿了一个只有硬件但没有办法使用软件的手机。”

“应用的密码，就不能被破解吗？”何处拿出了自己的手机，翻看几眼，“应该说世界上不管多复杂的密码，都有被破解的可能，对吧？”

“对，道理是这个道理。不管多复杂的密码，都可以用穷尽的算法来破解。但是……”关河最喜欢谈论技术了，技术是他的长项，“有些密码从理论上可以破解，但到底需要多长时间及付出多少努力，就不好说了。比如说遗传基因的密码、长生不老的密码、攻克癌症的密码等，相信在几十年之内，不可能被破解。”

“好吧。”何处咽了一口口水，“你的意思是，根据关东生物被偷走的核心数据，后续的开发进行不下去？”

“也不一定。”关河突然又给了何处和万有希望，“如果有一个人特别了解我，知道我的全部思路，他接手后也有可能可以继续推进下去。当然前提是，他从头到尾参与了我的研发过程。”

“必须从头到尾吗？”万有迫切地问道。

“必须的。”关河点头，“如果不是从头跟到现在，他不可能清楚地知道我的想法和思路，也就没有办法顺利地接下去。可以把孤儿药的研发思路当成一部小说，从大纲阶段到中间，如果有一个人每一阶段都清楚地了解我的方向和研发习惯，那么他接手后，就极有可能顺延我的思路往下推进，并且形成成果。”

“妥了。”何处一拍大腿站了起来，“破案了，时机药业的幕后老板就是管政，他让人窃取了核心数据，又联合了方东。方东是唯一一个知道你的思路、清楚你的方向和研发习惯的人，有她在，时机药业出成果只是时间问题了。”

“是不是可以这么理解？”万有一脸问号。

海月明轻柔地喝了一口咖啡：“在没有确切的证据之前，任何怀疑只能是怀疑，虽然我也觉得何处的推测很对。现在公司已经接近分裂了，我们还是先想办法挽回公司的局面吧。”

“何处、万有，你们有什么好办法没有？”

何处挠了挠头：“我能有什么好办法？要钱没钱，要技术没技术，倒是有一颗红心和一腔热血。现在的问题是，既然管政暗中转移了公司的核心数据，成立了新公司，我们也这么干，也联合成立一家新公司，把关河的全部专利和技术都装进来，不信不比时机药业值钱。”

“倒也是一个好主意。我出资 3000 万，占股 51%，关河占股 41%，你们各占股 4%，怎么样？”海月明嫣然一笑。

何处一愣，随即和万有一起大笑。

“你逗我们玩呢？你绝对控股，关河是第二大股东，我们才每人 4%，够干什么呢？”何处气笑了。

“是你先逗人玩的。”海月明也笑，“问题是，新公司成立的话，你能提供什么？出钱还是出技术？都没有的话，出力能拿到 4% 的股份，已经很不错了。”

“除非……”海月明欲言又止。

“除非什么？”何处追问。

“除非你能找到时机药业的幕后主使是谁，并且揪出窃取关东生物核心数据的内贼，还有给关河下毒的黑手。”海月明放下杯子，轻轻搅动几下，神色淡然而从容，“我可以给你们各 10% 的股份。或者你们如果能够说服时机药业别再继续融资，愿意被关东生物收购，我也可以给你们各 10% 的股份。”

“两种方法，随便选择一个就行。”海月明仪态大方，“我说得很明白了吧？”

“明白。”万有和何处一起点头。

夜色已深，凉风袭人，关河和海月明散步回家。

万有和何处告别了二人之后，就返回了市里。

“你觉得他们会上当吗？”关河微微皱眉，“以我对何处和万有的了解，他们太谨慎狡猾了，估计不会上钩。”

海月明挽住了关河的胳膊：“如果是他们指使人对你下毒，如果时机药业真是他们的手笔，他们肯定会上钩。如果两者都不是，他们想上钩，也没有机会。”

第一百一十一章
真的不是你？

“你觉得是他们吗？”关河现在也不敢肯定到底谁是幕后黑手，以及冲他下毒之人和窃取关键数据之人是不是同一伙。

但有一点可以肯定，窃取关键数据和成立时机药业之人，应该是同一拨。

“要么投毒，要么窃取关键数据，他们肯定是其中之一。”海月明信心十足。

“万一投毒之人和窃取数据之人都是管政呢？”关河苦笑，“我们要和管政联合演戏，岂不是与虎谋皮？”

“与虎谋皮也有可能成功。”海月明眨眨眼睛笑了，“你要相信邓入的能力。”

“为什么不是方东和靳里呢？”

“靳里肯定不值得相信，方东嘛……”海月明沉默了一会儿，“以前我坚定地相信她，现在我忽然觉得她有可能是其中之一。”

“下毒还是窃取关键数据？”关河没想到海月明真的怀疑起了方东。

“下毒的可能性更大一些。”海月明抿了抿嘴，眼神中有坚毅。

关河不太相信地摇了摇头：“我总觉得方东不至于，就算她有什么想法，完全可以提出来和我们商量，犯不着非要冒险。”

“是，我以前也从来没有怀疑过她。但现在看来，各种证据及线索都指向了她，她有可能是一时冲动，也有可能是被别人忽悠，不管怎样，她现在都是重点怀疑对象。”

关河缓慢地点了点头：“希望可以尽快水落石出，不要再出现什么变数了。

我从来没有想过人心这么善变，每次形势一变，立场就变。”

万有和何处回到会所已经半夜了，二人毫无睡意，又坐在一起商量。

万有脸色凝重：“到底是谁冲关河下的毒？又是谁弄了一家时机药业？真的不是你？”

何处嘿嘿一笑：“不应该我问你吗，真的不是你？”

“怎么可能是我？！”万有用力朝后一仰，“如果是我，怎么还会和你一起去接近关河、海月明？我可没有那么厚颜无耻！如果是我成立了时机药业，现在不应该忙着融资吗？哪里还有闲心和你喝茶聊天，哈哈。”

“彼此，彼此。”何处跷起了二郎腿，“也是怪了，下毒、成立新公司这么一系列的骚操作，居然不是我们两个人，说明了什么？”

“说明江山代有才人出，年轻一代不管是计谋还是胆识，都强过我们。”万有摸了摸脑袋，“头发还很浓密，说明我还没老，为什么感觉跟不上别人的脚步了呢？”

“别发没用的感慨了。”何处敲了敲桌子，“划重点，万有，你觉得方东、邓入跟关河、海月明闹意见，是真的还是假的？”

“你的意思是他们在演戏？”万有咧嘴一笑，“演给我们？哈哈，你太高抬自己了吧？关河和海月明是怀疑我们是下毒和成立时机药业的人，但我相信他们更怀疑的是管政和靳里。

“他们会和管政联手演戏来套我们？除非他们真的被管政彻底忽悠瘸了。”

何处点了点头，表示认同：“我也觉得背后的人是管政，具体实施的人是靳里。你说关河和海月明有没有在调查靳里？”

“管不了那么多了，现在我们要做的事情就是说服关河和海月明，让他们和我们尽快成立联合公司，将关东生物的核心技术转移出来。”万有掐灭了雪茄，“再等下去，时机药业融资成功，我们再成立新公司也来不及了。”

“说得是，就这么办。”何处站了起来，“我先回去了。”

出了会所，何处竖起衣领，缩了缩脖子，整个人蜷缩起来，像是黑夜中的一个影子。

深夜，大街上行人和车辆都十分稀少，一辆出租车路过停了下来，打开车窗。司机探出头来："坐车吗？"

何处摆了摆手，转身来到了一个掩映在几棵高大的梧桐树之下的小区。

这是一个很旧的小区，虽然旧但位置还不错。何处轻车熟路地回家，上了二楼，打开了房门。

房内温暖如春，空调开得很足。

一个人正躺在沙发上看电视，茶几上摆了一堆吃空的包装盒，有烤串、方便面、瓜子、啤酒和饮料，垃圾扔得到处都是，不大的客厅几乎成了垃圾的海洋。

见何处进门，她懒洋洋地翻了个身，嗔怪道："怎么回来这么晚？扔我一个人在家你放心吗？有没有给我带好吃的？家里的东西都吃完了。"

何处没好气地扔了包，鞋也踢到了一边："一天天就知道吃了睡睡了吃，猪都比你勤快。"

"我是你女朋友，你就得负责我的日常饮食，就得管我。"她冲了过来，挂在了何处的脖子上，"怎么样，事情谈得还顺利吧？"

"不顺利，没眉目。"何处用力推，却推不掉她，不由气笑了，"卫辛，你能不能别闹了？我挺累的。"

"我闹闹你，你才能开心呀。我就是你的开心果，你忘了？"卫辛反而抱得更紧了。

何处经历过一次失败的婚姻和一次失败的恋爱之后，愈发愿意找一个柔顺的女孩。卫辛乖巧、听话、顾家，正合他意。

但真正谈起恋爱后才发现，卫辛太宅了，几乎天天待在家里不出去。她宅家的出发点不是有多爱家，而是懒。

卫辛大概半年前从未时制药辞职，一心当起了家庭女友——结婚后才能升级为家庭主妇，过上了每天躺着吃喝看电视的梦想生活。

何处对所有人隐瞒了他和卫辛谈恋爱的事情，以免引起不必要的议论。

"苗东回老家了？"

"回了，没有人知道他躲在哪里，除了我。"卫辛踮起脚尖，亲了何处一下，"我是不是很厉害？"

“你厉害，你最厉害了。”何处捏了卫辛的脸蛋一下，“对了，苗东回家，警察没有怀疑吧？”

“没有。”卫辛仰着脸，“警察已经排除了他的嫌疑，他是司机又不是厨师，警察怎么也不会想到是他在运输蔬菜的过程中调换了一包土豆，然后专门炒给了关河，关河就食物中毒了。”

“真的排除了嫌疑？”何处还有几分不放心，“别是被警察故意放走，就是要让他自己露出马脚！”

“怎么会？苗东看上去老实巴交的，其实可有心眼了。”卫辛嘻嘻一笑，“他一回到老家就换了手机换了微信，现在除了我，没人能联系得上他。”

何处点了点头，觉得哪里不对，但又说不上来：“行吧，这事儿就这么过去了，谁也别说，知道不？”

“我又不是傻子，怎么会乱说？”卫辛嘻嘻一笑，“现在可以再帮我叫一份外卖了吧？”

“吃吃吃，就知道吃。”何处哭笑不得，“都多晚了，你还能吃得下？”

“反正明天也没事，我再吃点东西，再刷一会儿剧，天亮了就睡。”卫辛哀求何处，“求求你了，别让我饿死好不好。”

何处拿她没有办法，就帮她点了外卖。刚点好，就接到了靳里的电话。

“何处，出来聊聊？”

第一百一十二章
心态失衡了

何处看了看表，凌晨三点多了，打了个大大的哈欠：“怎么都是晚上不睡觉的主儿？有什么事情不能等明天再说？”

“现在就是明天了。”靳里说了一句很有哲理的话，“快点，我在管总的会所等你。”

看来是要图穷匕见了，何处打了个激灵，瞬间清醒了几分，忙抓起衣服出门。

何处刚出门不久，就响起了敲门声。卫辛以为是外卖，应了一声：“放门口就可以了。”

敲门声却依然不停。

她不耐烦地打开房门：“说了放门口，怎么还敲……啊，你们是谁？”

门口站着两个警察，一男一女。

“你是卫辛吧？”

“是。”

“麻烦你跟我们走一趟，配合调查。”

卫辛心中一惊，低下头想了想：“能不能稍等一下？”

“等什么？”

“我的外卖快到了，我想吃了东西再上路。”

男警察忍不住笑了：“跟我们配合调查，管饭。”

“我可以点餐吗？”卫辛的眼睛亮了亮。

女警察眼中闪过一丝异样，看了卫辛一眼：“只要你积极配合我们的调查，可以点餐。”

“那就好，马上走。”卫辛穿上衣服带上门，高高兴兴地跟警察走了。

何处见到靳里和管政时，已是凌晨四点了。

接近一夜没睡的何处毫无困意，而管政和靳里同样十分精神，二人也是一直没有合眼。

“没打扰你睡觉吧？”靳里笑笑，递上一支烟，“提提神？”

何处摆手拒绝：“最近戒了。”

管政上下打量何处几眼：“状态不好，跟谁吵架了？”

“没吵架，就是聊了太多事情，有些疲惫。”何处扫了几眼会所的布置，“有吃的没有？饿了。”

“有，让阿姨去做了。小笼包、馄饨、油条、豆腐脑，想吃什么有什么。”管政叼起一根雪茄，放到鼻子下面闻了闻，“经过一段时间的摸索和调查，基本上排除了你窃取关键数据的嫌疑，所以叫你过来聊聊。”

何处轻描淡写地笑了：“管总说排除我就排除，比警察还厉害？这事儿不得警方说了算？”

“警方的结论是他们的，我的是我的，互不影响。”管政轻轻咳嗽一声，“别忘了，何处，你还在我的公司兼职，拿着我的工资呢。”

“是，管总。”何处立刻站了起来，毕恭毕敬地朝管政鞠躬，“谢管总赏饭吃。”

管政气笑了，无奈地挥了挥手：“行啦，别演了，说正经的。虽然排除了你窃取关键数据的嫌疑，但还不好说你是不是下毒事件的幕后推手。我也是纳闷了，下毒的人和窃取数据的人，居然不是同一个人。”

“也许就是关河自己上演的一出苦肉计，然后再以数据被偷窃为由，来一手瞒天过海，最后金蝉脱壳。”何处提出了他的想法。

“你以为演电影呢？还瞒天过海、金蝉脱壳，想多了！”管政重重地哼了一声，“到目前为止，我可以肯定的是投毒的人和窃取数据的人是两拨人，而且还互不相干。投毒的人不是为窃取数据的人服务，窃取数据的人也没有给投毒的人报酬。”

何处愣了愣："意思是说，两拨人都是各干各的，最后碰巧凑到了一起，似乎是一前一后在呼应同一件事情，其实根本就是个巧合？"

"说对了。"管政目光炯炯，"说吧何处，你为什么要指使人向关河投毒？"

何处先是一愣，随即哈哈大笑："大晚上的，别说鬼故事。不，虽然马上天亮了，现在还是凌晨，正是阴气最重的时候，宜静候慎言，不适合乱说话。"

管政却没笑，脸色凝重："别打岔，我没和你开玩笑！你串通卫辛指使苗东故意买过期变质的土豆，又专门炒给关河，导致关河食物中毒，证据链已经很清晰了。"

何处脸色大变，后退一步："你……你是怎么知道的？"

"不但管总知道，海月明也早就知道了。"靳里呵呵一笑，"何处，别以为自己做得天衣无缝，其实在别人眼中，你就跟个透明人没区别。你太高估自己的水平了。"

"海月明知道？不可能！她要是知道了，关河不就也知道了？我刚见过关河，他完全不知情的样子。"何处被说中软肋，虽然紧张，但还想顽强抵抗。

管政倒也颇有耐心："海月明确确实实是已经知道了，她之所以没有告诉关河，是想等警察最后公布调查结果。她不想破坏你在关河心目中的形象，她是一个优秀的投资人、商业伙伴，更是一个称职的女友。她知道，关河对你、对靳里，始终怀有深深的感情。"

何处低下头，似乎是陷入了往事之中，但也仅仅过了片刻，又咧嘴一笑："光有感情有什么用，口惠而实不至，关河什么时候肯拿出自己名下的股份当成股权池来激励员工，才算是有有福同享的领头人风范。"

"关河只是不善于表达而已，他早有想法，也在实施中了。"靳里说道，"关河太专注于研发，不过话又说回来，如果他既擅长研发，又精通人事关系，还可以随时照顾到每个人的情绪，他不就成神仙了？他是人，一个普通的创业人，不能对他要求太高了。"

管政点了点头："说吧，何处，我和海月明虽然查到了是你背后指使别人下毒，但还是猜不透你的动机是什么。"

何处抿着嘴不说话，还在想到底要不要抗争到底。

“别硬挺着，现在卫辛已经被抓了，你估计顶多还有两三个小时的时间。天一亮，卫辛交代出了你，你也就进去了，再没有机会吐露心声。”管政怜悯地看了看何处，“何处，说实话，有时我挺可怜你的，作为关东生物的核心创始人之一，一手好牌到今天却打得稀烂，为什么？你有没有想过原因？”

“卫辛被抓了？怎么可能？别唬我，我读过很多书。”何处不信，给卫辛发了语音，没回；又打电话，关机。

何处终于慌了：“卫辛真的出事了？”

靳里点头，讥笑：“在你拉她下水的那一刻，你就知道会有今天。在你做出对关河投毒的决定时，你也一定想过会有进去的一天，对吧？”

何处双手捂脸，深深地低下头去。过了半晌，他才抬起头来：“是，管总说得对，我的确是一手好牌打得稀烂，原因有很多，有个人的，有外在的；有主观的，也有客观的。归根结底一个最主要的原因就是——心态失衡。”

何处在开始投资关河时，是基于看好生物制药行业的出发点，想的是赚钱。但在看到关河没有多少股权架构方面的认知时，就动了心机，先是拉拢靳里，又接近邓入，还想拿下海月明，最终目的就是想成为关东生物的实际掌控人。

在一系列的动作没有达到效果后，何处开始和万有联手，意图卖掉关东生物以换取套现离场。也是因为关东生物发展前景看似不错，但离套现还有相当长的距离，何处等不及了。

何处一是缺钱，二是对制药行业失去了兴趣，不想再漫长地等待下去。应该说，他的诉求也合情合理，但应该按照正常的途径寻求退出，而不是采取一系列的阴谋诡计。

当然，也是因为他背后有万有不断推动的原因。

万有急需钱，他也是。何处除了要归还朋友的债务之外，父亲以前在广州的生意也有亏空需要他来填补，还有他以前的一些商业上的遗留问题，也需要解决。

最大的一个问题是他曾经在广州参与了一个 P2P 项目，此事他隐瞒得很深，没有告诉任何人，就连万有也不知情。去年，P2P 项目暴雷，创始人跑路，他没法跑，只好硬着头皮接下了5000多万的债务。

不接不行，不接要么跑，要么进去，他都不想选择，那么只有还钱一条路可走。

他等不及了，以现在的形势来看，关东生物至少还要三五年才能盈利，上市或是被并购更是悬乎。能运作卖掉，才是上上之策。

可惜，关河说什么也不肯同意。

现在何处无比后悔在各方力量的推动下，让关河一步步坐大，成为公司的实际掌控人，拥有了一票否决权。如果不能说服关河，那么只有一个办法可以让关河失去实际控制力——重病、卧床不起及完全丧失民事行为能力。

上次的蘑菇中毒事件让何处钻了空子，他以为只要事情做得缜密，像是日常生活中的偶然或是意外事件，就可以逃脱法律的惩罚。于是，他又心生一计，步步为营谋划，从采购到加工，再到送到关河的手里……只要关河生病，卧病在床不能主持工作，关东生物上下就会惊慌，此时再出面说服海月明和方东及时抛售公司，应该会有效果。

但在最后一关送饭菜到关河手里的环节时，何处发现他找不到合适的人选，或者说找不到值得信任的人选。要是卡在了最后一步，也等于是前功尽弃。

可以直接为关河送饭的人包括海月明、方东、邓入和顾深秋，对，还有宁三祥也可以直接进入关河的办公室为他送饭。

第一百一十三章
万万没想到

何处盘算了一下，海月明和方东肯定不行，邓入和顾深秋也没有希望被他利用，就只有宁三祥了。

结果在卫辛接触宁三祥，还没有透露出想法时，就被宁三祥一口回绝了。宁三祥的态度很坚决："我不管你们之间是什么情况，斗得有多厉害，反正我不参与。我只想安分守己地做好本职工作，当一个没心没肺的人。"

宁三祥的路一断，何处感觉无计可施了。琢磨了一段时间后，索性就躺平，也懒得再去推动了。不料突然就出现了关河中毒的事件，让他大感震惊的同时，不由又想到底是老天助他，无意中让关河吃了不该吃的东西，还是有人在背后帮他，特意为关河送上了一碗"好饭"？

虽然不知道是何人所为，但关河中毒事件却正中何处下怀。正当何处想要乘机夺权掌控公司时，又意外出现了时机药业事件，就让他的所有努力都付诸东流。

简直太巧了，时机药业赶在此时横空杀出，不但窃取了关东生物的关键数据和核心机密，还趁着关河生病期间开始融资，并且融资的对象基本上都是关东生物的 B 轮意向投资人……简直是釜底抽薪。

高，实在是高！

不管时机药业的幕后推手是谁，何处都要由衷地赞叹对方的手腕之高明及时机选择之巧妙，怪不得叫时机药业，原来等候的就是关河生病的时机。

那么是不是可以说，最后一个环节是时机药业的幕后推手帮他打通了？

那岂不是说，他前期的努力都是在为时机药业作嫁衣？他被时机药业当猴要了！

当然也有可能是时机药业并不知道他的所作所为，只不过关河中毒事件被对方巧妙地利用了。不过更有可能的是时机药业打通了最后一个环节，间接地推动了关河中毒。

让何处想不通的是，最后一个环节到底是谁为关河送的饭？是海月明、方东还是邓入、顾深秋？

宁三祥肯定可以排除了，一方面她明确拒绝了他，另一方面她也没有利益上的图谋，并且她为关河送饭的机会并不多。

到底是谁呢？何处想不明白。

别看何处还在和万有合作，时机药业的成立，万有依然是他的第一怀疑对象，第二怀疑对象是管政，然后才是方东和邓入。

是的，何处也怀疑方东和邓入有动机，毕竟现在关河和海月明越走越近，大有联手把持关东生物之势，方东和邓入有了危机感后另起炉灶，也是意料中事。

何处向管政和靳里吐露了部分心声——说了一些不那么损害形象的部分，保留了一些可以颠覆他人设的部分，然后他努力揉了揉脸："说白了，就是开始时我觉得我比关河强，高他一头，随后，关河越来越重要，我越来越边缘化，觉得不公平，但又想不出更光明正大的办法解决目前的问题，最后只能铤而走险了。"

"结果万万没想到……"何处长叹加苦笑，"临门一脚的时候，被别人利用了，觉得自己就是一个大傻子。管总，时机药业的幕后推手到底是谁呢？"

"你现在还有闲心关心这个？"管政呵呵一笑，"你不是更应该关心卫辛会不会咬出你，以及你怎么收场吗？"

何处把腿放在了桌子上，很没形象也很无赖："以卫辛的脑子，第一回合就交代了，不用审。我不担心她，也不担心自己，只担心等我进去了，我的股份怎么处置。"

"管总大晚上的，不，凌晨叫我过来，就是为了股份的事情吧？"

"聪明。"管政拍了拍何处的肩膀，"你可以让我当你的全权代理人，代你行使你在关东生物的一切权利。也可以现在就把股份转让给我，我给你一个合适的价格，也不会太亏待你。”

何处不解：“现在关东生物都风雨飘摇了，管总还要收购我的股份，就不怕关东生物 B 轮融资失败？以现在的形势来看，关东生物死于 B 轮的可能性极大。”

“你真的认为时机药业可以撬得了关东生物的墙脚？可以抢走原本属于关东生物的资金？”管政背起双手，“资本真有这么傻，就不会是资本了。资本的眼光也是雪亮的，知道该投谁不该投谁。

“时机药业就算窃取了关东生物的全部核心数据，并且报价只是关东生物的五分之一，我也不看好它的未来。资本投资，本身就有一定的投机行为。如果再投资了一家靠投机起家的公司，不是用不确定性投资不确定性吗？

“资本逐利，都是喜欢确定性的公司，而不是没有核心竞争力只知道弄虚作假的公司。谁敢把自己的钱交给一家以盗窃起家的公司？”

何处听明白了：“这么说，时机药业也不是管总的手笔？”

“这不是我们今天要讨论的内容。”管政的回答模棱两可，“现在我只要你一个明确的答复，你的股份怎么处置？”

“让我算算。”何处算计了一会儿，“我进去的话，得判几年来着？”

靳里咧嘴开怀一笑：“差不多得十年八年吧？等你出来就奔五了，挺好，可以直接去跳广场舞了。”

“别乱说，靳里，凡事要实事求是。”管政瞪了靳里一眼，“估计三年，也可能两年。如果你现在就去自首，还有减刑的机会，说不定就判缓刑了。”

何处看了看手表，站了起来：“管总说得对，现在投案还算自首，我马上去。”

管政拦住了何处：“等等，先说说你股份处置的事情。”

何处锲而不舍：“你知道是谁躲在背后成立了时机药业吗？”

靳里冷笑：“扯别的干吗，赶紧给个答复。你没时间了，别错过最后一个机会。”

“除非管总告诉我是谁成立的时机药业，否则，我不会转让股份。”何处挺了挺胸膛，一副大义凛然的样子，“别以为我不懂法，我学过法律，就算我被判刑，我名下的股份也不会跑，等我出来，还是我的财产。”

管政笑了笑：“你说得没错，但到时关东生物是存在还是消失，又或者是倒闭，你也不敢保证是不是？还不如套现，还是现金留手里踏实，不是吗？再说，我还真没查到是谁成立的时机药业。”

“真的没查到？”何处不信，“不是你指使靳里干的？不是万有干的？”

管政摇头：“不是我。是不是万有，我不清楚，但多半不是。我查了时机药业的几个股东，和万有没有交集。”

“好吧，不是你和万有我就放心了。”何处竖起衣领，转身出门，“股份先放到我名下吧，我去自首了。如果管总有心，记得来里面看我。”

何处走了半天，管政才呵呵笑了一气。

“何处还是没变，精明、有心机。靳里，等何处被判了，我们多去里面看他。”

靳里很是不满：“何处太不给管总面子了，还以为自己有筹码？不知好歹。”

“别这么说。”管政摆手，“没有人愿意放弃最后一丝希望，除非死到临头，否则都相信明天还有机会。”

靳里又问：“管总，时机药业到底是谁弄的？”

“既然不是万有，就只能是关河和他身边的几个人了。”管政见天色渐亮，打了个哈欠，“不睡了，走，去吃点东西，然后去关东生物和关河聊聊。”

何处和卫辛被带走调查的消息，一早就传遍了关东生物，传到了关河和海月明、方东、邓入的耳中。

所有人都无比震惊下毒的人居然是何处，居然是天使轮投资人！想想何处和关河一路走来并肩作战，四五年的革命情谊，不少人唏嘘不已。

更让一些人无法理解的是，何处看上去不像是穷凶极恶的坏人，而且和关河的关系一向处得可以，甚至都没有过当面的争吵，为什么他非要背后下毒呢？

人心如海，海水深不可测。

才八点多，关河和海月明、方东、邓入正在办公室开会，管政和靳里赶到了。

第一百一十四章
重新认识一下

“关河，你恨何处吗？”

关河并不恨何处，不是他有多大度，而是他总觉得何处的所作所为很幼稚也很无聊，这么大的人了，怎么办事方式还跟小孩一样毫无章法。

关河笑了笑：“都成年人了，爱呀恨呀的有时并没有意义，不如坐下来心平气和地谈谈责任和权利。对于何处的事情，我很震惊也很难过，也为他感到遗憾。投毒和窃取关键数据并成立时机药业，两件事情现在解决了一件，管总是不是查到了谁成立了时机药业？”

管政看向了海月明：“海总是不是先说几句关于何处的事情。”

海月明点点头：“是该和关河说清楚了。关河，你别生气，其实我也已经查到了是何处指使卫辛让苗东投毒，但没有告诉你，是因为还有最后一个环节没有弄清楚……”

关河淡淡一笑：“没关系，我不生气，我也知道你已经知道了。因为，我也知道了。”

“啊！”海月明大为震惊，“你是什么时候知道的？”

“在我中毒之后不久，就大概猜到了是何处的手笔。因为我很快就知道了自己只是普通的食物中毒，没大事。但整个事件还是有人为的痕迹，从手法和中毒的程度来看，基本上就可以肯定是何处了。因为何处以前跟我讲过他父亲也有过类似的经历。”

“他父亲和合伙人闹矛盾时，一怒之下让合伙人吃了变质的食物，导致合伙人食物中毒。虽然没有大碍，但也让合伙人休养了一段时间。”关河云淡风轻地笑了笑，“当时何处跟我讲这个故事时，还嘲笑他父亲跟小孩子一样，有赌气和发泄的意思，并不是为了害人。就像小孩子想要捉弄人，主观上是恶趣味。”

海月明分析道：“目前已知可以直接为关河送饭的人包括我、方东、邓人、顾深秋、宁三祥……就没有别人了。当天我记得很清楚，我有事出去了，邓人和方东也不在公司，宁三祥在车间，就只有顾深秋在了。”

“也许是顾深秋并不知情。”管政意味深长地笑了笑，“有件事情关河你没说对，或者说并不完全准确，窃取公司的关键数据和成立时机药业，未必是一件事情。”

关河听出了什么：“你的意思是，窃取关键数据的是一个人，成立时机药业的是另一个人？”

管政点头：“我认为是。”

“这么看来，我的人缘实在不怎么样，成孤家寡人了。有人向我投毒，有人偷窃关键数据，有人在背后成立时机药业，如果都是不同的人，我身边的人岂不是都背叛了我？”关河看了看海月明，又看了看方东，“我就这么招人恨吗？”

“倒也不是。”管政拍着关河的肩膀，“是人心太复杂了，利益太诱人了，难免会有人总是喜欢琢磨一些乱七八糟的事情。人常犯的一个错误是离厉害的人近了，就觉得自己也厉害了。他们并不知道，他们只是沐浴在强者的光芒之中，并不是他们自身在发光。”

“所以关河，你身边的人都想自立门户，以为打倒了你或是窃取了你的关键数据，他们就可以成功了。都是一群傻子呀！优秀的人很少，闪亮的大脑更少。”管政的眼神愈加澄净了几分，“以前我不相信你的纯粹和认真，现在信了。关河，你能够成就自己，不是因为你比别人智商高多少能力高多少，而是你比别人都简单。”

“简单的人才能做成伟大的事情！”管政站了起来，郑重其事地朝关河伸出了右手，“关河，重新认识一下，我叫管政，是投资人。以后只要是你的项目，我全部都会投，希望你能给我机会。”

关河没想到管政会突然来这么一出，他站了起来，握住了管政的手："这么说，以前管总投我，只是出于商业上的考量，是为了赚钱。现在投我，是基于对我的认知，是对我的认可？"

"答对了。"管政用力握了握关河的手，"我一直希望遇到一个在人品上可靠、技术上钻研的创业者，但很难。很少有人可以在利益面前保持初心和定力，你做到了，让人敬佩。"

管政至此算是真正认定了关河："接下来，我会帮你解决所有的遗留问题，包括时机药业和你身边居心叵测的人，你安心研发，尽快推出可以市场化的成果。一是为了盈利，二是为了让病人早日康复……"

"哈哈，我也突然高尚了一次，不容易。"管政大笑。

关河笑了笑："回到正事上，一个一个来，先说送饭的最后环节。其实我记得很清楚，是顾深秋。"

话音刚落，顾深秋就推门进来了。

一脸愧色的他来到关河面前，弯腰鞠躬："关总，是我不对，给您添麻烦了。当时我为您送饭，并不知道里面有毒。这几天我一直忙着查证是谁下毒，刚听到何处自首了，又听说是何处联合了卫辛及苗东，我才想到当时的情景，是卫辛让我把饭送到您的办公室……"

顾深秋满头大汗："闹了半天，我才是罪魁祸首，我才是那个傻子！"

关河扶起顾深秋："别这样，只要你不是故意的，就不该怪你。你是无心之过。"

"送饭是无心之过，投毒也和你没有关系，这些我都信。"管政直视顾深秋的双眼，"但窃取关键数据和成立时机药业，是不是也和你没关系呢？顾深秋，别以为关河宽宏大量不追究你的责任，我就会放过你。"

众人大惊。

顾深秋汗如雨下："我没有，真没有，管总！"

"不是你，还能是谁？你最有动机了。你一心想要创业，想要成就一番自己的事业。眼见关河出事了，公司上下一片混乱之时，你趁机偷走了数据，卖给了时机药业，就算离财务自由还有一段距离，至少也有几千万到手了，在上海买房买车都没问题了，不是吗？”管政步步紧逼，“顾深秋，别以为我不知道你的所作所为，你没用你的账号，你用的是你家人的账号。”

顾深秋反倒镇静了下来：“管总，你把自己的事情强加在别人身上，是为了掩饰自己的罪行吧？怪不得别人都说时机药业的背后有你的影子，看来是真的了。”

“哈哈，反咬一口指责我了？好，证据呢？没有证据就是疯狗乱咬人。”管政继续对顾深秋步步紧逼。

海月明看不下去了：“管总，我相信不是他……”

话说一半，被关河制止了。关河拉住了海月明的胳膊微微摇头，示意她不要介入。

关河看出来了，管政是有意为之，要的就是激怒顾深秋，并且演戏给在场的人看。

第一百一十五章

引蛇出洞

顾深秋哪里有管政有城府，彻底怒了："管政，你要我拿出证据，你的证据呢？你说我窃取了公司的核心数据，有本事拿出证据，没有的话，你也是疯狗乱咬人。"

"证据早就给你准备好了，看把你急的。"管政气定神闲地一笑，冲靳里点了点头。

靳里拿出电脑，打开，推到众人面前。屏幕上是一份转账记录，收款人是顾柳金，金额是 3567 万元。

"顾柳金是你什么人？"

顾深秋大惊："是我爸！怎么会，不可能？我爸没有收到过这笔钱，这是从哪里弄来的转账记录？"

"别管哪里弄来的，你自己打电话问一下你爸不就清楚了？"管政又拿出一沓资料，上面全是通话记录，"看看，这是你和你爸及你和幕后主使的通话记录。"

顾深秋快要疯了，忙打电话给老爸，提示无法接通。他又打给老妈，还是没人接听。他慌了，生怕爸妈出什么事情。

"他们怎么了？"顾深秋冲到管政面前，"你把他们怎么了？他们要是有什么三长两短，管政，我和你没完！"

顾深秋气得涨红了脸，几乎在失控的边缘。他双手紧握，对管政怒目而视。

管政却依然不肯放过他，继续加强攻势："你的爸妈好好的，放心。不过你如果不说实话，能不能再见到他们还得两说。”

“够了，管政！”海月明气不过，挺身而出，“过分了！不能祸及家人，就算顾深秋真的窃取了公司的关键数据，也是他一个人的事情，和他的家人无关。如果你真的为难了他的家人，请你马上放了他们。”

管政淡淡一笑：“海月明，你不能有妇人之仁。该狠的时候，就得下得了狠手，否则，最终受伤的会是自己。”

“顾深秋，到底是不是你？”海月明的心在滴血，她非常认可顾深秋，一直想要扶持他，如果真是他的话，对她的信任是极大的打击。

“不是我，真的不是我。”顾深秋双手捂脸失声痛哭，“我真的没有做对不起关河对不起你的事情，我对天发誓。”

“你没有做，怎么解释转账的事情？”关河比任何人都冷静，他发现了问题所在，淡淡地看了靳里一眼。

顾深秋猛然抬起头来：“我没什么好解释的，不是我！转账记录是假的，是伪造的，是管政在陷害我。”

顾深秋的控诉苍白无力，众人都沉默不语。

管政冷笑：“我为什么要陷害你？陷害何处、万有，不是更有效果吗？你是最不起眼的一个，都不值得陷害。你到现在还不承认吗？”

“我真看不起你，顾深秋！”管政咄咄逼人，“你先是在万有的公司任职，因为有海月明的赏识，你又暗中为她做事。好吧，这都不算什么，算是你弃暗投明。你原本可以自己创业，但你又担心失败，从未时出来后，就来到了关东生物继续当你的职业经理人。

“你又不甘心一辈子为别人打工，打工可以解决温饱，但永远发不了财。你就开始寻思怎样才能暴富，机会终于来了，在关河食物中毒时，公司上下一片混乱，你就第一时间窃取了公司的关键数据，正好刚成立的时机药业想要挖你，你就提出了卖数据给他们，你们双方一拍即合。

“你这么做，对得起海月明对你的培养、关河对你的信任及所有人对你的期待吗？”

“别说了……”让人震惊的是，在管政一连串的攻击下崩溃的人不是顾深秋，而是邓入。

邓入浑身颤抖，瘫坐在了地上："对不起、真的对不起，窃取关键数据的人是我，不是他。顾深秋完全不知情，他是被冤枉的……"

关河和海月明面面相觑，二人大为惊讶。

怎么会是邓入？不应该！

邓入声泪俱下："是我，是我，就是我，不是顾深秋，你们别再折磨他了。"

管政心满意足地坐回了座位上，俯视邓入："总算把你给引出来了，演这么一出引蛇出洞，把我老人家累得够呛。"又朝顾深秋点了点头："不好意思小顾，委屈你了。转账记录确实是伪造的，你没有参与这件事情，你一身清白。"

顾深秋顾不上和管政理论，惊愕无比："怎么会是你，邓入？为什么？到底为什么？"

邓入坐在地上，面如死灰："错了就是错了，不要问为什么，我认罚！"

管政叹息一声："何苦呢，邓入？该说的还是要说，你不应该承受别人的苦难。"

"家庭的苦难就是我的苦难，我承受的是我自己的。"邓入缓缓摇头，"我以为来到上海就可以脱离家庭的控制，我太天真了。他们为了摆布我，无所不用其极……"

邓入尽量不和家里联系，家里有事找她能推就推，实在推不掉就拖。差不多两三年的时间，父母也把心思用在了已经成家的弟弟身上，对她少了无休止的索求。

原以为她终于可以摆脱原生家庭的影响，从此走向自由之路。然而就在去年，父母突然发疯一样要求她回家，说是弟弟在闹离婚，弟媳外面有人了，二人闹得不可开交，父母被气得生病住进了医院。

邓入不信，直到弟弟发来父母住院的视频，以及弟媳扔给弟弟的离婚协议书。

邓入无奈之下，只好回家一趟。弟弟的事情她可以不管，反正她几乎不认识弟媳，但父母病了她不能坐视不理。

回家后才发现，父母是装病，弟弟也没有闹离婚，一切的一切都是他们联合起来的一场骗局，要的就是让她回家，然后让她负责帮弟弟盖楼、买车。

父母声称别人家都是姐姐帮弟弟承担了一切，只有她这个不孝女，从来不管家里的事情。弟媳对此大有意见，如果邓入不帮弟弟盖楼买车，她就会和弟弟离婚，还会带走一儿一女两个孩子。

邓入简直无语了，弟媳要和弟弟离婚关她何事？他们从认识到结婚，她都没有参与，现在要用离婚来威胁她，可笑之极！

父母却不这么想，他们认为如果邓入不出钱，邓入就是儿子离婚的罪魁祸首，他们百般要求千般哀求，希望邓入不要不管不顾。

邓入被逼无奈，只好拿出了十几万的积蓄，以为就此可以脱身。不想父母不同意，十几万只够在乡下盖一栋小房子，要是盖楼的话，最少要 100 万。

而且弟媳还提出了要求，必须在市区买一套大平层或是别墅，弟弟一家要负责养老，没有房子怎么赡养老人？邓入平常可以不管父母，不出人不出力必须得出钱。

邓入气坏了，这么无耻的要求居然也能提得出来，脸皮得有多厚？她一口拒绝，扔下十几万就返回了上海。

她以为事情就此过去了，谁知半个月后，父母带着弟弟、弟媳及两个孩子来到了上海，赖着不走。父亲还撂下了狠话，如果邓入不答应弟弟的要求，他就不认她这个女儿。

第一百一十六章

一出错综复杂的连环剧

邓入一怒之下声称就算断绝父女关系，她也不会答应他们的无理索求。结果被父亲狠狠打了一个耳光，父亲和母亲住在了她的家里，说要到公司到法院揭露邓入不赡养老人的行为，让邓入身败名裂，成为人人喊打的落水狗。

邓入怎么也想不到同样是父母所生，为什么在他们眼中她就是要无私奉献一切的韭菜，割了一茬又一茬，而弟弟就可以坐享其成，不但父母的所有财产都归他所有，她赚的钱也要用来让弟弟改善生活。

父母却不理会邓入的呐喊和不甘，他们就是吃定了邓入。邓入也不肯妥协，就是不出钱。也是她没钱，这些年来，除了工资之外，她没有别的收入，从哪里拿出钱去买大平层或别墅？

僵持了一段时间后，弟媳真和弟弟离婚了，并且还带走了一双儿女。弟弟要疯了，天天哭喊让邓入赔他老婆孩子。邓入也疯了，把弟弟赶了出去。

弟弟失踪了，父母急病了，满世界找弟弟。上海那么大，怎么可能找得到？父母终日以泪洗面，天天指责邓入不孝。

家里的亲戚也纷纷打来电话，埋怨邓入不该认钱不认亲人，闹到现在的地步都是邓入的错。

在巨大的压力之下，邓入几乎支撑不住了。

更让人没有想到的是，父亲有一天骂邓入越骂越是激动，一时气急，脑出血去世了。

带着巨大的伤痛，邓入陪母亲和弟弟回到老家。在料理完了父亲的后事后，母亲也病倒了。病中的母亲要死要活，非要邓入答应帮弟弟盖楼再娶一个媳妇。邓家不能无后，要不父亲死不瞑目。

邓入只好答应了。

拿出了全部积蓄，帮弟弟盖了房。在几十次相亲失败之后，终于有人看上了弟弟，但提出了一个苛刻的条件，必须在市区有一套价值千万的房子。

母亲再次恳求邓入帮忙，还说就最后一次了。只要弟弟再娶上媳妇，她就是死也值了。

母亲的病一日重过一日，天天念叨要抱孙子。邓入气归气，还是心疼母亲。弟弟也终日自暴自弃，喝酒、打游戏，30 岁的人了，还是像十几岁的孩子似的，完全没有一个男人应有的担当和气概。

正当邓入一筹莫展之时，有人告诉她有一个发财的机会摆在眼前，问她要不要。人在绝望之中，会下意识抓住任何一个所谓的机会，哪怕是眼前闪过的流星。

在邓入得知是让她窃取公司的关键数据时，她一时有些犹豫，但最终还是没能抵挡住巨额回报的诱惑。更主要的是对方告诉她事情会办得天衣无缝，绝不会查到她，也不会对关东生物的发展有什么影响。

是不是对公司的发展有影响，邓入再清楚不过。但她懒得去想对方为什么要窃取关键数据，以及拿走有什么用处，她只想过了眼前的难关再说。

对方打来了 1500 万到她的账户。

“钱呢？”海月明的声音都颤抖了，邓入犯下了严重的错误，已经触犯了法律。

“还在我的账户上，没有动。我本来想转给弟弟，后来想了一想，没转。”邓入泣不成声，“我错了，我真的错了。在把关键数据交给他们后，就有了时机药业的事情出来，我才知道他们骗了我。他们不是什么科研机构，不是为了帮忙验证关键数据的正确性，他们是商业间谍。”

“姑且先不说你的出发点是什么，是真的相信他们让你窃取关键数据是为了验证数据正确性，还是你明知道他们的目的是什么，为了钱宁愿铤而走险，这些都不重要了！事情已经发生了，必须为自己犯下的错误买单。”管政严肃而认真，“重要的是，他们是谁？”

关河一时感叹，中毒、窃取关键数据及成立时机药业，居然是三件事情三拨人，像是一出错综复杂的连环剧，彼此看似没有联系，却在暗中又有勾连。

对于邓入的背叛，关河除了哀其不幸之外，并没有怒其不争。换了是他，他也不知道该怎么办。家庭对每个人的影响都无比巨大，没有人能彻底逃脱家庭的影响，终其一生，我们都走在与家庭抗争、和解或是融合的道路之上。

投毒的幕后操盘手是何处，顾深秋只不过是最后一环的实施者，但他完全无辜，被蒙在了鼓里。邓入是关键数据的窃取者，她是受人指使，那么指使她的人到底是谁呢？关河忽然无比紧张，如果还是他身边的某个人该怎么办呢？

管政注意到了关河的紧张，他轻轻一拍关河的胳膊："淡定！不管是谁，都要学会承受。生活中，欺骗你、背叛你的除了你自己之外，可以是任何人，但更多时候都是你最亲近的人。越亲近，越有背叛你的资格和动力。当你接受了这一点，你才算真正成长起来。"

关河笑着点头："我还有什么接受不了的呢？"

"呵呵，先别说大话，有时你面临的背叛，是连你自己都想象不到的残酷。"管政收敛笑容质问邓入，"邓入，到底是谁，说出来会让你的愧疚感减轻一些。"

邓入缓缓摇头："我不知道，我真的不知道……"

众人皆惊。

关河不信："你怎么会不知道？不可能不知道！"

"确实是不知道，自始至终，他们和我只是电话联系，从未见过面。"邓入也算见多识广了，"而且他们用了变声器，还是网络电话，跟踪不到。"

"打款的账户呢？"关河又问。

"也查不到。"邓入摇头，忽然站了起来，"我去自首，让警察处理吧。"

"等等。"海月明叫住了邓入，"虽然你的所作所为对公司造成了损害，但到目前为止，还不好具体计算为公司带来了多大的损失，就算你去自首也不好量刑。关河，要不这样，等查出时机药业的幕后推手到底是谁后，再处理邓入的事情好不好？"

如果公司认为邓入的行为不足以对公司造成重大损失，公司不追究她的民事和刑事责任的话，可以免予起诉。

关河想了想："邓入的事情，从感情上可以同情，从法理上不能原谅。但也不一定非要让她坐牢，先停职再说。让她配合内部的调查，等查清了时机药业的事情后再开会决定。"

"你觉得呢，管总？"关河征求管政的意见。

管政点头："我没意见，主要看方东。"

方东自始至终沉默而低调，不怎么说话，也没有太多的表示，她心不在焉，走神了。

一连被关河喊了几声，方东才如梦方醒，微微错愕："你说什么？"

在关河重复了问题之后，她才歉意地一笑："不好意思，事情一下子太多，我有些反应不过来了。行，就先按照你的意思办。"

管政看了看几人："能不能让我和关河单独聊聊？对，就我和他，谁也不要在场。"

众人依次出去了。

管政半天没说话，忽然叹气："关河，你要做好心理准备，时机药业背后的推手，多半就是刚才房间里面的某一个人。"

"你的意思是……方东？"关河也猜到了什么，心情沉重。

第一百一十七章
人生若只如初见

“除了她，再没有别人了。肯定不会是海月明。”管政重重地点头，“我来分析一下时机药业幕后推手的一些特征，首先是业内人士，其次知道你的研发方向的重要性，比如孤儿药的稀缺。并且还有商业眼光，有相当不错的资源，才能在短时间内架构一家公司。最后，她对关东生物内部的事情无比熟悉，才能把每一个时间节点都抓得非常准确。”

“符合以上三点特征的人中，第一个是海月明，第二个是方东，第三个是万有，第四个是何处。邓入只具备两点优势，她没有足够的资源来推动一家公司的成立。”

关河点头：“何处可以排除了，万有也没有嫌疑吗？”

“不是万有。”管政很笃定地说道，“我了解万有，他最终的目的是拉你另起炉灶，如果没有你的参与，他不会自己成立公司，因为他清楚没有意义。万有是个聪明人，但正是因为太聪明了，做事情有时会被自己以前的见识所束缚。”

“那么算来算去，除了你自己和方东之外，就没有别人了。原本我怀疑你，后来你中毒了，我就知道不是你。没有人会拿自己的性命开玩笑。再深入接触下来，发现你不是一个喜欢背后做事的人，就对你完全放心了。”管政微微一笑，“你自己说，关河，会是谁呢？”

名字已经呼之欲出了，关河却不愿意承认，他摇了摇头：“尽管不愿意相信是她，但似乎除了她之外，真的没有别人了。而且今天她的表现也让人怀疑，人生若只如初见该多好。”

“别发无用的感慨了，商场上不需要眼泪和文艺气息。”管政无奈地摆了摆手，“其实以你知人识人的水平，能有今天真是万幸，知道你的幸运在哪里吗？”

关河诚实地摇头：“我是知道自己一直很幸运，但真不知道原因。”

“做生意的最高境界是做人，经商最终还是经营人品，以真心换真心。”管政拍了拍关河的肩膀，“不能说你是无欲则刚，至少你做到了专注于自己的所长，从来没有主观上的恶意去骗人害人，这已经足够了。

“所以，我把如何处置时机药业后续事情的权力全部交给你，你说怎么办就怎么办。”

关深沉默了半晌，才说：“再等等看，我希望她能自己注销。如果她知错不改，还往前推动的话，就请管总出手。”

“行，就这么着了。”管政点了点头。

风波就跟人体生病一样，病来如山倒，病去如抽丝。差不多过了将近两个月的时间，关东生物才又慢慢地恢复了正轨。

除了何处被捕的消息之外，再没有其他的大事情发生。邓入先是休假了半个月，然后重新上班。顾深秋也出差了一周，回来后调整了岗位，负责了更重要的部门。

其他人没什么大变化，只有靳里又兼任了原本属于何处的职务，比以前更忙更重要了。

韩马和柳庄的失踪也水落石出，二人并没有参与任何事情，只是嗅到风声不对，唯恐惹祸上身，就第一时间溜之大吉了，却没想到险些被当成重点怀疑对象。

而之前辞职跳槽到时机药业的滕小闲，又悄悄地回到了关东生物，没事人一样重新工作了，就让众人惊讶不已。

更让人惊讶的是，原本来势汹汹要撬关东生物墙脚的时机药业偃旗息鼓了，不但没有再对外融资，有心人发现居然连公司也已经悄悄地注销了。

一场闹剧来得快，去得悄无声息，颇有点雷声大雨点小的意思，就让公司中想要看一场好戏的人大失所望，也让一些不怎么安分的人不得不安分下来。

何处由于认罪态度良好，又没有导致严重人身伤害，被判处了缓刑。卫辛也是一样。

夏天，就在大街上越来越短的裙子的飞扬中，到来了。

谈判了好几轮的关东生物 B 轮融资，也即将尘埃落定了。

关河办公室，海月明、管政、蒋一期、宋娴及万有均在场。

是的，万有也在。

经过前面几轮艰苦卓绝的谈判，基本上达成了一致，由管政领投，海月明、蒋一期、宋娴、万有跟投，共同完成关东生物 B 轮 3 亿元人民币的投资。

此次融资过后，关东生物的估值正式上升到了 35 亿元人民币。

“没问题的话，就尽快走合同签字，然后打款，好让关河立刻投入新的研发。现在的关东生物经历了几轮波折，已经成长为一棵参天大树，可以抵挡风雨了。”管政坐在关河的左边，俨然和右边的海月明一起是关河最坚定的拥护者。

“没问题，随时可以签合同。”蒋一期不耐烦地看了万有一眼，“不过我对万有的加入还是持保留意见。他这样的一个烂人，为什么非要让他进来？我们缺他的 2000 万吗？”

万有投资 2000 万，以自然人股东的身份进入了关东生物，这也是他多方努力争取的结果，并且获得了关河、管政和海月明的同意。

宋娴没有太多的反对意见，蒋一期对此颇为不满。但也没有办法，其他人都点头了。

关河之所以同意让万有加入，也是因为他认为万有虽然之前有过数次背后算计暗中谋划，但总体来说，他的个人能力毋庸置疑，在关东生物的成长史中，在几个关键节点，万有也起到了不可或缺的重要作用。

不管万有是从哪里弄来的 2000 万，至少他对关东生物的认可始终如一，而且他在医药行业多年的资历与人脉，对公司的成长有利。

相比之下，宋娴的投资就基本上是财务投资了。包括管政的投资也是，并不会给公司带来太多资源上的加成。蒋一期的投资倒是可以为公司拓展渠道，只不过她又不会常驻上海，并且她有自己的一摊子事情要忙，因此让万有加人，不失为对公司管理层力量不足的弥补。

而且此次万有拿出全部的身家投资进来，颇有孤注一掷的意味，相信他肯定会全力以赴。关河提名万有担任首席运营官，除了蒋一期反对之外，其他人都同意了。

合同签订得也挺顺利，结束后，在海月明的安排下，公司举行了一次小范围的酒会。

酒会上，蒋一期转了一圈没有发现方东，惊问："方东呢？她也是大股东，怎么不露面呢？肯定是你的原因，关河，你们男人都一个样，有了新欢忘了旧爱。"

关河脸一红："蒋姐就会拿我这个老实人开玩笑。"

第一百一十八章
共同向前看

关河和万有碰了碰杯：“方东病了，估计得休养一段时间。”

“是不好意思见你了吧？”万有神秘地一笑，“她病的时机很微妙，在时机药业刚刚注销之后就病了，难免不让人联想到其中的联系……你为什么不当面问问方东为什么要这么做？”

“她不说，我不问。她一直不说，我就一直不问，当事情没有发生过。”关河心中感慨，现在虽然并没有直接的证据证明是方东所为，但明眼人都能看出来方东在时机药业的成立上，必然起到了至关重要的决定性作用。

就算不是方东一手促进，她肯定也直接参与了此事。在关河和管政联手后，在邓入承认她窃取了关键数据后，时机药业悄无声息地退出，本身就说明了许多问题。

海月明也走了过来，加入了讨论之中。

“我前天和方东谈了一次，她状态不太好，生病应该不是假装。”海月明心情也有几分沉重，B 轮融资成功的喜悦被方东的事情冲淡了不少，“她不肯说出真相，也不承认是她在背后推动，我们只能暂时都不提时机药业，小心地维持着彼此之间的信任和平衡。”

“得想办法化解才行。”万有抿了一口酒，“交给我了，我找时间和方东好好聊聊。有些事情必须说开了，大家才能继续走下去，否则藏着掖着，心里总是疙瘩，早晚会酿成大患，是吧关河？”

关河点头：“人长期抑郁会得癌症，公司长期不和或是互相隐瞒，也会影响公司的健康成长。万有，你要是和方东聊的话，别太直接了，注意技巧。”

“放心，我是大暖男。”万有呵呵一笑。

靳里也走了过来。

“形势变得真快，有点让人一下子适应不了。”靳里感慨万千，和万有碰了碰杯，“万总，我们共同向前看，既往不咎，怎么样？”

万有说道：“你看我像是揪着过去不放的人吗？我连和前妻都不会翻脸，还会迁就她忍让她，更不用说你们这些志同道合的兄弟了。对了，过段时间我们一起去看看何处吧。”

靳里惊问：“他还在上海吗？不是说回广州了？”

“没有，他本来想回，但还是喜欢上海，就留了下来。”

“行，一言为定。是该看看他了，虽然他伤害了我们，但我们还是要给他改过的机会。”海月明举杯，“来，一起干杯，祝愿关东生物的明天会更好。”

众人碰杯。

三个月后，关河的第一期孤儿药的研发接近尾声，进入临床前的试验阶段。同时，由方东带领的大众药的研发也有了突破，即将推向市场。

同时，公司调整了股东结构，重新选举了董事会，关河当选为董事长，海月明被任命为CEO，邓入为首席运营官，靳里为副总裁兼行政总监。

新的设备和生产车间也在同步推进中，关东生物的估值应声上涨，外界对关东生物一片赞扬之声。经过几年的蛰伏与打拼，关东生物终于破土而出，迈出了成功的关键一步。

关河并未就此沾沾自喜，他开始向更高的高峰进发。孤儿病有很多种，他只是研发出了其中一种的特效药，接下来他打算去攻克最难的一种，希望可以用五年的时间再出一项成果。

国庆过后总算有了空闲，关河一行数人，包括海月明、方东、万有、邓入和靳里一起，去看望何处。

何处近来深居简出，作为关东生物的股东，他既不参加会议，也从不来公司上班。他还在缓刑期间可以自由活动，也没有被限制人身自由，不过人却非常颓废。

一行人来到了何处家里。

卫辛手忙脚乱地招待众人，微有紧张和不安。何处却懒散地坐在沙发上，胡子拉碴，头发乱成鸡窝，双眼无神，活脱脱像是一个重度游戏痴迷者。

实际上，这一段他确实在夜以继日地打游戏。

“你们都来了，好，好。”何处有气无力地笑了笑，“卫辛，泡茶。”

“我来，我来。”万有反客为主主动去泡茶，却发现没有热水，想烧水，却发现连壶都脏得不成样子了。

“你们过的都是什么日子！”万有感叹一声，打了一个电话。

不多时来了几个人，动手收拾了房间，又带来了几件全新的茶具，然后才烧上了水。

自始至终，何处都没有离开沙发半步，双目无神地看向电视，电视中正在播放着一部肥皂剧。

直到烧开了水，泡好了茶，万有递过去一杯时，何处的目光才从电视上移开。他迷茫的眼神忽然有了光彩，深吸一口，沉迷的表情加向往的语气感叹道：“茶香让人振奋。”

又看了一眼干净整洁很多的房间，何处叹息：“这才像是人过的日子，我以前都住在狗窝里。”

“别污蔑狗。”靳里讥笑道，“我家狗窝都比你家干净整洁。”

靳里指了指房间中乱七八糟的摆放：“卫辛，你天天在家里，房间脏乱成这个样子，不觉得难受吗？你天天住，就从来没有想过要收拾一下？出门你自己不打扮化妆吗？”

“出门当然要打扮化妆了，要收拾得利利索索的。家里脏乱点没什么，反正也没人看到。”卫辛还满腹委屈，“主要是今天收拾了，明天就又乱了，还不如不收拾呢。”

关河也劝何处：“以后别这样了，至少要有生活的样子，该振作起来了。何处，就从收拾家开始。”

何处缓慢而无力地摇头：“关河，知道你最大的问题是什么吗？就是对别人太苛刻，什么事情都希望别人按照你的标准来。你很自律，只要定的规矩自己都能做到。但你想过没有，有几个人可以像你一样严格地要求自己？”

“世界上大多数人做不到规律而严谨的生活，他们随波逐流，他们见风使舵，没有原则就是他们最大的原则。”何处忽然激昂起来，“如果我能做到你的自律，我能落得现在的样子吗？你们是不是就想过来看看我现在有多落魄，好嘲笑我？”

海月明怜悯地看向何处：“何处，你忘了一件事情，关东生物是在你的投资下才有了今天，你是关东生物的核心创始人之一！关东生物不管走到哪里，身上永远有你的烙印！”

何处眼皮微微一动。

第一百一十九章

彼此留有余地

方东也苦口婆心地说："何处，你别这样自暴自弃，没有人嫌弃你，也没有人恨你。只要你重新走出来，关东生物的大门随时为你敞开。"

"方东，说这些话你自己相信吗？说不定什么时候关东生物的大门就对你关闭了。"何处干笑一声，"我最不喜欢你们的就是这一点，有什么事情不说到明面上，非要猜来猜去，说是为你好，实际上不过是想等你主动离开罢了。"

方东脸色不变："你错了何处，有些事情不说到明面上，是为彼此留有余地，也是为了更好地相处。"

何处冲关河点了点头："说吧关河，你今天过来看我，除了假装关心我之外，还有别的想法吗？你现在终于一步步走到了最高位，成为核心，如愿以偿的感觉是不是很爽？"

关河丝毫没有生气："我在研发孤儿药时，有一段时间至少有三个月，陷在一个思路误区里面出不来，就想着突破。却没想到当时的方向不对，越是努力离成功越远。

"差不多熬了三个月后，我病了。病中我在想，没有突破是我的能力不行还是方向不对？如果是能力不行，不可能走到现在。那么就只有一种可能，是方向不对。方向不对，再怎么努力都是错误的尝试，于是我调整了方向，就豁然开朗了。"

何处咧开大嘴笑了："我听明白了你的意思，你是说我现在的方向错了，需要调整。可问题是我很享受现在的状态，不想改变。"

"真的吗？"关河反问，笑得意味深长，"如果你真的享受现在的状态，你就不会对我们的到来感到开心了，还有，你也不会一连喝了三杯茶。”

“有吗？我没有。”何处要赖，不想承认。

关河没有继续揭穿何处，向他说了说最近公司的发展势头：“何处，接下来公司还会是以关东生物和吉时药业两条线并行推进，希望你可以负责吉时药业的业务……你大概还需要多长时间才能调整过来？”

“别对我抱有希望，否则，你会失望的。”何处不领情。

关河不为所动，继续按照自己的思路推进：“你要相信你的能力，也要相信我们的诚意。既然我们全体出动，说明在大家的心目中，你依然是一个值得依赖的小伙伴。”

靳里忍不住插了一句：“何处，关河都能原谅你，你除了更加努力与拼搏之外，还有什么好说的？赶紧振作起来回公司，我们都需要你。”

“别人说的，我还会相信十分之一。你说的，我一个字都不会信。”何处斜了靳里一眼，“只是我没想到的是，到最后你居然还能在公司活到现在，而且还活得很好，真有你的。”

“这也说明了一个道理……”何处大为感慨，“就算你是一棵墙头草，左右摇摆，骑墙观望，只要你没有做出对任何一方有实质性伤害的事情，你就能不被两边嫌弃。”

靳里也不生气，反倒嘻嘻一笑：“你说对了，何处，我就是喜欢观望，谁给我更大的好处谁更有实力，就追随谁。但有一点，我追随你的时候，没有实质性伤害过关河。追随万有的时候，也没有实质性伤害过你。追随管总的时候，同样没有实质性伤害过万有。”

“知道你为什么没有实质性伤害过别人吗？”何处被靳里认真的姿态逗乐了。

靳里挠头：“应该是我本性善良吧？”

何处大笑：“是因为你一没能力二没胆量。”

靳里一愣，随即也哈哈一笑：“说得好，我㞞我开心，只要保持了善良的底线，就不会死得太惨，对吧？”

靳里忽然猛打了何处一拳：“现在是欺负你的好时候，你不敢还手。”

何处愣了愣，突然暴起想要还手，被关河拉住了。

“冷静，你现在还在缓刑期。”

何处收回了手，嘿嘿一笑：“靳里，你小子够狠，趁我病要我命是吧？行，你打吧，我不还手。”

靳里也就是打了一下：“不用了，我已经把对你的怨气和不满，用刚才的一下全部结清了。现在，就等你回归了。”

一句话让何处愣住了，半晌才说：“还是和你们在一起觉得轻松。男人永远忘不了两个人，一个是初恋，另一个是刚创业时的合作伙伴。”

在方东的提议下，一群人在何处家里吃起了火锅。

铜火锅是万有让人送来的，包括羊肉和各种配料，何处家里什么都没有。本来海月明提出去外面吃，关河不同意，说在家里吃才有氛围。

如果是以前，海月明不会理解关河的出发点。现在她秒懂，关河是为了照顾何处的情绪。很长时间没有出门又处于缓刑期的何处，不愿意见外人。

仔细想想，关河有时看上去笨拙，其实也挺细心，正是因为他一点一滴的细心与周到，纯粹与简单，才慢慢征服了周围的一个又一个人。

万有让人送来的酒有红酒、白酒、啤酒，各取所需，照顾到了每一个人的需求。不得不说，万有在团队中如同大管家一样，只要有他在，就不会有人感觉受了冷落。

关河也破例喝了几口。

不多时，气氛就热烈起来。

万有依次敬了众人一杯，先从何处开始，最后到了关河。

“关河，别的都不多说，都在这杯酒里了。”他先一口喝干，一抹嘴巴又为自己倒上了一杯，“我今天喝白酒。白酒又烈又猛，符合我的性格。

“大家都在，我就说说我的心里话。我开始时投资关东生物，确实有投机的成分。我不为自己辩护，我这些年的成绩和收益，都是投机所得。

“当时我还有钱，认为可以陪关河玩个五六七八年都没问题，谁知道后来发生了财务危机，就想着赶紧套现离场，结果发现被套牢了。关东生物前景是美好的，但需要时间和耐心，恰恰两样都是我欠缺的，我就想着怎样才能赶紧套现离场。

“套现离场的方法有很多，一个前提就是利益最大化。后来发生的一系列的事情，都是在利益最大化的原则下我为了多赚钱而做出来的，也许伤害了一些人，但至少没有触犯法律。”

“何处，你别瞪我，我不是说你，只是在陈述事实。”万有对何处不太友好的目光一脸坦然，“你们可能都觉得我阴险狡诈，胆大包天，其实我一没有你们想象中那么阴险，二没有你们认为的那么胆大包天。之所以不够阴险，还是胆量不够。说白了，还是保留了善良的底色。

“何处你先别笑，听我说完。我是擅长算计，喜欢琢磨，但至少我会有一个底线——从不突破法律！人必须要有一条不能逾越的红线，才能保证有路可退。你呀，就是太激进太冒失了，才会做出犯法的事情。你看我，自始至终始终在法律和道德的中间地带游走，就是不越线半步。”

何处扬手要打万有，靳里叫道：“别动手，动手就出事。”

何处立刻就厌了，缩了回去。

第一百二十章
勇敢地面对自己

“现在我想明白，也看透了。你们还不知道吧？我把未时、辛时的股份都转让了，变现了一笔钱，一部分用来还了外债，剩下2000多万全投在了关东生物，留下不到100万用来维持生活。”万有举杯敬关河，“最后一杯酒敬关河，现在我的身家性命全部寄托在你身上了，我相当于孤注一掷投资你。成了，吃肉喝酒；败了，东西南北风，随便喝。”

关河和万有碰杯：“感谢你的信任！我没别的要说的，只有一句话——全力以赴，再上高峰。”

“好！”万有现在是百分之百认可关河，否则他也不会赌上全部身家，“人就得有担当。成功了，是我的眼光好，是你有能力；输了，是我眼光差，是你能力不济。不管哪一种，都要自己承受。”

万有放下酒杯，冲海月明嘿嘿一笑：“该你了，月明。”

“什么该我了？”海月明一脸茫然。

万有不依不饶：“别装，你心里有数。我们几个人，从认可关河到投资他，再到现在真心服他，走过了一条波折的道路。只有你，自始至终都对他无比认可，从来没有过退却，说，你是怎么做到的？”

“简单，爱！”邓入有了几分醉意，脸颊绯红，她替海月明说道，“只要真心爱一个人，一切都会变得简单。”

“是吗？”方东突然插了一句，她目光幽怨，从关河身上扫过，最后落在海月明身上，“我替月明说吧，她可能还没有我这个旁观者看得清楚。”

气氛瞬间微妙了起来，众人都放下酒杯，房间中陷入了尴尬的安静。

方东并不在意众人的注视，又或者是她喝了不少酒，有了几分酒意，她站起来看向关河：“关河，你知不知道为什么我一直关注你的行踪？在你回国时，可以第一时间找到你，并且说服你创业？”

关河没说话，有些事情各自心知肚明，但又不必说得清楚。方东给他的感觉总是忽远忽近，近的时候就如初恋般亲密无间，远的时候仿佛陌生人一样遥远且疏离。

“因为我还爱着你，始终爱着你，从未放下过你！”方东脸微微涨红，也不知是因为酒意还是激动的情绪，“可是我知道我伤害过你，如果不能弥补对你的伤害，再和你走到一起是对你的再一次欺骗！我就压制了我对你的爱，化成了创业的动力，伴随着你一直走到了今天。

“只是眼睁睁看着你和海月明越走越近，就像我最心爱的东西被人抢走一样，我痛心我不甘，但我又没有办法阻止你们，也不能阻止你们！无论家世、长相还是能力，我都不如海月明，连性格都不如她！她大胆、勇敢，勇于追求自己的幸福，也弥补了你的许多不足，你们在一起是极好的互补。但我就是接受不了你们相爱的事实，我想让你和我在一起。”

关河张了张嘴想说什么，但话到嘴边又咽了回去。

“但我知道我又给不了你婚姻，我已经要过你一次了，不能再要第二次。我是一个有原则的人。”方东苦笑一下，“可问题是，没有人可以大度地看着自己喜欢的人和别人在一起，而且还是自己的闺蜜加商业伙伴。”

海月明脸色平静如水。

“我就想，你们既收获了事业又成就了爱情，总得让我也得到一些什么吧？我在公司是第二大股东不假，但权力越来越小，存在感越来越弱，只要你们联手，我就完全有被边缘化的可能。于是，我就让人暗中成立了时机药业。

“时机药业成立后一直在蛰伏，但没想到时机来得比我想象中快。我虽然很心疼关河两次中毒，但心疼归心疼，自己的利益还要自己争取，就让人胁迫邓入窃取了公司的关键数据，拿到时机药业开始对外融资。”

所有人都目瞪口呆，包括邓入和靳里。

其实尽管不少人都隐隐猜到了时机药业背后有方东的影子，但当方东真的亲口承认，还是让人大为震惊。

方东毕竟是关河的初恋情人，也是公司最核心的两大创始人之一。公司面临的最大危机居然是方东一手造成的，众人听过了太多公司创始人之间反目成仇的故事，又亲身经历了一系列事情，内心受到了无比震撼的冲击！

海月明长长地叹息一声："方东，你真的不必如此。早早和我说你对关河还有感情，事情不会变成这个样子。"

"我如果对你说我还喜欢关河，希望你不要和他走近你会听吗？"方东的目光充满了幽怨。

"不会！"海月明回答得斩钉截铁，"爱情和商场一样，需要竞争。没有人会无条件爱你，就算他开始时爱你，等遇到了更好的别人，他爱上别人也不是他的错，只是你不够优秀而他可以匹配更优秀的人而已。"

"所以说，我不和你说，说了也白说。"方东冷哼一声，"关河也被你迷惑了，慢慢地天平向你倾斜，我知道一切无可挽回了，再下去有可能失去的不仅仅是爱情，还有我在公司的地位及我辛辛苦苦成立的公司！"

关河说道："你错了，方东，你没有失去爱情，因为我们之间早就没有了爱情，只有友情和商业合作。"

方东点头："我知道，我了解你，你就是一个凡事绝不回头的人。正好，我也是。

"所以，现在你知道了真相，是我在背后撬你的墙脚，你恨我吗？"

关河看了海月明一眼，目光坚定："你撬的不只是我的墙脚，也是你自己的，还是所有人的。我不恨你，我只是可怜你。你为什么不能勇敢地面对自己呢？

"说到底，所谓的婚姻恐惧症，你恐惧的并不是婚姻，而是缺乏自信！不相信自己会真的爱一个人，愿意和他共度余生。也不相信别人会真的爱你，愿意陪你白头到老。

"如果你在大学时都不敢相信婚姻，走向社会后多年，尤其是创业多年，经历了这么多事，你就更加不会相信婚姻了。"

方东颇不服气："你经历了这么多，被人害被人坑被人骗，还相信人性相信婚姻吗？”

“相信！”关河毫不犹豫地回答，没有一丝停顿，“如果不相信人性和爱情，我就不做研发了。人生而不完美，也没有人是天生的圣人，正是因此，我们才孜孜以求克服自己的不足，追求完美。

“说句也许你不会相信的实话，我从来没有怀疑过人性和爱情，因为我从来不认为人性和爱情会是完美无瑕的。只有真正认识到人性和爱情的缺陷后，你才会改变对待它们的方式。”

海月明目光清澈：“方东，事情都过去了，我和关河选择原谅你。你也没有对关东生物造成实质性伤害，并及时注销了时机药业。希望你以后放下心中芥蒂，继续以合伙人的身份留在公司，和关东生物一起成长。”

方东凄然一笑：“最近我想了许多，还是没能说服自己。我选择注销公司，不是因为你们和管政演的一场大戏触动了我，也不是我良心发现，更不是发现了滕小闲是你们派来的卧底，而是后来融资失败，原先对我有兴趣的投资人都撤退了，我无奈之下才做出的选择。”

万有呵呵一笑：“这事儿的背后，有我和老管的功劳。是我和老管劝说投资人放弃对你的投资，因为你的公司没有核心竞争力。”

“是的，我很清楚这一点，就和我一样，我也是没有核心竞争力的一个人。”方东无奈地笑了笑，“我在公司是无关紧要的一个人，不是吗？就像在感情世界里，你是我患得患失的梦，我是你可有可无的人，是吧关河？”

关深微叹一声：“如果说是事业合伙人，你是不可或缺的重要人物。如果是朋友和同学，你是我联系不多的知己。”

“感情世界呢？你不要逃避，明确给我一个答复。”方东逼问。

海月明莫名紧张了起来，尽管她和关河的感情在逐步升温，她还是担心关河会说出让她绝望的话。

第一百二十一章

来来去去，半点不由人

关河沉默了一会儿："小孩子刚生下来时，身体最健康，有时光着身子睡觉也不会感冒。慢慢长大后，吃了五谷杂粮，身体就开始生病。每个阶段都会有不同的问题，比如在幼儿期容易发烧拉肚子，在儿童期容易感冒，在少年期容易营养不良，等等，过了某个特定的阶段，就又容易得别的病了……

"就好像四五十岁时容易发胖容易尿酸高，同时也是肝癌、胃癌等疾病高发期，每个阶段都有每个阶段的问题，过了这个阶段，到了下个阶段，问题就不一样了。"

方东咬了咬嘴唇，明白了关河的意思："知道了，我们的阶段已经过去了，是吧？"

万有实在忍不住插了一句："方东，没有人会因为猜测你对他的喜欢而等你，爱是相互的，不是单方面的付出。得不到回应的爱，就像没有药效的疫苗，没有存在的必要，也没有坚持的价值。"

"道理我都懂……"方东的眼泪在眼眶中打转，"可是我就是没有办法说服自己。"

"你说服不了自己，又接受不了现实，就做出了背叛和伤害别人的事情？"邓入喝了不少酒，头脑却清楚，"方东，你利用了我！怪不得我当时很震惊电话中的人到底是谁，为什么对我的情况了如指掌，原来是你！你是不是时刻关注我家里的事情，抓住时机出手，逼我就范？"

"我也不想的……"方东的眼泪终于滑落了下来，"当时注册时机药业时我还安慰自己，如果真的各种时机凑到一起，可以让时机药业浮出水面，我就推动。如果没有时机，就一直让它沉没在水底就行。谁能想到一系列事情的发生，都是诱惑和召唤，我最终还是投降了，推出了时机药业。”

关河黯然，也确实是，他被投毒是何处的手笔，在整个环节中顾深秋无意间充当了帮凶的角色。而邓人窃取关键数据的根源是家庭的变故，是被逼无奈之下所为。方东成立时机药业在先，一直隐忍不发，在一系列突然的变故面前，终于把持不住出手了。

应该说，各种因素的推动之下，才有了时机药业对关东生物的逼宫。但也说明方东对他和海月明的不满，由来已久。

方东的目光依次从众人的脸上扫过：“关河，怎么处理我你说吧，我都无条件接受。”

“尽管方东的所作所为没有对公司造成实质性伤害，但也影响了公司的发展进程，一度为公司带来了困扰。我个人建议，方东必须在全体股东面前做出检讨，并且降职。”万有抢先回答。

海月明咬了咬牙：“还不够。方东的所作所为对公司的破坏不大，但对团队伤害很大，并且性质恶劣。建议停职反省一段时间。”

靳里立刻附和：“同意海总意见。”

何处打了个哈欠：“我就不发表意见了，乌鸦落到猪身上，不能只说别人黑，我比她还黑。”

一句话反倒把方东逗乐了：“何处，你变着法子骂人是吧？关河，你是什么想法？”

“我……”关河刚一张口，就被方东打断了。

“你不用说了。”方东举起酒杯，“我决定了，即日起退出关东生物，辞去一切职务，只保留股份，当一个不管事不做事只分红的股东，希望你们能够成全我。

“我先干为敬！”

满满一大杯白酒，方东一饮而尽，呛得咳嗽起来：“我的辞职即刻生效，明天起我就不上班了，要去完成多年以来的梦想——周游世界，以梦为马。”

“谢谢你们对我的帮助和宽容。”方东鞠躬，“感谢你们陪我成长给我空间，认识你们是我一辈子的荣幸。希望以后还有机会可以见到你们，不管是在世界的哪个地方，如果我们见到了，别假装不认识我，至少要打个招呼。”

方东转身离去，毅然决然的身影迅速消失在门口，像是从众人的世界中消失了一样。

呆立半天，关河一句话也没有说。半晌，他才长叹一声：“锅里没肉了，赶紧下肉。”

瞬间，众人又恢复了热闹和喧嚣。

许多事情在当时伤感，过后也许会很快被人遗忘。人生就是一个不断积攒又不断抛弃的过程，直到最后抛弃掉世间的一切。有些抛弃是自发的，有些是被动的，不管是哪一种，总是来来去去，半点不由人。

方东的离去只激起了一丝波澜，很快就被掩盖了。无论是真的遗忘，还是刻意伪装，都不重要，重要的是当下的真实。

何处慢慢恢复了精气神，被带动了情绪：“方东一走，就有空缺了，我觉得我真的可以重新出山了……就怕邓入和靳里不欢迎。”

邓入哼了一声：“懒得管你，你的事情和我无关。”

靳里勉强一笑：“我没那么小气，欢迎你的回归。”

“真的假的？”何处故意逗靳里，“我要回去的话，什么职位比较合适？”

靳里不说话，看向了关河。

关河笑了笑：“月明担任关东生物 CEO，吉时药业由于方东的离开，空缺了一个 CEO 的位置……靳里你觉得合适吗？”

“我……”靳里嘿嘿一笑，“我不发表意见。”

“就这么定了，我担任吉时药业的 CEO，负责大众药的研发。”何处顺势就上，“来，敬大家一杯。希望大家对我的以前多多担待，对我的以后多多照顾。”

除了靳里，别人都和何处碰杯了。

何处也不以为意，他拉过了卫辛的手：“我宣布一个决定，或者说是一个好消息，我和卫辛快要结婚了。不出意外，应该是公司的第一对新人吧？”

“你还新人？二婚算哪门子新人。”靳里嗤之以鼻。

“不要歧视二婚男人。经历过失败婚姻受过女人伤害的二婚男人，更珍惜婚姻，也更怜惜眼前人。”何处抱住了卫辛，“虽然她有这样那样的毛病，好吃懒做、不会收拾家、没想法、简单，但她顾家，让人安心。男人娶妻和女人嫁人是一样的道理，只要对方最大的优点符合你最大的需求就行，不要求全责备，没有十全十美的人，也没有包治百病的药。

“我们每个人都是有各种问题的病人，所以我们总想找一个方方面面让自己完美的伴侣，却从未想过自己是不是可以方方面面让别人满意。如果你一直找不到合适的另一半，相信我，真的是你自己太差了，不足以匹配你设定的目标。

“我思来想去，最终决定陪卫辛走完这一辈子，算是我长这么大以来最重要的一次决定。上次结婚是父亲的意思，不是我的意愿。这一次，是我自己主动想走进家庭，是我内心真实的渴望。”

卫辛已经由惊讶到感动，再到泪流满面。

“卫辛，你愿意嫁给我吗？”何处捡起一个易拉罐的拉环，递了过去，“现在我是一个穷光蛋，但我可以保证的是，以后我会努力赚钱养家，为我们的未来营造一个温馨港湾。也许能做到，也许不能，我会尽力的，只要你不嫌弃就行。”

“不嫌弃，永远也不。”卫辛喜极而泣，“我这么邋遢这么懒，你都愿意娶我，我还有什么好挑剔的？我愿意为你改变，愿意收拾家学做饭，愿意和你共同为今后的生活奋斗。”

邓入带头鼓掌：“何处终于长大了，40 岁才成年的男人，真的既可怕又可敬。”

众人也一起鼓掌。

关河举起酒杯：“今天见证了公司自成立以来第一对新人的喜事，是个值得纪念的日子。何处、卫辛，敬你们。”

“谢谢，谢谢。”何处开心得抱着卫辛原地转圈。

转了三圈之后，何处又举杯敬邓入：“谢谢你邓入，在我成长的过程中，你是让我进步最快的一个人。如果没有你，我也许还没有现在的觉悟。敬你，希望你也能很快找到自己的意中人，收获属于自己的幸福。”

邓入和何处碰杯：“承认你的赞美，接受你的祝福，但是，我现在和方东一样，对婚姻有了恐惧症。以前我还不理解方东的心理问题，现在我深刻地体会到了她为什么过不了自己的心理关。”

第一百二十二章

一喜一悲，才是人生

“你呢，靳里？”何处又问靳里，似乎很想让他的幸福传递给别人。

“我？”靳里撇了撇嘴，“我不相信爱情。男女之间荷尔蒙的分泌，导致所谓的一见钟情也好，日久生情也好，由此捆绑一辈子，不科学也不现实。就像我们几个创始人，中间经历了多少波折和磨难，如果不是因为有共同的利益和三观，早就散伙了。”

靳里嘿嘿笑了一声，忽然又觉得哪里不对，忙又往回找补：“我不是说你们，关河，你和海月明是真爱，你们毕竟已经经历了重重波折，而且你们之间不但有爱情，有相同的三观，还有共同的事业。”

海月明大笑：“行了，别勉强自己了。你不相信爱情，不影响我相信爱情。你呢关河？”

关河老实地点头：“我也相信。我不只相信爱情，还相信亲情、友情。人是感情动物，人和动物最大的区别就在于拥有感情。”

关河深情地看向海月明：“记得我和月明承诺过，有一个两年之约，如果到时我研发成功了，我单身，她未嫁，我们就在一起。现在，条件都成熟了，我要兑现我的诺言……”

“月明，你愿意……”

“我愿意！”不等关河说完，海月明迫不及待地答应了。

“你愿意什么呀？我还没有抛出问题呢。”

“不管你的问题是什么，我的回答都是——我愿意。”

“我的问题是，你愿意嫁给我吗？”关河幸福地笑了，“不是你愿意做我的女朋友吗？”

“啊？”海月明惊呆了，停顿了半天，直到众人都紧张得快要出汗时，她才又惊呼一声，“明天去领证，谁不去谁是小狗！”

“哇！”

众人欢呼。

在欢呼声中，关河被灌了不少酒，喝醉了。

一觉醒来，天光大亮。睁眼一看，居然是在海月明的房间里。关河吓了一跳，赶紧四下查看确认无事发生。

“我怎么睡你家了？”关河有点心虚。

海月明嘻嘻一笑：“反正今天你得跟我领证去，过了今天你就是我的人了，也不差这半天时间。”

关河硬生生收住了脚步：“哎呀，头疼，还没有醒酒，今天我得请假，好好睡一天。”

“司机已经到楼下了。”海月明才不会放过关河，“赶紧打扮一下，领证要正式一些，别弄得这么狼狈。”

“今天状态不好，要不改天吧？”关河本能地耍赖，男人在结婚的事情上总是说起来坚决，行动上迟疑。

“不行！今天你就是打吊瓶也得去。信不信我叫几个人过来驾着你去？”

“不了不了，消受不起。”关河妥协了，但一想起一旦领证就真的成了已婚男人，心里还是有点忐忑，“要不，你再好好想想？万一后悔了你就是二婚了。我的缺点可多了，你能受得了？”

海月明不说话，拿出了电话：“叫五个人过来，对，马上。”

关河举双手投降：“结婚是两个人的事情，叫太多人参与，感觉就不那么对味了。我去，我去还不行吗？”

海月明欣慰地笑了：“是不是男人都觉得结婚是一件吃亏的事情？”

“别人可能会这么认为，我才不会。我一不用出彩礼，二不用买房子，三不用买车，不但白捡了一个媳妇，媳妇还自带丰厚的嫁妆，我赚翻了。”

“对了月明，你向我透露一下，你个人财富到底有多少？”

海月明眨眨眼睛：“新婚之夜再告诉你。”

“现在先透露一点点，好让我有所期待。”关河紧张地搓手，好像他真的很贪财一样。

“如果说我和你结婚之前的财富虽然多，但终究还有一个数额的话，那么和你结婚之后，我的财富就是无限的。”海月明甜甜一笑，“再多的财富，如果没有一个相爱的人来分享，不能为更多的人带来机遇，也不过是一堆冰冷而无用的数字罢了。”

“两个幸福的人的幸福是乘法，不是加法。”关河也笑了，“走，领证去，不犹豫了。”

“不去了。”海月明瞬间变脸。

“怎么啦？”关河大感莫名其妙。

“都谈了这么久了，领证还要犹豫，说明你的爱并不坚定。”海月明推开关河，“不坚定的爱我不要，我又不缺爱。我要的爱，必须是坚定的、唯一的、长久的、可靠的……”

关河忙认错：“我错了还不行吗？不是不坚定，是总觉得配不上你。”

“不行，认错认得没有诚意。”

“全心全意地认错，百分之百的诚意。”

“错哪里了？”

“错在不该犹豫领证的事情。”

“下次还敢吗？”

“不敢了。”

“啊，你的意思还会有下次？”海月明偷笑。

关河才察觉又被挖坑了：“不是，没有，我不是那个意思。这辈子只创业一次，也只结婚一次，一次就够了。”

第一百二十三章
时代大潮奔流不息

冬天说漫长也漫长，说短暂也短暂，当又一个春天来临的时候，人们才恍然察觉，冬天已经不知何时远离了。

上海的春天，迷人而浪漫。

关东生物的两款新药———款孤儿药一款大众药，相继进入了临床前的试验阶段，并且取得了不错的效果。

B 轮融资过后的关东生物，又因为两款新药的成功估值大涨，市场前景大好，也终于迎来了第一笔进账——有几家药企的订单打来了预付款。

千淘万漉虽辛苦，吹尽狂沙始到金……关东生物为庆祝第一笔预付款到账，召开了一次庆功会。

基本上所有创始人都到会了，除了方东。

靳里的状态和以前大不一样了，精神焕发，神采飞扬。

前段时间债主再次上门讨债，靳里没有躲避，坦然面对。先是让债主参观了关东生物，又向他们展示了关东生物的业绩，并且描绘了公司的前景。最后他拿出了他在关东生物的股份凭证，郑重做出了承诺 :“欠你们每一个人的钱，我都会按照正常的银行利息还清，但请你们给我时间！”

债主们一合计，现在硬逼靳里他也拿不出来现金，但根据靳里所持股份的市值推算，偿还他们的债务绰绰有余。

就有人提出想要债转股，靳里没同意。

如果是以前，靳里肯定巴不得答应他们，但现在形势不同了，等关东生物 C 轮融资过后，以他所持不多的股份计算也身家几亿了，现在抵债给债主太不划算了。

安抚完债主之后，靳里的精神状态又有所不同，仿佛是卸下千斤重担，整个人轻松了许多。

人只有在经历许多之后，伏下身子安心生活，才会发现生活的真谛在于专注事业和奋斗，而不是攀比和虚荣。

靳里不但敢于面对自己曾经破产的事实，也不再避讳自己会用信用卡薅羊毛的事实，有时叫外卖减上几块钱也会高兴半天。

不经意的生活乐趣，才是点亮心灵的力量。

何处回归了公司之后，一改以前的懒散，上班从不早退，认真工作，绝不拖沓，如同换了一个人一般，不但让关河大为赞叹，也让邓入惊叹不已。

现在的关东生物股权架构有了不小的调整，人事变动也不小，但实际上除了方东离开之外，高层并没有太大的变动。对于一家坚持了五六年的创业公司来说，难能可贵。最主要的是，何处喜欢现在的氛围，比如他和邓入又恢复到了以前的同事关系，相处得还十分融洽。

据说邓入和顾深秋还有旧情复燃的迹象。

邓入最终能不能和顾深秋走到一起，何处并不关心，他和卫辛已经举办了婚礼。没有大办，只在小范围内请客，还回了卫辛老家一趟。

卫辛父母是一对老实巴交的农民，对女儿能在上海落地生根心满意足。不但没有要彩礼，还因为没有陪嫁而感到不安。

何处就感慨老人家的善良和忠厚，专门为老人家翻盖了房子，并且留下了一笔钱。

关河和海月明虽然领了证，却一直没有举办婚礼。关东生物的研发进入第二阶段后，关河比以前更忙了，他想尽快推出第二项科研成果，进一步提升关东生物的估值和市场预期。

管政非常赞赏关河的工作积极性，不过也劝关河不要太拼了，来日方长，他不喜欢做杀鸡取卵的事情。同时，他还为关河物色了好几个助手，全方位辅助关河的工作。

夏末时节，天气依然无比炎热。关河忙完了早上的工作后，安排下午去临港新片区考察。

之所以想把公司搬到临港新片区，是由于临港有很好的地理位置，区域内运输条件非常优越，有洋山深水港，有浦东国际机场，有铁路和高速公路，还有内河航道，是国际上同类地区运输条件最完善的。除此之外，临港新片区对集成电路、人工智能、生物医药、民用航空等关键领域核心环节生产研发的企业，自设立之日起 5 年内减按 15% 税率征收企业所得税。

临港新片区的定位是以未来科技为导向的智慧城市，非常适合关东生物的长远布局。

在关河的未来规划中，关东生物将会在两三年内调整发展方向，由单纯的生物制药上升为生命科学研究。

研究生命的终极意义，解决人类的所有痛苦，是生命科学的价值所在。

沧海桑田，时代大潮奔流不息，有太多转瞬即逝的机会，过后再后悔也只能错失时代红利。

每个时代都有自己的红利，关河知道，能不能抓住临港新片区的发展机遇，是他人生之中又一次面临的命运转折点。

临港新片区并非浦东新区的复制，也不仅仅是为了再造一个陆家嘴，临港新片区作为国家、上海的“王牌”，作为新时代的特殊经济功能区，是要以高站位、大气魄，用果敢而坚毅的行动，孕育本没有的新机，闯出本没有的新路——这是临港新片区必须承担的历史使命。

一行人来到滴水湖畔，看着周围正在热火朝天建造中的高楼和规划中的大厦，心潮澎湃。

海月明立刻爱上了临港：“我喜欢这里，有滴水湖，有海滩，有海绵公园，有航海博物馆，新片区的规划和设计也非常合理，我要买房。”

顾深秋立马凑了过来：“海总，附近一共有十几个新盘，其中有三款符合您的气质和定位，总价也不高，您是选择一次性付款还是贷款？”

海月明在顾深秋的平板电脑上划了几下：“就这套了，180 平方米，正好离海也近，可以观景。全款，马上办理。”

顾深秋转身就走：“今天就搞定。”

关河愕然："不是吧，这么快就决定买一套房子了，我还没想好要不要把公司搬过来呢。"

"搬，一定要搬。"万有一脸向往，"我也喜欢这里，不知道为什么，这里让人心情平和。能让人安静的地方就是好地方，我也想要在这里……租房子。顾深秋，先别急着走，帮我问下出租的房子，一个月别超过5000块，听到没有？"

"我也要。"何处也喊了一声。

"还有我。"邓入也迫不及待地加入进来。

"等一下，顾深秋。"关河叫住了他，"你直接和开发商谈，我们团购住房的话能给多少优惠。"

众人都愣住了，尤其是邓入，她惊呼一声："别，不要，关河，我没钱，付不起首付，也还不起房贷。"

上次的事情，邓入最后退还了全部款项，但家里的窟窿还在，她至少得帮父母偿还100多万的债务。

"我也没钱。"靳里也及时摆了摆手，"钱还得存起来还外债，不能乱花。"

关河笑了："作为员工福利，首付由公司承担，贷款部分你们的公积金就可以覆盖了。"

"哇，太好了。"众人欢呼。

万有微有忧色："这是一笔不小的开支，管总能同意吗？"

关河扬了扬手机："已经征得了他的同意。"

顾深秋喜出望外，高兴得跳了起来："马上照办。是不是我也有，关总？"

"公司的创始人及高层，都有。"关河大手一挥，"以后，临港新片区就是我们的根据地了，也是我们真正起飞的地方。"

众人都欢呼雀跃。

"你就这么看好临港新片区的未来？"突兀的声音在关河的身后响起。

一男一女主动上前自我介绍："不好意思打扰你们了，我叫夏常，她叫于时。我是临港国际人工智能产业研究院的工程师，她是浦东规划设计院的规划师。"

关河和二人握手："幸会，幸会。临港新片区是广阔的天地，有你们的用武之地。"

夏常听出了关河的口音，眼前一亮："关总是上海人？我也是。我是被爸妈骗来临港的，原本我打算出国，不想留在上海的。"

关河呵呵一笑，来了兴趣："为什么非要出国呢？现在的国际形势下，很明显留在国内更有发展前景。我几年前也是不想留在上海，出国后发展不好又回来。经过几年的创业之后，现在我又重新爱上了上海。"

"关总的公司是要搬到临港来吗？"夏常对关河也很有兴趣，"能问下您公司的名字吗？"

一旁的海月明无比自豪地说道："关东生物。"

夏常大惊："啊，您就是关东生物的创始人关河先生呀？您的创业史我系统地研究过，非常励志，也非常激动人心。不过您是赶上了好时机，现在再创业，恐怕就没有这么好的机会了。"

于时也点头说道："各行各业现在都内卷得厉害，也趋向饱和了。不像以前，不管做什么行业都有巨大的发展空间。"

"不，你们的理解是错误的。"关河微笑，二人的年纪比他小了几岁，感觉像隔了一代人，说明时代的变化太快，以前 20 岁的差距就是一代人，现在可能只有 10 岁，甚至是 5 岁了。

关河说起了自己的创业经历，以及创业之初对上海的认知对时代的误解，再讲到他创业过程中的种种经历。一口气说了差不多一个多小时，还意犹未尽。

也不知道为什么，关河对夏常和于时的第一印象特别好，他们身上隐约有他和方东当年的影子。他特别想告诉两个年轻人，每个时代都有属于自己的特质，每个时代也都有不一样的成功模式。

任何一个时代都不缺少随波逐流的人，也会有站立潮头迎风破浪的先行者。是在时代的浪潮中随波逐流，还是被大浪淘沙淘汰，又或是成为时代浪花中最闪亮的一朵，全在自己的选择。